Donata Rigg / Claudia Klischat

Zeitlang

DONATA RIGG
CLAUDIA KLISCHAT

Zeitlang

ROMAN

Ullstein

Besuchen Sie uns im Internet:
www.ullstein.de

Wir verpflichten uns zu Nachhaltigkeit
- Papiere aus nachhaltiger Waldwirtschaft und anderen kontrollierten Quellen
- Druckfarben auf pflanzlicher Basis
- ullstein.de/nachhaltigkeit

Die Arbeit an diesem Buch wurde unterstützt vom Bayerischen Staatsministerium für Wissenschaft und Kunst, durch das Programm Neustart Kultur der Bundesbeauftragten für Kultur und Medien und von der VG Wort.

MIX
Papier | Fördert gute Waldnutzung
FSC® C014496
FSC
www.fsc.org

ISBN: 978-3-550-20255-1

Satz: LVD GmbH, Berlin
Gesetzt aus der Garamond Premier Pro
Druck und Bindearbeiten: GGP Media GmbH, Pößneck

Für A.

Na, sauber.

TEIL EINS

Bleib bei mir

1

Jemand musste das Go bereits gegeben haben. Benedikt ahnte es, als er, von der Promenade kommend, das Ding dort stehen sah, ein riesiger Bagger neben dem Fischladen. In dem am Boden liegenden Arm und der Schaufel, die wie eine offene, eiserne Faust auf dem Kies lag, türmten sich zerbrochene Ziegel. Er drehte am Knauf des Holzgatters und betrat das Grundstück. Sein Blick fiel auf das Wohnhaus rechter Hand, das unberührt und verschlossen schien. Auf der linken Seite begrüßte den Gast wie eh und je ein Holzpfeil an der Fassade der vorgelagerten Werkstatt, in Form eines Fisches, auf dem »Laden« stand. Die Tür stand sperrangelweit offen. Als er über die Schwelle trat, sah er nur noch die Spuren der ehemaligen Kühltheke auf den Fußbodenkacheln und, an der Wand, einen hellen Fleck, den der ausgestopfte 20-Pfund-Zander, ein großer Fang seines Großvaters von 1993, hinterlassen hatte. Er ging nach hinten in den Verarbeitungsraum. Die gusseiserne Arbeitsfläche war entfernt worden, ebenso die beiden Kühltruhen und die Schupp- und Filetiermesser. Selbst die Magnetschiene, an der die Messer gehangen hatten, war nicht mehr da, zu sehen nur drei schwarze Löcher in der Wand. Aus einem ließ ein Weberknecht die stelzigen Beine hängen. In der Räucherkammer sah er die Schürze des Großvaters am Haken hängen, davor seine Gummistiefel, als sei nichts gewesen, als würde er jeden Moment die Tür öffnen, auf den Ofen zugehen, die Hand auf ihn legen, um die Temperatur zu prüfen, sich vor die Luke hocken, die Handschuhe aus dem Holzkorb greifen, die Luke öffnen und Holz nachlegen.

Unvorstellbar, einfach unvorstellbar. Es war alles vorbei.

Wie überall in der Provinz war auch der Bahnhof von Herzach Anfang der 2000er-Jahre umgestaltet worden, als rund um die großen Städte sogenannte Metropolregionen entstanden. Der Verkaufsschalter war nur mehr von 12 bis 15 Uhr besetzt, außerhalb der Saison ganz geschlossen, dafür gab es nun zwei Ticketautomaten am Bahnsteig. Die Fahrradständer waren großzügig aufgestockt worden, wozu im Dorf die Meinungen stark variierten, zumal auch die Kneipe mit ihren nikotinschweren Vorhängen, das letzte Mal vermutlich in den 1990er-Jahren gewaschen, nach dem Ableben des Wirtes geschlossen geblieben war. Von ihr waren nur noch ein Stehtisch in Form eines Holzfasses, zwei um die Wette gurrende Tauben und ein vollgepisster Eingangsbereich übrig. So eröffnete sich dem Besucher, kam er mit der Bahn im Fremdenverkehrsort Herzach an, ein für den über die Jahre angehäuften Wohlstand des Ortes unverhältnismäßig ungastliches Bild. Erst im letzten Jahr hatte der Gemeinderat die Umnutzung der ehemaligen Wirtschaft als Club abgelehnt, vordergründig, um sich nächtliche Scherereien zu ersparen, in Wahrheit aber, um den Konsum anderer Rauschmittel als Alkohol und Zigaretten im Privaten zu belassen, sei es in einem gewöhnlichen Partykeller oder im eigenen Gewächshaus, in dem Gemüse und anderes zur Selbstversorgung angebaut wurde; in den eigenen vier Wänden also, wo nicht selten konsumiert wurde, was das Zeug hielt.

»Bin gut da, im Kaff. Ich küsse Dich«, tippte er bei seiner Ankunft ins Telefon und trat aus dem Bahnhofsgebäude.

Auf dem Vorplatz standen zwei Taxis und warteten auf die Gäste, denen der Fußweg zur Wallfahrtskirche zu weit war, die aber die Fastenzeit im hochgelegenen Restaurant mit Panoramablick bei einem guten Räucherfisch ausklingen lassen wollten. Er setzte seine Tasche auf der Bank neben dem Zigarettenautomaten ab. Während er seinen Ausweis hineinsteckte und sich eine Schachtel zog, fiel sein Blick auf ein Graffito an der Fassade des Bahnhofsgebäudes, das, mit den krummen Buchstaben der Adoleszenz, neben einer Werbetafel, auf der die Ärzte, Kosmetikerinnen und Fußpflegerinnen des Dorfes ihre Dienste anzeigten, einen Hauch urbaner Sehnsucht erweckte: »I wish I was cold and dead.«

Von einem Fischer- und Bauerndorf, wie es immer noch in einigen Tourismusbroschüren hieß, konnte schon lange keine Rede mehr sein. Auch in Herzach hatten sich über Jahrzehnte nach dem Krieg durch Migrationsbewegungen, ein Wort, von dem man neuerdings immer mehr im Fernsehen hörte, Fremde angesiedelt, eine Tatsache, der die Gemeinde und allen voran die Steinbacherin, eine Grüne, vor Kurzem mit der Benennung einer Dorfstraße nach der Partnergemeinde in Italien Rechnung getragen hatte. Vor allem die Zugereisten aus dem oberen Dorf sahen in dem Städtchen im Trentino ihr erweitertes Wohnzimmer. An den Stammtischen wurde das argwöhnisch kommentiert. Das Wort »Globalisierung« gar behandelte man so wie eine Diagnose beim Arzt: so viel beachten wie nötig, so gut ignorieren wie möglich. Längst hatte man vergessen, wie es gewesen war, als die eigenen Vorfahren selbst als Flüchtlingsgauner beschimpft worden waren.

Man bestellte lieber noch ein Helles, um sie nicht wach werden zu lassen, die Erinnerungen, als man mit wenig oder gar nichts dagestanden war, nach dem Krieg; oder nach einem Hochwasser, das zugleich immer auch das eine Hochwasser vor dem nächsten war, oder nach einer Missernte, die einem nicht zuletzt auch immer die Vorahnung auf eine, irgendwann, folgende in die Glieder kriechen ließ; oder wie man bei einer Krankheit der Frau dagestanden war oder, später, beim Ausbleiben eines männlichen Nachfolgers und beim Wegzug der Jungen in die Stadt oder, noch später, bei der Rationalisierung im Betrieb, für den man arbeitete, war man nicht sein eigener Herr; oder bei der Umstellung auf den für immer fremd bleibenden Computer, den man eher als eine Zumutung empfand denn als eine Arbeitserleichterung. Die neuen Entwicklungen in Richtung Überwachung, von denen man hörte, überraschten hier niemanden, im Gegenteil, man hatte schon immer gewusst, dass die Dinger nicht ganz koscher sein konnten, und überhaupt: Auch die Frauen seien nicht mehr die Frauen, hieß es nun am Stammtisch, und neuerdings greife das auf die Männer über, jeder ließe sich beim kleinsten Zipperlein krankschreiben und nannte es etwas Psychisches, und genau das war es, was den Dorfbewohnern suspekt war, das Fremde nämlich und das Psychische. Früher sei man in die Kirche, um etwas loszuwerden, oder habe sich ordentlich gekeilt, aber heutzutage, eben: das Psychische. Darin war man sich einig und auch darin, dass das wärmste Jackerl immer noch ein gutes Conjackerl war, und bestellte eines, denn der Alkoholkonsum war über all die Jahrzehnte gleich geblieben, um nicht zu sagen, gestiegen.

St. Georg begann mit dem Mittagsläuten. Benedikt, der den 6-Uhr-Zug vom Wiener Westbahnhof nach München und anschließend die S-Bahn genommen hatte, brauchte, nachdem er die Fahrt über an einem faden Artikel für ein Designmagazin geschrieben hatte, einen Kaffee. Er fragte einen der Taxifahrer, ob der Bäcker, wie er es von früher kannte, immer noch über Mittag geschlossen habe. Sofort erkannte er in dem silberhaarigen Mann, der an seinem

Wagen lehnte, den Wenz. Vor Jahren, als er selbst noch ein Kind gewesen war und jede Sommerferien bei seiner bayerischen Verwandtschaft verbracht hatte, hatte sich der Wenz die Zeit am Bootsverleih seines Großvaters vertrieben. Wenz schüttelte den Kopf und deutete die Straße hinunter.

Im Grunde hatte alles und vor allem der sogenannte Wandel mit dem Bau der Bahnstrecke Anfang des letzten Jahrhunderts begonnen. Das Fremde nämlich war nicht nur der Fremdsprachige, nein, das Fremde kam vor allem aus der Großstadt, aus München. Anfangs waren es die Urlauber mit ihren Badelatschen und Sonnenhüten gewesen, den Dorfbewohnern zunächst willkommen, weil sie Geld brachten. Später jedoch fingen ebenjene Urlauber an, Grundstücke zu kaufen und zu bauen, fuhren in ihren dicken Wagen vor und versuchten, im Gemeinderat mitzureden.

»Der kommt aus Minga, wo die Leut' stinga«, hatte Benedikts Großvater immer gesagt, wenn er beim Autofahren ein entsprechendes Kennzeichen sah – eine Anekdote, mit der Benedikt vor allem Marianne erheitern konnte.

Er war froh, unerkannt geblieben zu sein. Dann aber, als er losgehen wollte, hob der Wenz das Kinn in seine Richtung.

»Geh, bist du nicht der Bub von der Bader Edith? Na, sauber.«

Und dann setzte sie ein, die Stimme seiner Mutter, wie er sie vor ein paar Wochen am Telefon vernommen hatte: »Glaubt man es«, hatte sie in den Hörer gerufen, bevor sie zu einem ihrer Arbeitsmonologe angesetzt hatte, wie er diese jetzt aufbrechende, regelrecht manische Seite seiner Mutter nannte, diese jähen, verbalen Bewältigungsversuche, die ihn neuerdings überraschten, sobald er sich durchrang, die Anrufe seiner Mutter anzunehmen.

»... und dann, stell dir vor, hat sie gesagt, das wäre dann mein

Bier, es ginge hier um ihre Existenz, ausschließlich um ihre, natürlich rein finanziell habe sie es gemeint, hat sie gesagt, und sie hätte ein Recht darauf. Sie, nur sie. Ein Recht. Das stell dir mal vor. Da ist mir der Kragen geplatzt, und ich habe sie unterbrochen. Worauf hast du ein Recht, habe ich gefragt. Darauf, dass ich mit in deinen Schulden hänge, aber alles, was auf der Habenseite ist oder sein wird, allein dir gehört? Das ist ja interessant, habe ich gesagt, hast du dir das von den Managern abgeschaut? Aber ich sag dir eines, hab ich zu ihr gesagt: Ich bin nicht der deutsche Staat oder die Bank oder sonst irgendeine Instanz, hab ich gesagt. Ich bin deine Schwester, und egal, wie du das siehst, wir müssen das hier gemeinsam über die Bühne bringen, ob es dir nun passt oder nicht. Das ist die Realität, und dieses Mal, jetzt, habe ich gesagt, musst auch du Verantwortung übernehmen. Interessiert dich denn überhaupt nicht, was der Letzte Wille der Mutter gewesen ist? Und dann hat sie gesagt, das muss man sich mal vorstellen, sie hat gesagt, es gäbe ja überhaupt kein Testament, wo stünde das denn, dass wir beide zu gleichen Teilen berücksichtigt wären, es stünde ja nirgends, und ob die Mutter das einmal gesagt hätte, vor ein paar Jahren, hat sie gesagt – das muss man sich mal vorstellen, Benedikt. Mutter hat das immer wieder gesagt, dass sie uns beide zu gleichen Teilen im Testament haben will, und sie hat, das war schon Mitte der 1990er, sie hat gesagt, dass sie ein Testament geschrieben hat. Das musst du dir mal vorstellen, als ob die Mutter gewollt hätte, dass deine Tante alles erbt, nie hat sie das gewollt, das wäre ja … Und dann habe ich gesagt: Da du jetzt das Geld auf dein Konto umgeleitet hast, weil du bei der Bank irgendeinen Spezi hast, wird mir nichts anderes übrigbleiben, Brigitte, und daraufhin, glaubst du das, daraufhin kommt von ihr: gar nichts. Schweigen im Walde. Und dann, ich hätte mir das nie vorstellen können, aber mir ist nichts anderes übriggeblieben, daraufhin habe ich gesagt: Dann bleibt mir nichts anderes übrig, als mir einen Anwalt zu nehmen. Und daraufhin, das muss man sich mal vorstellen, hat sie gesagt: Dann tu das, Edith. Dein Mann verdient doch gut – glaubst du es, glaubt man es.«

Und Benedikt erinnerte sich daran, wie er, stumm wie ein Fisch, am anderen Ende der Leitung gesessen hatte, vor einem Soda Zitron, in einer Wohnung, die auf den Wiener Augarten zeigte, einige Hundert Kilometer entfernt, an seinem Schreibtisch, und dem Klicken seines Kugelschreibers gelauscht hatte, das er im Sekundentakt erzeugte, mit dem Daumen, während er gleichzeitig versucht hatte, seiner Mutter vom Hölzchen aufs Stöckchen zu folgen.

»Ich werde sehen, was sich machen lässt«, hatte er am Ende in den Hörer gesagt, »ich kann es bestimmt einrichten zu kommen, Edith.«

Es war ein Jahr zuvor losgegangen, kurz nachdem die Großeltern innerhalb weniger Monate verstorben waren und den Nachlass ungeordnet hinterlassen hatten wie einen Trümmerhaufen. Benedikt war auf einiges gefasst gewesen. Womit er allerdings nicht gerechnet hatte, war, dass sie, die vor Jahrzehnten Weggezogene, die Weggeheiratete, seine Mutter, ganz allein die Verantwortung für diesen Untergang zu tragen hatte. Sie sollte allein schuld daran sein, dass seiner Tante Brigitte alles genommen wurde, was ihr jemals etwas bedeutet hatte. So sah man es also im Dorf: die Fischerei weg, die Existenzgrundlage weg, und das an einem der schönsten Orte der Republik, alles weg, weil die Edith Geld hatte sehen wollen. Na, sauber.

»Kehr du vor deiner eigenen Tür«, entgegnete er dem Wenz geistesgegenwärtig und ging los, ohne eine Reaktion abzuwarten. Zügig bog er in die Straße »Zum See« ein, am Traditionshandwerk vorbei, der Gemeindebücherei, an der alten stillgelegten Porzellanmanufaktur und der Kirche, an deren Mauer ein Hund gerade sein tiefengebräuntes Frauchen ankläffte. Am Schlosspark angelangt, ging er den Schlenker vorbei am Gartenhaus des ersten Eigentümers, das er sich, wie ein Dorf-Goethe, vor über hundert Jahren hatte errichten lassen. Benedikt setzte sich auf eine Bank, an der Uferspitze des Parks, und schaute aufs Wasser. Noch war die Bucht ohne Boote, die Oberfläche glatt. Irgendwo rief ein Blässhuhn. Die Luft roch nach altem Schnee, nach Tauwetter.

Früher waren sie manchmal auch in den Osterferien hierhergekommen, obwohl es noch zu kühl war, um segeln oder angeln zu gehen, Benedikt, seine Schwester und seine Eltern. Niemand ging am Ostersonntag in die Messe, selbst die Kinder mussten nicht, nicht einmal pro forma, aber nicht selten hatte der Großvater, der Rote Hund, wie er lange noch von einigen genannt worden war, weil er bis in die 1980er-Jahre für die Sozialisten – wie man hier landläufig die SPD nannte – im Gemeinderat gesessen hatte, in der Nacht zuvor ein Feuer gemacht. Im Uferkies stieb es Funken in den schwarzen Himmel und erhellte die Gesichter der Umstehenden, die sich zum Bruno Bader auf den Weg gemacht hatten. Manchmal hatte er dann die Werkstatt aufgeschlossen, die Bierbänke aufgestellt, und dann saß man noch und hörte Radio, trank seine zwei, drei Weißbier, und die Kinder verkleideten sich mit dem Ölzeug, das allmählich, weil sich die Schonzeit dem Ende neigte, wieder in Gebrauch war, und der Großvater, ein gerechter, aber cholerischer Mann, schimpfte ausnahmsweise mal nicht, sondern lächelte und nahm Benedikt und Agnes auf den Schoß und sagte zärtlich: »Na, meine Scheißer.«

Am Morgen danach: das Ostereiersuchen und den gebackenen Lämmern den Kopf abbeißen, während der Rest des Dorfes in den

Kirchbänken kniete. Am Nachmittag dann schnitt die Großmutter mit einem großen Messer, das sie nach jedem Stück in warmes Wasser tauchte, die Buttercremetorte an, die man vorne beim Konditor zum Feiertag bestellt hatte. War sie besonders guter Stimmung, tischte sie noch einen selbst gemachten Hefezopf auf. Später, als sie die Kräfte verließen, übernahm das Benedikts Mutter und servierte Butter dazu.

Das alles kam ihm unsagbar lange her vor, so lange, dass er nicht wusste, ob es die Erinnerung daran war, die ihm an den Bronchien riss, oder der tief inhalierte, kalte Zug an seiner Zigarette, die er unter die Parkbank schnippte, trotz oder gerade wegen der Ordnungsschilder, die der Verschönerungsverein hier seit Kurzem aufgestellt hatte. Er stand auf.

Er ging Richtung Promenade, am Freiluftschachfeld vorbei, auf dem gerade zwei Mädchen die Quadrate abhüpften. So oft war er mit seinem Vater hier gewesen, der ihn bereits im Grundschulalter hergeschleppt hatte, vielleicht um ab und an einmal durchzuatmen oder einem Knatsch mit Edith zu entkommen. Anfangs hatte Benedikt die Figuren, die er selbst kaum mehr als einen halben Kopf überragte, tragen müssen, aber schon bald beherrschte er die Regeln und entwickelte sich, von Ferien zu Ferien, zu einem angemessenen Gegner für seinen Vater. Im Alter von elf Jahren schaffte er sein erstes Remis. Beim Abendessen bekam er zu Räucherfisch und Butterbrot anstatt des Hagebuttentees sein erstes Glas Radler hingestellt, und sein Vater pries vor der ganzen Familie seine Talente. Das war 1991 gewesen.

Benedikt war ein Wunschkind seiner Eltern, die die 1970er-Jahre ohne Kinder genossen hatten, ehe sie sich, nach zehnjähriger Beziehung, ganz bewusst für eine Familiengründung entschieden hatten. Noch lange wurde die Anekdote erzählt, dass man Edith direkt von einer Anti-Atomkraft-Demo in den Kreißsaal habe bringen müssen und alles so schnell gegangen sei, dass Gregor, der eigentlich bei der Geburt hatte dabei sein wollen, seine Frau erst wiedersah, als sie glücklich erschöpft das Kind bereits in den Armen hielt. Die Familie lachte immer darüber, wenn es auf diese Geschichte kam, besonders Edith, aber in Bene keimte schon sehr früh eine dumpfe Wut auf. In ihm erzeugte dieses Lachen kein Gefühl familiärer Gemeinschaft, sondern war, zunächst als kindliche Ahnung, ein Indiz für die alleinige Deutungshoheit seiner Mutter. Dieses Gefühl sollte der Grundstein für eine grundlegende Skepsis des Jungen werden, aus der sich in späteren Jahren die Fähigkeit entwickelte, die Wahrheit aus der Schönfärberei zu destillieren oder, wie er es viel später in seiner Mappe für die Journalistenschule in einer schriftlichen Selbstdarstellung formulierte, »einen ausgeprägten Instinkt dafür zu haben, worin das X, worin das U einer Geschichte besteht und, vor allem, welcher Sprecher mit welchem Interesse welche Botschaft damit aussendet«. Weiter schrieb er damals: »Den Zweck dahinter herauszufinden und die dabei zugrundeliegenden Interessen aufzudecken und, zur Aufklärung, an einen Leser zu vermitteln, darin besteht für mich die Aufgabe von gutem Journalismus.«

Nachdem der junge Bene diese noch sehr durch das theoretische Denken des Studiums der Logik an der Universität Freiburg beeinflusste Aussagen bei einem weiteren Bewerbungsversuch zu konkretisieren verstanden hatte, wurde er schließlich, Mitte der Nullerjahre, angenommen und zog mit 25 Jahren nach Hamburg.

Bis dahin war es ein langer Weg gewesen. Als Kind eines katholischen Mädchens vom Lande und der ersten Abiturientin ihres Dorfes, die mit seinem Vater 1969 aus der bayerischen Dorfenge ins luftigere Badische mit seiner linken Szene geflüchtet war, und eines äußerlich wie innerlich unkonventionellen, idealistischen Mannes, Gregor Zwicker, der zeit seines Lebens mit der Dann-doch-Beamtenlaufbahn haderte, wuchs Bene in einer recht stabilen Umgebung in einer großzügigen Freiburger Mietwohnung auf. Er hatte seine Eltern zunächst ganz für sich. Durch die Kleinkindjahre kam er ohne nennenswerte Ereignisse, bis auf einen Eingriff im urologischen Bereich, im Alter von drei Jahren, der einen mehrtägigen Krankenhausaufenthalt nach sich zog. Man schrieb das Jahr 1983, und die Bundesrepublik hatte, zumindest in den Städten, die schwarze Pädagogik in den Hospitälern so weit hinter sich gelassen, dass seine Mutter, ohne Zinnober machen zu müssen, alle Nächte bei ihrem Sohn im Krankenhaus verbringen konnte. Danach waren nun auch das Wasserlassen und die Beherrschung dessen kein Problem mehr. In der Folge entwickelte Bene sich prächtig und tat nichts lieber, als im angrenzenden Wald zu spielen. Zur Einschulung bekam er Pfeil und Bogen, beides treue Begleiter seiner Kindheit im Grünen, die nur durch wenige Wochen unterbrochen wurde, während derer die Wetterkarte von Windrichtungen und dem Piepen eines Geigerzählers bestimmt wurde und er drinnen spielen musste.

Um dieselbe Zeit, Bene lernte gerade das U, indem er es als Dachziegel auf linierte Blätter malte, geschah etwas, das als der »erste Jähzorn« auffiel, wie es sein Vater ihm gegenüber später einmal nannte, ein Außer-sich-Geraten des Erstklässlers, das mehrere Stunden anhielt und weder durch Trost, Gesprächsangebote noch sonstige gut gemeinte pädagogische Maßnahmen zu lindern war. Einzig ihn sich selbst zu überlassen, schien ihn allmählich zu beruhigen. Die Episode war eine Lappalie: An einem Samstagmorgen hatte seine Mutter Laugengebäck gekauft, drei Brezeln und drei Knoten, eigentlich für das Abendessen, aber Bene hatte sein Drittel bereits vor dem Mittagessen verputzt. Als er am Abendbrottisch nach einer Brezel in den Brotkorb griff, machte ihn Edith darauf aufmerksam, dass er seinen Anteil schon gehabt habe, erklärte ihm, man kaufe nicht alle Tage Laugengebäck, er wisse, dass das etwas Besonderes sei, woraufhin er die Brezel nur umso fester umklammerte, mit beiden Händen, aufstand, aus dem Zimmer rannte, nicht aber ohne sich in der Tür noch einmal umzudrehen, das Gebäck in die rechte Hand zu legen und es mit aller Kraft gegen die Esszimmerwand zu schleudern, in sein Zimmer zu laufen, die Tür zu knallen, einen Laut auszustoßen, der dem Quieken eines Ferkels ähnelte, und für einige Stunden vor Zorn, der sich allmählich in Scham verwandelte, zu schmoren. Seine Eltern spekulierten bis in den tiefen Abend hinein, was in ihren Sohn gefahren sein mochte, aber während Gregor Edith auf die cholerische Linie ihrer Familie aufmerksam machte, es also quasi genetisch sah, interessierte Edith hauptsächlich die psychologische Deutung des Ereignisses. Sie erkannte darin überkochende Eifersucht, wo ihr Sohn ja nun schon seit über einem Jahr damit klarkommen musste, dass er sein Zimmer mit jemandem teilen musste: mit seiner kleinen Schwester Agnes. An diesem Abend trank das Ehepaar die Flasche Gutedel bis zur Neige. Danach hatte man Sex, seit langer Zeit wieder einmal in blindem Einvernehmen.

Am Anfang der Promenade, wo das Kinderkarussell auf die ersten warmen Tage wartete, kehrte er in den Posthof am See ein und bestellte Weißwürste und ein Helles. Wie viele Feste sie hier gefeiert hatten, im Stammlokal der Fischerei Bader-Maurer, ihres kleinen Familienbetriebs, der das untere Dorf mit seinem Seeufer geprägt hatte, seit sein Urahn, Ludwig Maurer, Anfang des letzten Jahrhunderts als »Schiffer und Fischer«, wie es im Gemeindearchiv hieß, an diesen See gekommen und einer von drei Badeanstaltsbesitzern, um nicht zu sagen, einer von zwei Fischern geworden war. Bereits im zweiten Jahr nach seiner Ankunft war der Posthof Stammkunde des Fischers Maurer geworden. Kurz zuvor hatte man sich mit dem anderen Fischer wegen steigender Pfundpreise gestritten. Vielleicht war auch etwas Politisches dabei gewesen, etwas schon länger Gärendes, als Wolfgang Strauß, der Wirt des Posthofs, Hans Pittner, Nachfahre einer seit Jahrhunderten ansässigen Fischersfamilie, am Schlafittchen gepackt und aus der Gaststube befördert hatte. Ab sofort belud der Maurer also zweimal in der Woche, dienstags und freitags, seinen Handwagen mit Fisch, den er dem See verlässlich von April bis Oktober abfing, und zog ihn ein paar Hundert Meter, vorbei an der Konkurrenz, vorbei an der Pension Mayr, vorbei an der Schreinerei Rapp, nach vorne, zum Kücheneingang der Gaststätte, die mit dem »Produkt«, wie es später hieß, vor allem am Freitag, dem Tag der Kreuzigung des Herrn, das Hauptgeschäft machte: mit gebackenem, in Mehl gewälztem Renkenfilet, ein Gericht, das ein Klassiker werden sollte. Einzig die Beilagen waren im Lauf der Jahre Moden unterworfen, während das »Original«, wie es immer noch auf der mit Kreide bemalten Tafel des Posthofs hieß, seit über hundert Jahren mit Kartoffelbrei oder Bratkartoffeln und einer geviertelten Tomate serviert wurde, außer zu den ewigen Rübenzeiten während der beiden großen Kriege und in der entbehrungsreichen Zeit bis zur Währungsreform. Nach und nach hatte man sich allerdings zunehmend der Kundschaft anpassen müssen, und die Marotte, wie man es in dieser Gegend sah, Beilagen individuell zu bestellen, griff vor allem ab Ende der 1980er-Jahre immer weiter um sich. Zunächst waren es hauptsächlich die Frauen, die anstatt der Kartoffeln grünen Salat bevorzugten, woraufhin der Koch, bekam er das von der Kollegin des Service in die Küche gerufen, mit den Augen rollte. »Extrafürze«, wie er in seinen Bart nuschelte, wurden nämlich im Großen und Ganzen ungern erfüllt. Wer aber hätte sich träumen lassen, dass es einmal so weit kommen sollte, dass die Gäste anfingen, das Original regelrecht zu verhunzen, indem sie in die Rezeptur selbst eingriffen und sich den Fisch »pur«, das heißt ohne die so charakteristische Mehlpanade, bestellten. Aber man hatte sich zu fügen. Einen Generationswechsel benötigte es, um, nicht nur im Herzacher Posthof, bei derlei Wünschen als Gast vom Service nicht abgekanzelt zu werden. Erst als die Tochter den Gasthof übernahm, eine freundliche junge Frau, die ihre Ausbildung außerhalb gemacht hatte, stellten sich die ortsansässige Gastronomie und andere vom Fremdenverkehr abhängige Geschäftszweige langsam auf ihre Kundschaft ein, die einem das Geld, man musste es ja zugeben, Wochenende für Wochenende, die ganze Saison hindurch, wenn nicht gar darüber hinaus, Jahr für Jahr, Dekade über Dekade, in die Kasse spülte: Münchner, Urlauber, Badegäste und die zugereisten, seit Langem ansässigen Bonzen aus dem oberen Dorf.

»Die Neureichen sind die Schlimmsten«, hatte der Großvater immer gesagt.

Auch Benedikts Großmutter, Anna »Anni« Bader, geborene Maurer, die letzte Chefin der Bader-Maurer-Fischerei, hatte diese Lektion nie begriffen. »Kerndlfresser« hatte sie die Kundschaft bis zuletzt genannt und den Vorschlag ihrer zweitgeborenen Tochter Brigitte, in den Sommermonaten im Fischladen wenigstens eine Kaffeemaschine aufzustellen, wenn nicht abgeschmettert, so doch ausgesessen. Bis zum Schluss also kein Auf-die-Hand-Kaffee aus dem Fischladen des Bader-Maurer-Betriebs, wo alle anderen Gewerbetreibenden der Simonstraße ihn schon anboten, nur immer »Frische oder geräucherte Renke, Aal, Saibling oder Forelle«, der 100-Gramm-Preis mittlerweile im Delikatessenbereich. Einen Kampf hatte sie zu Lebzeiten jedoch nicht mehr gewinnen können, Anni Bader, die kranke Matriarchin, als sie in der Stube des Hauses gelegen hatte, in dem sie geboren worden war, in dem sie ihr ganzes Leben verbracht hatte und das ihr gehörte, nur ihr, und in dem sie nun ihre letzten schweren Atemzüge tat. Gerne hätte sie leichter loslassen können, es war ihr aber, worüber dann alle am meisten weinten, nicht vergönnt gewesen.

Während es im Mai 2009, kurz nach ihrem zweiundachtzigsten Geburtstag, drinnen im Haus langsam auf das Ende zuging, stand draußen ihre Tochter Gitti und schrieb auf die Verkaufstafel, die zur Promenade wies: »Neu! Fischsemmel to go«, und darunter: »3,50 €«. Dann ging sie zurück in den Laden. Der Salzgeruch der Semmel mit dem Bismarckhering, die sie ihrer Mutter in der Mittagspause hinüber ans Sterbebett brachte, sollte dann auch das Letzte sein, was Anni Bader wahrnahm, bevor sie entschlief.

2

Ludwig Maurer hatte sich im Laufe seines Lebens mehrmals gefragt, was wohl zuerst da gewesen war, der fünfundzwanzigste August, sein Geburtsdatum, oder der Name, auf den er getauft worden war. Jedenfalls war er, laut seiner Mutter, zwei Wochen zu früh zur Welt gekommen. Wenige Wochen nach seiner Geburt war, zur Freude Bismarcks, Königin Isabella II. durch das spanische Militär abgesetzt worden. Es folgten zwei kurze, aber heftige Kriege. Im Jahr der deutschen Reichsgründung wurde Ludwig drei Jahre alt.

Ohne weiteres Zutun waren seine Geburtstagsfeste spektakulär. Schon am Vorabend hatten bereits Feuerwerkskörper den See hell erleuchtet. Alle Bewohner der Gegend fühlten sich aufgefordert, fröhlich zu sein. Selbst seine Mutter, die seit einem Jahr um einen gefallenen Soldaten im Nordosten Frankreichs, um den Mann, der sie geschwängert hatte, trauerte, kreiste an jenem frühen Morgen des Jahres 1871, ein Geburtstagsständchen singend, um Ludwigs Gabentisch, auf dem ein Gugelhupf mit drei Kerzen, ein Bilderbuch der Gebrüder Grimm und ein Sack Bauklötze lagen. Dahinter prangten, an der Wand, neben dem in Gold gerahmten Bildnis des Königs, Rudi Hubers Hirschgeweihe, an die sich Ludwig über siebzig Jahre später noch erinnern würde, als habe er diesem Haus niemals den Rücken gekehrt.

Die Hubers betrieben eine Metzgerei in Berg. Der Verkaufsladen grenzte an das Haus, das seit über zwei Generationen im Familienbesitz war. Nach vorne zeigte es auf den Marktplatz, dahinter lagen Mais- und Rapsfelder.

Ludwig wuchs im Glauben auf, die Hubers seien seiner Mutter von Gott gesandt worden, denn weit und breit gab es kaum jemanden, der eine ledige Dienstmagd von zweiundzwanzig Jahren mit einem zweijährigen Sohn angestellt hätte. Vor Ausbruch des Deutsch-Französischen Krieges war sie aus ihrer Familie am oberen Veilhof im Fränkischen wegen des unehelichen Kindes verstoßen worden.

Rudi Huber mochte Kinder, nicht nur seine eigenen. Warum er Ludwig von Beginn an wie einen Sohn annahm, hatte mehrere Gründe. Der Körper seiner Frau Roswitha war zu schwach, um weitere Kinder zu gebären. Seit ihre Schmerzen, die mit einer Hüftfehlstellung einhergingen, stärker geworden waren, verbrachte sie die Nächte nicht mehr im Ehebett, aus Sorge, Rudi könnte seine ehelichen Rechte einfordern. So suchte er anderswo Zuneigung. Obwohl ihm Ludwigs Mutter nur jene höfliche Beachtung schenkte, die von einer Dienstmagd erwünscht war, war er dennoch von ihrem verschlossenen Wesen angezogen. Er fand sie reizend, wenn auch nicht körperlich reizvoll. Väterlich bot er ihr seine Schulter an, was dazu führte, dass auch der kleine Ludwig Zutrauen zu ihm fasste, was wiederum dazu führte, dass Roswitha weniger abweisend sein musste. Rudi hatte nun eine weitere Aufgabe: Er spendete Trost und Zuversicht, und seine Frau tat es ihm gleich. Statt Magda Maurer als Konkurrenz zu sehen, verbündete Roswitha sich mit ihr. An Tagen, an denen sie nicht auf die Beine kam und das Bett hüten musste, bat sie Magda, ihr Ludwig in den Arm zu geben. Sobald sie ihre Nase an die Haut des kleinen Jungen legen konnte, waren ihre Schmerzen erträglicher. Ihre eigenen Kinder, ihr geliebter Franz, der Erstgeborene, Alois, der Mittlere, und Toni, der Jüngste, waren aus diesem Alter heraus.

Obwohl wie der gesamte Landstrich katholisch geprägt, herrschte im Haus der Hubers ein liberaler Geist. Alles, was nach Heiligem Stuhl roch, war vor allem Rudi ein Dorn im Auge. Magda durfte ihre Ordensschwestern, die sie im Gottesdienst kennengelernt hatte, nicht empfangen, Patrioten wies er vor der Tür zurecht, und seine Buben wie auch Ludwig verwirrte er mit der Überzeugung, dass Kreuze in Schulen nichts zu suchen hätten. Am Tag, als Ludwig eingeschult wurde, hielt er am Nachmittag, bei Kaffee und Kuchen, wieder einen seiner Monologe.

»Aber bei uns in der Stube hängt unser Jesus auch«, sagte Ludwig. »Überall hängt er doch.«

»Das ist ganz was anderes. Zu Hause kann man machen, was man will«, entgegnete Rudi.

»Und der Kini? Darf der im Schloss auch ein Kreuz haben?«

»Natürlich, das Schloss ist ja keine Schule.«

Während der König seinen Geburtstag mal in Linderhof, mal in Hohenschwanstein oder auf einem der umliegenden Gipfel verbrachte, verliefen Ludwigs Geburtstage jedes Jahr gleich. Am frühen Morgen, noch vor Sonnenaufgang, füllte seine Mutter, während der Kuchen im Ofen aufging, einen Picknickkorb für den Seespaziergang, darin Schinken, Brot und hart gekochte Eier, Äpfel und reichlich selbst gemachte Limonade und Bier. Den Morgen bis in die Mittagszeit hinein saß man wie an den Feiertagen bei einem üppigen Frühstück zusammen und ließ es sich gut gehen.

Am fünfundzwanzigsten August 1875, an seinem siebten Geburtstag, fragte Ludwig seine Mutter: »Wo feiert der Kini heute?«

»Ich weiß nicht, Luki, bestimmt auch mit seiner Familie.«

»Nein, bei den Franzosen ist er dieses Jahr«, entgegnete Rudi.

Magda, für die Frankreich Unheil bedeutete, faltete die Hände und fing an, ein Vaterunser zu beten. Nachdem sie sich bekreuzigt hatte, zog Rudi die Mundharmonika aus seinem Janker.

»Fröhlich wollen wir heut' sein, nicht wahr, Luki«, sagte sie zu ihm.

Er legte das Instrument an die Lippen, sprang vom Stuhl und begann, von einem Bein aufs andere zu hüpfen, ein Tanz, der seine Mutter aufheitern sollte. Erleichtert nahm er das Lachen am Tisch wahr, das nun wieder eingekehrt war. In ihm allerdings kam keine Freude auf. Er lag auf dem gewienerten Dielenboden, Arme und Beine von sich gestreckt, und sah auf das Bildnis des Königs an der Wand, in dessen dunkle Augen hinein.

»Warum ist der Kini gerade an unserem Geburtstag in Frankreich? Vielleicht kommt er nie wieder.«

»Er kümmert sich um den Frieden«, entgegnete Rudi.

»Nein«, sagte Franz. »Er guckt sich nur die schönen Schlösser in Frankreich an und schmeißt unser Geld zum Fenster raus.«

Alle, die seine Kindheit miterlebten, stimmten darin überein, dass Ludwig ein aufgewecktes Kerlchen war, das sein Herz am rechten Fleck hatte und schneller heranwuchs, als man schauen konnte. Er tat nichts lieber, als sich im Freien herumzutreiben. Zumeist zog es ihn zu den Fischereien am See. Magda versetzten seine Streifzüge jedes Mal in große Unruhe. Statt ihrer Arbeit nachzugehen, betete sie Rosenkränze.

»Weißt du was«, sagte Rudi zu Roswitha. »So geht es nicht weiter. Den Luki leinen wir jetzt am Baum an, wenn er zurückkommt. Ich mag nicht mehr. Seine Mutter weint sich noch die Augen aus.«

»Spinnst du? Der Junge ist doch kein Hund.«

Ludwig schämte sich, als sein Ziehvater an seine Vernunft appellierte. Was er seiner Mutter durch sein ständiges Fortlaufen antue. Der Junge schwor Besserung, aber nur wenige Tage später zog es ihn wieder hinaus.

Nach einem Regenschauer lief er auf die Felder hinters Haus, um Würmer zu sammeln. Weil er sich so viel Mühe gegeben und einen ganzen Eimer Köder zusammenhatte, würde ihn der Fischermeister Stanzl bestimmt mit auf den See nehmen, sicherlich würde er das zur Belohnung tun, dachte er, als er seine Beute, übers ganze Gesicht strahlend, Stanzl senior übergab. Der alte Mann, den mancher Dorfbewohner schon für tot erklärt hatte, saß auf dem Steg, in seinem Anglerstuhl. Seit Jahren belieferte er die Hofküche, hinzu kam die Arbeit im Verkaufsladen und in der Badeanstalt, aber weil er früh an der Leber erkrankt war, hatte er schon bald alle schweren Arbeiten seinem Sohn Rainer anvertraut, der schnell, mit gerade einmal dreizehn Jahren, in die Geschäfte hineinwachsen musste.

Er blickte in den Eimer.

»Ja, der Maurer Ludwig, so was, du bist wohl auch schon ein kleiner Fischermeister. Du magst wohl nicht für den Huber schlachten?«

Ludwig strahlte übers ganze Gesicht. »Ja, richtig, fischen mag ich. Das Schlachten macht der Franz oder der Alois, vielleicht aber auch der Toni. Oder gar keiner. Dann muss der Rudi halt einen Gesellen suchen, sagt die Rosi.«

Bisher hatte Ludwig den Stanzls bei ihrer Arbeit nur zugesehen: wie sie ihren Fang in die Fischküche hievten und ihn bearbeiteten. Wenn die Fischer aus der Umgebung auftauchten, spitzte er seine Ohren. Während die Stanzls nämlich ihre Netze für den König setzten, mussten sich die anderen mit den weniger ertragreichen Zonen auf dem See arrangieren. Ihre Fänge reichten kaum zum Leben. Lautstark schimpften sie Stanzl senior etwas vor und forderten mehr Gerechtigkeit, bis der Alte Rainer anwies, den Aufgebrachten Bier und einen Teller Fischsuppe zu servieren.

Ludwig begann zu verstehen, dass der See nicht nur voller Fische und da war, um darin zu schwimmen oder im Winter eiszulaufen, der See war ein lebendiger Kosmos, und auf ihm wurden, wie an Land, wie unter den Bauern, Zäune gesetzt. Weniger verständlich waren für ihn die lauten Gefechte im Haus der Stanzls. Seit sich die Aufträge für den Hof ausgeweitet hatten, sie nicht mehr nur Fisch aufs Schloss lieferten, sondern den König bei Bedarf über den See ruderten und ihnen zudem die Weiterleitung der Hofpost anvertraut worden war, kam Stanzl seniors Frau Maria nicht zur Ruhe. Zwei ihrer Söhne waren beim Mainfeldzug gefallen. Somit blieb ihr nur noch ihr Jüngster, Rainer. War sie noch zu Zeiten des Deutschen Bundes stolz darauf gewesen, dem Königshaus zu dienen, so hatte sich diese Haltung über die Jahre grundlegend verändert. Maria fühlte sich verraten und verkauft. Verantwortung für den Verlust ihrer Söhne trügen allein diese barbarische Politik und dieser König, der, zu schwach, dem preußischen Feind aus reiner Verschwendungssucht in die Hände gespielt und sich erpressbar gemacht habe. Stanzl senior hingegen gab dem Reichskanzler die Schuld, obgleich er, wie die meisten Gewerbetreibenden im Süden des Landes, von dessen Politik profitierte. Er war hin- und hergerissen. Und wenn er gar nicht mehr weiterwusste, dann war allein Gott es, der seine Söhne zu sich geholt hatte, dann spielte es keine Rolle mehr, unter welchem Bündnis Kriege angezettelt wurden.

Die Kinder verstanden nicht, worin der Unterschied bestand, dass sie einem Deutschen Bund, einem Norddeutschen Bund oder einem Deutschen Reich angehörten. Es interessierte sie nicht, dass Frankreich Millionen Francs Kriegsentschädigung zahlte, wie hoch die Börsenumsätze waren, unter welchen Verordnungen ein Gewerbe zu führen war, all das gehörte in die Welt der Erwachsenen. Wie es jedoch um ihre Mütter stand, bewegte sie sehr wohl. Rainer versuchte, seiner Mutter Trost zu spenden, indem er sich die Strebsamkeit und Geschäftstüchtigkeit seiner gefallenen Brüder zu eigen machte und sich vornahm, so bald wie möglich zu heiraten. Und Ludwig wollte, seiner Mutter zuliebe, ein guter Katholik sein. An den Sonntagen, in der Schlosskirche, merkte er sich alle Gebete, alle Handgriffe der Ministranten, vor allem die der Rauchfassträger.

Im Frühjahr, als Ludwig neun Jahre alt war, starb der alte Stanzl. In den wenigen wachen Momenten, die ihm geblieben waren, hatte Rainer seinem Vater versprechen müssen, dass er gut auf das Familienerbe aufpassen würde. Kurz vor seinem letzten Atemzug, Maria hielt seine Hand, hauchte er ihr seine Zuneigung an die Wange und bat sie, den Maurer Ludwig nach seinem Schulabschluss als Gesellen unter Vertrag zu nehmen.

Somit war Ludwigs Weg vorgezeichnet. Noch im selben Jahr, als Stanzl senior zu Grabe getragen wurde, trat der Pfarrer, kurz nach Ludwigs Erstkommunion, in die Wohnstube der Hubers. Die Familie saß kerzengerade um den Tisch herum. Er dürfe nun für den König ministrieren, verkündete Hochwürden. Ludwig nahm die Urkunde entgegen. Schwarz auf weiß standen da: sein Name, sein Geburtsdatum und der Tag seiner ersten heiligen Kommunion. Magda kippte geradewegs vom Stuhl. Dabei riss sie die Tischdecke mit.

»Keine Sorge, Herr Pfarrer«, sagte Rudi. »Unsere Magda freut sich. Wie wir alle. Danke für Ihren Besuch.«

Am selben Tag begann Ludwig, sich auf seinen ersten Gottesdienst vorzubereiten. Die Fürbitten, die er Rainer beim Fischeausnehmen vortrug, wurden immer länger und länger, bis Rainer ihn darauf aufmerksam machte, dass nicht er den Gottesdienst halten würde, sondern der Pfarrer.

»Bitte lieber darum«, sagte er, »dass uns der Fisch nie ausgeht.« Seine Mutter bat ihn, den Frieden der Lebenden und der Toten zu erflehen. Maria wünschte sich genügend Milch für alle Neugeborenen, und Rudi forderte gleiches Recht für alle. Die Huber-Jungen, vorneweg Franz, baten darum, dass keines der Sozialistengesetze auf den Weg gebracht werden dürfe.

Ludwig wusste nicht mehr, wo ihm der Kopf stand. Am Morgen seines ersten Gottesdienstes als Messdiener erwachte er sehr früh. Er half seiner Mutter, den Frühstückstisch einzudecken, und wenige Stunden später zog er, in Reih und Glied mit den anderen Ministranten, der Pfarrer vorneweg, in die königliche Schlosskapelle ein. Sie war brechend voll. Die Messe war dem Kaiser gewidmet, der einige Tage zuvor einem Attentat entgangen war. Außerdem hatte sich herumgesprochen, dass der König heute in Begleitung komme. Alle streckten ihren Kopf zur Orgel empor, wo Seine Majestät und ein junger Mann in schwarzem Frack Platz nahmen.

Ludwig sprach seine Fürbitte, als habe er das schon ein Dutzend Mal gemacht. »Schütze unser Land, unseren See, unsere Häuser und Schlösser, auch unseren König, und habe Erbarmen. Christus, erhöre uns.«

Seitdem hatte er an Ansehen gewonnen, und mit ihm die Hubers und Magda. Zahlreiche schaurige Geschichten vom Königshof gelangten ins Dorf, mancher Lakai sei wegen kleiner Fehltritte gekündigt oder sogar körperlich gezüchtigt worden, wie man sich in den Wirtshäusern erzählte, aber dennoch galt es als Auszeichnung, im Dienst des Hofes zu stehen. Plötzlich wurde Ludwig anders angeschaut. Ihm gefiel es, dass er nicht mehr nur der kleine Maurer war, sondern nun der Bursche, der für den König ministrierte. Außerdem wurde er jetzt bei den Stanzls für die Kundschaft eingesetzt. Obwohl vier Jahre jünger als Rainer, war er derjenige, der die vielen Sommerfrischler, die Städter, die sich über den See rudern ließen, so sehr zu unterhalten verstand, dass sie bei ihrem nächsten Besuch gezielt nach ihm fragten. Sein kindliches Strahlen, sobald er sich aufrecht, ohne mit dem Gleichgewicht zu kämpfen, wie ein Turmspringer auf den Bootsbug stellte und zu referieren begann, während Rainer die Ruder setzte, ließ weder die Damen unter ihren riesigen Sonnenhüten noch ihre stattlichen Begleiter unberührt.

»So, fühlen Sie sich nun herzlich willkommen«, fing er seine Vorführung an. »Der See ist 20 Kilometer lang, 4,5 Kilometer breit, und seine Tiefe beträgt 130 Meter. Haben Sie Lust auf eine Wanderung? Wollen Sie unseren See zu Fuß umrunden? Dann liegen 46 Kilometer vor Ihnen.«

Seine noch kindliche Stimme klang wie aus einem Reiseführer. Über die Alpenkette wusste er zu berichten, über die Schlösser, die rings um den See lagen, über den Bau des Nordturms Isolde auf dem Schlossdach und den kleinen Hafen, der 1853 angelegt worden war, über den Aufenthalt der Zarin Maria Alexandrowna 1868 in Berg bis hin zur Roseninsel und zu den Sommeraufenthalten der Kaiserin und ihrer Familie. Und schließlich, zum weiteren Amüsement, zog er, wie er es mit Rainer abgesprochen hatte, sein Unterhemd aus und sprang, auf der Mitte des Sees, kopfüber ins Wasser. Während er abtauchte und mit bloßen Händen einen Fisch aus dem Netz fing, zog Rainer die Ruder ein. Ludwig tauchte auf, schmiss seine Beute ins Boot, und Rainer warf den zappelnden Fisch in den bereitgestellten Eimer; den Damen stockte der Atem. Zurück am Bootssteg, durfte die Kundschaft den Eimer eigenhändig über den Steg zur Fischküche tragen. Die meisten wollten mit ansehen, wie Ludwig den Fisch, unter Rainers Aufsicht, tötete. Er setzte das Messer unterhalb des Kiemendeckels an, zog es schnell und tief halbrundförmig von oben nach unten. Je öfter er es tat, umso flinker und sicherer wurde er. Um den Fisch auszuweiden, führte er die Messerspitze in den After. Vorsichtig zog er die Klinge unter der Haut entlang der Bauchdecke bis hin zum Kopf, nahm die Eingeweide heraus, warf sie in den Abfall und entschuppte das Tier unter dem laufenden Wasserhahn. Rainer verpackte die Ware und übergab sie der Kundschaft. »Dann lassen Sie es sich mal schmecken.«

Die Stanzls konnten sich vor Anfragen kaum retten. An manchen Tagen standen die Leute Schlange. Und jeden Abend, vor dem Zubettgehen, sprach Ludwig sein Gebet und dankte dem Herrn für die vielen schönen Tage, die er ihm bescherte.

»Wer war der junge Mann, der mit dem König neulich Sonntag den Gottesdienst besucht hat?«

Die Frage stellte Gertrud Kranz, die im Alten Wirt kellnerte. Sie hatte die Stanzls aufgesucht, um die seit zwei Monaten überfällige Miete für die Boje zu begleichen, an der ihr uralter, von ihrem verstorbenen Vater geerbter Kahn hing. An ihren freien Tagen schipperte sie mit ihrem Feldstecher über den See und hatte danach immer etwas zu berichten. So oft hatte sie Sissi in den schillerndsten Kleidern umherwandeln sehen, dass man hätte meinen können, die Kaiserin habe Österreich nun endgültig den Rücken gekehrt.

»Der macht Theater«, sagte Ludwig. »Kennst du den etwa nicht? Der kommt aus Wien. Der soll den Wilhelm Tell für unseren König spielen.«

Bevor Gertrud eine weitere Frage stellen konnte, zog Rainer ihn ins Bootshaus. Mit einer mittlerweile brummenden Stimmlage erinnerte Rainer ihn daran, dass man Gerti gar nichts erzählen dürfe, sie könne ihr schändliches Maul nicht halten, nichts dürfe man ihr glauben.

Seither machte Ludwig einen großen Bogen um sie, aber auf ihren Feldstecher hatte er es abgesehen. Nicht einmal die Jäger waren im Besitz eines solchen Stücks. Er fasste den Plan, ihr das Ding abzuluchsen. Er kannte ihre Vorlieben und ihre Spielleidenschaft. Auch Ludwig paschte gern. Viele Abende saß er mit den Huber-Söhnen am Küchentisch und würfelte um die Ehre, die Liebe, die Zukunft und den Tod. Um Geld durfte im Haus der Hubers nicht gespielt werden. Ludwig wusste also sehr wohl, dass er etwas Verbotenes tat, als er Gertrud mit einer unbeschriebenen Ansichtskarte, auf der eine Bier-Kellnerin aus der Stadt abgebildet war, und seinen fünf Briefmarken – den beiden Bayern-Einsern und den drei Marken von Thurn und Taxis – beim Alten Wirt herausforderte. Er setzte sich direkt neben den Stammtisch. Gerti war sofort bei der Sache. Nur drei Spiele brauchte er, mit einem Fünfer-Pasch gewann er schließlich. Stolz nahm er seinen Einsatz und seinen Gewinn, den Feldstecher, an sich.

Von nun an hatten Rainer und er ein neues Hobby.

In jeder freien Minute setzten sie sich mit einem Proviantrucksack auf einen Hochsitz, den sie auf einem ihrer Streifzüge entdeckt hatten, und spähten. Bald schon stellten sie fest, dass sie mit dem Gerät über die ganze Bucht bis hin zum Schloss, bis zu den Ställen sehen konnten. Sie konnten die königlichen Pferde, die Kutschen und sogar das Nebengebäude erkennen. An den Tagen, an denen über die Zeitung aus der Stadt, die täglich beim Alten Wirt herumlag, angekündigt wurde, dass der König nach seinen Aufenthalten auf Schloss Neuschwanstein oder Linderhof in Berg eintreffen würde, ließen sie alles stehen und liegen und machten sich auf zum Hochstand. Sie legten Notizhefte an, und sobald die Kutsche des Königs durch das Schlosstor fuhr, schrieb einer von beiden die Ankunftszeit und alles, was sich in ihrem Blickfeld regte, auf. Gelegentlich zeichnete Rainer auch in die Hefte. Mit Bleistift skizzierte er die Uferlandschaft. Ludwig genoss die Ruhe, die Rainer ausstrahlte, die Stille, die ihn dann umgab, sobald er, die Beine übereinandergeschlagen, den Stift über einige Stunden nicht aus der Hand legte.

Eines Tages, Anfang Juli 1882, trat gegen Mittag ein aufgeregter Hofdiener des Königs in die Metzgerei. Er war so außer sich, dass Rudi die beiden Kunden, die er noch zu bedienen hatte, höflich, aber bestimmt vor die Tür setzte, hinter ihnen zuschloss, dem Hofdiener ein Gläschen Weinbrand vorsetzte und ihn sachte zu einem Stuhl hinter der Theke schob.

»Sie sind mir empfohlen worden«, sagte der Hofdiener, das Glas Weinbrand umklammernd.

»Vom Stanzl?«

»Nein, vom Maurer Ludwig. Wir sind in Not. Unsere Züchtereien in Rom können nicht liefern.«

»Rom?«

Langsam beruhigte sich der Hofdiener. Er stellte sich als Melchior Kessler vor. In allen Einzelheiten beschrieb er das letzte Staatsbankett in der Residenz. Prachtvolle Schwäne und blaue Pfauen, göttliche Geschöpfe, hätten in allen möglichen Variationen den mit Gold verzierten Saal geschmückt und, nicht nur das, auch zum Wohl der Gäste beigetragen. Nun hegte Seine Majestät den Wunsch, Ende des Monats dem Herrn Wagner zu seiner Premiere des *Parsifal* in Bayreuth ein ebensolches Geschöpf zu präsentieren. Einen Pfau, mit Trüffeln gespickt. Rudi kam ins Schwitzen. Wo nur sollte er innerhalb von zwei Tagen ein solches Vieh auftreiben?

Den ganzen Nachmittag über blieb der Laden geschlossen. Bis in die frühen Abendstunden hinein diskutierte man, wo ein solcher Pfau aufzutreiben sei. Dass beim Bauern Wolfram am Ortsende einer herumstolzierte, fiel Magda ein, und Alois wollte mit Toni losziehen und ihn erlegen.

»Nein. Die Suppe löffelt der aus, der sie uns eingebrockt hat.«

Rudi schlug auf den Tisch. Allesamt blickten zu Ludwig, der sich sogleich auf den Weg zu Rainer machte.

Das Grundstück des Bauern Wolfram lag abgeschieden. Hinter den Ställen begann der Wald. Kaum jemand verlief sich zu dieser Einöde, Rainer aber tauschte seit dem Tod seines Vaters weiterhin mit den Bauern Fisch, meist Renken, und hier und da mal eine Forelle oder einen Saibling gegen Eier, Kartoffeln, Mais und Kohl. An der Hofeinfahrt drehte Rainer sich zu Ludwig um.

»Du hältst hier die Stellung. Mit dem alten Griesgram komm ich besser allein klar.«

Noch bevor Rainer an die Tür klopfen konnte, öffnete der Wolfram.

»Servus«, sagte Rainer. »Ich komme wegen eurem Pfau.«

»Ja, Herrgott noch mal, was wollt ihr jetzt alle unseren Pfau haben? Die vom Schloss waren auch schon da.«

»Meine Mutter wünscht sich so einen Vogel zum Geburtstag.«

Der Wolfram schaute ungläubig drein.

»Geh, hör auf mit dem Scheißdreck, du bist doch auch bloß ein Lakai von dem Monarchenstall.«

»Bist du blöd, der Kini ist für euch Bauersleute der rechte. Und mein Vater und du, ihr habt auch immer zusammengehalten.«

Rainer trat ins Haus.

»Hast du eine gute Wurst da?«

Der Wolfram schnaufte.

»Ja, freilich, aber hör du mir auf mit dem Kini. Der und sein Pack locken die Städter an, die verdorbenen, mit ihren schicken Kleidern. Leisten kann unsereins die sich nicht. Und die Minister, alle in einen Sack … und draufhauen …«

Ludwig verfolgte indessen einen anderen Plan. Auf einem der abgeholzten Baumstämme vor dem Haus saß der Pfau ruhig und still und bewegte nur sein zartes Köpflein. Ludwig verließ seinen Posten. Mit einem faustgroßen Stein in der Hand pirschte er sich an, kam näher und näher, aber das Vieh rührte sich nicht. Etwa eine Schrittlänge entfernt, legte er den Stein zu Boden. Der Pfau hüpfte, in seiner ganzen Grazie, vom Baumstamm und stolzierte auf ihn zu. Mit allem hatte Ludwig gerechnet, aber nicht mit einer solch tierischen Dummheit. Selbst eine stinkende Taube war klüger. Mit seinem Schnabel inspizierte er den Stein, dann Ludwigs nackte Waden. Er hob den Pfau hoch, wie er eine zutrauliche Katze auf den Arm genommen hätte. Das Tier ließ es geschehen. Es musste um die acht Pfund wiegen, so viel wie mehr als ein Dutzend Renken.

Es schmiegte sich an Ludwig, an seinen Brustkorb. Er atmete kaum. Einen Fuß hinter den anderen setzend, schlich Ludwig rückwärts über den Kies. An der Hofeinfahrt angekommen, lief er, den Vogel immer noch auf dem Arm, Richtung Wald. Nun wäre es ein Leichtes gewesen, dem Pfau an die Gurgel zu gehen. Eine Drehung mit der Hand, und er wäre mausetot, aber Ludwig brachte es nicht fertig. Das Einzige, was er zu töten und aufzuschlitzen imstande war, waren Fische, und das sollte sein Leben lang so bleiben.

Er lehnte sich an einen Baum, den Weg zum Wolfram-Hof im

Blick, beugte sich dann hinunter und ließ den Vogel zu Boden, der seinen langen Hals in seine Richtung streckte und keine Anstalten machte, sich zu entfernen. Ludwig stampfte ein paar Mal heftig auf.

»Schleich dich«, rief er. »Sonst drehe ich dir den Kragen um, und dann kommst du in den Ofen für den Herrn Wogna.«

Der Vogel hüpfte zur Seite und begann, seelenruhig im Moos zu picken.

»Bist du deppert, oder was? Hau ab! Sonst bist hi.«

Und als habe der Vogel endlich verstanden, breitete er seine Flügel aus und flog auf einen Baum. Da saß er nun, gelassen wie ein Rabe. Rainers Pfiffe drangen an den Waldrand.

Ludwig trat auf den Weg.

»Da bist du ja«, sagte Rainer. »Der Wolfram will seinen Pfau nicht hergeben.«

»Ich glaube, wir lassen die Sache«, antwortete Ludwig. »Vielleicht mag der Herr Wogna gar keinen Pfau essen.«

Und so fügte sich eins ums andere. Nachdem Rudi wegen der Angelegenheit nachts kein Auge zugetan hatte, teilte der Küchenjunge des Schlosses am darauffolgenden Mittag zur Erleichterung aller mit, dass der König von einem Pfau, mit Trüffeln gespickt, abgekommen sei. Später erfuhr man, dass Seine Majestät keine einzige Aufführung des *Parsifal* in Bayreuth besucht habe, nicht einmal die Premiere.

Im darauffolgenden Frühjahr löste die Witwe Stanzl ihr Versprechen ein und nahm Ludwig als Gesellen unter Vertrag. Die täglichen Arbeitsabläufe waren ihm schon so vertraut, dass er die Fortbildungsschule mit links meisterte. Während er immer mehr Aufgaben im Betrieb übernahm, darunter, vor allem in den Sommermonaten, die Ruderbootfahrten für Pilger und Adelige, trieb sich Rainer mit jungen Frauen herum, aber die vier Lebensjahre, die die beiden trennten, schienen dennoch wie weggewischt. Noch vor seiner Gesellenprüfung kannte sich Ludwig im Fischereirecht besser aus als Rainer, und auch Ludwig war zu einem jungen Mann herangereift. Sein Körper hatte sich zu einer imposanten Erscheinung entwickelt, die Tonlage seiner Stimme war um drei Oktaven gesunken. Nun umgab ihn ein warmer Bass. Wenn es die Situation erforderte, konnte er jedoch furchteinflößend sein. Die Kinder, die im Winter über den zugefrorenen See schlitterten, hörten nicht etwa auf Rainer oder die anderen Fischer, sie hörten auf Ludwig. Im Nu waren sie vom Eis. Am Ufer zog er ihnen die Ohren lang.

Sehr zu schaffen machte Ludwig, dass seine Mutter ihre Ordensbeziehungen mehr pflegte als alles andere. War er früher noch im Stande gewesen, sie aus ihrer Stille herauszulocken, indem er ihr Tanzschritte vorführte oder sie an der Hand nahm, um sie bei einem Spaziergang über die Blumenfelder mit seinen Erzählungen abzulenken, die immer von der Fischerei, vom Schloss und von des Königs Befinden handelten, war sie, seit sie entschieden hatte, für immer ins Kloster zu gehen, für nichts mehr zugänglich. Auch im Haus der Hubers saß man nur noch selten beisammen. Zum Bedauern Rudis mochte keiner seiner Söhne den Betrieb übernehmen. Er fing an, sich mit jedem anzulegen, der ihm über den Weg lief. Meist war es Rosi, die seine Launen abbekam, was ihre Ehe endgültig entzweite. Sie legte ihren Ehering ab und kaufte sich von ihrem Ersparten eine Nähmaschine, womit sie sich einen Jugendtraum erfüllte. Sie begann, schicke Kleider, extravagante Hüte für die Damen aus der Stadt und Unterröcke aus Seide zu entwerfen. Dabei half ihr Alois, der Mittlere. Er kümmerte sich um alles Geschäftliche, besorgte Stoffe und hielt die Kundschaft bei Laune. Toni hatte eine Wolfram-Tochter geheiratet und zog auf den Hof. Und Franz suchte sein Glück in der Stadt. Eines Tages hatte er seinen Koffer gepackt und war losgezogen. Wäre Ludwig ihm auf dem Weg zum Bahnhof nicht zufällig begegnet, hätte er sich von niemandem verabschiedet.

»Ich muss weg«, sagte Franz. »Ich möchte zur Gewerkschaft. Sie suchen einen Sekretär. Und eine Bleibe krieg ich auch in der Stadt.«

»Gut«, sagte Ludwig. »Dann gehst jetzt fort. Dann musst du nicht mehr schlachten.«

Er versprach Franz, Stillschweigen zu wahren, und wünschte ihm viel Glück.

3

Benedikt angelte sich ein Paar Würste aus dem heißen Wasser. Wie oft der Großvater hier zum Stammtisch gewesen war, sicher bis zuletzt. Durch die Fensterfront sah er auf die Schiffsanlegestelle, die in drei Tagen, am Ostersonntag, den Betrieb wiederaufnehmen würde. Neben einem alten Mann, dessen Profil und Hut mit Gamsbart sich vor dem hellen Grau des Seehimmels abzeichnete, war er der einzige Gast. Während er einhändig an einer Wurst zutschte, zog er sich den *Herzacher Boten* heran, die Umsonst-Zeitung dieser Seeseite, die seit den 1890er-Jahren, als sich die Familie Holler mit einer Druckmaschine am Ort niedergelassen hatte, zunächst monatlich, ab den 1920er-Jahren dann wöchentlich in den hiesigen Briefkästen lag. Er blätterte durch die Seiten, eine Mischung aus Vereinsankündigungen und Werbeanzeigen für den örtlichen Einzelhandel, die Privatklinik oder den ewig gleichen Bauunternehmer, bis er, kurz vor dem Impressum, auf Interessanteres stieß, das Protokoll der öffentlichen Sitzung des Bauausschusses beziehungsweise den Teil, der für die Öffentlichkeit bestimmt war: »Sitzungsprotokoll vom 25. 03. 2010, der Beschluss der öffentlichen Bauausschusssitzung vom 25. 03. 2010 wird genehmigt. Abstimmungsergebnis: 9 Ja-Stimmen/0 Nein-Stimmen. Bauantrag zum Neubau von drei Wohngebäuden mit gemeinsamer Tiefgarage, Grundstücke Fl. Nr. 557 und 557/6,

Braunmüllerstraße 58, Gemarkung Herzach. Verwaltungsfachwirt Sebastian Schoner trägt den Sachstand vor. Im Anschluss ergeht folgender Beschluss: Für den Bauantrag zum Neubau von drei Wohngebäuden mit gemeinsamer Tiefgarage auf den Grundstücken Fl. Nrn. 557 und 557/6, Braunmüllerstraße 58, Gemarkung Herzach, gemäß den Plänen der Kurz GmbH vom 08. 03. 2010 wird das gemeindliche Einvernehmen nach § 36 BauGB erteilt.«

Er spuckte ein Stück Wurstpelle auf den Teller, wischte sich die Finger an der Papierserviette ab, spülte mit Bier nach und griff in seinem Anorak nach einem Stift.

»Es wäre wünschenswert, wenn mehr Fahrradstellplätze geschaffen werden würden. Abstimmungsergebnis: 9 Ja-Stimmen/0 Nein-Stimmen. Nächster Tagesordnungspunkt: Verbesserung der Raumsituation im Kindergarten. Die Kosten belaufen sich für die folgenden Maßnahmen wie folgt: Schaffung eines Besprechungsraumes durch Anbau eines neuen Geräteraums ca. 85.000.– €, Einbau von Akustikkühldecken in den Gruppenräumen ca. 170.000.– €, Reduzierung der Lärmbelastung in den Galerien ca. 6000.– €. In der anschließenden Diskussion wird die Auffassung vertreten, dass es sinnvoller und sparsamer wäre, die derzeit vermietete 2-Zimmer-Wohnung im Erdgeschoss als Besprechungs- und Pausenräume umzunutzen. Abstimmungsergebnis: 9 Ja-Stimmen/0 Nein-Stimmen.«

Die nordkoreanischen Verhältnisse, wie sein Großvater die Ergebnisse des hiesigen Gemeinderats zuweilen bissig kommentiert hatte, hätten eine lange Tradition in diesem Kaff. Seine Großmutter hatte in solchen Momenten ihre Medikamente vor sich auf den Küchentisch aufgereiht und damit alle zum Schweigen gebracht.

Benedikt blätterte um und las vom Vollzug von Baugesetzen und von der Änderung des Bebauungsplanes einer ehemaligen Sommervilla eines bekannten Arztes. Bei der namentlichen Erwähnung eines

Gemeinderatsmitglieds musste er schmunzeln, er kannte ihn noch vom Tischtennisspielen aus den Sommern Anfang der 1990er-Jahre.

Der alte Mann vom Tisch gegenüber erhob sich. Er stützte sich an der Tischkante ab und griff nach seinem Gehstock. Im Vorübergehen hob er den Hut in Benedikts Richtung.

»Habe die Ehre«, antwortete der und bestellte einen Espresso, während er fortfuhr, das Sitzungsprotokoll zu lesen, von der Umbenennung der Grundschule in »Ludwig-Thoma-Volksschule«, der Umsetzung von energetischen Gebäudesanierungsmaßnahmen, einer Absichtserklärung über die Fortführung der Zusammenarbeit mit dem lokalen Stromversorger bis hin zum letzten Tagesordnungspunkt, der hieß: »Bauantrag Grundstück der ehemaligen Fischerei Bader-Maurer, Simonstr. 24, Gemarkung Herzach. Zum Stand: Gemäß den Plänen der Kurz GmbH vom 08. 03. 2010 ist das gemeindliche Einvernehmen nach § 36 BauGB erteilt worden. Mit dem Abriss des Traditionsbetriebes mitsamt dem Wohnhaus, dem Fischgeschäft, der Bootshalle und der Werkstatt, wo seit hundert Jahren gelebt und gearbeitet wurde, stirbt ein weiterer Teil des historischen Herzach (Bemerkung des Ersten Oberbürgermeisters). Mit dem Abriss wird am Dienstag, dem 20. 04. 2010, begonnen.«

Da stand es also, schwarz auf weiß. Er kippte den Espresso wie einen Schnaps.

»Alles kehrt wieder, Nikki, nur in anderer Gestalt, wie Wellen, die, ohne dass je eine der anderen gleichen würde, am Ufer schlecken, Jahr und Tag«, hatte die Großmutter einmal gesagt, nachdem sie ihm ein Wiegenlied gesungen hatte. »Aber heidschi bumbeidischi bum bum. Aber heidschi bumbeidschi bum bum.«

Bauherr sei die Firma Ernst München, der geplante Baukörper überschreite deutlich die Begrenzung nach Norden, das zukünftige

Gebäude werde als einziger Hauptbaukörper in der Simonstraße sehr nah am Straßenraum zu liegen kommen und habe somit eine negative Wirkung auf das städtebauliche Erscheinungsbild entlang der Simonstraße, der Beschlussvorschlag werde somit abgelehnt. Eine einseitige Wandhöhe von 4,20 m über dem bestehenden Gelände an der Grenze zum Hotel Korfu sei jedoch zulässig. Gemeinderat Lechner habe durch ein Abrücken vom Sitzungstisch an der Beratung und Abstimmung zu diesem Tagesordnungspunkt nicht teilgenommen.«

»Alles in Ordnung?«, fragte der Kellner. Benedikt steckte seinen Stift wieder ein, suchte in der Reisetasche nach der Digicam und fotografierte den letzten Absatz.

»Scheint ja interessant zu sein«, lachte der Kellner und räumte das leere Geschirr ab. »Das Käseblatt liest hier niemand.«

»Ja«, antwortete Benedikt freundlich, bewusst nicht ganz hochdeutsch. »Berufskrankheit, wissen Sie.«

Er bezahlte und stellte sich draußen an den Stehtisch unter den Heizpilz. Er schaute einem Schwan zu, wie er sich im Uferkies niederließ und den Schnabel unter seinen fahlen Flügel steckte.

Benedikt stand vor dem Räucherofen, der den vertrauten Geruch nach verbrannter Erle verströmte, Großvaters Geheimrezept für das perfekte Aroma. Er hob den Kopf: über ihm der offene Himmel und die abgebrochene Esse des Ofens. Das Dach war bereits abgerissen worden, das Inventar schutzlos liegen gelassen: die während der Winter selbst geknüpften Netze, die an der Rückwand der Räucherkammer hingen und schimmerten wie der Haarschopf eines Wassermanns; vor dem Räucherofen ein Tisch, auf dem noch die Schüssel mit den verrußten Holzklötzchen stand, die den Fischen während des Räuchervorgangs die Bäuche offen hielten, daneben die Plastikbehälter mit den Haken, an denen Renke, Saibling, Forelle und Aal über Jahrzehnte hinweg über dem Rauch gehangen und darauf gewartet hatten, dass der Großvater sie, zu Rotgold verwandelt, aus dem Ofen zog und in Gemüsekisten ordnete, die er vom Kramer aus dem oberen Dorf bezog, und den Frauen zum Verkauf hinstellte oder in seinen Opel lud, um einige Restaurants aus der Gegend zu beliefern. Auch der Ernte-23-Aschenbecher war stehen gelassen worden, eine Kippe darin, wahrscheinlich von Brigitte geraucht zwischen zwei Kunden, und sogar die blaue Fischermütze seines Großvaters, für Benedikt unerklärlich, die er ohne Umschweife einsteckte. Er bückte sich nach einer vertrockneten Zitrone, die irgendwann unbemerkt unter den Tisch gerollt sein musste, nahm sie in die Hand, zielte auf eine Wolke und schleuderte sie, so weit er konnte, dem Himmel entgegen, der auf das, was vom Innenleben dieses Familienbetriebs noch übrig war, herabblickte wie auf ein entblößtes Puppenhaus. Nun war der Bauboom, der hier vor hundert Jahren begonnen hatte, also auch bei ihnen angelangt.

Vom See aus war die Struktur des Dorfes mit den baulichen Veränderungen gut zu erkennen. Benedikt saß im Ruderboot, mit dem die Bojenmieter der Familie jahrein, jahraus ihre in der Bucht liegenden Segelboote anfuhren, und scannte, einen halben Kilometer vom Land entfernt, von der Mitte der Herzacher Bucht mit einem Feldstecher das Ufer. Am äußersten Zipfel, ganz links, nahezu unberührt von Zeit und Raum, stand die Sturmwarnung. Davor waren im noch zurückgezogenen Wasser erste Kitesurfer zu erkennen, daneben, als er etwas nach rechts schwenkte, einige der Stege, deren Nutzung nur privat gestattet war. Darüber thronten die frei stehenden Häuser, dahinter die Villen, zumeist im Reformstil erbaut. Mit den großzügigen privaten Seegrundstücken hatte es 1930 ein Ende gefunden, als die Gemeinde die gesamte Bucht mit einem durchgängigen Seeuferweg versehen hatte. Hinter der Zinne des ehemaligen Jagdhotels, in dem, wie es einige Dorfbewohner noch zu erzählen wussten, der Chefredakteur der überregionalen Tageszeitung bis Ende der 1950er-Jahre seinen Bart in die beste Grießnockerlsuppe Bayerns gehängt hatte, bis es dann endgültig geschlossen wurde, war ein zusammenhängendes Stück Wald zu sehen. Dahinter, so vermutete Benedikt, war der Teich, in dem seine Vorfahren immer auf Forelle gegangen waren, eine Fangart, von der auch seine Mutter noch wusste. Auch wusste man vom in der Nähe des Teichs liegenden Gut Bräuning, dessen Geschichte wechselvoll war und das durch den, wie man munkelte, Freitod eines unheimlichen Arztes Ende der 1940er-Jahre in die Dorfgeschichte eingegangen war. Jetzt war darin ein Drogenentzugsprogramm für Kinder reicher Leute untergebracht, wie er später, tief in der Nacht, in seinem Hotelzimmer ergoogeln würde.

Benedikt zog die Brennweite des Fernglases, das er sich in der Werkstatt beim Schultern der Ruder vom Haken gepflückt hatte, auf, sodass er einen größeren Ausschnitt des Dorfpanoramas erkennen konnte: am Bildrand, links im Mittelgrund, ragte die Fachhochschule mit staatlich verordneter, massiver Architektur über dem Dorf empor, weiter unten, in Uferwegnähe, folgte der Sportplatz, auf dem er ein paar nachmittägliche Kicker erkennen konnte, daneben die Hütte vom Deutschen Roten Kreuz, die dort stand, solange er denken konnte, dann der Tennisplatz und die Schiffsanlegestelle am meistfrequentierten Teil des Ufers, der Promenade, an der jetzt nahezu auf Kante gebaut wurde. Im Falle des Pettenkofer-Grundstücks hatte das zu einem langjährigen Kleinkrieg zwischen dem Pettenkofer und dem Bootsbauer Dirrigl geführt und den Stammtisch in zwei Lager geteilt, wie der Großvater ihm oft erzählt hatte, wenn er bei ihm auf einem Knie gesessen hatte, nach dem entscheidenden Wertsteigerungsschub, der für Investoren das Goldene Zeitalter eingeläutet hatte, zu Beginn der 1990er-Jahre. Von jetzt an brauchte man nur auf einen Todesfall mit darauf folgendem Erbrechtsstreit zu warten, und Münchner Makler, Architekten und Banken rieben sich die Hände, ganz zu schweigen vom einzigen Bauunternehmer des Dorfes, der zudem noch einen guten Draht zur Partei hatte.

Benedikt steuerte das Boot gegen und nahm die rechte Seite des Panoramas ins Visier, die alte Schmiede, vor der sich Agnes, immer wenn er zusammen mit ihr dort am in den See sprudelnden Bach gespielt hatte, gegruselt hatte. Nie waren sie bei ihren Streifzügen viel weiter als bis zum kurz dahinter gelegenen Campingplatz gekommen, an die Stelle, wo das Dorf aufhörte, um dann zurückzulaufen, Bene die Haltung eines Zombies einnehmend, seiner schreienden Schwester hinterher, an der Wasserwachthütte vorbei, in die scharfe Kurve der Bucht hinein, wo bis in die 1960er-Jahre ein stattliches Hotel gestanden hatte, dessen Besitzer, ein Schlagersänger, zusammen mit seinen Gästen zur Melodie der Capri-Fischer die Erinnerungen an den Krieg im Weinbrand ertränkt hatte. Seit Ende der 1980er, als er mit Agnes dort Sommer für Sommer seine kleinen Horrorshows aufführte, war hier, nach einer Modernisierung, eine der obligatorischen, voralpenländischen Pizzerien ansässig, in der er Agnes ein Eis kaufte, um die Aufregung noch vor der Rückkehr nach Hause zu kühlen.

Intuitiv schwenkte Benedikt das Fernglas nach oben und fing den Zwiebelturm der Wallfahrtskirche ein, die von hier mit einer dreistündigen Wanderung zu erreichen war, senkte es wieder und streifte mit dem Blick weiter am Ufer entlang, vorbei an der einzigen Freifläche auf diesem Abschnitt, über den verwitterten Minigolfplatz und den knallgrünen Kiosk, der seit Kurzem geschlossen war, nachdem Frau Die-größte-Zahnlücke-der-Welt-Müller das Zeitliche gesegnet hatte, bis hin zum Hotel Korfu, das genauso lang wie die Fischerei seiner Familie daneben existiert hatte, mit verschiedenen Besitzern zwar, sie aber nun, ein paar Jahrzehnte und Nachbarschaftsstreitigkeiten später, überleben würde.

Schließlich blieb er am Maurer-Bad hängen, wie man sie hier nannte, die ehemals öffentliche Badeanstalt, die einst im See gelegen hatte, ein stolzer Pfahlbau, unentwegt bedroht von Hochwasser, von seinen Vorfahren im Lauf der Zeit umgewandelt zu einer Kojenvermietung an segelnde Dauergäste, mit einem vorgelagerten Steg, an dem die Familie über Generationen hinweg das Schwimmen und den Hechtsprung gelernt hatte und Benedikt selbst das Segeln.

In weiter Ferne sah er den Großvater Tretboote vertäuen oder den winterlichen Steg auseisen. Er erblickte Agnes, die kleine Kaulquappe, wie sie mit Taucherbrille an den Pfosten hinuntertauchte und sich Schnitte an den Füßen holte, wenn sie beim Ausholen gegen die Muscheln am Holz schlugen; und schließlich, ganz am Ende des Kaleidoskops, gewahrte er sich selbst dort stehen, die Reuse auswerfen, um Köder fürs Angeln zu fangen, wie eh und je. Vom Steg aus winkte jemand. Er ließ das Glas sinken. War er gemeint?

Ja, es war Agnes.

So wie seine Großmutter über Nacht ergraut war, beim 54er-Hochwasser, nachdem das Geld für den Wiederaufbau der Badeanstalt gefehlt hatte und man – trotz des Kredits von der Bank und Hilfe des Staates – 1969 endgültig hatte schließen müssen, wie man in der Familie erzählte, so waren auch Ediths Haare im letzten Jahr weiß geworden. Sie stand im Flur ihres Geburtshauses und sah bebend die Stiege zum ersten Stock hinauf. Der letzte Mann im Dorf, der noch zu ihr hielt, Ernesto junior, Nachfahre des ersten Einwanderers des Dorfes, eine Jugendliebe, hatte sie vor Kurzem informiert, dass Dinge auf dem Grundstück vor sich gingen, was sie, obwohl alle Verträge und Termine in Sack und Tüten waren, in Alarmstufe versetzt hatte. Sie hatte ihre Kinder aus Wien und Berlin gerufen, man möge ihr und Gregor beistehen, und tatsächlich war der Abriss nun ohne ihr Wissen vorgezogen worden, um mehrere Wochen, in denen sie noch einige Male hatte anreisen wollen, um das Haus und seinen Inhalt zu ordnen. Brigitte aber hatte den Ablauf im Alleingang durch einen Spezi im Bauausschuss beschleunigen, das hieß, zu ihren Gunsten beeinflussen können, und so fand Edith ihr Elternhaus ausgeweidet vor. Wer weiß, wie lange die Haustüre bereits offen gestanden hatte, der Fleckerlteppich im Eingang war jedenfalls schon feucht, wie Benedikt feststellte, als er das Gewebe zwischen die Finger nahm und dann seiner Mutter einen Arm anbot. Starr blickte sie ins Wohnzimmer, auf den Boden, wo bis vor Kurzem der Perser gelegen hatte, auf die aufgezogenen Sideboardschubladen, die verwaiste Couchgarnitur und die Buffet-Uhr, die unbeirrt in die Stille tickte.

»Dabei waren's nicht einmal die Einbrecher. Glaubt man es.« Sie wandte sich ab.

In der Küche feuerte Gregor den Ofen an, und Agnes deckte den Tisch zum letzten Abendmahl: Rettich, Schinken und Butterbrote, nach Fisch war ihnen heute allen nicht zumute. Bene ging in die Werkstatt hinüber und steckte den Kühlschrank aus, nachdem er den letzten Kasten Bier herausgenommen hatte. Sie tranken alle Flaschen leer. Man ließ Edith reden, nachdem sie fast umgekippt war, als sie bemerkt hatte, dass auch der Corpus Christi im Herrgottswinkel und der schönste Maßkrug ihres Vaters und sein mit Erinnerungen aufgeladener, selbst geschnitzter Stock aus dem Krieg und vieles mehr entwendet worden waren – auch die Königsbüste, das alte, aber wertvolle Gruselding, das unter dem Dach vor sich hin gegammelt hatte –, man ließ sie reden, ohne sie zu unterbrechen, man ließ sie einfach reden, wie einen Wasserfall. Manchmal kamen Agnes die Tränen, und Benedikt schenkte nach. Man teilte die Zimmer auf, die es noch auszuräumen galt, morgen, der Würde wegen, morgen, Karfreitag, zu dem es Edith trotzdem gelungen war, einen Container zu organisieren. Bene versuchte die Eltern zu überreden, mit ins benachbarte Korfu zu kommen und dort zu übernachten, anstatt in diesem geplünderten Geisterschiff, wie Agnes es nannte, aber es war vergeblich. Immerhin ließen sie sich zum gemeinsamen Frühstück im Hotel bewegen.

Gegen ein Uhr überließ Bene seine Eltern ihrer Entscheidung, in Ediths ehemaligem Mädchenzimmer zu schlafen, auf klammen Matratzen, nahm ihnen aber das Versprechen ab, hinter ihm abzuschließen. Er testete das Schloss auf seine Funktionsfähigkeit. Beim Abschied zückte sein Vater die Mundharmonika, die er seit seinen Ausbildungstagen in Bayern nicht mehr gespielt hatte, und Bene gab seiner Mutter beim Hinausgehen Feuer und ließ es ihr auf dem Küchentisch liegen, Edith, die an diesem ersten April 2010, mit sechzig Jahren und nach zwanzigjähriger Enthaltsamkeit, wieder anfing zu rauchen, während sie auf den Tisch starrte, an dem sich, immer und immer, alles abgespielt hatte.

Erst Jahre später würde ihm wieder einfallen, wie seiner Mutter am nächsten Morgen am Buffet des Hotels der Teller heruntergefallen war, nachdem sie davon erzählt hatte, dass ihr in der Nacht zuvor ihr Vater erschienen sei.

»Ich bin aufgewacht, und dann hat er dagestanden, auf der Schwelle, und mich angesehen, und mir wird es so schwer ums Herz. Aber er hat mich nur angesehen, und dann hab ich gesagt: Vater, wir verkaufen. Und er hat nichts gesagt, wie so oft, wenn er beleidigt war. Und mir ist es immer schwerer geworden, und ich habe wieder gesagt: Vater, wir verkaufen. Aber dann, mit einem Mal, wurde sein Gesicht milde, und er hat gesagt, ganz milde hat er gesagt: Das ist gut so, Edith. Dann hat er sich umgedreht und ist gegangen.«

4

Dass das Hirn des Königs krank sei, hörte Ludwig zum ersten Mal, als in den Wirtshäusern und bei den Stanzls im Fischladen diskutiert wurde, ob das Land ein weiteres Schloss in Falkenstein brauche oder nicht. Seine Majestät häufe mit seinem Irrsinn einen Schuldenberg an, der nicht mehr zu rechtfertigen sei, vernahm Ludwig beinah täglich, und im Alten Wirt sorgten sich die einen um das königliche Wohl und verteufelten die Mächtigen um ihn herum, die anderen wünschten, er würde zur Vernunft kommen. Dass der König Minister entließ, seinen Kabinettschef und seinen Flügeladjutanten austauschte, hatte Rainer nach einer seiner Postfahrten zur Irmgard mit nach Hause gebracht. Wie hoch die Schulden tatsächlich waren, die der König über die Jahre angehäuft hatte, konnte niemand mit Gewissheit sagen. Auch wusste niemand so recht, wie Seine Majestät nun zur Kirche stand.

Auch der alte Huber begann zu zweifeln. Über zwei Jahrzehnte hatte er an den Fortschritt geglaubt und sich dafür starkgemacht, dass beides, Kirche und Staat, nebeneinander existierten, dass der König beides vereinen könne. Und nun stand er, kurz vor der Weihnachtszeit 1885, vor der Wand, an der seine Hirschgeweihe hingen, und sah seinem König ins gemalte Antlitz. Derart empört über die Schlagzeile, er habe sechs Millionen Goldmark Schulden, nahm

Rudi das Bildnis des Königs herunter, um es zu zerkleinern und in den brennenden Ofen zu werfen, aber Ludwig riss es ihm aus den Händen.

Um es vor seinem Ziehvater in Sicherheit zu bringen, befestigte er das Bild am nächsten Morgen am Schlitten. Bei den Stanzls sei es besser aufgehoben, sagte er zu Rudi, der wie ein begossener Pudel am Tisch saß. Ludwig stieg in seine Schneeschuhe, drehte sich aber noch einmal um.

»Schäm dich!«, sagte er.

»Die Zeiten ändern sich, Bub.«

Dass Rainer das Bild nicht hinter dem Verkaufstresen im Fischladen aufhängte, sondern an die Bretterwand im Bootshaus nagelte, wo es kaum jemand zu Gesicht bekam, war für Ludwig ein Zeichen. Obwohl ihm Rainer versprach, dass er es, sobald sich die Stimmung beruhigt habe, in den Laden neben den Meisterbrief seines Vaters hängen würde, war klar: So bald wie möglich würde Ludwig seiner eigenen Wege gehen. Ihm schwante, dass eine neue Zeit im Begriff war anzubrechen. Der König war nicht mehr in Sicherheit.

»So kann es nicht weitergehen. Gesponnen hat er schon immer«, ging es jetzt von Mund zu Mund.

Als jedoch, Freitag vor Pfingsten 1886, die Staatsmacht eine nächtliche Ausgangssperre verhängte und sich das Volk tagsüber nicht in der Nähe des Schlosses sehen lassen durfte, drehte sich der Wind wieder.

»Die Sauminister«, hörte man es nun.

Wie ein Lauffeuer sprachen sich die Informationen im Dorf herum. Jeder hatte etwas gehört, jeder kannte jemanden, der wiederum jemanden kannte, der etwas zu wissen schien. Sogar ein paar Städter waren deswegen angereist, mieteten sich in die Seehotels ein, unter ihnen einige Reporter, deren Ausweise die Gendarmerie einkassierte. Man munkelte, eine Ungeheuerlichkeit gehe vor sich. Der König solle in Gewahrsam genommen werden. Der erste Übergriff sei gescheitert. Ein zweiter solle folgen.

Melchior Kessler, der Hofdiener, hatte nicht an sich halten können und Rainer bei der Fischlieferung anvertraut, dass er habe mit ansehen müssen, wie des Königs Gemächer für die Ankunft Seiner Majestät vorbereitet worden seien. Türklinken seien abgeschraubt, Fenster verriegelt worden. Die Zugänge zu den Türmen habe man sperren lassen, und alle scharfen Gegenstände hätten Lakaien, die Kessler noch nie zuvor gesehen habe, beiseitegeräumt. Gegen Mittag solle der König mit dem Obermedizinalrat, der ihm eine Geisteskrankheit attestiert habe, ohne ihn überhaupt begutachtet zu haben, und dessen Kollegen auf dem Schloss eintreffen.

Am Samstagmorgen hingen, wie die Tage zuvor, schwere Regenwolken über dem Landstrich. Rainer und Ludwig schnappten ihr Ölzeug, zogen die Gummistiefel an und ruderten auf den See, hinüber zu Irmgards Poststelle ans Südende, um Informationen zu ergattern. Vor ihrem Wirtshaus war bereits ein ziemlicher Tumult. Gendarmen liefen umher und versuchten, die Leute von den königlichen Kutschen fernzuhalten, Sommerfrischler, die sich in Irmgards Post, wie jedes Jahr um Pfingsten herum, einmieteten, und auch die Ortseinwohner, die gerade eintrafen, als Rainer und Ludwig auf das Wirtshaus zumarschierten.

Sofort wurde Rainer von einem der Gendarmen aufgehalten, aber Ludwig konnte sich bis zur Treppe vor dem Gasthof durchschlagen. Er stellte sich zu Irmgard. Aus einer der Kutschen sah man den König freundlich winken. Ludwig spürte seinen Herzschlag. Er musste an die erste Begegnung mit ihm denken, mit seinem König; wie er, Seine Majestät, an den in Reih und Glied stehenden Ministranten nach der Messe vorbeigelaufen und mit seiner großen Gestalt zu ihnen hinuntergesehen, jedem die Hand gegeben und einen schönen Sonntag gewünscht hatte. Wie er bei ihm, Ludwig, haltgemacht, sich zu ihm hinuntergebeugt und gesagt hatte: »Du bist also Ludwig Maurer, und wie ich bist du am fünfundzwanzigsten August geboren.«

Und wie sich der König dem Pfarrer zugewendet und gefragt hatte: »In welchem Jahr ist der Junge geboren?«

Und wie der Pfarrer ihn angesehen und gesagt hatte: »Na, Maurer Ludwig, wann bist du geboren?«

Und der seine Brust gestreckt und geantwortet hatte: »Achtzehnhundertachtundsechzig.«

Als sei er noch das Kind von damals, verbeugte er sich, so tief er konnte. Als er sich wieder aufrichtete, winkte der König Irmgard zu sich.

»Geh schnell, hol ein Wasser für den Herrn König«, sagte sie, und er spurtete davon.

Bei Ludwigs Rückkehr war der König von drei Gendarmen abgeschirmt. Der Obermedizinalrat griff nach dem Wasserglas und reichte es in die Kutsche. Unter den strengen Blicken der Doktoren leerte Seine Majestät das Glas in einem Zug. Die Kutscher sprangen wieder auf, Ludwig und Irmgard wurden beiseitegedrängt. Die Herrschaft zog davon. Irmgard hielt das leere Glas wie eine Kostbarkeit in den Händen. Nie wieder würde sie es spülen.

Bis Mittag schwand die Aufregung. Die Sommerfrischler zogen zu ihren Unterkünften und in die Kaffeehäuser. Ein paar wenige bestellten den Mittagstisch. Gerade noch hatte der König einen guten Eindruck gemacht, aber Irmgard, die nah an seiner Kutsche gestanden hatte, hatte Fußfesseln gesehen.

Am Tag darauf hielt sich jeder an die Ausgangssperre, bis auf Ludwig. Er saß auf dem Jagdhochsitz und beobachtete das Schlossgrundstück. Noch nie zuvor hatte er es derart bewacht gesehen. Auf den Türmen wie auch in der Einfahrt und im Park sah er Männer in Uniform. Auf dem See hingegen bewegte sich nichts, kein Dampfer, auch keine anderen Boote. Regenwolken zogen vorüber, schafften es aber nicht über die Alpen und kehrten, da der Wind seine Richtung änderte, wieder zurück. Er hatte Proviant für zwei Tage mitgenommen. Um in der Dunkelheit zurechtzukommen, würde ihm die Öllampe behilflich sein, die er aus dem Bootshaus der Stanzls entwendet hatte. Gegen Mittag erblickte er in der Mitte des Sees Gertruds Kahn.

12.47 Uhr Gerti auf dem See. 12.56 Uhr königliches Dampfboot in Sicht, Richtung Gerti. 13.12 Uhr Gerti wendet, Fahrt zurück zum Stanzl. Königliches Dampfboot legt wieder am Schlosssteg an.

Gerüchten zufolge sollte der König fortgebracht werden. Ludwig behielt das Schloss und den Hofstall, wo die Kutschen standen, im Blick.

Die Vorhänge in den Gemächern des Königs im zweiten Stock aufgezogen, 16.10 Uhr Gendarmen laufen umher. Chaos. Ein Gerenne. Ins Schloss. Und wieder raus. 17.22 Uhr Der Stallmeister und seine Gehilfen laufen aufgeregt ins Schloss. Eine halbe Stunde später ziehen sich die Wachposten von den Türmen zurück.

Ludwig traute seinen Augen nicht.

18.39 Uhr Rainer! rudert mit einem Mann, kann ihn nicht erkennen, in Richtung Schloss. Über dem Boot eine Regenplane. 18.54 Uhr Rainer befestigt das Boot am königlichen Steg. Er hilft dem Mann beim Aussteigen. Melchior Kessler. Über seine eigenen Beine stolpert er. Wie vom Teufel gejagt rennt Kessler Richtung Schlosspark. Und Rainer: Er läuft auf und ab. Auf dem königlichen Steg. Auf und ab. Himmelherrgott. Was tut er da?

Wie gebannt saß Ludwig hinter seinem Feldstecher, bemerkte aber weder die Gendarmerie, die sich am Ufer postierte, noch die Doktoren, die ohne den Obermedizinalrat angelaufen kamen und, in schnellem Schritt, ebenfalls das Ufer ansteuerten. Erst als Rainer aufhörte, hin und her zu laufen, und plötzlich stehen blieb, weil er etwas zu sehen schien, schwenkte Ludwig von ihm weg, hinauf zum Schloss, durch die Baumwipfel in den Park, zum Ufer hinunter und blieb an zwei Uniformierten hängen, die knietief im Wasser standen. Er sah, wie sie etwas unter Wasser drückten, sich dann zum Ufer umdrehten, zu einem mittlerweile angewachsenen Pulk von Männern mit Hüten auf.

Als Ludwig einen Körper im Wasser treiben sah, während die beiden Männer an Land wateten, ließ er den Feldstecher sinken. Zittrig sah er auf seine Uhr und notierte: *19.12 Uhr König treibt im See. Sieht nicht mehr lebendig aus. Vater unser, der du bist im Himmel. Warum tust du nichts? Sieh doch: Rainer, er weiß nicht, was er tut. Er versündigt sich an der Leiche. Zu viert zerren sie den leblosen Körper ins Boot. Auch Rainer packt zu! Den anderen fallen die Hüte vom Kopf, die jetzt im See treiben.*

Grausig!

Einige Stunden später, als die Dörfler, mit dem Einsetzen der Zinnglocken, in Aufruhr gerieten und aus ihren Häusern auf die Straße rannten, Kommandanten in die Dunkelheit riefen, der König sei verschieden, kletterte Ludwig vom Jagdhochsitz herunter. Er wollte Rainer zur Rede stellen. Auf dem oberen Waldweg liefen Anwohner mit brennenden Fackeln Richtung Schloss, um über Stunden am Schlosstor auszuharren. Ludwig hatte sich für den Uferweg zum Stanzl entschieden. Obwohl er beteuerte, für den Hoffischer zu arbeiten, kam er nicht an den Vertretern der Staatsmacht vorbei. Hinter ihnen sah er das Bootshaus hell erleuchtet und drei Kutschen hinter der Absperrung, mitten auf der Straße.

»Hier gibt's nichts zu sehen. Schleich dich«, wurde er abgewiesen.

Er lief zurück, bis er die Stelle erreichte, die die Einheimischen in den Sommermonaten aufsuchten, um frühmorgens baden zu gehen. Er zog sich bis auf die Unterhose aus. Der Wind war frisch, aber er spürte weder die Kühle noch die Regentropfen. Er lief über die spitzen Steine, als trage er noch seine Wanderschuhe. Langsam glitt er ins Wasser und schwamm auf das Stanzl-Grundstück zu. Gewöhnlich glitt er, egal, welchen Stil er wählte, zügig durchs Wasser, jetzt jedoch schwamm er langsam von einer Boje zur nächsten, hielt inne, schaute auf die beiden Gestalten, die mit Öllampen auf dem Steg standen und rauchten, und näherte sich so weit, bis er sich an einem der Ruderboote festhalten konnte.

»Seht mal im Boot nach. Wir suchen die Uhr des Königs. Sie muss aus seinem Gewand gefallen sein.«

Er erkannte Melchior Kesslers Stimme.

Er tauchte unter. An den Pfosten des Stegs entlang zog er sich bis unters Bootshaus, wo er auftauchte und wieder Luft holte. Jetzt war er in Sicherheit. Durch die Schlitze der Bretter sah er: Stiefel, Tischbeine, eine Plane, Netze und Eimer. Viel mehr konnte er nicht erkennen, aber er hörte, dass die Uhr gefunden worden war. Und er hörte, wie jemand fragte, ob die Uhrzeit im Protokoll festgehalten werden solle.

Jemand rief: »Die Zeiger sind um 19.02 Uhr stehen geblieben!«

Eine andere Stimme: »Das geht doch alles nicht zusammen. Warum ist keiner der Herren vom Geheimdienst da? Warum lässt man uns hier allein? Wo, verflucht, ist der Ministerrat?«

»Können Sie jetzt bitte gehen. Meine Mutter ist müde. Wir wollen zu Bett.«

Er erkannte Rainers Stimme. Sie klang ängstlich.

»Wann wir hier fertig sind, entscheiden nicht Sie.«

Über ihm machten sich die Doktoren über seinen König her. Das musste das Werk des Teufels sein. Ludwig tauchte unter, schwamm zurück und schleppte sich mit letzter Kraft an Land.

Die Tage danach bewegte er sich wie in einem Traum, aus dem es kein Erwachen zu geben schien. Sein Gehirn versuchte mit aller Kraft, das Erlebte einzuordnen, versuchte, es mit den über die Landesgrenzen hinweg gestreuten Meldungen, der König sei freiwillig aus dem Leben geschieden, im See habe ein tödlicher Kampf mit dem Obermedizinalrat stattgefunden, in Einklang zu bringen. Er hatte keinen Kampf gesehen. Auch war da kein zweiter toter Körper gewesen.

Dann, am dritten Tag, durfte sich das Volk verabschieden. In der Vorhalle des Schlosses war die Leiche aufgebahrt. Niemandem war es jedoch erlaubt, sich der Bahre zu nähern. Nicht einmal ein Blumengesteck durfte niedergelegt werden.

Dass Seine Majestät noch lebe, da niemand seine Leiche zu Gesicht bekommen habe, verkündete Gertrud im Wirtshaus, während sie Essensbestellungen aufnahm und volle Bierkrüge auf die Tische stellte.

»Hör jetzt auf, so ein Zeug zu erzählen«, unterbrach der Wirt. »Du hast doch gehört, dass er am Sonntag beim Stanzl aufgebahrt war.«

Als sich die Leute am nächsten Vormittag dann auf die Dorfstraße begaben, um sich ein allerletztes Mal vor dem König zu verbeugen, traf Ludwig auf Rainer, der im Trauerzug hinter der Kutsche herging. Ludwig stand am Straßenrand.

»He«, rief er.

Rainer senkte das Kinn tief auf die Brust und schritt weiter, aber Ludwig drängte sich zu ihm durch und tippte ihm auf die Schulter. Schließlich hob Rainer den Kopf. »Was ist! Lass mir meine Ruh, Luki, nichts. Gar nichts gesehen hab ich.«

Hochoffiziell, per Einschreiben, kündigte er noch im August, noch vor Saisonende. Alle hatten auf Ludwig eingeredet, die Hubers, seine Mutter, der Pfarrer, sogar die Leute beim Alten Wirt. Dass er es nicht tun solle, dass er es nicht besser haben könne, darin waren sich alle einig, und ja, verflucht, er hatte keine Ahnung, wie es weitergehen sollte.

Vorübergehend würde er in der Metzgerei aushelfen.

Er beendete seine Aufzeichnungen: *Ein Rätsel willst du bleiben, so bleibe es, aber bleib bei mir.* Er klappte das Notizheft zu, wickelte es in Zeitungspapier und ging los, zum Jagdhochsitz, wo er es zwischen zwei Bäumen tief vergrub.

»Vergiss nicht, alles hab ich gesehen, und aufgeschrieben hab ich es auch«, sagte er, als Rainer mit dem Kündigungsschreiben in der Metzgerei auftauchte.

»Schluss jetzt, führ dich nicht auf wie der liebe Gott persönlich. Was willst du denn jetzt machen?«

»Das geht dich einen feuchten Dreck an.«

Was auch immer Ludwig erhofft hatte, als er Rainer wutentbrannt des Ladens verwies, es erleichterte ihn nicht. Er wünschte sich an einen Ort, wo er nicht mehr in Gesichter sehen musste, die zu Fratzen wurden wie die von den Stanzls oder anderen, die seinen König hintergangen hatten und jetzt aus reinem Eigennutz stillhielten und in Windeseile Geld aus der Sache schlugen.

Ob es die feinen Leute der Regierung oder die Wittelsbacher waren, war gleich, von der Mitwisserschaft freikaufen mussten sie sich, nicht anders konnte er den plötzlichen Reichtum mancher Dörfler deuten. Und allesamt, diese verkommenen, ortsansässigen Kreaturen ließen es zu, dass die Touristen wie die Schmeißfliegen einfielen und, nach einer Dampferfahrt, in den Souvenirladen strömten, den Melchior Kessler, der Verräter – und das ohne Hilfe eines Kredites, wie Ludwig gehört hatte – eröffnet hatte; dieser Kessler, der jetzt in seiner maßgeschneiderten Tracht durch die Gegend zog, mit der Geste eines Patriarchen den Bierkrug zur Begrüßung hob, so, als sei es sein Volk, auf das er gönnerhaft niederblickte, als habe allein er dem Ort zu Ansehen verholfen, und wie Rainer, ebenfalls ohne sich Geld leihen zu müssen, ein neues Haus für seine Mutter bei einem Münchner Bauunternehmen in Auftrag gab. Wie alles, jeder Tag, nach einer hinterhältigen Intrige roch. Wie sich jeder seine eigene Version zusammendichtete und sie beim Alten Wirt zum Besten gab, bis, schon ein paar Monate nach dem Ereignis, nur mehr Märchen kursierten.

Ludwigs Unglücksjahr endete mit einer Überraschung. Die Ankündigung zur Gedenk-Christbaumfeier in der dritten Dezemberwoche hing in jedem Laden, im Wirtshaus und im Gemeindehaus.

»Da schau her«, sagte Rudi. »Eine Stiftung zu Ehren unseres Königs ist gegründet worden. Und wir haben sogar auch was davon.«

Er hielt ein Schreiben in der Hand, in dem er gebeten wurde, für das gesellige Beisammensein beim Alten Wirt Bratwürste und Gulasch bereitzustellen.

Auch die Bäckerei Graf schloss sich an. Die Männer im Gemeinderat beauftragten ihre Frauen, Christbaumzweige zu behängen, Geschenke, Strümpfe, Spielsachen, Äpfel, Schokolade und Nüsse für die Kinder zu verpacken, und die Gärtner, auch die machten ihr Geschäft, schmückten den Saal und stellten einen bis an die Decke ragenden Weihnachtsbaum auf. All das verdankten die Dörfler einer Baronin aus Sachsen. Die Gemeinde gab sich große Mühe, das Fest im Sinn der edlen Spenderin auszurichten. »Seine Majestät, unser König, er lebe hoch«, endete die Rede des Bürgermeisters, der nach den feierlichen Worten des Pfarrers ans Pult getreten war. Der Saal brummte.

»Er lebe hoch! Hoch! Hoch!«

Wie im Bierzelt wurden die Krüge aneinandergehauen. Als der Schülerchor auf die Bühne trat und gerade mit der Darbietung beginnen wollte, erhob sich Ludwig. Er stellte sich auf die Bierbank, ließ seinen Blick über die im Nu Verstummenden wandern, hinüber zum vordersten Tisch an der Bühne, an dem die Stanzls und der Kessler mit Familie saßen, und rief: »Sauerei!«

In die beklommene Stille hinein hob der Dirigent seinen Taktstock. Die Kinderstimmen setzten ein:

»Gott mit dir, du Land der Bayern,
Deutsche Erde, Vaterland!
über deinen weiten Gauen
ruhe Seine Segenshand!
Er behüte deine Fluren,
schirme deiner Städte Bau
und erhalte dir die Farben
Seines Himmels Weiß und Blau.

Gott mit uns, dem Bayernvolke,
dass wir, unsrer Väter wert,
fest in Eintracht und in Frieden
bauen unseres Glückes Herd;
dass mit Deutschlands Bruderstämmen
einig uns der Gegner schau,
und den alten Ruhm bewähre
unser Banner Weiß und Blau!

Gott mit ihm, dem Bayern-König,
Segen über sein Geschlecht!
Denn mit seinem Volk im Frieden
wahrt Er dessen heilig Recht!
Gott mit ihm, dem Landesvater,
Gott mit uns in jedem Gau,
Gott mit dir, du Land der Bayern,
Deutsche Heimat Weiß und Blau.«

Die erste Ansichtskarte, die Ludwig an die Baronin schrieb, stammte aus seiner Sammlung und war des Motivs wegen – eine Bleistiftzeichnung vom Schloss Linderhof – eine seiner wertvollsten. Er sah es als seine Pflicht an, der Baronin zu danken. Dass sich eine höhergestellte Unbekannte, eine Sächsin wohlgemerkt, derart großzügig dem bayerischen Volk gegenüber zeigte, konnte nur bedeuten, dass sie ein sehr aufrechter Mensch sein musste.

Berg, 27. 12. 1886

Verehrte Baronin, wenn Sie nur wüssten, wie sehr mich Ihre Wohltätigkeit erfreut. Haben Sie gehört, dass unsere Kinder Sie das Christkind nennen? Ich danke Ihnen im Namen unseres

Königs, dass Sie sein Gedenken in Ehren halten, und wünsche Ihnen Glück und Zufriedenheit. Ich stehe Ihnen zu Diensten.

Ihr Ludwig Maurer
(ehemaliger Geselle des Leibfischers des Königshauses und Schiffer aus Berg)

Eine Antwort blieb aus. Zu Ostern schrieb er wieder. Dieses Mal einen Brief, in dem er ihr erneut mitteilte, dass sie sich jederzeit an ihn wenden könne. Er berichtete, wie bestürzt er über die Tatsache sei, dass sein Land nun mit einem Prinzregenten auskommen müsse, der sich nicht sehen ließ, dass sich niemand um das Schlösschen kümmere, dass man es ausgeräumt, ja, anders könne er es nicht beschreiben, geplündert habe. Verantwortung trügen die Mächtigen, sei es doch ihre Aufgabe, eine schützende Hand übers Volk zu halten, dies jedoch könne er nicht erkennen, im Gegenteil, das Böse gehe um. Sie solle den Gerüchten, der König habe selbst Hand an sich gelegt, keinen Glauben schenken, er, Ludwig Maurer, wisse es besser. Details sparte er aus. Er scheute sich, seine unbekannte Verbündete mit der Wahrheit zu konfrontieren, womöglich würde sie diese in Unruhe versetzen, vielleicht aber fürchtete er auch, sie würde ihm keinen Glauben schenken.

Monatelang wartete er auf Antwort. Schließlich, Anfang Sommer, lag zum Abendbrot ein Brief neben seinem Teller.

Dresden, 2. Juni

Lieber Ludwig Maurer,
erst jetzt erlaubt es meine Zeit, Ihnen zu antworten. Folgende Bitte an Sie:

In die Gruft kommen neue, dunkelrote Rosen mit Draht, keine Nadeln, befestigt und dabei vielleicht 11 Stück Edelweiß oder, wenn zu teuer, 6 Stück. Anstelle Bandschleife kaufen Sie Bändchen in Blau und Weiß, jedes Röllchen Band ein halber Zentimeter breit und damit die 9 Kränze umwinden, dass es weiß und blau ist. Immer einen kl. Zwischenraum in den Zweigen lassen. In den 3 Kränzen auch das Edelweiß. Wenn Sie das nicht finden in Ihrer Gemeinde am See, finden Sie es in München. Sie gehen wohl in das Geschäft, am Hauptbahnhof, Schulze, wohl? – dringend!

Ich hoffe, dass ich alles erwähnt habe u. dass Sie, lieber Ludwig, gut besorgen können! Schreiben Sie mir nachher ausführlich! Gott gebe, dass Sie und die Ihren, die ich grüßen lasse, wohl sind! Seien Sie, lieber Ludwig, wie herrlich nur Ihr Name mir aus der Feder fließt, herzlich gegrüßt, von
Ihrer dankenden
Hilde von Zietlitz
P.S.: Wenn man an den Sarkophag in der Gruft in St. Michael tritt, so hängt man den Kranz zu Füßen über, an gewohnte Büste usw.

Seither stand er im Dienst der Baronin. Beinahe jedes Jahr kündigte Hildegard von Zietlitz in ihren Briefen einen baldigen Besuch im Bayerischen an. Aber er wartete vergebens.

Um seinen einundzwanzigsten Geburtstag herum, Anfang August 1889, bat sie ihn, für drei Nächte ein Hotelzimmer zu buchen, eines mit Balkon und Blick über den See. Sie betonte, dass er Diskretion wahren müsse, ihre Anreise dürfe nicht publik werden, sie wolle auf keinen Fall Aufmerksamkeit erregen. Ihre jährliche Spende hätte nichts mit ihrer Person zu tun, sie würde über die Stiftung laufen, die Gelder kämen unter anderem von Aktionären aus der Wirtschaft und seien mehrfach durch Kanäle geflossen, deren Wege kein normaler Mensch nachvollziehen könne. Sie habe einige Presseanfragen erhalten, alle habe sie abgelehnt. Ihr Naturell schaffe es nicht, sich öffentlich zu äußern. Er versicherte ihr, beim Leben seiner Mutter, dass sie sich keine Sorgen machen müsse, er werde das Zimmer auf seinen Namen buchen, sie könne, wenn sie das wolle, als seine Tante in Erscheinung treten.

Alles war vorbereitet. Am 21. August jedoch erhielt er ein Telegramm:

Lieber Ludwig, rechnen Sie nicht mit mir. Wieder muss ich Sie enttäuschen. Ich muss meinen ehrenamtlichen Aufgaben nachkommen. Zwei Häuser für die Altenpflege in Löga werden eröffnet. Die Einladung des Pfarrers zur Feier kann ich nicht ausschlagen. Offene Rechnungen übernehme ich, Zimmer etc. Dies in Kürze, Ihre Hilde

Statt das Zimmer zu stornieren, quartierte er sich selbst ein. Am Morgen nach seiner ersten Übernachtung bahnte er sich den Weg über die exklusive Liegewiese, vorbei an reichen Sommerfrischlern, die sich mit ihren Handtüchern die besten Plätze für den Tag sicherten. Am Steg angekommen, sprang er mit einem Hecht ins Wasser und zog über eine halbe Stunde seine Bahnen.

»Bravo. Wie ein Fisch im Wasser«, kicherte eine Dame unter ihrem Sonnenschirm hervor, als er sich abtrocknete.

Tagsüber beobachtete er die Gäste und fragte sich, was wohl aus ihm werden würde. Was würde er tun, hätte er Geld? Würde auch er sich den Koffer tragen und sich über den See rudern lassen und sich einen Deppen suchen, dem man anschaffen konnte, was man wollte? Womöglich ja.

Am Abend stand er auf dem Balkon seines Zimmers, mit einem Glas Champagner in der Hand, und belauschte das Gespräch zweier Geschäftsmänner nebenan. Sie tauschten sich über die glänzende Auftragslage und den Bauboom in der Stadt aus. An allen Ecken und Enden würden Arbeiter gesucht.

Ja, genau so einer war er: ein junger, kräftiger Mann mit Biss.

5

Mariannes Wohnung lag im vierten Stock, direkt am Platz und hatte nur zweieinhalb Zimmer, aber eine große Küche und Fenster sowohl nach Osten als auch Westen, sodass es sogar während der Hundstage möglich war, eine Brise zu erzeugen, und der Ventilator nur in dem kleinen Kabuff laufen musste, das vom Schlafzimmer abging und dessen Schreibtisch vor Papierkram für die Galerie überquoll. Der Karmelitermarkt befand sich direkt unter der Küche, wo sie die Abende ihres Kennenlern-Sommers verbracht hatten, mit einer nicht versiegenden Quelle an Weißwein und Tonnen von Eiswürfeln, und als Benedikt ihr und sich nachgoss, selbst filetierten, gebratenen Fisch servierte oder, als Dessert, Kirschen von ihrem Schlüsselbein aß, war ihm eine Mischung aus Zügellosigkeit und Zärtlichkeit gelungen, der er, seit er als Jugendlicher Tennessee Williams gelesen hatte, entgegengefiebert hatte. So war er also, der richtige Süden: auf dem Küchenboden, der Schwelle zum Wohnzimmer, unter der Dusche, am Herd, auf dem Schreibtisch oder im Bett, während die Vorhänge die Sonne abhielten.

Sie arbeitete als Kuratorin für eine Galerie für moderne Kunst, deren Alleinstellungsmerkmal es war, fünf Ausstellungen pro Jahr zu zeigen, so viel wie keine andere der Stadt, eine lange Pause zwar im Sommer sowie three weeks off um den Jahreswechsel; es bedeutete aber, dass Marianne im Grunde immer arbeitete beziehungsweise immer *an etwas* arbeitete, ohne das Busy-Sein heraushängen zu lassen – eine Kombination, die ihm trotz seiner Nervosität schon beim ersten Restaurantbesuch aufgefallen war, als sie über »Die Anleihen aus Esoterik in der modernen Kunst und ihre Spuren bis in die Gegenwart« referierte – und darüber, welche zeitgenössischen Positionen sie vorhabe einzuladen, ob ihm ein Ausstellungstitel einfalle, um dann, ohne eine Antwort abzuwarten, einen Anruf, ihr Handy vibrierte auf dem Tisch, entgegenzunehmen. »Verzeih, meine Chefin. In der Galerie war die Hölle los.«

Er blickte ihr nach, wie sie mit elegantem Schritt an den Tischen entlang Richtung Ausgang verschwand, und sah ihr durch die Fensterfront zu, wie sie in den Hörer sprach, dabei den Kopf zu ihm wandte und ihn anlächelte.

Sie kehrte mit frisch aufgelegtem Lippenstift zurück, einem dezenten Rotton, der sogleich Spuren an ihrem Wasserglas hinterließ.

»Die Garnelen sind hier sehr zu empfehlen«, sagte sie, ohne in die Karte zu sehen. Ihr Handy vibrierte erneut. Sie tippte eine Nachricht.

»Immer viel zu tun. Mit dem Beruf verheiratet, sexuell flexibel, lieber oben als unten, je nachdem, Rollenspiele ja, außer Krankenschwester, frisiert.« Sie lachte und steckte das Telefon zurück in ihre Handtasche.

»Keine Sorge. Ich rück dir schon nicht zu sehr auf die Pelle«, sagte er. »Weiß oder Rot?« Er winkte den Kellner heran und übernahm die Bestellung.

Der Abend verlief fantastisch, der Raum zwischen ihnen weit wie ein Blatt Papier, und seine Verliebtheit, die er bereits verspürt hatte, als er sie das erste Mal gesehen hatte, entflammte bei dieser

Verabredung aufs Neue. Sie schien ihm wie ein Willkommensgeschenk.

»Du riechst gut«, flüsterte er ihr zum Abschied ins Ohr.

Ihm war lange nicht nach Karriere zumute gewesen, obwohl es eine ewige Pubertät und einige impulsarme Jahre an der philosophischen Fakultät seiner Heimatstadt Freiburg gedauert hatte, bis er, nach zwei Anläufen, einen der begehrten Studienplätze an einer Hamburger Journalistenschule ergatterte und es für ihn nichts Erstrebenswerteres hätte geben dürfen, als die dreijährige Ausbildung besonders dafür zu nutzen, herauszufinden, in welche der großen Redaktionen der Hanse- oder der Hauptstadt es ihn danach ziehen würde. Allein: Er hatte für nichts einen größeren Radar, das hieß, gegen wenig eine so große Abneigung wie gegen *Theater*, wie er den Gestus nannte, mit dem seines Erachtens alle ihre Kontingenz zu etwas Besonderem zu überhöhen suchten und sich dabei viel zu ernst nahmen.

»Dein *Fakedar*«, präzisierte es Agnes am Telefon, als er ihr im zweiten Studienjahr von einem Seminar und seinen Schwierigkeiten berichtete und wie der Gastdozent, Leiter des Wissenschaftsressorts eines großen Nachrichtenmagazins, Journalismus mit *Storytelling* verglichen hatte und ihm diese Aussage derart gegen den Strich gegangen war, dass er sich in der Mittagspause nicht an den Tisch des Dozenten setzte, obwohl es fast alle taten.

»Wohl wahr, Sister.«

Abends, als er vor dem Bildschirm in seiner winzigen Ottenser Souterrain-Wohnung saß und den Dozenten noch einmal gründlich googelte, wobei er auf den Slogan »Wir sind eine große Netzwerkmaschine« stieß, den Besagter als Kuratoriumsmitglied von sich gegeben hatte, schwante ihm: Er würde sein Fakedar dimmen, wenn nicht ganz abstellen müssen, wollte er in der Branche einen Fuß in die Tür bekommen. Noch in derselben Nacht notierte er:

17. 6. 2007 Fakedar vs. Strategisches Handeln, d. h. Netzwerken. Fakedar heißt, die Wirklichkeit wahrzunehmen, auch gegen Widerstände. Gibt es eine Wahrheit, oder geht es immer nur um die Verständigung verschiedener Wirklichkeiten? Wenn philosophisch nicht zu lösen, dann, These: Es gibt eine journalistische Wahrheit: »Sagen, was ist« vs. Storytelling! Oder meint er es nur in Bezug auf die Bauart der Texte? Dramaturgie, d. h., dem Gegenstand formal gerecht zu werden vs. Pitching, d. h., Formate zu bedienen. Aufgabe der vierten Gewalt? NEIN zu Pitcheritis!

Der Dozent raunte ihm beim Semesterabschluss über das Bierglas hinweg zu, so ein Talent wie ihn finde man nur alle zehn Jahre, und gab ihm einen Tipp bezüglich eines Nachwuchspreises, in dessen Gremium er einen Freund sitzen habe. Die Chance vor Augen, endlich finanziell unabhängig von seinen Eltern zu werden – auch wenn sie ihn nie dazu nötigten, sich aufgrund seiner, wie er mittlerweile sagte, disparaten Jugendjahre zu rechtfertigen, beziehungsweise den Berufswunsch, laut seiner Mutter Edith, in »Richtung Kreativität« nie missbilligt hatten –, reichte er eine Reportage ein, eine Geschichte über den vermutlich einzig privatversicherten Obdachlosen des Landes, der nun den dritten Winter auf dem Ohlsdorfer Friedhof wohnte. Einige Wochen später erhielt er eine formlose Absage. Als Benedikt den Dozenten eines Tages zufällig auf der Straße traf und ihm erzählte, dass es mit dem Preis nicht geklappt habe, tat der so, als erinnere er sich nicht daran, dass er es gewesen war, der ihn dazu ermuntert hatte, es mit dem Förderbetrieb aufzunehmen.

»Meine Frau und ich hatten letzten Monat Silberhochzeit, und wir konnten es beide nicht fassen, dass unsere Zwillinge jetzt Abitur machen. Die Tochter weiß schon, was sie will, aber der Sohn …«

So lief das also: klandestine Räume eröffnen, an die man sich nur im Falle des Erfolgs erinnerte. Erfolg machte die Dinge selbstverständlich (»Ich wusste immer, aus dir wird einmal etwas ganz Großes«, hieß es immer in diesen amerikanischen Filmen), der Weg dahin schien aber gänzlich, vor allem im Fall des Scheiterns, der rätselhaften Sphäre der Eigenverantwortung überlassen.

Am Abend nach diesem Zusammentreffen warf er, seit langer Zeit zum ersten Mal, einen Gegenstand. Ein Schnapsglas, und zwar gegen die Wand seiner Stammkneipe in der Nähe des Altonaer Bahnhofs, was ihn am nächsten Tag mit großer Scham erfüllte, obwohl ihm Torsten, der beste Barmann der Welt, rückmeldete, es sei alles halb so wild gewesen, er habe ja nicht auf ihn beziehungsweise nicht auf das Spirituosenregal hinter dem Tresen gezielt, sondern nur den Pfosten neben der Dartwand getroffen.

Trotz dieser Episode, die er schon bald mehr als Impfung denn als Rückschlag begriff, zog er das Studium durch, absolvierte jedes Referat, jede Schreibaufgabe, jede Hausarbeit termingerecht, beteiligte sich sogar an Selbsterfahrungsseminaren, die ihm ein Graus waren, und als er sich von seinem Kommilitonen Henk im Rollstuhl durch die Fußgängerzone schieben ließ und daraus einen Essay über das Thema Vorstellungskraft verfasste, freute er sich über den Anklang, den er damit bei seinen Mitstudenten fand, und hatte zunehmend das Gefühl, auf einem guten Weg zur viel beschworenen eigenen Stimme zu sein oder sie zumindest durch erlernbare Techniken, derer er sich immer selbstverständlicher bedienen konnte, freilegen zu können. Hier und da machte er ein Praktikum, aber besonders wichtig war ihm die freie Mitarbeit bei der städtischen Obdachlosenzeitung. Dort fand er die ganze Auswahl an Themen, die er für relevant hielt, schrieb Artikel über die Situation der Wohnungslosen an der Helgoländer Allee, die Vertreibung der Sexarbeiterinnen aus ihren Schaufenstern auf dem Kiez wegen des Neubaus von Eigentumswohnungen in der Bernhard-Nocht-Straße, berichtete über das Kneipensterben oder die Predigerin von St. Georg, die seit eh und je zum Viertel gehörte und, aufgrund des Protests der Anwohner, ihre Wohnung schließlich doch nicht verloren hatte. Wenn er abends nicht am Rechner saß oder las, nahm er sein Bier bei Torsten und flipperte ein wenig. Dass ihn manchmal Frauen ansahen, bemerkte er zwar, ließ die Gelegenheiten aber meistens verstreichen oder beließ es bei seltenen One-Night-Stands.

Zum feierlichen Abschluss waren seine Eltern anwesend.

»Liebe Absolventinnen und Absolventen, liebe Dozentinnen und Dozenten, liebe Freunde und Förderer, liebes Publikum, wie jedes Jahr um diese Zeit fällt mir die freudvolle Aufgabe zu, an diesem traditionsreichen Ort und zu dieser Gelegenheit zu sprechen, bei der die Journalisten von morgen auf ihren weiteren Weg entlassen werden. Erlauben Sie mir heute, als Vorsitzender des Kuratoriums, ein paar politischere Worte als üblich: Nicht jedes Jahr sind wir als Gesellschaft vor solche Aufgaben gestellt wie im Jahr 2008, und noch sind die Folgen nicht abzusehen, die die Ereignisse der letzten Monate nach sich ziehen werden. Das Platzen einer Immobilienblase im Land unseres langjährigen Verbündeten, der USA, und die Bankenkrise, mit der wir es in der Folge hier in unserem Land zu tun haben, stellt uns vor Herausforderungen neuer Dimension oder, lassen Sie es mich so sagen, vor Herausforderungen, von denen ich nicht geglaubt hätte, dass ich sie noch einmal erleben würde.

Gestehen Sie mir ein persönliches Wort zu: Ich bin Jahrgang 1941, habe noch Erinnerung daran, wie ich mit meiner Mutter bei der Bombardierung von Köln in den Bunker geflüchtet bin, kenne noch Lebensmittelknappheit, bin Kind des Wiederaufbaus West und konnte mit einem Stipendium der Katholischen Studienstiftung – ganz Rheinländer – studieren. Ich bin geprägt vom Glauben an die soziale Marktwirtschaft. Ich halte es aber auch mit dem Satz unseres ehemaligen Außenministers Joschka Fischer: Die Nachkriegszeit ist seit dem elften September 2001 vorbei. Was bedeutet das für uns als Gesellschaft? Ich gehe mit Ablauf dieses Jahres in Rente. Ich übergebe das Zepter. Nun muss es die nächste Generation richten. Um Sie nicht zu langweilen: Es gibt viele Dinge, die es einzuordnen gilt, mehr denn je. Wir brauchen Ihre Professionalität, wir brauchen Ihren wachen Verstand, liebe Absolventinnen und Absolventen. Dafür brauchen wir gut ausgebildete Leute wie Sie. Ich schließe mit einer Aufforderung: Lassen Sie sich nicht einlullen, machen Sie es sich in keiner Blase bequem. Irgendwann wird sie platzen. Herzlichen Glückwunsch und alles Gute für die Zukunft.«

Beim Händedruck auf der Bühne spürte Benedikt einen leisen Schauer den Rücken hinunterlaufen. Mit dem Blick suchte er das Publikum ab, erspähte im Halbdunkel, in einer der hinteren Reihen, seine Eltern, und als er sah, wie sein Vater die Kamera mit beiden Händen hochhielt und den Blitz betätigte, versuchte er zu lächeln.

»So glücklich hast du selten auf einem Bild ausgesehen, schau«, sagte Edith und deutete auf das Display, während sie in einem portugiesischen Fischrestaurant auf dem Schulterblatt aufs Essen warteten. Was er sah: einen wenn auch etwas mürrischen, aber immerhin lächelnden jungen Mann, der die anderen um einen halben Kopf überragte, im weißen Hemd, das er zu diesem Anlass in die Jeans gesteckt hatte, das Zeugnis vor den Körper haltend, den Blick irgendwo in die hintere Ecke des Saals gerichtet, auf etwas, das man eine hoffnungsvolle Zukunft nennen konnte.

Nebel liegt über der Stadt. Sie streunen über den Güterbahnhof, nachdem sie in ihrer Stammkneipe bis zur Sperrstunde gekickert haben. Das können sie: Während er hinten alle Bälle noch rausholt und Boris vorne einen um den anderen einlocht, fordert sich die halbe Kneipe, Wochenende um Wochenende, an ihnen zu Tode. Auch die beiden Glatzen, die immer aus ihrem Schwarzwaldkaff kommen, beißen sich an ihnen die Zähne aus. Das ist wahrscheinlich der Grund, warum er und Boris nie aufs Maul bekommen.

»Habt ihr kein Zuhause, Kinder«, ruft Mama, die griechische Wirtin, und zieht den Besen raus, das Zeichen. Man sammelt sich draußen und raucht noch eine, und dann gehen er und Boris los und setzen sich auf den Betonsockel der Autobrücke, die über die Dreisam führt. Er baut einen. Wortlos teilen sie sich den Joint, schauen dem Wasser nach, das den ersten Herbstnebel des Jahres noch mit sich wegzutragen scheint. Dann ziehen sie weiter, Richtung Bahnhof, um ein wenig zu üben, wie Boris in dieser Nacht meint. Tatsächlich eignen sich die beiden ausrangierten Waggons, die abseits der Gleise vor sich hin rosten, gut. Boris versucht sich seit einiger Zeit an regelrechten Wandbemalungen, während er selbst die klare Botschaft bevorzugt.

Sie springen über die Gleise, hinüber zum Güterbahnhof. Als Benedikt gerade ein FUCK THE GERMAN SOCIETY an eine Lok sprüht, hört er Boris rufen.

»Hier oben, Bene!«

Er wendet den Blick nach oben und sieht ihn, ungefähr zwanzig Meter entfernt, seine Silhouette, den angedeuteten Iro, über ein Zugteil balancieren.

»Cool, was«, hört er ihn noch sagen, bevor er den Körper Funken schlagen und in sich zusammensacken sieht.

Cool, was, Boris.

»Weißt du schon, wo du dein Volontariat machen willst«, begann seine Mutter bereits beim Essen, während sie eine Gräte aus ihrer Dorade zog. Benedikt wischte den trotzigen Impuls, den er sofort spürte, beiseite und antwortete wie ein erwachsener Mensch.

»Ich bin noch nicht sicher, Edith.«

Aber sie wusste, wie er es machen würde: Zuerst komme ein Volontariat, das sei nun die wichtigste Entscheidung, davon hänge jetzt am meisten ab, bei ihm sehe es ja nach Print aus, ihm stehe mit diesem Abschluss ja nun im Grunde alles offen. Sie habe sich bei Vera, einer befreundeten Journalistin, erkundigt, die bestätigt habe, dass man damit den Grundstein für alles Folgende lege, jetzt sei der nächste Schritt, in einer Redaktion zu zeigen, was man auf dem Kasten habe, aber auch Anpassungsfähigkeit zu beweisen, und wenn man das schaffe, sei eine feste Stelle eigentlich so gut wie sicher.

»Das war Veras schönste und lehrreichste Zeit und hat ihr die Türen für alles Weitere geöffnet«, sagte Edith mit einer Bestimmtheit, die er nur allzu gut kannte, diese ausgestellte Gewissheit, die er mittlerweile als Autosuggestion deutete, eine für den Augenblick gefühlte Wahrheit seiner Mutter, als sei sie mindestens dabei, wenn nicht gar selbst Vera gewesen, ein Zustand der Emphase, in dem sie, seit er denken konnte, nicht bemerkte, dass sie, bei bestem Wissen und Gewissen zwar, nur das Beste für ihn wollte, dabei aber mit Rigorosität seine Wirklichkeit einschränkte, worauf er, wenn nicht mit Verstummen, mit Provokation reagierte.

»Ich will aber nicht Kulturredakteur bei den *Badischen Neuesten*

Nachrichten werden, Mama, ich will ins politische Ressort, und wir haben nicht 1977, und ich bin kein Hippie.«

In die Stille hinein räumte der Kellner die Teller ab.

»Mama – so hast du mich lange nicht genannt.«

Sein Vater, der die ganze Zeit über geschwiegen hatte, legte Edith die Hand auf den Arm, lenkte das Thema auf die bayerischen Großeltern, die ihm die herzlichsten Glückwünsche ausrichten ließen, und auch wenn Oma nur noch liege und man manchmal nicht mehr genau wisse, was sie noch wahrnehme, so habe sie doch, beim letzten Besuch und als sie ihr berichtet hätten, dass er nun sein Studium beendet habe und sie nach Hamburg fahren würden, um mit ihm zu feiern, gesagt: »Beim Nikki, da habt ihr euch noch einmal selbst übertroffen.«

Als sein Vater beim Sherry ein Geschenk auf den Tisch legte, eine Casio-Armbanduhr, die er sich in Erinnerung an seine Kindheit schon lange gewünscht hatte, war der Ärger verflogen.

»Deine Mutter will immer nur das Beste für euch, sieh es ihr nach. Und manchmal übertreibt sie es mit ihren Löwenbabys.«

Edith hatte sich ins Zimmer verabschiedet, Vater und Sohn waren an der Hotelbar sitzen geblieben.

»Wir sind stolz auf dich, mein Junge. Als ich so alt war wie du –«, setzte Gregor zu einem Monolog an,

»– hast du meine Mutter kennengelernt.«

Er hoffte, sein Vater würde den Wink verstehen und es gut sein lassen, aber nein.

»Ja, da kannte ich deine Mutter schon. Sie ist mit mir nach Freiburg gegangen, was nicht leicht für sie war, die ganze Verantwortung, das Geschäft, deine Großeltern. Was glaubst du, wie froh sie war, endlich ihre eigenen vier Wände zu haben, mit mir. Wir hatten alle Zeit der Welt. Ich hing in Jazzkneipen rum, sie immer dabei, ich bei den Sessions am Saxofon. Das kriegst du mit deinem alten Herrn nicht zusammen, was?«

»Doch, doch.«

Benedikt sah in die Cocktailkarte.

»Edith schrieb sich in Erziehungswissenschaften ein und war sogar kurz im sozialistischen Studentenbund, was sie aber, mir zuliebe, wieder aufgab. Passte nicht gut mit meiner Übernahme in den Staatsdienst zusammen.«

»Ich weiß.«

»Warum es dann doch der Zoll geblieben ist? Ganz einfach: weil ich zu unsicher war. Ich bin zwar unkorrumpierbar, hier drin«, Gregor klopfte sich mit der Faust auf die Brust, »aber für eine Musikerlaufbahn war ich einfach zu unsicher. Aber du weißt ja auch, da, wo ich herkomme, war schon ein Abitur mehr, als man sich je erträumen konnte.«

»Ich weiß.«

»Ich freue mich so für dich, mein Junge. Und jetzt, Schluss mit dem Geschwätz, wollen wir eine Partie?«

Sie zogen um, in den Salon. Zur Feier des Tages gönnte sich Gregor einen Zigarillo, während Benedikt die Figuren aufstellte.

Auch per E-Mail erreichten ihn Glückwünsche:

Lieber Nikki,
auch von uns alles Liebe und Gute zu Deinem Abschluss! Entschuldige bitte die Verspätung. Ich habe versucht, Dich auf dem Mobilen zu erreichen, und dann blieb wieder alles liegen. Du weißt ja, das Geschäft, und der Mutter geht es nicht gut. Wir haben sie ins Wohnzimmer legen müssen, sie schafft die Stufen nicht mehr. Und Vater macht die Boote langsam winterfest und

räuchert zweimal die Woche, wie immer, aber stell Dir vor, jetzt haben sie bei ihm einen Diabetes diagnostiziert. Ich koche ihm jeden Tag und esse auch noch mit ihm zur Nacht, aber wenn der Pflegedienst für die Mutter da gewesen ist, verabschiede ich mich.

Schlimm, wie es Deiner Oma geht, aber einfacher wird es mit ihr nicht. Man soll halt parieren, wenn nicht, überzeugt werden. Obwohl sie kaum noch sprechen kann. Lena ist mir eine große Hilfe, nimmt mir das Büro ab.

Stell Dir vor, neulich war der Bernd da, mit dem ich zur Schule gegangen bin. Jetzt ist er Chef von Greenpeace. Auch er hat gesagt, dass es mit der Naturschutzlobby so nicht weitergehen kann. Stell Dir das vor, Nikki, und das aus dem Mund des Chefs von Greenpeace! Kannst Du nicht mal darüber etwas schreiben?

Deine Mutter hat neulich in den höchsten Tönen von Dir gesprochen. Sie versucht gerade, einmal im Monat von Freiburg zu kommen. Ich muss sagen, dass sie mir im Laufe der Jahre, auch über diese vielen Kilometer hinweg, eine große moralische Stütze gewesen ist, vor allem damals, als mich die Mutter nicht hat gehen lassen wollen. Da warst Du noch ganz klein.

Sag, segelst Du noch? Du bist ja jetzt ein richtiger Fischkopf. Oder ist es zu weit an die Nordsee? Eure Alster ist ja nichts Halbes und nichts Ganzes. Ich hatte immer eine große Sehnsucht nach dem Meer.

Wenn Du mal wiederkommen willst, zum Angeln, würde ich mich freuen. Dann stelle ich Dir eine Karte aus und reserviere Dir ein Boot.

Aber nun, noch einmal: Herzlichen Glückwunsch, mein Patenkind! Ich bin stolz auf Dich und gespannt, wohin Dein Weg gehen wird.

Mein Lebensmotto: Leben und leben lassen, hat mir immer geholfen.

Ich soll Dir auch die besten Wünsche von Oma und Opa ausrichten, sie denken an Dich. Es ist nur gerade alles etwas viel.

In Liebe, Deine Brigitte

P. S.: Ich habe Dir etwas Geld überwiesen. Mach etwas Schönes damit und lass es Dir gut gehen.

6

Als die fünf Genossen, um ihre Hälse rote Schlipse, vor dem Tor der Lederfabrik eintrafen, legte die Belegschaft, Männer, Frauen und Kinder, für einen kurzen Moment die Arbeit nieder. Zögerlich gingen sie an ihren Vorarbeitern vorbei nach draußen. Ein paar unter ihnen gaben sich zu erkennen. Sie zogen ihre roten Schnupftücher hervor und wedelten sie wie Fahnen durch die Luft.

»Der Sieg ist unser, trotz alledem«, hallte es über das Fabrikgelände. Nun war es amtlich. Der Reichskanzler stand vor dem Aus. Eine erneute Verlängerung der Sozialistengesetze war gescheitert. Delegierte der Zweiten Internationale, Abgeordnete der neu gegründeten Sozialdemokratischen Partei und Frauenrechtlerinnen aus dem Frauenbildungsverein und dem Verein für Frauenstimmrecht schlossen sich zusammen, Genossen aus dem Exil, aus London, aus Paris, kehrten zurück.

Franz Huber stand mit breiter Brust, dunklen Augenringen und unrasiert auf dem Gelände, verteilte rote Nelken an die Arbeiter und Näherinnen und schüttelte Hände.

»Freiheit, Gleichheit, Brüderlichkeit. Frauen aller Länder, Männer aller Länder vereinigt euch«, schrie ein Genosse in die Menge. »Seid nicht dumm, nur gemeinsam kommen wir ans Ziel! Der Tag der Arbeit ist unser!«

Seit Monaten redigierte Franz Festschriften zur Einführung des Achtstundentages, füllte Mitgliedsanträge aus und hoffte, mehr denn je, auf einen zentralen Dachverband, der sich für ungelernte und angelernte Arbeiter öffnen würde. Die Zeiten der Stagnation waren vorüber, doch immer noch zogen die Genossen, wie sie es sich über Jahre angewöhnt hatten, bei Tageslicht ihre Vorhänge zu, wenn sie einander besuchten, immer noch flüsterten sie, immer noch sahen sie sich um, sobald sie im Gasthaus oder im Park Bücher lasen, die ihre politische Gesinnung verrieten.

»Luki, sicher ist nix auf der Welt.«

Dass Ludwig Maurer vorübergehend in der Pilgersheimer in Giesing, in Franz' kleiner Herberge, unterkam, in der es aussah wie in einer Papierfabrik, war selbstverständlich. Auf etwa dreißig Quadratmetern stapelten sich Blätter, Bücher und Zeitschriften, auf dem Herd, auf den Möbeln, vor dem Bett, im Schrank. Die Plakate der Internationale an den Wänden, die Karikaturen, die Zitate und Fotos von Aktivistinnen des Frauenbildungsvereins kamen Ludwig vor wie Zeichen aus einer anderen Welt.

Franz hatte sein Kanapee für ihn freigeräumt. Mit einem kleinen Koffer war Ludwig angereist, nur das Nötigste bei sich: ein Handtuch, zwei Hosen, zwei Hemden, drei Paar von Roswithas gestrickten Socken, zwei Unterhosen, ein paar wichtige Papiere, seinen Gesellenbrief, seinen Ausweis, Zeugnisse und eine Fotografie seiner Mutter, in ihrem weltlichen Festtagsgewand, einem schlichten, dunkelblauen Dirndl, aufgenommen am Tag seiner Kommunion, im Hintergrund der See.

Jeden Abend seifte er seine Kleidung ein, ließ sie über dem Herd trocknen und zog sie morgens wieder über. Bei Sonnenaufgang stellte er sich auf die Straße zu den Tagelöhnern und bot seine Dienste an. Er half bei den Betonierarbeiten der Fundamente für den Justizpalast mit, klopfte Steine, verlegte Schienen, räumte stillgelegte Bauernhöfe aus, riss Wände ein. An manchen Tagen säuberte er Bordsteine und Gullys, während Franz von einer Fabrik zur nächsten zog und seine Abende bis tief in die Nacht mit den Genossen in verrauchten Bräukellern verbrachte. Manchmal sahen sie sich tagelang nicht, was Ludwig erleichtert zur Kenntnis nahm, denn sobald die Genossen an den Wochenenden mit Rotwein und Zigarillos in der Pilgersheimer auftauchten, gab es Ärger. Je mehr Flaschen diese Männer köpften, umso höher ging es her. Ein Schlagabtausch führte zum nächsten. Die einen standen hinter den kaiserlichen Arbeitsschutzgesetzen, für die anderen gingen diese nicht weit genug. Die einen drängte es auf die Straßen, die anderen glaubten an die Stärkung der Sozialdemokratie über den parlamentarischen Weg.

»Und, Luki? Wie siehst du die Sache? Findest du es richtig, dass in den Fabriken Kinder an die Maschinen gelassen werden?«

Kurz bevor Harald Ludwig diese Frage stellte, hatte er das Haus Wittelsbach über eine halbe Stunde lang in Grund und Boden geredet.

Harald, der jetzt Harry genannt werden wollte, trug sein karogemustertes Tweedjackett und seine graue Kappe mittlerweile wie ein waschechter Engländer. Erst vor Kurzem war er zurückgekehrt. Als Einziger unter den Genossen hatte er es, während der bitteren Jahre, nicht geschafft, stillzuhalten. Wo auch immer er sich im Reich herumgetrieben hatte, war er durch seine provokante Zunge aufgefallen, kein einziges Mal war er allerdings wegen seiner Gesetzesbrüche eingesessen – was ihm bewies, dass er ein wahrer Sozialist war, kein Opportunist, kein Diplomat, wie er Franz zu beschimpfen pflegte, wenn dieser, getreu seiner eigenen Überzeugung, Haralds radikales Vorgehen missbilligte.

»Ich bin schon mit neun auf den See raus und hab Netze ausgeworfen. Geschadet hat's mir nicht.«

Natürlich wusste er, dass seine Antwort Zündstoff für eine weitere ausgiebige Diskussion sein würde, aber was diese Genossen hier über ihn dachten, scherte ihn einen feuchten Dreck. Das hatte er Franz, ein ums andere Mal, ziemlich deutlich zu verstehen gegeben.

»Sag mal, soll das lustig sein, oder was?«, fragte ein anderer Genosse.

»Jetzt hört auf.« Franz stand auf und ging zum geöffneten Fenster.

Ein übler Gestank wehte herein. Seit Tagen regnete es nicht. Trotz der städtischen Hygienemaßnahmen, die eingeführt worden waren, um Seuchen wie die Cholera zu bezwingen, schütteten die Anwohner ihre Scheißhaufen und ihren Unrat in die Rinnsteine. Die Männer pissten, wo immer sie standen, und die Frauen verrichteten ihr Geschäft hinter Mülltonnen gebückt oder vor Kellereingängen. Der Einbau von Spülklosetts, der mittlerweile im Norden und im Zentrum der Stadt begonnen hatte, ließ hier im Osten auf sich warten.

Als Franz das Fenster schloss und sich an den Tisch setzen wollte, zog ihn Ludwig vor die Tür. Er atmete tief, brachte nur schwer ein Wort heraus, aber jetzt war der Zeitpunkt gekommen, jetzt musste er Farbe bekennen. »Das sind keine guten Leute dadrin. Ich seh's ja überall, das ganze Elend. Schau her.«

Ludwigs Hände waren knallrot, als habe er sie unter heißes Wasser gehalten, die Hornhaut in den Handinnenflächen war eingerissen, eine Entzündung hatte sich gebildet. Die Arbeit auf den Baustellen, der Staub, die Lautstärke, das viele Bier, das die Kollegen schon morgens in sich hineinschütteten, die blöden Sprüche, alles zusammengerechnet: eine Katastrophe.

»Glaubst du nicht, dass auch ich mehr verdienen möchte? Für eine gute Sach' kämpfst du, aber doch nicht diese Leute, die nichts von der Arbeit wissen. Da können sie noch so gescheit sein. Die greifen zu den Waffen, wenn sie sich nicht durchsetzen können. Und du schaust mit dem Ofenrohr ins Gebirge.«

»Ist schon recht, Luki. Du musst nicht wieder mit reinkommen.«

Wäre Ludwig für ihn nicht wie ein Bruder gewesen, er hätte ihn zum Teufel gejagt, aber sobald Franz ganz tief in sich hineinhorchte, war dieser Ludwig Maurer sogar sein liebster. Ihm hatte er das Reiten beigebracht, das Schwimmen, und mit ihm war er im Winter auf dem See eislaufen gewesen.

Er klopfte Ludwig auf die Schulter und sah ihm nach, wie er die abendliche Pilgersheimer hinuntertrottete.

An diesem Abend kehrte Ludwig nicht mehr zu den Genossen zurück. Nicht zu Harry, der ihm gerade mal bis zur Brust ging und vermutlich eher geisteskrank als schlau war, nicht zu Alfred mit der Hasenscharte, der sich als Engels von Giesing aufspielte, dem er zwar nie begegnet war, aber wie dieser aus einer Unternehmerfamilie kam und es sich leisten konnte, wochentags hinter dem Schreibtisch zu sitzen; und nicht zu Ralf, genannt Ratzke, ein Icke, der bei jeder Demonstration auf der Straße in der ersten Reihe stand und mehr seine Muskeln spielen ließ als alles andere, und, zu guter Letzt, nicht zu Thomas, dem Paragraphenhengst, der zwar gescheit, aber ohne Obdach von der Hand in den Mund lebte und sich wünschte, Ludwig würde bald das Kanapee räumen, damit es wie früher wieder zu seinem würde.

Eine alte Gewohnheit trieb Ludwig in Richtung Harlachinger Höhe. Das Sankt-Anna-Kircherl kam ihm in den Sinn. Er schleppte sich den Berg hoch. Auf der Bühne der Restauration trompetete das Samstagsorchester einen Marsch. Die Töne drangen über die Kastanien herüber. Er passte seinen Schritt dem Takt an. In seiner Hosentasche klapperten die Groschen seines Ersparten, das er immer bei sich trug.

Es war lange her, dass er das Gebet gesucht hatte. In der vordersten Bank kniend, sprach er ein Vaterunser. Dann legte er sein Gesicht auf seine schwieligen Hände. Er versank in völlige Stille.

Es ist Abend. Ein Sturm zieht auf. Am Ende der Bucht blinkt ein Licht. Flatternde Segel, knickende Masten, Ruderboote wie Nussschalen. In der Nähe ruft jemand um Hilfe. Er rennt auf den Steg. Im Wasser eine untergehende Person. Er zieht seine Jacke aus und springt hinein. Er taucht, greift ein ums andere Mal ins Leere. Dunkelheit. Er taucht tiefer, und dann erwischt er das Handgelenk. Er zieht den Körper zu sich, greift ihn unter den Armen, quer über den Brustkorb und stemmt ihn mit aller Kraft nach oben. Im Himmel über ihnen ein Blitz.

Ludwig erhob sich, blieb stehen, sah hinauf zum Kreuz. Und schon war er wieder hier, bei sich und seiner Zukunft: Die Genossen Genossen sein lassen, dem Tagelöhnerdasein Adieu sagen, einen Bauernhof besetzen, Kartoffeln anbauen, einen Teich anlegen, nicht mehr auf bessere Zeiten warten, auf Gerechtigkeit, einfach loslaufen, zügig, mit dem Mut eines Soldaten, auch wenn er niemals einer gewesen war. Vier Jahre hatte man ihn zurückgestellt, und dann, kurz bevor er zu Franz gezogen war, war er ausgemustert worden. Ein Geschenk des Himmels. Seine Mutter hatte ihn geschützt, wie eine Löwin. Am Abend vor der Musterung hatte sie ihm Opium in eine Pfeife gestopft und gesagt: »Rauch, nur dies eine Mal.« Weiß der Himmel, wie sie an das Zeug gekommen war. Mit der Menge hätte sie ein Rudel Gorillas lahmlegen können. Er hatte Tage gebraucht, bis er wieder er selbst war.

Entschlossen lief er aus dem Kircherl über die Straße zur Restauration. Er bog in den Biergarten ein. Die Musiker auf der Bühne setzten zu einem Prost an, die Krüge klirrten. Auf den Bierbänken saßen die Gäste dicht gedrängt nebeneinander. Er hielt Ausschau, aber auch in den Wirtsstuben fand sich kein freier Platz. Die Kellner schwitzten. Mit vollen Tellern eilten sie aus der Küche. Er drängte sich an ihnen vorbei zum Bierausschank. Dahinter bediente ein kräftiger Kerl mit Glatze und vernarbtem Gesicht den Zapfhahn.

»Ich bin für den Fürstensee-Stanzl aufn See rausgefahren«, beugte er sich über den Tresen. »Ich bin Fischer, ich brauch ein Zimmer für die Nacht.«

Der Glatzkopf sah auf das Schlüsselbrett.

»Kein Zimmer frei«, sagte er.

Enttäuscht ließ er sich ein Bier zapfen und schlenderte in den angrenzenden Park, am Pferdestall vorbei. Der Mond strahlte voll und klar vom Himmel herab. Ein Pulk besoffener Lederhosenträger schwankte an ihm vorbei. Aus der Ferne hörte er Feierlaunige. Auf Höhe der Gärtnerei vernahm er ein Wimmern, dann einen lauten Schrei: »Ihr Saukerle! Ihr miserablen Missgeburten!«

Dies war die Nacht, in der Ludwig auf Anna Tannenberg traf. Energisch trat sie aus dem Gebüsch hervor, zupfte ihren Rock zurecht, ihre Bluse, ihr Haar.

»Die Saukerle, dort, sehen Sie!«

Die zwei Männer liefen in den Park. Ludwig ließ seinen Bierkrug fallen und rannte los. Einer der Männer stolperte und fiel zu Boden. Ludwig stürzte sich auf den kleinen Bierbäuchigen, der nun begann, um sich zu schlagen. Der andere Kerl war blitzschnell zur Stelle. Ein heftiger Fußtritt traf Ludwigs Schulter, dann seinen Kopf. Erneut ertönte ein Schrei, ein Schrei, der unmöglich einer Frau zuzuordnen war. Für den Bruchteil einer Sekunde erstarrten die Männer. Auch Ludwig hielt inne.

»Verfluchter Hurensohn«, hallte ihre Stimme durch den Park. Sie warf sich auf den großen, muskulösen Mann, der sich gerade mit geballten Fäusten über Ludwig hermachte. Noch bevor er ein weiteres Mal zuschlagen konnte, hatte sich die Frau auf den Mann gestürzt. Der Bierbäuchige befreite sich aus Ludwigs Schwitzkasten und lief, so schnell er konnte, davon. Sie indessen schlug auf ihren Gegner ein, zerkratzte ihm das Gesicht und versuchte, ihm ihre Daumen in die Augen zu drücken. Ein bestialischer Biss folgte, ein zweiter, ein dritter in die Unterlippe. Der Mann jaulte auf. Er legte seine Hände um ihren Hals, aber noch bevor er zudrücken konnte, krümmte er sich vor Schmerzen. Anna hatte ihm ein Knie in den Unterleib gerammt. Schließlich sackte er zusammen und blieb liegen.

»Keinen Tag mehr wirst du Ruhe finden. Du verfluchter Sohn deiner Mutter.«

Ludwig war noch nie einem weiblichen Wesen begegnet, das sich derart zu wehren wusste. Er kannte körperlich starke Frauen wie Maria Stanzl, die in der Fischerei wie ein Kerl zupacken konnte. Er kannte seine Mutter, die sich um einen ganzen Haushalt gekümmert hatte und, wenn Not am Mann gewesen war, in einem Betrieb mitgeholfen hatte, ohne sich jemals zu beklagen. Aber er kannte keine Frau, die sich, wie diese hier, mit der Kraft eines Ringers gegen einen Mann zu verteidigen wusste.

Erst am nächsten Tag traten seine Schmerzen im ganzen Umfang zutage. Sein rechtes Auge war vollständig zugeschwollen. Es kam ihm vor, als würde sein Kopf in alle Himmelsrichtungen zerspringen. Seine Nase hatte die Nacht über geblutet. Franz hatte ihm sein Bett überlassen und war aufs Kanapee gezogen.

Eine Frau wie sie würde niemals, solange sie lebte, Opfer sein. Das hatte sie ihm noch mit auf den Weg gegeben, als sie sich in der Pilgersheimer voneinander verabschiedet hatten.

Per Handschlag hatte er die Fremde, die sich schließlich als Anna Tannenberg vorgestellt hatte, beruhigt. Niemand würde jemals erfahren, was vorgefallen war. Er würde sein Versprechen halten.

Dass sie sich wiedersehen würden, daran bestand kein Zweifel.

Ein paar Tage nach der Schlägerei quälte er sich zum Auer Mühlbach, wo die besseren Jobs vergeben wurden. Er sah aus wie ein besiegter Boxer, den allein die gute Kondition noch auf den Beinen hielt. Niemand der Vorarbeiter aus den Fabriken und vom Bau sprach ihn an. Keiner wollte das Risiko auf sich nehmen, einen Kranken an eine Maschine zu lassen. Er beteuerte, dass es schlimmer aussehe, als es sei, aber er konnte noch nicht einmal beide Augen öffnen. Das rechte Augenlid hing herunter, außerdem hatte er ein blau-violettes Veilchen, dessen Schwellung sich über die Wange bis zum Nasenflügel zog. Franz riet ihm, einen Arzt aufzusuchen.

Weil er nicht wusste, wie viel die Ärzte in der Stadt verlangen würden, fuhr er an den See, wo er den Hausarzt der Hubers aufsuchte, der auch Naturalien für seine Dienste entgegennahm. Mit ein paar Schweinefilets von Rudi in der Tasche erzählte er dieselbe Geschichte wie allen anderen. Er sei im Park überfallen worden, er habe sich, selbstverständlich, zur Wehr gesetzt, dabei habe man ihn niedergeschlagen, alles sei sehr schnell gegangen, er könne sich nicht mehr gut an die Kerle erinnern, zwei seien es gewesen, der eine groß und schlank, der andere klein und dick. Der Doktor stellte einen

Nasenbeinbruch fest. Zwei, drei Wochen, rechnete er, bis er wieder ganz der Alte sein würde, spätestens aber in einem Monat.

Ludwig aber wurde nicht der Alte. Er roch nichts mehr, nichts Saures, nichts Süßes, nichts Herbes. So ging es wochenlang.

Schließlich suchte er den Pfarrer auf.

»Geduld hab ich immer schon genug gehabt, ich bin Fischer, aber mit Geduld komme ich nicht mehr weiter.«

Der Pfarrer zündete Weihrauch an. Ludwig hielt seinen Kopf über das Rauchfass, bis ihm ganz schwummrig wurde. Er solle versuchen sich zu erinnern, sagte der Pfarrer, an seine Kindheit, an die Düfte auf dem See, an die im Fischladen, daran, wenn es ans Räuchern gegangen sei, und an die im Frühling, wenn die Kirschbäume zu blühen begonnen hätten. Er solle sich anstrengen, damit er sich selbst wieder als Gegenüber erkenne. Alles Weitere werde sich ergeben, Gerüche würden nicht verloren gehen, genauso wenig wie alles andere. Alles kehre wieder.

Aber nichts kehrte wieder, und schon gar nichts in Gottes Namen. Selbst die Idee seiner Mutter, einen Eimer Jauche über ihn zu kippen, im Glauben, der Ekel, der damit einhergehe, werde ihn heilen, half nicht. Er war so verzweifelt, dass er jeden Rat annahm. Drei Tage war er bei seiner Mutter und ihren Ordensschwestern. Er hielt seine Nase in ein Rosenbeet, in einen Eimer voller Gewürze, in die Heilpflanzen, in einen Ölkanister, in gebratenes Fett, in Gemüsesuppe, vergebens. Währenddessen lag er den Hubers auf der Tasche, arbeitsunfähig, ohne Aussicht auf vollständige Genesung.

Ende August, am frühen Morgen seines Geburtstags, war seine Qual so groß, dass er zu einer von Rosis langen Stricknadeln griff. Er rieb sie mit Knoblauch ein und führte sie tief in sein Nasenloch, ein letzter Versuch, ganz weit nach oben, aber die Angst, die Nadel könne bis zu seinem Gehirn vordringen, schreckte ihn dann doch zurück. Er ließ die Nadel sinken. Seine Heilung lag nicht in seiner Macht. Zukünftig würde er also in einer Welt leben, die nach nichts roch.

Vor seiner Abreise zurück in die Stadt wollte er noch einmal über den See sehen. Wie allen, die auf der Straße entlangschlenderten, fiel auch ihm die Gravur auf dem Messingschild am Gartentor des neugebauten Hauses der Stanzls auf: *Es gibt in der Welt selten ein schöneres Übermaß als das der Dankbarkeit.* Zwei neue Boote, ein Ruder- und ein Motorboot, schaukelten im Wasser, der Steg war ausgebessert worden. Dass Rainer seit einiger Zeit ein verheirateter Mann war, die Geschäfte ausgezeichnet liefen, war auch bis zu ihm und Franz nach München durchgedrungen. Obwohl er sich geschworen hatte, niemals wieder auch nur einen Fuß hierher zu setzen, trat er in den Fischladen. Hinter dem Verkaufstresen stand eine zarte, sommersprossige Frau. Sie trug ein Kopftuch aus Seide, das am Hinterkopf zusammengebunden war. Ihr rötliches Haar fiel elegant unter dem mintgrünen Stoff auf ihre eckigen Schultern. Sie lächelte einladend. Verunsichert darüber, dass Ludwig nichts sagte und wie erstarrt über sie hinwegsah, fragte sie mit leiser Stimme:

»Ist Ihnen nicht wohl?«

Er deutete auf das Bild hinter dem Tresen.

»Aha. Jetzt hängt es also. Aber hier hat es nichts mehr zu suchen. Überall kann es hängen. Selbst auf einem Scheißhaus hat es mehr Würde.«

Das Lächeln der jungen Frau verblasste.

Ludwig sah auf die Auslage.

»Hier werden S' sicherlich nicht Ihr Glück finden, diese Fischerei ist verflucht. Aber wenn ich nun schon da bin, würde ich zwei

Forellen mitnehmen, die obersten da, die schauen recht frisch aus, die möchten gut verpackt werden, sie haben eine lange Reise vor sich.«

Die Schnelligkeit der Eisenbahn, wie die Landschaft vorbeizog, so unscharf und rasant, hatte in ihm, als er in der Stadt ankam, das Gefühl erzeugt, in ein Meer von Blitzlichtern einzutauchen. Zwar war die Meinung weit verbreitet, dass das fortschrittliche Leben, insbesondere das der Städter, ein Volk von nervösen Degenerierten hervorbringe, die erschöpft bei Ärzten saßen, die ihnen nicht helfen konnten, auf Ludwig schien das aber nicht zuzutreffen. Er genoss das hektische Treiben, die Straßenbeleuchtung, die vielen Plakate, die Kaufhäuser.

Am Vorplatz des Hauptbahnhofs sprang er auf eine Droschke.

»He, he, Bursche, nicht so stürmisch«, ermahnte ihn der Kutscher.

»Ich muss in die Prinzregenten.«

Der Kutscher versuchte, sein Vieh anzutreiben, aber das Tier war alt und störrisch. Mit dem Hinweis, dass er kein Tourist sei, sprang Ludwig am Karlsplatz auf den Bordstein. Er drückte dem Kutscher, der ihn mürrisch ansah, ein paar Pfennige in die Hand.

Über die Brienner musste er quer durch die Maxvorstadt. An der Luitpoldbrücke traf er auf Hubert, einen seiner früheren Kollegen vom Bau. Hubert rauchte, was sonst, seine Lunge musste aussehen wie pechschwarze Kohle, aber der Mann war zäh und kräftig wie ein Bulle. Auf den Baustellen war er der Schnellste und Ausdauerndste.

»Läuft's gut, Maurer?«, rief er über die Straße.

»Bestens, danke«, plärrte Ludwig zurück.

Hubert machte ihn darauf aufmerksam, dass die Luitpoldbrücke gesperrt sei, die Wittelsbacher aber sei frei zugänglich. Auf der anderen Seite der Isar angelangt, führten Ludwig ein paar Seitenstraßen auf die Prinzregenten, bis er schließlich, nach einem riesigen Umweg, vor dem Haus stand, in dem Anna Tannenberg in Stellung war.

Er hatte keinen Schimmer, was ihn erwarten würde. Er wusste weder, für wen Anna arbeitete, noch, ob er willkommen sein würde. Er kam jedoch nicht mit leeren Händen. Den Beutel Fisch, zwei frische Forellen, würde er ihr überreichen, darüber hinaus war er ordentlich gekleidet, die braune Bundfaltenhose hatte Roswitha gekürzt, und die dunkelgrüne Weste, ein Erbstück von Alois, machte ihn etwas älter.

Sie habe keine Zeit, gab sie ihm an der Tür zu verstehen. Sie habe gedacht, er sei der Lieferant, nur deshalb habe sie geöffnet. Für den Abend habe ihre Chefin Gäste geladen. Aber jetzt, wo er schon da sei, sagte sie, könne er ja nicht gleich wieder gehen, er müsse leise sein, mucksmäuschenstill, sonst müsse sie ihn rauswerfen, und seine Schuhe müsse er ausziehen. Auf Zehenspitzen schlich er über den Holzboden im Flur hinter ihr her. Der Gang führte an vier abgeschlossenen Räumen vorbei, dahinter war es sicherlich blitzeblank sauber. Von der Decke im Flur hing ein Kronleuchter aus Kristall. Die Bilder an den Wänden wirkten museal. An einem blieb seine Aufmerksamkeit hängen. Darauf war ein Affe abgebildet, auf einem Tisch vor einer Obstschale sitzend. Ludwig musste nicht auf die Signatur sehen, er wusste, dieses Werk stammte vom Maler Max. Mit einem Rudel Paviane lebte er am protzigen Teil des Ufers, wenige Kilometer von Berg entfernt. Kürzlich erst war Ludwig, während seines Genesungsaufenthalts, mit einem gemieteten Boot das Ufer entlanggerudert, auf der Suche nach einem freien Grundstück. Zuvor hatte er ein Gebet gesprochen. Er bat um einen Grund, nicht groß müsse er sein, gerade so, dass er als Fischer sein Auskommen finden und eine eigene Familie gründen könne. Vielleicht würde sich jemand, ein Grundbesitzer, erbarmen, schließlich wüssten ja einige unter ihnen gar nicht mehr, wohin mit all ihrem Geld. Auf Höhe von Ammerland legte er an, stieg aus dem Ruderboot und zog es ans Ufer. Wie ein Hund streunte er um die Grundstücke, bis er an dem vom Maler Max stehen blieb. Es fiel ihm sofort auf, der Wildheit des Gartens wegen. Ludwig traute seinen Augen kaum: An den Bäumen hingen Paviane, saßen auf den Gartenmöbeln, dicht an dicht, und lausten sich gegenseitig, und auf der Wiese: eine zaundürre Frau in weißem, wallendem Gewand, ihre Arme wie zwei Flügel von sich gestreckt. Sie blickte glückselig Richtung Himmel, direkt in die Sonne. Vor einem Fotostativ stand der Maler mit einem anderen Mann, der, den Kopf unter einem Tuch, den Apparat betätigte; und hinter ihnen, im Schatten zweier Apfelbäume: das Ehepaar von Schirm, Großkopferte, die hier eine Sommerfrische hatten. Ludwig hatte sie einmal, am Bahnhof in der Kreisstadt, in eine Kutsche steigen sehen. Er schlich die Hecke entlang, um dem Schauspiel näher zu kommen und zugleich unentdeckt zu bleiben: Einer Gottheit gleich, erstrahlte die Frau vor seinen Augen, um sie herum ein Lichtkranz, wie ein Heiligenschein. Wie eine Statue stand sie da, regungslos. Der Fotograf drückte auf den Auslöser. Dann trat der Freiherr von Schirm aus dem Schatten der Obstbäume und schnippte mit den Fingern. Die Frau erwachte.

Noch am selben Abend hatte Ludwig zur Feder gegriffen und der Baronin geschrieben, was er erlebt hatte.

»Weißt du schon, dass der Maler Max bei uns am See wohnt?«, flüsterte Ludwig.

Anna griff nach seinem Unterarm und zog ihn an der Bildergalerie vorbei. »Sicher bist du ihm schon mal begegnet. Ich auch. Er ist ein Freund des Hauses.«

Vor dem Salon, wo ihre Chefin, Helena Stamm, wie jeden Freitagvormittag ihren Unterricht abhielt, drehte sich Anna um.

»Das nächste Mal kommst du bitte nicht mehr an einem Freitag.«

Wie immer wünschte das Fräulein Stamm absolute Ruhe. Zwei neue Schülerinnen aus der Nachbarschaft nahmen am Unterricht teil. Ihre Väter waren einflussreiche Bürger, der eine im Aufsichtsrat eines Industriebetriebs, der andere Anwalt in einer großen Kanzlei in der Innenstadt. Beide Männer unterstützten Helena Stamms Engagement im Frauenbildungsverein, beide saßen sie im Vorstand und bezahlten die Unterrichtsstunden ihrer Töchter mehr als akzeptabel. Sie hatte neue Lehrbücher der Naturwissenschaften besorgt. An diesem Vormittag brachte sie ihren Schülerinnen wichtige physikalische Gesetze der Elektrizität näher.

Mit einem Ruck ging die Salontür auf.

»Könnte es auch etwas leiser gehen, Anna! Bitte.«

Und schon war die kleine, zarte Dame, die streng über ihre Brille hinwegsah, wieder verschwunden.

»Meine Chefin hat schwache Nerven«, flüsterte Anna. »Ich mach ihr nicht nur den Haushalt. Ich kümmere mich auch um ihre Korrespondenz und um ihr Seelenheil. Verstehst? Ich bin nicht nur eine gewöhnliche Magd.«

Über der Stehlampe in Annas Dienstzimmer hing ein helles Tuch. Das Licht fiel auf den leeren Kleiderständer, der einen Schatten auf den Beistelltisch mit einem Stapel Bücher warf, auf dem eine Kristallkugel stand. Die dunklen, schweren Vorhänge waren zugezogen.

»Magst du mich hier in der Dunkelheit einsperren? Oder schauen wir jetzt in unsere Zukunft?«, fragte Ludwig.

Anna reagierte nicht. Sie zog die Vorhänge auf. Dass kurzfristig noch ein Ehepaar für den Abend zugesagt hatte, wusste sie erst seit einer Stunde. Zwei Gäste mehr. Zwei Gerichte mehr. Das kam ihr vor wie eine unlösbare Aufgabe. Woher in der Kürze noch zwei weitere Lammkeulen herbekommen, und für mehr als zwölf Gäste hatte sie kein Birnenkompott. Mit ernster Miene sah sie ihn an.

»Dann mach halt noch die hier«, versuchte er sie zu beruhigen. Er überreichte ihr sein Geschenk.

Enttäuscht rümpfte sie die Nase, als sie den Beutel öffnete.

»Hättest du doch lieber Blumen gebracht. Was soll ich mit einem Fisch anstellen. Es gibt Fleisch heute Abend.«

»Du bist die erste Frau, die ich heiraten will. Und die erste, die ich frage. Ich bin Fischer«, sagte er.

Er fing an zu schwärmen, von den guten alten Zeiten, vom See und vom Schloss, vom König, von dessen Liebe zur Musik und zur Literatur.

»Bist wohl ein Baron aus Giesing«, unterbrach sie ihn. »Besser, du gehst jetzt. Ich brauche keinen Mann, der besser sein möchte, als ich es bin.«

Anna war im Jahr 1863 geboren, also fünf Jahre älter als er. Sie war Protestantin, unverheiratet und kinderlos. Ludwig erinnerte sich an ihren traurigen Blick, als sie nach dem Schrecknis im Park von sich erzählt hatte. Über ihre Familie schien sie ungern zu sprechen. Es gab eine im Rollstuhl sitzende Mutter, die weder lesen noch schreiben konnte und sich im Hessischen, irgendwo bei Frankfurt, in fremden Haushalten aufgearbeitet hatte, und einen Vater, der trank. Über ihre drei jüngeren Brüder wusste sie nichts zu berichten. Mutterseelenallein stand diese Frau in ihrem Leben, aber jetzt war er da, und obwohl er tief betrübt das Haus verließ, wusste er, dass ihre Begegnung im Park kein Zufall gewesen war, dass jedes Glück einer Anstrengung bedurfte, und die, in Gottes Namen, würde er auf sich nehmen.

7

Es wurde kein Volontariat, und es wurde kein Print, sondern eine Projektstelle. Er sah die Ausschreibung kurz nach Jahreswechsel auf einem Online-Portal:

Die Künstler_Innengruppe SACCHARIN sucht für die Vorbereitung, Betreuung und Dokumentation/Nachbereitung der nächsten Kunstaktion einen professionellen, flexiblen und teamfähigen Kollegen für die Öffentlichkeitsarbeit.

Was wir erwarten: Du kennst die Arbeit von SACCHARIN bzw. bist in der Lage, Dich schnell darin einzuarbeiten,

Du traust Dir zu, die Inhalte von SACCHARIN öffentlich zu kommunizieren,

Du bist flexibel, d. h. bist in der Lage, bei Bedarf unkonventionelle Lösungen zu finden,

Du kannst Dir vorstellen, das Projekt medial nach außen zu präsentieren, d. h. in unserem Fall meistens: zu puffern,

Du hast einen Hochschulabschluss in Kommunikation oder anderweitige, gleichwertige Erfahrung,

Du bist vertraut mit dem Bespielen von Facebook,

Du kannst schnell Pressetexte verfassen.

Was wir bieten: eine Tätigkeit in einem hochinteressanten, offensiv fragwürdigen, über Jahre gewachsenen Team. Fluxus lebt.

Einsatzort: Wien
Dauer: drei Monate
Beginn: 1. 3. 2009
Gehalt: verhandelbar, aber nicht unter 25 €/Stunde (inkl. MwStr.)
Wochenpensum: nicht unter 30 Stunden
Bewerbung von Rassisten, Sexisten, Klassisten oder neoliberalen Honigkuchenpferden zwecklos.

Das war ganz nach seinem Geschmack. Ungeachtet der Selbstausbeuterlöhne, die in der sogenannten Freien Kunst-Szene gezahlt wurden, klickte er noch am selben Tag auf Senden, im Anhang sein Portfolio. Nach einem Bewerbungsgespräch, das er mit der Dramaturgin der Gruppe zwei Wochen später in Berlin hatte, Kendra, einer Frau seines Alters, und einem kurzen Auftritt des schroffen, witzigen Regisseurs, den er mit einer schlagfertigen Pointe konterte, stellte er seine Hamburger Wohnung online, fand einen freundlichen Japaner, dem er sie untervermietete, organisierte sich selbst eine Unterkunft, bezahlbar, die er ungesehen anmietete, und nach einem Besäufnis mit Henk und Torsten auf den Abschied, den er als vorübergehenden ansah, saß er Ende Februar im Nachtzug und genoss, dass irgendwo in den fliehenden Landschaften hinter der Scheibe ein Anfang lag.

Wien erwartete ihn mit einer kleinen, möblierten Wohnung, einem Zimmer plus Küche und Nasszelle, das Klo auf halber Treppe, einer ehemaligen Dienstbotenwohnung, die bis zum vergangenen Jahr »fürs Au-pair« genutzt worden war, wie ihm seine Vermieterin bei der Schlüsselübergabe erzählte, eine kultivierte Dame mit Weinbäckchen, aber jetzt seien die Kinder aus dem Gröbsten raus, und sie und ihr Mann, ein Internist, hätten sich vorgenommen, sie zum

Selbstkostenpreis an Studenten oder Berufsanfänger zu vergeben, man wolle langsam anfangen, der Gesellschaft etwas zurückzugeben, und wenn der Herr Magister etwas brauche oder verlängern wolle, solle er es sie wissen lassen, sie sei immer ansprechbar, müsse nur früh genug Bescheid wissen.

»Diplom«, korrigierte er, ganz Piefke, aber die Dame erwiderte, während sie die Dachluke beherzt aufstieß, »ach, das schert hier doch niemanden«.

Sie zeigte auf einen Automaten im Gastronomieformat.

»Und hier haben Sie eine ordentliche Kaffeemaschine, ohne so was ist ein Mensch ja kein Mensch.«

Bei der ersten Zigarette stieß er sich den Kopf an der Luke, ließ aber zufrieden die Arme aufs Dach hängen, den Blick schweifen, links der Hochbunker, den man, wie er bald von seinem de facto Arbeitgeber, dem Regisseur, erfuhr, mehrmals vergeblich versucht habe zu sprengen, gegenüber die Baumwipfel des Parks, ein Wort, das er sich hier schnell und gründlich abgewöhnen würde. Von der Straße klangen die unbekannten Intervalle eines Martinshorns herauf.

»Gebe mich dem Kitsch der Fremde hin. Ja, ganz in der Eigenbewertung, Frau Psychologin«, textete er Agnes noch am selben Abend, bevor er sich für einige Krügerl in einer Kneipe am Wallensteinplatz, zwischen ein paar unironischen Schnauzbartträgern, niederließ.

Die Arbeit für SACCHARIN war fordernd und erfüllend. Nie begann er nach acht Uhr morgens oder kam vor acht Uhr abends raus. Er wusste zwar, dass die Gruppe bekannt war, aber wie bekannt, fiel ihm jetzt erst auf: das Büro ein Container auf dem Verteiler Favoriten, ein Kreisverkehr, auf dessen einwöchige Bespielung alles hinauslief, eine Flut an E-Mails, Anrufen und Interviewanfragen, die es zu beantworten und zu koordinieren galt, Premiere am Tag der Arbeit – Pressearbeit eben, aber ohne Schlamperei.

Zur Eröffnung wurde ein großes Fass mit eingefärbter Pisse auf den Verkehrskreisel gestellt. Das Konzept war, dass jeder Mitbürger eingeladen war, seinen Urin dazuzukippen. Bei Bedarf konnte man sich den Mitgliedern der Gruppe anschließen, die mit Pinsel und den Ausscheidungen eine Woche lang das Kommunistische Manifest auf eine riesige Leinwand schrieben, die nachts beleuchtet wurde. Sobald sich jemand dazu entschließen sollte mitzumachen, würde er vor laufender Kamera dazu befragt werden.

Bereits an Tag zwei begannen Autofahrer, die sich von der Aktion provoziert fühlten, abzubremsen, das Fenster herunterzukurbeln und die Künstler auf der Verkehrsinsel anzumaulen oder, wenn sie anhielten und ausstiegen, ihren Unmut direkt in die Kamera kundzutun. Am vierten Tag kam es zu einer deftigen Szene. Zwei Männer hatten eine Leiter mitgebracht, die sie an das Fass lehnten, und pissten hinein. Der darauf folgende verbale Schlagabtausch mit dem Regisseur, den Kendra mitfilmte, ging später als eine der Sternstunden in die Geschichte der Konzeptkunst ein.

Bis zum Ende der Woche offenbarte sich, mehr oder weniger leserlich, folgendes Resultat: »Ein Gespenst geht um in Europa – das Gespenst des Kommunismus. Alle Mächte des alten Europas haben sich zu einer heiligen Hetzjagd gegen dies Gespenst verbündet, der Papst und der Zar, Metternich und Guizot, französische Radikale und deutsche Polizisten. Wo ist die Oppositionspartei, die nicht von ihren regierenden Gegnern als kommunistisch verschrien worden wäre, wo die Oppositionspartei, die den fortgeschritteneren Oppositionsleuten sowohl wie ihren reaktionären Gegnern den brandmarkenden Vorwurf des Kommunismus nicht zurückgeschleudert hätte? Zweierlei geht aus dieser Tatsache hervor. Der Kommunismus wird bereits von allen europäischen Mächten als eine Macht anerkannt. Es ist hohe Zeit, dass die Kommunisten ihre Anschauungsweise, ihre Zwecke, ihre Tendenzen vor der ganzen Welt offen darlegen und dem Märchen vom Gespenst des Kommunismus ein Manifest der Partei selbst entgegenstellen. Zu diesem Zweck haben sich Kommunisten der verschiedensten Nationalität in London versammelt und das folgende Manifest entworfen, das in englischer, französischer, deutscher, italienischer, flämischer und dänischer Sprache veröffentlicht wird. Die Geschichte aller bisherigen Gesellschaft ist die Geschichte von Klassenkämpfen. Freier und Sklave, Patrizier und Plebejer, Baron und Leibeigener, Zunftbürger und Gesell, kurz, Unterdrücker und Unterdrückte standen in stetem Gegensatz zueinander, führten einen ununterbrochenen, bald versteckten, bald offenen Kampf, einen Kampf, der jedes Mal mit einer revolutionären Umgestaltung der ganzen Gesellschaft endete oder mit dem gemeinsamen Untergang der kämpfenden Klassen. In den früheren Epochen der Geschichte finden wir fast überall eine vollständige Gliederung der Gesellschaft in verschiedene Stände, eine mannigfaltige Abstufung der gesellschaftlichen Stellungen. Im alten Rom haben wir Patrizier, Ritter, Plebejer, Sklaven; im Mittelalter Feudalherren, Vasallen, Zunftbürger, Gesellen, Leibeigene, und noch dazu in fast jeder dieser Klassen besondere Abstufungen. Die aus dem Untergang der feudalen Gesellschaft hervorgegangene moderne bürgerliche Gesellschaft hat die Klassengegensätze nicht aufgehoben. Sie hat nur neue Klassen, neue Bedingungen der Unterdrückung, neue Gestaltungen des Kampfes an die Stelle der alten gesetzt. Unsere Epoche, die Epoche der Bourgeoisie, zeichnet sich jedoch dadurch aus, dass sie die Klassengegensätze vereinfacht hat. Die ganze Gesellschaft spaltet sich mehr und mehr in zwei große feindliche Lager, in zwei große, einander direkt gegenüberstehende Klassen: Bourgeoisie und Proletariat. Aus den Leibeigenen des Mittelalters gingen die Pfahlbürger der ersten Städte hervor; aus dieser Pfahlbürgerschaft entwickelten sich die ersten Elemente der Bourgeoisie. Die Entdeckung Amerikas, die Umschiffung Afrikas schufen der aufkommenden Bourgeoisie ein neues …«

»Stark!«, rief der Regisseur am letzten Tag in die Kamera und deutete auf die Leinwand hinter sich. »Ich halte fest: Hier hält man Marx und Engels nicht einmal eine Woche aus, selbst wenn sie mit Pisse zitiert werden.«

Am Abend feierte man die Aktion, in einem alten Kino an der Landstraße. Der halbe Kulturbetrieb Wiens war anwesend.

»Es braucht nicht viel, den Schleier der Zivilisation zu lüften«, sagte der Regisseur ins Mikrofon.

Während Benedikt mit Kendra darüber redete, was nun noch für ihn anstehe, die vorläufige Verwaltung des Facebook-Accounts bis Mitte Juli, sie würde ihm das Material zur Verfügung stellen – »und bitte regelmäßig auf die Kommentare schauen und gegebenenfalls löschen« –, und das Sammeln der öffentlichen Reaktionen, die er ihr dann, ebenfalls im Sommer, »final« zumailen könne, blieb sein Blick an einer Frau hängen, Typ blonde Haare und braune Augen. Sie versank in einem der Samtsofas, in der rechten Hand einen Champagner, in der linken eine Zigarette. Den Mann, mit dem sie sprach, DER Late-Night-Talker des Landes, identifizierte er sofort als einen Weltmännischkeit vortäuschenden Kokser.

»Willst du auch noch einen«, sagte Kendra und deutete auf ihre leeren Gläser, und mit einem weiteren Gin Tonic gesellten sie sich zur Runde um den Regisseur.

Bei der nächsten Getränkerunde nahm er den Weg am Sofa vorbei. Die Frau hatte das Glas abgestellt und versuchte, dem Fernsehmann auszuweichen, der sich mit seinem Gesicht nun so nah an sie herangearbeitet hatte, dass sie ihres zur Seite legte. Auf dem Rückweg, der Fernsehmann berührte die Frau gerade mit seiner Hand am Unterarm, blieb Benedikt stehen.

»Könnten Sie bitte aufhören, die Dame anzufassen?«

Die Augen des Late-Night-Talkers verengten sich.

»Wie meinen.«

»Ich glaube nicht, dass die Lady das angenehm findet. Einen schönen Abend noch«, sagte Benedikt, nun direkt zu der Frau, in deren Augen er ein Blitzen zu erkennen glaubte.

»Das wird aber auch Zeit«, sagte Kendra. »Ich bin schon halb verdurstet.«

»Kennst du die Frau da hinten.«

Sie nippten an ihren Gin Tonics.

»Welche?«

»Die Blonde.«

»Glaube, das ist Marianne Hecht. Kuratorin bei Henriette Prohacek. Ziemlich erfolgreich, soweit ich weiß, aber schon was älter.«

Sie griff nach seiner Hand und zog ihn auf die Tanzfläche.

Die Party endete damit, dass er Kendra mitnahm. Am Morgen trank man noch einen guten Kaffee aus der guten Maschine und ging freundschaftlich auseinander.

Nachdem er das Angebot des Regisseurs, fester Teil der Gruppe zu werden und nach Berlin zu ziehen, abgelehnt hatte, bekam er das »coolste, aber unnützeste Zeugnis ever«, wie er es Henk am Telefon gegenüber formulierte. Henk beglückwünschte ihn und klagte sein Leid über die Lokalredaktion, in der er arbeitete, er überlege, das Volontariat abzubrechen, nicht eine einzige Reportage sei bisher für ihn drin gewesen.

»Ist das nicht das gewesen, wofür wir studiert haben? Stattdessen laufe ich mir hier die Hacken für den Chef ab – nicht aber, dass du denkst, ich würde wirklich recherchieren oder irgendwas Sinnvolles schreiben.«

Benedikt redete ihm zu und lenkte das Thema auf seine bevorstehende Verabredung.

»So ähnlich wie Chloë Sevigny in *Zodiac*. Drück mir die Daumen, ich bin sehr aufgeregt.«

»Bist ein cooler Hund, Bene. Aber nicht, dass du mir noch bei den Ösis hängen bleibst.«

Schnell hatte er die Nummer herausbekommen und ihr geschrieben. Nach dem ersten Date und einer Kunstpause bis zum nächsten, das in einen monatelangen Sommer zu zweit überging, in dem sie das Bett nur verließen, um auf dem Platz einen Aperitif zu trinken oder morgens einen Espresso, oder eine Tageszeitung zu lesen, oder für ein Bad im Gänsehäufel, wenn es unter dreißig Grad hatte, nahm sie ihn mit zur ersten Eröffnung der Galerie nach der Sommerpause. Seine Befürchtung, er könne neben dieser Frau wie ein wenn auch großes Schoßhündchen wirken, zerstreute sie dadurch, dass sie ihn jedem mit »Benedikt Zwicker, Journalist«, vorstellte und ihm eine Einzelführung durch die Ausstellung gab. Ein weiteres Zeichen ihrer Verbundenheit sah er in der Tatsache, dass sie ihn nicht nur einführte, sondern auch versuchte, ihn zu vernetzen, mit dem Herausgeber eines Innendesignmagazins und einer Verlegerin, die immer mal »jemanden für die Typo« suchte.

Fortan war also schon mal die Miete drin.

»Jetzt ist der Vater auch noch gestorben.«

Er hielt den Hörer in der einen Hand und öffnete mit der anderen die Dachluke. Er atmete tief.

»Ich dachte, jetzt nach Mutters Tod, könnte er noch ein paar ruhige Jahre haben. Und jetzt das.«

Ediths Stimme brach.

»Was ist passiert.« Er hörte sich wie von außen.

»Heute Morgen. Lena wollte ihn ins Krankenhaus fahren wegen seiner schlechten Nierenwerte. Er hatte eine Überweisung vom Hausarzt. Und dann hat er im Bett gelegen, auf der Seite, den freien Arm am Körper entlang. Wie er immer geschlafen hat, hat Lena gesagt. Sie hat gedacht, er schläft noch, und ihn an der Schulter berührt. Und dann, als er auf den Rücken gefallen ist, hat sie gemerkt, dass er nicht mehr atmet.«

Edith weinte.

»Soll ich kommen«, fragte er.

»Nein, ich setze mich jetzt ins Auto und fahre rüber. Dein Vater kommt morgen nach«, schluchzte sie. »Ich halte dich auf dem Laufenden.«

»Fahr vorsichtig.«

Ein paar Tage später stand er mit Marianne am Grab seines Großvaters. Erst vor Kurzem hatten sie die Großmutter beerdigt, die zwar sehr lange krank gewesen war; im Grunde seines Herzens hatte er sie aber immer für unsterblich gehalten. Jetzt also auch noch der Opa. Während er, zwischen Edith und Agnes, irgendwo hinter ihnen Gregor, das halbe Dorf wie durch einen Filter vorbeiziehen und kondolieren sah, spürte er Mariannes Hand in seinem Kreuz. Er würde sich später nur schlecht an diese Wochen erinnern. Auch die Beerdigung versank noch im Augenblick des Erlebens unter der Oberfläche, wie die Steine, die er als Kind am Ufer gesammelt und, so weit er konnte, ins Wasser geworfen hatte, bis sie, irgendwo am Grund, ihren Platz für die Ewigkeit gefunden hatten.

Woran er sich allerdings erinnern konnte: wie Marianne ihn beim Leichenschmaus im Posthof von Sprüchen, er sei ja jetzt der einzige männliche Nachfolger, ob es ihn nicht doch noch jucke, den Betrieb zu übernehmen, abschirmte, ihm Edith abnahm, die er noch nie so versteinert gesehen hatte.

Als sie wieder im Zug saßen, zeigte er ihr die Todesanzeige im Oberbayernteil der überregionalen Tageszeitung:

Wir trauern um unser Ehrenmitglied
und unseren langjährigen zweiten Vorstand
Bruno Bader
Keiner kannte den See so wie er.
Max Albrecht, Erster Vorstand im Namen
der gesamten Wasserwacht
Herzach, den 21. Juli 2009

Zurück in Wien, dankte er Marianne für ihren Beistand und schenkte ihr den Titel für die nächste Ausstellung, »Spuk und Fortschritt«, und so blieb es: Nun war er ihr »Titelspecht«, wie sie ihn fortan nannte, und die Ankündigungsplakate, die er in den folgenden Wochen an Haltestellen und Litfaßsäulen erblickte, machten ihn stolz. Wenn es so etwas wie eine Traumfrau geben sollte, dann war sie es.

Es ist kurz nach Mitternacht. Die Digitalanzeige des Radioweckers leuchtet auf sein Gesicht und taucht es in ein bläuliches Licht. Er schreckt hoch. Wo ist er? Dem Bett gegenüber, neben der Zimmertür, läuft der Fernseher. »Ich vermisse dich, Liebster«, haucht die Hauptdarstellerin in den Hörer und legt den Kopf in den Nacken. Eilig tastet er nach der Fernbedienung und wird, als er sie nicht sofort findet und etwas im Flur zu hören glaubt, unruhig. Er schüttelt die Überdecke, eine Wolldecke, die ihm Großmutter immer noch überwirft.

»Die Nächte können kalt werden, Nikkilein, auch im Sommer«, hat sie beim Ins-Bett-Bringen gesagt, als sei er noch ein ganz kleiner Junge.

Die Hauptdarstellerin wird lauter. Er sieht, wie sich ihre Lippen öffnen und sie den Telefonhörer immer fester fasst.

Die Fernbedienung fällt auf den Bettvorleger. Er schaltet leise. Das Bett neben ihm ist immer noch leer. Ach ja, die Kaulquappe schläft heute bei Mama und Papa drüben. Nach einem Höhepunkt (ein Mann und eine Frau, ihre Haut vor Feuchtigkeit glänzend, unter dem Baldachin eines Bettes, es regnet ununterbrochen, in *Indochine*) muss er eingeschlafen sein. Er hört Stimmen nach oben dringen. Er schaltet aufs Dritte.

Zu Hause gibt es kein Hobbyzimmer mit Zweitfernseher und Fernbedienung, keine nach Weichspüler duftende Auslegware, keinen Elefantenfuß, auf dem man die Beine beim Hin- und Herschalten ablegen kann, während man auf dem Bett fläzt; zu Hause gibt es keinen ersten Stock, sondern eine Mietwohnung, und schon gar keinen Fernseher, der den Namen verdient, nur eine Kiste, deren Knöpfe mit Streichhölzern eingeklemmt sind, damit sie nicht herausspringen können; es gibt kein Glotzen, bis die Augen trocken werden, geschweige denn Orgasmen bei Erotikfilmen im Privatfernsehen.

Dafür gibt es die Sommerferien in Herzach.

Am Morgen hilft er dem Großvater, das Regenwasser der Nacht aus den Booten zu schöpfen, bringt Brigitte, die den Laden pünktlich geöffnet hat und mit einer großen Sonnenbrille hinter dem Verkaufstisch steht, ihren obligatorischen Orange Pekoe mit viel

Zucker und zwei Zitronenscheiben hinaus, hilft der Großmutter beim Einräumen der unteren Etage der Spülmaschine der neuen Küchenzeile und holt sich von ihr die Erlaubnis, zum Angeln rausfahren zu dürfen, er sei mit Sicherheit zum Mittag zurück. Dann holt er den Ködereimer, den er über Nacht in die Laube gestellt hat, schnappt sich die Angel aus der Werkstatt, bittet den Großvater, mit ihm ein Ruderboot hinunterzuschieben, lässt sich von ihm Petri Heil wünschen, dreht sich noch einmal um, während er das Boot durch die an den Bojen hängenden Segelboote navigiert, und winkt Agnes zu, die sehnsüchtig am Ufer steht, ihm am Tag zuvor die Köder gefischt hat und nun nicht mitdarf.

Er will allein sein, ganz allein. Er kennt die Stelle, wo sie beißen, am Ende der Bucht, zwischen der alten Schmiede und dem Campingplatz. Er vergisst die Zeit und ist nicht zum Mittag zurück, aber nach einem Donnerwetter des Großvaters, ob er denn die Sturmwarnung zwischenzeitlich nicht habe gehen sehen, ist das Petri Dank groß, liegen ja vier Barsche im Eimer – für die man, nachdem sich die familiäre und allgemeine Wetterlage beruhigt hat, abends außerplanmäßig den Grill anwirft.

8

Wieder schmiss der Kollege die Essensreste in den Müll. Nicht nur einmal hatte Ludwig ihn gebeten, dies nicht zu tun, schließlich liefen vor dem Gasthaus einige herrenlose Hunde herum, und die Katzen der Wirtsleute miauten im Hinterhof vor Hunger. Was also, verdammt noch mal, war so schwer, seiner Bitte nachzukommen? Er trocknete seine Hände und griff nach dem nächsten Schwung Teller, die aus der Wirtsstube hereingereicht wurden. Sein Kollege, dieser fettleibige, kleine Hilfskoch, stellte sich ihm mit verschränkten Armen in den Weg. Ohne ihn zu beachten, schob Ludwig das Gemüse und die Fleischreste zusammen und leerte sie in eine Schüssel. Franz hatte ihm vor drei Wochen die Stelle besorgt, als er bemerkt hatte, dass Ludwig, statt seinen Anteil in die Haushaltskasse zu legen, sie Woche um Woche plünderte, um sich neuerdings, wie Franz feststellte, Zeitschriften und Bücher zu kaufen.

Ludwigs Dienstzeiten begannen in den frühen Abendstunden und endeten kurz nach Mitternacht. Während seine Kollegen in ihren Pausen vor dem Lieferanteneingang eine Zigarette rauchten, blieb er am Spülbecken stehen und las die neu erschienenen Beiträge aus der Fachzeitschrift *Seelen- und Geistesleben*, was sowohl dem Küchenchef als auch den anderen Kollegen unangenehm aufstieß. Schon am ersten Tag – er hatte sich als Fischer Ludwig Maurer vorgestellt und ganz selbstverständlich jeden per Handschlag begrüßt – hatten sie ihn darauf hingewiesen, dass er sich hier einzufügen habe und nicht als Fischer, sondern als Spüler bezahlt würde. Er blieb in Deckung. Was auch immer diese Männer antrieb, zu Scherzen aufgelegt waren sie nicht.

Der nächste Schwung Teller kam. Das dicke Männlein nahm sie Ludwig weg.

»Wie oft habe ich dir das schon gesagt, Maurer, die Reste kommen in den Müll!«

Nein, er würde es nicht tun, er würde die Essensreste nicht über der Tonne ausleeren, nein und nochmals nein. Er nahm seine Schürze ab und legte sie, zweifach gefaltet, über die sauberen Teller neben der Spüle.

»Maurer, wenn du jetzt gehst, brauchst du nicht wiederzukommen. Hier gibt's keine Sonderbehandlung«, hörte er den Küchenchef von hinten rufen.

Ludwig drehte sich nicht noch einmal um. Unbeeindruckt verließ er das Wirtshaus.

Ein paar Wochen später, im Oktober, teilte er Franz mit, dass er eine Frau zum Heiraten gefunden habe. Wann er sie denn kennenlernen würde, seine sogenannte Schwägerin, fragte Franz. Woche um Woche vertröstete Ludwig ihn. Viel Zeit für ein Treffen blieb nicht mehr, denn Franz hatte beschlossen, die Stadt zu verlassen.

»London also«, sagte Ludwig gefasst. »Gut, dann kannst du dich ja bald in Englisch unterhalten.«

»Und du kannst aufhören, am Auer Mühlbach nach einer eigenen Unterkunft Ausschau zu halten. Du kannst die Pilgersheimer übernehmen«, sagte Franz.

Kurz bevor der erste Schnee fiel und er mit seiner neuen Arbeit als Kohlenschlepper die Mietschulden bei Franz begleichen konnte, übten die beiden sich im Hinterhof der Pilgersheimer, zur Erheiterung der Nachbarschaft, im Fahrradfahren. Während Ludwig nur wenige Versuche brauchte, bis er das Gleichgewicht halten konnte, kämpfte Franz vergebens. In jeder Kurve stürzte er. Das Fahrrad war nicht mehr gut in Schuss, aber Franz hatte es bei einer Auktion für nur wenige Mark als Abschiedsgeschenk ersteigert. Nur noch das Nummernschild fehlte, um es in der Stadt benutzen zu dürfen.

Franz eierte in Schlangenlinien aus dem Hof hinaus.

»Du musst treten«, rief Ludwig ihm hinterher, während die Nachbarn an den geöffneten Fenstern applaudierten.

Als Ludwig auf die Straße trat, stand Franz gerade wieder auf, klopfte seine Jacke aus und hob das Fahrrad auf. Ein Martinshorn hallte herüber. Franz blickte die Straße hinunter, auf die sich nähernde, im Sattel sitzende Gendarmerie.

»Mensch, Luki«, sagte er aufgeregt. »Das sind die Frauen. Die ziehen hier vorbei. Ich dachte, sie sind auf der Theresienhöhe. Schnell, hol die Fahnen.«

Wir wollen nicht Menschen zweiter Klasse sein. Franz und Ludwig reihten sich hinter das riesige Transparent ein.

»Vielleicht sollte ich doch dableiben, schau, wie viele auf die Straße gehen!«, schrie Franz begeistert.

Auch auf Ludwig übertrug sich die kämpferische Energie. Menschen traten aus ihren Häusern, Frauen, Männer, Kinder, alte, junge, manche winkten aus ihren Fenstern und riefen Parolen herunter. Die Menge wuchs, je näher sie der Wittelsbacher Brücke kamen. Neben Ludwig zog eine Gruppe Arbeiterinnen aus der Lederfabrik vorbei, sie riefen: »Neuseeland hat's uns vorgemacht.« Neben Franz hielt eine junge Frau ein Schild in die Höhe, auf dem »Nellie Bly« stand, hinter ihr die Frauen vom Fernsprechdienst: »Gleichen Lohn für gleiche Arbeit.«

Kurz vor der Brücke geriet der Zug ins Stocken. Franz griff Ludwigs Arm, zog ihn hinter sich her, näher an die Spitze heran. Auf der anderen Seite der Brücke stand eine Barrikade. Männer mit hohen Hüten und langen Bärten hatten sich aufgereiht, einer von ihnen stand wie ein Akrobat auf der Schulter eines anderen. Er hielt das *Deutsche Volksblatt* in der Hand und las die Namen jüdischer Geschäftsmänner vor, die auf einer Liste standen, deren Geschäfte von Anfeindungen bedroht worden waren. Die Namen hallten durchs Megafon in die Menge.

Nun trieb die Gendarmerie ihre Pferde in den Galopp und stürmte auf die Barrikade zu. Die Menschen strömten auseinander, in die Seitenstraßen. Franz und Ludwig brachten sich ebenfalls in Sicherheit. Aus Erfahrung, sagte Franz, sei es nun besser, sich zurückzuziehen, und drängte Ludwig in einen Hauseingang.

»Magst du nicht doch bleiben?«, fragte Ludwig.

»Nein«, sagte Franz. »Ich muss raus aus dem Mief hier. Warte hier. Ich geh uns Bier holen.«

Ludwig stand nicht mehr im Hauseingang, sondern wenige Meter entfernt, vor einem nahe gelegenen Kiosk, umgeben von drei aufgeregten Frauen, die jüngste von ihnen hochschwanger. Dass er ausgerechnet jetzt zur Stelle war, als ihre Wehen einsetzten, war womöglich ein Wink des Schicksals, denn unter den Frauen befand sich Anna Tannenberg.

»Schau, das ist die Anna«, sagte Ludwig, als Franz mit zwei vollen Bierkrügen zurückkehrte.

»Luis, du bist wohl ein Engel, immer da, wo Not ist«, rief sie ihm zu, in der Hand ein Plakat, auf dem in schwarzer Schrift stand: »Bildung ist ein Menschenrecht und kennt kein Geschlecht«.

»Ich hole Hilfe.«

Bis Franz verstand, was vor sich ging, lief Ludwig schon zum Torbogen, der auf den Marienplatz führte, und hielt Ausschau nach einer freien Droschke.

Zwei Tage später tauchte Anna in der Pilgersheimer auf, an ihrer Seite ihre Chefin, das Fräulein Stamm. Als Dankeschön hatten sie einen frischen Schinken und ein kleines Fass Bier dabei. Ludwig war von oben bis unten eingerußt. Er hatte seinen Dienst gerade beendet. Verlegen nahm er die Geschenke an sich und bat um ein paar Minuten. Schnell wusch er sich, nahm die gewaschenen Kleidungsstücke über dem Herd von der Leine und zog sie über. Er zog den Vorhang zu, der die Küche von seiner Schlafstätte trennte. Dann bat er die beiden Frauen herein.

»Bist wirklich ein Baron, danke«, sagte Anna.

Anna kam nicht nur, um sich bei ihm zu bedanken. An erster Stelle beeindruckte sie, dass er ein Mann zu sein schien, der nicht nur die eigenen Interessen verfolgte, ein moderner Geist musste in ihm stecken und nicht ein rückständiger, wie sie vermutet hatte. Einer von gestern hätte sicherlich nicht an dieser Demonstration teilgenommen.

»Hübsch siehst du aus, Anna«, sagte er.

Die Bluse mit den ballonartigen Ärmeln ließ sie voluminöser erscheinen, als sie war. Womöglich, weil ihre Chefin dabei war, gab sie sich ihm gegenüber verhalten, aber freundlich, dabei achtete sie darauf, dass das Fräulein Stamm nichts an Aufmerksamkeit einbüßen musste. Ludwig besaß genügend Feingefühl, sich zurückzunehmen.

Annas Blick huschte über die Papierberge, obenauf eine gerade erschienene Karikatur aus dem *Münchner Tagblatt*.

»Die willst du doch nicht wegschmeißen?«, fragte sie.

»Glaubst du, hier in Giesing schmeißt einer den Bebel weg?«

Erleichtert darüber, ein Gesprächsthema gefunden zu haben, lächelte er sie an. Er schob Fräulein Stamm den grünen Ohrensessel hin. Sie setzte sich, als sei er schon immer ihrer gewesen.

Wenige Tage später stand er mit Anna am Bahnhof, um Franz nach London zu verabschieden. Mit ihr an seiner Seite sah er dem Zug, der Franz Richtung Norden bringen würde, noch lange nach.

Nun war die Pilgersheimer sein Reich. Von den Genossen ließ sich nur noch Thomas blicken. Als Gegenleistung für eine Übernachtung auf dem Kanapee bot er an, die Küchenzeile zu erneuern. Über eine Schreinerei, für die er manchmal arbeitete, kam er günstig an Holz und Werkzeug heran. Während Ludwig die Keller in der Gegend um den Englischen Garten herum mit Kohle füllte, sägte, hämmerte und schraubte Thomas in der Herberge, aber die Küchenzeile wollte nicht fertig werden. Jeden Abend hatte er eine andere Ausrede: verzogenes Holz, fehlende Schrauben, fehlender Schraubenzieher, Schmerzen im Handgelenk. Nachts besetzte er weiterhin das Kanapee. Ludwig befürchtete, das würde für immer so bleiben.

Eines Morgens, kurz vor der Adventszeit, warf er ihn hinaus. Die restlichen Arbeiten erledigte Ludwig selbst, und er erledigte sie gut. Stolz stellte er, als die letzte Schraube festgedreht war, seine Kochtöpfe unter.

LUDWIG MAURER. Sein Name war zweifach unterstrichen. Per Einschreiben war das Paket, in der dritten Adventswoche, bei ihm abgegeben worden.

Die Baronin berichtete Ungeheuerliches. In Berlin habe sie an einer Séance teilgenommen. Wie er wisse, habe sie schon einiges diesbezüglich erlebt. Dass ein Mensch Gegenstände in Bewegung setzen könne, ohne sie zu berühren, Gegenstände wie ein Klavier, des Weiteren die Tasten bei geschlossenem Deckel anschlagen und aus Büchern vorlesen könne, ohne das Instrument zu berühren oder auf die Zeilen zu sehen – das Buch sei auf einer beliebigen Seite durch das Publikum aufgeschlagen worden, man habe es über das Haupt der Begabten schweben lassen, deren Augen verschlossen gewesen seien –, ob er, Ludwig, jemals von derartigen Begabungen gehört habe.

Ja, das hatte er.

Gewöhnlich endeten Hildes Nachrichten nach einer Seite. Dass es nun über vier dicht beschriebene waren, musste etwas bedeuten. Sie schien beim Verfassen des Briefes in einem tranceartigen Zustand gewesen zu sein. Nach der zweiten Seite legte Ludwig den Brief beiseite und packte das liebevoll in Weihnachtspapier eingewickelte Geschenk aus. Vor ihm enthüllte sich das Konterfei des Königs, in Form einer Büste aus Gips. Er drehte und wendete sie. Jedes Detail seiner Gesichtszüge war eingefangen worden, jawohl, genauso hatte Ludwig ihn in Erinnerung: seinen König. Was für ein außergewöhnlich schönes Geschenk! Was für eine wundervolle Arbeit!

Er nahm den Brief wieder zur Hand.

… dieser kluge, herzensgute Mann, noch niemals habe ich Ihnen von ihm berichtet, stammt aus Krakau. Ein solch Talent von Arzt gibt es nicht ein zweites Mal, glauben Sie mir, seine Heilmethode hat er in den Pariser Kreisen gelernt. Sie kennen das Mesmerische Verfahren? Aber natürlich kennen Sie es, der Schmerz wird gelockert und zum Medium geleitet. Das meinige

war rothaarig, die Arme kräftig wie die eines Mannes. Der Dusel kam sofort – Ludwig musste eine Weile über das Wort »Dusel« nachdenken, bis er es sich über weitere Passagen des Briefes erschloss, ein Dämmerzustand also –

... stellen Sie sich vor, der Dusel kam ganz aus dem Nichts, wie der Drang, sich zu entleeren; unsteuerbar ist mein Geist aus mir herausgeströmt. Nicht anders kann ich es sagen, dieser Mann hat mich geheilt, und weit mehr als das, fühle ich mich mit ihm seelenverwandt. Noch jetzt aber versetzt mich dieses Glück in einen Zustand allumfassender Scham. Lieber Ludwig, ich habe seinen Antrag angenommen, wir haben uns verlobt, schon bald werde ich heiraten, im Februar, stellen Sie sich das vor. Und getraut werden wir bei Ihnen in München, im Hotel Europäischer Hof, sicherlich ist Ihnen dieser bekannt? Dort kennt er einen Pfarrer.

Und ja, wohl ist der See dann noch mit Eis bedeckt, lieber Ludwig, aber wie gern möchte ich doch endlich einmal Ihre Ruderkünste bewundern, aber, was meinen Sie, könnten Sie stattdessen eine Schlittenfahrt organisieren? Für drei Personen oder vier, falls es auch an Ihrer Seite jemanden gibt, eine ebensolche Seelenverwandte? Das wünsche ich Ihnen.

Bis auf bald,
Utsarpini
Ihre Baronin Hilde
P. S.: Falls Sie es nicht wissen: Utsarpini ist eine Seele aus einer indischen Sage. Sie ist auf die Erde zurückgekommen, um eine andere Seele in den Himmel zu führen.

Verwandt waren ihre Seelen nicht, seine und Annas, aber als er ihr gestand, bei einem ausgedehnten Spaziergang zwischen den Jahren, wozu er sie nach Nymphenburg entführt hatte, dass er in einer Welt lebte, die nach nichts roch, und sie erfuhr, dass das wegen der Schlägerei um ihretwillen passiert war, hatte sie ihn lang und fest umarmt.

Zu Hause, in der Pilgersheimer, drückte er sein Gesicht an ihre Brust. Sie saßen auf dem Kanapee vor dem Weihnachtskranz, den Roswitha geschickt hatte, zwei Kerzen brannten. Auf dem Tisch aufgeschnittene Wurst und Brot.

»Vielleicht würdest du mich ja gar nicht mögen, wenn du mich riechen könntest.«

Er schnüffelte an ihrem Hals.

»Geh, lass.«

Er versuchte, sie zu küssen. Sie drehte den Kopf zur Seite.

»Luis, so geht das nicht.«

An diesem Abend schloss sich Anna in ihrem Dienstzimmer ein. Ein paar Mal drückte sie die Klinke herunter, um sicherzugehen, dass die Tür auch wirklich verschlossen war. Sie knöpfte ihre Bluse auf, ließ den schweren Rock zu Boden gleiten, zog die Klammern aus ihrem Haar, das lang über ihre Schultern fiel, hob den Unterrock hoch und sah an sich herab, auf ihren Bauch, bückte sich und blickte zwischen ihre Beine, auf ihr Schamhaar. Beklommen kroch sie unter ihre Bettdecke, legte ihre Hände auf ihr Gesicht und weinte sich in den Schlaf.

Sie trug eine schlichte, weiße Bluse, darüber eine Schürze. Normalerweise engagierte die Stamm für ihre Silvesterfeiern zwei, manchmal drei Helferinnen, die mit Anna den Abend ausrichteten. Dieses Mal war es Ludwig. In einem Frack und mit einer Fliege um den Hals polierte er Gläser, sortierte Besteck, richtete Weintrauben an, stellte Käse- und Wurstplatten und Heringssalat aufs Buffet und kümmerte sich um die Getränke. Als die Gäste gesättigt zu Schnaps und Likör griffen, schob er mit den Männern im Salon den Tisch und die Stühle für die Musiker beiseite, die mit einer umgebauten Droschke, an der ein Motor angebracht war, aus Ingolstadt angereist waren. Sie stimmten einen Walzer an. Im Dreivierteltakt führte Ludwig Anna durch die Küche, eine Polka folgte und noch eine. Schon bei anderer Gelegenheit, im Tanzlokal, hatten sie ihre Schritte aufeinander abgestimmt, darin funktionierten sie blind, auch ohne Tanzschule. Kurz vor Mitternacht füllte er, nachdem die Gäste mit Sekt versorgt waren und sich draußen versammelten, um das Feuerwerk anzusehen, zwei Gläser und zog Anna ans offene Küchenfenster. Als die Ludwigskirche in der Maxvorstadt das neue Jahr läutete, griff er in seine Fracktasche, hielt die beiden Ringe, die er beim Juwelier Friedrich für einen Freundschaftspreis hatte anfertigen lassen, in seiner Faust, kniete sich, nicht ohne Schalk in den Augen, vor sie hin und holte Luft.

Bevor er den Antrag aussprechen konnte, legte sie ihm ihre Hand auf den Mund, öffnete seine Faust und nahm die Ringe an sich. »Sei mir nicht bös, Luis. Noch nicht, bitte.«

Sie half ihm auf und bat ihn, während draußen das Feuerwerk knallte, die Geschichte zu erzählen, die er ihr schon einmal erzählt hatte, die von früher.

Feindselig sah er sie an. Ob er sie einmal ohrfeigen sollte, damit sie aufwachte? Wie stark sollte er eigentlich noch um sie werben? Schließlich war sie mit ihren einunddreißig Jahren auch nicht mehr die Jüngste. Warum wollte sie diese Geschichte ausgerechnet jetzt hören? Noch bevor seine Stimmung sich weiter verfinstern konnte, schmiegte sie sich an ihn und fing an zu sprechen: »Ob du lesen kannst, hat dich der Hofdiener am frühen Morgen gefragt, als du auf den See raus wolltest. Du hast genickt, woraufhin er dir ein Manuskript von Victor Hugo in die Hand gedrückt hat. Du hast angefangen vorzulesen, und der Hofdiener sagte, gut, dann komm mit. Du bist im Schloss ins Vorzimmer geführt worden, dann ins Schlafgemach. Der Sessel, zu dem man dich gewiesen hat, stand neben einem Bett, abgetrennt durch einen Vorhang. Im Bett lag der König, das wusstest du. Du wolltest dich verbeugen, tief, wie du es immer getan hast, wenn er in deiner Nähe war. Aber der Hofdiener gab dir Zeichen, sitzen zu bleiben. Du hast mit lauter und sicherer Stimme gelesen, bis du bei der Stelle angelangt bist: ›Die Rache eines Narren bringt die Erde aus dem Lot.‹ Der König ist aufgesprungen, hat herumgeschrien, ein Wort, ein Satz, irgendetwas hat ihn zornig werden lassen, eine Kleinigkeit, ein winziges, kleines Wörtchen. Er schrie: ›Heißt nicht aus dem Lot, heißt zum Wanken.‹ Er hat nach den anderen Hofdienern geläutet, die zu Bett gehen wollten, hundsmüd' waren sie, wie du sagtest, hatten sie ja die ganze Nacht das Essen aufgetischt.«

»Ja, Anna«, unterbrach er sie. »Genau *so* hat es der König mit dem Wort genommen.«

Ob es ihm nun gefiel oder nicht: Die Stamm hatte recht, als sie ihn bald nach Silvester aufsuchte. Dass sie sich in fremde Angelegenheiten mischte, dass sie überhaupt mitmischte, was ihn und Anna betraf, fand er eine Zumutung. Hätte sie nicht so höflich vor seiner Tür gestanden, er hätte ihr sicherlich keinen Eintritt gewährt. Sie riet ihm, aufgrund der Gesetzeslage, sein Leben erst dann mit einer Frau in einen gemeinsamen Hafen zu führen, wenn er dazu, geistig und finanziell, in der Lage sei. Ob ihm bewusst sei, fragte sie, dass sich der Stand einer Frau gewöhnlich immer am Stand des Mannes orientiere. Dass sie selbst nicht viel von dieser gesellschaftlichen Misere halte, müsse sie ihm sicherlich nicht erklären. Aber so sei es nun einmal, bisher, und wie es aussehe, ändere sich so bald nichts daran.

Er solle froh sein, dass sie sich um Anna kümmere, er habe ja keine Ahnung, wie sie sich entwickelt habe, seit sie bei ihr in Stellung sei. Er solle behutsam mit ihr sein. Ihr Intellekt sei ein Samen, der gegossen werden müsse, und ob er als reaktionärer Geist in der Lage sei, das rechte Maß zu finden, sodass Anna sich entfalten könne, bezweifle sie. Aber am Ende müsse es Anna selbst wissen.

Mit Anzug, Krawatte und polierten Schuhen suchte er im neuen Jahr seine Bank auf und bat um einen Kredit. Er schob seinen Gesellenbrief über den Tisch und trug dem Berater sein Anliegen vor. Dass er dem König gedient habe, betonte er, dass er ein Startkapital für ein eigenes Geschäft brauche. Außerdem wolle er heiraten.

»Herr Maurer, das sieht nicht gut aus. Sie haben nichts, was uns eine Sicherheit geben könnte. Das tut mir leid, ich kann nichts für Sie tun.«

Ja, viel zu hoch waren seine monatlichen Ausgaben: die Renovierung, die Miete, die Tanzabende mit Anna, die Getränke, das Essen. Was, in Gottes Namen, hätte er auch zurücklegen können?

Der Berater erhob sich aus seinem Schreibtischstuhl und reichte ihm zur Verabschiedung die Hand.

An der Bürotür drehte sich Ludwig noch einmal um: »Haben Sie schon mal auf dem Bau gearbeitet? Wissen Sie überhaupt, wie viel ein Mann wie ich verdient? Ansparen – dass ich nicht lach.«

Am selben Abend noch schrieb er der Baronin einen Brief, mit der Bitte um ein Darlehen. Unterdessen hielt er Ausschau nach neuer Arbeit.

»Wirst sehen, Anna, bald habe ich alles beisammen, dann kommst du mir nicht mehr aus«, verkündete er an einem Sonntag bei Kaffee und Kuchen im Kaffeehaus am Karlsplatz. Er war so guter Dinge, dass man den Eindruck bekommen konnte, er kaufe bald das ganze Voralpenland auf.

Im Englischen Garten sprossen die ersten Knospen, die Tage wurden wieder länger und mit ihnen die Arbeitsstunden. Immer noch wartete er auf ein Zeichen der Baronin.

Im Juni dann versiegte seine Hoffnung. Noch in keinem Jahr war es vorgekommen, dass Hilde anlässlich des Todestages des Königs keine Nachricht gesendet hatte. Drei Mal täglich lief er zum Briefkasten.

Um Fronleichnam herum dann endlich die Erleichterung. Die Nachricht war kurz:

Löga, 21. Juni 1894

Verzeihen Sie, mein lieber Ludwig, die letzten Monate war ich unpässlich. Mit einem großen familiären Ärgernis stehe ich morgens auf und gehe abends zu Bett. Ihrer Bitte kann ich derzeit nicht nachkommen, zu sehr belasten mich eigene finanzielle Belange, man will mir mein Glück rauben.
In der Hoffnung auf Ihr Verständnis,
Seien Sie herzlich gegrüßt von Ihrer Hilde

Er hatte die Zeilen mehrmals gelesen, Wort für Wort. Er spürte eine unbändige Wut in sich aufkeimen. Innerhalb weniger Minuten verwüstete er die Herberge. Er riss Schränke auf, zertrümmerte Geschirr, stieß das Bücherregal mitsamt seinem Inhalt auf den Boden, schrie und fluchte, bis er sich erschöpft aufs Kanapee fallen ließ. Wie sollte einer wie er jemals in der Lage sein, die Pflichten eines Ehemannes zu erfüllen? Er sah auf die Scherben der Obstschale am Boden, holte Schaufel und Besen und bereinigte das Chaos.

»Maurer, alles in Ordnung?«, trommelte es gegen die Tür.

Er öffnete sie einen Spaltbreit und sah in das rote Säufergesicht seines Nachbarn.

»Servus, Klaus, was gibt's?«

»Hast du Besuch? Sind die Genossen wieder da?«

»Nein, und wenn, geht es dich nichts an, was ich in meinen vier Wänden mache.«

»Schon gut«, sagte der Nachbar. »Dachte, du brauchst Hilfe.«

»Sehe ich so aus?«

Ohne eine Antwort abzuwarten, schloss Ludwig die Tür.

Zum Ende des Siebenschläfers luden die Hubers zu einem Sonntagskaffee ein. Ludwig hatte all seine Überredungskunst aufbringen müssen, um Anna davon zu überzeugen, dass ihr ein freier Tag guttue, schließlich würde man an den Sonntagen ruhen, darüber hinaus könne sie diesen lieben Leuten, die wie Vater und Mutter für ihn gewesen seien, keine Absage erteilen.

Annas Laune war nicht die beste, als sie am See eintrafen, aber als Roswitha sie in ihre kleine Schneiderwerkstatt im ersten Stock führte und ihr die neue Meterware, Stoffe aus Samt, Seide und Viskose, zeigte, hellte sich ihre Stimmung auf. »War doch eine gute Idee, Luis. Sieh her, wie schön, die Stoffe tragen die Frauen in Italien.«

Er lächelte.

»Dann macht ihr mal eine Anprobe«, sagte er und verschwand.

Nachdem er den Kaffee aufgebrüht und den Tisch gedeckt hatte, schlich er wieder nach oben und lugte durch die angelehnte Tür. Nur mit einem Unterrock und einem Trägerhemdchen bekleidet, stand Anna vor dem großen, goldumrahmten Spiegel, und er sah wie Roswitha ihr das Maßband um die Taille legte. Er gab keinen Mucks von sich; noch nie zuvor hatte er Anna entkleidet gesehen.

Blass war ihre Haut, ganz im Gegensatz zu seiner. Ihr Knochenbau war kräftig, die Hüften breiter als die Schultern, aber sie wirkte zart, ja, beinah zerbrechlich.

Die Übernachtung war nicht geplant. Es war Anna, die nach dem Abendbrot kein Ende fand, obwohl er drängte, den letzten Zug zu erreichen. Dass sie sich so leicht begeistern ließ, dass sie nun, bei der ersten Begegnung, mit Roswitha Kochrezepte austauschte, sich für das Einkochen von Marmelade und für Stickmuster interessierte, hätte er sich nicht träumen lassen. Mit derselben Aufmerksamkeit hörte sie auch Rudi zu, der darüber nachdachte, um wie viel er die Preise in der Metzgerei anheben müsse, um am Jahresende wenigstens ein paar Mark zurücklegen zu können. Es war ihm allerdings auch bewusst, dass bei einer Preissteigerung die Kundschaft davonlaufen würde.

»Für ein gutes Produkt legt ein jeder gern etwas hin.«

Sie klang wie eine Geschäftsfrau. Ludwig fragte sich, ob hier neben ihm, auf der Bank in der Wohnstube seiner Zieheltern, dieselbe Frau saß, die in der Stadt kein anderes Thema zu interessieren schien als dieses Frauenzeug. Und dass sie im Haus seiner Kindheit, in der Kammer unter dem Dach mit ihm übernachten würde und, ohne zu zögern, bei ihrer Chefin anrief, um mitzuteilen, dass sie den letzten Zug verpasst habe und erst morgen wiederkomme, freute ihn.

Immer noch benutzte er das Klohäuschen im Garten, obwohl die Hubers mit viel Aufwand ein Spülklosett in der ehemaligen Speisekammer hatten einbauen lassen. Seit er seinen Geruchssinn verloren hatte, wusch er sich umso gründlicher. Er legte das Handtuch um den Hals, die Hosenträger baumelten an seinen Beinen. Mit Schwung trat er in die Dachkammer. Anna saß in einem von Roswithas Nachthemden auf der Bettkante und hielt eine brennende Kerze über ein Modemagazin.

»Meinst du, mir würde so ein italienisches Kleid stehen, die Röcke sind schon arg kurz, da braucht man dann auch passende Schuhe, nicht wahr?«

Er stieg aus seiner Hose, setzte sich neben sie und sah sich die Fotografien an.

»Dann muss ich bald doch eine Bank überfallen oder, noch besser, einen Geldtransport.«

Er lachte, nahm ihr die Kerze aus der Hand, stellte sie aufs Nachtkästchen und ließ sich nach hinten fallen.

Sie beugte sich zu ihm.

»Riechst ja wie eine Parfümerie.«

»Das ist nur Seife vom Kramer hier in Berg.«

Nach einer halben Ewigkeit in der Waschküche kam sie wieder zu ihm ins Bett, legte ihren Kopf auf seine Brust und sagte: »Luis, du hast nicht aufgepasst, alles ist in mich rein.«

»Weil du auf mir drauf warst«, sagte er. »Das nächste Mal machen wir es andersherum, ich oben, du unten, wie es sich gehört.«

Während des Sommers suchte er am See nach Grundstücken. Er würde hier, wenn er denn irgendwoher einen Kredit bekäme, etwas finden und als Fischer anerkannt werden, aber er musste begreifen, dass ihn niemand wollte, dass selbst die kleinste Hütte nicht für ihn bestimmt war. Über Wochen klapperte er von früh bis spät die Ufer ab. Bitter musste er zur Kenntnis nehmen, dass sein Ruf als ehemaliger Geselle des Leibfischers, der jahrzehntelang das Königshaus beliefert hatte, nichts mehr zählte.

»Luki, hier wirst du deiner Tage nicht froh«, sagte Gertrud, die wie eh und je im Alten Wirt kellnerte. Sie spendierte ihm ein Bier. »Hast du schon mal drüber nachgedacht, drüben am Bauernsee zu schauen? Dort warten sie auf einen wie dich, glaube es mir.«

»Meinst du wirklich?«, fragte er. »Sollt ich mich da mal zeigen, mit meinem Gesellenbrief?«

»Freilich. Besser heut' als morgen. Aber dann bist du halt kein Fischer vom Fürstensee mehr.«

Am Frühstückstisch dachte er über Gertis Worte nach. Rudi griff in seine Hosentasche und zog eine Dose Schnupftabak hervor.

»Ein Mann braucht drei Dinge: eine Frau, ein gutes Bier und einen vernünftigen Tabak.«

»Nein, ein Grundstück brauche ich. Die Gerti meint, drüben am Arme-Leute-See sollte ich mich mal zeigen.«

»Warum nicht«, sagte Roswitha. »Hast du jetzt von der Bank endlich einen Kredit bekommen?«

»Noch nicht. Erst muss ich was ansparen, sagt der Berater.«

»Was willst du denn bei den Hinterwäldlern, da wirst du auf deinem Fisch eh nur sitzenbleiben«, sagte Rudi.

9

Nach zwei Jahren zog Benedikt bei ihr ein. Die Wohnung am Augarten behielt er als Büro. Es war praktisch, von Marianne aus war sie fußläufig, und er würde sich zum ersten Mal in erwachsenem Sinn selbstständig fühlen, was er durch seine seit Kurzem ausgeübte Tätigkeit bei einer Kommunikationsagentur nun auch beruflich war. Es entfernte ihn weiter vom Schreiben, als ihm lieb war. Das war also der Preis, wenn man sich nicht in einer Redaktion für einen Chef abschuftete wie Henk. Er wusste allerdings: Dies würde nur ein kleiner Schritt weg vom Pfad werden, es war nur ein kleiner Umweg, einer, der eben gerade nötig war. Er würde sein Ziel nicht aus den Augen verlieren: es eines Tages mit einer investigativen Sache ganz weit nach vorne zu bringen.

»Da wünsche ich alles Gute für das junge Glück, und schön, dass Sie uns erhalten bleiben«, raunte ihm seine Vermieterin mit Blick auf seine beiden Koffer und den Rucksack zu, als sie ihm im Stiegenhaus auflauerte.

Für die doppelte Miete reichte es nicht, aber Marianne hatte ihm sowieso angeboten, ihre Wohnung weiter allein zu bezahlen, das sei kein Zugeständnis, im Gegenteil, sie wolle es so. Er übernahm dafür das Essen. Für die Hälfte der Kaution, eine Geste, die er sich nicht nehmen lassen wollte, und ein neues Regalsystem hob er das Geld von einem kleinen Sparkonto ab, das ihm sein Großvater vermacht hatte.

»Wo er sich das die letzten Jahre noch abgespart hat.«

Sie saßen am Küchentisch, am ersten offiziellen Abend am Karmelitermarkt. »Haben doch immer nur Schulden gehabt.«

Er goss ihr einen Schluck Weißwein ein und öffnete sich ein Bier. Sie stießen an.

Morgens stand sie vor ihm auf, wie immer, machte Kaffee, kam zurück ins Bett, setzte sich aber Punkt halb neun Uhr ins Kabuff an den Schreibtisch, auch das wie immer, wenn sie nicht gerade zu einem Termin mit einem Künstler oder ihrer Chefin in die Galerie musste. Anfangs hatte er noch länger liegen bleiben können, es gab nun einmal Eulen und Lerchen, aber jetzt, da sie zusammenwohnten, gab er sich Mühe, sich nicht noch einmal umzudrehen, sondern mit aufzustehen und die Wohnung zu verlassen, als müsse er pünktlich ins Büro.

Für gewöhnlich setzte er sich auf einen Tee zum Georgier an der Ecke, sah Passanten nach und ihren Hunden, zog dann noch einmal um, kaufte dem Straßenverkäufer, wenn er Anfang des Monats an der Ecke Leopoldstraße stand, den neuen *Augustin* ab, betrat sein Stammkaffeehaus, wo er den *Standard, Die Presse* und *Die Krone* las beziehungsweise das Feuilleton der *FAZ* und der *NZZ*, dazwischen den *Falter* sowie den Wirtschaftsteil der *Zeit*, und ging dann, gegen 11.30 Uhr, zu sich ins Dachgeschoss, wo sein Homeoffice auf ihn wartete, in Form eines Standrechners mit Monitor.

Als er online ging, ploppte eine Nachricht von Chris im Messenger auf, seinem Hauptauftraggeber, dem Chef der Werbeagentur, für die er mittlerweile Slogans konzipierte.

»Guten Morgen, Maestro, back at desk? Check mal deine Mails

und ruf dann zügig an, bitte. Brauch dich dringend als Profi der kurzen Form, aber mal anders! Winke, winke!«

Der Auftrag kam von einer neu gegründeten Partei, die sich zwar bereits gut beraten fühlte, wie ihr PR-Mann in der Anfrage schrieb, man brauche aber noch eine fundierte und trotzdem frische Betreuung der Onlinemarketingkampagne, man sei eine Partei ganz in ihren Anfängen und begeistert über die Referenzen einer so jungen Agentur wie MILCH, vor allem verspreche man sich in der Zusammenarbeit das Erreichen des ersten Meilensteins, die Profilierung des Parteiprogramms, woraus dann eine mittel- bis langfristige Kooperation, inklusive der Betreuung des Online-Auftritts der Spitzenkandidatin auch hinsichtlich des Nationalparlaments, entstehen könne, aber das sei Zukunftsmusik. Über ein Angebot bis Ende der Woche würde man sich sehr freuen etc. etc.

»Traust du dir Twitter für einen Polit-Fuzzi zu? 140 Zeichen! Dein Job, Bene«, hatte Chris unter die E-Mail gesetzt, und er hatte sofort zum Telefon gegriffen und Chris angerufen, der, wie immer, telefonisch nicht erreichbar war, über alle anderen Kanäle aber sofort.

»Reizt mich schon«, schrieb Benedikt über den Messenger. »Aber ich dachte, Ihr haltet es da wie ein altes Hacker-Ehrenwort: Keine Aufträge von der Regierung, der Polizei und von Parteien.«

»Ja, ich weiß, Politik ist eigentlich ein No-Go«, antwortete Chris, »andererseits wäre es DER Step. Ich habe das nächste Guerilla-Zeug für das nächste Start-up oder die nächste Supermarktkette irgendwie auch satt.

Hast du dir mal deren Inhalte angeschaut? Ein bissi grüner als Eure Piefke-FDP. Nicht mein Cup of Tea, aber auch nicht ganz verkehrt. Und jetzt geht es ja nur um die Provinz und den Online-Aufbau der Kandidatin auf kommunaler Ebene. Da sind die Mittvierziger-Kollegen von der Konkurrenz anscheinend überfordert, haha. Wenn wir danach nicht mehr wolln, simma wieder raus. Is halt mal wieder Inhalt, oder?«

»Ja, aber: LINZ??«

»In Linz beginnt's, Bene! Ich muss jetzt aufhören. Und du: Sag mir bis morgen früh Bescheid. Besprich dich mit deinem Mariannerl, aber ich sag dir eins: Das wird fetzig! Servas, C.«

Er tauschte sich mit niemandem aus und wühlte sich bis tief in den Abend durchs Netz. Das Parteiprogramm war ein Gemischtwarenladen zwischen ökologischer Milieu- und liberaler Steuersenkungspartei, ein Albtraum, oder wie Henk, der, immer noch in Hamburg, mittlerweile zwar für ein großes Magazin arbeitete, sich aber zu Tode recherchierte und dokumentierte, gesagt hätte: »Nachhaltig wie die Grünen, nur ohne deren fade, politisch korrekte Partys.«

Woher hatten die das Geld.

»Mehr Umweltschutz und mehr Geld im Hosensackerl.«

Er scrollte über das Gesicht der Spitzenkandidatin, eine typisch österreichische Mischung aus etwas zu groben Zügen und charmantem Pragmatismus, und die Verschlagwortung einer »Steuerrevolution« hinweg.

»Wir sind die erste Partei in diesem Land, die Umwelt und Wirtschaft zusammendenkt. Für uns besteht darin kein Widerspruch, im Gegenteil.

Fakt ist: Der Satz ›Atomkraft – nein, danke!‹ ist aktueller denn je. Wir setzen uns für die Stilllegung aller österreichischen Kernkraftwerke bis 2030 ein.

Und Fakt ist: Der Autoverkehr muss zurückgehen. Lässt man

sein Auto sogar stehen oder bildet eine Fahrgemeinschaft, so bleibt einem noch mehr übrig.

Und: Steuern sind nicht dazu da, den Bürger_innen immer mehr Geld aus dem Sackerl zu nehmen.«

Das klang nach der Bierdeckelrechnung eines deutschen Konservativen, der damit mal auf die Schnauze gefallen war, beziehungsweise nach der Kampagne »Mehr Netto vom Brutto«, die sich eine hippe Berliner Agentur für die Liberalen ausgedacht hatte, die, seit sie beim Datenschutz eingebrochen waren und nach dem überraschenden Tod ihres Zugpferds, bei jeder Wahl mit der ordentlichen deutschen Fünf-Prozent-Hürde kämpften. Der gute Schuss Ökokram war unterdessen obligatorisch, seitdem letztes Jahr in Japan ein Atomkraftwerk in die Luft geflogen war. Fake.

Er sagte noch am Abend zu, legte zu Übungszwecken einen Twitter-Account an, unter einem Pseudonym (AKAHICKS0815), und begann, sich in den 140 Zeichen zu üben, versuchte, ihrem speziellen Rhythmus auf die Schliche zu kommen. Zu Anfang tippte er die paar Wörter wie der erste Mensch und kam sich ziemlich lächerlich vor, aber eine Wahl später rief die Spitzenkandidatin persönlich in der Agentur an, um sich, trotz der knappen Niederlage, bei Chris zu bedanken, man habe sich sehr gut betreut gefühlt, das alles sei erst der Anfang. Man brauche einen langen Atem, und den hätten sie. »Einen pfiffigen Kerl haben S' da in Ihrer Agentur sitzen.«

Ihm war das Lob, das ihm Chris direkt weiterleitete, im Prinzip egal, er wusste, die würden so schnell gehen, wie sie gekommen waren; aber er war jetzt zweiunddreißig und hatte eine weitere Feuertaufe bestanden. Kurz darauf bot ihm Chris eine Stelle als fester Freier an.

An einem Sonntagmorgen im Dezember, sie schliefen noch, klingelte es an der Tür. Er warf sich Mariannes olivgrünen Morgenmantel über, sah durch den Spion und öffnete.

»Ich hab spontan den Nachtzug genommen.«

Ihr Lächeln war schief. Sie trug eine ihrer riesigen Wollmützen, einen übergroßen, marineblauen Offiziersmantel, den sie in irgendeinem Secondhandladen gefunden haben musste, auf dem Rücken einen Backpackerrucksack, den Lippenstift frisch aufgelegt, was wohl von den Backenpickeln und ihrer extremen Blässe ablenken sollte.

»Sag mir nicht, dass du aussiehst, wie du aussiehst«, sagte er und dann, »komm rein.«

»Papperlapapp«, antwortete sie, während sie an ihm vorbeiging, direkt in die Küche, den Rucksack fallen ließ und so fröhlich wie möglich rief: »Machst du mir einen Kaffee, Bruderherz?«

Während er den Gasherd anwarf und die Espressokanne daraufstellte, plapperte sie vor sich hin, irgendetwas über die Strecke Berlin–Wien, über den unvergleichlichen Pan-Tau-Charme der tschechischen Bordrestaurants, einen knapp einstündigen Halt auf freier Strecke, kurz vor der österreichischen Grenze. Sie steckte sich eine an, angelte sich einen Aschenbecher aus dem Buffet und witzelte im Hinblick auf Mariannes Morgenmantel: »Echt schick«, um, als er sie unterbrach und fragte, was los sei, die Zigarette auszuklopfen, das Gesicht in die Arme auf dem Tisch zu legen und zu schluchzen. Er machte ihr die Wohnzimmercouch zurecht, was sie dankend annahm. Sie schlief sofort ein und wachte erst am späten Nachmittag wieder auf, als »neuer Mensch«, wie sie sagte.

Zum Abendessen war sie beinahe wieder ganz hergestellt. Wie eh und je verstanden sich Agnes und Marianne prächtig, und nachdem die Lage sondiert war, es sei derzeit alles ein bisschen viel, der

Beginn der Lehranalyse, die endgültige Trennung von Arne, die zwar richtig sei, aber eben auch durch den Beginn der Analyse befördert worden und sie auch, neben allem, überfordere, zudem hätte »die Ma«, wie Agnes sagte, unerbittlich darauf reagiert.

»So habe ich sie noch nie erlebt, Bene. Als hätte ich an ein Tabu gerührt, und dann wollte sie auflegen. Nur weil ich mich trenne? Ich solle mehr Verständnis für Arne aufbringen, er stehe unter Druck in seinem Job, schließlich finanziere er zu achtzig Prozent unser Leben, eine Projektleitung in der freien Wirtschaft sei nicht ohne. Das hat sie gesagt, stell dir das vor.«

Darauf stieg Marianne ein. Von nun an war klar, dass der Abend ganz den Familienthemen gewidmet sein würde. Er öffnete eine weitere Flasche, beteiligte sich zwar noch am Gespräch, sperrte sich aber mehr oder weniger offen gegen die Hyperreflexionen der Frauen.

»Sieh es, wie du willst«, sagte Agnes, »aber ich arbeite hier ja nicht nur mein kleines Leben im Hier und Jetzt auf, sondern, und das wird mir immer klarer, auch das, was vor unserer Lebenszeit liegt. Dein Widerstand ist in diesem Zusammenhang auch sehr spannend.«

»Bitte nicht schon wieder von vorn«, seufzte er. »Lass doch den alten Mist. Wir sind nicht geschlagen worden, hungern mussten wir auch nicht, und frei entfalten durften wir uns auch.«

»Sie wollten nur das Beste für uns, Bene, jaja. Und womöglich können wir es nur nicht erkennen. Interessant, dass das ausgerechnet von dir kommt.«

»Ausgerechnet von dir?« Marianne sah ihn fragend an.

»Schluss jetzt«, sagte er und pfefferte einen Korken auf den Boden.

»Und, Marianne«, sagte Agnes. »Wie sieht es bei dir aus? Womit schlägst du dich herum?«

»Hm. Meine Familie kommt aus einem kleinen Kaff in Kärnten. Da gibt es nichts, keinen Bankomaten, kein Kaffeehaus, nur eine Kirche. Als ich das erste Mal mit einer Frau an meiner Seite bei meiner Familie auftauchte, musste ich nicht mehr viel tun. Mein Vater schmiss uns raus, bis heute hat er seine Tür nicht mehr geöffnet, das ist jetzt acht Jahre her. Obwohl ich sein Sonnenschein war.«

»Das ist ja furchtbar«, sagte Agnes.

»Das hast du mir nie erzählt«, sagte Benedikt.

»Du hast ja auch nie gefragt. Aber das gefällt mir ja auch an dir. An deiner Seite ist man halt das, was man gerade zu sein glaubt.«

Marianne lehnte sich gegen seine Schulter.

»Dass er nicht fragt?«, beharrte Agnes. »Er ist Journalist, und was macht ein Journalist anderes, als Fragen zu stellen? Warum dieser Beruf, wenn man eigentlich gar nichts wissen will?«

»Das mag der Unterschied zwischen uns beiden sein, Sister: Ich stelle Fragen, um Fakten zu erfahren, und du, um subjektiven Wahrheiten auf den Grund zu gehen. Was hat wohl mehr Gültigkeit? Deine emotionale Intelligenz oder mein Fakedar?«

10

Ammerland, 27. August 1895

Bin in Ihrer Nähe, im Feriendomizil von Doktor Schirm, zur Begutachtung. Ein Fähnchen auf dem See, Ludwig, zum Gedenken, das ist würdelos! Bitte, wir müssen uns treffen! Verbringe den Tag auf der Roseninsel zur Erholung. Ihre Hilde

Beim Rudern achtete Ludwig darauf, dass er nicht ins Schwitzen geriet, weshalb er nur sehr langsam vorwärts kam. Noch vom Wasser aus sah er eine schlanke Gestalt, die, trotz Hitze mit einem langen, schwarzen Gewand bekleidet, auf einer Bank unter einer alten Eiche saß und durch ein Opernglas sah. Um sich zu erkennen zu geben, stand er auf und winkte ausladend.

Er legte an und zog das Boot den Uferkies hinauf.

Sie hatte Mühe, sich zu erheben.

Sie sah aus wie der Leibhaftige, das Gesicht fahl, die Schultern hängend, den Kopf gesenkt, unter ihren Augen besorgniserregende Schatten.

»Schön, dass Sie da sind, Ludwig, endlich.«

»Ja, es freut mich«, sagte er.

Hilde gratulierte ihm nachträglich wortreich zum Geburtstag und erkundigte sich im selben Atemzug, ob das Ministerium wegen des unwürdigen Fähnchens an der Gedenkstelle im See etwas unternommen habe.

»Nein, aber deswegen sind Sie nicht hier in Bayern, oder?«

Sie hakte sich bei ihm unter und steuerte zum ehemaligen Rosengarten.

»Stellen Sie sich vor, meine Heirat hat man für ungültig erklärt, der Trauschein sei eine Fälschung und ich eine Frau mit schwachem Verstand. Wie infam. Nun steht mein Geliebter vor Gericht, und ich werde seit Monaten begutachtet, als sei ich geisteskrank. Stellen Sie sich das vor.«

Gutachten. Das Wort weckte ungute Erinnerungen in ihm.

»Mein Vater will mein Glück ausradieren und mein Vermögen schützen. Vor wem? Mein Ehemann wurde wegen Hochstapelei angeklagt. Hypnose, die Heilmethode der Zukunft vor Gericht! Meine Liebe nur Teil einer Suggestion? Man stelle sich das vor! Aber lassen wir das nun, erzählen Sie mir von sich. Wie ergeht es Ihnen in München? Fehlt Ihnen der See nicht sehr?«

Er wusste nicht, wo anfangen.

»Dann lassen Sie uns schweigen«, sprang sie ihm bei.

Ja, das war gut.

Sie setzten einen Fuß vor den anderen und umrundeten die Insel, als sei nichts von Bedeutung, außer dieser lange, stille Moment, Seite an Seite.

Als er sie von der Insel quer über den See nach Ammerland zurückruderte, war es bereits dunkel.

Er brachte alles in Erfahrung, was man über den Fall Hildegard von Zietlitz und ihren Heiler aus Krakau in der Gemeinde zu wissen glaubte. Dass die Gerüchte bisher nicht zu ihm durchgedrungen waren, war erstaunlich. War er tatsächlich so sehr mit seinem kleinen Elend beschäftigt, dass all die Zeitungsberichte, in denen die arme, kinderlose Adelige als im hohen Grad neurasthenisch und Opfer eines Scharlatans dargestellt wurde, an ihm vorübergegangen waren?

Doktor Schirm habe sich dafür entschieden, wie es im *Kreisstädter Kurier* hieß, die Patientin des großen Pressewirbels wegen nicht in seiner Praxis in der Stadt, sondern in seiner Sommervilla am See zu begutachten. Der anstehende Gerichtsprozess ziehe die Aufmerksamkeit der ganzen Fachwelt auf sich. Die Meinungen gingen auseinander, selbst die Gutachter seien sich uneins, ob der Hauptanklagepunkt, Verbrechen wider die Sittlichkeit nach § 176, 2 StGB, überhaupt verhandelbar sei. Nicht bei jedem wirke die Hypnose im selben Maß, nicht jeder finde Zugang zu ihr, und was, in Gottes Namen, sei dieses Reich des Unbewussten, echauffierte sich der Redakteur, wovon sprächen diese Herren in ihren weißen Kitteln überhaupt. Die Baronin sei nichts weiter als ein Opfer ihrer selbst geworden.

Ludwig betrachtete all dies mit den Augen eines einfachen Fischers, für den feststand, dass Hildegard von Zietlitz übers Ohr gehauen worden war, und ja, sie war wunderlich, aber niemals Opfer ihrer selbst. Laut ihrer Briefe konnte sie ins Jenseits blicken, konnte die Gedanken ihres Seelenverwandten aus weiter Ferne aufnehmen. Sie konnte mit offenen Augen in einen, wie sie es nannte, wundervollen Dusel finden, der sie ins Reich ihrer Ahnen oder in die Zukunft führte. Inständig wünschte Ludwig seiner Hilde das Beste für diese schwere Zeit.

Der Prozess war für Dezember angesetzt. In München konnte er der Urteilsverkündung nicht beiwohnen, er war zu spät. Bis auf den letzten Platz waren die Ränge des Landgerichts gefüllt, zu diesem öffentlichen Schauprozess, der seinesgleichen suchte. Schon eine

Stunde vor Verhandlungsbeginn war der Saal mit internationalen Beobachtern und der Presse überfüllt. Er hatte vor der Tür warten müssen, war unruhig auf und ab gelaufen, bis das Justizpersonal schließlich die schweren Türen geöffnet hatte. Und ja, er konnte die Eindrücke der Reporter bestätigen: Aufrechten Hauptes war Hildegard von Zietlitz mit der Menge aus dem Gerichtsgebäude getreten. Die Antwort auf den Hauptanklagepunkt »Missbräuchlicher Gebrauch der Hypnose« lautete: Freispruch. Der Angeklagte wurde aber in Punkt zwei, Anstiftung zur Amtsanmaßung und Urkundenmissbrauch, für schuldig befunden, was eine dreijährige Gefängnisstrafe zur Folge hatte.

Ludwig hätte Hilde gern persönlich gratuliert, aber wegen der vielen Menschen war es unmöglich, zu ihr durchzudringen.

Noch am Tag der Urteilsverkündung setzte er sich in ein Kaffeehaus und schrieb ihr einen Brief, in dem er mitteilte, wie froh er sei, dass sie nun wieder nach vorne blicken könne.

Eines sei auf jeden Fall klar, tönte Anna beinah täglich in den letzten Wochen ihrer Schwangerschaft, das Kind würde ihren Namen tragen, außerdem würden sie auf keinen Fall zu ihm in die Pilgersheimer ziehen, in dieses Loch. In der Prinzregenten werde es das Kind gut haben, Fräulein Stamm werde ein weiteres Zimmer freiräumen, nämlich das neben der Bibliothek, er müsse sich um nichts Gedanken machen, er könne weiterhin machen, was er wolle. Sinnvoll allerdings sei, wenn er eine Wiege bauen würde, eine aus Messing.

Das gefiel ihm ganz und gar nicht. Hinter alldem steckte die Stamm, diese Lehrerin, diese Akademikertochter, diese alte Jungfer, die Mann und Frau grundlegend infrage stellte. Kein Wunder, dass sie nie geheiratet hatte. Welcher Mann hätte diese Bissgurke auch haben wollen? Auf die schlimmste, niederträchtigste Art war er entmannt worden, denn in der Tat: In der Prinzregenten würde das Kind eine gute Bildung erfahren, in einer sauberen, großbürgerlichen Gegend heranwachsen, mit Menschen, die weit mehr Anerkennung erfuhren als er, der immer noch auf ein Wunder wartete, mit beinahe achtundzwanzig Jahren. Die Fischereigenossenschaft in der Kreisstadt hatte ihm keine Hoffnung gemacht, die Fischereirechte vor Ort waren auf unbestimmte Zeit ausgeschöpft. So würde er sich vorerst weiterhin als Schiffer und mit Saisonende als Tagelöhner in der Stadt über Wasser halten müssen.

In einer Nacht Anfang August 1896, zwanzig Minuten nach Mitternacht, setzten die Wehen ein. Statt Ludwig zu informieren, rief die Stamm die Hebamme und drei Mitstreiterinnen aus dem Lehrerinnenseminar an.

»Jetzt. Das Köpfchen, Anna. Gleich hast du es geschafft. Ganz dunkle Haare hat er.«

Der Junge glitt kraftvoll aus ihrem Körper in die Arme der Hebamme. Umringt von vier Frauen, fing das Kind an zu schreien. Anna schloss die Augen und sagte: »Ruft den Luis.«

Die Stamm stellte eine junge Schreibkraft ein, die von nun an des Fräuleins Petitionen, Artikel und politische Reden tippte.

»Luis, jetzt soll ich nur noch am Kochtopf stehen, weil der Leonhard Karl mir den ganzen Tag an der Brust hängt.«

»Der Bub soll ja wachsen, also muss er essen«, versuchte er sie zu beruhigen.

»Einen Schmarrn redest du, die Chefin sieht mir ja nicht mal mehr in die Augen. Und die Postgänge und all so was, das macht jetzt die Neue. Kannst nicht du den Kleinen eine Weile bei dir behalten?«

Nichts lieber als das. Wann immer es Ludwig möglich war,

nahm er seinen Sohn zu sich. Er schob, egal, wie sich das Wetter zeigte, den Kinderwagen durch Parks, während Anna ihrer Konkurrentin das Leben zur Hölle machte. Sie versteckte wichtige Post, Kontoauszüge und zog das Farbband aus der Schreibmaschine.

Als Leonhard seine Milchzähne verlor, lehrte Ludwig seinen Sohn das Einmaleins des Angelns – Geduld ist des Fischers stärkste Tugend, kennst du den Köder, dann kennst du den Fisch, der dir an die Angel geht. Anna hingegen nahm jede Gelegenheit wahr, Leonhard einzubläuen, dass einmal etwas ganz Großes aus ihm werden würde, dass er in der Schule und auch zu Hause nur fleißig lernen müsse, um zu studieren.

Aber Leonhard mochte den See lieber, die groben Hände seines Vaters, seine Geschichten, die Boote und die Fischjagd.

Eines Tages, er war zehn Jahre alt, kam er betrübt von der Schule nach Hause in die Prinzregenten und legte seine Zensuren vor. Nun stand es schwarz auf weiß: Für den Eintritt ins Gymnasium würde es nicht reichen. All die Mühe, die vielen Nachmittage, die Fräulein Stamm für das Kind und den Nachhilfeunterricht freigeschaufelt hatte, waren umsonst gewesen, der Junge verfügte über keine mathematische Vorstellungskraft.

»Wozu nutzen hier«, sie deutete auf ihren Oberarm, »hunderttausend Volt«, und tippte mit ihrem Finger an ihre Stirn, »wenn hier oben das Licht nicht brennt.« Die Stamm stand im Türrahmen, während Anna gerade die Leberknödelsuppe fürs Abendessen abschmeckte.

Genug war genug. Am nächsten Morgen rückte Ludwig die Dinge zurecht. Ohne anzuklopfen, stürmte er in den Salon: »Fräulein Stamm, wenn ich noch ein einziges Mal höre, dass unser Leo nicht bis drei zählen kann, dann, das verspreche ich Ihnen, setzt es was. Dann lernt mich hier die ganze Straße kennen.«

Drei Mal verschob Anna den Umzugstag, bis sie schließlich tränenüberströmt auf dem Fuhrwerk saß, das Ludwig vom Wolfram-Hof ausgeliehen hatte.

Fortan besuchte Leonhard dieselbe Schule wie er selbst vor dreißig Jahren. Ludwig gab die Herberge in der Stadt auf; alles würde sich nun zum Besten fügen. Anna half wie seine Mutter früher im Haushalt und im Geschäft der Hubers mit, darüber hinaus übte sie sich im Schneidern und im Verkauf. Innerhalb weniger Wochen nach ihrem Einzug brachte sie Roswithas Buchhaltung auf Vordermann und unterstützte die Preisverhandlungen mit den Stofflieferanten. Von einem Tag auf den anderen trug sie Hüte und zwängte sich in Korsetts, die sie zuvor verteufelt hatte, sie achtete zwanghaft auf ihre Linie und wurde schmaler und schmaler. Sie fing an, sich zu schminken, und las das *Wiener Modenblatt*, das Rosi als Abonnentin bezog.

Ludwig nahm ihre Wandlung ohne große Aufregung zur Kenntnis, doch eines musste er klarstellen: »Bald wird geheiratet. Der Leonhard ist auch mein Sohn, und wie es sich gehört, wird er endlich meinen Namen tragen.«

»Schon gut, Luis. Erst Pachtvertrag, dann Heirat. Wir können ja nicht ewig hierbleiben.«

Dass es ausgerechnet die Gertrud war, die ihm nun zur Seite stand. Nein, es sei kein Gerücht, schwarz auf weiß stehe es im *Kreisstädter Kurier*, auf der dritten Seite: »Fischer zu Bewährungsstrafe verurteilt.«

In der Gemeinde Herzach habe es eine Messerstecherei gegeben. Ein über Jahre schwelender Konflikt zweier Fischer, deren Grundstücke fast nebeneinander an der Promenade lagen, sei eskaliert. Niemand könne mehr mit Gewissheit sagen, weshalb sich die beiden Familien uneins seien, aber der Manzinger sei mit einem Messer auf den Pittner losgegangen. Dem Manzinger wurde, laut Gertrud, angeraten, seinen Pachtvertrag, den er mit dem königlichen Forstmeister über zwölf Jahre, wie alle achtunddreißig Fischer um den Bauernsee herum, abgeschlossen hatte, zu kündigen.

»Luki, brauchst nicht mehr lang warten. Bald wird da drüben ein Grundstück frei«, sagte Gerti.

Von Weitem sah er die gebeugte Gestalt der alten Stanzl. Sie kam wie gerufen. Tagelang hatte er mit sich gerungen. Ganz entgegen seinem Schwur, niemals wieder auch nur ein Wort mit ihr und schon gar nicht mit Rainer zu wechseln, musste er sich eingestehen, dass sie wohl weit und breit die Einzigen waren, die ihm aus seiner Misere heraushelfen konnten. Er ging ihr hinterher. Sie erledigte ihre Einkäufe im Krämerladen, der Bäckerei, steuerte über den langen Feldweg zum Wolfram, wo sie Eier und Milch mitnahm, lief wieder zurück auf die Hauptstraße, wobei ihre Schritte immer schwerer wurden, bis sie sich schließlich auf der Bank vor ihrem Haus niederließ.

An der Hecke war er stehen geblieben und beobachtete sie. Sie war ihm fremd. Über die vielen Jahre war sie eine alte, knöcherne Frau geworden. Er erinnerte sich an ihre groben, von der harten Arbeit auf dem See trockenen Hände. Als er über den Zaun hinweg ihren Namen rief, war sie eingenickt.

Er ging durchs Gartentor, setzte sich neben sie und sah zum Fischladen hinüber.

Nach einer Weile erwachte sie.

»Ja, der Luki«, sagte sie erfreut. »Komm, lass dich ansehen.«

»Servus, Maria.«

»Willst du zu mir?«

»Ja, vielleicht«, sagte er. »Euch geht's ja gut. Ihr habt schon lang ausgesorgt. Und ich will es jetzt auch gut haben.«

»Die Mutter kann dir nicht weiterhelfen«, hörte Ludwig Rainers Stimme. Er stand am Gartenzaun. Er sah kräftig aus, wie früher, nur sein Haar war lichter und an den Schläfen grau.

»Servus, Luki.«

»Servus, Rainer.«

»Hast auf dich warten lassen. Du gehörst ja eigentlich zur Familie. Ich habe nie gewollt, dass uns diese Sache auseinanderbringt. Wir haben halt einfach weitergemacht.«

»Rainer, nach so einer Sache kann man nicht einfach weitermachen. Ich jedenfalls nicht. Aber jetzt brauche ich Geld.«

Maria stand auf, nahm ihren Einkauf und ging wortlos ins Haus.

»Die Mutter hat nie verstanden, dass du uns im Stich gelassen hast, mit der ganzen Arbeit.«

»Hör auf, du weißt genau, worum es geht. Ich habe euch viel zu verdanken, aber ihr habt euch kaufen lassen. Und jetzt stehe ich da, und auch ich habe ein Recht, auf die Beine zu kommen. Glaub mir, mir wär's lieber, ich bräuchte das dreckige Geld nicht. Aber meinst du nicht, dass es die Leute immer noch interessiert, was ich gesehen hab? Ich habe alles aufgeschrieben.«

»Was hast du aufgeschrieben?«

Obwohl sich das Waldstück über die Jahre verändert hatte, die Trampelpfade von früher einem Gehweg gewichen waren und sie einen Umweg laufen mussten, wusste Ludwig genau, wo er graben musste: vier Fußlängen vom Hochsitz entfernt. An der Stelle hatte sich Moos gebildet.

Während er die Schaufel tief in die Erde stieß, nutzte Rainer den Moment und beteuerte, dass Ludwig sich seit Jahren täusche, dass er ihn für etwas verantwortlich mache, was nicht im Geringsten seine Schuld sei. Ja, er sei an jenem Abend ins Schloss gerufen worden, man habe Zeit gewinnen wollen, schließlich hätten ja in jenen Tagen diese Pressehyänen die umliegenden Hotelzimmer und Pensionen belegt, in der Hoffnung, etwas Skandalöses berichten zu können, man habe sich eine Strategie überlegen müssen, wer würde es schon gerne hören, dass ein König einen seiner Leibärzte ermordete, nur um sich anschließend selbst zu töten.

»Hör auf«, sagte Ludwig. »Ich hab nicht noch einen weiteren Toten gesehen. Der Obermedizinalrat war nicht im See gelegen.«

Keinen Schuss habe er gehört. Sonst wären ja wohl Vögel aufgescheucht gewesen.

Rainer widersprach nicht.

Ludwig schaufelte immer energischer. Mit einem kraftvollen Stoß flog das Bündel auf den Erdhügel.

»Und dann hast du dich bestechen lassen«, sagte er.

»Du bist auch nicht besser«, entgegnete Rainer, während er das Notizheft aufhob. Würmer hatten sich durch das Papier gefressen. Als er das Heft aufklappte, fiel es auseinander. Er lachte.

»Und damit erpresst mich jetzt. Keine Sau kann da ein Wort entziffern. Aber sei's drum.«

Er zog einen Umschlag aus der Jackentasche und streckte ihn Ludwig hin: 20 000 Mark.

»Jetzt gibst du aber wirklich Ruhe.«

Ludwig nickte.

Berg, Mai 1907

Verehrte Baronin, liebe Hilde,

einen Rat bräucht ich von Ihnen. Glauben Sie mir, ich war immer tüchtig. Auch jetzt. Ich helf dem Rudi im Laden, wann immer er mich braucht, jetzt, wo wir wieder im Haus wohnen. Aber ein Metzger werde ich nie. Da geht es mir wie dem Franz, ins Schlachthaus kann ich nicht. Auch die Anna hilft, wo sie kann, die Rosl hat es ja schon immer mit den Knochen gehabt, im Winter ist es schlimmer. Jetzt, wo der Frühling da ist, sind ihre Schmerzen nicht mehr so stark. Aber meiner Mutter im Kloster geht es gut. Auch der Leonhard ist wohlauf. Nur in der Schule wird er manchmal schlecht behandelt, weil er nicht so heißt wie ich und die Leut denken, er ist ein Bastard. Mit Verlaub, das ist mir scheißegal. Aber, wie soll ich es sagen, froh bin ich nicht, geheiratet haben wir immer noch nicht, die Anna und ich, und die Leut schaun mich von der Seite an, als könnt ich mich nicht durchsetzen. Die Anna ist halt eine moderne Frau, müssen Sie wissen, hartnäckig, sie würde Ihnen gefallen. Ich brauche ein Grundstück mit Fischereirecht.

Nun sorgen Sie sich aber nicht, ich habe etwas Geld auf der Bank liegen, aber die Grundstückspreise am Fürstensee, da reicht das Ersparte nicht, und nirgends gibt es ein Plätzchen für uns. Ich könnte es am Bauernsee versuchen, habe von einer Streiterei in Herzach gehört, wo sie sich beinahe abgestochen hätten. Der eine Fischer wird dort nur noch geduldet, und alle warten, dass sein Pachtvertrag ausläuft. Über dieses Jahr hinaus verlängert, wie mir zu Ohren gekommen ist, wird er wohl nicht mehr. Soll ich dort auf der Gemeinde einmal vorsprechen? Was meinen Sie? Ehrlich gesagt, ist dieser See nichts für einen wie mich, drum herum lauter rote Nester, nichts, was an unseren König erinnert.

In Erwartung auf Ihren baldigen Brief verbleibt,
Ihr Ludwig
P.S.: Aber es gibt in Herzach seit letztem Jahr einen Bahnanschluss. Ob es dort drüben wohl doch nicht das Ende der Welt ist?

Die Antwort ließ nicht lange auf sich warten.

Dresden, Juni 1907

Tun Sie es, Ludwig, unseren König tragen Sie im Herzen, Ihre Treue ist an keinen Ort gebunden. Wichtig ist, gehen Sie Ihrem Handwerk nach, sonst werden Sie nicht mehr froh.
In Zuversicht,
Ihre Hilde
P. S.: Hoffentlich lerne ich bald Ihre Anna kennen. Grüßen Sie sie recht herzlich, unbekannterweise.
Und könnten Sie zum Todestag wieder alles erledigen? Wie immer scheuen Sie keine Kosten, Scheck folgt.

»Schau, Anna, jetzt sind wir Pächter, und du hast einen Fischermeister geheiratet«, sagte Ludwig, als sie am 30. August 1907, kurz nach seinem neunundddreißigsten Geburtstag, auf den Vertrag im Herzacher Posthof-Biergarten mit einem Glas Sekt anstießen.

Er las vor: »Abschrift Fischerei-Pacht-Vertrag: Der K. (königliche) Forstmeister, handelnd für das K. (königliche) Staatsärar, welchem das Fischereirecht zusteht, verpachtet hiermit auf Grund Entschließung des K. (königlichen) Staatsministeriums der Finanzen vom 9. August 1907 Nr. 26956 und der K. (königlichen) Regierungsfinanzkammer von Oberbayern vom 14. August 1907 Nr. 31131 dieses Fischereirecht einschließlich des Rechtes des Fangens von Wasservögeln an die im Pachtvertrage vom 14. Dezember 1899 aufgeführten Fischer und bzw. an deren aus dem anliegenden Verzeichnisse ersichtlichen Rechtsnachfolger –«

Jawohl, das war Annas Bedingung gewesen: ihre Unterschrift, ihr Name im Verzeichnis als Rechtsnachfolgerin. Auch wollte sie ihren Namen auf der Versicherungsurkunde, der königlichen Versicherungskammer (Abteilung für Brandversicherung) stehen wissen: Anna Maurer, Am See 24, Grundbuch-Nummer: 85, Ortschaft: Herzach. Die Versicherungssumme belief sich auf 17.400 Mark.

»Siehst du, Luis, der Manzinger hat noch einen Jahresbeitrag von 29,30 Mark gezahlt, und wir zahlen nur 24,59 Mark.«

Sie hob das Glas. »Jetzt bin ich meine eigene Dienstmagd«, sagte sie und begann laut zu lachen, was erst Ludwig ansteckte, dann den Nachbartisch.

Die Hochzeitsfeier hatten sie, obwohl sie sich noch am Fürstensee hatten trauen lassen, im Herzacher Hof in ihrer neuen Gemeinde gefeiert. Somit waren sie bei der Nachbarschaft und den Leuten aus dem Bürgeramt vorstellig geworden. Sie spendierten jedem, der vorbeikam, zur Feier des Tages ein Bier. Ludwig hatte zehn Fässer aufgestellt, ein jedes selbst angezapft und sich in Unkosten gestürzt, mit Erfolg: Die Familie Maurer wurde noch vor ihrem Einzug Am See 24 herzlich willkommen geheißen. Selbst der Bürgermeister hob seinen Krug auf das Brautpaar mit den Worten: »Lebet hoch, auf einen guten Fang, eine gute Nachbarschaft und auf die Partei.«

Der Bürgermeister griff in sein Jackett und überreichte Ludwig einen Mitgliedsantrag der Bayerischen Zentrumspartei, den Anna sofort einsteckte. Mit einem souveränen, geschäftstüchtigen Lächeln sagte sie: »Lieber Herr Bürgermeister, wir wollen doch nichts überstürzen.«

Die letzten Möbelstücke, Annas Kommode aus der Prinzregenten und die beiden neu erworbenen Küchenstühle, zwei Bücherkisten und Leonhards Bett standen noch vor dem Haus, als er das Namensschild MANZINGER am Gartentor entfernte und, voller Stolz, ein neues mit dem Namen MAURER anbrachte. Als zweite Amtshandlung stellte er die Gipsbüste auf, direkt neben den Hauseingang, sodass sie jeden Besucher grüßen würde und jedem Passanten auffallen musste, wenn er an der Seeseite am Grundstück vorüberging.

»Schau her, Leo, das ist unser Kini. Als er so alt war wie ich jetzt, war er schon bald tot.«

»Ist der Kini deswegen so bleich?«, fragte der Kleine.

»Jetzt jag dem Kind keine Angst ein«, zischte Anna im Vorbeigehen, lachte aber dabei. »Reicht schon, dass dieses Monstrum hier herumsteht und wie ein Gespenst ins Leere starrt.«

Am nächsten Morgen würde Ludwig das erste Mal auf den See rausfahren, endlich. Ob all die viele Arbeit, der Fischfang in den Morgenstunden, der Verkauf im Laden, das Bedienen der Lieferanten an ihm hängenbleiben würde? Ob Anna überfordert sein könnte mit all den Pflichten, die auf sie zukommen würden? Dass sie kein Talent für die Arbeit in einer Fischküche mitbrachte, hatten sie bereits ausgiebig besprochen. Dass sie flink, schlau und ehrgeizig war, davon war er überzeugt.

»Vertraust du mir, oder vertraust du mir nicht?«, fragte Anna, als sie beim Abendbrot saßen.

»Freilich«, sagte er, denn in die Badeanstalt hatte sie sich sofort verliebt.

Der Promenade vorgelagert, wie ein großes Haus, das auf Holzpfählen im Wasser stand und der Herzacher Bucht auf nahezu jeder Postkarte als Wahrzeichen diente, lud sie im Sommer zum Baden ein, wo es am Ufer sonst verboten war.

Schon wenige Wochen nach dem Umzug konnten sie sich vor

Badegästen kaum retten. In Scharen fielen sie in den Ort ein, sonnten sich auf dem breiten Steg, tippelten die Treppe hinunter, um ihre Großstadtkörper im Wasser abzukühlen, und erzählten bei der anschließenden Brotzeit, vorne im Biergarten des Seewirts, das sei ein ganz besonders schöner Flecken, das Maurer-Bad, hier gehe man jetzt öfter her.

Anna saß am Eingang, kassierte und machte sich schnell einen Namen als freundliche, aber auch etwas launische Persönlichkeit, die man an manchen Tagen am besten nicht anredete. Abends saß sie am Küchentisch und zählte ihm, während er sich gerade die Hände mit Zitronen schrubbte, die Einnahmen vor.

»Das hätten wir nicht gedacht, gell, dass wir mal so angesehen sind, Anna Maurer.«

»Ich schon, Luis. Ich weiß ja, was ich tue.«

Er trocknete sich die Hände ab und hielt sie Leonhard unter die Nase.

»Riecht's noch nach Fisch, Leo?«

»Nein, Paps. Riecht nach Seife.«

Ludwig setzte sich an den Tisch.

»Wisst ihr was, manchmal kommt es mir vor, als hätte es uns nie woanders gegeben. Seltsam.«

»Ach, geh«, sagte Anna. »Was du immer träumst.«

Leo spitzte die Ohren. »Paps, kannst du noch eine Geschichte erzählen? Vielleicht eine wahre von früher?«

»Ja, sicher«, sagte er. »Aber dann sagst du mir, was ich schon erzählt habe. Nicht dass du dich langweilst, gell?«

TEIL ZWEI

Mit Gott

1

Natürlich war es eine Schnapsidee, Bene mitzuteilen, dass sie sich nach ihrer letzten Therapiesitzung nun doch für einen Urlaub im Bayerischen entschieden hatte. Ausgerechnet am See. Und dass sie sich mit Arne auf dem ehemaligen Grundstück der Großeltern in eine der neuen Luxus-Ferienwohnungen einmieten würde, mit Blick auf ihren alten Badesteg, konnte in den Augen ihres Bruders nur als Provokation gedeutet werden. Mit Sicherheit würde sie auch ihrer Tante begegnen. Nein, Agnes *wollte* sie sogar aufsuchen. Was erwartete sie?

Und dann auch noch Arne, auf ein Neues, nach all dem Ärger und Geheule.

Natürlich verstand Bene es nicht. Ob sie denn keinen Stolz habe, hatte er sich beim letzten Telefonat vor drei Wochen verabschiedet. Seither erreichte sie ihn nicht mehr. Weder über E-Mail noch über einen anderen Kanal. War es wegen Arne oder wegen der Familiensache, dass er auf Tauchstation ging?

Auch Marianne wusste keine Antwort, auch sie rief nicht zurück, stattdessen die Nachricht per SMS: »Bin viel unterwegs, gerade in Mailand, Bene ist in Wien, keine Ahnung, was mit ihm los ist.«

»Er wird sich schon melden. Sei umsichtig. Er geht seinen Weg und du deinen. Ich jedenfalls bin stolz auf dich.« Fast täglich telefonierte sie mit ihrer Mutter. Gleich nach ihrer Ankunft hatte sie Agnes gebeten, ein paar Blumen auf den Friedhof zu bringen. »Schon erledigt, Ma. Das Grab sieht ordentlich aus.«

Juristisch war schon lange alles geregelt. Sogar die Bojen waren gerecht aufgeteilt worden, halbe-halbe, zehn für Brigitte, zehn für Edith. »Bitter nur«, wie Bene es damals, kurz vor der Gerichtsverhandlung, bezeichnet hatte, war die Tatsache, dass ausschließlich zwei Instanzen von diesem ganzen Mist profitierten: die Rechtsanwälte und die Immobilienhaie.

Dieser Erbstreit habe sich über Generationen hinweg aufgebaut, »wie aus dem Bilderbuch«, hatte Agnes in der Lehranalyse festgestellt und hinzugefügt, wie schwer diese Erkenntnis auf ihr laste. Sie schwärmte von ihren Kindertagen, den Sommerferien, von dieser Unbeschwertheit und der Nähe zu ihrer Cousine, der sie nun schon das dritte Jahr keine Karte zum Geburtstag schickte.

»Warum lasse ich es zu, dass dieser Konflikt, für den ich überhaupt keine Verantwortung trage, die Zuneigung zu meiner Cousine und meiner Tante überschattet?«, hatte sie ihren Analytiker in der letzten Sitzung vor den Ferien gefragt. Es war um die Entscheidung gegangen, ob sie ihren Urlaub wirklich mit Arne planen sollte. Herzach oder Ostsee? Allein oder gemeinsam? Oder vielleicht doch mit einer Freundin?

Die Sitzung strengte sie außerordentlich an. Einmal mehr machte sie ihrem Lehrmeister innerlich Vorwürfe, dass er so verdammt neutral war und nichts weiter tat, als auf ihre Frage mit einer Gegenfrage zu antworten: »Was bräuchten Sie denn, um es nicht zuzulassen?«

Schweigend sah sie, rechts von sich, auf eine Paul-Klee-Reproduktion über dem Schreibtisch, dann in die brennende Kerze, die auf dem Beistelltisch links stand, hinter einem Wasserglas. Nach mittlerweile zweiundsiebzig Sitzungen war das minutenlange Schweigen nicht mehr bedrohlich.

»Wissen Sie«, sagte sie schließlich, »das ist natürlich auch eine Frage der Loyalität. Würde ich einfach weiterhin meine innige Kinderbeziehung zu Brigitte pflegen, was glauben Sie, wie würde sich meine Mutter fühlen? Ich frage mich, wie man zu emotionaler Unabhängigkeit, ich meine, einem autonomen Lebensstil kommen soll, mit so einer Familie wie meiner? Das frage ich mich, ja. Ich befürchte, das funktioniert nur, wenn man ein Nerd ist wie mein Bruder. Oder so verdammt konfliktscheu wie mein Vater.«

»Wie geht es Ihrem Vater denn?«, fragte ihr Gegenüber.

»Hm, darüber habe ich lange nicht nachgedacht, aber ich denke, okay. Er hat sich einen neuen Plattenspieler gekauft und archiviert seine LPs. Das sind verdammt viele. Ich glaube, die füllen mittlerweile einen ganzen Wohnzimmerschrank.«

Wie so oft endete die Sitzung ohne greifbares Ergebnis, aber um das Erzielen von Ergebnissen ging es ja nicht. Es ging um Erkenntnisse, um die Frage: Wer bin ich? Wer sind die anderen? Wie bin ich geworden, wer ich bin. Ich. Das Du. Meins und deins. Und wo das Gemeinsame? Eine komplexe Angelegenheit.

Es war ein kurzes Telefonat mit Arne, das ihr zu einer Entscheidung verhalf. Seine ausgesprochen gute Laune, eines erfolgreich abgeschlossenen Deals mit einem Investor wegen, steckte sie an. »Komm schon, wo auch immer wir ein paar Tage gemeinsam sind, lass es uns noch mal probieren, ich bin bereit für alle Psychoexperimente, von mir aus machen wir das mit der Paartherapie.«

»Danke.« Sie legte auf und wählte direkt im Anschluss die Handynummer ihrer Mutter.

»Ich werde Urlaub in Herzach machen, mit Arne, vielleicht ein Neuanfang. Wir werden ein Apartment im Neubau nehmen.«

»Es freut mich, dass ihr es noch mal probieren wollt. Ihr passt doch so gut zueinander«, antwortete Edith.

»Ma, hast du gehört? In Herzach. In den Ferienwohnungen auf unserem Grundstück.«

»Liebes, es gehört uns nicht mehr«, verbesserte ihre Mutter sie. »Übernimmst du dich nicht vielleicht?«

»Keine Ahnung«, erwiderte Agnes. »Ich mach es. Mir ist eben danach. Du musst nicht wie eine Therapeutin mit mir sprechen.«

Bene hatte recht: Edith redete nicht mehr ununterbrochen, ohne Punkt und Komma, sie war jetzt in einer anderen Phase angelangt. Auch Agnes war aufgefallen, dass ihre Mutter in letzter Zeit wieder gelassener geworden war: Es klang ganz danach, dass sie die Pädagogikbücher aus ihrer Studienzeit wieder hervorgeholt hatte.

Als Agnes wenige Wochen später ihren Koffer die Straße vom Bahnhof hinunter zum See hinter sich herzog, war ihr Ärger über Arne immer noch nicht verflogen: Am Morgen hatte er ihr mit seinem Schlechte-Gewissen-Gesichtsausdruck, mit diesen eingefallenen, nach vorne hängenden Schultern – eine Haltung, die einem Depressiven glich – mitgeteilt, dass er am Nachmittag nun doch noch ein Meeting in München wahrnehmen müsse, sie könne ja schon vorfahren, er käme abends nach. Sie ärgerte sich so sehr, dass sie nicht einmal die brüllende Hitze wahrgenommen hatte, die ihr beim Aussteigen aus der klimatisierten S-Bahn entgegenschlug.

Im Juli war Deutschland Fußballweltmeister geworden. Jetzt, im August, hingen noch überall Flaggen in Schwarz-Rot-Gold aus den Fenstern, auch die Seitenspiegel vieler Autos waren noch immer mit deutschlandfarbenen Überziehern geschmückt, und vor den Public-Viewing-Leinwänden, die nun dauerhaft aufgestellt zu bleiben schienen, saßen die Leute immer noch so, als warteten sie auf den

Anpfiff. Es war, als wollte man den Siegestaumel, das Spektakel, das über Wochen die Nation vereint hatte, für immer festhalten.

Auf Höhe des Eiscafés kramte sie ihr iPhone aus dem Stoffbeutel und tippte eine SMS an Arne: »Bin stinksauer«.

Sie ließ sich an einem der Tische nieder. Statt Blumen steckten kleine Winkelemente in Fahnenform in den Vasen. Sie wählte die Nummer ihres Bruders und sprach ihm auf die Mailbox: »Bin bei Mario, du weißt, unser Italiener, bei dem wir immer Eis geholt haben. Glaube, seine Kinder haben den Laden übernommen, hat sich nun endgültig assimiliert. Überall *Schland*, stell dir das mal vor. Ach ja, bin angekommen. Melde dich. Dein Tauchgang nervt.«

Um an den Schlüssel der Ferienwohnung zu kommen, den ihr die Vermieterin laut E-Mail an der Rezeption des Hotels Korfu hinterlegt hatte, musste sie am Grundstück vorbei. Sie lief zielstrebig, ohne nach rechts auf das vertraute Holzhaus im See zu schauen, darin unverändert die Kojen für die Dauermieter, ohne einen Blick auf den Steg oder den Fischerkahn zu werfen, der, als wäre nichts gewesen, an der immer gleichen Stelle am Ufer lag.

Bis hierher war ihr niemand begegnet, den sie kannte – und bis hierher hatte sie die nur einen Steinwurf entfernte Straße, wo sich ihre Tante eine Wohnung gekauft hatte, vermieden.

Immer wieder hatte sich Agnes gefragt, warum Brigitte sich ausgerechnet dort hatte niederlassen müssen, im Erdgeschoss genau gegenüber dem Grundstück, wo sie tagtäglich auf die Rückseite dieses Neubaus für Neureiche sah, der, nach dem Abriss des über hundert Jahre alten Familienbesitzes, von irgendeiner Investorengemeinschaft in rasender Geschwindigkeit hochgezogen worden war. Warum tat sie sich das an? Mit ihrem Einfluss in der Gemeinde hätte sie überall eine Wohnung kaufen können. Schließlich hatte sie innerhalb weniger Wochen nach dem Verkauf des Grundstückes auch ein Mietobjekt für den Fischladen gefunden, repräsentativ auf der Hauptstraße des Ortes gelegen, nicht weit vom Dampfersteg entfernt.

Tatsächlich war der Schlüssel an der Rezeption hinterlegt. Wie immer beim Ausfüllen irgendwelcher Anmeldeformulare gab sie ihre Telefonnummer und ihre E-Mail-Adresse falsch an, und wie immer musste sie dabei an Bene denken, der wie ein an Verfolgungswahn Leidender mit seinen Daten geizte.

Agnes wollte es nun sofort hinter sich bringen, sie stellte nur schnell das Gepäck ab. Der Hauseingang des Neubaus zeigte auf die Simonstraße, an der die Häuser der Uferpromenade lagen. Sie trat zwischen den parkenden Autos mit den zugereisten Kennzeichen hervor, überquerte die Straße und steuerte auf das Mehrfamilienhaus direkt gegenüber zu. Sie scannte die vier Parteien an den Schildern ab, rechts unten der Name Bader. Sie zögerte nicht, drückte auf die Klingel und wartete eine Weile, bis sie das Surren des Türöffners hörte.

Die Tür im Erdgeschoss stand offen.

»Bin auf der Terrasse«, hörte sie die vertraute Stimme. »Bei der Hitze muss ich mehrmals gießen. Hast du einen Parkplatz gefunden, mich parken sie hier komplett zu. Das wird immer schlimmer, sogar unter der Woche. Hol dir ein Zitronenwasser aus der Küche, die Karaffe ist leer.«

Agnes legte ihren Jutebeutel ab. Schon vor der Tür hatte sie den vertrauten, blumigen Wäschegeruch wahrgenommen. Im Flur stand ein Wäscheständer, an dem sie sich vorbeizwängen musste, um ins Wohnzimmer zu gelangen.

»Benutzt ja immer noch denselben Weichspüler«, rief sie, als gäbe es nichts Wichtigeres. Dann hörte sie etwas zu Bruch gehen.

Als sie auf die Terrasse trat, sah sie die Scherben eines Terrakottatopfs. Ihre Tante saß am Tisch vor einer Tasse Kaffee und einem Sudoku-Block, die Lupe griffbereit neben dem Aschenbecher, in dem eine Zigarette abbrannte, auf dem Kopf ihre schwarze Sonnenbrille, wie eh und je. Sie stand auf und bückte sich zu den unter dem Tisch verteilten Scherben.

»Warte, ich helf dir.«

Ohne ihre Lehranalyse hätte Agnes das Schweigen, das eintrat, als Brigitte realisierte, wer vor ihr stand, nicht ausgehalten. Niemals hätte sie sich konfrontiert, schon gar nicht diesen unangenehmen körperlichen Zustand ertragen: ein bedrohlicher, bis zur Kehle hinaufpochender, rasender Herzschlag und diese Brustenge. Beides konnte sie absolut wertfrei wahrnehmen. Früher hätte sie losgeschrien oder das Weite gesucht. Dass sie jetzt in der Lage war, ein- und auszuatmen, ganz ruhig, verbuchte sie als Erfolg.

»Ich dachte, die Moni kommt«, sagte Brigitte und machte ein Gesicht, als stünde der Leibhaftige vor ihr.

»Die Moni Schmidtbauer aus München? Haben die immer noch die Boje?«

»Was glaubst du denn, die Geschäfte müssen weitergehen. Deine Mutter hat ja auch alle ihre Bojen vermietet bekommen.«

Agnes atmete tief ein. »Gotte, ich bin nicht gekommen, um über Ma zu reden.«

»Komm, setz dich«, sagte Brigitte. »Magst du ein Weißbier?«

Agnes verneinte.

»Weiß Edith, dass du da bist? Hat sie dich geschickt?«

Natürlich hatte sie mit dieser Frage gerechnet. Sie hatte sogar mit Arne darüber gesprochen, was sie antworten würde. Zumindest vorgenommen hatte sie sich, dass sie der Schwester ihrer Mutter, ihrer Patentante, ganz klar zu verstehen geben würde, dass sie diese Fragen nicht beantworten würde. Sie würde weder als Sprachrohr noch als Beichtstuhl zur Verfügung stehen, weder für Edith noch für Brigitte.

»Warum sollte sie mich denn schicken?«

Warum so spontan und ausgerechnet eine Gegenfrage? Sie war hier nicht in einer Fallanalyse, auch nicht in einer Übungsstunde, aber ihre Ausbildung trug anscheinend Früchte.

Die Frage war gut platziert. Brigitte antwortete, ohne innezuhalten, so, als hätte sie sich vorbereitet, als hätte auch sie seit Langem auf diesen Moment gewartet: »Weil es Zeit wird, sich zu entschuldigen. Nein, weil es Zeit *ist*, sich zu entschuldigen. Unsere Eltern, deine Großeltern, haben sich schon mehrmals im Grab umgedreht, bei dieser Schlammschlacht, die deine Mutter angefangen hat.«

»Ich bin nicht gekommen, um das zu diskutieren. Ich wollte sehen, wie es dir geht.«

»Mir? Wie soll es mir schon gehen? Ich möchte den Laden Lena übergeben. Ich kann nicht mehr stundenlang stehen. Mein Zucker ist hoch. Auch der Blutdruck. Ganz zu schweigen von den Knochen.«

»Ich hätte nun doch gern ein Weißbier.«

»Dann bringst mir bitte auch eins mit. In der Küche, im Kühlschrank, im unteren Fach.«

Agnes vermutete, dass ihre Tante sie in der nächsten Stunde über ihr natürliches Recht aufklären würde. Die Erlöse der Bojenvermietung stünden ihr zu, schließlich sei sie die Fischerin, auf ihrer Seite stehe das Recht, denn nur sie habe das Geschäft der Eltern über Jahrzehnte am Laufen gehalten, nicht Edith. Edith habe kein Anrecht auf auch nur eine einzige Boje. Brigitte würde so lange klagen, bis sie Recht bekäme, Erbrecht hin oder her.

Wie konnte man nur so verbohrt sein, so naiv und selbstgerecht?

Weit interessanter, ja, erlösender wären andere Fragen gewesen. Der Verlust der Eltern, der, unabhängig, ob Erbe oder nicht, Leben veränderte. Was tun mit der Lücke, die der Tod hinterließ? Wer waren wir, wenn die Rolle als Tochter oder Sohn mit einem Mal ausgelöscht war?

Sie würde sich diesen Fragen lieber früher als später stellen. Ihr Vater war in diesem Jahr in Rente gegangen, und obwohl die Eltern gesundheitlich keine Anzeichen von Schwäche zeigten, sogar immer noch beziehungsweise wieder rauchten und bis in die frühen Morgenstunden zu feiern verstanden, steuerten sie, trotz der Zugehörigkeit zur Generation zufriedener, gut abgesicherter Silberköpfe, entwicklungspsychologisch gesehen, in die letzte Lebensphase – eine Zeit, die gewöhnlich mit der Betreuung der Enkelkinder gefüllt wurde.

Enkelkinder waren nicht in Sicht, was sie, seit sie vor zwei Jahren dreißig geworden war, unter Druck setzte.

»Und wie sieht es bei dir aus? Was macht die Liebe? Gibt es jemanden, etwas Ernstes?«

Dass Brigitte nun plötzlich zu diesem Thema wechselte, scheuchte Agnes auf.

»Irgendwie schon. Aber ich fühl mich noch nicht erwachsen genug, noch nicht bereit.«

»Ach, geh«, sagte Brigitte. »Man wächst mit seinen Aufgaben, Kinderkriegen, das will die Natur so, wie soll man denn erwachsen werden, ohne Verantwortung?«

»Ich kann mich noch nicht mal selbst finanzieren, und die Beziehung ist mal so, mal so. Ein Kind hätte keine Freude mit uns als Eltern.«

Sie zählte innerlich die Sekunden. Drei: Ihre Tante hob das Glas, trank. Sechs: Die Tante schob den Sudoku-Block zur Seite, legte die

Lupe, den Bleistift und den Radiergummi darauf. Neun: Die Tante holte Luft. Zehn: »Verstehe.«

Keine andere Äußerung hätte Agnes akzeptieren können, ja, wenn es jemand verstehen musste, dann war es Brigitte, ihre Gotte, und mit ihr wahrscheinlich Hunderte anderer Frauen – nur ihre eigene Mutter nicht.

Während einer Sitzung, in der sie ihre Familie aufgestellt hatte, war dieser Abend, als Brigitte tränenüberströmt in Freiburg vor der Tür gestanden hatte und Edith wieder einmal der Rettungsanker gewesen war, plötzlich lebendig geworden. Edith hatte damals alles getan, um zu verhindern, dass Brigitte sich für eine Abtreibung entschied.

Seltsamerweise war Agnes immer überzeugt gewesen, dass sie, entgegen der Aussage ihrer Mutter, acht Jahre alt gewesen war. »Neunzehnhundertachtundachtzig? Rechne mal, du hattest dich in dem Jahr über deinen ersten Schulranzen gefreut. Du verwechselst da was. Bene war acht. Und er war schwierig, falls du dich erinnerst. Jeden Tag viel Geschrei um nichts, erinnerst du dich nicht?«

Auch hatte sie immer gedacht, es sei kurz vor Weihnachten gewesen, es habe geschneit, in Wahrheit, wie ihre Mutter bezeugte, war es nicht Winter gewesen – es war heiß, die Sommerferien noch nicht zu Ende gewesen, und außerdem waren sie erst zwei Tage von ihren Ferien in Herzach zurück, als Brigitte mit ihrem VW Polo nach einer verzweifelten, vierstündigen Fahrt spätabends bei ihnen vor der Tür gestanden hatte. Der mangelnden Parkplätze in der Freiburger Innenstadt wegen fluchte sie. Laut ihrer Mutter war Brigitte ihrem Vater in die Arme gefallen und hatte sich fest an ihn geklammert. Er hatte Mühe gehabt, sich zu befreien. Schließlich hatte er sie aufs Sofa geschoben, und Edith hatte gesagt: »Nun beruhige dich erst einmal. Wir finden eine Lösung. Dann nehmen wir das Kind halt zu uns.«

Bene hatte noch Jahre später behauptet, dass Edith schon einen Namen für das Kind gehabt hätte, dass er sich an die Wiege erinnere, die aus dem Keller geholt worden war und für einige Tage mitten im Wohnzimmer gestanden hatte. Dann sei sie, von heute auf morgen, nicht mehr da gewesen, stattdessen auf dem Sideboard: eine weiße Friedhofskerze. Zwei Tage und Nächte lang habe sie für das Ungeborene gebrannt.

Sie hatte sich weder an die Wiege noch an die Kerze erinnern können, aber an Brigittes Anruf nach dem Klinikaufenthalt. An die leise tröstende Stimme ihrer Mutter, wie sie sanft in den Hörer sprach, an den Satz: »Wir schaffen das schon. Ruh dich aus. Ich komme in zwei Tagen. Du musst den Eltern nichts sagen. Es ist deine Entscheidung.«

Dass ihre Mutter sich für alles und jeden verantwortlich fühlte, für die Lebenden wie für die Toten, war, wie sie nach dieser Aufstellung erkannt hatte, Segen und Fluch zugleich.

»Hast du überhaupt eine Ahnung davon, wie lange unsere Mutter dir die Stange gehalten hat?«

Jetzt war es raus. Mit dem letzten Schluck hatte Agnes die Frage über die Lippen gebracht. Brigittes Antwort folgte prompt: »Und du, weißt du überhaupt, wie wir hier Jahr um Jahr geschuftet haben, um alles am Laufen zu halten? Deine Mutter weiß sehr wohl, was ich geopfert habe, damit sie ihr schickes Leben mit ihrem Beamten führen konnte, mit euch Musterkindern. Glaubst du nicht, ich hätte auch gern studiert? Und so einen Kerl wie deinen Vater an meiner Seite gehabt? Ich hätte das durchaus auch haben können, aber wer, bitte schön, hätte sich dann um alles hier gekümmert? Kannst du mir das mal sagen, wenn du schon so klug daherredest?«

Natürlich: das war Brigittes Perspektive. Auch auf diese Sicht hatte sie sich vorbereitet. Und obwohl sich Agnes geschworen hatte, nicht wie früher ein Bier nach dem anderen zu trinken, nahm sie die beiden leeren Flaschen und holte zwei weitere Leoner aus dem Kühlschrank.

Mit dem Hinweis, sie würde ja eigentlich nichts mehr vertragen, nahm Brigitte ihr leeres Glas, hielt es beinahe waagrecht und setzte die Flasche so professionell an, als habe sie ihr Leben lang hinterm Tresen gestanden.

Und jetzt wirkte plötzlich alles ganz normal. Ein Nachbar winkte über den Zaun und teilte mit, dass es aus den Mülltonnen stinke. Brigitte antwortete geschäftstüchtig – als würden sie, nur wenige Meter entfernt, wie früher auf dem Grundstück vor dem Haus sitzen und über den Zaun zur Promenade nicken: »Herr Professor, das werden wir klären«, an der Hauswand über ihren Köpfen das Dekor hängend, in Form eines Fischernetzes am Putz befestigt, ein Geschenk von Eisen Anton, das Geld zusammengelegt von der Stammtischrunde, zu einem runden Geburtstag des Großvaters, Ende der Achtziger, dazu der Name des Betriebs, fast wie eine Verzierung, in großen Schreibschriftlettern: FISCHEREI BADER-MAURER, TELEFON 5443.

Bis heute galt es, freundlich zu sein, egal, wer vor einem stand, denn schließlich konnte man sich seine Kundschaft nicht aussuchen. Hier war jeder ein möglicher Kunde, ob Tourist, Einheimischer, Freund oder Feind. Die Konkurrenz schlief nicht, und die Baders schon dreimal nicht, das hatten bereits ihr Urgroßvater und dessen Vater und ihre Großmutter und Edith und Brigitte gewusst, und auch Agnes schüttelte die gestellte Höflichkeit der Gewerbetreibenden sofort aus dem Ärmel: »Einen wunderschönen Tag noch.«

»Der holt immer freitags fünf Saiblinge bei uns, die sind erst letztes Jahr hergezogen, ein Professor, der hat sich die Wohnung über mir gekauft. Herr Bregod samt Gattin.«

»Sauber«, sagte Agnes und lachte. »Weißt du noch, das hat Opa immer gesagt.«

»Ja, das hat er oft gesagt.«

Brigitte hob ihr Glas. »Ich freu mich, dass du gekommen bist. Wir über alles reden können. Glaub mir, ich weiß, wie schwer das für dich ist.«

Eine Stunde später hatte es immer noch über fünfundzwanzig Grad, obwohl die Sonne schon tief im Westen stand.

»Wenn du dich beeilst, können wir noch schwimmen gehen«, tippte Agnes in ihr iPhone.

Arne hatte den Mietwagen in München abgegeben und war in die S-Bahn gestiegen. Er war angekommen. Sie lotste ihn zur Promenade. »Du musst durch den Schlosspark gehen, Richtung Landungssteg.«

Sie hätte sich denken können, dass es nicht so einfach werden würde, sich von Brigitte zu verabschieden, nicht nach dem dritten Bier.

»Entschuldige«, sagte Agnes. »Das ist Arne. Er steht schon am Bahnhof.«

»Oha, dann stell ihn mir doch mal vor, deinen Arne. Ihr könnt auch hierbleiben. Im Gästezimmer.«

»Vielen Dank für das Angebot, aber –«

Nein, auf gar keinen Fall. Keine Sekunde musste sie darüber nachdenken. Ihr Besuch war ein Gesprächs-, kein Friedensangebot.

»Ja, was aber?«

Agnes sah wieder auf ihr Telefon: »Wo bist du, steh am Landungssteg.«

»Ich muss los, Gotte.« Sie stand auf. »Weißt du, eigentlich sagt man unserer Generation ja nach, dass wir nur mit uns selbst beschäftigt sind, keine Verantwortung übernehmen. Ich weiß nicht, wie es Lena empfindet, aber ich fühle mich um meine Kindheit hier betrogen, und du hast nichts dafür getan, um diesen Streit im Sinne der Familie zu lösen. Auch wir hatten hier ein Zuhause. Das war Familie. Jetzt gibt es das nicht mehr. Und da drüben steht ein beschissener Betonbau. Weißt du, wie viel die für eine Übernachtung in so einem Apartment verlangen? 112 Euro. Sauber! Nicht wahr?«

2

An klaren kalten Tagen konnte man vom Steg aus die Silhouette von St. Johanna erkennen, weit drüben, auf der anderen Seeseite gelegen, das Wahrzeichen der Marktgemeinde des Westufers, wo der Vater einmal im Monat zu den Vereinstreffen ging und sogar seit letztem Herbst im Vorstand saß – da drüben, wo jahrein, jahraus reger Betrieb herrschte, weil die Gemeinde, nicht weit von Augsburg gelegen, sowohl von der bayerisch-schwäbischen Handelsstraße profitierte als auch Richtung Tirol mit einem Pilgerweg verbunden war, den die Leute sogar an den Winterwochenenden »entlangtrampelten«, wie seine Mutter vorhin beim Frühstück gesagt hatte, um unter einem vermeintlich tausendjährigen Baum das vermeintlich älteste Gebet deutscher Sprache herunterzuleiern. Sie zog die Ofennudel aus dem Rohr, während sie rezitierte: »Gott, Allmächtiger, der Du Himmel und Erde erschaffen hast und den Menschen so viele gute Gaben gegeben hast, gib mir in Deiner Gnade rechten Glauben und guten Willen, Weisheit und Klugheit und Kraft, dem Teufel zu widerstehen und das Böse zu meiden und Deinen Willen zu verwirklichen.«

Aber kennen tust du es doch, bei aller Lästerei.

Diesen Gedanken hatte Leonhard für sich behalten, er stand ja immer allein da, wenn er versuchte, ihr ein bisschen Paroli zu bieten.

Er wartete, bis sie ihm den Teller hinstellte und der Vater, der seinerseits immer wartete, bis die Mutter am Tisch saß, mit dem Löffel in der Faust in den dampfenden Hefeteig stach. Das Apfelkompott, das sie, wie jedes Jahr, selbst eingemacht hatte, ging herum. Es war quietschsauer, aber Leo verzog keine Miene.

»Dafür sind wir es hier auf der Ostseite, die den Bahnanschluss haben.«

Wie immer sah der Vater stets das Gute. »Haben wir Zucker da?«

»Schmeckt es dir nicht?« Die Mutter tat sich eine Extraportion Kompott auf.

»Freilich schmeckt es mir, Anna, freilich.« Der Vater zwinkerte ihm zu.

»Grüße vom Herzacher See« stand unter einer der Karten, die die Mutter auf der Kante der Kücheneckbank aufgestellt hatte. Auf diesen Postkarten, die in der im letzten Jahr eröffneten, nun auch im Winter an drei Tagen geöffneten Fremdenverkehrszentrale verkauft wurden, sah die Bucht immer wie ein auf der Seite liegendes, mit den Wölbungen nach rechts zeigendes Herz aus, die grüne Spitze des Schlossparks als Busen, unterhalb dessen sich klitzekleine Stege abzeichneten: am südlichsten Punkt der zum Hotel Seeblick gehörende Bootssteg, gefolgt von ihrem eigenen, zum Maurerbad gehörenden Pfahlbau, in Wirklichkeit schon von Weitem zu sehen, auf dieser von Hand gemalten Karte aber kaum erkennbar; bis hin zum am größten gezeichneten Landungssteg für die Dampfer, die während der Saison den See umpflügten und die Gäste wieder an Land spuckten, wenn sie nach einer ausgedehnten Fahrt und über alle möglichen Anlegeorte zum Abschluss wieder hier ausstiegen, um die Bahn zurück in die Stadt zu nehmen.

Leonhard ärgerte sich, dass ihr riesiges Holzhaus auf dem See, das erhabene, größte öffentliche Bad des Ortes, auf den Motiven nie so zur Geltung kam, wie er es empfand: als eines der drei Wahrzeichen, als Zeichen, dass es seinen Vater und ihn hier nun gab, am dünn besiedelten Ufer des Sees, das die Honoratioren aus dem oberen Dorf nur betraten, um freitags ihren Fisch zu holen, oder sonntags, wenn man die Gattin am Arm ausführte. Wer baute schon auf diesem dem Wasser zäh abgerungenen Streifen, der nördlich, am Ende der Bucht, an einen Sumpf grenzte und südlich in einen Wald überging, in dem, kam man vom Pilgerweg ab, eine von Moos bewachsene, weiße Säule davon zeugte, dass hier vor nicht allzu langer Zeit ein ganzes Gehöft samt Mann, Frau und den vier Kindern niedergebrannt war – im Schlaf überrascht, wie der Postmann gern erzählte, wenn er an den knarrenden Gartentoren stand und zur Begrüßung die Kappe lupfte.

Vorgestern erst hatte er die Mutter darauf aufmerksam gemacht, dass in einer Latte des Holzzauns, der ihr Grundstück zur Landseite einhegte – eine Arbeit, die der Vater, wie alles, selbst erledigt hatte –, die Sprache der Gauner zu erkennen sei, sie sollten Obacht geben, woraufhin die Mutter erwidert hatte, er solle ihr nicht den Tag stehlen mit seinem abergläubischen Zeug. Der Vater aber hatte Leonhard in die Seite geknufft und sich mit zwei Fingern auf die Augen gedeutet: »Holzauge, sei wachsam.«

Der Steg war eingefroren. Mit einem Enterhaken in der Linken stand Leonhard an der Kante der Holzplanken und stützte sich mit dem Stab, einem riesigen Spazierstock gleich, auf der zugefrorenen Wasseroberfläche ab, während er, die rechte Hand als Sichtschutz an der Stirn, den Blick von der anderen Seeseite abwandte und über ihre eigene, ihre Herzacher Bucht streifen ließ: ganz vorne, am Dampfersteg, sich übers Eis jagende, Schlittschuh laufende Kinder, davor, auf Höhe der Pension Mayr, die Belegschaft derselben beim Eisstockschießen, zack, schon lag der dicke Ernst auf seinem fetten Ranzen und, da schau her, legte die schöne Irmingard, die im Posthof kellnerte und mit ihm liiert war, wie Leonhard beim Fischausliefern gehört hatte, die Hand vor den Mund und kicherte, als sie ihrem Ernstl dabei zusah, wie er sich über alle viere wieder in die Senkrechte manövrierte.

»Li-iert«, buchstabierte er leise. Und, schau her, am Nachbarsteg hatte der Pittner Hans eine Bierbank aufs Eis gestellt und wartete auf Kirchgänger, die nach dem Sonntagsgottesdienst an den See herunterkommen würden, um die zugefrorene Bucht und die Sonne zu genießen. Gerade stellte er ein Bierfass auf die Bank und schlug den Zapfen hinein.

»Gerade schade ist es, Hansi, dass nicht das ganze Jahr Winter ist, wo du nicht deine stinkigen Fische verkaufen musst«, rief der Vater zum Konkurrenten hinüber und rammte seinen Enterhaken ins Eis. Das Eis neben dem Stegpfosten krachte. Pittner drehte sich um.

»Halt dein Maul, Maurer, und pass nur auf, dass der Winter euch nicht eure schöne Badeanstalt zusammenhaut. Und schau nur zu, dass deine Frau dir nicht zu sehr auf der Nase herumtanzt. Ganz zu schweigen von deinem Tannenberg-Ei, das sie dir ins Nest gelegt hat.« Mit dem Hammer in der Hand deutete er auf Leonhard.

»Und wenn du nicht dein Maul hältst, komm ich rüber!«

Leonhard sah Dampf aus dem Mund des Vaters aufsteigen und umfasste seinen eigenen Haken mit beiden Händen, wie eine Waffe.

»Trau dich nur her, dann hau ich dich in den See hinein!« Pittner wandte sich ab und schlug wieder auf den Holzzapfen des Bierfasses, und der Vater nahm den Enterhaken auf und schlug ihn erneut ins Eis, und auch Leonhard senkte seinen abwärts, Richtung Wasser, und hieb auf die gefrorene Decke ein. Es galt, lauter zu sein als Pittner Hans, und so hackten und schlugen die Streithähne, die beiden Fischer des Dorfes, die zu allem Übel auch noch beinahe direkte Nachbarn waren, an diesem strahlend schönen Februarmorgen um die Wette ins Eis und auf Holz, sodass man es bis ans Ende der Bucht, hinüber bis zum Bootsbauer Peitinger hören konnte.

Für Leonhard und seinen Vater galt es, die acht Holzpfosten des Bootsanlegers und die 19 an der Zahl, auf denen die Badeanstalt stand, vor dem Zugriff des Eises zu befreien, um zu verhindern, dass sich die Pfosten und somit die Stege verzogen, die dann wie schiefe Streichhölzer im Wasser hängen würden, wie der Vater sagte, und im allerschlimmsten Fall das gesamte auf ihnen stehende, große Bad samt Umkleiden, Kojen, Liegestühlen und Bänken mit ins Wasser ziehen würden.

»Wie an ein riesiges Fuhrwerk gespannt, das tief am Seegrund steht und vorwärts rollt und alles mit sich reißt, ganz langsam, aber unaufhaltsam. Das Knacken des Winters ist leise, Leo, aber deswegen nicht weniger zerstörerisch. Und wollen wir, dass unsere Titanic jetzt schon untergeht?«

Leonhard kannte die Geschichten, die der Vater von den Jahreszeiten erzählte, in- und auswendig, und auch wenn er mittlerweile zu alt für sie war, ließ er dem Alten die Freude und auch, dass er sie von Jahr zu Jahr mit immer weiteren Details ausschmückte, wie das die Katholiken mit ihren Märchen eben so machten.

Sie arbeiteten sich Pfosten um Pfosten vor, bis sie gegen Mittag bei Nummer 15, dem Außeneckpfeiler, angelangt waren, der von der Pittnerseite ungeschützt einsehbar war. Leonhard hob den Blick und sah zur Bierbank des Nachbarn, zur kleinen Gesellschaft, die auf dem Eis stand, mit Krügen in der Hand. Sie beobachteten ihn nun unverhohlen, so kam es ihm vor. Pittner hob den Krug, er schien ihm sogar zuzuprosten.

Leonhard wandte den Blick ab, stellte sich auf die Planke vor Nummer 15, sah seinem eigenen Atem hinterher und griff den Haken fester. Die Eisfläche unter ihm glitzerte. Er kniff die Augen zusammen und versuchte, die Kante des Eises am Holz zu fokussieren. Mit beiden Armen hob er den Enterhaken, um Schwung zu holen, aber bevor er zustoßen konnte, hörte er jemanden rufen: »Auf, auf, Maurers Kuckucksei, das schaffst du schon.«

Er spürte, wie ihm der Haken aus der Rechten glitt, weg von ihm, Richtung Wasser. Er wollte nachfassen, bekam ihn aber nicht in die Hand, kippte mit dem Oberkörper nach vorne, geriet in Schieflage, bis sich die Füße, einer nach dem anderen, lösten. Noch hörte er den Vater rufen: »Lass den Haken los, lass ihn los!«, und dann krachte er – für einen Augenblick den Enterhaken noch in der Linken, sein Körper frei und horizontal über der gefrorenen Wasseroberfläche schwebend – in den See.

Kurz schlägt er die Augen auf, um ihn herum: dunkel, das Wasser schmerzt auf den Pupillen. Während er nach unten gezogen wird, beginnen seine Arme zu schaufeln, gegen die Schwerkraft, nach oben. Als er wieder an der Wasseroberfläche ist, hört er die Stimme des Vaters von weit oben: »Schwimmen, schwimmen, schwimmen!« Er stößt die Arme nach vorne zu einem Brustzug, er stößt sie Zug um Zug gegen das von der Sonne aufgeweichte Eis, er japst, sein Brustkorb wie in einem Schraubstock.

»Schwimmen, schwimmen, schwimmen!« Die Stimme des Vaters dringt an seine Ohren, von weit weg. Durch den vom Wasser verschleierten Blick kann er die Steine am Ufer erkennen. Er weiß, es sind nur knapp zehn Meter.

Als er es ins Flache schafft, wird er von vier Händen an Land gezogen, wie ein Kahn. Am Ufer liegt er auf dem Rücken und sieht in die Nasenlöcher seines Vaters und in die haarigen vom Pittner Hans.

Dass die beiden sich an diesem Mariä Lichtmess 1913 die Hand gaben, bestritt der Vater danach bis in alle Ewigkeit.

Nicht von der Hand zu weisen blieb allerdings die Tatsache, dass die Mutter Leonhard eine Bettflasche machte und er die Nacht auf dem Kanapee in der Wohnstube, bei angelehnter Tür verbringen durfte, wie ein Kind, im Flur das Barometer an der Wand, das wärmeres Wetter für die kommenden Tage anzeigte, und gegenüber, in der Küche, die Eltern, deren Stimmen er hörte, bis er eingeschlafen war.

Es war noch nicht lange her, dass der neue Fischer und seine Frau an den See gekommen waren, mit einem halbwüchsigen Sohn, von dem es zunächst hieß, die Frau habe ihn dem Mann untergejubelt, eine Information, die versehentlich vom Pfarrer an seine Haushälterin durchgestochen worden war; die sie dann prompt auf der Post und in der Schlange beim Krämer fallengelassen hatte, das Kind der neuen Fischer heiße nicht wie sein Vater und sei obendrein auch noch »empfangelisch«. Zudem habe der Junge nicht nur einen anderen Nachnamen als sein Vater, sondern würde, wie sie neulich beim Fischkauf mitbekommen hätte, bei zwei unterschiedlichen Vornamen gerufen, von der Mutter Karl, von seinem Vater aber Leo.

Allerdings waren diese Vorbehalte im Dorf schnell dahinter zurückgetreten, dass der Maurer Ludwig in den Diensten des Königs gewesen, fleißig sei und sich alles selbst erarbeitet habe. Außerdem war man froh, auf dem Grundstück Am See 24 nun wieder einen ehrbaren Fischer und Schiffer zu wissen, hatte man doch seinen Vorgänger zwingen müssen zu gehen.

»Dagegen sind die Maurers redliche Leute«, war sich der Pfarrer sicher, als er seine Haushälterin wieder einmal beim Tratsch erwischte, »wünschen wir ihnen, dass sie mit dieser Hypothek, die sie nicht selbst verschuldet haben, zurechtkommen. Und vergessen Sie's nicht, Fräulein: Der Fisch ist das Tier Jesu Christi, und seine Fänger verdienen Respekt. Außerdem ist der Junge seinem Vater wie aus dem Gesicht geschnitten. Ende der Diskussion.«

Am Sonntag darauf gab der Pfarrer dem Jungen vor aller Augen die Kommunion, was vor allem die Frauen, die wie die Spatzen in der ersten Reihe aufgereiht knieten, zur Kenntnis nahmen, als sie durch ihre blinzelnden Augen die Hostie auf ihre ausgestreckten Zungen verabreicht bekamen.

Von nun an ging man nicht mehr zwingend an beiden Fischtagen zu Pittners, sondern schaute dienstags auch einmal bei der »Fischerei Maurer, frischer Fisch, Ruderbootverleih« vorbei, wo man Vater und Sohn ab Neujahr, nach Ende der Schonzeit, in aller Herrgottsfrühe dabei zusehen konnte, wie sie den Fischerkahn an Land zogen, die Holzwannen mit den Renken über die Uferpromenade, durch die Werkstatttür in die Fischküche trugen, um durch die am hinteren Ende des Grundstücks gelegene Tür der Halle, in der den Winter über die Boote lagerten, auf den Hof des Grundstücks zu treten.

In der Küche wartete die Mutter wie üblich mit vier Milchsemmeln, Butter und dampfendem Kaffee.

»Wie war der Fang, Ludwig?«

»320, die meisten auf acht Klafter«, antwortete Leonhard anstatt seines Vaters, der sich in den neben seinem Teller liegenden, neuerdings erscheinenden *Herzacher Boten* vertieft hatte.

»Knapp 200 Pfund«, sagte Leonhard, »das macht 300 Mark, wenn wir alles verkauft kriegen.«

»Dein Wort in Gottes Ohr, wenn ich sehe, wer sich hier alles ein Inserat leisten kann.« Der Vater nahm, die Ellbogen links und rechts des Tellers aufgestützt, die Kaffeetasse, deren Henkel viel zu klein für seine dicken, trockenen Finger war, und schlürfte laut. Leonhard biss in eine Semmelhälfte.

»Rede nicht so vor dem Karl«, sagte die Mutter und knallte die Ofenluke mit dem Schürhaken zu. »Du riechst es ja nicht einmal, dass unsere Ware viel frischer ist als die von der Konkurrenz. Und außerdem habe ich schon die Frau vom Bootsbauer auf unserer Seite, ganz zu schweigen von meinen Verbindungen in die Stadt, wo ich –«

»Hör mir auf mit Minga«, erwiderte sein Vater.

»Wo die Leute stinga«, vervollständigte Leonhard und biss in die andere Semmelhälfte.

Schweigend sah er zu seiner Mutter, die nun doch in der Fischküche mit anpacken musste. Sie stach den Renken einer nach der anderen das Messer ins Hinterteil, zog es hoch bis unter die Kiemen und warf die aufgeschlitzten Tiere in die Wanne. Sie trug eine Wollmütze, drei Pullover übereinander, die Gummistiefel, die, extra eine Nummer zu groß, für mehr als ein Paar Socken, die sie sich selbst strickte, Platz ließen, und eine Wachsschürze, die sie beide vom Vater zu Weihnachten geschenkt bekommen hatten, wasserabweisend und den Latz bis über die Brust.

Leonhard griff sich einen Fisch und begann, mit den Fingern die Eingeweide herauszulösen, während er aufpassen musste, dass er die Gallenblase nicht erwischte und Saft austrat, was den Fisch für den Verkauf unbrauchbar machen würde. Er nahm die Innereien aus dem offenen Bauch und ließ sie in einen Eimer gleiten. Er tauchte die Hand hinein – er bildete sich ein, in den Fischinnereien etwas zu spüren, was seine von Wasser und Wind durchgefrorenen Knochen vielleicht etwas aufwärmen würde.

»Du weißt doch, dass das Zeug so kalt ist wie die Fische tot«, kommentierte die Mutter seine Geste.

Zu Leonhard Karl Maurers Aufgaben gehörten: dreimal in der Woche mit dem Vater auf den See fahren, nur nicht zur Schonzeit von Oktober bis Dezember, beim Netzsetzen sowie beim Fischfang am Ruder sitzen, den Fang an Land bringen, mit der Mutter die Fische verarbeiten, die Fischküche säubern; während die Mutter den Laden vorbereitete, rüber zum Vater ins Wohnhaus, ihn wecken, wenn er sich, seit er im letzten Jahr seinen 44. gefeiert hatte, nach dem 6.30-Uhr-Frühstück noch einmal aufs Ohr gelegt hatte, für eine knappe Stunde; den Fischerkahn ausschöpfen und sauber machen und zusehen, was sonst noch in Ordnung zu bringen war, im Sommer etwa das Unkraut, das zwischen den Kieseln und neben den Blumenkästen spross, jäten oder im Winter die Königsbüste, die prominent im Vorgarten thronte und über das Ufer hinweg staatstragend in Richtung See blickte, vom Schnee befreien. »Ich muss noch das Monstrum machen«, sagte Leonhard dann zu seiner Mutter, und es war einer der wenigen Witze, über die sie gemeinsam lachten.

Dem Vater beim Fischausliefern helfen, das hieß, die Ware vorbereiten, den Wagen ziehen, die Ware anreichen, zum Dank einen Diener Richtung Kundschaft machen und das Gesicht zu einem Lächeln verziehen, auch wenn der Vater diese beim Gang nach Hause als »Saukrüppel« beschimpfte.

Im Sommer weiterhin: bis Mittag die fünf Ruderboote fertig machen; im Winter weiterhin: vormittags die Boote ausbessern und reparieren, nachmittags dem Vater in der Werkstatt beim Netzflicken und -knüpfen zusehen und, seit dem zweiten Lehrjahr, selbst daran Hand anlegen und versuchen, die von der Berufsgenossenschaft vorgegebene Maschengröße in regelmäßigem Maß zu wiederholen; die fertigen Netze an dafür vom Vater bearbeiteten Astgabeln an die Hinterwand der Bootshalle hängen, wo sie, fiel das Sonnenlicht von draußen durch die Schlitze der Holzplanken, glitzerten wie die dicken Haare eines an der Oberfläche schwimmenden Wassermanns.

Am meisten freute sich Leonhard auf die kleine Fischkunde, die ihm sein Vater zumeist im November, wenn mehr Zeit war, gab oder wenn er ihm aus den Statuten des traditionellen Fischereiwesens vorlas:

»1. Das Fangzeug mußte nach dem vereinbarten Prettl oder Zollel der Lichte, d. h. dem Modell der Maschenweite bei dem Seerichteramte gestrickt – und der Fisch durfte nur verwerthet werden, wenn er *mit Kopf und Schweif* das vorgeschriebene Maß erreichte, *nid hinderm Maß blieb* wie Karpfensetzlinge, *Buebln* genannt.

2. Die zum Schutze der Brut vor Raubvögeln eingelegten *Däxen, Därachen und Kräutter* d. i. Tannenreis mit Seegras verfilzt. Durften bei schwerer Strafe nicht ausgehoben werden.

3. Der Renkenfang, besonders die Brut *Sängl*, wurde mittelst des *Flügelgarns und des Pogenparn* (Bogenbären) bei Verlust der Ausübung des Gewerbs verboten, sowie überhaupt der Fang von Köderfischen mit der 300–400 Maschen haltigen Krautsege verboten wurde. Der Fang der Heuerlinge (Fische vom heurigen Jahre) und Anpeissen (der Anbeiß Appeis, eine Art Barsch oder Börs, perca fluviatilis) wurde nur zielweise gestattet.

4. Das althergebrachte Treiben der Haseln (cyprinus leuciscus, Schrankh, cyprinus dobula, Hofer, Haseling, bei Adelung, hasela, *ein Schnotfisch und Basthart*) zur Laichzeit in der Fischwaid, d. h. innerhalb des Schilfgestades wurde abgeschafft, erinnert übrigens an die Schiedjagd im Chiemsee.

5. Als Fangzeug treffen wir am Herzacher See die große Krautsege, die Brachensege, Renkensege, *das alte Schlierzgahrn* oder Flügelgarn, dann die complizirten Reussennetze mit den aus Bogenreifen gemachten Abtheilungen und dem Schlupfsacke. Letzte sollen ausgenommen an jedem Morgen, Sonnt- und Feiertage ausgehoben werden, den Klosterfischern wurde aber auch an weiteren *dem Kloster bequemlichen Tagen* die Umgangnahme gestattet.

6. Zu dem hanfenen Fangzeug solle *keine Gfahr* gebraucht, d. h. derselbe durfte nicht mit nachtheiligem Köder bestrichen oder *bei krankem Monde* gelegt werden. Das Färben der Netze mit Absud von Tannenzapfen ist aber als erlaubt heute noch ein Betriebsvortheil der Seefischer.«

Nun waren sie im Jahr eins nach Aufnahme als ordentliches Mitglied in den Fischereiverein, und der Paps war sogar schon im Vorstand.

»Achte immer schön darauf, dazuzugehören«, sagte er eines Abends beim Watten, »aber nur so viel, dass du dir selber noch zuhören kannst. Und jetzt hol mir meine Pfeife.«

Im März lag immer noch Schnee, aber es gab Post von der Baronin. Nach dem Abendessen holte der Vater den Brieföffner aus der Schublade, ließ sich wieder auf der Eckbank nieder, zog das Papier aus dem Kuvert und begann, mit einer ganz anderen Stimme, wie sie Leonhard sonst nur vom Pfarrer aus dem Gottesdienst kannte, vorzulesen. Die Worte klangen wie aus einem fernen, verheißungsvollen Königreich:

»Lieber Ludwig!

Ihr Telegramm erhielt ich dankbar, dass die Kiste bei Ihnen angekommen war, u. gestern erfreute mich Ihr Brief u. die

Fotografie! Auch früher freute mich das in Stein gefertigte Königsbild. Wohl noch die Büste! Es ist mir lieb, dass mein Bild Sie freut! Gelt, es erinnert an unsere Fahrten nach Berg im See. Der Mann des Bildes zeigt Berg nicht ganz gut, aber man kennt's doch! Mein Befinden ist jetzt nicht gut, Schreiben fällt mir sehr schwer. In den Wald kann ich leider nicht, weil ich nicht in den Stuhl steigen kann –

Höchstens kann ich mich im Tragestuhl im Garten tragen lassen. Aber das geht jetzt auch nicht, wegen Augenentzündung. Bitte beten Sie für mich! Gott wird's wohl machen! Bitte schicken Sie mir die Bahnfracht für die Kiste und die Fotografie auf Nachnahme! –

Das will ich natürlich bezahlen.

Seien Sie herzlichst gegrüßt! Grüße an Ihre gute Frau u. Leonhard Karl. Er müsste nun schon ein ganzer Mann sein? Wie lang ist es her –

Denken Sie freundlich an Ihre getreue, Ihnen Gutes wünschende Hilde.

Gott befohlen!

P. S.: Anbei der Scheck für Ihr neues Boot, das klingt nach einer guten Unternehmung.«

Mit glänzenden Augen ließ der Vater den Brief sinken und wandte den Blick zur Mutter, die am Kopfende des Tisches saß und schwieg. Nur das Klicken der Stricknadeln in ihren Händen war zu hören.

»Was sagst du, Anna. Ist das nicht prima?«

Die Mutter schwieg noch immer.

»Jetzt können wir endlich mit dem Segelboot anfangen.«

Die Mutter sah ihn nicht an, legte das Strickzeug zur Seite und stand auf. »Hast du sie wieder angebettelt, die Dame aus Sachsen. Lass deinen Vater und mich bitte allein, Karl.«

Immer wenn die Eltern stritten, kam Leonhard das Haus noch unbelebter vor. Seit sie hierhergezogen und nun endlich gewerbetreibend waren, hatten sie zwar ihre eigenen vier Wände und ihr eigenes Geschäft – was nutzte das aber alles, wenn sich die Eltern immer zankten, weil sie kein Geld hatten.

Die Mutter hätte es ihm nicht zweimal sagen müssen: Er merkte es sofort, wenn sie ihre dunklen Augen auf den Vater richtete, die Tätigkeit, die sie gerade ausübte, unterbrach und so seltsam ausatmete – als würde sie die Luft wieder in sich hineindrücken. Leonhard stand auf, verließ die Küche, während schon die ersten Pfeile von der Mutter auf den Vater abgeschossen wurden, und nahm die Treppe, drei Stufen auf einmal.

Der erste Stock hatte drei Zimmer, gleich links lag seine Kammer, in der er schlief, ein Stapel Bücher auf dem Nachtkästchen, die ihm der Pfarrer lieh und die er versuchte zu lesen, wenn ihm einmal nicht sofort die Augen zufielen, sobald sein Kopf das Kissen berührte. Über den Dielenboden hatte der Vater einige Fleckerlteppiche gelegt, um etwas Wärme zu erzeugen, aber auch, um das Geräusch der Schritte zu dämmen, das er jede Nacht auf dem Weg zum Topf erzeugte – die Mutter schlief schlecht.

Neben Leonhards Zimmer lag das sogenannte Kommodenzimmer, ein Eckzimmer, das zum See zeigte, darin vor allem ein riesiges »Vertiko«, wie die Mutter immer sagte und die Lippen dabei spitzte, eine Art Kommode, in der sie zwar ihre Handarbeiten und das Bügeleisen verstaute, auf dessen Steinplatte aber auch ein Spiegel stand.

»Du dein Monster, ich meins, Luis«, lachte die Mutter an heiteren Tagen.

Einmal hatte Leonhard sie sich darin betrachten sehen. Als sie ihn bemerkte, verscheuchte sie ihn sofort mit einer Handbewegung, die sich sehr von den üblichen Befehlen unterschied, die er von seinem Tagwerk mit ihr kannte, und mit einer viel höheren Stimme – wie wenn sie die Kundschaft im Laden oder am Bad anraunzte, einmal im Monat.

So musste die Herrschaft für sie klingen, von der die Mutter nur in den höchsten Tönen sprach, ebenso von einem goldenen Leben vor dieser Zeit am See, wohin sie ihn mitgenommen hatte, »zu deinem Paps«, wie sie gesagt hatte.

»Die ganze Herrschaft ist gekommen«, hatte die Mutter ihm damals zugeflüstert, als der Zug sich in München in Bewegung gesetzt hatte. Sie hatte das Fenster heruntergezogen und die Hände der »Damen«, wie sie sagte, gedrückt, die Herrschaft – das waren, in seiner Erinnerung, mehrere Frauen mit großen Hüten gewesen, hinter einem Zugfenster, auf einem Bahnsteig, das Paradies seiner Mutter.

Was hackte sie also immer noch auf dem Vater herum. Er hatte es ihr versprochen, und es hatte ein paar Jahre gedauert, aber nun waren sie doch ihr eigener Herr.

»Sachsen, die!«, hörte Leonhard es von unten fluchen, und betrat das elterliche Schlafzimmer, zwei aneinandergeschobene Holzkästen mit Strohmatratzen, in der Ecke des Vaters ein Kruzifix im Winkel, jeweils ein Stuhl vor jeder Bettseite, über dessen Lehne die Mutter abends die Kleider legte.

Von diesem Zimmer ging eine weitere Kammer ab, die »Büro«

genannte kleine Stube, mit einer Sammlung von Gegenständen, die dem Vater allein gehörten, Dinge ohne Zweck, »Klump«, wie die Mutter es nannte. »Sperr bloß ab«, hatte Leonhard sie eines Abends im Bett zum Vater sagen hören, »hinter der Tür spukt's doch. Wer soll da gut schlafen. Dass ich nicht lache – Büro.«

Er drehte den Schlüssel um und drückte die Klinke. Unbemerkt hatte er mit dem Tabak angefangen, wie Clemens, der Sohn des Bootsbauers, bei dem es ungemein gut aussah, wenn er das Kraut auf den Handspann dosierte, es durch die Nase hochzog, dabei kurz die Augen schloss und den Kopf zur Seite warf. Leonhard wusste sich, wenn die Eltern in der Küche – gewöhnlich wegen des Geldes – stritten, kleine Rationen aus dem geheimen Vorrat des Vaters abzuzwacken, er musste nur an die Schublade im Büro.

Darin konnte er die Mutter schon verstehen: Auch wenn er immer über die Geschichten des Alten lachte und sie manchmal nicht mehr hören konnte, wie etwa die Legende, wie er in der »guten alten Zeit« seinen Geruchssinn verloren hatte, graute es auch ihm vor diesem Zimmer: Teppiche an der Wand, von denen ein riesiger Schwan und eine gewobene Version des Königs herunterglotzten, an der anderen Wand ein ausgestopfter Wildkopf und daneben ein Wandschrank, in dem der Vater ein Gewehr aufbewahrte, obwohl er kein Jäger war; schwere Vorhänge vor dem Fenster zum Hof, die immer zugezogen waren, auch bei strahlendem Sonnenschein, darunter ein Tisch, übersät mit Papieren, auf einem Stapel ein großer Briefbeschwerer aus Speckstein, in Form einer Forelle; neben dem Tisch, in der hinteren Ecke des Zimmers eine Art Stele mit Samtkissen, auf der der weiße Gipsabdruck einer übergroßen, menschlichen Hand thronte, wie die Pranke eines Riesen.

Das Zimmer war stockdunkel, aber Leonhard wusste, wie er zur Tischschublade gelangte, er stellte sich sogar extra blind, um nicht die toten Augen des Königs sehen zu müssen. Wie es der Vater hier bloß aushielt.

Der zweite Stock des Hauses, der hinter einer immer geschlossenen Tür neben der seines Zimmers über eine kleine Treppe zu erreichen war, stand völlig leer, bis auf die Wäschetruhe, in der die Mutter die von der Herrschaft geschenkte Bettwäsche lagerte. Seit diesem Winter stieg Leonhard jeden Abend hinauf, über die Truhe hinweg, öffnete das Fenster in einem der beiden Zimmer zur Seeseite, setzte sich auf den Sims und übte, den Kopf beim Schnupfen so elegant zu werfen wie der Clemens.

Das Märzlicht war längst verschwunden, das Wasser schwarz wie Entenscheiße. Vor ihm lag der Uferweg und die erhabene Badeanstalt, ein dunkler Fels in der Brandung, von dessen Spitze der letzte Schnee schon bald ganz verschwinden würde.

Obwohl das Küchenfenster geschlossen war, konnte er sie immer noch über die »feine Dame« streiten hören. Im Licht, das auf den Vorgarten fiel, sah er ein Schattenspiel von Bewegungen und erkannte darin die Umrisse seines mit den Armen fuchtelnden Vaters.

Im Frühsommer absolvierte Leonhard einen Segelkurs und erhielt dafür das erste selbstständig erworbene Dokument seines Lebens:

ERLAUBNISSCHEIN ZUR FÜHRUNG VON LOHNSEGELBOOTEN AUF DEM HERZACHER SEE

Gemäß § 1 und 2 der ortspolizeilichen Vorschriften vom 18. 02. 1913 zur Regelung der lohnweisen Beförderung von Personen auf dem Herzacher See

Leonhard Karl Tannenberg, geb. am 7. August 1896 zu München,
in Herzach auf Grund der am 14. und 21. 06. 1913
abgelegten Befähigungsprüfung die Erlaubnis zur Führung von
Lohnsegelbooten auf dem Herzacher See erteilt.

Vorstehende Erlaubnis ist widerruflich und streng persönlich.
30. 06. 1913, Kgl. Bezirksamt.

3

Dass sie seit langer Zeit nur dann miteinander intim werden konnten, wenn sie gemeinsam zwei Flaschen Wein getrunken hatten, wobei Agnes nach dem Treffen mit Brigitte bei Wasser geblieben war, war das eine, das andere folgte prompt: Zerrüttung und fundamentale Infragestellung der Beziehung. Dabei hatten sie sich wirklich bemüht, diesen Urlaub ohne gegenseitige Vorwürfe zu beginnen. Doch Arne hatte es dann doch wieder einmal geschafft, wieder hatte er ausschließlich über Berufliches geredet, nichts außer sich selbst hatte er wahrgenommen. Weder hatte er die angenehme Stille auf der Terrasse des besten Restaurants mit Seeblick registriert noch die untergehende Sonne, geschweige denn ihre melancholische Stimmung.

Stattdessen: ein hektischer Blick aufs Handy. »Sorry, aber Rolf ist noch im Büro, kann sein, dass er was braucht.« Den Saibling aß er, als sei dieser ein stinknormaler Burger. Ein paar Mal hatte sie ihm so direkt und liebevoll, wie sie konnte, in die Augen gesehen und versucht, das Gespräch in eine andere Richtung zu lenken, weg von der Entwicklung einer unnützen, sinnlosen Gaming App, die Märkte erobern würde, wo Soldaten gegen Außerirdische kämpften, Zombies durch Häuser stapften und Avatare, die sieben Leben hatten, weg von Programmierern, die, sozial unverträglich, einen Tischtennisschläger wie eine Bratpfanne hielten, nie ans Telefon gingen und die Eurorettung für die größte Gemeinheit hielten, die ohnehin nur den deutschen Normalverdiener belastete.

Nein, es musste nicht das Familienthema sein, nein, auch nicht der Besuch bei Brigitte, nicht Bene, nicht Marianne oder Wien, auch nicht das Apartment, in das sie vor dem Abendessen einen Blick geworfen und wo sie ihre Koffer abgestellt hatten.

Sie suchte weder Trost noch Rat, und es war eine Frechheit, dass Arne ihr das am nächsten Morgen vorwarf, nachdem sie ihn gebeten hatte, das Firmenhandy für die nächsten Tage auszustellen. Mit der Zahnbürste im Mund sagte er: »Ich bin nicht dein Therapeut, auch kein Pfarrer, ich bin nicht dazu da, dein Chaos zu ordnen, ich ordne den ganzen Tag, immerzu muss ich auf der Höhe sein, ich will das in meinem Privatleben nicht.«

Sie schrie ihn sofort an. Die übliche Dynamik folgte: Sie weinte, und er entschuldigte sich. Diesmal würde sie nicht gleich einlenken, diesmal nicht, und der Versuch einer Umarmung linderte nichts.

Sie öffnete die Balkontür und trat hinaus. Die Wettervorhersage lud nicht ein zu einer Wanderung ins Kloster, viel zu heiß würde es werden für einen Fußmarsch gegen Mittag, aber gegen Abend dann zum Eichenwinkel. Arne wollte das Landschulheim besichtigen, das bis Ende des Zweiten Weltkriegs jungen Fabrikarbeiterinnen ein Erholungsort gewesen und durch die Nationalsozialistische Volkswohlfahrt geführt worden war. Mit Ende des Kriegs war es ein Entbindungs- und Säuglingsheim geworden. Sie hatte keine Lust, sich diese grausame Idylle anzusehen, wo ehemals Kinder an Amerikanerinnen verschachert worden waren. Aber er. Er hatte sich mit dem Ort beschäftigt. Agnes musste gestehen, dass sie davon noch nie etwas gehört hatte.

»Dein Bruder hat mir davon erzählt«, hatte Arne vor dem Urlaub bei einem Abendessen in Berlin gesagt und hinzugefügt, dass sie diesen ihren Sommer-, Familien- oder wie auch immer Ferienort verklären würde, sie solle der Realität ins Auge sehen, ob sie sich für irgendwas anderes interessiere als für ihre Analyse – was, gelinde gesagt, eine Unverschämtheit war.

Satzfetzen dieses Gesprächs schwirrten ihr im Kopf herum und machten es ihr unmöglich, seine Entschuldigung anzunehmen, doch als er nun geduscht, in einem seiner hellblauen Poloshirts und einer kurzen, weißen Leinenhose vor ihr stand und sein Businesshandy abgab, konnte sie nicht anders: »Okay. Wenn du es jetzt auch noch schaffst, nackt über die Promenade bis vor zum Posthof zu laufen, dann können wir noch mal von vorn anfangen.«

Er grinste und begann sich auszuziehen.

»Ganz nackt«, befahl Agnes, während sein Handy lautlos in ihrer Hand vibrierte. Sie legte es, ohne auf das Display zu sehen, auf den Tisch. Er warf ihr seine Unterhose zu.

Mit einem innigen Kuss und dem Hinweis, dass sie seine Unaufmerksamkeit nur dann verzeihen könne, wenn er eine der Deutschlandflaggen beim Italiener als Beweis mitbringen würde, öffnete sie die Tür und schob ihn hinaus, lief zurück auf den Balkon und wartete, bis sie ihn auf der Promenade auftauchen sah. Er blickte zu ihr nach oben. Sein Geschlecht mit beiden Händen bedeckend, hüpfte er von einem Bein aufs andere. Obwohl er kein sportlicher Typ war, wäre er mit ein bisschen Krafttraining als Athlet durchgegangen, lange Beine, breite Schultern und schmale Hüften, und was sie besonders anziehend fand: seine weiche, fast weibliche Haut. Er war gepflegt, roch gut, ohne viel Zutun.

Auf der Promenade war noch nicht viel los, ein paar Urlauber oder Anwohner, die beim Bäcker ihre Frühstückssemmeln geholt hatten, schlenderten an ihm vorbei und sahen ihm nach, als er loslief.

Sie sah auf die Uhr. Zehn nach zehn. Drei Anrufe ihrer Mutter. Auch auf Arnes Handy waren drei Anrufe eingegangen. Ein paar Sekunden dauerte es, bis sie realisierte, dass es ihr Bruder war, der gerade in diesem Moment versuchte, Arne zu erreichen. Das Vibrieren endete.

Weil sie das Handy nicht entsperren konnte, wählte sie über ihr eigenes Benes Nummer. Er ging sofort ran.

»Sag mal, geht's noch? Warum meldest du dich nicht?«

»Guten Morgen, damit kann ich mich grad nicht beschäftigen. Ich brauch Arne.«

»Ich habe ihn nackt ans Ufer gejagt. Ich weiß nicht, wann er wiederkommt. Kann sein, dass nie. Warum rufst du über das Firmenhandy an? Wir sind im Urlaub.«

Obgleich der Shitstorm, dem ihr Bruder zum Opfer gefallen war, eindeutig belegbar war – Bene hatte, wie er ihr kurz darlegte, alles extern abgespeichert, ein Mob, der vermutlich von links kam –, nahm Agnes eine psychoanalytische Zuhörhaltung ein und beurteilte seine Aufgeregtheit, wie gewöhnlich, als eine Art paranoide Persönlichkeitsstörung.

Bisher habe er alle Vorsichtsmaßnahmen eingehalten, um unbemerkt seiner Netzrecherche nachgehen zu können, ganz zu schweigen von seinem Fakeaccount für die Partei. Arne habe ihn bis dahin durch die IT-Abteilung seiner Firma gut beraten, irgendwo müsse es aber ein Leck gegeben haben, aus irgendeinem Grund habe er sich auf seinem Rechner etwas eingefangen. Er habe Panik, dass die Verschlüsselung seiner Mails gehackt worden sei.

»So wie ich die Lage einschätze«, sagte Agnes, »ist deine Agentur verantwortlich für die Datensicherheit, nicht du. Und, ehrlich gesagt, wen interessiert denn schon ein Hundefutter. Ihr seid am Puls der Zeit, aber Bioprodukte für das Haustier, wen soll das denn heißmachen?«

Sie hatte keine Ahnung von Benes Job. Entgegen seiner Überzeugung, nie »für den Feind« zu arbeiten, hatte er einen Auftrag angenommen, der eine sogenannt neue, alternative Partei aufbauen sollte. Die nüchternen europaskeptischen Posts und Kommentare, die er produzierte, erzeugten zwar Aufmerksamkeit, aber es hatte nicht gereicht – knapp hatte die Partei im letzten Jahr bei der Wahl den Einzug in den Bundestag verpasst.

»Mensch, Nessie, das Hundefutter hat es nie gegeben. Das war ein Witz. Ich wollte dir damit nur verdeutlichen, wie Werbung funktioniert. ›Das Beste für deinen Hund‹ ist ja wohl keine Glanzleistung. Glaubst du, ich bin so weit gesunken, dass ich für eine Firma wie Hundenapf auch nur eine meiner Gehirnzellen ankurbele?«

»Keine Ahnung. Schließlich hast du eine Frau an deiner Seite, die ein Schweinegeld verdient, da kommt man schon mal unter Druck.«

Wie sehr ihr dieser ständige Schlagabtausch auf die Nerven ging, dieses ständige Ringen um Definitionsmacht, diese unentwegte Rechthaberei – eine Familienkrankheit, ja, und warum nur blieb das alles an ihr hängen, warum hatte es Edith nicht, vor ihr und für sie alle, beendet, ein für alle Mal? Einfach mal auf den Tisch hauen, das Dazwischen ansehen? Warum war der Kampf miteinander größer als das Bedürfnis nach Frieden, Wohlwollen, Akzeptanz?

»Bene.« Ihre Stimme war sanft geworden.

»Ja.«

»Warum reden wir so miteinander?«

»Keine Ahnung. Ich kann jetzt nicht über so was nachdenken. Ich bin am Arsch.«

»Verflucht, ich sage dir. Das ist so befreiend gewesen. Nackt, wie Gott mich schuf.« Arne grinste und überreichte ihr die kleine Deutschlandflagge wie eine Trophäe. »An der Schiffsanlegestelle bin ich ins Wasser gesprungen. Danach hab ich eine traurige Frau umarmt, eine sehr traurige. Ich glaube, die hat schon lange niemand mehr umarmt.«

Er ließ sich rücklings aufs Bett fallen, riss die Arme nach oben und ließ sein Becken kreisen.

»Komm. Jetzt oder nie.«

Ja, jetzt oder nie, ganz ohne Alkohol. Sie zog sich aus. Da war er also, dieser kurze Moment, den ihre Mutter als bedeutend bezeichnete, sobald sich zwei Menschen, ein Paar, Mann und Frau, so gut kannten, dass die Leidenschaft zueinander nur noch in wenigen Augenblicken aufflammte. Ihr Lehranalytiker hingegen war nach jahrzehntelanger Analyseerfahrung zu dem Schluss gekommen, dass sexuell anhaltendes Verlangen zwischen Paaren Zeichen erprobter Konfliktfähigkeit war, nach dem Motto: je heftiger der Tag, umso intensiver die Nacht.

Sie wollte behutsam mit ihren Berührungen sein, sich nicht sofort auf sein Geschlecht stürzen. Sie kannte seine Erregung gut, vielleicht sogar besser als ihre eigene. Sie wusste, wenn sie ihn zu sehr forderte, konnte es passieren, dass er, noch bevor er in sie eindrang, kam. Sie legte sich neben ihn, hoffte, dass er sich nicht beobachtet, von ihrer Erregung nicht überfordert fühlte.

»Dreh dich um«, sagte er, »von hinten komme ich tiefer in dich, dann können wir sicher sein, dass es klappt.«

»Sehr lustig. Wo hast du das denn her? Glaubst du wirklich, dass alle Kinder von hinten gezeugt werden?«

»Nicht alle, aber unseres.«

Seine Stöße waren heftig. Sie versuchte, sich seinem Rhythmus anzupassen. Noch bevor sie selbst in Fahrt hätte kommen können, hörte sie seinen tiefen, kurzen Aufschrei.

Entgegen dem ausdrücklichen Wunsch ihres Bruders, Arne auszurichten, dass er angerufen hatte, tat sie es nicht. Sie wollte die gute Stimmung nicht zerstören. Mit strahlenden Augen und anschmiegsam wie schon lange nicht mehr war er heute zu ihr zurückgekehrt. Sie stand auf, nahm beide Handys, ihres und seines, und verschloss sie im Wandtresor des Apartments.

Eine Nachricht an ihre Mutter ging noch raus: »Heute kann ich nicht telefonieren. Mit Brigitte gestern war es gut, aber wie immer. Mach dir keine Sorgen.«

Der Tag verlief harmonisch. Er hatte bisher nicht ein einziges Mal über seine Schwierigkeiten in der Firma gesprochen, was sie ihm hoch anrechnete, denn sie spürte, wie sehr er sich bemühte, sich zurückzuhalten. Sie ließen sich durch den Tag treiben, mieteten ein Tretboot und verbrachten eine Stunde in Stille auf dem See. Er kümmerte sich rührend. Er schnappte die Badetasche, warf sie auf den Kies, zog das Boot ans Ufer, lief los und holte zwei Eis, während sie auf dem Badetuch Sonne tankte.

Gegen siebzehn Uhr hatte sie genug vom Sonnenbad. Er half ihr auf, stützte sie, als sei sie schon hochschwanger.

»Du bist süß«, lachte sie.

Wie sie den Abend verbringen würden, hatten sie noch nicht entschieden. Sie konnte sich nicht erinnern, wann sie zuletzt mit ihm ohne Plan Zeit verbracht hatte. Sie schlug vor, zu duschen und dann einen Spaziergang zum Grab der Großeltern zu machen, am neuen Fischladen vorbei, danach vielleicht rauf zur Finanzschule, Richtung Unruh, dort, wo ihr Vater einst seine Ausbildung absolviert hatte.

Die Simonstraße führte direkt auf die Hauptstraße. Er griff nach ihrer Hand. In Berlin tat er das nie, Händchenhalten war ein No-Go. Jetzt liefen sie wie ein eingespieltes Paar durch ein oberbayerisches Dorf, und womöglich stellten sie sich beide vor, wie es sich anfühlen würde, würde ein Kind zwischen ihnen »Engelchen flieg« spielen wollen.

»Hier ist alles ganz schön in den Achtzigerjahren hängen geblieben«, stellte er vor dem geschlossenen Laden fest. Die Typografie der Öffnungszeiten, darüber der Hinweis »Fischsemmel to go« in Pixeloptik und die blaue Umrandung des Schaufensters faszinierten ihn. Er war sicher, die Schriftart war eine Rotis von Otl Aicher.

Sie hingegen registrierte als Erstes, dass der Laden nur an drei Tagen in der Woche, Mittwoch, Freitag und Samstag, und nur je vier Stunden für den Verkauf geöffnet war. Wie wollte Brigitte davon leben? Womöglich belieferte sie wie früher die umliegenden Gaststätten. Und fuhr sie noch auf den See hinaus, wo ja schon vor zwanzig Jahren nichts mehr zu holen gewesen war?

Den präparierten 20-Pfund-Zander, den hatte Brigitte, wie sollte es anders sein, ins Schaufenster gehängt.

»Darüber würde sich Bene tierisch aufregen. Der Zander, den hat er zusammen mit Opa gefangen, das war sein Erinnerungsstück. Die Großmutter hatte ihn ihm versprochen, als Zeichen. Fischer sollte er werden. Das Geschäft übernehmen. Stell dir mal vor, Bene hätte die Fischerei hier gemacht. Kannst du ihn dir als Fischer vorstellen?«

Arne lachte.

»Er ist doch selbst ein Fisch. In jeglicher Hinsicht flutscht er einem durch die Finger. Immer ein wenig unter Wasser.«

»Ich glaube, derzeit weißt du besser als ich, was mein Bruder für ein Problem hat.«

Mittlerweile waren sie am Friedhof angelangt. Das Familiengrab stach der orange blühenden Ringelblumen wegen sofort hervor. Es lag an der Friedhofsmauer, wie für anerkannte Leute des Ortes üblich, nah am Eingang, und die Abendsonne tauchte es in ein warmes Licht.

Sechs Namen standen auf dem Grabstein, drei Generationen des Familienbetriebs: Ludwig und Anna, Leonhard und Elisabeth, Bruno und Anni. Kein weiterer Name würde folgen. Edith und Gregor würden hier niemals liegen. Die Gotte vielleicht. Agnes war sicher, dass ihre Patentante alles dafür tun würde, um bei ihrem Vater zu sein, endlich, am Ende ihres Lebens: Seite an Seite, ohne Edith.

Zur Finanzschule liefen sie ein gutes Stück bergauf, tauchten in ein kurzes Waldstück ein, vorbei an einem der letzten noch bewirtschafteten Gehöfte der Gemeinde, überquerten den Parkplatz und gelangten auf das Gelände. Monströs ragte der Bundesadler am Gebäude über dem Haupteingang auf. Sie gingen die Treppen hoch.

Oben angekommen, sagte Arne: »Das ist ja mal eine Ansage. Vollkommen größenwahnsinnig. Wie viele Menschen werden denn hier ausgebildet?«

»Ich habe keine Ahnung, aber hier oben hing mal das Hakenkreuz. Es sollte die Sonne darstellen. Verrückt, oder?«

»Die wussten wohl damals schon, was Branding ist.«

Sie setzten sich auf die Stufen. Der Moment schien ihr günstig, um mal etwas klarzustellen. Dass sie nämlich kein naives und ignorantes Weibchen war, das nur um sich selbst kreiste, dass es schließlich einen tiefgreifenden Grund gab, weshalb sie sich für ein Psychologiestudium mit Schwerpunkt Sozialpsychologie entschieden hatte, dass sie sich schon immer für Themen wie das kollektive Gedächtnis interessiert hatte, auch in einer Zeit, in der er noch vergeblich versucht hatte, Nationalfußballspieler zu werden, und seine übrige Zeit mit Computerspielen vergeudet hatte, Jahre, in denen sie bereits – im Gegensatz zu ihm – ihre Eltern intellektuell herausgefordert hatte. Was wusste er schon über seine Vorfahren? Nicht viel mehr, als dass sie aus Oberschlesien stammten. Er wusste nicht einmal, in welchem Auffanglager sie nach dem Krieg gelandet waren.

»Ganz zu schweigen von meinem Bruder, der, bis er sein Studium anfing, mit Punks abhing und dachte, mit ein bisschen No Future und ein paar Joints würde sich die Welt bessern.«

»Ich glaub ja gar nicht, dass du naiv bist«, sagte Arne. »Ich finde nur, na ja, wie soll ich es sagen, deine Analyse – sie ist so lebensfeindlich, man kreist so um sich selbst. Versteh mich nicht falsch.«

Um des lieben Friedens willen antwortete sie nicht. Wieder musste sie an ihre Mutter denken: »Zu einer guten Partnerschaft gehört auch, mal etwas stehen zu lassen. Unterschiedliche Ansichten aushalten zu können ist beileibe nicht einfach. Aber klug.«

Arne war in Biergartenstimmung. Im Posthof hatten sie Glück: Gerade als sie nach einem Platz Ausschau hielten, sprang eine Gruppe junger Männer auf und stürmte Richtung Landungssteg, um das letzte Schiff zu erreichen. Während Agnes den Tisch sicherte, lief er zum Ausschank, wo er einen »Steckerlfisch«, Kartoffelsalat, einen halben Liter Wasser und eine Maß holte.

»Ist nicht dein Ernst«, sagte sie, als er ihr den Wasserkrug über den Tisch schob.

»Darauf musst du dich jetzt neun Monate lang einstellen«, erwiderte er grinsend.

»Wir wissen ja noch nicht mal, ob es geklappt hat.«

Sie stand auf und holte sich ein Weißbier.

Ihr Rhythmus vor dem Zubettgehen war eingespielt, mehr nebeneinanderher als miteinander. Er las in seinem Männermagazin einen Artikel über bequeme Unterwäsche, was sie erheiterte, während sie mit einer elektrischen Zahnbürste im Mund im Zimmer auf und ab lief, dabei versuchte, den Grundriss des für immer verschwundenen Hauses nachzuvollziehen, und überlegte, in welcher Ecke früher welche Möbel gestanden hatten.

»Übrigens: Wir sind im ersten Stock, ungefähr hier war das Zimmer, das wir Kinder Gruselzimmer nannten. Die Großeltern hatten dort viele unheimliche Erinnerungsstücke. Der Blick aus dem Fenster war in etwa genauso wie jetzt, nur lag dort, da, rechts unten, die Fischküche, siehst du? Jetzt riecht es hier nach Wellness-Zeder, früher ist der Geruch der Erle, die man zum Fischräuchern benutzt hat, die Hauswand hinaufgezogen.«

»Ja, es wäre schlimm, wenn alles bleiben würde, wie es war«, sagte er und legte die Zeitschrift beiseite.

Erstaunlich war es schon, dass sie, auch in konfliktreichen Phasen, auf engstem Raum ohne Anstrengung zusammen sein konnten, was sie, in entspannten Phasen wie heute, als Erfolg ihrer Beziehung verbuchten. Dass Agnes noch vor dem Urlaub darüber nachgedacht hatte, sich zu trennen, schien nach diesem Tag völlig absurd.

»Sesam öffne dich«, sagte sie und grinste, während sie den Code in den Safe tippte. »Nur fünf Minuten, dann sperren wir die Dinger wieder weg.«

Während er sich an die Vereinbarung hielt und nur kurz eine Nachricht an ihren Bruder schrieb, »Kann nicht telefonieren. Melde mich nach dem Urlaub«, telefonierte Agnes auf dem Balkon über zwanzig Minuten mit ihrer Mutter.

»Schau mich nicht so an«, sagte sie, als sie wieder ins Zimmer zurückkehrte. Sie schmiss sich aufs Bett. »Edith wollte wissen, wie unser Tag war.«

Sie waren schnell und beinah zeitgleich eingeschlafen. Sein Schlaf war wie immer komatös. Sie wachte mehrmals auf. Seit Beginn ihrer Lehranalyse begegnete sie ihren Träumen gelassen und verstand sie als eine Art Botschaft, egal, wie bedrohlich sie waren: Stahlhelm M35 kullert die Treppe herunter. Dritte Stufe von unten knarzt. Feldpost liegt auf dem Küchentisch neben einem Brotbeutel. Munition rollt über den Tisch und fällt zu Boden. Eine Feldflasche steht auf der Anrichte. Am Fenster fliegt eine Schildkröte vorbei und noch eine, eine weitere segelt aufs Fenster zu. Zeitlupe: Das Fensterglas zerspringt. Die Schildkröte landet im Kochtopf. Halleluja, schreit jemand. Und noch mal: Herrgott. Sie sieht sich auf der untersten Treppenstufe sitzen. Die Haustür steht sperrangelweit offen. In ihrem Blickfeld: die stillgelegte Badeanstalt. Ein Mann steht vor dem Gartentor, in Uniform und Schirmmütze auf dem Kopf. Er winkt. Pferde traben hinter ihm vorbei, unbemannt, werden zu Einhörnern. Ihr Begehr: auf einem dieser Einhörner reiten. Sie sind bunt und leuchten.

Als sie sich zum Schalter streckte, sie musste sich nach links Richtung Balkon beugen, huschte ihr Blick nur kurz zum Fenster, kehrte wieder zurück und verharrte. Sie hatten die Vorhänge, bevor sie zu Bett gegangen waren, nicht zugezogen. Der zunehmende Mond leuchtete ins Apartment.

Es war das erste Mal, dass in ihrem Bewusstsein Traum und Realität eins wurden. Der junge Mann, der sie, eine Schrittlänge vom Bett, freundlich anlächelte, sah ihrem Bruder verdammt ähnlich, aber die Uniform und die Schirmmütze – Herrgott, aus einer anderen Zeit.

Sie stieg aus dem Bett, um sich zu vergewissern, dass sie wirklich wach war. Sie spürte den Boden unter den Füßen, schaute an sich hinab. Als sie wieder aufsah, war die Erscheinung verschwunden.

Sie weckte Arne. »Hier war jemand.«

»Du hast geträumt«, brummte er, ohne die Augen zu öffnen.

4

»… aber ich hätte am liebsten den ganzen Ochsen bezahlt, wenn ich nur den Anschluss kriege.«

Leonhard Karl Maurer stand hinter dem Vorhang, den seine Mutter in Heimarbeit zusammengenäht hatte, und hörte Pittner junior zu, wie er versuchte, hochdeutsch zu sprechen.

Seit Wochen studierten sie unter der Regie des Pfarrers ein Stück ein. Nun war der große Tag der Aufführung gekommen, man stand auf der Bühne des Biersaals des Bahnhofshotels.

»Es ist mir sehr angenehm, mit einem Herrn von der Regierung zu sprechen. Wir suchen Fühlung besonders mit der bayer'schen Regierung, weil wir auch Kunstdünger fabrizieren. Wir wollen es erreichen, dass wir gerade von der Regierung empfohlen werden, dass die Leute von ihren eigenen Beamten hören, ihr sollt und müsst Kunstdünger nehmen von Gebrüder Klausing in Neuruppin. Die Firma is Ihnen vielleicht bekannt; chemische Fabriken für Farbstoffe, alles Mögliche und Kunstdünger. Wir verarbeiten Guano auf Hyperphosphat und erzielen die kolossalsten Resultate. Die Leute, die heute noch mit Kuhmist arbeiten, haben ja gar keine Ahnung vom Zeitgeist! Ich sage immer, wie recht unser Kaiser hat mit dem bekannten Worte: Volldampf voraus! Was hilft mir denn die alte Geschichte und die Gewohnheit oder Pietät oder Tradition, oder wie man's heißen will? Ich will nu' einfach keinen Kuhmist mehr, ich will Kunstdünger! Nicht wahr? Hab 'ch recht?«

Leonhard vernahm einzelne Lacher, darunter auch seinen Vater, irgendwo links vorne. Pittner alias Piefke fuhr fort: »Sehen Sie, das freut mich, dass Sie das sagen, Herr Ministerialrat, nicht wahr? Aber gerade hierzulande hält die Regierung die Hand noch immer über den Kuhmist, statt die Leute einfach zu zwingen, dem modernen Geiste Rechnung zu tragen. Nehmen Sie mir die Bemerkung nich übel, aber die Leute hier sind eben noch etwas beschränkt. Wenn ich hier mit so'n Dorfschulzen spreche, ist der Mann imstande und sagt mir: Ja, mein Vater und mein Großvater ist auch mit Kuhmist aufgewachsen, und warum soll ich da 'ne Änderung machen? Ja, du lieber Gott! Vor fünfzig Jahren hat's alles Mögliche nich gegeben. Vor fünfzig Jahren haben wir auch noch keine Kolonien gehabt, und keine Flotte und keen Luftschiff und die ganz kolossale Stellung, die wir jetzt einfach haben. Das ist eben der Zeitgeist! Das ist eben die Entwicklung! Das is eben der Kunstdünger! Nich wahr? Aber das ist die Aufgabe der Regierung, den Leuten das klarzumachen, dass sie endlich mal rausmüssen aus dem Kuhmist, und dass das hier nicht geschieht ... das ist reaktionär. Sagen Sie doch selbst, Herr Ministerialrat.«

Clemens, der den Bauer Gsottmaier »gab«, wie es der Pfarrer nannte, tippte ihm von hinten auf die Schulter. Sie nahmen noch einen Schmaizler, bevor sich Clemens zu der Stelle aufmachte, von wo er später auftreten würde. Vorne, auf der Bühne, ritt Pittner junior alias Stüve weiter auf seinem Dünger herum: »Sehen Sie, unsere Firma hat sich das zum Wahlspruch gemacht: Fort mit dem Stalldünger! Das ist mit goldenen Lettern in die Bücher von Gebrüder Klausing eingetragen, und das ist die Parole, mit der wir siegen oder untergehen. Wir sind Kinder einer neuen Zeit, und ich sage immer, diese Zeit soll uns aufm Posten finden, und wenn die ganze Welt sagt: Kuhmist! Wir sagen: Kunstdünger. Das ist unser Schlachtruf. Jawohl! Wenn Sie gestatten, ich will Ihnen mal den Katalog …«

Leonhard war vom Pfarrer vor ein paar Monaten für das Bauerntheater angeworben worden, weil er ihn für »talentiert«, wie er sagte, hielt. Nachdem Leonhard das Wort im Lexikon nachgeschlagen hatte, hatte er zugesagt. Viel mehr als seine Lehre bei den Eltern und einen Kuss zur Freinacht hatte er noch nicht erlebt.

»Nu ja … Bayern …«

Er hörte laute Lacher im Publikum. Obacht, jetzt war er gleich dran.

»Verzeihen Sie … Ja … Kondukteur! Halten wir denn an jeder Station?«

Und dann kam sein Stichwort: »Er kimmt scho!«

Leonhard atmete ein und aus und betrat, mit bebender Brust, in der Rolle des Josef Filser die Bühne des Bahnhofshotels. »s'Good beinand! Herrschaftssaxn, aba da is voll!«

Die Halle war gerammelt voll, und tatsächlich, vorne links erkannte er seine Eltern.

»Sie, guter Mann«, sprach ihn Pittner junior alias Piefke Stüve an.

»Han?«, antwortete Leonhard, mit großer Freude, dem Konkurrenten wenigstens auf der Bühne etwas entgegensetzen zu dürfen.

»Hier ist erster Klasse«, erwiderte Pittner, und das Publikum bekam sich fast nicht mehr ein.

Leonhard, groß gewachsen und schlank, fühlte sich wohl hier oben, in diesem fiktiven Zugabteil, und schon bald verlangte es die Szene, dass er sich eine Zigarre ansteckte.

»Öha«, glaubte er seine Mutter aus der ersten Reihe rufen zu hören, was für einen eigenen Lacher sorgte.

»Ich dulde nicht, dass Sie rauchen!«, rief nun Otto Bichler, der Metzger, der den verliebten Gatten mimte. »Das verbitten wir uns!«

Leonhard alias Josef Filser schob sich die Zigarre wieder in den Mund und paffte. »Hö! Hö! No net so gach! I will it, dass S' Vadruss hamm vo da Frau. Bal de amal o'fangen, hörn s' as Garez'n so g'schwind nimma'r auf.«

Nun stand er auf, trat an den Holzverschlag, der als Zugfensterrequisite direkt in den Saal zeigte, und fixierte einen Punkt, ganz hinten über der Tür. Er hatte das hundertfach geübt, wenn alle gegangen waren und nur er und der Pfarrer zurückgeblieben waren. »Schau einfach über die Köpfe hinweg«, hatte der Pfarrer gesagt, und: »Du spielst das Fenster, nicht das Fenster dich.«

In diesem Moment, hier oben, war er nicht sicher, ob er diesen Satz jemals verstanden hatte, aber er zog noch einmal an der Zigarre, schluckte, um seinen Schlund zu benetzen, und setzte, den Blick so weit wie möglich über das Publikum hinweg richtend, das Hinterteil seinen Mitspielern zeigend, an: »Was gibt's jetzt da heut'?«

In seinem rechten Bildausschnitt sah Leonhard den Pfarrer den Arm heben, und die Tür zum Festsaal öffnete sich, die drei Tiroler von der Blaskapelle erschienen, Tuba spielend, dahinter Clemens Peitinger, Bootsbauersohn, der den anderen sich in die erste Klasse verirrenden Bauern im Stück spielte. Wobei sich am Ende herausstellen sollte, dass Filser zu Recht dort saß.

Die Köpfe der Gesellschaft drehten sich ruckartig um.

»Na ruck'n Rekrut'n ein«, fuhr Leonhard alias Landtagsabgeordneter Filser mit seinem Text fort, »Jessas, da is ja da Gsottmoar!«

Er hörte Mutter Peitinger kichern.

»Festl!«, schrie Leonhard Filser über die Kappelle hin, »Gsottmoar! Hö! Gsottmoar!« Er pfiff durch die Finger. »Festl! Da geh zuawa! Do eina! Geh no her, sog' i!«

Leonhard drehte sich mit dem Körper zurück zur Bühne, während der Pfarrer die drei Tiroler mit einer Armbewegung zur Ruhe brachte. Über einen fehlsitzenden Abschlusströter eines Tubisten hätte Leonhard fast vergessen, was zu tun war, nämlich Clemens alias Bauer Gsottmaier über die Kante der Bahnhofshotelbühne in die Szene zu ziehen – wie sie es das letzte Vierteljahr ausgiebig geübt hatten.

»Bischt do, du plattata Mistgablbaron? Du g'schneckelta Engländа«, begann Clemens punktgenau und sehr laut artikulierend mit seinem Text. Die Menge johlte.

»Du Haderlump, du ganz miserabliger«, antwortete Leonhard.

»Du Bazi, du luftg'selchta!«

Selbst der Pfarrer, der das Stück auswendig kennen musste, lachte laut. Leonhard fühlte sich nun federleicht.

»Mach no, dass d' eina kimmst, Festl!«

Er deutete Clemens alias Gsottmaier an, auf der Bühne, neben Pittner junior alias Kunstdünger-Piefke Platz zu nehmen.

»Do eina?«, fragte Gsottmaier.

»Platz gnua! San ma recht zünfti!«

»Was tat denn i bei de' Großkopfet'n?«

Das Publikum johlte, die Männer klatschten sich auf den Schenkel, die Frauen kreischten vor Vergnügen. Einer rief: »Sakra, ist das gut!«

Leonhard legte eine Kunstpause ein, bevor auch er sich wieder in den Abteilsitz der vom Schreiner Wimmer im oberen Dorf zusammengenagelten Kulisse setzte und mit einer Spezialdehnung auf dem A prononzierte: »Bin i aa do«, und Bauer Clemens Gsottmaier erwiderte: »Du g'hörst scho dazua!«

Nach der Vorstellung kam sein Vater zu ihm, legte ihm die Hand auf die Schulter, dass es Leonhard ganz warm ums Herz wurde, und sagte: »Hast meinen Schalk im Nacken, das habe ich gar nicht gespannt.«

Den ganzen Juli hindurch erzählte die Mutter an der Kasse den Badegästen von diesem erfolgreichen Abend. »Sen-sa-tio-nell, der Karl«, hörte Leonhard sie noch bis zum Bootsverleih hinüber, wo er die kommenden Wochen saß und sich, kam ihm einmal einer der städtischen Ausflügler von oben herab, während sie wie die ersten Menschen ins Ruderboot stiegen, im Stillen dachte: »Ich gehöre schon dazu.«

Und auch Pittner senior grüßte plötzlich, wenn man sich in der Kühle des Morgens, beim Boote-Saubermachen, gegenseitig erblickte.

Die Freude, als Leonhard Karl Maurer zusammen mit seinem Vater auf die Gemeinde ging, wo die Unterlagen aus der Kreisstadt angekommen waren – es war sein achtzehnter Geburtstag und der große Tag endlich gekommen –, hielt nicht lange vor.

»Kgl. Bezirksamt, Betreff Namenserteilung: Das vorehelich geborene Kind Ihrer Ehefrau namens Leonhard Tannenberg, geboren am 7. August 1896 in München, hat nunmehr Ihren Familiennamen ›Maurer‹ zu führen.

Die erwachsenen Gebühren und Kosten werden per Nachnahme erhoben. (6,80 Mark)«, las der Vater vor, bevor er das Dokument, nachdem sie wieder zu Hause waren, Leonhard feierlich überreichte, der es für die Mutter, würde sie später in die Küche kommen, auf den Küchentisch legte.

Zur Feier des Tages gingen Vater und Sohn zum Mittag auf ein Bier und einen Presssack in den Posthof. Man hatte sich bei der Mutter abgemeldet, die in der Fischküche stand und die Pause dafür nutzte, die Renken in Zeitungen, die die Druckerei Holler zweimal im Monat lieferte, zu verpacken – es war Freitag und Hochsaison. Am Nachmittag würde Leonhard an der Badkasse aushelfen, während die Mutter die Vorbestellungen herausgab, bis sie meistens gegen 16 Uhr den Laden zusperrte und, bevor sie ihn wieder ablöste, mit Kreide in großen Lettern auf die zur Promenade zeigende Tafel schrieb: AUSVERKAUFT.

An diesem Sommertag im August aber war alles anders. Als der Vater und der frischgebackene Maurer junior gegen halb zwei in den Hof einbogen, stand die Tür zur Fischküche halb offen. Man rief nach der Mutter, und als keine Antwort kam, wandte der Sohn den Blick zum Haus: auf der Schwelle die Scherben einer Suppenschüssel, auf dem Boden verteilt, als würde das Haus spucken, die Haustür weit offen.

Die Mutter saß, den Kopf auf der Brust, ein Schreiben in beiden Händen haltend, am Küchentisch, an den Füßen noch die Gummistiefel. Am Boden, neben den feuchten Abdrücken der Sohlen, sah der Sohn das Papier und auf dem Briefkopf den Stempel des königlichen Bezirksamts, die frohe Botschaft des Vormittags, liegen.

Für einen Moment schoss es ihm ein, ob sie tot sei, so reglos war das Bild, das sie abgab, aber als der Vater sie an der Schulter berührte und sie beim Namen nannte, hielt sie ihm den Brief hin.

»Königlich bayerische Armee, sechste Reserve-Division«, sagte der Vater und ließ den Brief sinken, »Infanterie«.

An diesem Tag hätte man, hätte jemand hingeschaut, den König im Vorgarten die Augen niederschlagen sehen können.

In ruhigem Rhythmus schwimmt er hinaus, das Segelboot und die Boje vor der untergehenden Sonne zwischen den Zügen im Blick. Wenn er seinen Körper streckt, bevor er die Arme zum Oberkörper zieht, um zum nächsten Stoß anzusetzen, öffnet er die Augen. Das Wasser kühlt sie angenehm. Er sieht auf die grün-schwarze Masse unter sich, stößt Luft durch die Nase aus, sieht, wie sich sein Atem unter Wasser in sprudelnde Blasen verwandelt. Er hebt den Kopf über die Oberfläche, nimmt das Segelboot wieder in den Blick, atmet ein und zieht die Arme an den Brustkorb, stößt sie wieder nach vorn, während seine Beine ausschlagen wie bei einem Frosch. Zug um Zug nähert er sich dem Boot, das heute sehr weit draußen zu liegen scheint. Wie soll es da schnell gehen, wenn Kundschaft kommt, fragt er sich noch, bevor er die Augen schließt, um zum nächsten Brustzug anzusetzen. Jetzt fängt er an, durch den Mund auszuatmen, jetzt unterlegt er den Unter-Wasser-Atem mit Ton. Es klingt wie das Grollen einer unbekannten Seegottheit, ein lautes Dröhnen in seinem Schädel. Endlich rückt der Mast des Bootes näher – noch ein paar Züge, und er berührt den Bug. Über den Tritt zieht er sich nach oben und steigt hinauf. Er wundert sich noch, dass keine Persenning da ist, aber da sieht er das Bild schon, von schräg oben: sich selbst als großer, junger Mann, auf ihrem Segelboot stehend, inmitten einer Schar kreischender Möwen. Bevor ihm eine auf die Schulter hüpfen kann, erwacht er.

Zum Abschied hatte der Vater die weiß-blaue Fahne gehisst. Es war ausgemacht, dass die Mutter beim Geschäft blieb und der Vater ihn zum Bahnhof hinaufbegleitete. »Fesch siehst du aus, Karli«, sagte sie, vor dem Gartenzaun auf der Straße stehend. »Komm gesund wieder.« Sie winkte so lange, bis Leonhard, der sich alle paar Meter umdrehte und die Hand hob, auf Höhe der Villa Moor in die Hauptstraße einbog.

Am Bahnhof war ein Auflauf wie zur Kirchweih. Der Bürgermeister hielt eine Ansprache, die »mit Gott« endete. Keiner der Söhne des Dorfes war davongekommen, aber die Stimmung war ausgelassen, die Uniform saß wie eine Verkleidung an Fasching.

»Mit Gott«, rief der Bürgermeister noch einmal, während er ein Bierfass anzapfte, um den frischgebackenen Soldaten vor ihrer großen Fahrt noch einen auszugeben, bis der Zug fertiggeschmückt und zur Abfahrt bereit war. Dünnbier, der Bestatter, stand auf einer an die Lok gelehnten Leiter und kämpfte mit der Befestigung eines üppigen Blumenkranzes, Clemens hielt die Hand der Fanny, die ununterbrochen weinte, der dicke Ernst von der Pension Mayr ließ sich von seiner Mutter die Uniform richten. Leonhard stand neben seinem Vater.

»Jetzt fahre ich doch noch als Tannenberg los.«

Es war alles so schnell gegangen, dass sein neuer Ausweis auf den Namen Maurer nicht mehr fertig geworden war.

»Mach dir nichts draus. Als Tannenberg gehst du, und als ganzer Mann kommst du zurück. Und hau den Franzosen nur gescheit eine rein.«

Der Vater nahm ihn in eine feste Umarmung. Leonhard roch die Mischung aus Fisch, Feuerholz und zwiebeligem Schweiß.

»Und du fang mir derweil nicht das Stinken an, Paps.«

Jemand spielte die Mundharmonika, und die ganze Menge stimmte ein. Zum Bayernlied stiegen die sechzehn Eingezogenen des Dorfes in den Zug und winkten, als er knatternd den Herzacher Bahnhof verließ, mit den Schnupftüchern aus den heruntergezogenen Fenstern, als ginge es auf ein außergewöhnliches Abenteuer.

27. 09. 1914

Liebe Eltern,
sitze in der Kantine bei Bier und Likör und will Euch von hier ein paar Zeilen schreiben. Ich bin um 1 Uhr von Wache gekommen, es ist heute Sonntag, und wir haben nachmittags frei. Ich habe heute schon große Wäsche gemacht. Habe meinen blauen Rock und meine Hose gewaschen, damit die Sachen wieder einigermaßen in Ordnung kommen. Und jetzt haben wir uns die Kantine gebaut und genießen auf unsere Art den freien Sonntag. Wir werden uns heute einen antrinken auf den Schrecken. Hebt mir den Daumen fest, damit es mit dem Urlaub klappt. Habe mir alles schon jetzt so schön ausgemalt. Eines schönen Tages wird halt Euer Sohn vor der Haustür stehen und für 20 Tage Euer Gast sein. Das wird der schönste Moment sein meines bisherigen Soldatenlebens.

Sind eigentlich die Äpfel schon reif für meinen Strudel? Bekommen wir eigentlich heuer viel Obst? Wie war oder ist heuer die Ernte? Freue mich schon heute auf den Tag, wo wir zwei, lieber Paps, mal in den Gasthof raufgehen und ein paar halbe Bier trinken werden. Und wir zwei, liebe Mama, fahren in meinem Urlaub mal nach München ins Kino oder gehen mal in ein schönes Theater. Das habe ich mir heute schon alles vorgenommen. Und dass wir zwei, Paps, mal wieder zusammen auf den See rausfahren und ein paar Renken fangen werden. Es ist nur schade, dass ich nicht mehr zum Segeln komme, das geht mir schon sehr ab. Wir haben immer noch schönes Wetter, hat bis jetzt noch nicht geregnet. Es geht ein schöner Westwind, nur nachts wird es schon frischer, ist aber nicht so schlimm.

Ich hoffe, dass ihr auch noch schönes Wetter habt und auch ein gutes Geschäft macht. Ich bin in Gedanken immer bei Euch, liebe

Eltern, wäre jetzt schon so gerne bei Euch, kann es schon gar nicht mehr erwarten, bis es so weit ist.
Also, liebe Eltern, lasst auch gleich wieder was hören.
Für heute grüßt Euch
Euer hoffender Sohn
Viele Grüße an alle Bekannten, auch den Pfarrer, Vater.
Und fragt mal bei den Peitingers, warum der Clemens auf meine Briefe keine Antwort gibt. Habe gerade zwei Zigarren bekommen und werde sie Euch bei Gelegenheit schicken.

5

Egal, welche Dienstreise Marianne unternahm, sie meldete sich morgens nach dem Aufstehen. Natürlich wusste er um ihren Rhythmus, der sich, seit sie sich kannten, schleichend verändert hatte. War sie früher vor ihm wach gewesen, so kam sie seit etwa einem Jahr morgens nur schleppend in Schwung: Schlecht gelaunt gegen 10 Uhr einen Kaffee, meist von ihm zubereitet und ans Bett gebracht, während er, schon auf dem Sprung in die Agentur, seit halb sieben die ersten Tagesmeldungen überflogen hatte. Mittags dann eine SMS wie diese: »Hätte heute Lust auf ein Stück Lachs, kannst du besorgen? Oder lieber Japaner ums Eck?«

Gewöhnlich besorgte und erledigte er alles, was ihm aufgetragen wurde: Kosmetik, Theaterkarten, Obst, Gemüse, Zeitschriften und, nicht zu vergessen, die vielen Terminabsagen, um die sie ihn bat.

Vor ihrer Reise nach Mailand, zur Ausstellung ihrer schwedischen Künstlerin, fühlte er sich mehr denn je wie ihr Assistent. Er fragte sich, warum er, egal, ob er Zeit hatte oder nicht, alles tat, um sie zufriedenzustellen. Er hatte keine andere Wahl. Wahrscheinlich wollte er sich, wenn auch unbewusst, unentbehrlich machen.

Es war gut, dass sie es beide wie vereinbart durchhielten: keine Nachricht und kein Telefonat während ihrer Abwesenheit. Er sollte zu sich kommen. Auch das klang aus Mariannes Mund wie ein Auftrag.

Die Nacht war unerträglich. Wien war ein Dampfkessel. Die Luft stand, trotz heruntergelassener Jalousien. Er hatte saumiserabel geschlafen.

Am Morgen, noch bevor er sich einen Kaffee aufbrühte, sah er in seinen Messenger. Dass sich Arne erst nach seinem Urlaub melden würde, war mehr als eine Frechheit. »Arschloch« tippte er ins Handy und drückte auf Senden.

Über zwei Wochen waren vergangen, seit die Datei mit den Analysedaten der Bundestagswahl und die Auswertungen der Social-Media-Posts für die Partei beschädigt worden waren. Dabei lag die Wahl schon beinah ein Jahr zurück. Dass er die Datei auf seinem Laptop liegen hatte, hatte er schon fast vergessen. Er wagte es nicht, den Vorfall in der Agentur zu melden. Chris hatte ihn oft darauf aufmerksam gemacht, dass es ein No-Go sei, wichtige Arbeitsdokumente auf privaten Rechnern abzulegen. Wie sollte er nun erklären, dass er nur zur Sicherheit, falls der Server wieder ausfallen würde, die Datei auf seinen Desktop gezogen hatte. Womöglich brauchte er einen Anwalt. Vorsorglich hatte er auch alle Mails in seinem Spamordner ausgedruckt, in denen er als rechte Drecksau beschimpft worden war. Dass er auf seine Nazihure aufpassen soll, war vorgestern der Höhepunkt gewesen. Bis tief in die Nacht saß er ohne Unterbrechung vor seinem Postfach und wartete auf den E-Mail-Benachrichtigungston.

Marianne hatte ihm letzten Sommer immer wieder ins Gewissen geredet. Für eine rechtsliberale Protestpartei in Deutschland zu arbeiten, deren Sprachrohr zu sein, wenn auch mit einem Fakeaccount, sei mehr als geisteskrank, ob er einen Arzt brauche, ob es nicht endlich genug sei, den Deppen für irgendeine politische Partei, ob in Österreich oder in Deutschland, zu spielen, fragte sie immer und immer wieder. Dabei hatte sie ihn anfangs bestärkt, sie und Chris, bei einem Abendessen, beide überzeugt, dass doch der deutschen Parteienlandschaft mal ein frischer Wind guttäte, wenn mal die Mitte ein wenig aufgerüttelt würde, schließlich könne man ja das Projekt Europa tatsächlich mal kritisieren, Deutschland wirke wie eingeschlafen. Und sei es nicht er gewesen, der Widerspruch eingelegt und zu bedenken gegeben habe, dass es doch nur Futter für alle sei, die seit Jahrzehnten in ihren rechten Löchern säßen und nur darauf warten würden, dass sich jemand öffentlich für sie starkmache, um dann auch endlich mal zu Wort zu kommen?

Aber ja, frischer Wind. Gute Bezahlung. Und eine handwerkliche Herausforderung, so hatte er seine Projektzusage für sich gerechtfertigt. Dass es ihm gelingen würde, den richtigen Ton zu treffen, volksnah zu sein, bezweifelte er nicht. In seinem Studium hatten sie es zur Genüge ausprobiert, Slogans und Headlines entwickelt, die es »in sich« hatten, eine Spielerei – so hatten sie es gesehen, Henk und er und viele andere seiner Kommilitonen. »Wir haben genug, Europa ohne mich« oder »Wir sind zwar Papst, aber nicht Europa«.

Es hatte einige Wochen gedauert, bis er im Wahlkampf in Fahrt gekommen war. Anfangs fühlte sich Chris bemüßigt, ihn vom Projekt abzuziehen. Zu behäbig, zu intellektuell waren seine Tweets. Hätte Bene seinen alten Studienkollegen Henk nicht ins Boot geholt, hätte die Partei womöglich nicht die Reichweite erzielt, die sie dann, zwei Wochen vor der Wahl mit »Wir sind nicht Mutter Teresa, Frau Bundeskanzlerin, Finger weg von unseren Steuergeldern« verbuchen konnte. Mit dem Thema Rüstung machte der deutsche

Auftraggeber keinen Stich, das war links besetzt. Auch die Tatsache, dass die Einbruchsquote stieg, hatte man zwar in den Strategierunden diskutiert, verfehlte aber, wie auch das Thema Pkw-Maut, die Zielgruppe. So riet die Agentur MILCH zu einem anderen Thema: Europa. Und es ging auf: von 0 auf 4,7 Prozent.

»Bravo, Bene«, hatte Henk am Wahlabend aus Hamburg gesimst. »Knapp verfehlt ist auch verfehlt«, schrieb er zurück.

Die Partei feierte das Ergebnis als Erfolg, und nur wenige Tage später überreichte Chris ihm ein Dankesschreiben des Parteivorsitzes.

»Jetzt haben wir mal die deutsche Gemütlichkeit richtig aufgemischt«, sagte er, wienerisch stolz.

Die Agentur war in die Sommerpause gegangen, das Büro im ersten Bezirk nicht besetzt. Chris hatte ihm vor seiner Abreise nach Südspanien noch eine gute Zeit gewünscht und einen Termin zur Auftragslagebesprechung gesendet. Bene bestätigte den achtundzwanzigsten August, zehn Uhr – bis dahin musste er das Desaster gelöst kriegen.

»Fuck, Arne, ich brauch dich«, schrieb er in seinen Messenger, nachdem er ihn mehrmals versucht hatte anzurufen und sofort die Mailbox angesprungen war.

Schließlich kramte er seine Sporttasche aus dem Kabuff unter der Dachschräge und schmiss ein Paar Shorts, Unterhosen, Zahnbürste, Handtuch, den Laptop, sein Notizheft und eine Flasche Wasser hinein. Eine Dreiviertelstunde später saß er im Zug nach Bayern. Wie immer, wenn er lange Strecken fuhr, sicherte er sich einen Platz im Bordrestaurant.

Die Fahrt kam ihm wie eine Ewigkeit vor. Endlich in München angekommen, lief er zügig, ohne nach links und rechts zu sehen, den

Bahnsteig entlang, an den Läden vorbei, hinunter zur S-Bahn. Der Zug fuhr gerade ein, als er am Ende der Rolltreppe angelangt war. Eine Punktlandung, wie er es mochte.

Wenn es darauf ankommt, steht man allein. Alles Entscheidende muss aus eigener Kraft entstehen, gelingt dies nicht, ~~ist das Leben verfehlt wird das Leben verfehlt sein~~ ist das Leben ein riesiger ~~abhängiger~~ Scheißhaufen in Abhängigkeit. Wie es aussah, hatte er beim flüchtigen Packen aus Versehen das falsche Heft erwischt. Im letzten Drittel standen pathetische Notizen zur Weltfinanzkrise, Aufzeichnungen zu den Aktienkursen aus dem Jahr 2008 und der Anfang einer jugendlichen Kapitalismuskritik, der Versuch eines Manifests, das den endgültigen Zusammenbruch einläuten sollte. Hatte er das verfasst? Was für ein Hirnwichs.

Gegen fünfzehn Uhr kam er im Schlosspark an. Viel zu warm gekleidet, in Jeans, Turnschuhen und einem ärmellosen, rot-schwarzen Holzfällerhemd, lief ihm der Schweiß herunter. Die Hitze schien in Wellen vom Boden aufzusteigen, das Atmen fiel schwer. Er verlangsamte das Tempo, setzte sich auf eine Bank mit Blick auf den See und überprüfte seine Sporttasche, ob er nicht doch das aktuelle Notizheft eingepackt hatte. Zur Sicherheit hatte er darin alle wichtigen Passwörter notiert, obwohl er noch nie auch nur eines vergessen hatte, obwohl er wusste, dass das Aufschreiben eines Passworts, egal wo, in den Datenschutzrichtlinien der Agentur strengstens untersagt war. Seine Passwortkombinationen waren absolut wasserdicht. Er arbeitete, wie Arne es ihm empfohlen hatte, mit ganzen Sätzen: »seiwachsam_ohneScheu_mitdir!2!« Alle drei Monate wurde er daran erinnert, die Passwörter zu ändern, was er diszipliniert tat. Umso mehr verwunderte es ihn, dass er sich vermutlich einen Trojaner eingefangen hatte. Arne fand das nur halb so schlimm. Jedes System sei angreifbar, das habe man ja zur Genüge im letzten Jahr erfahren, selbst das Bundeskanzleramt könne sich nicht vollkommen schützen.

Zwei Wochen waren vergangen, seitdem er mit Arne gesprochen hatte, und er hatte alles befolgt, alle Geräte, die synchronisiert waren, auf Werkseinstellung zurückgesetzt und ein Antivirusprogramm durchlaufen lassen.

Am Himmel flog ein Zeppelin, für einen Moment vergaß er alles. Seit dem Ausräumen des Hauses war er nicht mehr hier gewesen. Wie im Flug waren die vier Jahre vergangen, den Abschied von Herzach und den Großeltern hatte er in der Zwischenzeit irgendwo in sich vergraben.

Er zog sich um, schlüpfte in Shorts und T-Shirt und lief am Dampfersteg vorbei über die Promenade zum Grundstück. Von Weitem sah er die stillgelegte Badeanstalt. Rechts daneben, am Ufer: der Kahn und die zwei letzten Ruderboote, das eine schilfgrün, das andere dunkelbraun.

Anfang der 1990er-Jahre hatte er zusammen mit seinem Großvater die Boote in der Halle neben dem Fischladen angeschliffen und grundiert. Zwölf Stunden musste die Grundierung trocknen, danach konnte die erste Lackschicht aufgelegt werden, nach weiteren zwölf Stunden die zweite. Das Streichen des Unterschiffs dauerte einen Tag länger.

Er erinnerte sich gern an diese Arbeit, an den Geruch des Holzes und an die Genauigkeit, mit der der Großvater seine Arbeit verrichtet hatte, an seine trockenen, schwieligen Arbeiterhände, die er jeden Abend mit Olivenöl oder Vaseline pflegte.

Wie stolz beide waren, als sie die restaurierten Boote ins Wasser ließen, so, als hätten sie sie gerade neu gekauft.

In jenem Sommer war er dreizehn Jahre alt und mehr denn je überzeugt gewesen, dass er, wie sein Großvater, sein Leben auf dem See verbringen würde. Er hatte ihn Löcher in den Bauch gefragt, ob er studieren müsse, wie der Ausbildungsweg sein würde, ob er bei ihm in die Lehre gehen könne, ob seine Tante Brigitte ihm das Netzeknüpfen beibringen würde.

»Da fragst mal deine Tante«, hatte der Großvater gesagt.

Gefragt hatte er sie nie, erinnerte er sich, während er die Bojen auf dem See zählte und überlegte, welche davon seiner Mutter gehörten. Dann blickte er Richtung Grundstück. Er hatte keine Ahnung, wie der Neubau aussah, er hatte alle Bilder, die Agnes und seine Mutter im letzten Jahr gesendet hatten, sofort gelöscht. Ob es in der Gemeinde jemanden gab, der gegen diese moderne Wellnessoase gestimmt hätte? Aber natürlich, die Gegenstimmen wären sicherlich durch die Argumente a) Aufwertung der Gemeinde, b) Anziehungskraft für den Tourismus, c) Seilschaften der Investoren (eine Hand wäscht die andere) überstimmt worden. Was machte er sich für Gedanken, es konnte ihm egal sein, er führte sein Leben anderswo, Sentimentalität war von gestern, Pathos von vorgestern, er schaute nach vorn, jawohl, womöglich hätte auch er das Grundstück neu bebaut, moderner, sicherlich hätte er es besser hinbekommen, er hätte einen Ort geschaffen, der für Junges, Dynamisches und an allererster Stelle Weltoffenes gestanden hätte und nicht den konservativen reichen Rentner angezogen hätte.

Die Rasenfläche, der Zaun, wie orchestriert für eine Fotoserie im Schundblatt *Schöner Wohnen*. Oder für den seit 2012 nun auch online erscheinenden *Herzacher Boten*. Seine Mutter hatte ihm den Artikel über das »traditionelle Familienunternehmen Bader/ Maurer« weitergeleitet: »Schau dir das an. Was denkst du?«

Ja, was sollte er denken, er überflog ihn, so wie er Tagesmeldungen überflog, schnell das Wesentliche herausfilternd, auf dem Bild: seine Tante und seine Cousine.

»Mutter«, hatte er gesagt, »reg dich nicht auf, wie immer, außen hui, innen pfui, aber, sauber, über hundert Jahre, und Prost, sollen sie sich doch ihren ganzen Familienkäse sonst wohin stecken. Das ganze Theater, sei froh, dass du das von der Backe hast.«

Ja, das sei sie, froh, alles sei gut, aber die Schönfärberei sei schon die Höhe.

»Edith! Es ist keine Höhe, es ist tiefe Finsternis.«

Sie waren nirgendwo anzutreffen. Nicht in der Ferienwohnung, nicht im Posthof und auch nicht beim Baden am Ufer. Er war die Promenade auf und ab gelaufen, hatte sich dann beim Italiener einen Aperol Spritz bestellt und gehofft, dass wenigstens seine Schwester die vergeblichen Anrufe irgendwann registrieren würde. Er sah unentwegt auf sein Telefon. Gegen achtzehn Uhr schlenderten sie dann endlich Richtung Dampfersteg an ihm vorbei.

»He, Sister.«

Agnes drehte sich um, strahlte ihn an, ohne Wenn und Aber. Er schleuderte ihr einen Vorwurf nach dem nächsten entgegen.

»Jetzt halt mal den Ball flach«, sagte sie. »Wir haben uns Räder geliehen und einen Ausflug gemacht. Was machst du eigentlich hier?«

Wie in Kindertagen, als ginge es um das letzte Split im Kühlschrank ihrer Großmutter oder um die Geige, die seine Schwester mit neun Jahren zu Weihnachten geschenkt bekam und die auch er gerne gehabt hätte, obwohl ihm die Gitarre, die er ein Jahr später an seinem Geburtstag auspacken durfte, dann doch lieber gewesen war.

Arne klopfte ihm, ob der unguten Stimmung oder aus Gewohnheit, auf die Schulter.

»Jetzt kommen wir erst mal an und begrüßen uns wie zivilisierte Menschen bei einem Bierchen.«

Der Biergarten war brechend voll, aber sie fanden noch einen Platz im Servicebereich. Selbst nach dem zweiten Getränk hatten sie den Small Talk über das Wetter, den Ausflug der beiden und die österreichischen Hundstage nicht überwunden. Beim Gang zur Toilette folgte er Arne.

»Du Arschloch«, sagte er, als sie sich ans Pissoir stellten.

»Komm schon. Was ist eigentlich los mit dir? Du tust gerade so, als sei der Geheimdienst hinter dir her. Du bist nicht der Einzige, der sich was auf seinem Rechner einfängt, und so kompliziert ist es auch nicht, findet sich schon eine Lösung. Lass morgen reden.«

Sie schwelgten in Geschichten über ihre Sommerferienlieben, ganz ohne aufwühlende Familienthemen. Ihm war sofort Hannes Kowalski, Agnes' Schwarm, eingefallen, dieser *Baywatch*-Typ, der, immer zur rechten Zeit am rechten Ort, Menschen vor dem Ertrinken gerettet hatte und sich bei der Wasserwacht mit seinem Waschbrettbauch einen Namen gemacht hatte. Eitel bis zum Abwinken und dumm wie Brot, aber immer drei Liebschaften gleichzeitig am Laufen.

»Meine Güte«, entgegnete sie. »Ich war zwölf Jahre alt.«

Sie lachten.

Gegen Mitternacht verabschiedeten sie sich. Spontan würde er sicherlich in ganz Herzach kein Zimmer mehr bekommen, prophezeite Agnes, aber direkt im Posthof sei noch was frei, im obersten Stockwerk, unterm Dach, ein Zimmer, das eigentlich nur für Gäste aus dem engeren Kreis der Hotelbesitzer vermietet wurde. Er ließ seinen ganzen Charme spielen und hätte beinah seinen Presseausweis vorgezeigt, aber hier war es nicht nötig, die Rezeptionistin drückte ihm den Schlüssel in die Hand und entschuldigte sich vorab für den tropfenden Wasserhahn im Badezimmer. Der Installateur würde erst in den nächsten Tagen kommen.

»Eine gute Nacht, und Frühstück gibt's ab halb sieben.«

Am Morgen knallte ihm die Sonne ins Gesicht. Unaufgeregt startete er in den Tag. Vielleicht sollte er sich doch ein paar Tage Auszeit nehmen? Er genoss das Frühstücksbuffet und blätterte in einer Ausgabe der Kreiszeitung. Natürlich blieb er bei den Informationen der Gemeinderatssitzung hängen: Neue Mitglieder in den Ausschüssen und Arbeitskreisen wurden angekündigt. Er suchte nach bekannten Namen, fand aber keinen. Der Beauftragte für Bauen und Planen war ein Wilfried Welter, neu hinzugezogen, ein Konservativer. Dass Bene es nicht lassen konnte, immer noch nach dem Namen seiner Tante zu suchen, sobald er dieses Blatt in den Händen hielt, dabei hätte er nicht mal mehr das Jahr benennen können, in dem sie sich aus der Gemeindearbeit zurückgezogen hatte.

Arne und er waren gegen zehn verabredet. Wie Arne angekündigt hatte, war es kein großes Ding. Das Gerät musste nicht in die Hände eines Spezialisten. Bene hätte es auch selbst lösen können. Dass er so einen Wind gemacht hatte – ein Virenscanner, ein paar Klicks und ein neues Windows-Paket, das war's.

Er entschuldigte sich, und Arne gab ihm noch ein paar Anweisungen: keine unbekannten Anhänge runterladen, gefakte Rechnungen von Mobilfunkanbietern oder digitalen Bezahlsystemen seien gerade im Umlauf.

»Schwein gehabt«, sagte Arne und fragte, ob er Interesse an einem kleinen Auftrag habe. Ob er einen Artikel über einen Prototypen verfassen könne? Eine halbe Million stecke schon in diesem Produkt, ein Spiel für Klein und Groß. Einfache Oberfläche, Suchtfaktor hoch, die Hintergrundgeschichte würde sowohl ein spaßiges Singleplayer-Erlebnis bieten als auch die Spieler zum kooperativen Questlösen mit Gleichgesinnten animieren. Ziel der Story sei, den abgebrochenen Kontakt zur Erde wiederherzustellen. Es gäbe auch ein vorzeigbares Budget für Presse und Marketing. Das sei doch genau sein Metier: das Universum, der Mars und all das.

Sicherlich war das nicht sein Metier. »Ich guck, was ich machen kann«, sagte Bene abwesend.

Er hatte versprochen, in Klausur mit sich zu gehen, eine Entscheidung zu treffen. Er hatte versprochen, seine Arbeit in der Agentur zu überdenken. Henk war schon lange an ihm vorbeigezogen, wie die meisten ernst zu nehmenden Kommilitonen seines Jahrgangs. Dabei hatte damals doch alles so gut begonnen. Warum hatte er da nicht angeknüpft, wie es Henk getan hatte, erst Förderpreis, dann Stiftungspreis, irgendwann ein Reporterpreis und ab ins gemachte Nest, ankommen. Warum vermied er das bisher, warum fiel es ihm so schwer, die richtigen Leute zur richtigen Zeit zu treffen?

Bis übermorgen, wenn sie sich wiedersahen, würde er keine Antwort finden. Vielleicht würde es ausreichen, ihr aufzuzeigen, wo er stand, nämlich im Nirwana, in einem beruflichen Nirgendwo. Er würde ihr versprechen, endlich anzufangen, sich ernst zu nehmen, dass er nicht mehr nur für jemanden, sondern für sich arbeiten wolle. Er hatte die Schnauze voll von Werbung, von Champagner-Partys und abgefuckten Möchtegernschreibern, die erst eine Line ziehen mussten, um nicht zu realisieren, was für Idioten sie in Wirklichkeit waren.

Seit dem Aufwachen freute er sich aufs Schwimmen. Mit einem Handtuch um den Hals lief er Richtung Nordbucht. Er suchte eine abgeschiedene Stelle, umzäunt vom Schilf, wo die FKKler waren, in Nähe der Sturmwarnung.

Er war ein guter Schwimmer. Seine Großmutter hatte es immer wieder bestätigt, wenn er, mit klappernden Zähnen und über beide Ohren strahlend, aus dem Wasser gekommen war und noch ganz außer Atem gefragt hatte: »Und? Wie schnell war ich?«

»Schneller als jeder Profi.«

Die Worte seiner Großmutter hatten Gewicht, auch wenn er instinktiv wusste, dass es nicht stimmte.

Seltsam, wie es um Erinnerungen bestellt war. Sie tauchten auf, ohne Ankündigung, überfallartig. Dass er jetzt, während er stromlinienförmig vor sich hin kraulte – sein Ziel war die Boje, etwa fünfhundert Meter von ihm entfernt –, den liebevollen Blick seiner Großmutter spürte, dieses Wort hörte: Bubu, wie sie ihn genannt hatte, wenn sie ihm besonders zugeneigt war, berührte ihn etwas mehr, als ihm lieb war.

Vielleicht hatte er gehofft, dass ausgerechnet er von diesen Sentimentalitäten verschont bleiben würde, schließlich lagen die Großeltern schon seit Jahren unter der Erde, und mit ihnen war auch dieses Kaff hier verschwunden.

Zurück am Ufer, war er zufrieden, auch wenn sein Kopf Karussell fuhr. Dass er sich seit Langem wieder einmal bis zur körperlichen Grenze ausgepowert hatte, war mehr als überfällig gewesen.

Es dauerte eine Weile, bis sein Herz wieder im normalen Tempo schlug. Er lief das Ufer auf und ab und warf Steine ins Wasser. Über das Schilf hinweg hörte er Stimmen. Wenig später tauchten fünf grölende Jugendliche, Grill, Bierkasten und Schlauchboot schleppend, auf. Sie verstreuten ihr Gepäck am Ufer und schubsten sich gegenseitig in den See. Der Lärm lenkte ihn von seinem Kopfkino, den Erinnerungsfetzen aus seiner Kindheit, ab.

Sein Zug ging am frühen Nachmittag. Warum er ausgerechnet den Weg über die Hauptstraße zur S-Bahn nahm, wo er doch bei seiner Ankunft extra die andere Richtung zum Bahnhof über den Schlosspark genommen hatte, verbuchte er im Nachhinein als krönenden Abschluss seines Kurztrips.

Er pirschte sich von der gegenüberliegenden Straßenseite an den Fischladen heran. Womöglich wäre er gar nicht näher gekommen, hätte er nicht den ausgestopften Zander seines Großvaters im Schaufenster gesehen. Er trat ein. Natürlich registrierte er sie, mit Sonnenbrille hinter der Verkaufstheke stehend, Brigitte.

»Sauerei«, sagte er und griff ins Schaufenster. »Der gehört dir nicht.« Weiter nichts. Und kein Wort, kein Aufschrei hinter der Theke. Er klemmte ihn sich unter den Arm.

So plötzlich, wie er in den Laden getreten war, verließ er ihn wieder, ohne sich umzudrehen.

6

Er kehrte zwar als ganzer Maurer zurück, aber mit zerfressener Lunge. Die Verwundung am Bein, die er sich früh im Westen zugezogen hatte, stellte sich zunächst als Glück heraus – er entging dem Gas. Obwohl sich zwar sein Bein schnell erholte, bekam er eine schwere Bronchitis und wurde noch während des ersten Kriegsjahrs in ein Lazarett in die Pfalz verlegt. Als er nach ein paar Wochen wieder bereit zum Einsatz schien, stieg das Fieber über 40 Grad. Am dritten Tag verfärbte sich seine Haut, als hätte man ihm Tinte gespritzt, am fünften verlor er das Bewusstsein. Er überlebte, wie durch ein Wunder.

Nun war er wieder zu Hause, aber an die gewohnte Arbeit war nicht zu denken. Jede körperliche Anstrengung zog bleierne Schwere nach sich, und er musste aufpassen wie ein Schießhund, dass er sich beim Wechselgeld am Bootsverleih nicht verzählte. Beim Fischen, für das die Eltern in seiner Abwesenheit einen armen Hund aus dem Osten, der kein Deutsch verstand, geholt hatten, gegen Kost und ein Lager im zweiten Stock, stand Leonhard daneben und schaute mit dem »Ofenrohr ins Gebirg«, wie es sein Vater beim Stammtisch im Posthof nannte, sein einziger Sohn neben ihm sitzend. Leonhard bemerkte die Blicke und die Gesten, die zwar wohlwollend gemeint waren – er fühlte aber bei den Erzählungen des Pittner Hans, dessen Junior den Heldentod im Feld gestorben war, oder wenn der Bootsbauer erzählte, dass Clemens zu Weihnachten 1916 ein Tapferkeitsorden verliehen worden war, wie ihm die Galle hochkam: War er denn ein Schwächling oder gar ein Drückeberger? Eine Last fürs Geschäft war er so oder so.

Abends, wenn er im Bett lag, war an Lesen nicht zu denken, auch wenn ihn der Pfarrer mit vergnüglicher Lektüre versorgte – entweder nagten die Gedanken im Kopf, oder die Lunge brannte an der immer gleichen Stelle, als habe man ihm einen Dolch zwischen die Rippen gerammt, oder sein Herz raste wie das eines verängstigten Kaninchens, oder ihn überkam diese Müdigkeit, die nicht zuließ, dass er auch nur ein einziges Wort entziffern konnte, bevor er in einen komatösen Schlaf fiel.

Trotzdem oder gerade deswegen übernahm er neue Aufgaben: Er überredete die Mutter, das Fangbuch führen zu dürfen, war nun immer der Erste, der die Post öffnete, kümmerte sich auch um den sonstigen Schriftverkehr, den er seit seiner Heimkehr mit »Leonhard Maurer«, mit unterstrichenem Vor- und Zunamen, unterschrieb. Er schaffte dem Flüchtling das Anlegen eines Kartoffelbeets an, Unkrautjäten und Füttern der fünf neuen Hühner, und tat sich aufgrund der ausbleibenden Kundschaft mit der alten Pittnerin zusammen: Man schipperte sonntags Frauengruppen aus der Stadt zur Gänseinsel in die Südbucht, um sie dort mit einem Obstler von ihren Männern und Söhnen im Feld und dem Elend der vielen Arbeit abzulenken. Von dieser »Anstatt-einer-Wallfahrt-Attraktion«, wie beide Herzacher Fischer warben, hatten nicht nur Pittners und Maurers etwas, sondern auch der Wirt vom Blauen Stier, der seinen Schwarzgebrannten absetzen konnte. So führte der große Krieg, zumindest für diese betrübliche Saison 1918, zu einem kurzen Frieden im stillen Bauern- und Fischerdorf am See.

Auch Leonhards Gesundheit besserte sich – es blieben allein eine gewisse Kurzatmigkeit und das Asthma, zudem dieses Hagere, von dem er glaubte, durch seine Größe ablenken zu können – aber das ganze Gegenteil war der Fall, wie er erschrocken feststellte. Seine Eltern waren zwar wieder stolz auf ihn, vor allem der Glanz in den Augen seines Paps' war zurück, wie Leonhard es auf einer Fotografie zu sehen glaubte, die die Sächsin in Auftrag gegeben und bezahlt hatte. Es fiel ihm aber auch dieser Mann auf, der die Mutter um fast einen ganzen und den Vater um einen halben Kopf überragte. Seine Arme steckten in einem zu weiten Janker, der ihm vor dem Krieg wie angegossen gesessen hatte, die Hände hingen wie Flossen an den Oberschenkeln, dazu auch ein zu großer Kopf auf diesem schlaksigen Körper, der von der Reifung abgehalten worden war; ein Gesicht mit einer langen, spitzen Nase, zum Versuch eines Lächelns zusammengekniffene Augen. Leonhard erkannte in sich viel mehr eine Krähe als einen vitalen jungen Burschen im Alter von einundzwanzig Jahren.

Dresden, 05. 06. 1918

Haben Sie meinen Brief schon erhalten? Und das Geld? Bitte fahren Sie auf meine Kosten, sobald Sie können, nach Aufkirchen zum Pfarrer und fragen Sie, was das Öl für das Ewige Licht am Kruzifix in der kleinen Dorfkirche in Berg für ein Jahr kostet. Ich wünsche, dass dort das Ewige Licht jeden Tag und jede Nacht brennt. An wen soll ich das Geld schicken? Und welchen Termin? 1. Juli? Bitte teilen Sie mir alles mit! Im Laufe nächster Woche vielleicht wird eine große Kiste von mir an Sie abgeschickt werden, per Bahn. Wenn sie ankommt, lassen Sie den Fotografen zu sich kommen, bevor Sie die Kiste aufmachen. Da soll der Fotograf Sie, Ihre Frau u. Leonhard Karl fotografieren, wenn Sie

den Inhalt der Kiste sehen, und dann schicken Sie auch eine Fotografie, auf meine Kosten. Ich möchte gern Ihre Gesichter sehen! So, lieber Luggi, Gott befohlen! Alles Gute!
Ihre getreue H. Baronin von Zietlitz

Vater und Sohn hatten die Räder aus dem Schuppen geholt und waren auf dem Weg, das Riental hinauf Richtung Kloster. Der Todestag fiel diesen Juni auf einen Donnerstag. Man öffnete das Geschäft, eine Tauschbörse – Fisch gegen Milch, Fisch gegen Kartoffeln, Fisch gegen Zucker –, nur noch freitagvormittags, das öffentliche Bad und den Bootsverleih nur mehr am Samstag- und Sonntagnachmittag, da kaum noch jemand aus der Stadt kam und auch die Dampfschifffahrt über den See zum Erliegen gekommen war.

Leonhard musste absteigen, weil ihm die Luft eng wurde. Um es vor dem Vater zu verheimlichen, gab er vor, den Blick auf die Berge am Horizont genießen zu wollen. Der Föhn war kurz vor dem Zusammenbrechen, die Umrisse des Gebirges klar zu sehen, ein Wetter, das ihn um den Atem brachte.

Sie schoben die Räder, Leonhard hinter seinem Vater – der Sohn sah den von der Mutter mehrfach gestopften Janker des Vaters, seine Fischermütze, die ihm etwas schief auf dem Kopf saß, auf die vor Gram eingefallenen Schultern. Ein stechender Kopfschmerz setzte ein. Was dachte sich die Sächsin dabei, ihnen, während sie hungerten, einen ihrer affigen Aufträge zu erteilen? Wie kam sie auf die Idee, dass sie sich über ein weiteres unnützes Ding, einen muffigen Wandteppich mit irgendeinem Märchenschloss darauf, freuen würden?

Als sie die Kiste aufgemacht hatten, hatte die Mutter die Augen verdreht, er selbst hatte dabeigestanden und gute Miene zum bösen Spiel gemacht. Das Schlimmste war, dass sein Vater sich gefreut hatte wie ein Kind vor dem Springteufel. Sollten sie ihm bloß wegbleiben, dieses aristokratische Gesocks, das Bayern an Preußen verkauft und in einen Krieg gezwungen hatte, und dieser nichtsnutzige König samt Gattin, der Millibauer und seine Topfenresel, der ihnen buchstäblich die Butter vom Brot aß, während sie selbst kaum was zum Fressen hatten und Väter und Söhne im Feld verreckten.

Zum 12-Uhr-Läuten passierten sie das Kloster. Der Klang der Glocken donnerte ihm an den Schädel, ein ohrenbetäubender Lärm. Sosehr er den Herzacher Pfarrer schätzte, so sehr verabscheute er die immer angesoffenen Brüder hier oben mit ihren dicken Wänsten und roten Nasen. Er hatte in einer Fischereichronik gelesen, dass sie Leute wie seine Familie über Jahrhunderte ausgebeutet hatten, man hatte die Fische umsonst abzugeben gehabt, und nicht nur das, sondern sie auch noch jeden Freitag zu Fuß mit einem Handkarren hier hochgebuckelt, bevor man dann, nach einem Gnadenbier, wieder hinunter an den See gelaufen war.

»Nichts wie weg«, rief er seinem Vater zu, schwang sich aufs Rad und setzte sich voran. Auf der weiteren Tour zum Fürstensee erwarteten sie nur noch einfache Pfade ohne größere Steigungen. Der Vater, der wieder zu ihm aufgeschlossen hatte, erzählte seine Geschichten aus der guten alten Zeit. »Wirst sehen, wenn der Krieg vorbei ist, bekommen wir wieder einen König, der diesen Namen auch verdient.«

Alles, nur das nicht, dachte Leonhard bei sich und sagte: »Ach, Paps.«

Man traf den Pfarrer der Gemeinde Berg im Gasthaus neben der Kapelle Mariä Himmelfahrt, wo ihm seine Haushälterin, die zugleich die Wirtin war, eine Pfannenkuchensuppe mit viel Schnittlauch hinstellte. Bis auf einen Bauern, der seinen Mittagsrausch, mit dem Oberkörper quer über einem Tisch liegend, ausschlief, war der Pfarrer der einzige Gast. Leonhard sah, wie dem Vater das Wasser im Mund zusammenlief.

»Maurer Ludwig, was bringst du mir mit?« Der Pfarrer kannte den Vater seit Kindertagen und schien sich immer noch über die Gaben zu freuen, die er ihm dreimal im Jahr für die Votivkapelle auf dem Wittelsbacher Grundstück vorbeibrachte.

»Öl«, erwiderte der Vater, ohne die Augen von der Suppe lassen zu können, »Öl. Fürs Ewige Licht.« Er stellte mit gesenktem Kopf den Inhalt seiner Umhängetasche, ein kleines Fläschchen, neben den Suppenteller und entfernte sich mit einem Schritt vom Tisch, ohne die Vorderseite seines Körpers abzuwenden, wie ein Diener. Dieser Anblick riss Leonhard, der auf der Türschwelle stehen geblieben war, an den Eingeweiden.

»Richte der Dame bitte meinen verbindlichen Dank aus, Maurer«, sagte der Geistliche, während er ein paar Frittaten in sich hineinschlürfte, »aber, unter uns – spinnen tut die feine Baronin fei schon.«

Der Vater blieb stehen, stumm, und starrte weiter auf die Suppe.

»Komm, Vater, Zeit, zu gehen«, griff Leonhard ein, aber der Pfarrer entgegnete: »Keine Eile, setzt euch her. Und bringen Sie noch zwei Teller, Fräulein.«

Nie würde Leonhard vergessen, wie er bei diesem Ausflug, im Sommer des letzten Kriegsjahrs, zur Dankbarkeit verdammt, neben seinem Vater gesessen und sich angestrengt hatte, so wenig wie möglich zu schlürfen, die Ellenbogen vom Tisch zu halten, den Löffel in den Fingern, nicht in der Faust, mit dem Druck der Demütigung auf dem Rücken.

Zu Hause strickte der Vater für die Mutter eine seiner üblichen leichten Legenden aus der Sache, um sie zum Lachen zu bringen, und siehe da: Bei der Passage über die Baronin huschte ihr ein Lächeln übers Gesicht.

Als der Herbst kam und auch die allerletzte Kundschaft ausblieb, entließ man den Flüchtling. Kurz nach Allerheiligen, nachdem der Krieg verloren war, kapitulierte auch die Mutter und begleitete den Vater in den Gottesdienst. Und auch Leonhard beugte die Knie nun endgültig in die Kirchenbank, er war mit seinem Latein am Ende.

Während in der Stadt der Umsturz tobte, wie man hörte, und die jüdischen Kommunisten aus dem Piefkeland das Zepter zu übernehmen drohten, brachte Maurer senior Schlösser an den Gartenzaun zur Land- und am Gatter zur Seeseite an, trat in sein Büro im ersten Stock, holte das Gewehr aus dem Schrank, ging die quietschende Stiege hinunter und stellte es neben den Hauseingang. »Wer da?«, rief es nun immer von drinnen, wenn es an der ehemals immer offen stehenden Türe dieses Familienbetriebs klopfte. Nicht nur in der Stadt war das Chaos ausgebrochen – man hörte von einem Aufstand im Bergwerk Richtung Schongau, einer blutigen Schlacht zwischen den Roten und der Reichswehr an der Mangfall und kriegsartigen Zuständen in Dachau – Vorgänge, die Leonhards Vater als den »Kampf von Desillusionierten, auf beiden Seiten« auslegte, woraufhin Leonhard trotzig erwiderte: »Wie meinst du das? Bin ich etwa ein Desillusionierter, nur weil ich im Krieg gewesen bin?«

Leonhard hatte sich mit Clemens, dem Sohn des Bootsbauers und letzten Heimkehrer des Dorfes, zusammengetan. Er sah immer noch gut aus, mit seiner Uniform, an der ein Orden hing, aber nun hinkte er mit einem Holzbein das Ufer entlang, wenn sie nach einem gemeinsamen Abend bei Leonhards Eltern, die die Geschichten vom Krieg aufsogen wie Abenteuergeschichten, die Tür hinter sich zuzogen, dem ewigen König im Vorgarten ein »Servus, Kini, gar ist« zuriefen, um sich bei einem Spaziergang über ihre politische Meinung auszutauschen. »Wenn die Milchsteuer weiter hochgeht, dann siehst du mich auch bald auf den Barrikaden, Peitinger. Die sollen sich endlich um unsere Belange kümmern und sich nicht weiter ihre eigenen Taschen vollstopfen. Und die Sozen sollen sich zurück nach Berlin scheren.«

Auch in der Herzacher Gegend hatten sich »rote Nester firmiert«, wie es der Bürgermeister bei der Enthüllung eines Kriegsteilnehmerdenkmals am Ortsausgang ausdrückte: »Nieder mit der bolschewistischen Pest! Verrat! Mit Gott!« – bevor er alle sechzehn Kriegsteilnehmer, ob gefallen, vermisst oder heimgekehrt, verlas: »August Bichler, Eugen Ernst, Bartolomäus Fellner, Arnold Kohler, Johann Loch, Manfred Jahnel, Leonhard Maurer, Adolf Mayr, Ernst Mayr, Theo Ostermaier, Clemens Peitinger, Hans Pittner junior, Maximilian Sedlmaier, Hubertus Stier, Anton Holler, Josef Wimmer.«

Zu Beginn des dritten Jahres nach Kriegsende unternahmen Leonhard und Clemens wieder einen Ausflug nach München, von wo sie über sechs Jahre zuvor die große Reise an die Front hatten antreten müssen. Clemens war über einen Kunden seines Vaters, der vor Kurzem in München ein Boot bei ihm in Auftrag gegeben hatte, an Karten für den Zirkus gekommen. »Da redet einer. Und dann saufen wir uns mal wieder so richtig voll.«

Das riesige Zelt auf dem Marsfeld war schon von Weitem zu sehen. Vor dem Eingang stand ein Aufsteller mit »Tiere und andere Kreaturen« und einem Hinweis auf den Redner des Abends. Das Zelt war brechend voll, die Manege von Scheinwerfern erleuchtet. Plötzlich ertönte ein Tusch, und das Publikum wurde in Dunkelheit getaucht. Leonhard kannte die Melodie aus seiner Zeit an der Front. Er lauschte wie elektrisiert, legte sich die rechte Hand aufs Herz. In der Mitte der Manege trat ein Mann ins Licht, in brauner Uniform, »schneidig«, wie Leonhard Clemens zuflüsterte. Er hatte die gleiche auch an einigen Besuchern bemerkt.

Der Badenweiler-Marsch endete.

Die Rede, die die beiden jungen Männer vom Land hörten, der eine vierundzwanzig und verwundet entlassen, der andere siebenundzwanzig Jahre alt, mit einem Holzbein und dem Ehrenkreuz dekoriert, könnte wie folgt geklungen haben:

»Meine lieben Münchner, liebe Kämpfer für die Heimat, liebe Parteifreunde, liebe Volksgenossen,

heute hier bei euch in München zu sein, macht mich sehr stolz. In der Stadt, die zwar den Novemberverrat zugelassen hat, aber, auch wenn dies eine unbequeme Wahrheit ist: Wir sind dabei, diesen Fehler der Geschichte zu korrigieren – gegen die Revisionisten in Berlin, die uns die Bolschewisten auf den Hals gehetzt haben, und gegen die Finanzkapitalisten, die, um ihren jüdischen Weltherrschaftsraum zu sichern, nicht davor zurückschreckten, den Weltkrieg heraufzubeschwören, um uns in ihre Zinsknechtschaft zu treiben.

(...)

Wer von diesen preußischen Schwätzern hat eine Ahnung von euren Nöten und Sorgen hier, vor Ort? Wer in dieser Quasselbude, die sie Parlament nennen, weiß, was eure Armut ist? Und wer bringt wieder Ordnung in dieses unter dem Joch der Spaltung ächzende Land?

Die Rührung meines Herzens ist groß: Wir haben es geschafft, eine Bewegung zu konstituieren, eine junge Partei, die vom Handwerker über den Bauern auf dem Land bis zum rechtschaffenen Anwalt in der Stadt alle Interessen vertreten kann.

Ich will es euch aber ganz ehrlich sagen: Ich habe mich immer wie ein Proletarier gefühlt, immer wie einer von euch.

(...)

Liebe Volksgenossen,

München ist auch mir zur Heimat geworden. Ich erinnere mich noch genau, wie ich im August 1914 von hier ins Feld gezogen bin.

Ich sage nur: königlich-bayerisches Infanterieregiment.

Ob wir mit Gott waren, wage ich zu bezweifeln.

Und ich sage nur: Von München – bis Metz – nach Paris!

Danach kam die Zeit des Umsturzes, und das werden wir revidieren. Noch sind wir jung und unbekannt, aber eines verspreche ich euch: Wir werden sie vor uns hertreiben!

(...)

Auch ich war in der Zeit des Chaos hier vor Ort, hier bei euch. Ich selbst habe mich hier in die Kämpfe auf der Straße gestürzt, habe mich diesen Volksfeinden, diesen Verbrechern des neunten November, mit der Waffe in der Hand in den Weg gestellt – und ich sage euch: Das waren keine armen Proletarier, das waren fehlgeleitete jüdische Intelligenzler und Schwabinger Literaten, die ich dort antraf.

(...)

... und wenn ich an München denke, denke ich an die Zukunft. Von hier geht etwas Großes aus, liebe Mitkämpfer! Ihr jungen Bayern, ihr Münchner, ihr seid es, die Geschichte schreiben werden!

(...)

Vergesst nicht: Ich bin einer von euch. Wenn wir zusammenhalten, kann uns nichts erschüttern. Lasst uns gemeinsam den Mief der Republik ausmisten und das Ungeziefer unschädlich machen!«

Sie gingen sich vollsaufen.

»Hut ab«, sagte Clemens beim ersten Bier, »aber spinnen tut er ja schon auch. Hast du gesehen, wie er immer mit den Augenbrauen gezuckt hat?«

»Findest du«, erwiderte Leonhard, die Brust noch ganz warm vor Erregung.

Irgendwann im Verlauf des Abends verlor er seinen Kompagnon im Getümmel der Halle, während er Bier holte. Wie wollte Clemens es allein, mit seinem Holzbein, nach Herzach schaffen?

Leonhard musste bis zum ersten Zug durchhalten. Dabei musste er sich mit einer Fabrikarbeiterin, die in der Nähe des Starnberger Bahnhofs wohnte und ihn vor der Februarkälte mit in ihre Behausung genommen hatte, fortgepflanzt haben.

Ob es der Zauber der Rede war, die er gehört hatte, oder sein Rausch, der ihm die Erinnerung an diese Nacht raubte, wusste er nie zu beantworten.

Die Eltern blieben ruhig, als er ihnen zu Ende des Jahres die schwierige Nachricht eines ledigen Kindes mitteilte, einer Tochter, baten ihn aber, sich langsam nach einer Frau umzusehen. Es fiel ihm nicht schwer, ihnen bald eine zukünftige Schwiegertochter zu präsentieren, hatte er doch schon seit einiger Zeit ein Auge auf die junge Köchin des Blauen Stiers, an den sie Fisch lieferten, geworfen. Bei einem werbenden Spaziergang hinaus zur Sturmwarnung gestand er ihr seine Gefühle, und auch sie machte aus ihrem Herzen keine Mördergrube, denn auch sie hatte ein uneheliches Kind, das in kleinen, aber klaren Verhältnissen beim Kindsvater aufwuchs – mehr, als sie dem Mädchen jemals bieten können würde. Zum Vater des Kindes habe sie noch nie Gefühle gehegt, zu ihm, Leonhard, hingegen auf den ersten Blick.

Man zeigte den »Vermählungsgottesdienst des Leonhard Maurer, lediger Fischermeistersohn, und der Elisabeth Hofmann, ledige Ökonomenstochter, am 06. 05. 1922 um 9 Uhr in der Oberen Kirche in Herzach« im wieder erscheinenden *Dorfboten* an.

Der Pfarrer tat ihm den Gefallen und ließ seine immer noch protestantische Konfession unter den Tisch fallen, sodass es dem Bräutigam möglich war, seine Braut vor aller Augen zu küssen und mit ihr gemeinsam die Kommunion zu empfangen – die einzige Bedingung, die Elisabeth an eine Heirat gestellt hatte.

Zur Feier auf dem eigenen Grundstück stellte man ein paar Bierbänke auf. Das Essen war nicht üppig, aber die Mutter hatte es geschafft, zu den Dampfnudeln eine Vanillesoße aufzutreiben. Gäste waren der Bootsbauersohn Clemens Peitinger samt seinen Eltern, der Sohn des Posthofs am Dampfersteg mit seinen Eltern, der Fotograf und Inhaber des Studio Schwarzberger, der zwar den Krieg überlebt, seine Frau aber im letzten Jahr an ein Geschwür verloren hatte, der Inhaber der Druckerei, Anton Holler, und der Pfarrer selbst. Die Großmutter Pittner war, obwohl Leonhard sie zweimal persönlich eingeladen hatte, nicht gekommen – ob es immer noch am Kummer über ihren gefallenen Lieblingsenkel, Hans Pittner junior, oder an einem kürzlichen Krach über den Pfundpreis für die Renke, den Leonhard ihrer Meinung nach wettbewerbsschädigend unterboten hatte, lag, vergaß man im Lauf des Nachmittags.

Zum Abschied sprach der Pfarrer dem Brautpaar noch einmal den Segensspruch, »Sie erträgt alles, glaubt alles, hofft alles, hält allem stand. Die Liebe hört niemals auf«, bevor sich Elisabeth endgültig auf den Schoß ihres Leonhards setzte und gackerte wie eines der Hühner, die am anderen Ende des Grundstücks Am See 24 mit wackelnden Köpfen ihre Körner pickten.

Am Abend erschienen die drei Tiroler vom Café Dora und spielten auf, eine Überraschung, auf die Leonhard ganz besonders stolz war – erzählte man sich doch im Dorf, sie hätten das berühmte Lied »Stille Nacht« erfunden, bevor sie sich hier, zur Jahrhundertwende, in ihrem schönen Herzach am See niedergelassen hätten.

Sie begannen eine innige Ehe. Elisabeth ließ die Arbeit als Köchin sein, übernahm das Kochen im Maurerhaushalt und entlastete die Mutter bei der Fischverarbeitung und in der Badeanstalt, und manchmal fuhr sie auch, fühlte sich Leonhard nicht wohl, mit ihrem Schwiegervater zum Fischen. Leonhard begann, den zweiten Stock herzurichten. »Wozu?«, fragte die Mutter. »Wirst schon sehen«, antwortete er.

Nun ging er ab und an anstatt des Vaters zum Stammtisch in den Posthof, lief ins Fremdenverkehrsbüro, um ein paar Informationen einzuholen, lief zum Holler, um sich zu erkundigen, wie viel der Druck einer Postkarte kostete, ging zum Atelier Schwarzberger und einigte sich mit ihm auf ein Tauschgeschäft, also zwei alleinige kostenlose Segelfahrten mit dem Maurer'schen Boot, obwohl Schwarzberger, der eine Bauerstochter aus Weißfeld beeindrucken wollte, keinen Segelschein besaß. Eines schönen Montags rückte er mit seiner Ausrüstung an: Man hatte sich auf drei Motive geeinigt – Elisabeth am Ufer, vor einem der Ruderboote, auf das Leonhard ihren Namen lackiert hatte, Elisabeth, nicht im Badeanzug, aber auf der Liegefläche der Badeanstalt, im Hintergrund ein Schild an der Holzwand, darauf in Druckschrift: ÖFFENTLICHE BADEANSTALT MAURER, HERZACH A. S.; und Elisabeth an der Seite des Vaters, wie sie ihm beim Aufhängen der Netze behilflich war, auf der Postkarte betitelt mit der Überschrift: TRADITION UND HANDWERK IN DER FISCHEREI MAURER, HERZACH A. S.

Die Mutter tobte, aber Leonhard setzte sich durch. Noch im ersten Sommer nach seiner Heirat wurden die Druckerzeugnisse in der Tourismuszentrale am Bahnhof ausgelegt, und am Stammtisch verteilte er sie an den Wirt wegen seiner Verbindungen zur Großmarkthalle in Sendling.

Um die Mutter zu beruhigen, wurde das einzige Segelboot des Familienbetriebs nach ihr benannt, und auch daraus machte Leonhard eine Geschäftsidee. So kam es, dass neben ANNA und ELISABETH zwei weitere Ruderboote einen Namen erhielten, LEO und LUIS. Damit die anderen beiden nicht namenlos blieben, nannte man sie nach dem Schutzheiligen der Fischer, PETRUS, und dem Kater, der ihnen im Frühjahr zugelaufen war, UNFRIED.

Leonhard ertappte die Mutter sogar dabei, wie sie eine der Karten an ihre ehemalige Herrschaft nach München schrieb, und der Vater schickte eine nach Dresden, um die Baronin aufzuheitern, mit der es dem Ende zuging.

Löga, den 15. 11. 1922

Lieber Luggi und Anna!
Ihre beiden Briefe haben wir erhalten und danken recht herzlich. Es tut mir leid, dass sich Frau Maurer nicht wohl auf der Reise fühlte. Zufolge Kranksein war es mir nicht möglich, gleich Antwort zu geben. Es war eben zu vielerlei zu tun und daher kam es auch, denn meine kleine, liebe Schwester hat noch nicht so die Übersicht, dass das Mittagessen nicht so reichlich ausgefallen war. Es war mir sehr, sehr unangenehm, als mir meine Mama sagte, das Essen wäre zu knapp gewesen und Sie hätten in Dresden vor Abreise noch etwas gegessen. Aber ich war mit meinen Gedanken nur bei den Pflichten, welche ich noch zu erfüllen hatte für unsre teure Frau Baronin, denn dabei durfte ich

nichts versäumen. Wollen Sie bitte auch mein Versäumnis entschuldigen, denn ich habe in den schweren Tagen wirklich nicht auf den Haushalt geachtet.

Der Wagen wird noch in diesem Monat an Sie abgesandt werden, auch die Tische werden mit beigepackt werden. Von den Möbeln aus der Villa kommen viele fort und die anderen Sachen will ich alle behalten, ich will dann später voraussichtlich eine Pension einrichten, dieselbe soll mir dann meinen Lebensunterhalt einbringen. Es kommen mehr Möbel fort, als wie ich dachte.

Der Nachlass ist noch nicht aufgenommen, deshalb kann ich auch noch gar nichts tun. Herr Pastor hat uns geschrieben, dass er mit Ihnen bezüglich Ihres Teils, vor allem auch der Ihnen vererbten Summe, sofort alles regeln wird. Haben Sie schon Nachricht erhalten? Bitte schreiben Sie mir gleich darüber! Damit ich danach handeln kann. Die Teppiche erhalten Sie auch nun alle zurück. Das Reisegeld bekommen Sie dann von den Erben zugestellt, sagte mir heute Herr Rechtsanwalt, alles andere schreibe ich dann, aber wir sind noch auf dem alten Platz. Habe jetzt mit den Verwandten viel Ärger und Schreiberei.

Nächste Woche will ich die Kapelle aufsuchen. Es ist mir doch ein so lieber, lieber Ort.

Zu Ihrer Vergewisserung: Herr Rechtsanwalt ist ja ein sehr netter und gewissenhafter Herr, er nimmt alles sehr genau und man muss ihm unbedingtes Vertrauen schenken. Sie können versichert sein, dass alles in den besten Händen ist, wir wollen alles noch für Sie, lieber Luggi und Anna, herausholen. Nur etwas Geduld müssten Sie noch haben, denn Herr Rechtsanwalt hat furchtbar viel Arbeit. Nun sende ich Ihnen vorläufig das 20 M Stück mit der Bitte, mir den Empfang zu bescheinigen. Der Wagen und die

Tische folgen, sobald Herr Rechtsanwalt Zeit hat. Seien Sie nur ganz ruhig, es kommt alles noch.

Unsere gute liebe Frau Baronin schläft nun im Eis und Schnee. Im Sommer werden ihr die Vöglein ihre Lieder singen. Ich war kürzlich in der Kapelle, es ist alles in schönster Ordnung, Ihr lieber Kranz mit Schrift war noch sehr schön und frisch, und die Schleifen der beiden Kränze geben der Gruft etwas sehr Feierliches und Helles. Im Sommer werde ich öfter hinfahren, nur im Winter ist es nicht so leicht möglich. Die Verwandten wollen, soweit ich erfahren habe, den Letzten Willen anfechten. Es wurde mir öfter mal geschrieben, ich habe die Herrschaften stets an Herrn Rechtsanwalt verwiesen. Wie schwer ist es unserer guten Frau Baronin gemacht worden, und jetzt wollten sie alle nur Liebe gegeben haben.

Wir werden auf Erden keinem so reinen Menschenherz wieder begegnen.

Innige Grüße und Wünsche an Sie alle,
Ihre Frau Schoepp
und Mann

Wir denken sehr oft an Sie, entschuldigen Sie bitte die Schrift.

Eines Tages, die Mark war längst gefallen und das Erbe, das den Maurers durch die großzügige Baronin zugesprochen worden war, 15 000 Mark, in Billionen Stücke gerissen, saß Leonhard am Bootsverleih und wartete auf Kundschaft. Der See lag ruhig, an den Kähnen leckte das Wasser, die ANNA schaukelte, am Steg vertäut, in der Sonne, und der kleine Pepi schlief neben seinem Vater im Kinderwagen.

Der sah den kotzgelben, gesprungenen Lack des Segelboots

bis ans Ufer leuchten, erblickte zwischen den Ruderbooten die ganze Entenscheiße, wegen der die Damen aus der Stadt spitze Schreie ausstießen, wenn er ihnen beim Einsteigen behilflich war – drauf geschissen, es kam ja eh keiner in diesem gottverfluchten Jahr.

Leonhard sah auf die ehrwürdige Badeanstalt und ihre verblichenen Holzbretter, schob den Gedanken an den morschen Siebener-Stegpfosten beiseite, hob die Flasche mit Zuckerwasser, die er als Wespenfalle aufgestellt hatte, gegen die Sonne und sah, weil er sonst nichts zu tun hatte, den Tieren beim Ersaufen zu. Verdammt schöne Sonne, verdammt guter Fang und verdammt seichwarmes Wasser zum Baden, allein: kein Mensch weit und breit.

Zu allem Übel lag auch noch etwas in der Luft – er merkte es am Schnaufen, obwohl das Barometer am Morgen keinen Wetterwechsel angezeigt hatte. Er stellte die Flasche wieder ab und bohrte sie in den Uferkies. Er schloss die Augen: Einatmen, ausatmen, einatmen, ausatmen – das hatte der Doktor gesagt. So wie der kleine Pepi neben ihm in seinem Kinderwagen.

»Guten Tag«, hörte Leonhard eine Stimme. Er schlug die Augen auf.

»Bin ich hier richtig bei der Fischerei Maurer?«

Leonhard hatte den Dialekt noch nie gehört. Er stand auf und lupfte den Hut.

»Man hört, Sie hätten den frischesten Fisch dieser Seeseite und seien zudem einer der umtriebigsten Geschäftsmänner des Dorfes.«

Oder sprach er so, wie er es bei Frau Schoepp gehört hatte, als sie sie letzten Sommer für einige Wochen im zweiten Stock einquartiert hatten?

»Ich würde mich gerne etwas sportlich betätigen. Was kostet Ihre ELISABETH für eine Stunde?«

»Grüß Gott sagt man hier«, hörte sich Leonhard antworten, spröde, obwohl er sich geschmeichelt fühlte.

»Entschuldigen Sie bitte: Ich bin frisch hergezogen, wohne seit Kurzem in der Villa Moor. Reichel mein Name, Fritz Reichel, Finanzdirektor.«

Jetzt war es Leonhard sehr unangenehm. »Und entschuldigen Sie mich, ich bin etwas aus der Übung. Maurer mein Name, Leonhard Leo Maurer.«

»Na denn: Grüß Gott«, sagte der Finanzdirektor, als Leonhard ihn samt Ruderboot vom Ufer ins Wasser schob.

7

»Zieh dir was Ordentliches an«, hatte Chris ihn gebeten und hinzugefügt: »Schuhe putzen nicht vergessen!«

Warum ein Treffen abends beim Thailänder? Ob sie nicht auch tagsüber im Büro über den neuen Auftrag sprechen könnten, wollte er noch fragen, aber Chris war *busy*, ohne Verabschiedung hatte er das Telefonat beendet.

Wie er Kleiderordnungen hasste. Er war schließlich weder ein Vertriebler noch eine Servicekraft, und die Schulung »Businessknigge und geschäftliche Korrespondenz«, die der Boss im letzten Jahr vor Weihnachten begeistert, ohne Rücksprache, gebucht und gnadenlos im neuen Jahr durchgezogen hatte, war, wie auch die Kollegen fanden, für die Tonne gewesen.

Zum Termin erschien er in einer hellen Jeans, gut auf der Hüfte sitzend, einem weißen T-Shirt mit Rundkragen, und selbstverständlich trug er seine schwarzen Laufschuhe, Marke unwichtig, wie er betonte, wenn er gefragt wurde.

»Du hättest wenigstens ein Taxi nehmen können, du bist ganz verschwitzt«, sagte Chris beleidigt. Herausgeputzt, in einem legeren hellblauen Anzug und strahlend weißen Sneakers, hatte er auf ihn vor dem Lokal gewartet und ihn von oben bis unten begutachtet. Bene sperrte sein Fahrrad ab und folgte Chris durchs Lokal in den Hinterhof, wo ein reservierter Tisch, gedeckt für drei Personen, auf sie wartete.

Sie hatten noch eine halbe Stunde. Chris schob ein Paper über den Tisch, mit dem Hinweis, dass Bene heute nichts entscheiden müsse, es sei nur mal ein Kennenlernen. Der Kunde sei medial noch ein unbeschriebenes Blatt und strebe nach Sichtbarkeit, ein durch und durch Liberaler, der eine stark konservative Gesellschaftspolitik vertrete, aber seit den Debatten um die Pflegeversicherung im parteipolitischen Niemandsland stehe.

»Der sucht nach Alternativen. Sitzt aktuell im Europaparlament, für die Fraktion Identität und Demokratie. Perspektivisch will er aber in Deutschland an die Spitze, erst Land, dann Bund.«

Chris bestellte eine Flasche Wasser.

»Der Typ ist eloquent. Eine einfache Sprache für ihn zu finden, die auf den Kanälen funktioniert, wird nicht leicht. Genau das Richtige für einen wie dich.«

»Genau das Richtige, eben nicht«, unterbrach Bene. »Schlechter Zeitpunkt. Ich verrecke, wenn ich mir noch mal für irgendeine Schwachsinnspartei einen beschissenen Slogan ausdenken muss ...«

Chris nickte, aber es gehe ja nicht um eine Partei, es sei ein Kandidat, und gut sei, dass sie durch die Bundestagswahl schon eine Menge Datensätze hätten. Der Typ habe keine Vorstellung von der Macht der digitalen Welt, sei noch vom alten Schlag, mit Werbung auf Litfaßsäule und so.

»Oha«, sagte Bene. »Hört sich ja mal richtig außergewöhnlich an.«

Chris trank sein Glas in einem Zug aus.

»Der strebt wirklich eine Wende an, Einwanderung ja, Sozialschmarotzer und Arbeitssklaven aus dem Osten nein.«

Der Politiker war ein höflicher, groß gewachsener Mann mit vollem, dunkelbraunem Haar, unauffällig gekleidet und zugewandt, mit hohem Sympathiewert. »Ihr müsst aufpassen, ihr Medienleute, schließlich müsst ihr uns zwar auf den Zahn fühlen, aber ihr seid verblendet, von Sendern und Verkaufszahlen oder von was auch immer.«

Sein Profil solle authentisch aufgebaut werden. Inhaltlich tragfähig und nachhaltig.

»Sehr, sehr gut«, sagte Chris, so anbiedernd, dass Bene sich genötigt fühlte, einzuschreiten: »Mal sehen. Ich glaube nicht, dass Sie allein entscheiden können. Ihre Wählerschaft gibt ja den Takt vor, ob es Ihnen gefällt oder nicht, und die kommt ja von weit rechts, wie wir wissen.«

Der Politiker lächelte. »Das werden wir, selbstverständlich, mit allen Kräften verhindern, lieber Benedikt.«

Das Netz hatte nichts Weltbewegendes über den Politiker zu berichten: mit sechzehn Mitgliedschaft in der Jungen Union, liberale Überzeugung mit zwanzig, Studienabschluss: Volkswirt, Promotion als Arbeiterkind, und statt Wehrdienst Zivildienst. Mehrere Ehefrauen und drei Kinder.

Bene ermüdete die Recherche. Er öffnete sich ein Bier und sah auf die Uhr, es war nach Mitternacht. Marianne war mit einer Freundin unterwegs, den Namen hatte er sich nicht gemerkt. Er schrieb eine Nachricht: »Treffen besser als vermutet. Will aber Job nicht. Chris hat mir pro Monat sechstausend Euro brutto geboten, tausend mehr. Will nicht wissen, wie viel er einkassiert. Fünfstellig sicherlich. Scheiß drauf. Bis nachher. Geh bald schlafen.«

Marianne war nicht nach Hause gekommen. Er sah nachts auf sein Handy. Nachricht um drei Uhr vierzehn: »Übernachte bei Bo. Mach dir keinen Kopf. Alles gut. Sprechen morgen.«

Wer verflucht war Bo? War es die Studienkollegin, die lange in Los Angeles gelebt hatte und die wegen ihres krebskranken Vaters zurück nach Wien gezogen war? Oder die Jugendfreundin, die Marianne, zehn Jahre nach Kontaktabbruch, vor ein paar Monaten zufällig auf dem Naschmarkt getroffen hatte? Er bemühte sich, keine unguten Gedanken aufkommen zu lassen. Sich Freiheiten lassen, das hatten sie sich schon zu Beginn ihrer Beziehung vorgenommen, ohne diesen Vorsatz zu vertiefen.

Am Morgen las er ihre Nachricht noch mal, um sich zu vergewissern, dass nichts zwischen den Zeilen stand, was von Bedeutung war. Dabei beließ er es. Auch als sie ihm gegen zehn mitteilte, dass sie gleich in die Galerie aufbreche, obwohl sie einen tierischen Kater habe, machte er sich keine Gedanken. Sie würden sich abends sehen.

Sicherlich hatte sie vergessen, dass er am frühen Nachmittag einen Flug nach Hamburg gebucht hatte. Henk drängte seit Monaten, dass sie sich mal wieder treffen müssten, denn per Telefon oder Mail könne man einige Dinge nur schwer besprechen.

Am Mittag rief er sie an, aber sie ging nicht ans Telefon. Statt einer Message schrieb er ihr eine ungewöhnlich lange E-Mail. Er stolperte vom einen zum anderen, seine Nacht, die ohne sie natürlich nicht so schön gewesen sei – obwohl das absolut nicht der Wahrheit entsprach, er hatte gut geschlafen und fühlte sich ausgeruht –, das Meeting beim Thailänder, wobei sich seine Ausführungen auf die Speisekarte und das Ambiente konzentrierten. Schillernd und bildhaft schilderte er das Essen, als säße er gerade an einem Beitrag für ein Gourmet-Blog: frisch zubereitetes Curry, nicht grün, sondern rot, sehr scharf, vorab Sommerrollen mit Erdnussdip, Glasnudeln statt Reis etc. Kein Wort über Chris, über den neuen Auftrag und den Politiker. »Bin bis übermorgen in Hamburg. Melde mich. Kuss. B.«

Seine Hausaufgaben erledigte er gewissenhaft, der Flug war lang genug. Henk hatte ihn gebeten, eine seiner Reportagen zu lesen, die er bisher noch keinem Verlag angeboten hatte. Unter dem Arbeitstitel *TomTom* erzählte Henk die Geschichte eines Vaters, der bereit war, vor Gericht zum Fall des Bundestagsabgeordneten H. und dessen pädophiler Neigung auszusagen. Bisher gab es noch keine Verurteilung, aber, nach erfolgreicher Hausdurchsuchung und Beschlagnahmung von kinderpornografischem Material, einen politischen Rücktritt. Die Arbeit als Leiter des Untersuchungsausschusses zu den sogenannten Dönermorden musste der Abgeordnete selbstverständlich ebenfalls niederlegen.

Warum Henk nun ausgerechnet eine schmierige Boulevardgeschichte aus der Affäre machen musste, ärgerte Bene genauso wie der Text selbst, der den aufgebrachten Vater zu Wort kommen ließ, für den Selbstjustiz das einzige Mittel zu sein schien, Gerechtigkeit walten zu lassen. Während der Landung setzte er den letzten Kommentar: »Dieser Vater sollte aufpassen, dass er nicht selbst im Knast landet. Meines Erachtens gehört dieser Text in den Reißwolf, sorry für meine Direktheit, er emotionalisiert, manipuliert und ist brandgefährlich – wenn du verstehst, was ich meine. Der Abgeordnete ist noch nicht verurteilt. Viel interessanter ist die Frage, wer ihm ans Bein pinkeln will oder ein Interesse daran hat, ihn politisch auszulöschen. Vielleicht bin ich zu paranoid. Aber Fragen stellen ist ja unser Job, nichts für ungut.«

Überraschenderweise traf er im Café an der Alster, wo er sich mit Henk verabredet hatte, auf die Bedienung, die ihm früher schon, während seines Studiums, zwischen zwei Vorlesungen einen Espresso und ein Leitungswasser serviert hatte. Wie damals setzte er sich an die Bar. Im Gegensatz zu ihr hatte er sich kaum verändert, er war etwas dünner, sie hingegen hatte stark zugenommen und trug nun eine Brille, was ihren Typ veränderte.

»Zwei Schwangerschaften, und wie ein Hefeteig bin ich auseinandergegangen«, kommentierte sie ihr Äußeres.

»Steht dir doch«, sagte er, ohne schmeicheln zu wollen.

Er hatte nichts bestellt, aber sie drehte sich zur Kaffeemaschine und ließ einen doppelten Espresso aufs Haus heraus.

Henk kam wie erwartet eine halbe Stunde zu spät. Über die gesamte Unizeit hinweg hatte Bene sich tierisch über sein pathologisches Zuspätkommen aufgeregt. Jetzt nahm er es gelassen und lachte ihn an: »Mann, siehst du scheiße aus.«

»Danke«, sagte Henk. »Schön, dich zu sehen. Hab viel Arbeit.«

Er war blass und unrasiert, hatte gerötete Augen, als sei er abgetaucht gewesen.

»Moin, Lisa«, begrüßte er die Bedienung und bestellte ein Pils. Bene trank den dritten Espresso und entschied sich dann für ein Alster.

Sie suchten sich einen freien Tisch auf der Terrasse. Bevor Bene seinen Eindruck zu der Reportage kundtat, fragte er Henk, ob er jemanden kenne, der etwas für ein Gaming-Magazin schreiben würde. Henk fielen zwei Freelancer ein, die gerade ohne Aufträge dastanden. Bene tippte die Nummern in eine Textnachricht: »Mit Grüßen aus Hamburg.« Endlich konnte er Arne von seiner To-do-Liste streichen.

Das Wunderbare an Hamburg war die fantastische Luft. Bene fühlte sich körperlich wie geistig wacher als in jeder anderen Stadt, wie Wien, Freiburg oder Berlin. Er fuhr seinen Laptop hoch und öffnete die Datei: *TomTom*. »Um es abzukürzen – ich will nur eine Frage stellen.«

Was in ihn gefahren sei, so eine unterirdische Story zu verfassen, der Ansatz reiche gerade mal für eines der Magazine auf einem Privatsender. Er scrollte durch den Text: »›Seit Tom weiß, dass die Bilder seines Sohnes fürs Abwichsen eines Bundestagsabgeordneten herhalten, würde er gern die Mafia beauftragen, den Wichser auszulöschen, für immer. Der Regen prasselt aufs Autodach. Tom würde alles, auch seinen nagelneuen BMW verkaufen, um dieses Schwein leiden zu sehen‹, und so weiter und so fort.«

Regungslos sah Henk ihn an. Er saß breitbeinig, mit verschränkten Armen da.

»Und jetzt? So war es, genau so, das hat der Typ von sich gegeben. Wir haben das Interview in seinem Auto geführt. Das Wetter war beschissen, es stürmte saumäßig. Das ist die Wahrheit.«

»Komm schon«, sagte Bene belehrend. »Wir wissen doch, dass die Wahrheit viele Löcher hat, in die man scheißen kann.« Müsste er sich jetzt nicht zurückhalten? Hatte nicht er sich schon lange verkauft, freiwillig und bei vollem Bewusstsein, war nicht er es, der seit Jahren als Meinungsmacher und Öffentlichkeitsverdreher die sogenannten neuen Medien bespielte, ein Wolf im Schafspelz?

»Ob du es dir eingestehen möchtest oder nicht«, erwiderte Henk, »du bist es doch gewesen, der direkt am Anfang die Seite gewechselt hat, warum auch immer. Du bist doch derjenige, der jeden journalistischen Ethos über Bord geworfen hat, Fakeaccount hin oder her. Es ist eine Frage des Gewissens, und das, wissen wir, ist wie ein Fähnlein im Wind. Unsere Zeit ist ohne Frage herausfordernd, es ist einfach, seine Meinung ins Internet zu plärren. Jeder will nicht nur den Anfang, sondern auch das Ende des Universums in der Hand haben.«

Er hoffe, dass nun endlich die Stunde gekommen sei, in der alle Verantwortlichen Rede und Antwort stehen müssten. Da hätten sich in den Behörden die Dümmsten der Dümmsten aufgestellt, und einige von ihnen seien von Jahr zu Jahr eine Stufe höher in den Abgrund der Bürokratie geklettert.

Darin waren sie sich einig. Und auch darin, dass es zu bedauern war, dass einer wie der Abgeordnete H. seine Arbeit nicht mehr fortführen konnte.

Beileibe, sie hatten sich nicht geschont, früher schon nicht und heute auch nicht. Im Laufe des Abends kehrten sie zurück zu ihrem gemeinsamen Kompass: Die Fakten waren nur so gut wie die Informanten. Den rechten Mob stoppen.

Sie zogen um in ihre alte Stammkneipe nach Altona. Die Dartscheibe hing immer noch, aber der Besitzer hatte gewechselt. Nach einer Hochglanzrenovierung war das linksalternative Publikum verdrängt worden. Henk schlug vor, in die Schanze zu laufen. In einer Bar in der Nähe der Flora holten sie sich ein Bier und flüchteten vor dem Lärm, der in den späten Abendstunden das Viertel täglich in eine riesige Partymeile verwandelte.

Sie waren zum Privaten übergegangen. Henk war vor einem Jahr geschieden worden und litt wie ein Hund. Dass er seine Tochter nur noch jedes zweite Wochenende zu Gesicht bekam, und das auch nur unter Aufsicht, war ein Albtraum. Was Karola antrieb, konnte er nicht beantworten. Das Jugendamtsschreiben hatte er so oft gelesen, bis er es auswendig konnte. Sein Verschulden: regelmäßiger Drogenkonsum. Wenn ein Quartalkonsum, ein paar Joints zur Entspannung, als regelmäßig eingestuft werden würde, dann Prost Deutschland. Er hatte Widerspruch eingelegt. Da er Karola mit Nachrichten, erst verständnisvoll, dann anklagend, bombardiert hatte, stand es um seine Rechte als Vater schlecht. Niemals hätte er ihr einen derartigen Schritt zugetraut, sein Fazit: »Eine verletzte Frau ist gefährlicher als jeder Berufskiller.« Worin die Verletzung bestehe – womöglich seine Arbeit, sein Erfolg, was auch immer, vielleicht ihr Gefühl, durch ihn, emanzipatorisch betrachtet, zurück an den Herd gezwungen worden zu sein. Seit der Trennung allerdings verwahrlose er etwas, er schaffe es manchmal nicht vor die Tür, selbst das Duschen falle ihm schwer.

Bene nahm ihn in den Schwitzkasten. »Du bist ja komplett durch den Wind. Du Jammerlappen.«

Sie machten die Nacht nicht wie früher zum Tag. Dass Henk ihn nicht bei sich schlafen ließ, war absurd und nicht eingeplant. Bene hatte kein Hotelzimmer gebucht. Henk kannte ein gutes Hostel um die Ecke, etwa drei Minuten von seiner Wohnung entfernt, dort könne man auch noch nach zehn einchecken. Bene versuchte, alles aufzufahren, um bei seinem Freund übernachten zu können, dann könne man morgen gemeinsam gemütlich frühstücken, aber Henk wurde regelrecht panisch. Er konnte ihm nicht einmal in die Augen sehen, als sie sich schließlich, nach langem Hin und Her, voneinander verabschiedeten.

Das Hostel war okay, er hatte ein eigenes Zimmer, und der Aufenthaltsraum führte in einen Garten, in dem noch Gäste an einem langen Tisch saßen. Er holte sich ein Wasser aus dem Kühlschrank. Auf seinem Telefon waren keine Anrufe, auch keine Nachrichten eingegangen. Sicherlich hatte Marianne eine E-Mail geschrieben. An der Rezeption ließ er sich das WLAN-Passwort geben und setzte sich in den Garten.

»Mein lieber Bene, verzeih, ich habe vergessen, dass du nach Hamburg fliegst. Wenn du wiederkommst, koche ich was Schönes, und dann sprechen wir über alles. Grüße Henk von mir. Kuss, M.« Ihr liebevoller Ton war nicht selbstverständlich. Er schrieb zurück: »Danke. Das machen wir. Ich freu mich. B.«

Bevor er sich auf die durchgelegene Matratze legte, dachte er noch einmal an das Treffen mit Henk und fragte sich, ob das, was sie miteinander teilten, Freundschaft war. Es war so ähnlich wie mit seinem Jugendfreund Boris, der, immer auf der Überholspur, in die entgegengesetzte Richtung abgebogen war, sein Erleben entweder erhöht oder banalisiert hatte. So wie er mit Boris, dem damals einzig wahren Punk, in den Freiburger Jugendhäusern eine eigene Welt geteilt hatte, verband ihn nun mit Henk das Ringen um die richtigen Worte. Kurz vor dem Einschlafen nahm er sich vor, am nächsten Morgen bei ihm vorbeizuschauen. Er würde so lange vor der Haustür stehen bleiben, bis der verdammte Kerl ihn in seine gerade mal vierunddreißig Quadratmeter große Butze lassen würde.

Mit vier Franzbrötchen und einem kleinen Glas Erdbeermarmelade schlug er morgens bei Henk auf. Ein paar Sekunden nachdem er auf die Klingel gedrückt hatte, hörte er sie hinter sich, diese nicht zu verwechselnde Radiostimme, tief und warm: »Moin, sind wir schon verabredet? Oder stalkst du mich etwa?«

Er drehte sich um. Henk hatte Milch besorgt. Lange konnte er noch nicht wach sein. Die Schlafabdrücke auf seiner rechten Backenseite ließen darauf schließen. Er stand da wie ein Schlumpf, in blauen Shorts, einem weißen Unterhemd und Schlappen an den Füßen.

»Ich hab heut' von einer Leiche in deiner Badewanne geträumt«, flunkerte Bene. »Ist da was dran? Oder warum konnte ich nicht bei dir pennen. So Allüren hast du doch sonst nicht.«

»Mensch, is' nicht aufgeräumt. Außerdem hab ich bis früh noch gearbeitet.«

Er schleuderte ihm Daten und Fakten einer Recherche entgegen, als säßen sie gemeinsam in einer Redaktionssitzung. Bene brauchte eine Weile, bis er den thematischen Faden aufnehmen konnte. Prognose für Ende des Jahres: 1,5 Millionen Flüchtlinge, Massenflucht aus Kriegsgebieten – Syrien, Tendenz in den nächsten Jahren steigend, Kosovo, afrikanische Länder, EU-Arbeitsmigranten –, ein Fass ohne Boden. Perspektivisch absehbar: nationalistische Bewegungen in den EU-Ländern, Tendenzen zu gesellschaftlicher Spaltung und Unruhen. Prognose: düster. »Das wird schleichend passieren«, prophezeite Henk, »die Extreme, egal ob links, aus der Mitte oder von rechts, kriegen Stoff. Und wegen deines Politikers – je stärker diese Tendenz, umso tiefer greifen die Sponsoren in die Tasche. Schauen wir in andere Länder, wissen wir, wie vernetzt diese Bewegungen sind.«

Er öffnete die Haustür.

»Nimm diesen verfickten Job an. Besser können wir's nicht erwischen – du bist der Informant, und du bist gut, wie wir wissen. Wie haben die eigentlich im letzten Jahr ihren Wahlkampf finanziert?«

»Schweiz, glaub ich, oder Russland. Genau weiß ich es nicht. War nicht mein Cup of Tea.«

Die Luft stand. Trotz geöffneter Fenster roch es nach Dope und verbranntem Gummi. In der Kochnische: leere Flaschen, Plastikmüll, die Spülmaschine voll und auf dem Herd: benutzte Teller. Er überlegte, wann er das letzte Mal hier gewesen war. Was war nur mit seinem besten Freund in der Zwischenzeit geschehen? Vor fünf Jahren hatte er das frisch renovierte Apartment als Arbeitsort bezogen, gelebt hatte er mit seiner Familie in Blankenese, jetzt sah es hier aus wie bei einem Mietnomaden. Bene schob die Bücher und die Papierstapel auf dem Sofa zur Seite und ließ sich ins Polster plumpsen.

»Keine Sorge, ich krieg das schon wieder hin. Schaff's einfach grad nicht. Guck nicht so doof.«

Nachdem Henk geduscht hatte, fingen sie mit der Flaschen- und Müllentsorgung an, und nachdem das Geschirr und die Küchenzeile blitzten und der Boden gewischt war, fehlte nur noch der Gang zum Waschsalon. Während die Wäsche durchlief – sie hatten drei Trommeln angesetzt –, lud Henk ihn zum Afghanen ein.

»Gut«, sagte Bene. »Ich nehme den Job an, aber nur, wenn du dich wieder auf die Reihe kriegst.«

Im Oktober teilte ihm Marianne mit, dass sie eigentlich ohne ihn nicht leben wollte. Jedoch verstehe sie nicht, warum er sich ihr anpasste, sie in Watte packe und auf einen Thron setze, was für eine Frau wie sie, die ihre Abläufe liebte und sich ungern aus dem Takt bringen ließ, außerordentlich verführerisch, aber letztendlich, »so auf Dauer«, doch wenig erregend sei.

Nach seinem Hamburgaufenthalt war der September als Paar düster gewesen, sie hatten sich, wann immer sie Zeit miteinander verbrachten, in die Haare bekommen. Insgeheim war er seit Längerem überzeugt, dass nicht er das Problem war, sondern sie. Von einer Sekunde auf die andere, so kam es ihm vor, wechselte ihre Stimmung von himmelhoch jauchzend bis zu Tode betrübt.

Er war vom Karmelitermarkt zurückgekehrt, stellte den Einkauf ab und setzte sich ihr gegenüber an den Küchentisch, auf dem ihre antiken niederländischen Vasen standen und eine Kollektion der Keramikerin Hedwig Bollhagen, die durch ihren niedrig angesetzten und schmalen Vasenhals herausstach. Marianne hielt ein Poliertuch in der Hand.

»Die sind wirklich sehr schön«, sagte er.

Er sah sie an, so aufmerksam, wie er konnte.

»Kann ich dir helfen?«

»Siehst du, das meine ich«, sagte sie freundlich.

Sie bat ihn, sich zu entspannen, nur ein einziges Mal, er müsse ihr nicht ständig zur Hand gehen, sie wolle auch mal gefordert werden. Endlich habe sie des Pudels Kern erkannt, es gehe nicht um seinen Job, es gehe um seine Männlichkeit.

»Ich bitte dich«, sagte er. »Letzte Woche ging es noch um meine Mutter, eine Woche zuvor um meine Schwester, nach Hamburg um Henk, dann um den Politiker und Chris, nicht zu vergessen, meine Art, zu essen, mich zu kleiden, meine ungesunde Lebensweise, Herzach, die Liste könnte ich unendlich fortführen.«

An diesem Samstagvormittag kamen sie ihrer Dauerkrise etwas näher. Er konnte sich nicht erinnern, wann und ob sich Marianne jemals für irgendetwas entschuldigt hatte. Jetzt tat sie es. »Ja, du hast recht. Ich habe manchmal einen Vernichtungsdrang in mir, der schwer zu zähmen ist. Verzeih, wahrscheinlich müsste ich mal in Klausur mit mir gehen.«

Er wusste, sie würde nichts dergleichen tun. An diesem Tag nicht und an keinem anderen. Es war nicht ihr Naturell, sich zurückzuziehen. Sie brauchte die Konfrontation im Außen, einen Ort, der sie spüren ließ, dass alles möglich war und nichts verloren ging.

Am darauffolgenden Wochenende fuhren sie gemeinsam nach Berlin. Marianne wollte Agnes sehen und endlich mal wieder durch Charlottenburg schlendern, ein paar Ausstellungen ansehen, auf dem Ku'damm einen Kaffee trinken, in die Ringbahn steigen und den Entrückten »Hallo« sagen.

Er hatte zu tun. Mit Beginn seines Auftrags Anfang September füllte sich sein Terminkalender von Tag zu Tag. Er hatte nicht gelogen, als er ihr mitteilte, dass er an einer Story dran sei, an die er nur rankäme, wenn er weiterhin für die Agentur arbeite, sie solle ihm vertrauen, was ihr sichtlich schwerfiel, sie seufzte und bat ihn, seinem Politiker auszurichten, nach siebzehn Uhr nicht mehr anzurufen – »jedenfalls nicht an den Wochenenden«.

Das Buffet, an der Bar angerichtet, war noch nicht eröffnet. Aber die meisten der achtzig geladenen Gäste waren schon eingetroffen, als er in das Lokal in Mitte trat. Vor der Tür tummelten sich Presseleute vom *Berliner Tagblatt* und rauchten. Eine Frau in Stewardessstyle empfing ihn, fragte nach seinem Namen.

»Zwicker, Benedikt. Zwicker, müsste am Ende stehen.« Sie sah auf die Gästeliste und hakte seinen Namen ab. »Herzlich willkommen.«

Mit dem Abendprogramm, auf recycelbarem Papier stilvoll gedruckt, und einem Glas Sekt in der Hand hielt er Ausschau nach dem Politiker, der an der für die Feier aufgebauten Bühne stand.

Obwohl die Party nicht der richtige Ort war, um sich über die Spaziergänge auszutauschen, war es das Erste, was Bene ansprach. Laut Plan sollte der Politiker in der zweiten Novemberwoche bei den Kundgebungen als Redner auftreten.

»Sie wissen genauso gut wie ich«, sagte Bene, »dort entlädt sich die Masse. Da wird nicht mehr zwischen unzufriedenen Parteilosen oder Konservativen oder Linken unterschieden. Dort laufen, das können Sie nicht abstreiten, rechtsextreme Rattenfänger voraus.«

Der Politiker musste nicht lange überlegen.

»Ja, natürlich, lieber Benedikt, Dresden überlassen wir lieber den Kollegen aus dem Osten. Wir sagen den Termin ab.«

Er sah auf die Uhr, entschuldigte sich und trat ans Stehpult vor dem Steinway-Flügel. Es dauerte eine Weile, bis die Gespräche verstummten. Bis fünfundvierzig zählte Bene innerlich – so lange benötigte der Redner, bis er die Aufmerksamkeit auf sich gezogen hatte.

»Mein lieber Freund«, begann der Politiker, als auch in den hintersten Tischreihen Ruhe einkehrte. »Wir kennen uns einige Jahrzehnte. Wir hatten uns immer viel zu sagen, haben uns nie geschont. Besonders auf unseren Segeltörns hätten wir uns oftmals doch gern gegenseitig über Bord geworfen. Ich, damals ein überzeugter Liberaler, der deinen linken Kurs zwar für gut gemeint hielt, aber ihn auch naiv und rückgewandt fand, muss heute feststellen, dass uns doch mehr vereint, als wir uns damals fähig waren einzugestehen. Lass mich zitieren: *Wo immer es Menschen gibt, auf der ganzen Erde, findet sich die Vorstellung von den unsichtbaren Toten.* Erinnerst du dich? Bei Canetti hätten wir verweilen sollen, dann hätten wir uns, egal, welchem politischen Lager wir uns verpflichtet fühlten, nicht wegen deines Zorns auf mich ein paar Jahre aus den Augen verloren …«

Bene protokollierte: *Feedback Geburtstagsrede – zurückgenommene Stimme, nach innen gerichtet. Atmung im oberen Brustbereich. Gesten verhalten. Unbedingt zu verbessern.*

»Die Heere der Toten sind für die meisten unter uns, für dich und auch für mich, lieber Freund, ein leerer Aberglaube geworden. Und doch tragen wir sie mit uns, im letzten Winkel unserer DNA. Wir hetzen und flüchten. In jedem Jahrtausend, jedem Jahrhundert, jedem Jahrzehnt, jedem Jahr, jedem Monat, an jedem verflucht einzelnen Tag, egal, welcher Kultur wir angehören, bewegen wir uns zwischen diesen beiden Polen: Hetze und Flucht. Uns unterscheidet, auch in der Zivilisation, grundlegend nichts vom Tier, obwohl uns die Fähigkeit zur Reflexion eigen ist. Wölfe fressen Schafe. Das haben wir schon lange erkannt, deshalb bauen wir Zäune. Warum also glauben wir Menschen, dass Zäune unsere Freiheit einschränken, wenn sie uns doch schützen? Die Frage hast du neulich in einer Radiosendung gestellt und Hörer erreicht, die deinen Namen zuvor noch nie gehört haben. Sie dankten dir. Du als linker Geist darfst eine derartige Frage in den Raum werfen, während sie aus meinem Mund Entsetzen auslöst. Lass uns darüber sprechen, nicht heute, an deinem fünfundsiebzigsten Geburtstag, aber in Zukunft, wie lange sie auch immer für dich gelten mag … Dieses Land braucht Leute wie uns … Leute, die auch mal das aussprechen, was in diesem von grüner Politik geprägten Land niemand mehr wagt auszusprechen …«

Bene brachte es auf den Punkt: *Wenig Kontakt mit den Zuhörern. Pausen und Höhepunkte setzen. Applaus: verhalten. Rede: zu politisch, dem Anlass nicht angemessen.*

Der Gratulant nahm den Blumenstrauß entgegen: »Da hat mein lieber, alter Freund, oder sollte ich eher Schüler sagen, mal gesagt, was er schon immer sagen wollte.«

Bevor sich der Pianist an den Flügel setzte und zur Freude des Gastgebers ein Stück von Chopin anstimmte, schoss Bene mit seinem Smartphone ein paar Fotos fürs Archiv. Keines davon war für die Social-Media-Kanäle brauchbar. Selbst das Überreichen des Blumenstraußes hatte steif gewirkt.

Gespräche begannen, Gelächter brandete auf, die Gäste stürmten zum Buffet, der Politiker verzog sich auf die Toilette. Bene erblickte am Eingang einen Kollegen von Henk, der von Hamburg zu einer kleineren Berliner Zeitung gewechselt war, und sah die Schlagzeile vor sich: »Wer sich zum Schaf macht, den fressen die Wölfe – der illustre Gast beim fünfundsiebzigsten Geburtstag des Intellektuellen Hans Christian Todt«.

»Benedikt, schau, wen ich getroffen habe«, sagte der Politiker, als er zurückkehrte.

Die Verlegerin für Belletristik, herausgeputzt wie eine Oscar-

Gewinnerin, lächelte höflich distanziert. Ihre Stimme tief, ihre Worte von schneidender Intelligenz und sprachlicher Strenge. »Nicht Sie haben mich getroffen. Ich habe Sie aufgesucht. Lassen Sie doch bitte für den Rest des Abends den Politiker zu Hause, Ihre Rede war vollkommen unangemessen.«

So direkt, wie sie ihre Sätze platziert hatte, so schnell verschwand sie wieder an ihren Tisch, links von der Bühne, um dem nächsten Programmpunkt ihre Aufmerksamkeit zu schenken.

»Sauber«, sagte Bene. »Da haben Sie ja richtig für Sympathie gesorgt.«

Während ein Lyriker, Mitte der 1990er-Jahre mit dem Georg-Büchner-Preis ausgezeichnet, mit heftigem Applaus empfangen wurde, bat Bene den Politiker vor die Tür. Im Neonlicht der Straßenbeleuchtung sah sein Auftraggeber blass aus.

»Sie sind ein miserabler Redner. So funktioniert es nicht auf den Kanälen. Sie dozieren und raunen, unterhalten aber nicht.«

»Sie glauben doch nicht, Benedikt, dass da drin irgendjemand auch nur einen Funken Ahnung hat, wie es hier draußen auf den Straßen, in den Häusern unseres Landes aussieht.«

Das Land. Der Politiker atmete tief ein und zündete sich eine Zigarette an: »Ein gebeuteltes Land. Zerrüttet und nie zueinandergefunden, immer besetzt, nach wie vor, trotz Mauerfall, von West bis Ost, ehrgeizig, unterwürfig und größenwahnsinnig, wie soll das vereint werden, wenn sich von außen ständig jemand einmischt, eindringt, wie in ein Schlaraffenland. Perfide. Brechen wir das große Ganze einmal herunter. Stellt man sich eine Familie in einer Mietwohnung vor, es klopft an der Tür, ein Fremder bittet um Einlass, ein zweiter, ein dritter, ein vierter und so fort, was glaubt man, wie viele Fremde passen in eine Mietwohnung? Sie wissen, ich halte nicht viel von offenen Grenzen. Jedes Haus hat eine Tür, hinter der

Menschen leben, sie brauchen Orientierung und Ordnung, aber vor allem Ansprache und Verständnis und Klarheit. Komplexität führt zu Überforderung, und Überforderung führt zu Unruhen. Ein System, das seine Mitte verliert, läuft Gefahr, sich selbst zu verlieren. Wir brauchen umsetzbare und realistische Alternativen. Ich spüre, die Zeit ist reif. Ein Ruck zurück in die Mitte, lieber Benedikt, das ist mein Ziel. Jetzt frage ich Sie: Was hat dieses Ziel mit Rechtsradikalität zu tun? Sie geben mir sicherlich recht: Dass uns der Kurs in Europa viel abverlangt, die Osteuropäer, auch der Süden, wie Kinder, die an die Hand genommen werden müssen, das kann nicht gut gehen. Wir stehen für ein freies Europa. Starke Nationen, starke Gemeinschaft, ganz einfach.«

»Aber dann bleiben Sie dabei«, sagte Bene. »Eine starke Nation kann bunt sein. Ein Vaterland ist es nicht.«

Sie vereinbarten, dass die nächsten Auftritte vorab besprochen werden würden, vielleicht, schlug Bene vor, müsse man ein Schauspieltraining buchen.

Als er im Taxi nach Friedrichshain saß – wie vereinbart, würde er mit Agnes und Marianne noch ein Bier in der Eckkneipe zu sich nehmen –, war er sich sicher, dass der Politiker mit seiner Geisteshaltung keinen Stich an der Parteispitze machen würde.

Ein Satz klang in ihm nach, während er aus dem Fenster sah und die Stadt an ihm vorbeizog: »Finden Sie nicht auch, dass wir mehr Demokratie wagen sollten? Dann würden wir wirklich erfahren, wie es auf unseren Straßen zugeht.« Wie sollte das funktionieren, in einer Partei, die am rechten Rand fischte? Er tippte in sein Handy: »Sie setzen aufs falsche Pferd.«

Der Politiker antwortete prompt: »Es kommt auf den Reiter an.«

8

Leise rieselt der erste Schnee, still ruht die Badeanstalt inmitten schwarzen Wassers. Die Ruderboote und das Segelboot liegen in der Halle, schlafen dem Winter entgegen. Stumm steht das Haus, bis auf ein leises, regelmäßiges Sägen des Alten ist nichts zu hören. Das junge Elternpaar, das Kinderbett nur eine Armlänge entfernt, atmet lautlos. Elisabeth hat den Arm um ihn gelegt.

Hat er geträumt, oder war das ein Knall? Er dreht sich aus der Umarmung und setzt sich auf. Oder war es gar ein Schuss? Er schließt die Zimmertür hinter sich, ohne mit ihr zu quietschen, schaut hinter die Tür zum zweiten Stock hinauf – gründliche Stille. Er geht die Stiege hinunter, den Kopf zur Seite geneigt, um sich nicht an der Deckenschräge zu stoßen, ins Erdgeschoss. Im Eckzimmer, mit Fenster zum Hof und Waschstelle, steht der Nachttopf. Er schließt die Augen, bis das Prinzeln des Urins aufhört. Und dann, wieder, ein Knall, direkt vor dem Fenster. Er dreht den Knauf, streckt den Kopf nach draußen und holt den Fensterladen heran. Ob die Mutter ihn vergessen hat?

Bevor er die Haustür aufsperrt, nimmt er das Gewehr. Er hat das alte des Vaters durch ein neues ersetzt, er ist jetzt Mitglied im Schützenverein. Er tritt vors Haus, in die dunkle Nacht. Schnee, der sich an die Büste schmiegt, dem alten Monarchen schon eine helle

Krone aufgesetzt hat und auf dem Boden liegen bleibt, zeigt ihm den Weg. Als er um die Hausecke biegt, Richtung Werkstatt und Fischladen, hört er ein Knarren, hinten am Hühnerstall. Er wendet den Blick und sieht, dass das Gartentor, das sie erst in der vergangenen Saison haben machen lassen, offen steht. Er legt das Gewehr an und bewegt sich Schritt für Schritt auf den Stall zu. Beim Näherkommen sieht er die Spuren im Schnee. Er bleibt stehen. »Ist da wer?«

Jetzt wieder, ganz deutlich, allerdings nun weiter weg, wie ein Echo aus dem oberen Dorf: ein Schuss. Er entsichert das Gewehr. »Komm raus!«

Er spürt die Schneeflocken auf seine Brauen rieseln. Er sieht eine Gestalt aus dem Hühnerstall kommen, ganz langsam zwar, aber es scheint ihm, als habe sie die rechte Hand am Gürtel. »Hände hoch!« Die Gestalt setzt sich in Bewegung, Richtung Gartentor. »Hände hoch!«, ruft er noch mal, aber nun beginnt die Gestalt zu laufen, jetzt tanzt sie wie ein Krampus, nur mit Hut, erreicht das Gartentor, dreht sich noch einmal herum und, er traut seinen Augen kaum – winkt ihm zu. Ihm läuft es kalt den Rücken hinunter. Er lässt das Gewehr sinken. Er rennt zum Gartentor, schaut nach links, nach rechts. »Wenn ich dich noch einmal erwische, knall ich dich ab!«, schreit Leonhard in die stockfinstere Nacht.

Am nächsten Tag berichteten mehrere Dorfbewohner von Lärm, den sie in der Nacht gehört hätten, und nicht nur das Gartentor der Maurers am See war aufgebrochen, im Posthof war ein Fenster eingeworfen worden, und bei Holz Fellner im Lager, das relativ abgeschieden zwischen der Keramischen und dem Gleis hinter dem Bahnhof lag, war eingebrochen worden, und auch bei der Konkurrenz, der Fischerei Pittner, die nur einen Steinwurf entfernt Richtung Dampfersteg lag, war der Schuppen aufgesägt und Gerät entwendet worden – ganz zu schweigen vom Bootsbau Peitinger, wo sie mehrere Persennings aufgeschlitzt hatten. Als dann ein paar Tage später, am dreizehnten November, auch noch im *Herzacher Boten* geschrieben stand, es seien Schüsse abgegeben worden, auf die Marienstatue am Dorfstachus und obendrein auf die Gedenktafel der Kriegsteilnehmer, oben am Ortseingang, war man sich sicher: Das konnten nur die Roten gewesen sein – was auch der Herr Finanzdirektor bestätigte, nachdem er das ganze Dorf, von der Post über den Krämer, die Hauptstraße hinunter bis an die Promenade durchschritten hatte und schließlich bei Maurers im Fischladen stand, wo ihm die Mutter des Hauses, Anna, widerwillig sein Pfund Freitagsfisch einwickelte, während sie die Schwiegertochter aufscheuchte, die sich in der hinteren Fischküche gerade das erste Mal an diesem Tag gesetzt hatte: »Betti, kommst du und kassierst den Herrn Direktor ab?«

»Was für ein gestochenes Zeug der daherredet«, sagte sie, als die Familie beim Abendessen um den Tisch saß, »Schändung der Frontkämpfer, Attentat, Novemberverbrecher.«

Der Pfarrer predigte sonntags drauf, man solle Besonnenheit und Ruhe walten lassen.

Als er den Herrn Direktor ein paar Wochen später persönlich auf der Straße antraf und der ihn zu sich nach Hause einlud, zu einem »Leseabend«, wie er sagte, war Leonhard wie elektrisiert. Er ließ den Stammtisch sausen, machte sich an Mutters Kommodenspiegel fein und ging festen Schrittes Richtung der Villa seines großen Nachbarn.

Anwesend waren, soweit Leonhard die Teilnehmer an dem großen Hufeisentisch, an dem er sich, bevor jemand das Zittern seiner Hände und seinen kurzen Atem hätte bemerken können, weit weg von der Stirnseite niedergelassen hatte, kannte: der Finanzdirektor Reichel, der Schreiner Wimmer, der Konditormeister Köhler, Schwarzberger vom Fotoatelier aus der Bahnhofstraße, auch Anton von der Druckerei Holler, der neben ihm saß und einen Schmaizler nach dem anderen schnupfte. Des Weiteren drei ihm unbekannte Herren, die der Herr Direktor als »Männer der ersten Stunde« bezeichnete, ein Zahnarzt aus der Kreisstadt, der das Zeichen, das Leonhard von seinem Ausflug in den Zirkus kannte, als Anstecknadel am Revers trug; neben ihm ein »befreundeter Verleger und Schriftsteller aus München, der uns heute mit seiner Anwesenheit beehrt«, und »nicht zuletzt: ein Kamerad an vorderster Front, Träger des Eisernen Kreuzes, der – und ich hoffe, ich verrate nicht zu viel – uns von einer ganz besonderen Geschichte zu erzählen weiß«.

Der Sherry, wie das Gesöff hieß, was ein Fräulein Heiß zum Willkommen kredenzte, stieg Leonhard sofort in den Kopf, half ihm aber, nicht permanent darüber nachzudenken, was ihn für den Kreis dieser Auserwählten in den Augen des Herrn Direktors tauglich machte. »Max, ich schlage vor, du beginnst«, sagte der Direktor mit Blick auf den Schriftsteller, einen Mann von beeindruckendem Körperumfang.

»Guten Abend, liebe Kameraden«, erwiderte dieser. »Es ist mir, trotz unserer überschaubaren Runde, eine Ehre, auf die Pioniere unserer Bewegung an diesem schönen See zu treffen. Wie wir alle wissen, war und ist unser Weg von Rückschlägen gezeichnet, vor allem ist unser größtes Talent nun schon so lange vom Gegner kaltgestellt, kann seine schärfste Waffe, das gesprochene Wort, nicht einsetzen. Umso stolzer bin ich, euch heute seine zukunftsweisende Schrift in Druckform präsentieren zu können.« Er deutete auf einen Tisch an der Seite, unter einem der Fenster, die von schwerem Stoff verhangen waren, bestückt mit Büchern und anderen Druckerzeugnissen. »Dem werde ich eine Lesung aus meinen eigenen bescheidenen Erinnerungen zur Seite stellen.«

Er legte einen Stapel Papier vor sich auf den Tisch. Als er gerade zu sprechen anheben wollte, wurde er durch das Schniefen von Xaver Schwarzberger und Leonhard Maurer, die sich noch einen Schmaizler gönnten, unterbrochen. Der Schriftsteller wechselte einen Blick mit dem Finanzdirektor, ehe er das Glas hob: »Prost, Kameraden, das ist es, was euch ausmacht – diese bodenständige, herzhafte Art, die so vielen unserer Zeitgenossen heute fehlt. Auf euch!«

Gelächter setzte ein, dann wurde es ganz still.

»Als die Nachricht von der Ermordung des österreichischen Thronfolgerpaars eintraf«, setzte der Münchner Schriftsteller an, »da kam er auf den Gedanken, alle Zeitungsausschnitte, die sich mit der Bluttat beschäftigten und derer er habhaft werden konnte, zu sammeln. Er erweiterte diese Sammlung, indem er sie auf alle darauf folgenden politischen und militärischen Ereignisse ausdehnte, die sich aus Sarajevo ergaben und schließlich zum Weltkrieg führten, den er gleichfalls in seine Sammlung von Zeitungsausschnitten einbezog. Ursprünglich wollte er seine Sammlung im letzten Jahr, dem Jahr des Verbots, beschließen, allein auf Anraten unserer großen Hoffnung Adolf Hitler, den sie so schlimm drangsalierten, setzte er seinen Sammeleifer fort dergestalt, dass sein Archiv für Zeitgeschichte und Publizistik, wie er es nannte, zu seiner Gründung kam. Ich erhebe mein Glas ein weiteres Mal zu einem Prosit. Es ist mir eine Ehre, das mit euch feiern zu dürfen!«

Er reichte Zeitungsartikel herum. Schreiner Wimmer, der links neben Leonhard saß, raunte ihm zu: »Von wem red't der? Von sich?«

»Pluralis Majestatis«, flüsterte Leonhard, ein Begriff, den er aus den alten Geschichten seines Vaters kannte, aber nicht genau wusste, ob er hier stimmte.

»So soll die Sammlung Max Eggle dereinst das lückenlose Material der Zeitenwende des Krieges darstellen«, fuhr der Referent mit seinem Vortrag fort, »Material, das erst von den Historikern kommender Geschlechter dem ganzen Umfang nach gewürdigt werden kann und das durch die bescheidene, aber kontinuierliche Arbeit der ersten Kampfjahre bis jetzt einen Anfang genommen hat. Hierfür wird er Mitstreiter brauchen, die Zeugnis ablegen, ob durch Sammeln von Schrift und Bild oder aber durch den Beitrag eigener Wort- oder Bildspenden.«

Jetzt nahm der Schriftsteller einen Stapel Fotografien und reichte sie herum. Leonhard sah das Auge seines Sitznachbarn zur Rechten, des Fotografen Schwarzberger, zucken, als er ihn auf das Portrait des Anführers blicken sah – eine Art, zu fotografieren, die Schwarzberger in seinem eigenen Atelier, einer kleinen Bude mit angeschlossener Rumpel- beziehungsweise Dunkelkammer, ganz gewiss nicht kannte.

Ob er selbst, der nun schon eine ganze Weile den Schriftverkehr des Geschäfts machte, sich für die Mitarbeit eignete?

»Ein Wort noch zu seiner Person, wenn auch Eigenlob stinkt: Im Weltkrieg erwarb er sich, der nicht felddiensttauglich war, große Verdienste durch seine nationale Propaganda, um nach dem Zusammenbruch sich rastlos am Wiederaufbau unseres Vaterlandes zu betätigen. Während der marxistischen Herrschaft in München gelang es ihm, wiederholt unter Einsatz seines Lebens, alle Plakate, Dokumente und Bilder der spartakistischen Regierung zu sammeln, und auch in der Folge hoffen wir diese Systemzeit sozusagen im Original zu vertreten, vor allem, aber nicht nur Bayerns, sondern ganz Deutschlands. Wie wichtig für den Geschichtsschreiber es ist, wenn er an der Hand von Originalen arbeiten kann, weiß man. So wird er sein Archiv von Jahr zu Jahr erweitern, schon jetzt erweisen sich die Räume in der Kellingstraße als zu klein. Nun hat ihm dankenswerterweise sein Kamerad Fritz Reichel diese schöne Villa hier am beschaulichen See als Außenstelle zur Verfügung gestellt. Prost, Fritz!«

In Leonhards Händen lag das Potrait, das Schwarzberger endlich weitergereicht hatte: darauf das Gesicht des Anführers, mit bohrendem Blick. Das ging ihm durch Mark und Bein.

»Zum Schluss: Onkel Eggle – wie er unterdessen in München, der heimlichen Hauptstadt der Bewegung, genannt wird –, der unserem künftigen Führer, egal, welche Steine ihm noch in den Weg gelegt werden, die Treue halten wird und mit unserer Bewegung an sich in engster Fühlung steht, machte, auch uneingegliedert, zwei Jahre ist's nun schon her, den Marsch auf die Feldherrnhalle am 9. November 1923 mit. Wie schwer es ihm damals war, seine Sammlung durchzuhalten, das wissen alle näher Eingeweihten. Und wem erzählt er das, hörte er doch von einer eigenen Blutnacht vor ein paar Wochen, hier im Dorf, mag es noch so friedlich scheinen.«

Der Finanzdirektor nickte beflissen.

»Trotzdem wies er alle die lockenden Angebote, die ihm aus den Vereinigten Staaten und aus Russland gemacht wurden, zurück.

Auf die Zukunft in den heimischen Gefilden, auf den Erfolg unserer Bewegung! Mag er von heutiger Stunde aus noch so fern erscheinen, dereinst werdet ihr als Pioniere in die Geschichte eingegangen sein!«

In der Pause besah sich Leonhard, während der Herr Direktor und seine beiden Bekannten auf der Terrasse eine Zigarre rauchten und Fräulein Heiß Getränke für die zweite Hälfte aufdeckte, die Erzeugnisse auf dem Büchertisch, zuvorderst *Mein Kampf* besagten

Hitlers, darum herum die anderen Druckerzeugnisse, Plakate, Flugblätter, eine Broschüre aus der Feder des Herrn Direktors selbst, in die er hineinblätterte, daneben eine Ausgabe der *Völkischen Zeitung* und der *Völkischen Illustrierten*.

»Haben Sie sich schon einmal mit Schriftsatz beschäftigt?«

Leonhard fuhr herum. Der Mann, der sich unbemerkt hinter ihn gestellt hatte, lächelte und entblößte so weiße Zähne, wie Leonhard sie sein Lebtag noch nicht gesehen hatte.

»Dadurch entfaltet auch die Macht des geschriebenen Wortes eine unschlagbare Kraft«, fuhr der Mann fort und stellte sich neben ihn. »Sehen Sie, hier zum Beispiel, beim Zeitungsnamen haben wir uns lange Gedanken gemacht, uns dann aber für eine gute alte Antiqua entschieden, eine solide Serifenschrift. Sie vermittelt Klarheit, Tradition und Beständigkeit.«

Leonhard verstand kein Wort.

»Entschuldigen Sie«, sagte der Mann mit der strahlenden Kauleiste, »Noke mein Name, Gert Noke, Zahnarzt in der Kreisstadt, Träger des Eisernen Kreuzes zweiter Klasse. In meiner Freizeit unterstütze ich die Bewegung mit grafischer Arbeit und Beratung. Außerdem habe ich dem Führer in schwerer Zeit kistenweise Papier in die Haft geschickt.«

Leonhard brachte kein Wort heraus, hielt sich mit dem Blick an des Herrn Revers und dem Anstecker fest. Erinnerte ihn das Zeichen mehr an ein Heuwagenrad oder an ein Kreuz?

»Gefällt es Ihnen? Markant, nicht wahr? Bei Bedarf kann ich Ihnen eine Nadel bestellen. Was machen Sie beruflich, wenn ich fragen darf?«

Er meinte einen Asthmaanfall heraufziehen zu spüren, atmete ein und, so wie der Doktor gesagt hatte, aus – bis vier zählen, bis vier zählen. »Maurer, Leonhard«, brachte er schließlich hervor,

»Schischer und Fiffer – ich meine, Fischer und Schiffer. Frühzeitig entlassen, verwundet.«

»Machen Sie sich nichts draus, Kamerad«, erwiderte Noke, »wir alle kämpfen unsere ganz eigene Schlacht um die Ehre. Das Ende der Geschichte wird es zeigen, dass jeder einzelne Beitrag ein wertvoller war.« Noke hielt ihm die Hand hin. »Nur Mut, Kamerad«, fügte er hinzu, und Leonhard erwiderte mit kräftigem Händedruck.

Nach der Pause erläuterte der Herr Direktor das Abonnementsystem für die ausliegenden Zeitungen und verwies dabei auch auf seine eigene Broschüre, die er »Lehrbriefe« nannte und die man, je nach Geldbeutel, bestellen beziehungsweise bei denen man selbst bestimmen konnte, in welcher Häufigkeit sie im Briefkasten landeten. Der erste Brief sei gratis und zum Mitnehmen.

»Mir ist das zu teuer. Und wie soll ich das meiner Feli erklären«, flüsterte der Schwarzberger von rechts. Leonhard beachtete ihn nicht, er hörte nur sein Blut in den Adern rauschen.

»Und nun, verehrte Anwesende, kommen wir zum zweiten Vortrag des heutigen Abends, einem Bericht, den wir alle, auf die eine oder andere Art und Weise, sehr gut nachvollziehen können dürften – allerdings mit einer ganz besonderen Pointe. Bitte, Rudi, du hast das Wort.«

Auch das Fräulein Heiß hatte Platz genommen, direkt neben dem Herrn Reichel.

Der Vortragende, ein Mann in brauner Uniform und beeindruckenden Augenbrauen, begann zu lesen: »Am 10. Oktober 1914 rückte ich mit dem Regiment List, dem auch der Führer angehörte, ins Feld an die Westfront. Flandern wurde unser erster Kampfabschnitt. Aber erst im Jahre 1916, mitten in den erbitterten Materialschlachten, lernte ich Adolf Hitler persönlich kennen. Wir waren bis dahin beide heil durch den Krieg gekommen. Eines Abends lagen wir zusammen in einer verlassenen Geschützstellung, als der Feind wütend und wild schoss. Dann bekamen wir Gas vorgesetzt. Die ganze Nacht hämmerte das Artilleriefeuer auf unsere Stellung. Wir glaubten, alles sei gut gegangen, als wir am frühen Morgen feststellten: Hitler hatte das Augenlicht verloren. Er selbst sagte, er könne nichts mehr sehen, und hielt sich die Hände vor die schmerzenden Augen. Dann brachte man ihn nach hinten ins Lazarett.«

Leonhard saß wie gebannt da, er meinte seine eigene Geschichte aus fremdem Mund zu hören.

»Ich entsinne mich deutlich eines Erlebnisses, das von dem persönlichen Mut des Führers im Kriege zeugt. Das war bei Épagny. Auf einem Vormarsch musste Adolf Hitler als Meldegänger durch einen bewaldeten Hang, in dem sich Franzosen festgesetzt hatten, die von der Truppe abgesprengt worden waren. Ihre Helme ragten gerade noch über den Rand der Erdlöcher hinaus. Adolf Hitler erkannte sie durch sein Glas, zog die Pistole, gab nach hinten mit der Hand ein Zeichen, als kämen hinter ihm seine Kameraden, trieb die verdutzten Franzosen – zwölf an der Zahl – aus ihrer Stellung und brachte sie zum Kommando. Oft sprach Hitler in einsamen Stunden von der politischen Zukunft Deutschlands – gerne hätte ich ihn in der Haft besucht, liebe Freunde«, fügte der Vortragende hinzu und blickte kurz auf, in die Runde.

»Vor allem bedrückte ihn die staatliche Zerrüttung des Reiches, die bekannte Vielstaaterei. Er verglich einmal die Vielzahl der Kleinstaaten mit Papierschnipseln, die er an einem Bindfaden aufgehängt hatte. Jeder Hauch, so erklärte er, könne sie wegfegen. Binde man jedoch die einzelnen Blätter zu einem Bündel zusammen, so könne ein starker Luftzug sie nicht wegblasen.«

Ein Raunen ging durch den Raum.

»Auch dem Einfachsten unter uns leuchtete ein, was er damit sagen wollte.«

Nun tranken alle einen Schluck.

»Wir haben uns danach nicht wiedergesehen. Erst in München trafen wir wieder zusammen, und zwar im Februar 1920, als ich einmal zu einem Diskussionsabend ins Sterneckerbräu ging, zu dem der Führer mich eingeladen hatte. Schon im März 1920 äußerte der Führer, er habe die feste Überzeugung, dass er die Partei hochbringen werde. Welch ein Glaube gehört dazu!«

Welch ein Glaube, rief Leonhard im Stillen.

»Die Zeit war schwer. Ich ging bald darauf nach Niederbayern, um auf dem Lande zu arbeiten. Als die Bauern erfuhren, dass ich der Hitler-Partei angehörte, bekam ich keine Arbeit mehr.«

»Das ist die Heimat meiner Frau, aber sie ist ein ganz pfundiges Mädchen«, platzte es aus Leonhard heraus. Unter den Blicken der Anwesenden spürte er, wie er einen roten Kopf bekam.

»Sehr gut, Leo«, nahm der Herr Direktor den Faden auf, »das glauben wir Ihnen.«

Leonhard hörte den Schwarzberger schniefen.

»Fünf Jahre«, fuhr der Rudi Genannte fort, »fünf Jahre schlug ich mich schlecht und recht durch, bis ich 1923 den Entschluss fasste, nach Nordamerika auszuwandern, und diesen Entschluss alsbald durchführte. Im Staate Pennsylvania ließ ich mich nieder und arbeitete als Zimmermann in einer Fabrik. Drüben ging es mir nicht viel besser, und mit heißem Herzen verfolgte ich anhand der Zeitungen, die mir aus der Heimat geschickt wurden, den ersten Weg und das Verbot der Bewegung. Immer musste ich an die Worte Adolf Hitlers denken: Ich werde die Partei hochbringen. Und so brach ich meinen amerikanischen Ausflug nach einem Jahr ab und bin zurück in mein geliebtes blaues Land gekommen, um mich am

Neubeginn mit Tatkraft zu beteiligen. Das Verbot liegt hinter uns. Auch wenn der Feind uns immer noch unüberwindlich im Wege zu stehen scheint – wir werden die Sieger sein!«

Zum Abschied gab der Herr Direktor Leonhard fest die Hand und sagte: »Nicht verzagen, Maurer. Im selben Regiment wie Hitler gekämpft zu haben, auch wenn Sie früh nach Hause geschickt wurden – daraus lässt sich allemal was machen. Und lesen Sie meinen Lehrbrief – er ist genau für Geschäftsmänner wie Sie gemacht.«

Von nun an begann Leonhard Maurer, sich wie ein Geschäftsmann zu benehmen – oder zumindest so, wie er dachte, dass es sich für einen solchen schickte. Fortan sah man ihn nicht mehr ohne Fliege das Haus verlassen, die er nun sogar am Bootsverleih trug und auch während der Segelfahrten, die er die ganze Saison hindurch, von kurz nach Ostern bis Ende September, mit dem Herrn Direktor unternahm, ohne Geld dafür zu nehmen. Ab jetzt kam Herr Reichel zweimal die Woche zum Fischkauf respektive das Fräulein Heiß – was die Mutter allerdings nicht davon abhielt, den einen oder anderen »Nazibürscherl« zu nennen, für die ganze Schlange vor der Badeanstalt, Annas Reich, laut und deutlich zu verstehen. Zog einer auch nur annähernd ein schiefes Gesicht, verweigerte sie ihm sogar den Verkauf einer Limonade – für deren Ausschank man gerade erst die Lizenz erworben hatte.

»Geschäftsschädigend« nannte Leonhard das Verhalten seiner Mutter, woraufhin sie erwiderte, sie wisse nicht, was sie bei ihm falsch gemacht habe.

In dieser Saison gab es viel Streit. Auszubaden hatte das Betti, seine Ehefrau, die von der Mutter geschickt wurde wie eine Magd: kochen, in der Fischküche helfen, Fischverkauf, kochen und nach dem Mittagessen, ohne Pause, in der Badeanstalt helfen, vom Ausschank über Umkleidekabinen-Putzen bis hin zum Scheiße-auf-den-Toiletten-Entfernen.

»Paps, sag doch auch mal was.«

Sein Vater hielt den *Herzacher Boten* vor sich wie ein Schild. Leonhard legte den nächsten Lehrbrief des Direktors, für den er das Geld aus der Bootskasse abgezweigt hatte, auf den Tisch, neben seine Frühstückssemmel. »Wir müssen schauen, dass wir uns langsam professionalisieren, Vater. Wir sind Gewerbetreibende.«

Der Vater schwieg.

»G-e-w-e-r-b-e-t-r-e-i-b-e-n-d-e, Vater. Nicht mehr irgendwer, nicht irgendwelche Lakaien des Hauses Wittelsbach, die an Fasching, wie die Mutter, auf feine Dame machen und sich mit der Peitingerin von dir als Wagenlenker, dem Baron von Giesing, auf einem geliehenen Zweispänner durchs Dorf fahren lassen.«

Der Vater ließ die Zeitung sinken. »Wie du red'st, Leo. Was ist denn das für ein geschwollenes Zeug. Ich bin immer noch dein Vater.«

»Freilich, aber wir müssen unsere Finanzen neu ordnen. Es bringt nichts, noch immer auf die Aufwertung des Erbes unserer Sächsin zu warten, Gott hab sie selig. Das ist Schnee von gestern. Lass mich den zweiten Stock an Sommerfrischler vermieten. Du brauchst doch ein Motorboot. Ich verspreche dir, dass wir es dir Ende des Sommers bestellen können.«

»Hast ja recht.«

»Und wenn sie meine Betti weiter so behandelt – bitte, red mit ihr, Paps.«

»Ist schon recht.«

Am Abend las Leonhard seinem Sohn, anstatt einer Gutenachtgeschichte, aus dem Lehrbrief des Herrn Direktor vor: »Begriff der kaufmännischen Buchführung, Geschäftsvorfälle, Rechnungswesen, Zahlungsbedingung, Banküberweisung, Skonto, Einführung in den Scheckverkehr, Einführung in den Wechselverkehr und in das Wesen der Tratte, Rechenfehler, Preisunterschied, Warenfehlmenge, Warenrücksendung, Praxis zu den Abschnitten 1–12. Bareinkauf, Kostenlose Mustersendung, Geschäftsvermögen ist gleich Aktiva minus Passiva. Was sagst jetzt dazu, Pepi?«

»Örröh«, erwiderte der Kleine.

»Verschiebung des Gesamtvermögens, Veränderung des Geschäftsvermögens, Inventur, Eröffnungsinventur, Wirkung der Verschiebungen und Veränderungen des Geschäftsvermögens, Vermögens- und Gewinnberechnung ohne Inventur. Verhältnis der Privatentnahme zum Geschäftsvermögen und Gewinn, Verhältnis der Steuern zu Geschäftsvermögen und Gewinn, Jahresabschlussinventur Privatvermögen. Haha. Privatvermögen in der Inventur, dass ich nicht lache. Darlehensgläubiger, Geschäftsinhaber, Teilhaber, Jahresschlussbilanz. Gesetzliche Bestimmungen über die Buchführung.«

Er spürte die Hand Elisabeths auf der Schulter. »Ich hab dir deinen Kamillentee in die Küche gestellt.« Er erhob sich, Betti setzte sich, und während Leonhard die Treppe hinunterging, begann seine Frau, dem Kind das Heidschi-Bumbum zu singen.

Zu seinem dreißigsten Geburtstag Anfang August pinselte er zusammen mit Clemens das Wort SONNEN- UND SEEBAD an die Badeanstalt, um die vollen drei Seiten des Holzgebäudes herum und so groß, dass einem, kam man vom Landungssteg und dem Posthof her, sofort, obwohl noch hinter dem Pittnersteg gelegen, das Wort SONNEN ins Auge stach – und näherte man sich von der südlichen Bucht, wo früher die Fischer noch die Pilger aufgenommen und ans Westufer gerudert hatten, über die alte Schmiede, wo jetzt ein Architekt wohnte, neben dem Bootsbauer Peitinger, am Hotel Seeblick vorbei, war das Erste, was man sah, der weiße Koloss, darauf mit schwarzer Farbe auf weißem Grund geschrieben: SEEBAD, das neue, schreiende Markenzeichen der Herzacher Bucht.

An diesem Tag bekam er sogar Lob von der ehemaligen Herrschaft der Mutter, die zur Feier des Tages zum Baden aus München an den See gekommen war.

»Reiß dich zusammen, mein lieber Karl«, sagte die Mutter, als sie die Umkleiden wischte, »ich hab sie extra wegen dir eingeladen. Und dass du jetzt rechnen kannst, hab ich auch erzählt.«

»Keine Sorge, Mutter, schau, wie dein Bad nun glänzt«, erwiderte er mit Blick auf die riesige Reklame und friedlich gestimmt, »wie eine kleine große Kathedrale.«

»Ich hoffe nur, dass nicht eine von den Enten auf die Idee kommt, hier oben ohne zu baden«, knurrte Leonhard Clemens zu, »wie drüben, in der Nackertenkommune in Au.«

»Das ist mir so was von«, antwortete Clemens und nahm einen Schluck aus seinem Flachmann.

Das schönste Geschenk bekam Leonhard von seinem Vater: Zu abendlicher Stunde erhob er sich von der Bierbank – die Renken hingen noch über dem Holz und warteten darauf, gar zu werden –, hob den Krug und stieß auf »Leonhard Karl Maurer, meinen einzigen Sohn« an. Dann übergab er ihm feierlich das Fangbuch: »Es wird Zeit, dass du es jetzt führst.«

Sogar der Kater Unfried hüpfte ihm heute auf den Schoß. Danach sang man zusammen ein »italienisches Lied«, wie der eine von den drei Marx-Brüdern aus dem Café Dora sagte.

»Schau hi, da liegt a toter Fisch im Wasser,
den måch ma hi, den måch ma hi.
Schau hi, da liegt a toter Fisch im Wasser,
den måch ma hi, den måch ma hi.
Schau hi, da liegt a toter Fisch im Wasser,
den måch ma hi, den måch ma hi.
Schau hi, da liegt a toter Fisch im Wasser,
den måch ma hi, den måch ma hi.
Mare, Mare, den Fisch, den måch ma hi.
Mare, Mare, den Fisch, den måch ma hi.
Den måch ma hi, den måch ma hi,
den måch ma hi, den måch ma hi.
Tralalalala, den toten Fisch den måch ma hi«, hallte es die Promenade entlang.

Die beiden Wochen darauf testete er die neuen Preise für den zweiten Stock an Frau Schoepp, die die weite Reise aus Dresden angetreten hatte und am Ende ihres Aufenthalts, zwar mit geschmerzter Miene, aber ohne zu murren, das Geld aus dem Portemonnaie zählte, erhöhte auch die Ruderbootmieten, machte, wie er es nannte, »Frische-Stichproben« bei den Frauen in der Fischküche, führte ein Bestellbuch ein und begann, jeden Fang zu protokollieren. Als der Vater eines Abends vom Stammtisch kam und berichtete, dass man die Veränderungen beim Maurer durchaus wahrnehme, und das nicht nur positiv, antwortete er: »Warum soll denn immer alles bleiben, wie es ist?«

Und als ihn der Pfarrer an ihrem Stand, den sie, nach Jahren der Kraftlosigkeit, wie Leonhard nun zu sagen pflegte, wieder zum Sommerfest im Schlossgarten aufgestellt hatten, zur Seite nahm, um ihn zu warnen, er solle die anderen Leute im Dorf nicht überfordern mit seinem neuen Gebaren, sagte Leonhard, abends neben seiner Betti im Bett liegend: »Der ist doch bloß sauer, weil ich ihm seine Lausbuben- und Abenteuergeschichten nicht mehr abnehme. Ich bin jetzt ein Geschäftsmann. Könntest du ihm morgen die Bücher, die ich noch von ihm hab, zurückbringen?«

Endlich war er da, endlich war er wer. Einzig der Traum von einem eigenen Briefpapier blieb unerfüllt, und auch das Zeitungsabonnement musste vorerst liegen bleiben. Macht nichts, dachte er insgeheim, immerhin stellt mir der Herr Direktor einmal in der Woche die gesammelten Artikel ans Gartentor.

Dresden, 2. Oktober 1926

Sehr geehrter Herr Maurer!
In Frau Baronins Sinn habe ich, nachdem die Regelung des Letzten Willens haarsträubend ist, diese Angelegenheit an höherer Stelle vorgetragen zur weiteren Vertretung. Sollten Sie Interesse daran haben, dass auch Ihre Angelegenheit, das Vermächtnis betreffend, mit vorgetragen wird und Ihre Verhältnisse aufgebessert werden, dann geben Sie mir bitte sofort Nachricht, ob, wie hoch, wann und von wem Sie abgefunden worden sind. Das ganze Vermögen bestand in einem Restkaufgeld, welches einer Aufwertung bis 100 Prozent unterlag.

Das Verhalten Ihres Sohnes Leonhard im Sommer war sehr ungehörig mir gegenüber, aber ich will trotzdem Ihre Interessen mit nachnehmen, um Ihnen zu dem zu verhelfen, was Ihnen Frau Baronin in ihrer lieben Fürsorge zugedacht hatte. Sie werden wohl eingesehen haben, an wem die Vernachlässigungen liegen.

Bitte geben Sie auch mir Nachricht, von welcher Seite und

wann Ihnen die Mitteilung zugestellt wurde, dass zwischen der Kirche und Dr. Hoffmann ein Vergleich geschlossen sei.
Hochachtungsvoll,
Frau Schoepp

P. S.: Ich leite Ihnen noch ein Schreiben der Kirchengemeinde weiter/Nachtrag, das mich vor ein paar Tagen zu Ihren Händen erreichte:

Löga, 1. Oktober 1926
Herrn Ludwig Maurer und Frau Anna in Herzach
Auf Ihr Schreiben vom 21. August d. J. teile ich Ihnen mit, dass zwar im Testament der verst. Lögaer Baronin die Kirchgemeinde als Alleinerbe eingesetzt ist, die Kirchgemeinde aber Ende 1922 erstmalig eine Teilsumme aus diesem Vermächtnis erhalten hat, während das übrige Vermögen sich noch in der Hand des Testamentsvollstreckers, des Herrn Rechtsanwaltes Brecht in Rodeberg, Sachsen, Obere Straße 5, befindet und von ihm verwaltet wird. Sie wollen sich deshalb mit Ihren Ansprüchen unmittelbar an diesen Herrn wenden. Der Kirchenvorstand.

Herzach, Oktober 1926 Mit Gott

Beginn der Renkenschonzeit!

Im ganzen Monat haben wir 69 Aal (30 Pfund, Legangel), 41 Zander (40 Pfund, Schweb), 6 Hecht (9 Pfund, Schweb), 25 Karpfen (34 Pfund, Schweb), 2 Barsch (1 Pfund, Schweb) und eine Schleie (1 Pfund, Schweb) gefangen, auf sechs bis acht Klafter.

Fangort: Bucht, Schloss Fried, Wasserhäusel, Astenrieder tief (wo der Vater und ich letzte Woche prompt Pittner Hans mit seinem Schwiegersohn treffen mussten. Er prahlte etwas von Forellen – ein seltenes Arschloch, aber der Vater hat ihm einen Vogel gezeigt). Am Bad haben wir einige Lauben erwischt, allein der Barsch rennt einem nicht gerade hinterher.

Posthof, Marxens vom Café Dora, und die liebe Genoveva von der Pension Mayr sind treue Kundschaft, nicht zu vergessen Schwarzberger und Holler (der schuldet mir noch eine Idee für einen Briefkopf!), auch Max vom Blauen Stier nimmt uns ab und zu was ab.

Unsere Nachbarn vom Hotel Bauer haben wir diesen Sommer verloren, scheint's – sie meinten, wir hätten unsere Sau, heißt: den Gestank nicht im Griff. Ich bin selbst rüber und hab ihnen Bescheid gestoßen. Unsere Ella stinkt nicht! Da musste selbst der feine Herr Geschäftsführer lachen. Ich rieche jetzt noch den Gestank der Wucherpreise, die er seinen Preußen für ein Zimmer aus der Tasche zieht.

Man hätte im Geschäft bleiben können, aber der Vater hat es uns ganz verscherzt mit seiner Streiterei wegen der Einfriedung, die wir dann auch, zu null, wie Betti von Clemens' Mama beim Fischkauf hörte, im Gemeinderat bewilligt bekommen haben. Immerhin hat das Hotel Bauer aber auch etwas zum Zaun dazugeben müssen. Undiplomatisch, der Papa, aber herzhaft, wie Herr Reichel es nennen würde. Wir sind Geschäftsleute, aber das will in Paps' Schädel wohl nicht mehr hinein.

Herbst! Drei Boote aufgeräumt, ist schon typisches Herbstwetter.

Aber: An Lukas ist es mild und warm, hoffen wir, dass sich Gott uns erbarm. Das Wetter ist herrlich »Sonnenschein«. Pepi und ich noch mit der Jolle auf eine Spazierfahrt – so imposant, unser SONNEN- UND SEEBAD, und das vom Wasser aus! Jeder einzelne Dampfschifffahrtspassagier muss es diesen Sommer gesehen haben!

An der Südbucht, neben den Peitingers, renoviert ein Zugezogener die alte Schmiede – bei uns hab ich ihn noch nie gesehen. Der Clemens meint, er heißt »Keck«, Architekt. »Mein« Clemens: Er schaut nicht gut aus, lässt sich gar hängen. Ich hab ihm von meiner Einladung durch den Direktor zu einem Sprechabend nach Allerheiligen in den Bahnhofshotelsaal erzählt. Komm mit, alter Kamerad, in Erinnerung an unseren großen Auftritt! Aber er mag nicht, lässt die Schultern hängen.

24.10. Die heilige Irmengard hat Bettis Gebete erhört. Wir erwarten noch ein Kind. Und die Primeln blühen!

November 1926

Prompt Anfang November sechs große Barsch gefangen. Zwei Riesen – einmal zwei Pfund und drei Gramm und einmal zwei Pfund und zehn Gramm. Noch <u>nie</u> da gewesen. Ende der Zanderzeit: Das Wetter wurde sehr stürmisch – Zander alle weg – orkanartig.

In der zweiten Monatswoche sehr föhnig, 13 Grad Wärme, 26 Grad am Haus! Was ein Glück, dass er am großen Themenabendtag zusammengebrochen ist, hätte mich bei knapper Luft ins Bahnhofshotel schleppen müssen – und meinen eigenen g-r-o-ß-e-n Tag verpasst!

Der Herr Direktor hat über »Wir und die anderen Parteien« gesprochen, sehr interessant. Die Bauernbündler sind reich und schwarz und kümmern sich nur um ihre eigenen Belange, und die Sozen sind so rot, dass ich sie von rosarot kaum unterscheiden kann. Das Durcheinander, wenn sie dran sind, braucht kein Mensch mehr – ganz zu schweigen davon, dass sie von uns Gewerbetreibenden und ihren Interessen nicht den Blassesten haben. Da hat der Herr Direktor ganz recht. Und die Monarchisten hat bald alle der liebe Gott selig – verzeih, Paps.

Anwesend waren ganze 16 Mann, sogar der Wirt vom Posthof!

Zunächst warteten wir alle gespannt auf den Vortrag des Herrn Reichel. Nach etwas trockener Steuerkost berichtete er über eine Saalschlacht im Hackerkeller vor einigen Wochen, wo die Sozen mal wieder Chaos angerichtet haben. Außerdem haben sie keine Ahnung von der Wirtschaft, meint der Direktor – wo er recht hat, hat er recht: Noch mal schaue ich nicht tatenlos zu, wie unser Geld durch das System den Bach hinuntergeht.

Nach Vortragsende: Eintragen in die Mitgliederliste (alle bis auf Fellner, der schnaubend die Versammlung verließ – ob er schon einen in der Krone hatte?). Nachdem wir wieder Platz genommen haben: Ortsgruppengründung, und nicht nur das – der Herr Direktor schlägt mich als ersten Vorsitzenden vor, ich bin »strategisch sehr wichtig«, hat er gesagt …

Der Wimmer schaut recht blöd, hatte sich wohl mehr ausgerechnet. Kassenwart: Moretti.

Leonhard Maurer, Fischermeister, Mitgliedsnummer 46573.

Am Ende klopft mir der Fritz Reichel auf die Schulter: »Das Durchhalten lohnt, Kamerad!«

Heute nach starkem Oststurm Schnee und minus zehn Grad Kälte. Der Vater musste mit der Betti die Netze aus dem See holen, enormer Fang. Ich liege mit 38 Grad Fieber im Bett. Alle jammern, dass ich wieder ausfalle, vor allem die Mutter, aber ich weiß, es geht bergauf.

Morgen bestell ich dem Vater sein Motorboot beim Komm-ich-heut-nicht-komm-ich-morgen-Lachner in Effing – damit es dann auch im Frühjahr fertig wird.

Das Jahr könnte schlechter zu Ende gehen. So steht es sogar in der Parteizeitung.

TEIL DREI

Wer's glaubt, wird selig

I

In diesem Jahr hatten sie die Vorweihnachtszeit im Kleinwalsertal verbracht und ihren Skiurlaub um drei Tage verlängert, weil alles wunderbar war: das Hotel, die Pisten, das herrliche Wetter und, laut Edith, die Abendgesellschaft bei Tisch. Der Name eines Hotelgastes, charismatisch und zuvorkommend, fiel auffallend oft in diesen Weihnachtstagen, wobei Edith »Knut« sagte, Gregor ihn aber beim Nachnamen nannte: »Der Bauer, egoman und stinklangweilig, glaubt eurer Mutter kein Wort.« Das klang liebevoll, aber er zog dabei, wie es ihm eigen war, die rechte Augenbraue beinahe bis zum Haaransatz hoch und fügte hinzu: »Kinder, lasst euch keinen Bären aufbinden.«

Die Einladung der Eltern für die Feiertage 2014 hatte Bene in Wien genauso stark aufgescheucht wie seine Schwester in Berlin. In diesem Jahr hatte nicht die Mutter die Einladung ausgesprochen, sondern sein Vater. Schon Ende September wollten die Eltern klar Schiff machen. Er hatte sich mit »Benedikt Zwicker« gemeldet, obwohl er die Festnetznummer kannte. »Schön, dass wir auch dich erreichen. Deine Mutter und ich, wir haben euch etwas mitzuteilen, das wir nicht am Telefon besprechen möchten. Weihnachten scheint uns passend. Nehmt euch also nichts vor. Und es wäre gut, wir wären allein, unter uns.«

Das hieß also: ohne Marianne und ohne Arne. Das war das eine, das andere: die Mehrzahl. Agnes, die er wenige Sekunden nach dem Telefonat angerufen hatte, bewertete die Wahl des Plurals als typische Elternmacke, als »ihr Wir«. Um sich größtmögliche Distanz zu erlauben, nannte er sie »die Freiburger«, so wie er früher »die Herzacher« gesagt hatte, wenn es um die oberbayerische Verwandtschaft gegangen war. Und ja, seine Schwester hatte recht: Er solle seinen Brass nicht an ihr auslassen, sondern ihn endlich mal, ganz konsequent, dorthin richten, wo er hingehöre. »Erste Lektion Reifung: Konfrontation mit den Eltern.« Sie selbst habe dieses Kapitel schon abgeschlossen. »Von wegen, Sister, träum weiter.« Er erinnerte sie daran, dass sie, und das viermal in der Woche, mit dem »Elternteil Mutter« telefonierte.

Der bevorstehende Trip nach Freiburg kam außerordentlich ungelegen. Die geplante Homestory in der Wahlheimat des Politikers im Hunsrück war für nach den Feiertagen, für den Siebenundzwanzigsten, den Geburtstag seines Vaters, geplant. Das Bildmaterial sollte noch vor dem Jahreswechsel der Boulevardpresse zugespielt werden – wobei der Politiker zu bedenken gab, dass er eigentlich nicht der Typ dafür sei. Gleichzeitig war es für die Neujahrposts auf Facebook gedacht.

Im Strategiegespräch im November hatte Chris verkündet, dass sie den größten Auftrag ever an Land gezogen hätten. Keine Finanzierungsprobleme mehr für die nächsten drei Jahre, top Zahlungsmoral. Damit könne man arbeiten. In der Vergangenheit habe die Agentur starke Liquiditätsprobleme gehabt, Außenstände hätten nicht pünktlich beglichen werden können. Maestro Zwicker könne ein Lied davon singen, teilte er den Kollegen mit, die noch nicht lange dabei waren. Im Fall des aktuellen Auftrags seien Vorabzahlungen geleistet worden, der Kunde besitze absolutes Vorrecht. »Egal, wie lang, egal, wo, egal, wann er Ansprache wünscht, er wird sie, verehrte Kollegen, bekommen.« Der Boss peitschte die Sitzung auf, wie frisch aus einem Coaching für Führungskräfte entsprungen. Er streckte eine goldene D-Mark-Münze in die Luft. Das sei ein Schachzug, der seinesgleichen suche. Eine Partei, die sich ganz offiziell über den Goldhandel finanziere, unglaublich. »Wollen wir mal hoffen, dass sich der Goldpreis hält.«

»Fuck«, entfuhr es Bene.

»Hi, Henk. Die Partei ist ins Goldgeschäft eingestiegen«, tippte er unter dem Tisch in sein Smartphone.

Anfang Dezember hatte er es geschafft, sich Weihnachten freizuschaufeln. Ein Kollege, ein frisch von der Uni kommender Kommunikationswissenschaftler, erklärte sich bereit, den Fototermin am Siebenundzwanzigsten zu übernehmen, was dem Politiker nicht gefiel. Benedikt Zwicker sei sein Ansprechpartner. Sie einigten sich auf ein Treffen noch im Advent: »Gern auch mit Ihrer Marianne.«

»Auf keinen Fall. Nicht im Hunsrück, da habe ich mal eine Autopanne gehabt.« Sie lachte. »Nein, Bene, bitte kein politisches Ehegattendings.« Wie er nur darauf käme, sie zu fragen.

»Schon gut, schon gut.« Zum Trost für die Festtage, die sie getrennt voneinander verbringen würden, und um sie aufzumuntern, überreichte er ihr Karten für den Silvesterball in der Hofburg.

Heiligabend würde sie bei Bo, der er immer noch nicht begegnet war, verbringen, die Feiertage außerhalb Wiens, auf einer Hütte in Osttirol, mit den Galeriekolleginnen. Die Bitte, bis übermorgen noch auf den Pressetext der Neujahrsausstellung zu sehen – sie sei mit dem Titel »Schneelandschaften« für Arbeiten einer jungen Wiener Künstlerin noch nicht zufrieden –, nahm er als Zeichen, dass der größte Sturm nun wirklich vorübergezogen war – er durfte wieder ihr Titelspecht sein.

Achthundertzwanzig Kilometer legte er im Nachtzug zurück. Das zweistöckige Einfamilienhaus mit Garage und Vorgarten lag wenige Kilometer entfernt am Stadtrand. Er schaffte eine Punktlandung zur Mittagszeit, wie vereinbart. Mit allem hatte er gerechnet: einer überbordenden Begrüßung, einem üppigen Mittagstisch, an den Spezialitäten der Region entlang, mit anschließendem Verzehr selbst gebackener Plätzchen, einer Politikergattin, die, wie es sich in diesen Kreisen gehörte, in Small Talk geübt war, die sich klug, aber bescheiden um die Heißgetränke und die Wasserkaraffe mit frischer Minze kümmerte und wusste, wann es galt, sich zurückzuziehen; aber keines der Klischees, die er aus dem konservativen Lager seiner Kindertage aus dem Fernsehen kannte: eine Hannelore mit toupiertem Haar an der Seite des Bundeskanzlers, in die Kamera lächelnd usw., bewahrheitete sich.

Stattdessen schlurfte, während er das Taxi zahlte, ein unrasierter Mann, der vermutlich gerade aufgestanden war, bis zum Gartentor auf ihn zu.

»Goden Dag, hartlich willkamen.« Der Politiker streckte ihm die Hand entgegen und grinste. »Kummst du vondaag nich, kummst du morgen, de Fro hett vun blangenn mit hooch Vörkopp seggt, un swuppdewupp, würd se nich mehr sehn, wat för en Dag, ganz ünner uns, de Mannlüüd, wi.«

Was für ein Willkommen.

Die Übersetzung folgte: »Kommst du heute nicht, kommst du morgen, hat die Frau gesagt von nebenan, mit hoher Stirn und, schwuppdiwupp, ward sie nicht mehr gesehen. Was für ein Tag, ganz unter uns, die Männer, wir.«

Der Politiker verzog das Gesicht und amüsierte sich über sich selbst. Dabei bedauerte er, dass seine Frau ausgerechnet heute verhindert sei. Auch seine zwei Söhne, die Enkelin und sein liebster Schäferhund seien nicht da. Aber wenn die Fotografen kämen, sei alles wieder eingerenkt, sicherlich, denn eines sei klar: Die Familie stehe hinter ihm, der Umzug nach Nordrhein-Westfalen, wo er seinen Wahlkreis gefunden habe, stehe fest – »oha, ins Braunkohlerevier«, mutmaßte Bene.

»Meine Frau begrüßt die Kündigung meiner Professorenstelle. Selbstverständlich fällt es ihr nicht leicht, ihre Heimat hier zu verlassen. Sie muss nachdenken und ist übers Wochenende zu den Kindern nach Trier gefahren. Sie lässt Sie recht herzlich grüßen.«

Wer's glaubt, wird selig. Wer's nicht glaubt, kommt auch in den Himmel, hatte seine Großmutter immer gesagt. Bene hatte sich nicht zu einer Lüge drängen lassen, keinen Gruß von Marianne ausgerichtet. Alles, nur das nicht – sie hätte ihm den Kopf abgerissen.

»Gah ehr in 'e gode Stuuv rin.«

Gute Stube? Sie standen im Flur, einem schmalen Gang, der in einen durch schwere Vorhänge abgedunkelten Wohnbereich führte. Ausnahmsweise habe er einmal ausgeschlafen. Er knipste eine Stehlampe an, neben einer Vitrine, darin Familienfotos und Nippes, Eisenbahnen, Miniaturen, Pfeifen, Zigarren, Muscheln, Holzelefanten aus Südafrika und Füllfederhalter – Staubfänger, die nichts als bemitleidenswerte Stillosigkeit erzählten. Bene stand da wie bestellt und nicht abgeholt. Sollte er auf dem Sofa oder am Esstisch Platz nehmen? Sein Gastgeber fand jedenfalls seine Rolle nicht, oder aber er war nicht geübt darin.

Der Politiker verschwand in die angrenzende Küche. Bene sah ihn den Lichtschalter suchen, als sei er zu Gast im eigenen Haus.

»Lassen Sie uns auf die Jagd gehen, Benedikt, dann erzählen Sie mir ein wenig von sich. Wir haben hier wunderschöne Wälder, das müssen Sie gesehen haben. Ich mache uns ein paar Brote, dazu unser gutes Hunsrücker Bier.«

»Ich jage nicht, ich fische«, erwiderte er. »Ich hörte, die Partei macht jetzt in Gold.«

»Ja, das schafft Spielräume. Man hat uns ja schon, wie Sie wissen, ins Aus geschrieben. Parteien kommen und gehen, nicht selten scheitern sie an der Finanzierung. Das passiert uns nicht. Das Parteiengesetz bietet ein paar gesetzliche Spielräume, und wir wissen, wie wir damit verfahren müssen, falls Sie verstehen. Alles absolut legal.«

Natürlich verstand er.

Am Ende dieses saukalten Nachmittags, den er in Tarnkleidung, einem Jägermantel mit Kapuze und viel zu großen Gummistiefeln, die sein Gastgeber aus der Garage hervorgezaubert hatte, in einem Wald entlang der Römerstraße Richtung Mosel verbracht hatte, hatte er einen Mann kennengelernt, der eines Vogelschisses wegen aus der Fassung geriet – die Fäkalien einer harmlosen Amsel, oder war es ein Rotkehlchen gewesen, war auf des Jägers Filzhut gelandet, ein weiterer Schiss auf dessen Fernrohr –, worauf mehrere wütende Schüsse auf ein Federwild in einer Baumkrone folgten und ihr Ziel verfehlten. Mit hochrotem Kopf stapfte der Jäger auf eine Lichtung zu und schoss mehrmals, völlig von Sinnen, in den wolkenverhangenen Himmel.

»... und, stell dir vor, wir laufen vier Stunden durchs Dickicht, und er trifft kein einziges verfluchtes Vogelvieh.«

Fix und fertig und bis auf die Knochen durchgefroren, schloss Bene, während er mit Henk telefonierte, sein Hotelzimmer auf. »Wenn er sein bürgerliches Zeugs in der Partei genauso versucht durchzusetzen, wie er jagt, dann brauchen wir uns keine Sorgen zu machen, dass die Partei über die fünf Prozent kommt. Und dann hat er mich gefragt, ob ich weiß, was den Menschen im Innersten antreibt, also, so ganz allgemein. Was, glaubst du, habe ich geantwortet?«

Er stellte Henk auf laut, zog sich etwas Bequemes an und legte sich aufs Bett.

»Hm. Vielleicht Eros, oder Ehre oder Autarkie?«

»Nein, ich habe Gier gesagt, worauf er sagte, das habe er auch gedacht, schließlich komme er aus der Wirtschaft. Aber nein, es sei die Angst. Neulich hat er mit meinem Chef und einem Sponsor gesprochen und ist zu dem Schluss gekommen, dass man in diesen unsicheren Zeiten, in denen der soziale Abstieg an viele Türen klopft, während andere nicht wissen, wen sie noch, außer sich selbst, mit ihren Millionen zuscheißen können, wo gesellschaftliche Werte verfallen, ja, besonders in solchen Zeiten müssten die Ängste des Volkes ernst genommen und benannt werden. Lösungen seien zweitrangig. Die Angst habe viele Gesichter. Die Anteilnahme und der Trost hingegen hätten nur eines.«

Bene atmete tief ein und schwer aus. »Was glaubst du, um welches Trostpflastergesicht es da wohl geht?«

»Klar, klar, um das eine, das seiner Partei.«

»Ach, Scheiße, Henk, kannst du dir vorstellen, was ich durchstehen muss? *Lieber Benedikt* – furchtbar. Er sagt auch meine liebe Frau und mein lieber Köter oder mein liebes Haus, meine lieben Wälder, meine lieben, kleinen Vögelchen, die er abknallen möchte, es aber nicht hinbekommt, die lieben Antifa-Leute, die uns den

Europawahlkampf mit ihren Plakatschmierereien versaut haben. Meine Mutter würde sagen: Glaubt man es …

Und dann hat er mich gefragt, was denn meine größte Angst ist? Ich sage, wann? Heute? In welchem Zusammenhang? Er sagt, im Allgemeinen. Ich sage: die Liebe. Daraufhin er: Das kann ich sehr gut verstehen.«

»Das ist ja mal romantisch, Alter. Muss ich mir Sorgen machen?«

»Idiot. Er so, spult sich wieder in seinen Sermon rein: Stellen Sie sich vor, *lieber Benedikt*, unser Gesundheitssystem bricht zusammen, Behandlungskosten explodieren und Sie und Ihr österreichischer Arbeitgeber zahlen sich um den Verstand, weil unsere lieben europäischen Nachbarn im Süden und Osten unsere Sozialsysteme auspressen, um gesund und munter in ihre Heimat zurückzukehren, oder schlimmer: mit ihren schlechten Deutschkenntnissen unseren Arbeitsmarkt versauen, weil sie das Arbeiten nicht im deutschen Sinn verstehen. Mag hart klingen, aber so ist die Realität.«

Bene holte Luft. »Und zum Thema Globalisierung: Warum gehen unsere Frauen leer aus, wenn sie in die Drogerie gehen, um Milchpulver für unsere Kinder zu kaufen? Weil die Hersteller den Kragen nicht vollbekommen und das Zeug zu einem Preis nach Asien verkaufen, den auf Dauer nicht mal Mittelschichtsfamilien, geschweige denn Alleinerziehende zahlen können. Und so weiter und so fort.«

»Heu, Heu, jetzt wird's richtig finster.«

Erst in den frühen Morgenstunden war er über dem Skizzenpapier des noch unveröffentlichten Parteiprogramms, entlang dessen er den Content fürs erste Quartal 2015 generieren sollte, eingeschlafen. Auf der Suche nach Keywords für die Social-Media-Posts hatte er den Punkt »1.9 MACHT DER PARTEIEN BLOCKIEREN« herauskopiert, hetzerische Formulierungen, die sein Professor an der Uni als journalistischen Sprengstoff bezeichnet hätte, aber: »Kühlen Kopf bewahren, es interessiert nicht, was Sie in Ihren vier Wänden denken. Machen Sie Ihren Job, so objektiv und so gut Sie können.« Aber so einfach war es nicht. Es schmerzte ihn, dass ausgerechnet eine Partei am rechten Rand Themen setzte, mit denen auch er sich, zumindest ansatzweise, identifizierte: »(...) Das Parlament hat seine Rolle als Mandatsträger der Bürger verloren (...). Die Hybris der Parteien und deren Aushöhlung des Staates gefährden unsere Demokratie. Diese Hybris sät fundamentalen Zweifel und ist nicht zuletzt auch Wurzel eines für den Wähler in allen Bereichen als manipulierend empfundenen Meinungskorridors (...).«

Bitter. So ähnlich hatten sie es, Boris und er, in den Neunzigern auf einen ihrer Güterwaggons gesprüht, aber viel einfacher, für jeden verständlich: »Fuck the system«.

Der Wecker bimmelte um halb neun. Der Politiker würde in einer Stunde zum Frühstück in der Hotellobby stehen und ihn danach zum Bahnhof begleiten. Er duschte lang und überflog die Tagesmeldungen auf seinem Laptop.

Sein Auftraggeber war wie ausgewechselt. Frisch rasiert und herausgeputzt wartete er schon an der Rezeption. Die überschwängliche Begrüßung und der Hinweis, dass er heute Morgen schon erstens: joggen gewesen sei, und zweitens: seine vom Schauspieltrainer nahegelegten Atemübungen gemacht habe, kommentierte Bene mit einem schlichten: »Bravo.«

Nach Rührei und zwei Tassen Kaffee endete das private Geplänkel, in dem es auch um den gestrigen Ausflug und das verunglückte Jagderlebnis ging, mit der Bitte um Diskretion. Für die Auswertung der Social-Media-Kanäle der letzten vier Wochen nahmen sie sich noch eine Stunde. Der große öffentliche Marsch, vorbei an den etablierten öffentlich-rechtlichen Medien, referierte Bene, würde laut Statistik hauptsächlich über Facebook gelingen. Innerhalb kurzer Zeit seien die Konto-Insights täglich um 150 Prozent gestiegen, wohingegen der Twitter-Account stagniere und mehr Shitstorms verzeichne.

Ob er noch mal über den Antrieb des Menschen nachgedacht habe, fragte der Politiker. Es schien, als würden ihn die Zahlen wenig interessieren.

»Klar doch«, antwortete er.

»Dann machen Sie auch was daraus!«

»Wie meinen Sie? Wir sind doch dabei? Die Zahlen …« Er tippte auf den Ausdruck der Analyse. »150 Prozent mehr Insights täglich.«

Die Stunde verflog schnell. Am Ende kam er allerdings noch mal ins Schwitzen.

»Was erwarten Sie von jemandem wie mir? Lieber Benedikt, ich mag Sie. Sie haben etwas Ernstes an sich, was man in Ihrer Generation selten sieht. Aufgrund des Wohlstands, in dem Sie aufgewachsen sind, müssten Sie eigentlich entspannter sein. Was ist los mit Ihnen?«

Bene sah auf die Uhr.

»Verzeihung, aber mein Zug …«

Aus Gewohnheit ist er vom Bahnhof aus zur alten Mietwohnung, in die Altstadt gelaufen. Er hat geklingelt, wie in Trance. Dabei steht schon seit Monaten ein anderer Name auf dem Klingelschild. Er verliert bei seiner Ankunft, auch die Tage danach, kein Wort darüber.

Die neue Wohnung seiner Eltern ist Eigentum, liegt direkt an der Dreisam. Jetzt haben sie ihre eigenen vier Wände, wo sie sich doch immer von Eigentum abgrenzen wollten. Eigentum verpflichtet. Das weiß seine Mutter besser als irgendwer sonst. Die Räume sind ähnlich wie in der alten Wohnung geschnitten, in der er seine Kinder- und Jugendjahre verbracht hat: ein großes Bad im hinteren Teil, mit Fenster, im vorderen Teil eine Gästetoilette, ohne Fenster. Rechts von der Wohnungstür das Wohnzimmer, links eine Küche mit Balkon und Durchreiche zum runden Esszimmertisch. Den Bereich, der über einen sehr langen Flur in die hinteren drei Zimmer führt, ein Schlaf- und zwei Gästezimmer mit Tagesbetten, nutzen die Eltern als Rückzugsort. In einem sind die Schallplatten seines Vaters untergebracht, im anderen die Bücher seiner Mutter.

Obwohl sie schon vor zwei Tagen aus dem Kleinwalsertal zurückgekehrt sind, haben sie es noch nicht geschafft, das Skizeug und die leeren Koffer in den Keller zu bringen, was untypisch ist, normalerweise erledigen sie solche Aufgaben zügig. Prokrastination, ein Wort, das früher aus dem Mund seiner Mutter wie ein liebevoller Peitschenhieb auf ihn eingeprasselt und das allererste Fremdwort gewesen ist, das er zu buchstabieren verstanden hat, scheint, seit die Rente naht, aus ihrem Wortschatz verschwunden zu sein. Vielleicht aber hat sie nur auf ihn gewartet und gewusst, dass sein Vater ihn – nachdem sie gemeinsam die Krippe aufgestellt und die Kerzen, in diesem Jahr im Ethno-Laden gekauft, an den Baum angebracht haben – in den Keller entführen würde, wo ein nagelneues Schlagzeug, ein Saxofon und ein Piano stehen. Und zu seiner Freude, an der Wand angebracht: seine alte Gitarre. Der Raum ist komplett gedämmt. Das muss eine Heidenarbeit gewesen sein. Er wundert sich, dass sein Vater ihn nicht eingespannt hat, normalerweise ist das eine Arbeit, die sie, seit er denken kann, egal, wo er wohnt, egal, wie eingebunden er ist, gemeinsam planen und erledigen. Er schlägt seinem Vater auf die Schulter. »Wow, Pa, ganz toll, gratuliere.«

Sie verstauen die Ski und die Koffer in einem der Bauernschränke, die früher in den Kinderzimmern gestanden haben, und er setzt sich ans Schlagzeug. Obwohl er nie Unterricht gehabt hat, beherrscht er ein paar Extra-Beats und ein Solo, das er mit Boris im Jugendzentrum wochenlang bis zum Umfallen geübt hat und das von keinem anderen als dem großen Steve Gadd Mitte der Siebziger mit der Band Stuff gespielt worden ist – Steve Gadd, den auch sein Vater verehrt.

Immer noch sieht er Boris vor sich, als sei keine Zeit vergangen, als würde er gleich hier durch die Kellertür hereinspazieren, aus dem Reich der Toten. Als er das seinem Vater erzählt, ist dieser milder als damals. Er findet, überraschenderweise, ein paar zärtliche Worte, aber keine, die entschuldigen, weshalb er in der Hochphase der pubertären Verweigerung seines Sohnes seine Beamtenhaltung nicht abzulegen in der Lage gewesen ist, weshalb er ihn an der Grenze zur Schweiz, an der er über Jahre Dienst geschoben hat, wie einen Verbrecher hat vorführen müssen, seinen eigenen Sohn, wegen ein paar Gramm Shit, wo er doch in seinem privaten Umfeld als freiheitsliebender Jazzer, Querschläger und als unangepasster Freak gesehen worden ist, dessen Ziel es gewesen ist, seine Kinder an der Seite seiner Frau zu Freigeistern zu erziehen – was ihm, daran besteht kein Zweifel, aufs Beste gelungen ist, auch wenn er es nicht aushält.

Bene beginnt mit einem einfachen Shuffle, »damm-di, damm-di, damm-di, damm-di«, um warm zu werden. Sein Vater greift zum Saxofon. Es dauert eine Weile, bis sie sich aufeinander einspielen, bis die Session an Fahrt aufnimmt, bis der Schweiß tropft und nur das Hier und Jetzt zählt.

Seine Schwester trudelt eine Stunde vor der Christvesper ein. Mutter hat entschieden, dass sie vor dem Essen in die Kirche gehen und nicht, wie in den vergangenen Jahren, als die Eltern allein gefeiert haben und er und Agnes erst nach Heiligabend oder zu Gregors Geburtstag angereist sind, zur Mitternachtsmesse.

Vor der Kirche treffen sie auf alte Bekannte und Freunde der Eltern. Edith wird von Menschen gegrüßt, die ihm unbekannt sind. Gregor hält Ausschau nach seinen Musikerkumpels aus der Jazzkneipe in der Altstadt. Und Agnes fällt einer alten Schulfreundin um den Hals, während er sich abseilt und sich, ein paar Meter entfernt, eine Zigarette anzündet. Er raucht die Zigarette nicht zu Ende, bei der Hälfte schnippt er sie weg. Eigentlich fühlt er sich gut. Der Nachmittag mit seinem Vater hat ihn runtergebracht. Oder ist es das Schlagzeug gewesen? In der Menge vor dem Gotteshaus verengen sich seine Bronchien. Er fühlt sich beobachtet, er, der Nestbeschmutzer, der die Familie Zwicker mit seinen politischen Aktionen, seiner Randale – Vandalismus vom Feinsten – in Verruf gebracht hat, der seine Schwester in der Drogerie zum Diebstahl eines beschissenen Kajals gedrängt hat, woraufhin ein Hausverbot erfolgt ist, das zu einem Hausarrest für sie und ihn geführt hat. Während sie schmollend zu Hause vor ihren Hausaufgaben gesessen ist, hat man ihn, hier am Münster, auf den Treppenstufen abhängen gesehen, Zigaretten schnorrend.

Die Kirchenglocken ertönen über den Platz. Die Menge drängt in den Gottesdienst. Er atmet tief durch und schließt sich an.

Vor dem Weihnachtsessen, der Tisch ist schon gedeckt, der Kartoffelsalat noch im Kühlschrank, die Bratwürste vom Markt liegen auf dem Teller neben der bereitgestellten Pfanne auf dem Herd, bekommt Sister Agnes ihre Bühne. Drei Weihnachtslieder, die sie schon als Kind, bevor zu Tisch gebeten worden ist, auf ihrer Geige präsentiert hat, gehören zum Weihnachtsritual. »Oh, du fröhliche, oh, du selige«, »Kommet ihr Hirten«, »Stille Nacht, heilige Nacht«. Immer noch verspielt sie sich an denselben Stellen, und immer noch entschuldigt sie sich am Ende dafür, und immer noch hat niemand es gehört, obwohl alle es gehört haben.

Nach dem Essen verschwinden die Eltern ins Bücherzimmer. Seine Schwester fragt ihn, ob er schon wisse, um was es ginge. Er schüttelt den Kopf. Ob er Mas Schuppenflechte an den Füßen gesehen habe. »Ja, vor Jahren, vor dem Tod der Großeltern«, antwortet er. »Nein, heute.« Sie atmet tief durch. »Sieht echt schlimm aus. Vorhin kam sie kaum in ihre Schuhe.« Das sei ihm nicht aufgefallen. Er habe vor dem Gottesdienst unter der Dusche gestanden.

»Ja, aber davor?«

Dass seine Schwester jedes Leid der Mutter zu ihrem eigenen mache, antwortet er.

Der Vater legt einen Ordner auf den Tisch. Seine Mutter schleppt sechs Schuhkartons an und stellt sie aufeinandergestapelt auf den Dielenboden. Das wird wortlos hingenommen. Der Ablauf sagt, dass nach dem Essen die Bescherung folgt. Er wird gebeten, die Geschenke, die unter dem Christbaum im Wohnzimmer liegen, zu verteilen. Handschuhe, Schals und Bücher und selbstverständlich eine LP für den Vater, der einen Rotwein eines regionalen Winzers öffnet und nachgießt. Er und sein Vater gönnen sich einen Sherry.

»So, warum wir euch, ohne eure Partner, sprechen wollten. Wobei wir gar nicht wissen, ob ihr noch liiert seid …«

»Doch, doch«, grätscht Agnes dazwischen. »Ich soll euch schön grüßen.«

Er spürt ihren Fußtritt unter dem Tisch. Sie sitzen nebeneinander, haargenau wie früher.

»Auch ich soll Grüße ausrichten.«

Er sieht auf sein Smartphone, registriert »Frohes Fest« aus dem Hunsrück, »erholen Sie sich«. An Marianne schreibt er: »Ich habe meine Eltern von dir gegrüßt, hab du es schön.«

Wieder spürt er Agnes' Fußtritt, diesmal heftiger.

»Alles klar?«, fragt sein Vater.

Er nickt.

Im Ordner sind Verträge abgeheftet. Das erkennt er, als seine Mutter zwei Schriftstücke hervorholt. »Wir haben lange überlegt. Wie ihr ja zur Genüge wisst, haben wir geerbt.«

»Du hast geerbt«, unterbricht der Vater.

»Ja, ich. Aber ich bin nicht allein. Was soll man mit so viel Geld anfangen, einer knappen Million, die erstritten ist und so viele Nerven gekostet, mein Leben vollkommen aus der Bahn gebracht und euch nicht weniger belastet hat. Aber es gilt, nach vorn zu sehen, und es war mein, es war unser Recht, das einzuklagen.«

»Natürlich, Ma. Und die Wohnung ist ja sehr schön«, sagt seine Schwester.

»Da sind wir uns einig. Danke. Wir wollten auf jeden Fall hier in Freiburg bleiben.«

»Monate haben wir uns mit dem Makler nach einer weiteren Wohnung umgesehen«, fährt sein Vater fort. »Da wir wissen, wie sehr ihr euch mit Herzach verbunden fühlt, haben wir uns gedacht, dass wir noch eine Wohnung kaufen, an einem See. Schließlich haben wir uns für den Bodensee entschieden, für eine Zweizimmerwohnung auf der Reichenau, für euch. Im Moment ist sie vermietet.«

»Ja«, sagt Edith. »Und, wer weiß, vielleicht habt ihr bis dahin auch Kinder, die später einmal dort studieren wollen, oder hier in Freiburg.«

Seiner Schwester schießen Tränen in die Augen.

Als ob es damit nicht genug des Guten ist, verkünden die Eltern, dass sie noch zwei Rentenversicherungen abgeschlossen haben, eine für ihn, die sein Vater, nachdem sie ausgewürfelt haben, wer seine Unterschrift unter welchen Vertrag setzen wird, unterschrieben hat, und eine für seine Schwester, unterzeichnet von seiner Mutter. Ferner werden sie, die Kinder, in ein paar Tagen je sechzehntausend Euro auf ihre Konten überwiesen bekommen. Ein guter Start für Agnes, die ihre eigene Praxis, ohne Schulden aufnehmen zu müssen, eröffnen könne, und für ihn ein Polster, falls es mal nicht so gut mit seinem Job laufen würde.

Was soll man dazu sagen?

»Wow, puh, das müssen wir erst mal sacken lassen. Danke«, sagt Agnes und sieht ihn an.

Komm, lass was gucken, setz einmal der Situation angemessen etwas Passendes, einmal nur, jetzt hast du die Gelegenheit, Benedikt Zwicker, gib dir einen Ruck: »Dann gehören wir jetzt also zur Erbengeneration, sauber!« Ja, noch einen Schnaps, zur Feier des Tages und zur Beruhigung, und das Heben der Weingläser, »Prost, auf uns«. In seinem Kopf überlagern sich die Stimmen, Erbengeneration, gepampert, immer schon, bekommt selbst nichts auf die Reihe, verantwortungslos.

Bitte nicht dieses Thema nun: Großmutter. Und noch mal gehoben, das Glas, auf die Verstorbenen, nein, nicht auf das Auslöschen, nicht auf den Untergang der Fischerei, das wäre geschmacklos. Wenigstens bist du nicht dafür verantwortlich, der du dich um nichts scherst, nur an dich denkst, nur an deine Selbstverwirklichung.

Du versuchst dich einzuschwingen, in die Erinnerungen, in diese

Kartons, darin, Omas Schuhe, wann immer sie die getragen haben mochte, vor deiner Zeit, zu Silvester, zur Hochzeit, auf einem Ball im Posthof, hier das Foto dazu. Auf der nächsten Seite: die Zugspitze und deine Oma auf Skiern, am Sessellift, im Großelternalbum, das wir noch gerettet haben, auf der Baustelle in Herzach, das zwischen Ziegeln und Brettern lag und nun, gesäubert für die Ewigkeit, im Wohnzimmerschrank der Eltern aufbewahrt wird und das du bisher noch nie zur Hand genommen hast. Schwarz-Weiß-Aufnahmen, die dir fremd sind: ein Urgroßvater in Uniform, eine Urgroßmutter in Schürze und Kopftuch, eine Ansichtskarte, die alte Badeanstalt, gut besucht, Menschen auf Bierbänken. Schau, deine Patentante, in Farbe, in ihren Jugendjahren, auf der nächsten Seite: deine Mutter mit Schultüte und Topffrisur, zum Totlachen, und irgendwo dazwischen der Gründer, dein Ururgroßvater auf einer Kutsche neben einer, dem Blick nach zu urteilen, stolzen Frau. Gesichter, die dir nichts sagen, auf einem der Onkel deiner Mutter in Kindertagen, in Lederhose vor einem Maibaum. »Der kam nicht aus dem Krieg zurück«, wirft deine Schwester in die Runde, als ob sie ihn gekannt hätte, diesen Pepi, dem du, wie deine Großmutter glaubte, ähnlich siehst, ob du dich nicht erinnern kannst, dass dich Oma versehentlich manchmal Pepi genannt hat, wirst du gefragt, und du nickst: »Doch, doch.« »Was nun? Ja oder nein?« »Ja, doch«, gibst du von dir, weil du dir keine Blöße geben möchtest, was tust du? Diese Erinnerung möchte nicht aufsteigen, du greifst noch mal zum Schnaps, dein Herz wird schwer, und dein Mund ist trocken.

»Warum gab es eigentlich immer Streit«, fragst du, weil du den See vor dir siehst, ganz klar, ihn riechst und fühlst, als könntest du die Haustür öffnen und in eines der Boote steigen, um zum Angeln rauszufahren.

2

Welche ihre erste Erinnerung gewesen war, vermochte sie bis an ihr Lebensende nicht zu sagen. »Ach«, wie sie später immer sagte, wenn sie danach gefragt wurde, »Erinnerungen«, wiederholte sie, zuerst leise, wie in einem Gespräch mit sich selbst, sodass es aber alle, die mit am Tisch saßen, sehr wohl hören konnten. Wenn jemand noch einmal nachfragte, griff sie nach den Medikamenten, die in einer Plätzchendose von irgendeinem vergangenen Weihnachten mit abgegriffenen Aufklebern auf der Eckbank lagen, stellte eines nach dem anderen vor sich auf, bis sie in Reih und Glied vor ihr auf dem Küchentisch standen. »Erinnerungen«, sagte sie nun laut und deutlich, griff zu den Augentropfen, mit denen sie stets anfing, schraubte den Deckel ab und zog mit dem Zeigefinger eine Augenhöhle auf, » – die soll man ruhen lassen.« Dann legte sie den Kopf in den Nacken und verabreichte sich die Tropfen, während die anderen um den Tisch saßen und ihr dabei zusahen, bis einer sagte, »Aber, Mutter« – an diesem Küchentisch, an dem beinahe hundert Jahre lang alles stattgefunden hatte.

Anna Maurer, nach ihrer Großmutter väterlicherseits benannt, kam 1927 zur Welt, an einem Tag mit heiterem Wetter. Nachdem ihre Mutter eingeschlafen und die Hebamme mit dem Korb im Arm vom ersten Stock heruntergekommen war und ihn in die Küche, mitten auf den Tisch gestellt hatte, machte Leonhard den Bootsverleih zu, hieß seine Mutter, die Kasse einzupacken und die Gäste sich selbst zu überlassen, lief über die Promenade hinüber in die Werkstatt, um seinen Vater zu holen, der gerade ein Ruder lackierte, und pfiff Pepi aus dem Stall, der wie jeden Tag darauf wartete, dabei zuzusehen, ob einem der drei Hühner der Familie ein Ei aus dem Hinterteil fiel. Und dann stand die ganze Familie um den Küchentisch, andächtig wie in der Christmette, Leonhards Augen glänzten, und sogar die Mutter fand das Mädchen ausnehmend hübsch. »Ein richtiges Frühlingschristkind«, sagte der Vater, und als Pepi eine Stunde später die Kinder aus der Nachbarschaft holte, sie nacheinander auf die Küchenbank klettern ließ und mit einem stolzen »Das ist Anni« die Geburt seiner kleinen Schwester verkündete, hatte sich der Großvater schon auf die Leiter gestellt und dem König im Vorgarten einen selbst geflochtenen Maiglöckchenkranz aufs glückliche Haupt gelegt.

Man war arm, aber nicht unerfolgreich, vor allem, was einen gewissen Einfluss betraf – ein Wort, das Leonhard bei seinen Bildungsabenden beim Herrn Finanzdirektor aufgeschnappt und direkt in den elterlichen Betrieb eingeschleppt hatte. Das Wichtigste, neben dem Geld, sei der Einfluss, den man in der Gemeinde habe, und auf die Bemerkung der Mutter hin, dass es damit ja noch nicht sehr weit her sei, mit diesem Herrn Einfluss, ohne die prominenten Gäste aus München, die man einzig und allein ihr zu verdanken habe und der Frau Stamm, ihrer alten Herrschaft, »der auch ich alles zu verdanken habe, Gott hab sie selig«, antwortete er ihr, von der anderen Seite, eine volle Tischlänge entfernt: »Aber für unsere Geltung hier am Ort können sie gar nichts tun, deine Münchner Suffragetten –«

»Und auch du, mein lieber Karl, hast ihr sehr viel zu verdanken, ohne die liebe Frau wärst du nämlich ein Analphabet geblieben, ganz zu schweigen, dass du deine Rechenspiele –«

»Kalkulation. Das heißt Kal-ku-la-tion, Mutter«, hielt Leonhard dagegen, »der erste Schritt, damit am Ende des Jahres die Bilanz stimmt, sagt der Herr Reichel. Und der muss es ja –«

»Lass mir bloß meine Ruhe mit diesem Nazidepperl«, schrie die Mutter nun, dass man es durch das geschlossene Fenster bis zur Promenade hören konnte, »wozu habe ich dich eigentlich zu einem ehrlichen Jungen erzogen, wenn du nun einem solchen Korinthenkacker hinterherrennst?«

»Es geht um unser Ansehen, Mutter, um das Geschäft. Und das muss man sich hart erarbeiten. Wir wollen eine Perspektive, langfristig, sagt der Herr Reichel. Und die kriegen wir nicht, indem wir Freitag um Freitag den stumpfsinnigen Reden der dickschädeligsten Bauernbündler, die fast den gesamten Gemeinderat besetzen, am Stammtisch zuhören. Nichts für ungut, Paps, aber du bleibst da –«

»Jetzt sag doch auch mal was, Luis«, rief die Mutter ihren Mann an, der an der breiten Seite des Tisches auf der Eckbank, mit dem Rücken zum Fenster saß, am Einkaufszettel für den Großmarkt schreibend, an seinem Malzkaffee nippte.

»Du bleibst da weit unter deinen Möglichkeiten. Das sagt auch der Herr Reichel.«

»Man lässt sich nicht mit solchen Proleten ein, Scheißdreck!«, rief der Vater und haute mit der Faust auf den Tisch, dass die Tassen klirrten. »So redest du nicht mit mir!«

Die Tür der gegenüberliegenden Wohnstube öffnete sich, und Elisabeth steckte den Kopf heraus. »Müsst ihr so schreien, mitten am Tag? Jetzt ist die Anni aufgewacht und weint.«

»Das fragst du am besten deinen Mann, liebe Elisabeth«, antwortete die Mutter spitz, »der Fischer möchte nämlich nicht bei seinen Netzen bleiben.«

Leonhard sprang vom Küchentisch auf, rannte nach draußen und knallte die Haustür.

Bis in den Herbst redete man kaum miteinander, vor allem der Vater zeigte Leonhard die kalte Schulter, und auch wenn der erste Geburtstag der kleinen Anni im Jahr darauf die Familie seit diesem großen Streit wieder in gelassener Atmosphäre zusammenbrachte und man gemeinsam in die wunderschönen blauen Augen der Kleinen schaute – insbesondere das einst innige Verhältnis zu seinem Vater Ludwig blieb angeknackst, da konnte der Leo machen, was er wollte.

»Ist eben ein bayerischer Sturschädel«, tat er ungerührt, als er mit Clemens bei einem Sonntagsfrühschoppen saß, obwohl er tief in sich drin wusste, dass er sich damit die Dinge schönredete, und ihm zudem, hätte er die Augen aufgemacht, nicht entgangen wäre, wie schweigsam sein alter Kamerad neben ihm saß und ihm beinahe ohne ein Wort bei seinem Monolog, den er sich vom Finanzdirektor abgekupfert hatte, zuhörte und einer Möwe nachsah, wie sie über die helle Bucht segelte und sich auf einem Pfosten der Schiffsanlegestelle niederließ, wo schon bald der nächste Dampfer anlegen und die Ausflügler auf den Steg käuen würde.

»Ich pack' es«, sagte Clemens, nahm sich die Krücke und stand auf. »Habe die Ehre«, erwiderte Leonhard, allerdings schon abgelenkt vom Herrn Holler von der Ortszeitung, der gerade in den Seebiergarten trat und gegrüßt werden musste. So sah er nicht, wie Clemens auf seinem einen Bein das Ufer entlanghumpelte, mit eingefallenen Schultern, die Krücke in die Achsel geklemmt, wie ein Greis, bis hinunter an die Seite der Bucht, wo er, der Sohn des

Bootsbauers, zu einem Nichtsnutz verkommen war, wo das Wasser immer etwas dunkler war und die Wellen noch gründlicher am Land zu lecken schienen – von Ewigkeit zu Ewigkeit.

Anfang der Saison gab es viel zu tun. An zwei Morgen in der Woche schnallte er sich Anni auf den Rücken, in aller Herrgottsfrühe, weckte den kleinen Joseph, der im Herbst eingeschult werden würde, ging in die Werkstatt, rührte den Leim an, rollte die Plakate, »das Material«, wie der Herr Reichel sagte, übergab sie dem Jungen, und so zogen sie los: zu Fuß, plakatieren, während der Pepi den Eimer hielt, in den sein Vater den Pinsel tunkte. Station um Station enthüllte sich an den Zäunen des Dorfes: »Der Reichstag fliegt in die Luft! Parteiverbot in Berlin aufgehoben!«

Und Anni krähte auf des Vaters Rücken mit dem ersten Hahn um die Wette, während der die Flugblätter in die Briefkästen warf.

Barbaratag 1928 Mit Gott

Heute hat meine liebe Betti die Zweige aufgestellt – o Heilige, schütze uns und mich einsamen politischen Soldaten, dem sie dieses Jahr so übel mitgespielt haben. Ganz zu schweigen, was meine liebe Frau alles mitgemacht hat. Aber, wo anfangen bei diesem beschwerlichen Jahresrückblick.

Anni ist ein wahrer Sonnenschein und entwickelt sich prächtig. Wenn ich in ihre Augen seh, so blau wie unser schöner See, dann wird es mir leicht ums Herz, so beschwerlich die Tage auch sein mochten. Sie wird uns allen noch viel Freude machen, und sogar die Eltern und mich bringt sie manchmal wieder zusammen, trotz der Streitereien. Einerseits wollen sie mir das Geschäft übergeben, andererseits klebt die Mutter an der Badkasse, und der Vater weigert sich anzuerkennen, dass er, mit seinen nun 60 Jahren und der Gicht in den Fingern, beim Fischen immer mehr danebengreift, und auch seine Netze sind nicht mehr so akkurat geknüpft, viel zu enge Maschen – Gott bewahre, dass uns mal jemand zur Prüfung vorbeigeschickt wird, da sind wir pfeilgerade unsere Erlaubnis los. Ganz zu schweigen davon, dass er es nicht riecht, wenn der Fisch nicht mehr gut ist. Erst neulich hat es unsere treue Haushälterin vom Pfarrer erwischt, die es prompt auf der Post erzählt hat. Jetzt kauft sie bei der Konkurrenz, Herrgott sakra.

Wenn ich dann frag: Eltern, meint ihr nicht, es ist langsam Zeit? Die Betti ist so ein fleißiges Mädchen, und der kleine Joseph wächst wie von selbst an die Netze hin, ganz zu schweigen von unserem kleinen Sonnenschein – und ich, ja, ich atme zwar schwer, ab und an, hab mich aber gut gemacht und bilde mich fort, damit wir endlich einmal so etwas wie eine Betriebswirtschaft hier hereinbekommen? Dann schaut der Vater zur Mutter und sagt nichts, steht auf, steigt die Stiege hinauf und verzieht sich in sein Büro, wo er vor sich hin pafft und sich in sein »So war es, so ist es« vergräbt, während ich herunten in der Küche bei der Mutter sitzen bleibe und rufe: »Wir bauen auf! Arbeit, Freiheit, Brot!« Und da sitzt sie, an ihren ewigen Stricknadeln und sagt, dass meine Mitgliedsbeiträge auch einiges kosten, zudem meine monatlichen Hefteln, ich soll meine Vereinsmeierei überdenken, dann könnten wir weiterreden. Sagt's, legt das Strickzeug beiseite, steht auf und lässt mich allein am Tisch sitzen wie einen pfundigen Deppen. Ich hab so eine Wut, dass ich aufstehen könnte, das Gewehr holen und mit dem Schaft den Tisch kurz und klein hauen. Aber nein, Leo, sagt der Herr Reichel, damit stehen Sie sich nur selbst im Weg. Wir sind der Stoßtrupp, die Pioniere der

Bewegung, und als solche müssen wir warten und mit zäher Arbeit an der Front bleiben, so lange, bis unsere Stunde schlägt. Wir werden noch einige Stürme durchleben, aber noch gilt es, maßvolle Zurückhaltung walten zu lassen, eine Kunst, die der Feind nicht beherrscht, aber wir. Sein Wort in Gottes Ohr, manchmal weiß ich gar nicht genau, was er eigentlich meint. Aber reden kann er, reden!

Apropos »durchleben«: Man klebte fleißig, das ganze Frühjahr, so auch ich, bei Wind und Wetter, und das als erster Vorsitzender – das setzt ein Zeichen, sagt der Herr Direktor, Sie sind ein Vorbild, Sie als Gewerbetreibender! Viel merken tu ich noch nichts davon.

Pepi bringt im Rechnen und Schreiben nur Einser nach Hause, ich bin gottfroh, dass der Lehrer auf der richtigen Seite zu stehen scheint. Und Anni hat mir den Rücken gewärmt, als ich meine politische Arbeit verrichtet habe, das herzige Bündel. Das war es dann schon fast mit den guten Nachrichten.

Im Frühjahr haben wir den Wahlkampf vorangetrieben, und auch wenn sie uns an mancher Stelle davongejagt haben, sind wir beharrlich unseren Weg gegangen. Was haben wir uns anhören müssen, »Hakenkreuzpest« etc. Drei Wochen vor der Wahl hat der Herr Reichel im Posthof zu uns gesprochen, Thema: »Das Schicksal Bayerns und der Nationalsozialismus«, Teilnahme: gering. Man fragt sich allerdings, wer da alles zu Hause bleibt, wenn er uns doch gewählt hat, wie der große Erfolg dann zeigte. Der Wirt vom Posthof kann es nicht gewesen sein, der drehte uns an jenem Abend das Licht ab. Draußen vor der Tür eine feindliche Truppe, die uns schon erwartete, eine Ansammlung von Grobianen, angeführt vom Dorfmetzger, der keilte wie einer seiner Ochsen, die er beim Bauernbonzen kauft und uns dann für teures Geld verkauft. Ich übte mich in Zurückhaltung, ich musste an die Worte des Direktors denken – der allerdings kann nicht nur reden, sondern auch zulangen!

Am ersten Mai dann – statt eine warme Freinacht mit meiner Betti zu verbringen: Flugblattaktion! Kamerad Ernst, der einzige Kämpfer mit Automobil, holte mich ab. Die Mutter nennt ihn nur »den Nazibazi« – irgendwann werde ich mir das verbitten müssen, trotz allem. Und der Vater ist dieses Jahr bei den Schwarzen eingetreten. Es ist ein Jammer, aber er lernt es nicht mehr.

Unsere Nacht-und-Nebel-Aktionen fruchteten gegen die Feindpropaganda, gesteuert durch die Berliner Stresemänner, ihr Geschwätz vom Völkerbund, diese Erfüllungsgehilfen der Finanzelite! Und die Marxens vom Café Dora gaben uns einen neuen Unterschlupf, sodass man dort zum Wahltag sein Lager aufschlagen konnte. Was für grauenhafte Nachrichten aus Berlin! Was für ein mageres Ergebnis aus der Kreisstadt (ich selbst hatte den Kreisleiter am Apparat)! Aber dann, ich konnte unseren Herzacher Sieg höchstpersönlich übermitteln, und am Ende der Leitung: eine Ruhe, die sich gewaschen hatte! Herzach, der Vorreiter!

Fürs Protokoll:

NSDAP	*208 Stimmen*
Die Schwarzen	*137 Stimmen*
Die Feudalen	*99 Stimmen*
Die Rosaroten	*93 Stimmen*
Die Bauernbündler	*81 Stimmen*
Die Stresemänner	*49 Stimmen*
Die Demokröten	*31 Stimmen*

Da hat der Alfons vom Blauen Stier schön blöd aus der Wäsche geschaut, als ich ihm am Dienstag drauf Fisch geliefert hab, hat er doch die Betti immer arg traktiert, als sie noch bei ihm angestellt war, der greislige Hund.

Nun kennt man uns!

Aber die Mutter ruft nur: Heul Hitler!

So klingt Erfolg:

FISCHEREI UND BOOTSVERLEIH MAURER
ÖFFENTLICHE BADEANSTALT
INH.: LUDWIG UND ANNA MAURER
FRISCHER FISCH AUS DEM HERZACHER SEE
RUDER- UND SEGELBOOTVERLEIH
WOCHENENDS DURCHGEHEND GEÖFFNET!
MONTAG RUHETAG
AM SEE 24
ZEHN MINUTEN ZU FUSS VOM HERZACHER BHF.

Das ist unsere Anzeige, die ich dann im Juni schalten konnte – Herr Reichel machte mir das Angebot, die Werbung für uns in seinem monatlichen Wirtschaftsbeobachter zu inserieren, bis Ende September, wegen meiner »Verdienste um die Bewegung«, wie er mir kurz nach der Wahl sagt, als ich ihn hinaussegle, bei einem schönen Südwind, und wir aus der Bucht fahren, hinauf bis nach Regen. Am Rückweg seh ich die Alpen am Horizont. Starke Kopfschmerzen, aber wenn's ihn so freut.

Und als der Herr Zahnarzt aus der Kreisstadt eines schönen Freitags meiner Betti frische Renken abkauft (er kommt extra vom Fürstensee herüber zu uns – »frischeste Ware!«) und danach bei mir am Bootsverleih vorbeischaut, spricht auch er mir seine Anerkennung aus. Eine Woche darauf bekommt unser Betrieb auch noch ein eigenes Markenzeichen: eine nach einer Vorlage des Zahnarztes höchstpersönlich entworfene Silhouette einer heimischen Möwe, weiß gestrichen (fast so weiß wie die Zähne des werten Herrn!) und in dreifacher Ausfertigung, aus Holz gefertigt vom Vater. Einen halben Tag lang hat er sich gleich in die Werkstatt gesetzt, den Entwurf aufs Holz gelegt, ausgesägt und gestrichen und mir danach beim Anbringen geholfen: eine Möwe an der Rückseite des Schuppens, zur Straße hin, sodass man sie schon fast vom Ernesto aus sehen kann, und eine zur Promenadenseite, prominent neben der Vorhaustür; die dritte direkt über der Fischladentür, für jeden Kunden sichtbar, über der Kreide der Sternsinger: mit Gott und Flügeln sozusagen.

Aber schon bald verließen sie ihn, oder wie es der Pfarrer mir durch die Betti ausrichten hat lassen: Ich solle aufpassen, dass ich kein Nazidepperl würde, er sei immer für mich da gewesen, aber nun erst wieder, wenn ich mich klar positionieren würde. Pfeilgerade daneben, zu Befehl, Hochwürden! Ihr braver Soldat Leonhard Karl Maurer.

Zu Pfingsten soll endlich unser lang ersehntes Motorboot fertig werden. Lachner wird zwar liefern, schreibt aber dem Vater: »In der Anlage sende ich Dir die gewünschte Auflistung der Kosten für das Motorboot. Rechne damit, dass es mir doch möglich wird, eventuell schon zu Ostern zu liefern. Ich gebe meinen Leuten einen anderen Namen als Besteller an, Du musst vorsichtig sein, wenn Du später mal zur Besichtigung kommst, dass es nicht auffällt.«

Ein schwerer Schlag, dass auch er uns in den Rücken fällt.

Zu Bonifatius bleiben wir zwar vom Sturm verschont, und die Erträge sind hoch, aber ab Juli: Stille im Bad und am Bootsverleih, wie damals, im 23er-Sommer, während der Pittner Neffe, der als einziger Mann im Haus dieses Jahr das Geschäft übernommen hat, ein Ruderboot nach dem anderen ins Wasser lässt.

Mitte Juli: Umsatzeinbruch im Bad um die Hälfte.

Und was hat der Vater bei der Kreistagung des Bayerischen Heimat- und Königsbunds verloren, bei der Feldafinger Mischpoke, diesen Knechten Wittelsbachs!

Ende Juli: Ich unterliege dem Pittnerneffen beim Fischerstechen (das ganze Dorf schaut zu!), rutsche saudumm vom Brett und klatsche ins Wasser, dass der Brustkorb noch eine Woche lang brennt.

Am Stammtisch bin ich plötzlich »unerwünscht«, wie mir Pittner senior eines Abends hinschleudert. Ich stolpere rückwärts aus der Wirtsstube, der Vater am Tisch den Blick auf den Boden geheftet.

Anfang August: verbringe meinen 32. Geburtstag mit einer Bronchitis in der Horizontalen, wenigstens der Kater schnurrt an meinen Füßen, und als ich nicht mehr ansteckend bin, hat man mir Anni hingestellt, nur eine Armlänge entfernt. Sie schlummert wie ein kleiner Engel.

Dann: hoher Besuch. Der Herr Direktor (nun zweiter Bürgermeister – wie würden wir erst dastehen, würden nicht die Dickköpfe von den Schwarzen alles blockieren!) steht in der Stube, ein Geburtstagsgeschenk (Verlängerung des monatlichen, kostenfreien Abonnements bis inklusive Dezember!) im Gepäck und, wie er sagt, den Grund für unsere Misere (»Der Gegner ruft zum Boykott, Maurer. Ein gutes Zeichen für uns, man erkennt uns als ernst zu nehmenden Gegner an. Aber zweifelsohne eine Misere für Sie und Ihre Familie.«): ein Reisemagazin aus Hamburg, in dem wir als »Nazisommerfrische« verschrien werden.

Ich spüre ihn noch heute, an diesem kalten, trüben Barbaratag, den kräftigen Handschlag des Herrn Direktors. Und ich höre ihn noch: »Was, wenn der Feind Ernst macht? Das Brot, den Fisch bei der Konkurrenz kauft? Wenn er einem die Aufträge abtreibt? Wenn man auf die Straße fliegt und stempeln gehen muss? Oder gar verdroschen wird, bis das Blut spritzt?

Bleiben Sie standhaft, Kamerad, es ist nur ein jüdisches Hetzblatt. Wir brauchen Sie hier weiter an vorderster Front und auch, strategisch, als ersten Vorsitzenden unseres bisher kleinen, aber äußerst effektiven Trupps. Mag der Weg auch weit sein, eines Tages werden sich unsere Mühen lohnen. Und falls es Ihre Gesundheit zulässt, kommen Sie am Samstagabend bei mir in der Villa vorbei, es gibt Besonderes zu feiern.«

Ich hoffe, sein Tatendrang trägt bald Früchte. Lange halte ich nicht mehr durch.

Stichprobe aus dem Bestellbuch von diesem Jahr, blind aufgeschlagen: Freitag, 03. 08. 28

Klostergasthof	*50 fr. Renken*
~~*Blauer Stier*~~	~~*100 fr. Renken (wöchentlich)*~~
Peitingerin	*3 fr. Renken*
~~*Seglerheim*~~	~~*70 fr. Renken (zweiwöchentlich)*~~
Schreinerei Wimmer	*5 fr. Renken*
Schwarzberger	*5 fr. Renken*
Holler	*2 fr. Renken*
~~*Pension Mayr*~~	~~*10 fr. Renken (wöchentlich)*~~
Moretti	*3 fr. Renken*
Werner	*1 fr. Renke*

Noch so eine Saison, und wir können zusperren.

Fieber oder Wahrheit? Bin noch zu schwach an besagtem Tag im August, aber drehe am späten Abend eine Runde die Straße hinunter. Erreiche die Ecke Villa Moor. Durch die Hecke bietet sich mir ein »absonderlicher«, wie unsere Baronin gesagt hätte, Anblick: etwa 15 der Stiernacken von den Oberländern, in Reih und Glied, jeder eine Fackel in der Hand. Wüsst ich's nicht besser, könnte es auch ein wenn auch grusliger Fasching sein. Dazwischen erkenn ich den Zahnarzt Noke und daneben, wie sich der Schwarzberger, in lächerlicher Bücklingspose, zum Affen macht. Die Uniform hab ich noch nie gesehen. »Glaub an Adolf Hitler! Sonst nichts!«, wird gebrüllt.

Die Woche darauf, ich fahre endlich wieder mit raus, sagt der Vater, während er im Kahn steht, die Netze einholt und die Fische aus den Maschen aufs Holz drückt: »Letztes Wochenende haben deine braunen Proleten versucht, im Kloster Feuer zu legen. Pass bloß auf, dass du dich in Zukunft noch im Spiegel anschauen kannst.«

»Sag du's mir, Paps. Aber zugeben musst du schon: sechs Klafter geht gut!«

Vor acht Wochen dann, ein letzter Tag im Altweibersommer, geht die Mutter zum Doktor wegen ihrer ewigen Unterleibsschmerzen. Was soll ich schreiben, es ist ein Krebs.

Und noch ein paar letzte Zeilen an meinen lieben Freund: Warum bist Du ins Holz, Clemens, und lässt mich hier allein? Seit vier Wochen lauf ich nun schon wegen Dir auf den Friedhof. Ich hoffe, Du schläfst nun besser.

Vorhin ist meine liebe Elisabeth aus dem Laden gekommen und hat mir das gähnend leere Bestellbuch vom November gezeigt.

Und den dicken Fang von letzter Woche:

Laichfischfang	*KW 48 1928*	*Renken*
	59 Stck.	*27. 11. 28*
	99 Stck.	*29. 11. 28*
	225 Stck.	*30. 11. 28*
	250 Stck.	*01. 12. 28*
	141 Stck.	*02. 12. 28*
	20 Stck.	*03. 12. 28*
	794 Stck.	*04. 12. 28*

Wohin mit dem ganzen Klump?

Nächste Woche soll ich zum Herrn Reichel vor, er will mir bei der Inventur helfen. Elisabeth wird mich begleiten, sie wird das Fräulein Heiß beschäftigen, die immer arg neugierig auf die Unterlagen schielt, wenn sie den Kaffee serviert. Und den Rednerkurs soll ich machen, wir einsamen Pioniere müssten zusammenhalten.

Wer soll das alles bezahlen?

Dann noch in drei Tagen, die letzte Ortsgruppensitzung des Jahres, diesmal im Hotel am Bahnhof, wo wir einst Theater spielten, Du und ich.

Wo ich wieder meinen Kopf für den Vorsitz hinhalten soll.

Jetzt bist Du nicht mehr, und ich, ja, was wird eigentlich aus mir. Ende des Rapports, lieber Freund.

Eine frühe Erinnerung: Sie sitzt auf dem Sofa im Kommodenzimmer, gegenüber dem Vertiko, und schaut gebannt auf den Vater, der sich, groß und rank und schlank, so wird sie ihn für immer behalten, vor dem Spiegel dreht und wendet. Er hat sich die Uniform angezogen samt dem braunen Mantel und der roten Armbinde. Er probiert mehrere Posen aus. Bei der einen, wo er besonders ernst schaut, hält er inne und legt die Schirmmütze, die er gerade erst aufgesetzt hat, wieder auf die steinerne Platte. Er sieht unheimlich gut aus, so gut, dass es ihr im Bauch kribbelt. Bevor er die Stimme erhebt, schmeißt er den Kopf in den Nacken. Es sieht sehr lustig aus, aber sie weiß, sie darf jetzt nicht lachen, es ist ihm ja sehr ernst. Wie alt mag sie sein? Drei Jahre?

»Wer nicht reden kann, lernt es!

... empfehle, das Parteiabzeichen auch öffentlich zu tragen –

... passive Mitgliedschaft nicht möglich –

Ihr sollt nicht Schauspieler, sondern nationalsozialistische Sprecher und dann Redner werden! Mit allen Fragen, die Sie in die Hirne unserer Volkgenossen hämmern werden, sollen Sie nicht nur vertraut sein, sondern, wie ein Instrument, das sich ganz und gar seinem Ziel hingibt, von innen heraus durchdrungen sein!«

Der Vater macht eine Pause, senkt den Kopf, sodass er sich von unten, mit bedeutendem Blick, selbst in die Augen schaut. Von der Couch aus schaut sie ihm ins Gesicht, in das Spiegelbild des Vaters.

»Sie beteiligen sich am Lehrgang nicht, um dem Nationalsozialismus oder unserem deutschen Volke ein Opfer zu bringen, sondern nur, weil Ihr Pflichtbewusstsein Sie dazu drängt!«

Jetzt schaut der Vater plötzlich so finster, dass sie sich die Hände vors Gesicht hält, aber durch die gespreizten Finger weiter hinschaut.

»Nicht ein Sichselbstgefallen, nicht Opfertum, sondern Pflichtbewusstsein, deutlicher: Ehrfurcht vor dem elementaren Grundgesetz der Natur ist es, was Sie bewegt, an dem Lehrgang teilzunehmen. Und darum ist der Erfolg uns sicher! In diesem Bewusstsein –«

Jetzt schreit der Vater fast.

»An die Arbeit! Heil! Fritz Reichel!«

Bevor sie richtig Angst bekommt, hört der Vater auf, sein Gesicht wieder, wie sie's kennt, er schaut sie im Spiegel an und lacht, dreht sich um und kommt auf sie zu, hebt sie zu sich hoch. Er hält sie vor den Spiegel des Vertikos – was sie sieht: sich selbst, mit hellbraunen, kinnlangen Locken, eine Spange im Haar, im Arm ihres Vaters, die Knie auf der Höhe seiner Hüfte, den Kopf an seine Schulter gelehnt, das elegante, senfgelbe Hemd, das ihm so gut steht, sein dünnes, freundliches Gesicht.

»Glaub bloß nicht, dass dein Vater so einen Schmarrn verzapfen würde, Anni. Deinem Vater kann man viel nachsagen, aber dumm – das ist er nicht.« Er lächelt sie an, seine Vorderzähne kommen ihr gerade jetzt besonders lang vor, aber er ist schön, der Vater, und sie vergräbt den Kopf in die Beuge zwischen seinem Hals und dem Schlüsselbein, damit sie sich nicht schämen muss, weil sie jetzt wirklich lachen muss.

Anna Maurers Vater Leonhard hatte sich in den letzten zwei Jahren nicht viele Freunde gemacht. Mit allen hatte er Krach, da war der Streit mit den Bauers vom benachbarten Hotel wegen einer Einfriedung des eigenen Grundstücks gewesen, für die es zwei Anträge und zwei Sitzungen im Gemeinderat gebraucht hatte, eine Lappalie. Ihr Vater fragte sich zwar – das hörte sie eines Abends am Küchentisch –, wozu denn der Herr Reichel eigentlich zweiter Bürgermeister, sogar nun Gauleiter der Partei sei, wenn es so lange brauche, seinen Einfluss geltend zu machen, am Ende müsse man doch alles selber machen. Woraufhin wieder einmal Streit unter den Erwachsenen ausgebrochen war.

»Jetzt hält sich die Kleine sogar schon die Ohren zu«, sagte Leonhard vorwurfsvoll, die Wut unterdrückend, die er auf seinen Vater hatte, der sich nun, da die Mutter todkrank war, nur noch wenig traute.

»Mir reicht es langsam mit deinem Reichspropagandaleiter, Leo.«

Die Rednerausbildung machte er nicht, »aus privaten Gründen«, wie er dem Herrn Direktor die Krankheit der Mutter verkaufte, doch im Grunde ging es ihm gegen den Strich, dass er sich wieder zum ersten Vorsitzenden hatte breitschlagen lassen, dieses »aus strategischen Gründen«, wie der Herr Reichel immer wieder betonte, wobei für ihn aber gar nichts heraussprang außer ein paar schneidige Gäste am Bootsverleih. Seine Nähe zum politischen Leiter schmeichelte ihm zwar, doch wollte er sich nicht vorführen lassen wie bei der letzten Ortsgruppenversammlung, als man, kurz vor Jahreswechsel, im Café Dora zusammengesessen hatte und mit den Marxens vorneherum einträchtig »Stille Nacht« gejault hatte – Leonhard dann aber unfreiwillig ein Gespräch zwischen dem Herrn Direktor und dem Schreiner Wimmer belauscht hatte, bei dem er nicht gut wegkam, er, ein »Weichei«, der sich von seinen Frauen zu Hause auf der Nase herumtanzen lasse!

Nicht nur das merkte er sich, sondern auch, als es auf den nächsten Wahlkampf zuging, wie man ihr Geschäft boykottierte. Mühsam hatte er den Blauen Stier zurückgewonnen. Diesmal hielt er sich mit seinem Engagement zurück, sollten die anderen vortreten und einstecken, er würde sich in Zurückhaltung, so wie es doch immer gesagt worden war, üben und seinen Listenplatz still aussitzen. Er sah dabei zu, wie sie vor allem mit einer Kampagne gegen die »Biersteuer hier im Eisenbahngebiet!« punkteten, und siehe da: Mit einem Mal standen sie im ganzen Gau viel besser da als noch vor eineinhalb Jahren, allein: Ihm blieb sein Platz im Gemeinderat aus fadenscheinigen Gründen versagt.

So stapfte Leonhard Maurer, den Bauch hart vor Groll, im Januar 1930 zur Villa des Herrn Direktor und verkündete seinen Austritt, sein Abonnement für die Steuerbroschüre und Parteizeitung wolle er allerdings behalten.

»Bitte, lass dich nicht von dieser braunen Pest verheizen.«

»Ja, Mutter. Ich bin doch dein Karli.«

Dieses Versprechen sollte das letzte sein, das die Mutter ihrem Sohn abnahm.

Gemeinsam stand man vor dem Krankenbett, in der Stadt, in einem Krankenhaus rechts der Isar, am Fußende der Grundschüler Joseph, an der Hand ihrer Mutter die kleine Anni, während ihr Vater die rechte und der Großvater die linke Hand der Sterbenden hielten. Dass etwas Großes passiert war, merkte Anni daran, dass es ihren Vater schüttelte, von oben bis unten, und sie, als sie zu seinem Gesicht aufschaute, das Wasser aus den Nasenlöchern laufen sah. So hatte sie ihn noch nie gesehen.

Die Leiche fuhr Leonhard eigenhändig mit einem der beiden Automobile des Dorfes, dem des Holler, mittlerweile auch PG, nach Herzach, und so konnte man die Mutter zu Hause unter die Erde bringen oder das, was der Vater und er als ihr Zuhause betrachteten, es war kurz nach Ostern, und es regnete Schnüre. Noch am Abend der Beerdigung, nach dem Leichenschmaus im Stier – von der ehemaligen Herrschaft war niemand gekommen: tot oder weggezogen, nichts Genaues wusste Leonhard nicht – unterschrieb er den Pachtvertrag, den er nun allein mit seinem Vater schloss, Leonhard Maurer, nun Fischer- und Schiffermeister.

Noch in derselben Woche setzte er ein Schreiben an einen Schauspieler aus der Stadt auf, der schon so lange nach der Möglichkeit einer sommerlichen Unterkunft fragte, wenn er Boot fuhr oder Fisch kaufte, und sagte ihm die Einmietung im zweiten Stock für drei Wochen in der kommenden Saison zu.

Vom Herrn Direktor persönlich war ein Kondolenzschreiben gekommen, etwas, das Leonhard ihm trotz der Querelen hoch anrechnete.

Die Enthaltsamkeit von der Partei der starken Meinung und das der Mutter gegebene Versprechen währten nicht lang, wurden die braunen Bazi doch, im September, zweitstärkste Kraft im Reich. Eine Woche später machte Leonard Maurer dem Herrn Direktor seine Aufwartung und trat, ohne viel Aufhebens, wieder ein, zudem in die Kriegsopferversorgung der Partei, eine »Art Rentenmodell für Männer wie Sie, plus 100 Reichsmark Sterbegeld«, erläuterte Herr Reichel.

»Einen Schnitzer kann man immer wiedergutmachen, mein Engel«, sprach Wieder-Parteigenosse Leonhard Maurer beim Abendbrot zu seiner Tochter, die im Mai vier Jahre alt geworden war, »nur bei zweien wird's schwierig. Jetzt kann die Zukunft beginnen!«

3

Den Jahresanfang ging er ruhig an. Die vergangene Woche war er von einer Katerstimmung in die nächste gestolpert. Erst Weihnachten, dann der Geburtstag seines Vaters und schließlich Silvester, das er ausgiebig gefeiert hatte, so sehr, dass er am Neujahrstag nicht mehr wusste, wie er in das fremde Bett in der Altbauwohnung im dritten Bezirk gekommen war. In einem Arm Marianne, im anderen ihre Freundin Bo, die ihm auf der Party endlich vorgestellt worden war. Ohne ihre Schuhe auszuziehen und in Klamotten – er im Frack, die Frauen im Abendkleid, Marianne in weinrotem Samt, Bo in einem eng anliegenden, schlichten Schwarzen –, mussten sie sich, irgendwann in den frühen Morgenstunden, aufs Bett geworfen haben.

An Bos Frühstückstisch, gegen Mittag, erteilten ihm die Frauen wegen seines Mitteilungsdrangs Sprechverbot.

In einer Absturzkneipe nicht weit von der Hofburg hatte er sich ausufernd über Hashtag #stolzdrauf aufgeregt, über die Debatte, die Österreich seit Monaten auf Trab hielt, wobei er, weil er in Fahrt gewesen war, ins Oberbayerische verfallen war, was den gesamten Laden Silvestergestrandeter in Aufruhr versetzt hatte. Grund hierfür war die Arroganz gewesen, mit der er über den noch nicht mal »hinter den Ohren trockenen« österreichischen Außenminister gesprochen hatte, den »Baby-Hitler«. Zu guter Letzt, nach dem Rauswurf, hatte er auch noch auf einen SUV mit Münchner Kennzeichen gepisst, was Marianne, während sie eine Aspirin ins Glas warf, zu ihrem Highlight des Abends auserwählte. Er erinnerte sich zum Glück nur dumpf bis gar nicht daran.

Auf der Toilette verlängerte er über das iPad seine Abwesenheitsnotiz um fünf Tage und meldete sich im System der Agentur krank, ohne einen Grund anzugeben. In den Hunsrück sendete er »ein frohes Neues«, mit dem Zusatz: »Bin erkrankt. Melde mich nach dem Sechsten. Benedikt.«

Als er Marianne mitteilte, während Bo unter der Dusche stand, dass er die nächsten Tage gern im Bett verbringen würde, mit ihr, wie früher, Serie glotzen, essen, Kinder machen, schlafen, aufstehen, duschen, Serie glotzen, Kinder machen, essen, schlafen, aufstehen, Serie glotzen, duschen, Kinder machen, eine ganze Woche lang, wurde sie plötzlich hellwach. Ihre Kiefermuskeln verspannten sich. Statt ihm um den Hals zu fallen, schließlich hatte er seine Wünsche endlich einmal geäußert und nicht darauf gewartet, was ihr Begehr sein würde, äußerte sie ein zurückhaltendes »Schön«.

Ach, wenn er nur ein einziges Mal in den Körper einer Frau schlüpfen könnte, kurz nur, und aus ihm heraus in die Welt sehenkönnte, ja, was wäre dann? Vielleicht wäre er weniger unter Druck. Vielleicht könnte er sich dann, ganz als Mann, von außen sehen, vielleicht gefiele er sich, vielleicht auch nicht. Er hätte gern gewusst, was Marianne unter Männlichkeit verstand, aber sie zu fragen wäre wahrscheinlich unmännlich gewesen, womöglich hätte sie gesagt: »Nimm dir das, von dem du glaubst, dass es dir zusteht.«

Nachdem er ihr am zweiten Weihnachtsfeiertag telefonisch, von Freiburg aus, die Testamentseröffnung geschildert hatte, hatte er aus ihrer Stimme Erleichterung herausgehört. Jetzt war er sich nicht mehr sicher, was diese Erleichterung ausgelöst hatte – sein Gefühlsausbruch an Heiligabend oder die überraschende finanzielle Absicherung?

Dass er sich oft in diesem Entweder-oder-Denkmuster verfing, bereitete ihm seit einiger Zeit Kopfzerbrechen.

Vielleicht hatte sie sich, darauf kam er nicht, einfach nur für ihn gefreut.

Den Nachmittag verbrachten sie bis in die Abendstunden bei Bo. Während er Karotten und Kartoffeln für einen Auflauf schnitt und Bo einen Salat zubereitete, saß Marianne am Tisch und las ihr Jahreshoroskop aus einer Frauenzeitschrift vor: »Liebe & Partnerschaft – Sie spüren, dass sich Ihre emotionalen Bedürfnisse ändern und ein altes Beziehungskonzept nicht mehr so richtig greift. Im April bekommen Sie eine Ahnung, wie eine super Partnerschaft aussehen könnte, nämlich unkonventionell (vielleicht mit einem wesentlich jüngeren Mann) –«

»Den hast du doch schon«, lachte Bo.

»Wesentlich jünger«, sagte Marianne und warf ihm einen Luftkuss zu. »Wie alt bist du, Schatz?«

»Sehr witzig«, sagte er.

Fast auf den Tag genau trennten sie sechs Jahre, eine Tatsache, die, von außen betrachtet, niemandem auffiel. Das Mädchenhafte an Marianne – die dunklen Augen, das spontane, fast naive Strahlen und die glatte, hohe Stirn – dominierte die mittlerweile sichtbaren Fältchen an den Mundwinkeln und um die Augen. Sie wirkte um Jahre jünger, wohingegen man ihrer Freundin die Anfang vierzig ansah.

Nach dem Essen räumten sie den Tisch frei und holten das

Bleigießen nach. Danach rückten sie Gläser, was nicht funktionierte, keine Stimme aus dem Jenseits fühlte sich eingeladen, obwohl Bo darin geübt war. Für das Nichtgelingen machten die Frauen ihn verantwortlich. Er sei ein Spielverderber, ein langweiliger Möchtegernfaktenchecker, redete Marianne sich in Rage, heute mit Publikum.

Auf dem Nachhauseweg spürte er den Impuls, sich zu entschuldigen, aber er zügelte sich. Stattdessen versuchte er es mit Humor: »Wenn wir nach Hause kommen, versohle ich dir den Hintern.«

»Spinnst du«, entgegnete sie.

»Dann versohlst du ihn mir halt«, grinste er. »Vielleicht meldet sich dann das Jenseits.«

Sie boxte ihn.

In der zweiten Januarwoche war er wieder zurück im Tagesgeschäft und erfuhr, dass die Homestory »Hunsrück« nicht rausgegangen war. Zudem verbuchte die Partei während der Landtagswahlen im Osten einige unangenehme Pressevorfälle. Der Agentur lag ein Schreiben vor, in dem darum gebeten wurde, keine Informationen ohne Rücksprache mit dem Parteivorstand an die im Anhang aufgelisteten Pressevertreter herauszugeben. Die Liste war lang. Man stellte klar, dass die »links-grün versifften« Medien ihre Interessen auf Kosten der Demokratie, wann immer es ihnen möglich sei, mit sprachlicher Gewalt durchzusetzen versuchten. Einige Vertreter der Ortsgruppen aus dem Osten seien während der Landtagswahlen bedroht und beleidigt worden. Man stelle sich heute, und besonders in der Zukunft, mit aller Kraft gegen die meinungsbildende Definitionsmacht einer gelenkten Medienlandschaft.

Die ins Wasser gefallene Homestory lag auf dem Konferenztisch. Auf den Fotos war keine Familie zu sehen, nur der Hund, der

Politiker als Jäger und eine Menge abgeholzter, mit Schnee bedeckter Baumstämme. Bene schenkte sich Kaffee ein und überflog den Text:

Zum Jagen in den Hunsrück – entspannt und zuversichtlich blickt er von seinem Hochsitz ins neue Jahr

Mit seinem kleinen Bruder teilte sich der Politiker von den Europaskeptikern in seiner Kindheit ein neun Quadratmeter großes Zimmer. Klein und überschaubar war ihr Alltag im Arbeiterviertel, in dem sie aufwuchsen, wo der Putz von den Wänden fiel. Arm fühlten sie sich aber nicht. Sie hatten immer mehr als andere Familien, deshalb spielten sie auch gern Robin Hood. Wann immer die Brüder Zeit fanden, gingen sie zur Jagd, erst mit Pfeil und Bogen, später mit Barnett und heute mit Jagdgewehr. Das Töten ist es nicht, das ihn an diesem Hobby begeistert, vielmehr ist es die Konzentration, die das Jagen erfordert, sie hat ihn professionalisiert. Es ist ihm bewusst, dass die Leidenschaft für die Jagd nicht jedem gefällt – besonders jenen nicht, die glauben, durch Meinungskorridore und Redeverbote bei bestimmten Themen könnten die Probleme unserer Zeit gelöst werden …

Die ersten Kollegen kamen mit Kaffeedurst und grüßten. »Wer von euch hat diesen Mist geschrieben?«

»Du ja wohl nicht«, blaffte ein Kollege zurück.

Ein paar Minuten später begann die Sitzung. Er klappte seinen Laptop auf. Sein Postfach hatte er am frühen Morgen zu Hause schon überflogen und ein paar Nachrichten beantwortet: Neujahrsgrüße von Bekannten, Telefontermin mit Hunsrück nach der Redaktionssitzung, Termin Hamburgreise im Februar. Er hatte den Redaktionsplan aktualisiert, das Bildmaterial geordnet und die Posts des Kollegen gecheckt, der für die Accounts der Partei zuständig war. Nordafrika, Naher Osten, Flüchtlingsströme –

der Ton auf den Kanälen war in nur wenigen Wochen rauer geworden.

Auch in den Redaktionssitzungen war ein Kurswechsel spürbar, die Stimmung unterirdisch. Die neuen Kollegen wurden von Chris auf Mark und Bein geprüft. Die Einstellungskriterien hatten sich geändert. Hatte er früher auf Ausbildungsinstitute und Textproben Wert gelegt, so entschied er seit einiger Zeit nach persönlichen Zielen und Werten des Bewerbers. Quereinsteiger mit Gewinner- und Leistungsgen, familienbezogen und vernetzt mit Vereinen und/oder Organisationen hatten gute Karten. Persönlichkeiten, die zu viele Fragen stellten, lehnte er, brachten sie noch so gute Referenzen mit, von vornherein ab. Den Vielfragern, die schon lange an Bord waren, hatte er zum Anfang des Jahres gekündigt, und die Praktikantin, die in der Projektleitung angesiedelt gewesen war, war nach zwei Wochen mit dem Satz »Auf Nimmerwiedersehen, Nordkorea« freiwillig gegangen.

Am Ende der Sitzung zitierte ihn der Boss in sein Büro und überreichte ihm eine schriftliche Abmahnung. Er könne ab sofort keine Ausnahmen mehr machen. Sich ohne Urlaubsantrag einfach fünf Tage freizunehmen und nicht mal mehr ans Telefon zu gehen, gehe nicht mehr, er brauche mehr Kontrolle. Er schob einen neuen Vertrag mit Homeoffice-Regeln über den Tisch, eine Verschwiegenheits- und Konkurrenzklausel inklusive, mit Androhung einer Strafzahlung von 20 000 Euro bei Nichteinhaltung. Außerdem teilte er ihm mit, dass er ihn, mit dem heutigen Tag, nie wieder in seinen angeranzten Laufschuhen sehen wolle. »Ich bitte um Verständnis. Und: Ich leit dir gleich ein Mail weiter. Check doch mal bitte, ob es Handlungsbedarf gibt, gerne kannst das auch mithilfe deines Schwagers klären. Ich hab nämlich auch der IT-Firma gekündigt, die Mitarbeiter sind Schlaftabletten und nie erreichbar. Eine neue haben wir noch nicht. Na, servas.«

»War's das«, beendete Bene das Gespräch. Ohne eine Antwort abzuwarten, stand er auf und verließ das Chefzimmer.

Ihre Datago Kundennummer lautet: 205498
Hallo Agentur Milch,
dies ist eine wichtige Information für Ihren Datago Benutzeraccount mit der Kundennummer 205498 und dem Vertrag 146846
Sie erhalten diese E-Mail von uns, um Sie bestmöglich zu informieren! Aus diesem Grund bitten wir Sie darum, diese E-Mail aufmerksam durchzulesen, da sie wichtige Informationen enthält!
+++
Worum es geht: Umfangreiche Wartungsarbeiten auf dem Server, auf dem sich Ihre Daten befinden.
Zeitraum: In der Nacht vom 09. 01. 2015 auf den 10. 01. 2015 – ab 22 Uhr
Dauer: voraussichtlich bis 10. 01. 2015 um 6 Uhr morgens
+++

// Was ändert sich? //
Die Wartungsarbeiten umfassen folgende Änderungen und Neuerungen
– Aktualisierung bzw. Abschaltung diverser Dienste
– Neue Funktionen, die auf Ihrem Server bisher nicht aktiv waren, werden hinzugefügt
– Optimierungen von Spamerkennungsroutinen
– PHP 8.1 auf sämtlichen Servern
– Unterstützung von TLS 1.3 (ein optimierter Handshake von TLS 1.3 wirkt sich positiv auf die Ladezeiten aus)

– Wechsel von YourSQL auf JosefDB Version 10. 1. 15
Die Entscheidung, eine Umstellung auf JosefDB vorzunehmen, basiert darauf, dass JosefDB sich als das deutlich geeignetere Datenbankmanagementsystem entwickelt hat; insbesondere in Hinblick auf Kompatibilität, Geschwindigkeit und Abarbeitung großer Datenmengen.
Zu Ihrer Information: Da beide Datenbankverwaltungssysteme (YourSQL und JosefDB) eine 100-prozentige Kompatibilität zur Datenbanksprache SQL anstreben, ist die Kompatibilität mit YourSQL in der Regel vollständig gegeben.

// Was müssen Sie tun? //
Ihrerseits ist es vor der geplanten Umstellung zwingend notwendig, sicherzustellen, dass jegliche von Ihnen eingesetzte Tools, Apps und Software das Ende ihres Produktlebenszyklus noch nicht erreicht haben und auf einem aktuellen Stand sind.
Nur so bleibt die bisherige Funktionalität gesichert. In der Regel bestehen Kompatibilitätsprobleme nur bei nicht mehr unterstützter Software, nicht mehr aktueller Softwareversion oder Eigenentwicklungen. Wir bitten um Verständnis, dass wir im Falle eventuell eingesetzter Eigenentwicklungen leider keine gesicherten Auskünfte geben können, und bitten Sie, sich diesbezüglich an Ihre verantwortliche Stelle zu wenden.
Sofern Ihre Systeme auf dem neuesten Stand sind, werden (oder sollten) die geplanten Änderungen fehlerlos umgesetzt werden können und die Erreichbarkeit Ihrer Daten wie gewohnt bestehen bleiben.
Wir freuen uns, mit diesen Wartungsarbeiten eine Vielzahl an Verbesserungen implementieren zu können, wodurch die Performance und Sicherheit der Systeme technologisch weiter optimiert wird.

// Bei Rückfragen stehen wir Ihnen gerne zur Verfügung! //
Sollten Sie Fragen zu dieser E-Mail haben, so antworten Sie bitte einfach auf diese E-Mail. Unser freundlicher Kundenservice steht Ihnen an 365 Tagen im Jahr, wie gewohnt, gerne zur Verfügung.

Für Fragen und Anregungen stehen wir Ihnen gerne zur Verfügung.
Senden Sie einfach eine E-Mail an: support@datago
Mit freundlichen Grüßen
Ihre Datago Kundenbetreuung

Er leitete die E-Mail an Henk, nicht an Arne weiter, denn er befürchtete, dass der Vorgang sich wieder über Tage, wenn nicht Wochen hinziehen würde. »Ist das interessant für uns? Gruß, B.«

Kaum hatte er die Mail rausgesendet, bekam er eine Sprachnachricht: »Klar. Brauch nur den Zugang zum Server. Bin mal gespannt, was da alles draufliegt. Wie ich deinen Chef kenne, liegen da, sicherlich verschlüsselt wie ein Panzerschrank, seine rechtsradikalen Goldzertifikate, vielleicht Kinderpornos oder andere leckere Abgründe. Super. Check.«

Um ungestört zu sein, lief er, eingepackt in seinen Winterparka, durch den Stadtpark, der nicht weit von der Agentur entfernt lag. Er hörte den starken Wind am anderen Ende der Leitung. Hunsrück, wie er den Politiker insgeheim seit der Homestory nannte, hatte das neue Jahr an der Ostsee begonnen, selbstverständlich auf Rügen. Über die Feiertage hatte er seinen Wortschatz um einige Superlative erweitert. Am spektakulärsten sei die Tatsache, dass er sich um kein Amt mehr bemühen müsse, die Ereignisse hätten sich in den letzten Tagen überschlagen, er sei von der Spitze regelrecht angefleht worden, sich für den Bundesvorsitz aufstellen zu lassen, da nur er die Flügel der Partei zusammenführen könne, die Kollegen aus dem Osten würden kein Maß kennen. Am bombastischsten sei, dass er jetzt schon angekommen sei, er spüre eine enorme Kraft, endlich anzupacken, alles auf Spur zu bekommen, dabei müssten einige Köpfe rollen und die Presse mitspielen.

Bene fiel es schwer zu gratulieren, aber er tat es.

»Und wer sind die Sponsoren für Ihren bevorstehenden Wahlkampf?«

»Machen Sie sich darüber mal keine Gedanken.«

Festhalten wollte Hunsrück jedoch, dass er außerordentliche, sozusagen die allerbesten Kontakte zu mittelständischen deutschen Unternehmen habe, darunter so einige wohlgesinnte Familienunternehmen. Doch leider seien diese, verständlicherweise, durch einige Kollegen, die sich immer wieder über rote Linien hinwegsetzten, verunsichert. Die Parteiaustritte würden wöchentlich steigen.

Nachdem Henk in den Stunden der Wartungsarbeiten, trotz enormen Aufwands, unterstützt von einem seiner Hui-Hui-Kontakte, die er jederzeit anrufen konnte, seine SOS-IT-Kumpels, auf dem Server nichts, aber auch gar nichts, nicht einmal in besonderem Maß verschlüsselte Top-Secret-Ordner, -Dateien oder -Dokumente, gefunden hatte, fuhr Bene nach Hamburg.

Entgegen seiner Gewohnheit war er mit dem Flieger gereist. Henk empfing ihn mit übler Laune. Wenigstens hatte er sein Sofa freigeräumt.

»Und jetzt? Haben wir irgendwas Brauchbares? Seit Monaten treten wir auf der Stelle. Hat dein Politiker was gucken lassen? Was machst du eigentlich die ganze Zeit in Wien?«

Bene öffnete ein Bier und setzte sich auf Henks Schreibtischstuhl. »Erstens: Ruhe bewahren. Zweitens: Bis nach dem Wahlkampf warten. Ich weiß schon gar nicht mehr, warum wir das alles machen. Wie es aussieht, erledigen sich diese reaktionären Idioten doch gegenseitig, Spenden hin oder her. Drittens: Ich möchte mal wieder durchatmen. Hunsrück lässt nichts durchblicken. Ich glaube, wir müssen es anders angehen, an einen Berater ran oder so. Aber ehrlich gesagt, habe ich die Schnauze voll, ich würde gern mal wieder richtig gut schlafen und raus aus der Social-Media-Scheiße.«

Wortlos nahm Henk sein Bier und knallte die Wohnungstür. Bene sah auf den noch aufgeklappten Laptop vor sich: *Ich schlitz dich auf, du Schwein! – An einem Werbestand der Euroskeptiker auf einem Hamburger Wochenmarkt kam es am Mittwoch zu einer Rangelei. Der Angreifer zog seinen Huddi aus, schleuderte ihn auf das Plakat und streckte einem Standbetreuer seine nackte Brust mit dem Schriftzug: ›Halt's Maul‹ entgegen. Zwei Unterstützer der Partei hielten den Randalierer fest, bis die Polizei kam ...*

Bene klappte den Laptop zu. Henks Stil war seit der letzten textlichen Auseinandersetzung nicht mehr nur gefühlsduselig, sondern hetzerisch geworden.

»Musste mal um den Block. Du bist wirklich ein Weichei. Ich hätte sicherlich schon längst Fakten geschaffen, wäre ich so nah an diesen Schweinen dran wie du.« Henk war außer Atem.

Bene drückte sich aus dem Stuhl. »Ich schlitz dich auf, du Schwein! Was für eine Schlagzeile. Fantastische Leistung. Bravo.«

Er klappte den Laptop wieder auf.

»Pass auf«, sagte Henk und schubste ihn zur Seite. »Bist nun du im Betrieb oder ich. Deine journalistische Ethik stammt aus der Mottenkiste, das interessiert niemanden mehr, Fakten hin oder her, du musst eine Story fühlbar machen, so sieht's aus. Setz du dich mal in eine Redaktion, dann weißt du, was Sache ist.«

»Fuck, du bist ein so verdammt selbstverliebtes Arschloch«, brüllte er ihn an.

Henk wollte einlenken, aber es war zu spät.

Beim Hinausgehen kickte Bene die im Flur herumliegenden Schuhe an die Tür. Im Treppenhaus hörte er Henk, außer sich vor Wut: »Du Memme. Du Moralapostel. Fick dich.«

Die Zeit bis zum Rückflug gammelte er am Flugplatz herum. Er legte sich auf eine der am Check-in herumstehenden Bänke und schlief ein. Ein Sicherheitsbeamter hatte Mühe, ihn zu wecken. Er war zwei Stunden weggetreten gewesen, das Boarding hatte schon begonnen. Kurz vor dem Abflug textete er Henk: »Das war's. Wir ziehen nicht mehr an einem Strang, vielleicht haben wir das noch nie.«

Er hätte es besser wissen müssen, Trostpflaster oder Mülleimer sein ging für Marianne nicht. Und schon gar nicht unter der Woche beim Inder, wo sie sich so sehr auf ein entspanntes Abendessen gefreut hatte. Sie hatte Fragen gestellt. Er hatte geantwortet. Angefangen bei den unsäglichen Agentursitzungen mit Chris, der sich vom lässigen Startupper zu einem autoritären Unternehmer-Fuzzi entwickelt hatte, bis hin zu Hamburg, wobei er den wichtigen Teil aussparte und nur seine Wut auf Henk und seinen Abgang schilderte, was Marianne nicht nachvollziehen konnte, da ihr die relevanten Informationen fehlten.

Als sie nach Hause kamen, nahm sie ein Bad. Er schaltete den Fernseher an. Parallel hörte er sein Smartphone piepen. »Hoffe, du hast dich wieder eingekriegt. Über sechs Prozent. Die Stimmen sind ausgezählt.«

Ausgerechnet Hamburg. Das erste westdeutsche Landesparlament. Niemals hätte er das für möglich gehalten, überall, aber nicht in Hamburg. Überall in Deutschland, aber nicht dort.

Er klopfte an die Badezimmertür und hörte Marianne flüstern. Ohne ein »Ja, bitte« abzuwarten, trat er ein. Sie beendete das Telefonat abrupt, ohne Verabschiedung und bat ihn so übertrieben einladend, zu ihr in die Wanne zu steigen, dass er nicht umhinkam, misstrauisch zu werden. Sie hatte Duftkerzen, ein Gemisch aus Eukalyptus und Sandelholz, angezündet. Er zog sich aus und nahm ihr das Telefon aus der Hand. Sie lächelte. »War Bo.«

Er stieg zu ihr in die Wanne. Sie mied den Blickkontakt, sah auf ihre Brust und bewarf ihn mit Schaum. Er zog sie an sich und küsste sie.

»Sie sind in Hamburg über die Fünf-Prozent-Hürde gekommen«, sagte er, als sie sich wieder zurücklehnte.

»Nicht jetzt, bitte.«

»Was ist eigentlich mit Bo, habt ihr was miteinander?«

»Oh, nein. Aber schön wäre es. Wünsche mir mehr Freiraum. Hast du nicht auch so ein Bedürfnis? Wir zerren ja schon länger aneinander herum.«

Sie schloss die Augen.

»Das finde ich nicht. Wir fangen doch erst an. Vielleicht sollten wir umziehen oder einen längeren Urlaub machen? Oder ein Kind? Mir fällt da schon so einiges ein.«

Sie legte ihre Hand auf seinen Oberschenkel. »Mal sehen.«

Nachdem die Partei auch in Bremen knapp in den Landtag gewählt worden war, textete Henk weiterhin, als sei nichts gewesen. Neuerdings produzierte er Fernsehformate in Eigenregie. Er versuchte, den vor dem Landgericht München stattfindenden Prozess um die »Dönermorde« für sich auszuschlachten. Kamera und Ton hatten zwei ihrer ehemaligen Kommilitonen übernommen. Selbstverständlich hatte er auch ihn gefragt, ob er denn, wenn nicht vor Ort, dann doch in der Postproduktion dabei sein würde. Bene hatte weder zu- noch abgesagt. Von ihm kam nichts, keine Textnachricht, keine Mail, kein Anruf, obwohl die Nummer seines Freundes wochenlang auf dem Display aufblinkte. Irgendwann hörte Henk auf, ihn auf dem Laufenden zu halten. Bene aber wusste, egal, wen Henk vor die Kamera zöge, ob Kläger oder Verteidiger, allen würde er dieselbe Frage stellen: »Wie sehen Sie es, wie blind ist unser Rechtsstaat auf dem rechten Auge?«

Im Juli glaubte Hunsrück, mit dem Aufräumen in der Partei begonnen zu haben. Er hatte seinen Konkurrenten ausgestochen. Dabei hatte er übersehen, dass er seinen einzigen liberalen Verbündeten ins Aus geschossen hatte.

Bene verfolgte den Parteitag und die Wahl zum Bundesvorstand mit den Kollegen in der Agentur. Hunsrück hielt eine für seine Verhältnisse überzeugende Rede, die den Saal begeisterte: »Nach einer längeren Verschnaufpause, die für uns nötig war, um uns wieder zu fokussieren, nachdem man uns medial auszulöschen versucht hat, stehen wir mit neuer Kraft wieder auf. Die Landtagswahlen haben es bewiesen, nicht nur im Osten werden wir gebraucht, wir sind angekommen. Die Menschen im Norden, Süden, Westen oder Osten, sie gehen wieder an die Wahlurne, das verdankt Deutschland uns. Frau Kanzlerin, packen Sie ein, wechseln Sie Ihren Kurs, Sie werden verlieren, sich und Ihr Land!« Der Saal tobte, hatte sich aufgeheizt. Bene wurde schwummrig, er brauchte frische Luft, aber er schaffte es nicht vor die Tür.

Die gesamte Belegschaft gratulierte ihm. Sein letzter Post, »Eine Armlänge Abstand schützt unsere Grenzen nicht«, war dermaßen durch die Decke gegangen, dass er sich geschworen hatte, so schnell wie möglich das Schiff zu verlassen. Aber es dauerte. Er konnte sich nicht erklären, warum er immer noch zögerte, obwohl seine Nächte ein Graus waren. Regelmäßig wachte er schweißgebadet auf, und er wusste, es lag nicht an den Hundstagen, die die Wiener so oft wie möglich aus der Stadt drängten.

Anfang August hatte er es sich zur Angewohnheit gemacht, egal, wann er nachts aufwachte, seine Trainingsklamotten anzuziehen und einfach loszulaufen, anfangs nur ein paar Kilometer, wenige Wochen später schaffte er zehn. Nun lief er nicht mehr nachts, sondern bei Sonnenuntergang, wenn die Temperaturen etwas nach unten gingen, was seinen Schlafrhythmus wieder ins Lot brachte und seinen Körper um einige Kilo leichter werden ließ. Auch schaltete er seinen Onlinezugang fürs Schachspielen wieder frei. An manchen Tagen rief er mehrmals in Freiburg an, um mit seinem Vater Spielzüge zu diskutieren, die ihm Kopfzerbrechen bereiteten.

Im Herbst war er wieder einigermaßen bei sich angekommen, sodass er, sobald er unter Hochdruck kam, alles besser zu dosieren verstand: die Reportagen und Meldungen über den Krieg in Syrien, die Bilderflut der Fluchtroute übers Mittelmeer und durch den Balkan, die Abschiebehaltung Österreichs, die durch das Babyface im Außenministerium verkündet wurde, die katastrophale Fratze, die Frontex zeigte, die Berichte über Schlepperbanden, die Menschenmassen am Bahnhof in Budapest und, nicht zu vergessen, das freundliche Gesicht der deutschen Regierungschefin. Er drehte weiter seine Runden, Kilometer um Kilometer. Er war auf einem guten Weg, kraftvoll und nicht aus der Ruhe zu bringen – doch am Tag, als die Kanzlerin vor die Kameras trat und verkündete: »Wenn wir jetzt anfangen, uns noch entschuldigen zu müssen dafür, dass wir in Notsituationen ein freundliches Gesicht zeigen, dann ist das nicht mein Land«, beendete Marianne die Beziehung.

Ihre gemeinsame Geschichte war auserzählt, vorbei, für immer, vielleicht aber auch nicht, nicht für ewig. Das hatte er ihr noch abgerungen, dieses *nicht für ewig*, bevor sie ihm für diese eine Nacht noch gestattete, im Wohnzimmer auf dem Sofa zu übernachten, was er aus Stolz ablehnte und im Nachklang, Tage später, so sehr bereute, dass er ihr Nachricht um Nachricht sendete, ihr mehrfach auf die Mailbox sprach und darüber erschrak, wie verflucht er war, ohne sie.

4

»Der Staatssekretär im Reichs-pfi-nanzmi-nis-terium lädt Herr-n Maurer ein, der Pfor-nahme des ersten Schp-aten-stichs zum Bau der Rei-chs-pfi-nanzschule in Heeer-zach bei-zu-wohnen.«

»Sehr gut, Anni, sehr gut. Lies weiter.«

»Der eers-te Schpaten-stich wird am 21. 9. 1935 nachmittag 15 Uhr durch den Herrn Reichsminister der Pfinanzen Graf Schweerin von Krosi-g-k pfoorr-genommen werden.«

»Gut, Anni. Weiter.«

»Um Antwort wird gebeten bis 19. Sept. 1935, Pfern-sprecher Heer-zach 399.«

Anni ließ das Schreiben sinken und schaute den Vater, der ihr gegenüber am Küchentisch saß, erwartungsvoll an. Durch das Fenster in seinem Rücken sah sie den Schatten, den die Badeanstalt vor der Abendsonne über die Seepromenade bis auf das Grundstück warf. Rechts neben ihr, an der einen Stirnseite, zum Gang hin, saß ihr Bruder Joseph, während die Mutter, die gerade den Laden zugesperrt hatte, ins Haus kam und begann, den Rettich fürs Abendbrot zu schneiden.

»Noch mal«, rief Joseph, den Blick auf seinen Vater gerichtet, »noch mal. Wir werden dir bei-woh-nen!«

»Ja, fang noch einmal von vorn an«, sagte der Vater. Anni hob das Blatt Papier, rutschte mit dem Gesäß auf die Stuhlkante und drückte den Rücken gerade. »Der Staaats-sekretäär der Pfinanzen-«,

»Finanzen, Fi-«, korrigierte Joseph.

»Der Staatssekrätär der Pfi-«, wiederholte Anni, »Finanzen, Fi-«, unterbrach sie Joseph.

»F wie Eff, Oberzähne auf Unterlippe«, erklärte der Vater.

»Eff. Eff«, wiederholte Anni und schaute dabei abwechselnd zu Joseph und dem Vater.

»Genau. Das geht doch schon prima. Und jetzt noch mal von vorn.« Der Vater schaute freundlich.

»Der Staatssekretär der Pfinanz-, Pfi-nanz-, Pfi-«, zischte Anni erneut durch ihre Zahnlücke, und während ihr Bruder vor Lachen gluckste, spürte sie ihr Gesicht heiß werden, aber noch bevor die Tränen aus den großen, blauen Augen kullerten, sagte der Vater: »Gut gemacht. Und jetzt geh rauf und hol den Großvater aus dem Geisterzimmer, es ist Brotzeit.«

Sie stand auf, rannte aus der Küche, die Treppe hinauf in den oberen Stock, klopfte an die Tür des Großvaters, riss sie auf, ohne eine Antwort abzuwarten, stürmte hinein und warf sich auf den Schoß des Alten, der gerade eine Pfeife paffte.

»Habt's gestritten«, sagte er, während er der Schluchzenden übers Haar strich.

Im einst so beschaulichen Fischer- und Bauerndorf am See lag nichts mehr in der Luft, es wehte nun der eindeutige Wind der Zukunft. Zwar hatte es zwei Jahre zuvor, als die Braunen gewonnen hatten und auf dem Rathaus, am Dampfersteg und dem Dorfstachus die neue Fahne gehisst worden war, ein paar unruhige Wochen gegeben, was in einigen Bewohnern ungute Erinnerungen an das alte Chaos geweckt hatte, der Unterschied aber war, dass die Neuen gar keine Neuen waren, sondern vielmehr diejenigen, die man bereits seit Jahren kannte, nur dass sie ihre Gesinnung jetzt offen zur Schau stellten, indem sie, von einem Tag auf den anderen, die weiß-blaue Fahne in die Truhe legten und gegen den »roten Fetzen«, wie der Großvater sagte, eintauschten, wie eine alte Haut, die man nicht mehr riechen konnte. Keine zehn Pferde könnten ihn dazu bringen, das Land der Bayern einzumotten, und so lief es bei den Maurers auf die mehr oder weniger einvernehmliche Lösung hinaus, dass der Alte an Festtagen, zu denen vor allem der Geburts- und Todestag des Königs sowie auch der Geburts- und Todestag der lieben Baronin sowie sein eigener Geburtstag, der nun schon seit 67 Jahren mit dem des Königs zusammenfiel, zählte, die Bayernfahne aus seinem Fenster zum Hof, mit Blick auf die Straße hängen lassen konnte, während vorne, zur Promenadenseite hin, am Führergeburtstag, dem Tag der Arbeit, zu Erntedank und in Erinnerung an den schwarzen Tag im November die Parteifahne am Blumenkasten vor dem Schlafzimmerfenster von Annis Eltern flatterte, dort, wo jeden Sommer prächtige Geranien blühten. Und auch für das weiße Monstrum im Vorgarten, die Büste des alten Monarchen, der mehr als zwei Dekaden bei Wind und Wetter schwergewichtig über die Promenade Richtung Wasser geblickt und dabei über den Segen der Fischerei Maurer gewacht hatte, wurde ein Kompromiss gefunden: Er musste zwar seinen »prominenten« Platz räumen, wie Anni ihren Vater sagen hörte, als er, am Zaun stehend, mit dem Herrn Keck sprach, einem Architekten und »Bonzen«, wie er ihr zuflüsterte – die Büste durfte aber in den Fischladen umziehen, wo sie neben einem Wolpertinger mit Entenfüßen, dem Körper eines Hasen, den Flügeln eines Eichelhähers, dem Kopf einer Eule – ein Wesen, vor dem sich vor allem die Kinder fürchteten – und dem ausgestopften 20-Pfund-Hecht stehen durfte, den der Alte im Sterbejahr der Matriarchin, »als letzten Gruß von meiner Frau, Gott hab sie selig«, aus dem Netz gezogen hatte. War er während des Fischverkaufs zugegen, konnte er von seinen Erinnerungen an die gute alte Zeit berichten, etwas, das sich bei der Kundschaft schnell herumsprach, sodass man den Fisch nun öfter Am See 24 als bei Pittners holte, um diesem Herzacher Unikum, Luki Maurer – dem alten Messdiener des Königs und Gesellen der ehemaligen Hoffischerei des »Gruselkabinetts Wittelsbach« – bei seinen Gschichteln zuzuhören, während seine hübsche Schwiegertochter Elisabeth den Fisch ins Altapier mit den gleichgeschalteten Wörtern des *Herzacher Boten* oder in die stillen Seiten der schreienden Parteizeitung wickelte und den Alten, mit ihrer unvergleichlich sanften Art, ausbremste, wenn er doch einmal zu politisch wurde.

Dass sein Sohn Leonhard, früher einmal ein bescheidener Mensch, bei den Oberen einen ganz besonderen Stein im Brett haben musste – wie sonst war es möglich, dass Maurer senior derart offen über die »braune Landplage« sprechen konnte, ohne dass es Konsequenzen hatte –, war offensichtlich.

Noch bis nach dem großen Finanzkrach ein Mann, der sich nicht zu schade gewesen war, einen Kriegskrüppel seinen besten Freund zu nennen, sich um seine kranke Mutter zu kümmern und dabei die Aufbauarbeit für den Familienbetrieb zu leisten, obwohl er ja selbst an manchen Tagen wie eine rachitische Bohnenstange aussah, wie der Pfarrer ihm über die Hauptstraße, die jetzt Fritz-Reichel-Straße hieß, hinübergerufen hatte, saß er nun beim Haareschneiden und erklärte den Wegzug des seit Jahrzehnten in der Bahnhofstraße ansässigen Rechtsanwalts Winter, dem doch bloß ein paar Lausbuben die Scheibe eingeworfen hätten, bevor sich dann ein neuer Doktor, eine Koryphäe auf internistischem Gebiet, dort niedergelassen habe. »Koryphäe«, wiederholte Leonhard, den Kopf im Nacken, während ihm der Friseur den Rasierschaum aus dem Gesicht schliff. Was er allerdings zugeben müsse, sei die etwas zu abschreckende Wirkung, die die mehrwöchige Schutzhaft des Eisenmachers Anton hervorgerufen habe, warum die hier eh schon an Gespenster glaubenden Leute so ins Bockshorn jagen, der Anton sei ein roter Hund, das sei gewiss, aber an diesem ehrlichen Mann ein Exempel zu statuieren, da seien die Parteibonzen aus München etwas übers Ziel hinausgeschossen, aber das wisse man ja, fand Maurer junior und spürte die wohlige Wärme der Selbstgewissheit die Wirbelsäule heraufsteigen. Wie gut er jetzt reden konnte, jetzt, wo er den Posten im Gemeinderat hatte. Er, der Mann vor Ort, der wusste, aus welchem Holz die Leute hier geschnitzt waren, er war ja einer von ihnen. Sie würden es schon noch sehen, hatte er doch Verbindungen nach weit oben, bis ins Finanzministerium nach Berlin.

»Sei bloß still, sonst kommst selber nach Dachau«, wisperte der Friseur.

Mit Gott –, notierte Leonhard in dieser Saison ins Fangbuch, *es geht vorwärts, die Gemeindereform ist durch! Unser Mentor, dem wir so viel zu verdanken haben, unser Fritz Reichel, der nun die Geschicke der Steuerpolitik in Berlin selbst verwalten und uns, endgültig, aus der Zinsknechtschaft der verkommenen Clique befreien wird, hat, zusammen mit unserem Bürgermeister Fellner Bartolomäus eine alte, neue Garde berufen. Der Fellner hat sich erst im Frühjahr den Zeigefinger an der Säge abgeschnitten, recht besoffen soll er noch gewesen sein vom Vortag, wie die Fellnerin der Betti letzthin erzählt hat, aber sei's drum, nun kriegt er seine 1300 Mark Aufwandsentschädigung im Monat, jetzt kann er seinen Lehrling ans Holz stellen, die alte Schnapsdrossel.*

Die neuen Alten sind (der Witz ist, bei uns kann man alt sein, obwohl man noch jung ist. Jung an Jahren, reich an Erfahrung!): Gemeinde Herzach, Telefon: 399, Einwohner: 1660. Marx, Hans (Erster Beigeordneter, Nomen est nicht Omen!), Gastwirt; Loch, Johann, Veterinär (Zweiter Beigeordneter, Schutzstaffel); Schwarzberger, Maximilian, Fotograf (Dritter Beigeordneter, ein treuer Freund in schweren Zeiten). Gemeinderäte: Wimmer, Josef, Schreinermeister; Peucker, Josef, Postmeister (Finanzwesen); Holler, Anton, Druckermeister (wichtig!); Ernst, Eugen, Zimmermann (Schutzstaffel); Lidl, Ulrich, Malermeister (Feuerlöschwesen); Rapp, Michael, Schreinermeister (Schadenverhütung); Mayr, Adolf, Studienrat (Finanzen); Stoiber, Alois, Landwirt (Ortsbauernführer); Moretti, Ernesto, Unternehmer (Bau, Hut ab für einen Fremdling!); Maurer, Leonhard, Fischer und Schiffer und Gewerbetreibender (der einzige mit Nummer unter 50.000, Mitglied der NSB, sonstige Formation: N. S. K. O.V.) – Protokollant höchstdaselbst persönlich.

(Ich versichere, dass ich aufgrund meiner Einkommensverhältnisse eine Reichsparteitagsumlage von RM 2 gezahlt habe.)

Und, endlich: ans Telefonnetz angeschlossen!

Als der große Tag gekommen war, machten sich die Geschwister fein wie für die Kirche. Das gute Dirndl, das Anni vor zwei Jahren zur Einschulung bekommen hatte, war schon am Tag zuvor von der Mutter aus dem Schrank gezogen und über den Stuhl gelegt worden, und Joseph, ihr Bruder, hatte seine Lederhose eigenhändig gebürstet und gewienert, er war nun groß genug, dazu der von der Mutter selbst gestrickte, dunkelgrüne Janker und die Fischermütze, die ihm die Eltern zu seinem zwölften Geburtstag in diesem Jahr geschenkt hatten, vom Boots- und Fischereizubehör Lachner in Effing, der die Preise, wie es schien, dreimal im Jahr erhöhte – nicht zu vergessen die Wadenstrümpfe, die ihm der Sommergast aus dem zweiten Stock, Harry Schönfeld, bei seiner Abreise vor ein paar Wochen und zum Dank für die Angelstunden bei Trachten Sedlmaier aus der Stadt mitgebracht hatte.

Der Vater war schon eine halbe Stunde vor ihnen losmarschiert, es sei besser, wenn er die hohen Gäste erst selbst begrüße, ehe sie dann dazustießen. Anna hatte ihm nachgesehen, wie er sich, in Uniform, über die Uferpromenade entfernte, hier und da grüßte, sie wusste, dass die »schweren Stunden« – das klang wie ein dunkler, unheimlicher Garten, aus dem es kein Entkommen gab –, von denen sie manchmal die Erwachsenen reden hörte, wenn sie in der Küche saßen und sie selbst schlafen sollte, die Gespräche aber, auf der Treppe zum ersten Stock sitzend, belauschte, nun »ein für alle Mal«, wie der Vater sagte, vorbei waren.

Sie überquerte die Promenade und drückte die Klinke zur Badeanstalt, um zu prüfen, ob sie wirklich verschlossen war, so hatte es ihr die Mutter aufgetragen, und erblickte sich im Vorübergehen in einem der Fenster auf der Caféseite. Sie musste daran denken, was der Harry zu ihr gesagt hatte, »entzückend«, ein Wort, das sie noch nie gehört hatte. Längst schon hatte sie, weil Peps das auch fand, beschlossen, dass sie weiter Harry zum Sommergast, dem Schauspieler, sagen würde, auch wenn der Vater etwas geschmerzt schaute und sie stets verbesserte: »Das ist der Herr Schönfeld, Scheißer.«

Zur Feier des Tages hatte man das Geschäft geschlossen gelassen – wer nicht selbst zum Spatenstich geladen war, saß grimmig zu Hause, und es wäre ihm heute auch sicherlich nicht eingefallen, ins Maurerbad zu gehen oder eine der Renken des strammen Amtswalters Leonhard zu kaufen. Dabei handelte es sich in den meisten Fällen nicht um Widerstand gegen die neuen Machthaber, sondern um den Ärger, dass die eigenen Verrenkungen der Unterwerfung, die man nun schon eine ganze Weile praktizierte, noch nicht viel genutzt hatten. Hätte man die Ohren weiter aufgesperrt, vielleicht hätte man die Schreie hören können, die nur vierzig Kilometer entfernt aus dem Lager mit dem Wind weiter südlich gelangten, bis sie hier ans Ufer fielen, vielleicht in den ersten Morgennebel des Septembers hinein, wo sie ein paar Vögel aufgescheucht hätten – bevor sie über dem dunkelgrauen Wasser des Sees endgültig erstorben wären. Oder war das Quaken der Enten etwa eine immerwährende Klage darüber? Hätte man hingehört: Es hätte einen angeschrien, das Schweigen der verlassenen Villen, eine im oberen Dorf, auf der Moränenstraße gelegen, eine andere Richtung Kloster hinauf, am Weg der gottlos gewordenen Pilger; lang blieben sie sich nicht selbst überlassen: zog in die eine ja der Gemeindeschreiber, ein Solist, der stets mit auf dem Rücken gefalteten Händen und mit seinem Hund sprechend durchs Dorf ging. Einen der anderen »Leerstände«, wie man die Enteignungen oder Vertreibungen, die Wahrheit verschleiernd, nannte, riss sich der mittelmäßige Architekt Keck, dem es offenbar nicht reichte, mit den Aufträgen im Berchtesgadener Land die Karriereleiter hinaufzustolpern, unter den Nagel. Im Dorf ging das Gerücht, Herr Hitler sei einmal höchstpersönlich bei ihm in der alten Schmiede zu Gast gewesen und habe sich Entwürfe für ein Kleinflugzeug zeigen lassen – eine Geschichte, die Leonhard Maurer ins Reich der Legenden verwies. War der Keck vielleicht ein Erfinder von neuen Gebäuden, als Flieger allerdings ein Bruchpilot.

Auch Leonhard gefiel der neue Hang zu den Großprojekten nicht, aber er war froh, dass sie keinen der Grobiane von der Sturmabteilung auf der Gemeinde sitzen hatten.

Heute aber war ein Tag zum Feiern. Anni lief mit ihrer Mutter und ihrem Bruder die Promenade entlang. Sie nahmen nicht den Weg über den Schlosspark, sondern bogen in die Fritz-Reichel-

Straße, ehemals Hauptstraße ein, dann, auf der Höhe des Studio Schwarzberger, in die Adolf-Hitler-Straße, die zum Bahnhof führte, liefen die Hindenburgstraße hinauf, vorbei an Holz Fellner und der Druckerei Holler, die hierher umgezogen war, nachdem Spirituosen Blume zugemacht hatte, weil kaum noch jemand bei ihm kaufte, und überquerten das Bahngleis. »Obacht«, sagte die Mutter und hielt die Kinder an, stehen zu bleiben, nach links und rechts zu sehen – als würde ich die Lok nicht auf zehn Kilometer hören, dachte Anni bei sich. Am Ortsausgang wurden sie von einer Kraftfahrzeugkolonne mit offenen Wagen überholt. »Der kleine Dicke mit Stiernacken, das ist der Reichel«, flüsterte ihr Peps zu, und als die Mutter von einem der Männer im Vorüberfahren gegrüßt wurde, sah Anni die Mutter den Blick senken und zu Boden grüßen. Auf dem Holztor der Scheune vom Stoiber glotzte ihnen ein Gesicht ohne Hals entgegen, das sie aus der Illustrierten des Vaters kannte, mit riesigen Augen, vor schwarzem Grund, ein frei schwebender Kopf, wie aus einer fernen Galaxie.

Am Ende der Straße sah Anni schon den Riesen die Flügel ausbreiten, eine große Statue neben dem Rohbau, ein kolossaler Vogel aus Stein. Man wies sie auf die Wiese, sie fanden ihre Plätze auf der Seite der Nichtuniformierten. Nicht weit von ihr saß ihre Schulfreundin Erika mit ihrer Mutter, und wenn sie den Kopf hob, konnte sie den Vater bei den Wichtigen stehen sehen, neben dem Podium, auf dem der Herr Direktor, jetzt Staatssekretär, und ein noch wichtigerer Herr aus Berlin alle anderen überragten. Von den Wörtern, die aus den beiden Lautsprechern über die freie Fläche hallten, das Verlesen eines Dankesschreibens des Ehrenbürgers Ritter von Epp inbegriffen, würde sie keines behalten, aber von dem Gottesdienst, den der Pfarrer, ebenfalls politisch gelenkig geworden, im Anschluss auf der Wiese hielt, würde sie noch lange träumen: ein Rudel an

»Haubentauchern«, wie der Vater die Nonnen aus dem Klosterstift nannte, in schwarzem Habit, vor einer Art Maibaum kniend, an der Spitze ein riesiges schwarzes Kreuz, Haken auf weißem Grund schlagend, die Sonne dieses Spätnachmittags im September zwar noch warm, aber wie unter einem milchigen Schleier.

Danach lief man, ein geschlossener Menschenzug von etwa 300 Leuten – die Parteiprominenz hatte sich mit ihren Automobilen schon vor dem Gottesdienst ins Bahnhofshotel verabschiedet –, als gäbe es keine Unterschiede, als hätte sich nie jemand bis aufs Messer mit einem anderen gestritten, zurück ins Dorf, vorbei an der alten Linde neben dem Ortsschild, die mit »Juden sind in Herzach nicht erwünscht« grüßte, die Graf-Schwerin-Straße hinauf, zum Kriegerdenkmal. Man hörte sich die Rede des greisen Pittner senior an, zwar kein PG, aber Vorsitzender des Veteranen- und Kriegervereins. Danach ging man seiner Wege, wer wollte, konnte noch an einem Freudenfeuer, zu dem der Moretti auf sein Grundstück einlud, teilnehmen, aber der Vater, immer noch in Uniform, hatte mit der Atmung zu kämpfen, und so ging man nach Hause und aß noch etwas.

Am Tag darauf durfte Anni mit ihrem Bruder und der Schuljugend der benachbarten Dörfer der hiesigen Seeseite einen Film anschauen. Noch nie in ihrem Leben hatte sie bewegte Bilder gesehen, geschweige denn »den Führer in Aktion«, und als sie ihn mit anderen Kindern durch die Berge der vertrauten Landschaft laufen sah, entfuhr ihr vor lauter Aufregung im dunklen Kinoraum ein Kreischen.

Im Dezember verfasste Leonhard Maurer ein Schreiben an den Führer höchstpersönlich, er war sich sicher, wieder zum Kreis der Auserwählten zu gehören, zumindest hoffte er auf das kleine Abzeichen – war er doch, da biss die Maus keinen Faden ab, Kämpfer der ersten Stunde gewesen. Die Antwort erreichte ihn noch vor Heilig Dreikönig:

Gauleitung München-Oberbayern der NSDAP,
Braunes Haus,
03. 01. 1936

Sehr geehrter Parteigenosse Maurer,
Ihrem Antrag auf die Verleihung des Ehrenzeichens kann nicht stattgegeben werden, weil Sie Ihre Mitgliedschaft vom Jan. 1930 bis Okt. 1930 unterbrochen haben.

Sie sind am 6. Nov. 1926 unter Nummer 46573 aufgenommen worden und unterm 01. 01. 1930 in der Reichskartei gestrichen worden. Ihre Wiederaufnahme erfolgte mit Wirkung vom 01. 10. 1930 unter der alten Nummer. Heil Hitler, gez. Schmidt.

Postwendend schrieb er nach Berlin und erhielt schnell eine Antwort:

Der Staatssekretär im Reichsfinanzministerium, Berlin W 8,
Wilhelmplatz 1/2, Fernruf: 120015, 22. Januar 1936

Lieber Herr Maurer,
ich freue mich, wieder von Ihnen zu hören. Es tut mir aber leid, Ihnen mitteilen zu müssen, dass ich wegen des Ehrenzeichens nichts unternehmen kann. Ich würde gegen die Vorgaben des Führers verstoßen.

Seien Sie allerdings versichert, dass ich mich in anderen Ihrer Belange starkmache: die Reform des Steuerwesens, die harte Arbeiter wie Sie schon bald entlasten, i. e. vor Ort ankommen wird.

Ich wünsche Ihnen, dass Ihnen die Gesundheit und das Wetter diesen Winter keinen Strich durch die Rechnung machen und dass Sie zusammen mit Ihrem Vater die Arbeit doch einigermaßen schaffen.

Mit den besten Wünschen, auch für Ihre Frau, und

Heil Hitler! Fritz Reichel

P. S.: Wenn Sie zur Eröffnungs- und/oder Abschlussfeier gehen wollen, scheuen Sie sich nicht, mir zu telegrafieren. Die Karten für den Sprunglauf (16. 02.) müssten bereits (über die Gauleitung) verschickt sein.

Die Mutter hat einen traurigen Mund gehabt bei der Abfahrt, aber was soll man machen, einer muss sich ja um den Alten kümmern. Kurz vor dem Einsteigen hat sie ihr noch die Halskette mit dem Christopherus umgelegt und geflüstert: »Hast du die frische Wäsche an? Falls euch was passiert und ihr ins Krankenhaus müsst – soll keiner sagen können, wir wären kein sauberes Haus.«

»Aber, Mama, jetzt mach die Kleine nicht verrückt«, lacht Peps. Als sie von ihren Sitzen aus der Mutter zuwinken, kneift er ihr in den Oberschenkel, und sie muss lachen. So wird sie mich in Erinnerung behalten, wenn wir einen Unfall haben, denkt sie noch, als sie das Dorf verlassen, in drei Bussen, organisiert von der Ortsgruppe – der Parteifreund vom Vater mit seinem Fuhrunternehmen hat sie zur Verfügung gestellt –, sie und ihr Bruder in dem für die Dorfjugend, der Vater in einem der beiden vorderen, bei den Männern des KdF-Vereins, aber heute in Zivil. Sorge dich nicht, Mama. Schau nur, wie schön das Wetter ist. Blauer Himmel und weißer, glitzernder Schnee. Was soll uns schon geschehen?

Beim Umstieg in den Zug hat sie diese dunklen Gedanken schon vergessen. Im Abteil hat sie einen Fensterplatz in Fahrtrichtung, den hat ihr Joseph organisiert. Er sitzt neben ihr, bei ihrer ersten Fahrt ins Werdenfelser Land, von dem der Großvater immer mal erzählt. Hinter Murnau werden die Berge immer größer. Sie muss die Augen zusammenkneifen, so hell ist die Sonne und der Schnee. Kurz hinter Eschenlohe kommt der Vater vorbei, er zieht die Tür des Abteils auf.

»Falls wir uns in dem Gedränge verlieren«, sagt er zu Peps und steckt ihm ein paar Essensmarken zu. »Die Karten für den Gudiberg hast ja.« Und schon hat er die Tür wieder hinter sich zugemacht.

Erika, die ihr gegenübersitzt, bekommt große Augen. Bevor es Anni mulmig werden kann, *Verlieren?*, macht Peps den Kniegriff, bis sie kichert, und deutet aus dem Fenster auf die verschneiten Berge: »Gott segne das Pulver.«

Sie kennt keinen, der so gut fährt wie er.

Auf dem Bahnsteig in Partenkirchen wird es plötzlich so voll, dass sie nur langsam vorankommen, eine Menschenmasse, zäh wie ein Hefeteig. Peps nimmt sie an der linken Hand und geht vorneweg, sie greift mit der rechten nach Erikas hinter sich. Sie sieht nur Rücken und Bäuche, grünen Lodenstoff, dazwischen die roten Armbinden auf Augenhöhe, aber Peps weiß, was er tut, der ist schon groß. Als sie es aus dem Bahnhofsgebäude bis zur Straße geschafft haben, öffnet sich ihr ein Blick auf eine große Wand, darauf ein riesiges Plakat mit wunderschönen Farben, die sie in ihrem ganzen Leben noch nicht gesehen hat: ein Sportler, in der Linken hat er wahrscheinlich die Ski, sein Trikot dunkelblau (oder ist es violett?), der Schal und die Mütze dunkelrot, der Himmel hinter ihm weiß-blau, die Berge in Gelb! Die Wettersteinwand? Er schaut, mit gehobenem Kinn, bedeutend aus dem Bild hinaus, nach links oben, seinem gehobenen rechten Arm hinterher, der vom oberen Bildrand abgeschnitten wird.

»Deutschland 1936 IV. Olympische Winterspiele Garmisch-

Partenkirchen 6.–16. Februar 1936«, steht am unteren Bildrand. Lesen ist für sie doch jetzt ein Kinderspiel.

»Was er wohl in der Hand hat«, fragt Erika. Auf einem anderen Plakat stürzen sich zwei Skifahrer – Christel und Rudolf Crantz? – einen sehr steilen Berg hinunter, auf einem weiteren steht: »Willkommen im Olympiaort Garmisch-Partenkirchen«, und darunter, auf der gesamten Rahmenbreite der Wand: »Überreicht von der Commerz- und Privat-Bank«.

Sie muss daran denken, dass der Vater bei einem Nachtessen erzählt hat, es habe »viele Querelen« gegeben, »im Vorfeld. Die beiden Dörfer gehören überhaupt nicht zusammen. Das wäre, wie wenn man Herzach und Regen zusammenlegen würde.«

Peps hat die »Richtung KdF-Halle« eingeschlagen, »vielleicht treffen wir den Vater da ja wieder«.

Ihr kann diese Ungewissheit nichts anhaben, ihr Bruder ist ja schon groß, aber Erika fängt an zu weinen.

»Jetzt gibt es erst einmal eine Bratwurst«, sagt Peps, und schon hört sie wieder auf.

Eine solch monströse Speisekarte hat sie noch nie gesehen. Während Peps und Erika weggehen, um Essen zu holen, traut sie sich, allein draußen zu bleiben. Sie liest das Angebot des »Sporthotel Rießersee, nur 20 Minuten zu Fuß Richtung Zugspitze« von oben bis unten durch:

VORSPEISEN KALT

Diverse Salate

Hering, Matjes-	*fertig*
Sardinen	"
Eier mit Kaviar	"

Kaviar	〃
Hummer	〃
Gänseleberparfait	〃

WARME VORSPEISEN	Minuten
Rindermark-Toast	*10*
Champignons-Toast	*10*
Königinpastetchen	*10*

SUPPEN	
Kraftbrühe	*fertig*
Tagessuppe	〃
Schildkrötensuppe	〃
Geflügelcremesuppe	〃

EIER	Minuten
Eier weich, im Glas	*10*
Spiegeleier mit Speck	*10*
Rührei mit Tomaten	*15*
Omelett Brüsseler Art	*15*
Verlorene Eier auf Spinat überbacken	*15*

FISCHE	
Seezungenfilet in Rheinwein	*15*
Steinbutt vom Grill Sauce Bearnaise	*20*
Forelle blau, frische Butter	*15*
Schleie in Dill	*15*

Von den Fischen kennt sie nur Forellen, und blau mag die nur der Vater.

ZWISCHENGERICHTE

Tournedos Rossini	*15*
Deutsches Beefsteak	*20*
Kalbsteak garniert	*15*
Kalbsmilch Judic	*20*
Filetgulasch mit Edelpilzen	*15*
Schweinsrippchen mit Teltower Rübchen	*15*

VOM GRILL	Minuten
Tournedos	*15*
Filetsteak	*20*
Hammelkotelett	*15*

Der stinkt sakrisch und schmeckt nach Mist, sagt der Großvater.

Mouton-chops	*20*
Entrecôte, Chateaubriand	*25*
Mixed Grill	*20*
Masthuhn amerikanisch	*35*

GEFLÜGEL

Junges Huhn	*25*
Junge Ente	*45*
Masthuhn	*fertig*

SAUCEN

Butter-Sauce

Sauce Hollandaise

" Bearnaise

″ *Mousseline*
″ *Bordelaise*
″ *Mayonnaise*

KALTES BUFFET
Roastbeef
Schinken roh – gekocht
Kalbsbraten
Pökelzunge
Wurst
Geflügel

Fein, da hätt ich Lust drauf.

GEMÜSE
Erbsen
Prinzessbohnen
Blumenkohl
Stangenspargel
Champignons
Spinat

SALATE
Kopf-
Tomaten-
Spargel-
Rosmarin-
Gurken-

SÜSSSPEISEN

Eis

Halbgefrorenes

Creme

Torte

Kuchen

Auflauf

FRÜCHTE

Pfirsiche

Grâpes-Fruits

Trauben

Äpfel

DIVERSE KÄSE –

Auch fein.

DEUTSCHE SPEZIALGERICHTE

Eisbein mit Sauerkraut	*fertig*
Bratwurst mit Linsen	*15*
Königsberger Sardellenklops	*fertig*
Rinderbrust mit Bouillonkartoffeln und Meerrettich	*fertig*
Deutsches Beefsteak	*20*
Hammelfleisch mit grünen Bohnen	*fertig*

Besondere Wünsche werden jederzeit ausgeführt.

Und ganz unten steht noch: »*Das Signalelement der Speisekarten Deutschland = Schwarz mit weißem Rand, England = Rot, Spanien = Gelb, Frankreich = Himmelblau.«

80 Gerichte plus Sonderwünsche! Der Seewirt vom Posthof würde einem was husten. Die Mama kocht gut, aber ob sie das alles in ihrer Lehre gelernt hat?

Zwei Stunden später stehen sie, wie durch ein Wunder wieder mit Paps vereint, im Skistadion. In der Menschenmasse sieht sie nicht viel, aber der Vater hebt sie hoch, weil sie einen Blick erhaschen möchte, jemand hat gesagt, der Hitler sei anwesend. Auf dem Balkon der Tribüne kann sie tatsächlich drei Männer mit großen Pelzmützen erkennen, aber ob er es selbst ist, weiß sie nicht mit Bestimmtheit zu sagen, als der Vater sie wieder herunterlässt. Wenn sie den Kopf streckt, kann sie wenigstens die Springer sehen, wenn sie von der Schanze abheben und über den weißen Buckel fliegen. Ist darauf nicht das schwarze Kreuz mit den Haken zu sehen? Die Masse raunt.

»Ein richtiges Kreuz hat vier Haken«, sagt der Vater manchmal, wenn er die Mutter ärgern will, und dann zischt sie ihn wirklich an.

Was sie sicher weiß und woran sie sich schon jetzt wie an Bilder aus einem Fotoalbum erinnert, schon als sie im letzten Sonderzug zurück sitzt, an die Schulter ihres Bruders gelehnt, mit der Stimme des Vaters im Ohr, während sie einschläft: die skifahrenden Soldaten, die mit Fackeln ins Tal fahren, an die Männer in Uniform, die aufgereiht an der Schanze gestanden haben, auch mit Fackeln in der Hand, an das Feuerwerk, das so schöne Muster in den Nachthimmel gemalt hat, die Salutschüsse.

»Was für eine Abschlussfeier«, hört sie den Vater sagen, »zwölf Flakscheinwerfer der Luftwaffe, zwölf!«

Das wird sie alles der Mutter erzählen, wenn sie wieder daheim sind.

Im Frühjahr beschloss der Vater, bei einem Preisausschreiben für die »beste persönliche Lebensgeschichte« mitzumachen, wie es in einer Anzeige in der *Völkischen* stand, eine der »guten Ideen von Onkel Eggle«, sagte der Vater, als kenne er ihn sehr gut, um nicht zu sagen, höchstpersönlich.

An zwei Sonntagen hintereinander saßen Vater und Tochter gemeinsam am Küchentisch, nur unterbrochen vom Essen, und der Vater diktierte Anni seine »Laufbahn«, wie er sagte. Sie hatte sich, obwohl sie von links auf rechts hatte umlernen müssen, oder gerade deswegen, zu einem Schreib- und Lese-Ass gemausert, was auch dem Sommergast nicht entgangen war. Nun saß sie vor einem Stapel linierter Papierbögen und schraubte den Montblanc-Füller auf, den ihr Harry, der Schauspieler, bei seinem ersten Wochenende am See dieses Jahr geschenkt hatte, Ende Mai, kurz nachdem sie neun Jahre alt geworden war.

»Lebenslauf

Im Jahre 1896 wurde mein Vater Leonhard Maurer im Münchner Arbeiterviertel Giesing geboren«, sprach der Vater. »Auch wenn seine Mutter, Dienstmagd in höherem Hause, alles dafür tat, dass der Junge gedieh, konnte sie die Schmach des Lediggeborenen, und dazu noch protestantisch, nicht lindern. Erst als sie endlich einen eigenen Fischereibetrieb eröffnen konnten – das Geld dafür hatte sich sein Vater Ludwig Maurer über Jahre als Fischer- und Schiffergeselle zusammengespart –, wurde das Leben langsam leichter.«

»Red keinen Schmarren«, krähte der Großvater, Ohrenzeuge des Diktats, aus der Stube in die Küche hinüber.

»... und war der Weg auch noch so schwer – das richtig große Chaos sollte erst noch über ihn hereinbrechen.«

Anni setzte ab, tunkte den Füller in die Tinte.

»... während sich zu Hause der marxistische Verrat Bahn brach, lernte er den wahren Sozialismus, fernab der Heimat, den des Schützengrabens, kennen.«

»Lass das Mädchen mit deiner Märchenstunde in Ruhe«, rief der Alte wieder.

»... hier zählte keine Konfession, kein Parteiabzeichen, ... und während andere Kameraden später stempeln gehen mussten, blieb ihm dieses Schicksal erspart, aber er holte sich, als Mitglied der Bewegung der ersten Stunde, eine blutige Nase, Boykott ...«

»Das geht ja auf keine Kuhhaut«, schimpfte der Großvater, als er die Küche betrat, die Ofenluke öffnete und seine Pfeife lautstark über dem Feuer ausklopfte, woraufhin der Vater begann, schwer zu atmen, bis er einen Hustenanfall bekam – ein Zeichen der Aufregung, wie Anni herausgefunden hatte. Sie stand auf und trommelte ihm den Rücken. Eine volle Stunde mussten sie mit dem Aufsatz pausieren.

Sie gewannen nichts. Anni saß neben Harry, der es sich in einem Stuhl auf der Liegefläche bequem gemacht hatte, auf den warmen Holzplanken und suchte nach einer Erklärung. Er nahm ihr das Papier aus der Hand und las. Nach einer Weile ließ er die Zettel sinken. »Das ist weder eine persönliche Lebensgeschichte noch eine interessante Laufbahn, ganz zu schweigen von der Perspektive. Thema verfehlt plus eine Ansammlung von Klischees, mein liebes Kind. Eigentlich ein Wunder, dass ihr damit nichts gewonnen habt.«

»Was ist ein Klischee?« Sie sah auf den silbernen Siegelring an seinem kleinen Finger, den Harry auch beim Schwimmen nicht ablegte.

»Ich kann dir zumindest sagen, was kein Klischee ist: Dass in diesem wunderschönen Land Bücher verbrannt werden, liebes Kind, das ist kein Klischee. Tust du mir einen Gefallen und fragst Pepi, ob er mich in einer halben Stunde hinaussegelt?«

5

Obwohl es der Datenschutz nicht erlaubte, nahm sie die Akte vom Stapel und überreichte sie ihm mit der Bitte, sich die Dokumentation mal anzusehen.

Er bewegte sich in jeder Hinsicht auf Sparflamme.

Sein Homeoffice-Antrag war mit der Begründung, dass er einige Termine von Berlin aus besser koordinieren könne, durchgegangen. In Wirklichkeit fiel ihm in seiner Arbeitswohnung in Wien die Decke auf den Kopf. Bisher hatte er sich geweigert, seine paar Kisten, die Marianne für ihn gepackt hatte, abzuholen. Er war die letzten Jahre ihretwegen in Wien geblieben. Wie er bitter feststellen musste, verband ihn nicht sonderlich viel mit der Stadt, außer ein paar fetzige Anfangsmonate in einem Kunstprojekt, ohne das er Marianne nicht kennengelernt hätte.

»Hätte, hätte, Fahrradkette«, sagte seine Schwester. Er hing wie ein Schluck Wasser in der Kurve und sah katastrophal aus. Sie hielt ihm einen Handspiegel vors Gesicht, seine Wangen waren eingefallen – »Läuferface«, sagte er und grinste. »Schwachsinn«, konterte sie, nahm ihn in den Arm und fasste in sein dunkles, kräftiges Haar, das ihm ungepflegt über die Ohren hing. Morgen würde sie einen Termin bei Petros für ihn vereinbaren, ein ausgezeichneter Friseur und genau der richtige für ihn.

Obwohl sie mit Mitte dreißig noch viel Zukunft vor sich hatten, stimmten sie zu späterer Stunde überein, dass es wohl nichts mehr werden würde mit Kindern, Heirat, Eigenheim und Familientraditionen, trotz des Erbes. Im Gegensatz zu ihm schmerzte sie die Trennung von Arne nicht mehr. Auch das Kinderthema pausierte, stattdessen konzentrierte sie sich aufs Alleinsein und auf ihren Beruf, was ihr sehr gut stand – auch ohne Yoga und ohne dass sie sich eine Katze zulegen musste, um die einsamen Stunden zu ertragen.

»Dein Vorgänger hat ja eine Sauklaue«, stellte er fest, als er einen Blick in die Patientenakte warf.

Agnes achtete darauf, dass er sie nicht in seinen Rucksack steckte und mit nach draußen nahm, ins Café oder sonst wohin, Berufskrankheit. Ein halbes Jahr lang hatte sie sich um einen Praxissitz beworben, bis sie den eines Kollegen, der nach Hannover gezogen war, übernehmen konnte, mitsamt seinem Patientenstamm. Die Übergabe der Akten und die Einarbeitung in die ihr anvertrauten Biografien und Lebenskrisen, die ihr Vorgänger »Krankheitsbilder« genannt hatte, hatte Tage gedauert.

»Ja, ich weiß, auf manchen Seiten sind auch Kritzeleien.«

Er schnappte sich die Teekanne und setzte sich in die Leseecke. Er liebte den Sessel, ein Designerstück, das immer noch seines war, ein Bauhaus Easy Chair in Vintage-Art, den er ihr als Dauerleihgabe vor Jahren, in der Phase seines Umzugs nach Wien, vorbeigebracht und den Marianne bei jedem Berlinbesuch, mit der Bitte, er solle ihn bald wieder zu seinem Besitz erklären, immer bewundert hatte.

»Nessie«, rief er in die Küche. »Warum soll ich das eigentlich lesen? Soll ich auf was achten?«

»Lies einfach«, hörte er sie die Spülmaschine einräumen.

Es war nur möglich, Fragmente der Aufzeichnungen zu entziffern. Bei der Hälfte angelangt, etwa im zweiten Therapiejahr des Patienten K., folgte eine abgetippte Liste von Phobien, die sonst so gut wie gar nicht in dieser Häufigkeit auftraten. Er fragte sich, wie dieser Mann auch nur ansatzweise seinen Job als Vollzugsbeamter der JVA Moabit bewerkstelligen konnte. Besonders im Winter, mit einer Chionophobie, einer Angst vor Schnee, vor die Tür zu treten war sicherlich kein Spaß. Aber das Frühjahr sah für Herrn K., mit einer Ornithophobie, einer Angst vor Vögeln, ebenfalls düster aus. Die Pluviophobie und die Thalassophobie, die Angst vor dem Regen und dem Meer, die Anthrophobie und die Dendrophobie, die Angst vor Blumen und Bäumen, spiegelten, so stand es da, die Liste der romantischen Phobien wider. Dem entgegen standen die Amerikanophobie, auch eine Russophobie und eine Arabophobie, also nicht umfänglich xenophob, aber heterophob; aber, das war unterstrichen: nicht auffallend homophob. Eine Zoophobie wurde ausgeschlossen, auch eine Technophobie und die Turkophobie hatte der Patient im Griff. Hinweis: zwangsweise Desensibilisierung durch Wohnort: Kreuzberg.

Im dritten Jahr hatte der Patient gelernt, einige seiner Phobien, nach einer kurzen Phase der Verschlechterung, abzulegen. Diese Phase war geprägt von einer plötzlich auftretenden Optophobie, während derer er über sechs Wochen die Augen nicht wagte zu öffnen und die Wohnung nicht verlassen konnte. Seine Arbeitsstelle war gefährdet, seine Frau hielt zu ihm, obwohl er auch diese mit Angst besetzte. In der Hochphase seiner Heilung berichtete der Patient das erste Mal von einem Sohn, der sich, Zitat: »mit sechzehn Jahren verdünnisiert hatte«.

»Fuck, Nessie, das ist ja unglaublich, ist das ein Witz? Hast du lauter so durchgeknallte Leute?«

»Entgleist, temporär verirrt, ja«, sagte sie und setzte sich mit einer Tüte Chips zu seinen Füßen.

»Ich habe letzte Woche den Sohn ausfindig gemacht, er lebt bei einer achtzigjährigen Frau auf dem Dachboden im Wedding. Er sagt, es gehe ihm gut. Wenn du mich fragst, bezweifle ich es. Aber, was sehr interessant ist und mich auf eine eigenartige Weise nicht loslässt: Immer wenn ich mir den Jungen vorstelle, muss ich an dich denken und frage mich, wie es gewesen wäre, wenn du mit so einem Vater hättest groß werden müssen.«

»Einem Knastaufseher, der das Zittern bekommt, wenn die Wellensittiche der Inhaftierten zu piepen anfangen, urkomisch. Ich glaube, ich hätte ihn nicht ernst nehmen können.«

Agnes nickte und sprach von einem übergewichtigen Jungen Anfang zwanzig, mit langem Haar und schwarz lackierten Fingernägeln, der in seiner Kindheit jedes Jahr in einem Ferienlager bei Cuxhaven drei Wochen lang von einem Fischer mit einem Kahn über die Nordsee geschippert worden war. Der Fischer war dem Jungen sehr wohlgesinnt, was seinem Vater nicht gefiel. Allerdings war es nicht der Fischer, der das Problem war, es war, »stell dir vor, Bene, ein Säckchen Muscheln, die seinen Vater aufgestört hatten«. Voller Ekel hatte er das Säckchen in den Müll geworfen und seinen Sohn dermaßen verprügelt, dass dieser am nächsten Tag in der Schule auf seine blauen Flecken angesprochen wurde. Die Mutter verharmloste die Situation, wie das Mütter so tun, wenn die Wahrheit zu sehr schmerzt. »Ein bescheuertes Muschelsäckchen, stell dir vor.«

So etwas hätte es bei ihnen zu Hause nicht gegeben. Alles, nur keine Brutalität, die man dem Proletariat nachsagte. Das hatten sie hinter sich gelassen, durch Bildung und Fleiß.

»Weißt du noch, wie Pa mit sich kämpfen musste, als du ihm

mitteiltest, dass du im Zirkus arbeiten wolltest? Er hat dich angeschaut, als hättest du ihm gesagt, du gehst jetzt auf den Strich.«

»Oh ja, das war krass. Aber noch krasser war, als du ihn vor die Wahl gestellt hast, dass du, wenn er dich nicht sofort nach Herzach bringt, nicht mehr in die Schule gehen würdest«, erinnerte sie ihn.

»Oh Mann, ja! Sein Saxofon wollte ich in die Dreisam werfen und danach sein Zollamt in die Luft sprengen.«

Sie lachten und öffneten eine Flasche Burgenländer Rotwein, den er aus Wien mitgebracht hatte.

Den im Januar in der Redaktionssitzung festgelegten Post zum Schusswaffeneinsatz an den Außengrenzen hatte er, den Boss im Nacken, ausgesessen. Was ihm Hunsrück im Februar dankte: Seine Kollegin Vonundzu habe sich auf allen Ebenen, persönlich wie politisch, vergaloppiert. Ein handwerklicher Fehler, taktisch absolut unklug, wie Hunsrück feststellen musste. Die Forderung, Menschen abzuknallen, ob Frau, ob Mann, alt oder jung – wobei Kinder im Nachhinein ausgespart worden waren –, war in Sekundenschnelle übers Netz ins ÖR gelangt. Frau Vonundzu revidierte, es sei nicht so gemeint gewesen oder, nur mal so, aus Versehen, laut gedacht gewesen, um einen konstruktiven Vorschlag im Rahmen der doch sehr drängenden nationalen Überforderungsangelegenheit der Flüchtlingsfrage, des nicht enden wollenden, täglich massenhaften Ansturms von Fremden und deren unkontrollierter Aufnahme – in der Partei als Rechtsbruch begriffen – in die Debatte einzuwerfen, die, laut Frau Vonundzu, als eine Debatte, die durch eine Regierung rot-grüner Kommunisten oder, anders ausgedrückt, gemeingefährlicher politischer Schwachköpfe geprägt und so, wie sie geführt werde, staatsfeindlich sei. So oder ähnlich hatte es Frau Vonundzu hinter verschlossenen Türen geäußert. Hunsrück sei nicht dabei gewesen. Er habe Frau Vonundzu nicht gesprochen.

Diesmal ging es nicht auf die Jagd, sondern ins Grüne, zu einem lockeren Marsch, auf einen Spaziergang in den Glemswald. Hunsrück hatte ihn gebeten, wenn er doch schon zum Wochenende hin auf dem Weg von Berlin nach Wien sei, könnte er doch einen Abstecher nach Stuttgart machen, wo Hunsrück einen von ihm gestellten Antrag zum Parteiaustritt eines ehemaligen Marxisten und heute bekennenden Antisemiten, der die Partei im Landtag vertrat, in einer internen Sitzung verteidigen musste. Außerdem erfuhr Bene, dass sich seine Frau dagegen entschieden hatte, die Rolle einer Politikergattin zu mimen. Sie war in Trier geblieben. Hunsrück war tief verletzt, was er nur durch eine Liebelei mit einer weit jüngeren, in der Öffentlichkeit noch unbefleckten bosnischen Unternehmerin, die sich mit einem Zulieferbetrieb in der Automobilindustrie bewiesen hatte, kompensieren konnte.

»Seien Sie froh, dass es nicht Ihre persönliche Sekretärin ist, das wäre dann, für Sie als Politiker sozusagen, wirklich das Klischee der Klischees«, hatte er auf Hunsrücks Frage, ob er seine neue Beziehung verwerflich fände, geantwortet.

Seine Reise durch die Republik hatte er gut organisiert, erst Stuttgart, dann Freiburg, am Sonntag dann ein paar Tage Wien. Er hatte sich mit seinem Vater zu einem Schachturnier verabredet. Den Škoda, den er am Bahnhof Zoo gemietet hatte, würde er problemlos am Ende seiner Reise in Wien abgeben. Ausgerechnet in der Trennungsphase war es ihm nun doch wichtig, seinen Sessel, der, nachdem er ihn auseinandergebaut hatte, exakt auf den Rücksitz passte, bei Marianne zu wissen, was Agnes als eine Form der Selbstverleugnung bezeichnete – ein Verdrängungsakt der besonderen Art.

Der Forstweg zum Schnitzelhof, an den Parkseen vorbei, wollte nicht enden. An irgendeiner Stelle mussten sie falsch abgebogen sein; vermutlich an der Holzbrücke, die über den Bach führte. Sie waren sich nicht einig, auf welcher Seite das Naturschutzgebiet lag, und auch unterschiedlicher Meinung, ob sich ihr Ausgangspunkt am Schlossparkplatz Solitude, wo sie sich um fünfzehn Uhr verabredet hatten, südlich oder eher im Osten von ihnen befand. Sie fanden keine Wanderwegmarkierungen, auch an den Forstwegkreuzungen war nichts ausgeschildert, und weit und breit keine Spaziergänger, die sie hätten fragen können. Sie liefen im Kreis. Vergeblich suchte Bene eine Stelle, wo er wenigstens Google Maps hätte aufrufen können. Hunsrück lenkte seine Wut auf den schlechten Netzausbau in Deutschland und nahm die Situation zum Anlass, eine Pause in einem auf einer Wegkreuzung gelegenen Parkpavillon einzulegen. Sie hatten keinen Proviant dabei, kein Wasser, keine Thermoskanne, nichts, nicht mal einen Energieriegel.

»Sie waren doch sicherlich Pfadfinder, wenn auch kein Soldat, Sie müssten doch wissen, wie wir hier wieder rauskommen. Außerdem haben Sie doch einen Jagdschein, da lernt man so was.«

»Ja, schon, aber hier sieht jede Abbiegung gleich aus«, sagte Hunsrück erschöpft.

Bald waren sie zwei Stunden unterwegs, obwohl der Schnitzelhof von ihrem Ausgangspunkt aus, laut Hunsrück, nur eine Stunde Fußmarsch entfernt lag. Die Dämmerung setzte ein. Bene entschied, sich am Rauschen der Fahrzeuge auf der Schnellstraße, die in die Stadt reinführte, zu orientieren. Er vermutete, sie müsse links von ihnen liegen, Hunsrück tippte in die entgegengesetzte Richtung.

»Glauben Sie mir, lieber Benedikt, mein Gehör ist ausgezeichnet.«

»Kann sein«, sagte er. »Mal sehen, wer hier schneller rausfindet.«

Sie trennten sich.

Er war gejoggt und hatte recht behalten. Am Parkplatz angekommen, hatte er wieder Netzempfang. »Wo sind Sie? Bin angekommen.«

Die Antwort blieb aus. Er lief hoch zum Schloss. Er vermutete, dass Hunsrück, wenn er sich nicht komplett verlaufen hatte, an der Waldlichtung, an der sie vor drei Stunden ihren Marsch begonnen hatten, rauskommen müsse. Mittlerweile war das Nebengebäude, in dem Künstler untergebracht waren, hell erleuchtet. Auf der Fassade, über drei Fenster hinweg, hing ein Transparent mit einem aufwendig gestalteten, gelben Neon-Schriftzug auf schwarzem Hintergrund: »Refugees Welcome«, das ihm bei ihrer Ankunft bei Tageslicht nicht aufgefallen war.

An der Rückseite des Hauptgebäudes führte ein weiterer Weg in den Forst. Auf einer der Bänke, die zum Schloss gehörten, saß Hunsrück ohne Jacke, mit verdreckter Hose.

»Wie sehen Sie denn aus?«

»Ich bin überfallen worden«, sagte er außer Atem, »von einem Wildschwein.«

Bene musste sich wegdrehen, um sein Lachen zu verbergen. »Dann müssen Sie nun wirklich, wie Ihre Parteikollegin Vonundzu, Polizeischutz beantragen.«

»Lieber Benedikt, mischen Sie sich nicht in Angelegenheiten ein, für die Sie nicht qualifiziert sind. Machen Sie Ihren Job ordentlich. Sie müssen mir zuhören, mehr nicht. Ihre Meinung ist nur gefragt, wenn ich Sie darum bitte. Dass wir uns da nicht missverstehen. Ich bin nicht auf der Brennsuppe dahergeschwommen, wie Sie vielleicht in Ihrem durch Ihre Mutter geprägten bajuwarischen Hirn glauben. Ich weiß mehr über Sie, als Ihnen lieb ist. Dass Sie für jemanden wie mich arbeiten, muss Ihnen viel abverlangen, das rechne ich Ihnen hoch an. Sie sind hochprofessionell, aber das war's auch schon. Schießen Sie nicht übers Ziel hinaus!«

»Jawohl, Capt'n«, sagte er.

Der erste Auftrag seiner Mutter lautete: »Leise sein! Das Baby schläft!«

Das Mittagessen war aufgetischt, als er ankam, sein Wunsch erfüllt worden: Paprikarouladen mit Reis und einer Herzacher Soße nach dem Rezept der Großmutter. Der zweite Auftrag lautete: »Übernachtung entweder auf dem Sofa im Wohnzimmer oder in einem Hotel in der Altstadt.«

Wenn er vorher gewusst hätte, dass seine Mutter, die sich neuerdings ehrenamtlich in einem Flüchtlingsverein engagierte, eine Familie mit drei Kindern aus Afghanistan aufgenommen hatte, hätte er sich sicher sofort ein Zimmer genommen.

Dass sich die Notsituation erst vor zwei Tagen ergeben hatte, stimmte ihn nicht milder. Notlage hin oder her, man hätte ihn vorab informieren können, wenn schon nicht sie, dann wenigstens sein Vater, der allerdings selbst übergangen worden war. Dessen Aufträge lauteten: Das Musikzimmer saugen. Die verstaubten Plattenhüllen wegräumen. Am Zollamt anrufen und nach zwei verloren gegangenen Gepäckstücken fragen. Am Montag Schnuller und Windeln kaufen. Sie selbst würde beim Landratsamt nach einem Deutschkurs fragen.

»Warum ziehst du so ein Gesicht?«, fragte seine Mutter und strich ihm über den Kopf. »Die Frisur steht dir«, fügte sie hinzu, erkundigte sich nach seiner Schwester, um sofort von einer Freundin zu berichten, die seit einem halben Jahr in Therapie sei, kam auf die Roulade zu sprechen, ob sie denn schmecke, und landete beim Markt, wo es derzeit keine Petersilie gebe, weil der Landwirt, wo sie immer kauften, den Stand wegen eines Trauerfalls vorübergehend geschlossen habe, was Gregor sehr bedauere, der auch immer den Wein sehr schätze, den besagter im Angebot habe …

»Ma, auf was davon soll ich jetzt antworten?«, versuchte er sie zu stoppen.

»Kannst du nicht mal mit deinem Presseausweis in München anrufen? Der älteste Sohn unserer Gäste ist seit einem Jahr vermisst. Er ist über Ungarn nach Österreich gekommen und mit dem Zug nach München weitergereist. Er hat noch Bilder gesendet. Seit seiner Ankunft ist er nicht mehr erreichbar. Kannst du da was machen?«

»Natürlich nicht«, sagte er. »Ich bin für einen Aufnahmestopp. Eine Obergrenze muss her.«

War er von allen guten Geistern verlassen? Was war in ihn gefahren? Warum sagte er so etwas? Auch an Ostern im letzten Jahr hatte er die Eltern und sogar Agnes angelogen. Er sei jetzt Art Director bei Milch und koordiniere Kampagnen für einen österreichischen Fußballclub, allerdings sei sein Ziel, endlich wieder ordentlichen Journalismus zu machen, selbstverständlich im Politikressort. Für dieses Vorhaben sei das Erbe großartig, so habe er etwas mehr Zeit, sich zu positionieren.

Die Eltern hatten ihm zu der Entscheidung gratuliert. Es war schon unglaublich, wie sie zu ihm hielten, obwohl er, im Gegensatz zu seiner Schwester, seit seinem Studium nichts Vorzeigbares vorzuweisen hatte, das man mit Stolz den Nachbarn oder Freunden präsentieren konnte.

»Ich möchte nicht, dass du so einen Blödsinn von dir gibst.«

Sie erinnerte ihn daran, dass er ein erwachsener Mann sei und aus dem Alter raus, sinnlos zu provozieren. Das stehe, wie er ja wisse, nur Minderjährigen zu.

»Dann sind also alle Menschen, die eine Obergrenze fordern, Minderjährige?«

»Ja«, konterte sie und beendete die Diskussion, um sie, wie zu erwarten gewesen war, eine halbe Stunde später wiederaufzunehmen, diesmal, ganz nach dem ihm bekannten Lehrerstyle: aktives Zuhören. Argumente der Gegenseite stehen lassen. Ich-Botschaften setzen. Am Ende die Argumente bündeln. Gemeinsame Schnittmengen benennen. Trennendes stehen lassen. Und dabei, auf alle Fälle, immer und überall: wertfrei.

Das Schachturnier im Mehrgenerationenhaus zeigte ihm, dass er gut im Training war. Er konnte mehrmals Bauern umwandeln. Die Züge hatte er unendliche Male geprobt. Im letzten Spiel gelang ihm ein En Passant, wofür er Hochachtung erntete. Für seinen Vater lief es weniger gut. Hinter ihm saß Herr Hazrat. Es war natürlich Ediths Idee gewesen, dass er sie begleitete. Mit Händen und Füßen hatte sie dem Gast erklärt, was ein Schachturnier war, obwohl sie selbst keinen Plan hatte.

Die Sesselübergabe fand nicht statt. Von einer Autobahnraststätte kurz hinter der Grenze rief er Marianne an, sie ging nicht ran. Kurz vor Wien probierte er es erneut und hinterließ schließlich eine Sprachnachricht: »Hallo, hab den Bauhaus-Sessel wieder, würde ihn dir vorbeibringen, etwa in einer halben Stunde.« Sie antwortete per SMS: »Das ist ja nett. Deine Kisten sind auch noch da. Danke. Übermorgen ist besser.«

Er entschied, bevor er das Auto abgeben würde, an der Galerie vorbeizufahren. Er parkte dreihundert Meter entfernt.

Durchs Schaufenster sah er die Objekte eines mit Preisen überhäuften jungen Bildhauers, den Marianne im letzten Jahr in hohen Tönen für seine Detailversessenheit gelobt hatte. Sofort fiel ihm die ungute Sache ein, »Schneelandschaften« – wie er damals vergessen hatte, sich damit zu beschäftigen, nicht über den Katalogtext der Künstlerin gegangen war; er keinen Titel geliefert hatte, ihren Erwartungen nicht gerecht geworden war.

Dass er immer nur an sich und seinen Job denken würde, wie Marianne ihm mit lieblicher Stimme, die ganz und gar nicht vorwurfsvoll geklungen hatte, nein, in diesem unsäglichen Trennungsgespräch zu verstehen gegeben hatte.

Der Laden war brechend voll. Er wünschte sich, dass sie irgendwo herumschwirren würde. Er scannte die Personen, die mit Schnittchen und Sekt der Kuratorin – einer fast Eins-neunzig-Frau mit kurz geschnittener Grauhaarfrisur und japanischem, rot-schwarzem Fummel mit Flügelärmeln – lauschten, als verkünde sie einen neuen Heiland. Unter den Männern sah er überall Verdächtige, vor allem bei den unter Dreißigjährigen.

Gerade als er sich entschieden hatte, sich ins Getümmel zu stürzen, sah er Bo auf sich zukommen. Sie freute sich dermaßen, ihn zu sehen, dass er sich fragte, ob ihr Überschwang ihm galt. »Was treibst du hier? Dachte, du bist nach Berlin gezogen.«

»Nein, warum? Hat das Marianne erzählt?«

Sie ging über die Frage hinweg, hakte sich bei ihm unter und lächelte. »Sie ist nicht da, falls du ihretwegen hier bist. Ich soll ein paar Fotos für Insta schießen.«

Er wagte nicht zu fragen, wo sie war. Seine Neugier wäre sicherlich brühwarm bei ihr gelandet.

Bo schob ihn durch die Tür. Im Nu stand er vor einem der Objekte. Als sie einen Schritt zurücktrat und ihr Smartphone auf ihn hielt, sprang er hinter eine Säule, wo ihn sofort eine von Mariannes Kolleginnen entdeckte und auf High Heels auf ihn zustolzierte. Er machte auf dem Absatz kehrt und verließ das Event.

Natürlich setzte er am Montag alles in Bewegung, um herauszubekommen, wo sich der Sohn der Familie Hazrat seit seiner Ankunft in München aufhielt. Die Telefonate mit den zuständigen Stellen, den Ankerzentren, dem Bundesamt für Migration und Flüchtlinge und dem bayerischen Innenministerium lenkten ihn ab.

»Wir können Ihnen leider nicht weiterhelfen, Herr Zwicker, auch wenn Sie uns Ihren Presseausweis zufaxen, Sie benötigen eine Vollmacht der Familie.«

Er blieb hartnäckig. »Wenn Sie an Informationen kommen wollen, die Ihr Interviewpartner zurückhält, haben Sie mehrere Möglichkeiten: Sie schaffen a) eine Win-win-Situation, b) einen Mehrwert für Ihr Gegenüber, c) einen Gesprächsraum, in dem Empathie und Anteilnahme möglich ist«, erinnerte er sich an seinen Dozenten für Kommunikation aus dem Studium.

Intuitiv hatte er sich für Letzteres entschieden. Der Sachbearbeiterin war es unmöglich, ihn abzuwimmeln. Er erzählte vom großen Engagement seiner Eltern, von Familie Hazrat und ihrem Baby. Er stellte die Frage, wie es ihr ergehen würde, hätte sie ihren Sohn allein in ein fremdes Land geschickt, für ein besseres Leben, und der nach einer strapaziösen und gefährlichen Flucht, endlich angekommen, kein Lebenszeichen mehr von sich gebe.

Obwohl sie ihm zu verstehen gab, dass er nicht der Einzige sei, der sich für Geflüchtete einsetze, gab sie nebenbei die Daten ins System ein. »Sie wissen, dass mir das eigentlich untersagt ist!«

Sie fand einige Personen mit demselben Familiennamen, jedoch keinen Amir, geboren am 16. 8. 1999 in Herat. Vorstellbar sei, sagte sie, dass dieser Junge nach seiner Ankunft ohne Registrierung weitergezogen sei, vielleicht nach Skandinavien.

Nach dem Telefonat rief er seine Mutter an.

Sie dankte ihm und fragte, ob er irgendwann in München sei oder jemanden kenne, der ein paar Plakate aufhängen könne, mit Foto, Telefonnummer und so weiter. Sie würde alles im Verein vorbereiten und ihm über einen Kurier zukommen lassen.

»Lass stecken«, sagte er. »Sende mir das Foto als JPG, 1200x630 Pixel per E-Mail. Ich überleg mir was.«

»Ich habe keine Ahnung, was ich da machen soll.«

»Ma, frag jemanden in deinem Verein, der sich auskennt. Ich muss los.«

Er bestellte ein Großraumtaxi, um den Sessel zu transportieren. Er hatte zugestimmt, dass er, wenn er vorbeikäme, seine Kisten mitnehmen würde. Die Fahrt über hörte er seine Mailbox ab. Henk hatte ihm nach langer Zeit mal wieder aufs Band gesprochen. »Melde dich. Es gibt Wichtigeres als dein beleidigtes Kleinhirn.«

Sie sah umwerfend aus. Wellness in Südtirol. Er musste nicht fragen, mit wem. Sie war schonungslos: »Mit Utz.« Utz, einem Kunstsammler aus Graubünden. Ausgerechnet ein Schweizer, mit zweitem Wohnsitz in Wien. Nein, nicht in der Galerie kennengelernt. In Mailand. Zehn Jahre älter, unverheiratet, Vater eines erwachsenen Sohnes aus erster Ehe.

Warum tat er sich das an? Warum fragte er nach?

Ja, sie hatte recht: Du solltest aufhören, verhältst dich wie ein Masochist. Oder ist es dein Kontrollzwang? Wer fragt, der führt? Nein, lass stecken. Bau den Sessel zusammen und mach einen Abgang, würdevoll, wie es ein reifer Mann wie Utz aus Graubünden täte. So stellst du ihn dir vor, männlich, über alle Maßen männlich, stark wie ein Fels. Sicherlich wirst du ihn später, wenn du ungestört mit dir allein ein Bier trinkst, nein, bevor du das Bier öffnest, nein, sobald du auf dem Nachhauseweg bist, wirst du ihn googeln. Und natürlich wirst du ihn, wenn dich das erste Utz-Bild anspringt, widerlich, gar lächerlich finden. Ein Barbie-Ken, wie ihn deine Schwester in den Achtzigern zu Weihnachten bekommen hat, so wird er dir vorkommen. Du wirst dich zurückhalten. Marianne keine Nachricht schreiben. Nicht schreiben, dass er ja wohl ein Würmchen ist, ihr Utz, der alte, auf jung gemachte Schweizer Kunstsammler, der für dich ab sofort nichts anderes sein wird als eine Puppe, ein Barbie-Ken aus den Bergen.

6

Die Tage, an denen Post kam, waren entweder sehr gut oder sehr schlecht. Nie würde Anni vergessen, wie sie eines Tages von der Schule kam, eine Zwei in Heimatkunde in der Tasche, worüber sich vor allem der Großvater besonders freuen würde: die Küche leer, der Ofen kalt, der Laden versperrt –

Wie sie zum Bootsverleih rannte, der Vater regungslos und unansprechbar dasaß, wie sie in die Werkstatt lief, leer, in den Stall, bis auf die Hennen und das Hausschwein leer, wie sie zurück ins Haus lief, hinauf in den ersten Stock, zum Alten ins Gruselzimmer, aber auch er nicht zu finden, wie sie wieder hinunterlief, über den Hof in die Werkstatt, wo die Angeln ihres Bruders unberührt an die Wand gelehnt standen, wie sie wieder ins Haus rannte, am Barometer im Flur vorbei, das auf Hochdruck stand – ein warmer, klarer Juni stand ihnen bevor –, und die geschlossene Tür der Stube öffnete, den Kopf durch den Türspalt steckte. Was sie sah: ihre Mutter, auf dem Rücken auf dem Sofa liegend, mitten am Tag, ein Kissen auf dem Gesicht, in der Hand, die auf den Boden hing, einen Brief in den Fingern. Wie ihr von hinten jemand an die Schulter fasste, Joseph, ihr Bruder, und sagte: »Komm, kleine Weibi, wir nehmen das Ruderboot.«

Wie sie sich kurz darauf mitten auf dem See wiederfand und Peps sagte, die erste Tochter der Mama sei gestorben. Wie sie zwar nicht das erste Mal davon hörte, aber zum ersten Mal in ihrem nun elfjährigen Leben erfuhr, wie es sich anfühlte, wenn schlechte Nachrichten die Gegenwart zerschnitten, einfach so. Den Rückweg wollte sie selbst rudern.

Oder als sich das Gesicht des Vaters, nachdem er den Brief von der Schlösser- und Seenverwaltung geöffnet hatte, langsam entspannte und er die ganze Familie zu einem Schweinsbraten in den Posthof einlud, um zu feiern, dass ihr Pachtvertrag um weitere zwölf Jahre, bis 1948, verlängert worden war – eine Zeit, die ihr vorkam wie eine der Ewigkeiten, von denen der Pfarrer sonntags redete, wenn sie, stellvertretend für die Familie, in den Gottesdienst ging. Wie der Vater und der Großvater wieder einmal zusammen lachten und die Mutter sogar ein Glas Likör trank.

Oder als sie wegen eines zähen Hustens extra zum Internisten geschickt worden und, nach einer Untersuchung »auf Leib und Magen«, wie der Arzt gesagt hatte, mit einem Umschlag nach Hause gekommen war, die Mutter die Dampfnudeln auf dem Ofen stehen ließ, das Kuvert aufriss und sie so lange an sich drückte, bis das Essen verbrannt war, wie die Mutter sie endlich losließ und aufsprang, das kokelnde Mittagessen vom Herd schob, aber von Ärger keine Spur, im Gegenteil – »Keine Tuberkulose!«, rief sie und kippte die Süßspeise lachend in den Kübel.

Oder als sie eines Abends alle fröhlich am Ufer warteten und Peps dabei zuschauten, wie er die Persenning des Fischerkahns entfernte und das Boot zu Wasser ließ, mit Gummistiefeln an den Füßen in den Kahn sprang, den Motor anließ, als habe er nie etwas anderes gemacht – heute war sie endlich ins Haus geflogen, die Fahrerlaubnis für das Fischerboot, als Krönung eines sehr erfolgreichen Abschlussjahrs an der Volksfortbildungsschule Herzach, ihr

Bruder ein sehr guter »Berufsschüler der landwirtschaftlichen Berufe, Fleiß: 2, Betragen: 1, Heimatlebenskunde: 2, Deutsche Sprache: 2, Rechnen: 1, gez. Klassleiter: Eder« –, ein Musterlehrling des Familienbetriebs, begabt am Netz, am Segel, an der Angel, eine Ausgeburt an Menschenfreundlichkeit mit der Kundschaft noch dazu, und wie sie da standen und ihm nachwinkten, als er, mit dem Motor knatternd, Richtung Abendsonne hinausfuhr, sah Anni den Papa die Mama in den Arm nehmen, und sogar Pittner senior stand auf dem Steg und schaute ihm nach, ohne etwas Garstiges zu rufen oder blöd zu glotzen, und da hob sie den Arm und winkte ihrem Bruder hinterher, in einer Mischung aus Freude, Stolz und etwas, worunter sie später Melancholie verstehen würde.

Am späten Abend sitzt sie im Nachthemd auf der Treppe und hört den Stimmen in der Küche zu.

»… Uns gehört die Jugend und so auch die Zukunft, da hat er doch recht, der Jugendleiter. Lass den Buben doch mit seiner Flieger-HJ für ein Wochenende ins Hochland fahren. Das Wetter wird schlecht, auf den See fahr ich derweil mit dem Alten, und den Bootsverleih bekomme ich für die Zeit auch allein hin«, sagt der Vater in warmem, aber bestimmtem Ton.

»Ach, wenn's nur die viele Arbeit wäre«, erwidert die Mutter leise. »Hast du gesehen, wie sich unser Jugendleiter, der Veterinär Loch, aufführt, draußen im Schlosspark, wo er im Gartenhaus die Jungen empfängt, als wär er ein König.«

»Hör doch nicht auf das Gerede der Leute, Betti.«

»Wenn es aber wahr ist.«

»Hast du es mit eigenen Augen gesehen?«

»Nein, aber –«

»Siehst du.«

»Nein, aber die Theres von der Frauenschaft – «

»Was gibst du auf die Theres vom Kramer. Deren Mutter hat uns damals schon auf dem Kieker gehabt, als wir die Neuen im Dorf waren. «

»Aber sie hat mir erzählt, wie der Loch seinen Posten sonst versteht: durch die neue Siedlung vom Keck in Pullach defilieren, ins Haus der Kunst fahren, mit den Bonzen in Grünwald Gelage feiern und sich dann nach Hause chauffieren lassen, und das nicht allein – «

»Es kann nicht jeder ein so reines Herz haben wie du, meine liebe Betti. «

»Sondern mit jungen, mit jungen – «

»Wenn man so einen Chauffeur hat, braucht man keine Feinde mehr. Schlimmer als ein Waschweib. «

»Mit jungen – Buben. «

Anni hört die Mutter ausatmen.

»Das sind doch alles bloß Gerüchte. «

»Die feinen Herren und ihre Großprojekte. «

»Jetzt wirf nicht alles durcheinander. Die Finanzschule bringt uns gute Kundschaft, und der Führer HJ Loch hat einen heißen Draht zum Innenminister. Das kann Herzach und uns Gewerbetreibenden nicht schaden. Ganz zu schweigen von unserem Fritz Reichel, der – «

»Dessen Villa vor sich hin schimmelt, seit er in Berlin ist – «

»Der für uns hart arbeitendes Volk die Steuern umverteilt, damit die Zukunft ohne Knechtschaft, die Zukunft überhaupt endlich Gegenwart wird. «

»Wenn du mich fragst, spielen die da Krieg. Das sagt auch die Theres von der – «

»Lass den Jungen fahren und sich austoben, er ist fünfzehn und freut sich so aufs Segelfliegen. Dazu körperliche Ertüchtigung und geselliges Zusammensein. Er wird einmal ein richtiger Mann. Ich wäre gottfroh gewesen, wär ich in seinem Alter mal rausgekommen.«

Das würde ich auch gern, denkt Anni auf der Treppe, statt bei den katholischen Mädchen Monat um Monat Bibelszenen zu malen, im eingemauerten Hof der Dorfkirche, am Tisch unter dem Apfelbaum, und der Erika, ein ums andere Mal, die Haare zu flechten, während der Pfarrer immer vom »Vater im Himmi« redet, süßlich lächelt und sauer riecht, wenn man direkt neben ihm steht.

Auf dem Rückweg ins Bett biegt sie ins Kommodenzimmer ab, schaut auf die Wand neben dem Vertiko, sieht die Urkunde hängen, das »Ehrenzeichen für Frontkämpfer«, das der Vater dieses Jahr doch noch verliehen bekommen hat, daneben ein mit Bleistift selbst gezeichnetes Portrait des Herrn Hitler, das er letzten Winter aus seiner Illustrierten abgemalt hat. Sie setzt sich an den großen Tisch in der Mitte des Zimmers. Dieses Jahr hat es ein neues Radio gegeben. Sie dreht am Knopf, das hat sie sich beim Papa abgeschaut. Es macht einen Knall, sie fährt zusammen. Dann: leises Rauschen. Sie kreuzt die Arme auf dem Tisch und legt den Kopf ab, wie in der Schule, wenn sie müde ist.

Am nächsten Morgen kann sie sich nicht daran erinnern, dass sie jemand ins Bett getragen hat.

Zum Saisonende, am letzten Wochenende im September, war es noch einmal warm geworden, der Harry noch einmal für zwei Nächte an den See gekommen. Peps, zurück aus dem Zeltlager, hatte ihr stolz den ersten Stempel in seinem neuen Heft gezeigt, »Nationalsozialistisches Fliegerkorps (NFSK), Flugbuch Nr. 1, 18. 09. 1938, Flugzeug SG 38, Flugdauer: 10', Startart: G (Gummiseil), Gelände: Schwangau«. Ansonsten war nicht viel aus ihm herauszubringen, da konnte Anni so viel bohren, wie sie wollte. »Einen Zahnarzt hatten sie da, man hat mir meinen schlechten Backenzahn gemacht«, sagte er, als sie am Samstagnachmittag mit Harry am Bootssteg saßen und Anni Lauben aus dem Wasser fischte. Peps und Harry wollten in der Nacht noch auf Hecht gehen. »Ansonsten bin ich froh, dass ich wieder aus der Uniform raus bin.«

»Ich erzähl euch jetzt eine Geschichte, meine Lieblinge.

Eines Tages trifft ein Skorpion am Ufer eines Flusses einen Frosch. ›Lieber Frosch, nimm mich mit auf deinem Rücken ans andere Ufer‹, sagt der Skorpion.

›Ich bin doch nicht lebensmüde. Wenn wir auf dem Wasser sind, dann stichst du mich, und ich sterbe‹, antwortet der Frosch.

›Nein, wenn ich dich steche, dann gehe ich doch mit unter und sterbe auch‹, sagt der Skorpion.

›Da hast du auch wieder recht‹, sagt der Frosch. ›Steig auf meinen Rücken‹.

Kaum sind sie ein paar Meter geschwommen, verspürt der Frosch einen stechenden Schmerz.

›Verdammt, jetzt hast du mich doch gestochen. Jetzt werden wir beide sterben‹, sagt der Frosch.

›Ich weiß. Tut mir leid‹, antwortet der Skorpion, ›aber ich bin eben Deutscher.‹«

Anni lachte, wobei sie nicht verstand, worüber. Peps versuchte es auch, schien ihr, aber es wollte ihm nicht gelingen. Und der Harry lächelte schief. »So ist es recht. So sollt ihr mich in Erinnerung behalten.«

»Der Vater hat ihm kündigen müssen«, sagte die Mutter beim Mittagessen zu zweit, ein paar Wochen später.

Zum ersten Mal sah Anni, wie die Mutter aussah, wenn sie log, und zum ersten Mal in ihrem Leben spürte sie das Gift der Galle in sich aufsteigen, brennend heiß. Sie ließ den Löffel in den Teller sinken, Grießnockerlsuppe, eine Spezialität der Mutter, stand vom Tisch auf, verließ die Küche, ging aus dem Haus, lief Richtung Feldstraße, Richtung Ortsausgang, hinauf Richtung Wald, nur weg, bloß weg von diesem Wasser.

In einer Nacht in diesem November erwachte Anni aus einem schweren Traum. Wie spät war es? Und was war das für ein Geruch? Sie sprang aus dem Bett und eilte hinüber zu ihrem schlafenden Bruder. »Pepi, es brennt.«

Sie stürzten die Treppe hinunter, aus dem Türrahmen schien es hell auf den Flur. In der Küche kniete der Großvater mit schweißüberströmtem Gesicht vor dem Ofen und stopfte ein Papier nach dem andern ins Feuer. Der Herd glühte. Aus den Töpfen schlugen Flammen.

»Opa, was machst du da?«, rief Pepi. Der Alte fuhr unbeirrt fort, als würden die alten Briefe und trockenen Banknoten aus längst vergangener Zeit dem Feuer auf wundersame Weise das Maul stopfen. »Riechst du nicht einmal, dass der Holzkasten schon Feuer gefangen hat?« Er eilte auf den Großvater zu, packte ihn am Arm und versuchte, seinen Körper vom Ofen wegzuziehen. Der Großvater schlug um sich. »Anni, schnell, die Decken aus der Stube!«

Als Peps die Decke auf den Herd warf, fiel ihm der Alte in den Arm. »Kipp das Wasser drauf, kipp!«, hörte Anni ihren Bruder rufen, stemmte den Eimer, der neben dem Abort stand, hoch und goss das Wasser über den Ofen, dass es nur so zischte. Der Großvater hing ihrem Bruder auf dem Rücken wie ein wildgewordener Schimpanse. Es dauerte eine Ewigkeit, bis Pepi ihn beruhigen konnte.

»Die Badeanstalt ist das Lebenswerk des Herrn Ludwig Maurer

und seiner Angehörigen ... Aber wie auch Ihnen bekannt ... kein Geld zu haben.« Der Alte saß am Küchentisch, seine Enkel sahen ihn mit großen Augen an. »Durch verschiedene Einflüsse ... Dieser Betrag bei den Aufwertungsauseinandersetzungen nur mit 15 Prozent aufgewertet worden.«

»Was redest du denn da, Opa«, fragte Anni. Der Großvater aber, die Augen leer, schaute durch sie hindurch, wie ein Verrückter.

»Mit deutschem Gruß! Heul Hitler!«, rief er und streckte den rechten Arm aus. »Heul!«

»Erinnerungen«, erklärte Pepi und schob sie aus der Tür. Draußen dämmerte der Morgen, und der Ostwind trieb das Wasser eisig aus der Bucht hinaus.

»Gut gemacht, ihr zwei«, sagte der Vater am nächsten Tag. »Auf die Feuerwehr hätten wir lange warten können. Der ganze Gau hatte heute Nacht Bereitschaft in der Stadt, wie ich hörte. Feindliche Randale, und das am Gedenktag für die Gefallenen.«

Bald darauf bekamen sie hohen Besuch, der Bürgermeister höchstpersönlich. Welcher fremdenverkehrsrelevante Betrieb im wunderschönen Herzach am See noch keine entsprechenden Schilder hängen habe, der sei spätestens jetzt, und zwar mit sofortiger Wirkung, angehalten, dies nachzuholen, ansonsten sehe sich der Deutsche Gemeindetag, in persona unseres allseits geschätzten Vorsitzenden Karl Fehler, Oberbürgermeister der Hauptstadt der Bewegung, gezwungen, mit empfindlichen Geldstrafen in unserem schönen Traditionsgau für Ordnung zu sorgen. »Nicht zu reden davon, dass ich schon den einen oder anderen bayerischen Sturschädel deswegen in Schutzhaft habe gehen sehen«, sprach der Fellner bedeutend über die Ladentheke, »aber bei euch ist an der

Badeanstalt ja alles in bester Ordnung. Nur die Parkbank oberhalb der Ruderboote –«

Anni wickelte seine frischen Renken in Papier, und ihre Mutter kassierte die 12 Mark dafür ab, ohne den Blick zu heben.

»Mir in meinem eigenen Laden zu drohen«, sagte sie beim Abendessen, »was für ein gescherter Mensch.«

Der Vater zog die Augenbrauen zusammen, als habe er Kopfschmerzen.

»So einen Nonsens können sich nur Bürokraten ausdenken, die von den Leuten vor Ort keine Ahnung haben. Und die Schilder, die können wir noch dazu selber bezahlen«, fuhr die Mutter fort. Sie blickte ihren Mann an. »Zumal, es sind doch eh keine mehr da, der Bauer vom Hotel ist weg, Spirituosen Blume verzogen, der Rechtsanwalt –«

Joseph und Anni starrten in die Teller. Der Vater legte das Wurstmesser ab und atmete schwer.

»Und der Harry auch«, platzte Anni nun heraus, und Peps fügte hinzu: »Und Pittner Theo, zum Beispiel, hat nirgends eins hängen.«

»Jetzt sag doch auch mal was, Leo.« Die Mutter wollte ihm gerade die Hand auf die Schulter legen, aber da schlug der Vater mit der Faust auf den Tisch und brüllte: »Ruhe ist! Ruhe!«

Noch in derselben Woche schickte man die Tochter rauf zur Fremdenverkehrszentrale – im Winter nur donnerstagvormittags geöffnet, hauptsächlich für den »Ticketverkauf Deutsche Reichsbahn« –, wo sie ein Emailleschild mit der Aufschrift erstand: »Juden unerwünscht«.

Am stillen Tag dieses Jahreswechsels las sie, während der Großvater und Peps in der Werkstatt Netze knüpften und Ruder lackierten, ihren Eltern vor.

»›Welch ein Glück, Sie allein anzutreffen‹, sagte er leise.«

Die Mutter schloss zufrieden die Augen.

»Etwas in seiner Stimme trieb ihr Herz zu angenehm rascheren Schlägen, und sie spürte, wie sie errötete. Auf diesen Ton in Männerstimmen verstand sie sich, und sie wusste, er kündigte ihr eine Liebeserklärung an. Ach, welch eine Freude! Wenn er nun von seiner Liebe sprach, wie wollte sie ihn zur Strafe für all seine höhnischen Bemerkungen quälen! Dann waren sie miteinander quitt. Sogar für jene schreckliche Demütigung, da er Zeuge gewesen war, wie sie Ashley geohrfeigt hatte, wollte sie Rache nehmen. Und dann wollte sie ihm in sanftem Ton mitteilen, sie könne ihm nicht mehr als eine Schwester sein, und sich mit Ehre und Würde aus der Affäre ziehen. Sie lachte ein wenig nervös auf.

›Lachen Sie nicht‹, sagte er, ergriff ihre Hand, drehte sie um und drückte seine Lippen in die Handfläche. Als sie die Wärme seines Mundes spürte, sprang etwas Urlebendiges auf sie über und rann ihr liebkosend durch Mark und Bein. Seine Lippen glitten zu ihrem Handgelenk hinauf. Sie suchte ihre Hand wegzuziehen. Er musste ja an ihrem Pulsschlag fühlen, wie ihr Herz immer hurtiger schlug. Damit hatte sie nicht gerechnet, mit diesem verräterisch aufsteigenden Verlangen, ihm mit den Händen im Haar zu wühlen und seine Lippen auf ihrem Mund zu spüren. Sie beteuerte sich selbst inmitten ihrer Verwirrung, in ihn verliebt sei sie nicht. Verliebt war sie in Ashley. Wie sollte sie sich nur erklären, warum ihr die Hände so zitterten?

Er lachte leise. ›Nicht wegziehen! Ich tue dir nichts.‹

›Ich habe keine Angst vor Ihnen, Rhett Butler, und vor keinem Mann aus Fleisch und Blut‹, brachte sie hervor, böse darüber, dass ihre Stimme nicht weniger bebte als ihre Hände.

›Eine schöne Gewissheit! Aber bitte, sprechen Sie leiser, denn Mrs. Wilkes könnte Sie hören, und bitte, beruhigen Sie sich.‹ Es klang, als weidete er sich an ihrer Verwirrung. ›Scarlett, du hast mich gern, nicht wahr?‹

Das klang schon mehr nach dem, was sie erwartete.

›Nun, manchmal‹, antwortete sie vorsichtig. ›Wenn Sie sich nicht wie ein Flegel benehmen.‹

Er lachte von neuem und legte ihre Handfläche an seine rauhe Wange.

›Ich glaube, du hast mich gern, weil ich ein Flegel bin. Du hast in deinem umhüteten Leben so wenige Flegel kennengelernt, die mit allen Wassern gewaschen sind, dass ich gerade, weil ich anders bin als alle anderen, einen gewissen Reiz für dich habe.‹

Diese Wendung hatte sie wiederum nicht vermutet. Sie versuchte vergeblich, ihm die Hand zu entziehen.

›Das ist nicht wahr. Ich habe wohlerzogene Männer gern, bei denen man sich darauf verlassen kann, dass sie immer Gentleman bleiben.‹

›Du meinst solche, die sich von dir einschüchtern lassen. Aber es kommt nicht auf das Wort an. Es ist einerlei.‹

Wieder bedeckte er die Innenfläche ihrer Hand mit Küssen, wieder überlief es ihr prickelnd den Nacken.

›Aber du hast mich gern. Könntest du mich jemals lieben, Scarlett?‹«

Jetzt bemerkte Anni, wie der Blick ihrer Mutter auf ihr ruhte.

»Nun bist du schon ein richtig großes Mädchen«, sagte sie, mit großem Bauch in der Stube sitzend.

Und dem Vater, nun war es schon Abend, aus dem Buch mit der Widmung des »Reichskriegsopferführers«: »Die geistigen und politischen Strömungen, die der kämpfende Nationalsozialist zunächst äußerlich besiegt hat, müssen noch innerlich endgültig überwunden werden.

Meine Briefe an Zeitgenossen sollen in ihrer bewussten Subjektivität Waffen in diesem Kampfe sein. Sie sollen Antwort geben auf die Fragen ehrlich suchender Volksgenossen und eine scharfe Zurechtweisung jener intellektuellen Besserwisser sein, die, mit der Maske der Objektivität getarnt, versuchen, zum Angriff zu schreiten. Wir scheuen keinen –«

»Spring zu dem Brief an die Jugend, Scheißer, Seite 136«, unterbrach der Vater.

»Mein lieber Junge!

Es war nicht immer so im deutschen Vaterland wie heute, wo Du unbeschwert und fröhlich mit Deinen Kameraden auf große Fahrten ausziehen kannst. Heute scheint es Dir, freilich, als sei es nie anders gewesen.

Staune nur, wenn ich Dir sage, dass ich heute noch genauso jung bin wie damals, als ich als Achtzehnjähriger auf große Fahrt ausgezogen bin, mit dem Tornister als Rucksack und dem Gewehr 98 als Wanderstab.

Seitdem habe ich wirklich nicht die Zeit gefunden, alt oder älter zu werden. Denn die Lebensjahre zählen nur bei dem, der ihnen keinen Inhalt gegeben hat.«

»Wenn es nur so wäre«, kommentierte der Vater matt.

»Männer, die seit 1914 bis heute immer an der Front ihres kämpfenden Volkes gestanden haben, werden überhaupt nicht alt. Sie werden vielleicht eines Tages von der Vorsehung abberufen nach Walhall, dort treffen sie all die Helden aus der deutschen Geschichte, die ewig jung bleiben in der Erinnerung ihres Volkes.«

Anni sah auf. »Kaum zu glauben, nicht wahr«, sagte er und versuchte ein Lächeln, die Backen unter den Wangenknochen eingefallen, die Haut unter den Augen wie durchsichtig, die Augäpfel merkwürdig tief liegend, die Nase so schmal, dass ihr Haken umso stärker hervortrat, fast glaubte Anni, darin einen kleinen Schnabel zu erkennen – der Vater wie eine Krähe auf der Eckbank sitzend, im strahlend weißen Festtagshemd mit Haifischkragen, weswegen sie mit der Mama noch bis heute Mittag in der Waschküche gestanden hatte.

»Gewiss gibt es auch heute noch Menschen, die schon müde zur Welt gekommen sind, die sich für nichts begeistern können, die blasierte Nörgler sind, weil ihre innere Unwahrhaftigkeit und ihre Feigheit sie abhält, dem Leben sich zu stellen und jeder Gefahr zu trotzen. Wo bei uns Blut pulsiert, rieselt bei ihnen Kalk.

Sie sind eine kleine, aber gefährliche Minderheit. Sie bezeichnen ihre Bedenken mit Verstand, ihre Feigheit mit –«

»Ist schon recht jetzt«, bedeutete ihr der Papa aufzuhören. Er stand auf, stützte sich am Küchentisch ab und legte ihr die Hand auf den Kopf.

Nun würde er sich ins Kommodenzimmer zurückziehen, an sein Radio oder dorthin, wo Anni die große Welt vermutete, die vier Pausenglocken erwarten und die Silvesteransprache des Herrn Goebbels.

Nach Neujahr fragte Anni ihren Bruder beim Karpfenausliefern: »Was ist eine Affäre?«, aber Peps grinste, und auch die beiden Fische glotzten nur, und schon bald waren diese Gedanken weggeblasen, lag doch der Kater Unfried, zwar sehr alt – aber wer hätte es denn für möglich gehalten, dass er jemals sterben würde –, morgens steif und mit langen Beinen unter dem Bett der Eltern. Und ein paar Wochen später, die Geschwister waren für einen Tag auf die Zugspitze skifahren gegangen, brach sich der Pepi die Elle und brauchte mehrere Wochen, bis er den Gips wieder ablegen konnte, woraufhin ihr die Mutter einen großen Schrecken mit der »Vorahnung« einflößte, ein Wort, mit dem Anni über Monate jeden Abend einschlief.

Und wirklich: Die Mutter starb im Juni beinahe bei der Geburt der kleinen Agathe, ein Bündel, das fortan in einer Tour schrie, eine Erscheinung, die selbst der neuen Hebamme, der Krapp, Leiterin der Frauenschaft, ein Rätsel blieb, während sie an dem Baby herumdrehte; ein Weststurm zerlegte im Sommer den Anlegesteg, woraufhin der Vater zur Bank lief und um einen Kredit bat, der zwar bewilligt wurde, als Anni aber eines Tages beim Metzger stand und Speck kaufen wollte, fragte der, offenbar ein guter Freund des Bankangestellten: »Könnt ihr euch das überhaupt leisten?«

Eines Tages blieb der Großvater auf einmal verschwunden, ehe er nach drei Tagen in Begleitung eines Beamten aus der Kreisstadt wieder vor der Tür stand, man habe ihn am Fürstensee am Seeufer umherirren sehen, und als die Mutter ihn fragte: »Was hast denn da gewollt, Vater?«, antwortete er: »Nach Hause.«

Am Tag darauf meldete das Radio Einmarsch in Polen. Sie versuchten, die Arbeit so gut wie möglich zu bewältigen, aber Leonhard Maurer bekam eine Lungenentzündung, von der er sich zwei Monate lang nicht erholte, und auch danach ging er bis Ostern weder zum Stammtisch noch in den Gemeinderat, geschweige denn zu den Ortsgruppensitzungen der Partei – eine Tatsache, die PG Wimmer beim Fischkauf zur Äußerung veranlasste: »Ihr wisst doch, keine passive Mitgliedschaft möglich«, woraufhin Betti Maurer entgegnete: »Schleich dich.« So kannte Anni ihre Mutter nicht und auch nicht die Art, wie sie über ein halbes Jahr Briefe an die Gemeinde verfasste – der alte Pfarrer war gestorben, und der neue hatte, als erste Amtshandlung, das Kruzifix aus dem Klassenzimmer entfernt –, bis ihr die alte Pittnerin, die davon Wind bekommen hatte, in einem Anflug von Sympathie bei einem Grüß Gott auf der Promenade einen guten Rat gab: »Obacht, Betti, mit dem ist nicht gut Kirschen essen, auch wenn ihr euch auf der sicheren Seite fühlt.«

Das hatte die Fischermeistersgattin allerdings nicht davon abgehalten, ihren ganz eigenen Kulturkampf bis ins Ministerium zu betreiben, wo sie den Gegner in Person des Innenministers erkannt hatte, aber der wiederum schien einen Befehl von oben bekommen zu haben. Das Kreuz blieb hängen.

Gott sei Dank hatten sie den Peps, der jetzt den Paps ersetzen konnte, und zudem nahm man Anni in zwei aufeinanderfolgenden Jahren zum Sommerhalbjahr aus der Schule, die kleine Ada hüten, im Laden helfen und auch sonst überall, wo eine Hand fehlte, anpacken; man quartierte die erste Tochter des Vaters, Cäcilie mit Säugling, ein, in der Hoffnung auf Unterstützung, »auf unbestimmte Zeit«, eine Wendung, die Anni ausnehmend missfiel, ihr Mann sei der »Mann an vorderster Front«.

Wenigstens durfte sie, als ihr Bruder, der diese Saison sogar jemanden vor dem Ertrinken gerettet hatte, seinen Prüfungsflug fürs Segelfliegen absolvierte, mitfahren und ihm dabei zusehen, wie er, hoch über der blauen Landschaft, seine Bahnen zog.

7

Seine Mutter konnte nicht beurteilen, was für die ehemalige Gastfamilie schlimmer gewesen war: die Phase, als man gedacht hatte, dass ihr Sohn für immer verschwunden oder verschleppt worden war, oder dass er, wie sie nach siebzehn Monaten der Suche erfahren hatten, nun in Schweden mit einem Mann, den er auf der Flucht kennengelernt hatte, zusammenlebte und, ja, das musste ausgesprochen werden: ein glückliches schwules Leben führte. Sie war noch immer mit der Familie in Kontakt. Die Ergebnisse konnten sich sehen lassen: ein erfolgreich absolvierter Deutschkurs, nicht irgendwo, sondern am Goethe-Institut, eine Vierzimmerwohnung, frisch renoviert, im Westen der Stadt, mit guter Anbindung und einem Krippenplatz ums Eck.

Sie war allein angereist. Sie freute sich auf die Museumsinsel, und für übermorgen hatte sie Karten in der Schaubühne reserviert.

»Wir sind immer noch einsam und verlassen, aber wie du siehst, können wir gut für uns sorgen«, provozierte Bene zur Begrüßung.

»Das wäre aber nicht notwendig gewesen, Schatz«, überging Edith ihn.

Agnes hatte einen Hochglanzputz der besonderen Art hingelegt, sogar die äußeren Fensterrahmen blitzten. Der Tisch war für ein Vier-Gänge-Menü eingedeckt, und eine Kerze brannte.

Wie jedes Jahr um Ostern herum hatte Edith das Grab ihrer Eltern besucht. In diesem Jahr war sie im Anschluss mit dem Auto nach München gefahren, hatte es in einem Parkhaus am Hauptbahnhof abgestellt und war in den Zug nach Berlin gestiegen. Die Anstrengung der Reise war ihr nicht anzusehen. Agnes interessierte brennend, ob sie diesmal auf Brigitte getroffen war. Die musste kurz vorher am Grab gewesen sein. Frische Blumen, ein Blütenmeer, zusammengebunden zu einem riesigen Osterstrauß in einem Maßkrug, so auffallend, dass Edith nicht umhinkam, diesen als ein Zeichen gegen sich zu interpretieren. Sie war keinem Bekannten begegnet, obwohl sie zur Promenade gelaufen war. Nicht zum Grundstück, nur zum Dampfersteg, von wo aus sie auf die ehemalige Badeanstalt sehen und das Segelboot ihrer neuen Bojenmieter erkennen konnte, eines Ehepaars aus dem Münchner Norden.

»Ganz nette Leut'«, befand sie.

Der Abend endete früh. Sie hatten gemeinsam eine Flasche südbadischen Grauburgunder, den Edith mitgebracht hatte, geleert, während man ausschließlich über die Arbeit seiner Schwester geredet hatte, die im letzten halben Jahr nicht besser hätte laufen können. Die meisten Patientengeschichten kannte er. Gegen halb elf gingen sie zu Bett.

Er richtete sich im Wohnzimmer auf einer Gästematratze ein, die Agnes am Nachmittag aus dem Keller in den dritten Stock geschleift hatte. Obwohl Agnes Edith das Bett im Schlafzimmer angeboten hatte, fiel die Entscheidung auf das Tagesbett im Arbeitszimmer.

Morgens um sechs erwachte er topfit. Er lief seine Runde im Friedrichshain. Es roch nach Frühling. Er hörte Vogelgezwitscher und erfreute sich seines leichtfüßigen Laufs. Beim Bäcker ließ er Brötchen, Croissants und eine Hafermilch für Agnes anschreiben.

Der Endspurt, die Treppen hoch, erhöhte seinen Puls nur minimal. Als er die Tür öffnete, hörte er seine Schwester unter der Dusche eine Tonleiter rauf und runter singen. Die Mutter schlief noch. Er setzte Kaffee und Tee auf und schlich ins Arbeitszimmer. Im Schlaf sah sie jünger aus, was er nebenbei registrierte, während er das Kabel für den Laptop aus dem Bücherregal griff. Leise verließ er das Zimmer wieder. Wie fast jeden Morgen suchte Agnes ihren Schlüsselbund. Sie wünschten sich einen guten Morgen. Zeit für ein gemeinsames Frühstück war nicht, ihr erster Patient war auf acht terminiert. Aus dem Badezimmer hörte er: »Hab ihn! Schönen Tag euch.«

Vor dem Spiegel kämmte er sein nasses Haar nach hinten, was sein Gesicht markanter erscheinen ließ, fletschte die Zähne, begutachtete sie, als habe er einen Zahnarzttermin, und zupfte sich ein abstehendes Haar oberhalb der rechten Augenbraue weg. Um halb neun wählte er sich in die Sitzung ein.

Die Praktikantin lächelte ihn unterwürfig an. Er erinnerte sie daran, dass verunsicherte Praktikantinnen wenig sexy seien. Ihr Bild war eingefroren. Sie hatte sich ausgeloggt.

Was für ein blöder Scherz. Schon vor ein paar Tagen hatte er sich ihr gegenüber unmöglich verhalten, sie aufgefordert, gemeinsam mit ihm auf den Chefsessel zu kacken. Es gefiel ihm, sie zu verunsichern. Noch mehr hatte ihm gefallen, als sie ihn ein paar Minuten später über ihr Privathandy angerufen und ihm mitgeteilt hatte, dass sie dann doch eher mehr auf das »Krankenschwesterzeugs«, weniger auf Fäkalien abgehe, ob er das bedienen könne beziehungsweise, so ganz grundsätzlich auch, was mit Uniform-Fetisch anfangen könne. Er hatte darüber noch nie nachgedacht. Vielleicht war er mehr der Südstaatentyp. »Selbstverständlich, wenn du auch auf Cowboystiefel stehst«, hatte er geantwortet.

»Ach geh, die Leitung. Muass an Berlin lieg'n.« Sie war wieder eingeloggt und lächelte erneut. »Was hast jetzt g'sagt?«

»Ach, unwichtig.«

Sie gingen die Entwürfe der Wahlplakate durch. Er tat sich schwer, bei der Sache zu bleiben. Er hatte sich schon auf seinen Abgang vorbereitet, einen Antrag gestellt und um Versetzung in das PR-Projekt für den österreichischen Reiseveranstalter gebeten, dessen Image wegen Steuerhinterziehung aufpoliert werden sollte. Chris hatte ihn hingehalten: »Keiner ist besser als du in diesem Job, das weißt du doch, Maestro.«

Seither hatte er kaum mehr eine Gehirnzelle für den Auftrag verschwendet. Die Praktikantin hatte einige seiner Aufgaben übernommen. Für den Kandidaten selbst war er mittlerweile nur noch eine Art Lebensberater. Er unterstützte ihn bei profanen Alltags- und Kaufentscheidungen und fragte sich irgendwann nicht mehr, warum Hunsrück auf jemanden wie ihn, der zwei Jahrzehnte jünger war, so große Stücke hielt. Auch mit Henk, zu dem er vor ein paar Monaten wieder Kontakt aufgenommen hatte, gab es die Vereinbarung, bis auf Weiteres keine gemeinsamen beruflichen Projekte zu planen.

»Unter uns g'sagt«, sagte die Praktikantin, »i hab unsere Entwürfe amoi meinen Freindinnen zoigt, was, glabst 'etzt, war der Favorit?«

»Neue Deutsche? Machen wir selber«, oder »Burka? Ich steh mehr auf Burgunder«?

»Letzteres«, sagte sie. Vor ein paar Tagen habe man die Vorschläge dann dem Politiker geschickt. Mit seinem Favoriten, »Trau dich, Deutschland«, werde man aber keinen Blumentopf gewinnen, zu schlicht in der Aussage.

»Unter uns g'sagt, stören mi die Burkas in der Stadt immens. Was bin i froh, dass mia in Österreich klare Kante zeig'n.«

Angewidert sah er auf den Bildschirm.

»Na, geh, bist jetzt arg ernst«, sagte sie.

»Bis die Tage«, verabschiedete er sich und loggte sich aus.

Was für eine Katastrophe. Wie konnte es sein, dass er nicht bemerkt hatte, dass sie aufgestanden war, dass er die Tür zum Wohnzimmer hatte sperrangelweit offen stehen lassen. Wie, um Himmels willen, hatte er sie nicht hören können? Sie musste schon eine Weile hinter ihm gestanden haben. In Agnes' weißen Morgenmantel gehüllt und mit einer Tasse Tee in der Hand, sah sie ihn an, eiskalt, regelrecht furchteinflößend. Er schaffte es nicht, »Ma« zu sagen, er sagte: »Edith, das ist nicht so, wie du denkst.«

Sie erwiderte nichts, machte auf dem Absatz kehrt und ging in die Küche, er hinter ihr her. Sie setzte sich an den Tisch, schlug ihr Sudoku-Heft auf, erhob sich wieder, ging ins Arbeitszimmer, wobei sie sich wortlos im Türrahmen an ihm vorbeidrängte, kehrte mit Bleistift und einem Radiergummi in der Hand zurück und begann ihr morgendliches Gehirnjogging.

»Fuck«, sagte er, zog die Schuhe an, schnappte sich seinen Laptop und verließ die Wohnung.

Im Café rief er seine E-Mails ab.

marianne.hecht@galerie-henriette-prohacek.at

london

lieber bene

ich überlegte ob ich dich anrufe ich habe mich dagegen entschieden schreib lieber was nicht so meines ist aber das fällt mir leichter nun weil wir ja lange nichts gesprochen und uns nicht gesehen haben aber vielleicht schaffen wir ja eine freundschaft es ist mir wichtig dass du weißt dass ich nach london gehe nicht für immer für vielleicht ein halbes jahr utz hat dort zu tun ich wollte wie du weißt ja schon immer mal länger nach london und wer weiß wie lange das noch so problemlos geht ich melde mich wieder melde du dich auch und sag agnes einen lieben gruß von mir marianne

Er antwortete sofort, 120 Wörter, die er auf 21 und ein halbes zusammenstrich:

Marianne, Liebe,
Spielerei Eine Wunderbare. Legen Dann Wir Mal Los. Bin Ich Froh Du Dich Meldest Dass. London! Schön Hab's. Dein B.

Es dauerte nicht lang und sie antwortete:

😀😀.

Er zählte die Smileys, obwohl er wusste, dass es nichts zu bedeuten hatte. Sie hatte ein paar Mal auf den Emoji-Button gedrückt, so machte sie es eben mit ihren Freunden.

Es war noch nicht einmal Mittag, und ihm war nach einem Wodka Soda. Stattdessen bestellte er einen zweiten Espresso und schrieb seiner Mutter eine Nachricht: »Deine Schweigeerziehungsmethode hat noch nie funktioniert. Willst du wissen, wie es mir geht, komm ins ›Bio vom Feinsten‹, rechts vom Hauseingang. Dein Sohn.«

Mit Schwung trat sie ins Café. Er erhob sich und winkte dem Kellner, »noch einen Kaffee«.

»Benedikt Zwicker«, begann sie. »Du bist nicht in der Wildnis aufgewachsen. Was haben wir falsch gemacht? Warum hast du so ein schwaches Selbstwertgefühl? Warum immer noch Bambule?«

»Ma, ich habe einen Auftrag. Es ist nicht so, wie du denkst. Ich bin keine rechte Drecksau. Was glaubst du eigentlich? …«

Sie ließ ihn nicht ausreden. Wenn sie doch nur ein einziges Mal zuhören würde. Stattdessen fühlte sie sich berufen, sein Geschichtswissen aufzufrischen, die Machtergreifung, die Kristallnacht, der Krieg, der Holocaust. Man müsse nicht dabei gewesen sein, man brauche nur ein wenig Vorstellungskraft, das sei ja wohl nicht zu viel verlangt für einen Akademiker, wie er einer sei. Sein Vater und sie hätten alles getan, um ihnen einen guten Start zu ermöglichen, leicht sei das nicht gewesen, mit ihrer beider familiärem Hintergrund, ob ihm das bewusst sei. Bildung sei ein hohes Gut, nicht selbstverständlich. Sie zitierte Tagebuchaufzeichnungen von KZ-Überlebenden, es folgte eine Aneinanderreihung der Aufarbeitungsleistungen ihrer Generation, wobei sie besonders ihr eigenes Engagement, im Rahmen eines gewaltfreien Widerstands, bis in die Neunzigerjahre, die ihm ja wohl auch bekannt sein müssten, hervorhob. Er staunte. Sie kannte alle Namen der Opfer eines jeden Terroranschlags auf Asylunterkünfte auf deutschem Boden. Es interessiere sie nicht, welchen Auftrag er verfolge, für welche Propagandabude er arbeite, sie lasse sich nicht mehr, wie in seiner Jugend, von ihm blenden, sie kenne seinen Hang zum Extremen, damals wie heute. Sie habe gehofft, dass er durch sein Elite-Studium endlich eine Möglichkeit oder, wenn man so wolle, ein Ventil gefunden hätte, sich auszudrücken, aber warum, in Gottes Namen, könne er mit dem Zündeln nicht aufhören. Basta!

Er konnte sich nicht erinnern, wann seine Mutter jemals so direkt gewesen war, wann sie jemals einen derartig kompromisslosen Punkt, dem nichts mehr hinzuzufügen war, gesetzt hatte.

»Ich bin deine Mutter. Aber glaube mir, das ist nicht alles, was ich bin. Familie ist nicht nur der Boden, der uns trägt. Meine Werte lass' ich mir nicht nehmen, von niemandem, auch nicht von meinem Sohn.«

Die nächsten zwei Tage bis zur Abreise seiner Mutter fühlte er sich elend, obwohl sie sich verhielt, als hätte es das Gespräch nicht gegeben. Er war nicht ins Museum, aber ins Theater mitgekommen, obgleich ihn das Stück »Richard III. – in New York« wenig interessierte.

Als sie ihren Koffer packte und ihn beauftragte, ein Taxi zu rufen, wurde ihm flau. Er fühlte sich von ihr durchgerüttelt, nicht vorgeführt, auf eine besondere Art ertappt; was ihm eine Form der Anwesenheit ermöglichte, die er nicht kannte. Womöglich war es die Klarheit, mit der sie ihn in die Schranken gewiesen hatte. Eine Schärfe, die er früher nicht an ihr wahrgenommen hatte, die sie vielleicht nicht besessen hatte; weil die Schuld und der unbändige Wunsch, dieses sich selbst auferlegte Muss, jedem außer sich selbst verzeihen zu können, ihre Person zugestellt hatte, sodass sie für ihn immer übermenschlich und unnahbar, weil grenzenlos verständnisvoll gewesen war.

Er trug die Koffer nach unten. Agnes blieb in der Wohnung und winkte vom Fenster aus.

»Danke, Ma«, sagte er.

Sie nickte, ohne ihm, wie es ihre Art war, über die Wange zu streichen.

»Wir werden sehen«, verabschiedete sie sich und stieg ins Taxi.

Er kündigte seinen Arbeitsvertrag von Berlin aus per Einschreiben, was nicht bedeutete, dass er befreit war. Er musste laut Vertrag eine Kündigungsfrist von drei Monaten einhalten. Bis zur Wahl im September war er somit weiterhin Ansprechpartner für Hunsrück und die Praktikantin, die täglich mehr als ein halbes Dutzend Fragen zu den Wahlplakaten hatte, die in vier Wochen breitflächig im gesamten Bundesgebiet aufgehängt werden würden. Das Team saß schon in den Startlöchern, das Layout war fertig, die Farbgebung, die Fotos und die Botschaft entschieden. Aber der Chef zögerte mit der Freigabe. Die Praktikantin vermutete, dass der Vertrag mit der Medienfirma, die sich auf Außenwerbung spezialisiert hatte und Großaufträge stemmen konnte, noch nicht unterzeichnet war. Sie bat Bene mehrmals, nachzufragen, wo es hakte.

»Husch, husch«, peitschte sie ihn an. Ein Cowboy wie er müsse das ja wohl hinbekommen.

»It's not my cup of tea«, entgegnete er.

Kurz vor dem G20-Gipfel in Hamburg schlug Henk ohne Ankündigung in Berlin auf. Er hatte Sturm geläutet und war, ohne Agnes zu grüßen, die gerade auf dem Sprung zu einer Verabredung war, hereingestürzt. »Im Kühlschrank steht noch Lasagne von gestern, falls ihr Hunger bekommt«, verabschiedete sie sich höflich.

»Sag mal, geht's noch«, fauchte Bene ihn an. Zielsicher steuerte Henk ins Wohnzimmer und ließ sich auf einen der Stühle plumpsen.

»Du bist am Arsch«, sagte er außer Atem. »Ich habe einen Anruf aus München bekommen, mit unterdrückter Nummer, die Frage ›Du kennst doch Kollege Zwicker‹ zur Begrüßung, als habe der nie was mit dir zu tun gehabt, Florian Richter, der Einser-Schüler, unser Jahrgang, Bene, eigentlich fürs Kulturressort beim *Abendblatt* zuständig, harmlos und banal, so hat der mal angefangen. Jetzt aber ist er investigativ unterwegs, und, stell dir vor, er fragt, ob ich noch Kontakt mit dir hätte. Ich sage: Warum, was gibt's? Er: Wir haben ein paar Infos, die ich gern besprechen möchte. Welche, frage ich. Er: Infos, die Zwickers Job betreffen. Er ist in Österreich, bei Milch, oder? Ich: Um was geht's denn? Er: Zwicker hat den Spitzenkandidaten der Rechtskonservativen aufgebaut, wie man hört. Über das Konto der Agentur laufen, laut unseren Informationen, Gelder, die den Wahlkampf finanzieren. Uns liegt ein Großauftrag für die Plakatwerbung einer Mediengroup vor, das sind Dimensionen, damit kannst du, wenn du so willst, ganz Europa zukleistern. Wir wissen nicht, woher die das Geld haben. Heu, Heu, sage ich, wo habt ihr das her? Er lacht, du kennst doch das Geschäft, was soll ich sagen, natürlich verrate ich dir nicht, woher wir unsere Informationen haben. Und so weiter und sofort.«

»Mal langsam«, sagte Bene. »Bin gleich wieder da.«

Er ging zum Späti um die Ecke und holte ein Sixpack Starobrno. Als er zurückkehrte, stand Henk rauchend auf dem Balkon. »Super, ein Staro, hab ich schon lang nicht mehr getrunken.«

»Ich glaube nicht, dass ich am Arsch bin«, sagte Bene und steckte sich eine an. »Wir treffen die. Basta.«

Sie hatten sich auf einen langen Fußmarsch eingestellt. Henk hatte sich für den Aufenthalt neue Wanderschuhe und einen Rucksack gekauft, Bene war für einen Anstieg zu Fuß sowieso gut ausgerüstet, aber Richter, der Kette rauchte, entschied sich für die Seilbahn hoch zum Aussichtspunkt, von wo aus sie gerade mal zehn Minuten Richtung Zugspitze laufen mussten, um ans Ziel zu gelangen. Die Hütte gehörte Richters Verleger und konnte von Mitarbeitern und deren Familien zu einem Sonderpreis gebucht werden. Drei Schlafräume mit je vier Betten, ein Holzofen in einer Wohnküche, angrenzend eine Duschkabine mit warmem Wasser und einer zu einem Besprechungsraum – mit Flipchart, Beamer und einer Leinwand – umfunktionierten Wohnstube, ohne WLAN, würden ihnen für zwei

Nächte genug Ruhe geben, um sich auszutauschen. Richters Kollegin aus der Rechtsabteilung war verhindert. Sein älterer Kollege Steinberg, dessen Artikel im Lauf seiner Karriere mehrfach ausgezeichnet worden waren und den Henk sehr schätzte, war schon am Vortag angereist und hatte den Kühlschrank gefüllt. Als sie ankamen, war der Tisch auf der Terrasse, mit Blick auf das Gipfelkreuz, mit Obazda, Brezen und Weißbier eingedeckt. Sie begrüßten sich mit Handschlag. Steinberg, die Ruhe selbst, teilte unaufgeregt mit, dass er, wie es aussah, nicht zum G20-Gipfel fahren würde, der Bund habe die Hosen voll und kontrolliere in einer unverhältnismäßigen, nicht datenschutzkonformen Art und Weise die Akkreditierung der Kollegen, dass man glauben könne, ein linksradikaler Umsturz würde den deutschen Rechtsstaat aus den Angeln heben. Ein Skandal sondergleichen, die würden nicht wissen, was sie tun. Er sah eine Verfassungsklage auf den Bund zukommen.

»Wenn sie denn ihre Akten nicht gleich wieder schreddern«, sagte Henk wie ein braver Schüler, der gefallen wollte.

Steinberg erinnerte sich an Henks Reportage über die Jugendamtsmitarbeiterin Karla M., die eine Fehlentscheidung getroffen und sich wegen eines Selbstmords eines elfjährigen Jungen aus der westdeutschen Provinz schuldig gefühlt hatte. Mit der Reportage hatte sich Henk zwei Jahre nach seinem Studium für den Axel-Springer-Preis beworben. Steinberg hatte in diesem Jahrgang in der Jury gesessen und als Einziger für Henks Einreichung gestimmt. »Ich erinnere mich noch an das Ende, die Protagonistin stand am Grab des verstorbenen Jungen und wäre beinah ins Erdloch hineingestürzt, ihr Kreislauf hatte versagt.«

»Ja, sie wurde von den Eltern des Jungen gestützt, was ein Zeichen der Versöhnung symbolisierte«, ergänzte Henk.

Bene kannte die Reportage ebenfalls. Im Gegensatz zu Steinberg fand er sie schlecht gearbeitet. Er erinnerte sich an den »Schrei Richtung Himmel«, den die Jugendamtsmitarbeiterin ausgestoßen hatte, nachdem sie vom Tod ihres Schützlings in Kenntnis gesetzt worden war. Die Passage hätte in einem Drehbuch stehen können. Er hatte der Story keine großen Chancen für einen Preis gegeben.

»Und Sie, Benedikt, sind also unser Informant«, wechselte Steinberg das Thema. »Mein Mitgefühl, ich weiß, wie furchtbar es sein kann, ein System von innen heraus kennenzulernen, das man eigentlich verabscheut.«

»Bene war mit mir auf der Journalistenschule, er ist ein ausgezeichneter Kollege«, sagte Henk.

Der Einwurf war mehr als peinlich. Bene ärgerte sich, ließ sich aber nichts anmerken. War es doch eine typische Henk-Schleimspur, die von Hamburg nach München reichte und wieder zurück. Immer vorn dabei sein, immer schön an das Alphatier hängen, anpassungsfähig sein bis zum Abwinken. Henk war nicht der Einzige aus ihrem Jahrgang, der sich selbst erniedrigte, um gesehen zu werden.

»Na ja«, sagte Bene. »Das ist unser Job. Ich sehe das recht pragmatisch.«

Steinberg gab ihm recht und griff zum Flaschenöffner, der Kronkorken zischte, er reichte den Öffner weiter und schenkte sein Weißbier ein.

Wie er die Gesinnung des Bundesvorsitzenden der Rechten einschätze, fragte ihn Richter nun und prostete ihm zu.

»Außerordentlich gefährlich, ein intellektueller Nazi«, antwortete Henk.

»Nein«, widersprach Bene, mehr aus Trotz, weniger aus Überzeugung. »Rechtskonservativ. Hätte die Sozialdemokratisierung der Konservativen nicht stattgefunden, wäre seine politische Heimat dort geblieben, beziehungsweise hätten die Liberalen mehr Power, dann ... Er will hoch hinaus, ganz an die Spitze, in den etablierten Parteien macht er keinen Stich. Aber er übernimmt sich. Der radikale Flügel ist zu stark.«

»Dass Sie sich da mal nicht täuschen«, sagte Steinberg. »Sie wirken gerade so, als seien Sie gekidnappt worden und hätten eine Beziehung mit dem Entführer aufgebaut.«

»Mit dem Führer«, verbesserte Henk und lachte.

»Ich habe schon einige Politiker über die Klinge springen sehen, weil sie sich vergaloppiert und ihre ursprünglichen Ziele, des Machtanspruchs wegen, aus den Augen verloren haben«, fügte Steinberg hinzu.

»Da bin ich ganz bei Ihnen«, sagte Henk.

Bevor sie sich an das Material setzten, das Richter zugespielt worden war und das er für das Treffen aufbereitet hatte, schnappte sich Bene Henk und lief mit ihm ein Stück den Weg zur nächstgelegenen Hütte. Die anderen räumten den Tisch ab und setzten Kaffee auf.

»Wir müssen uns hier nicht zum Lollo machen«, gab er Henk unmissverständlich zu verstehen, als sie weit genug entfernt waren, »hör auf, mich wie dein Anhängsel oder einen Vollidioten zu behandeln. Ich kann sehr gut für mich sprechen. Wir sind absolut gleichberechtigt. Du verhältst dich wie ein Anfänger. Wir sind hier nicht auf einer Preisverleihung.«

Henk widersprach nicht. »Dass du immer noch alles so kritisch sehen musst.«

Er drehte sich um und schlug den Rückweg ein.

»Hast du mich verstanden«, rief Bene.

»Nö, aber ich hab's gehört.«

Die Aufnahmen waren anonymisiert. Bisher gab es keine schriftliche Zusage, sie veröffentlichen zu dürfen. Auch der Ort durfte nicht genannt werden. Ein Kaff in Franken, knapp achttausend Einwohner und eine Brauerei im Nachbardorf, vor der der Strohmann auf dem Filmmaterial, das mit einem iPhone aufgenommen worden war, stand. Er hielt eine Spendenquittung in die Kamera, die er unterschrieben hatte, ohne je eine Überweisung an die Partei getätigt zu haben. Für seine Unterschrift hatte der Mann vom Vorstand tausend Euro bekommen.

»Und wie viel habt ihr springen lassen?«, fragte Bene.

»Tausendfünfhundert«, sagte Richter. »Allerdings war der Brauereimeister der Einzige, der sich auf den Deal mit uns eingelassen hat, ein Übergelaufener, wenn man so will. Von den fünf Kontakten, die laut unserer Quelle die Spendenquittung unterschrieben haben, legten drei den Hörer auf. Und einer, ein besonders schlauer, drohte, uns anzuzeigen.«

»Wie viel bekommt dein Boss?«, fragte ihn Steinberg.

»Genug«, sagte Bene. »Ansonsten würde er seinen Arsch nicht hochbekommen. Ich kenne ihn. Obwohl, er ist ja Österreicher und hält große Stücke auf das österreichische Babygesicht, das, wie wir wissen, einen harten Kurs fährt. Vermutlich bricht er sich inhaltlich keinen Zacken, meine, er muss sich nicht verbiegen.«

Die Tage hatten sie hochkonzentriert und die Abende ausgelassen verbracht. Henk hatte sich zusammengerissen, was Bene ihm hoch anrechnete. Vor der Abreise vereinbarten sie, dass Henk und er über alle weiteren Schritte Richtung Veröffentlichung der Fakten informiert würden. Was allerdings aufgrund der umfangreichen Recherche erst nach der Bundestagswahl geschehen würde, bis dahin würde man, egal, wo man sich aufhalte, in den nächsten Wochen von der

Kampagne der Partei zugeschissen werden. Eine bittere Tatsache, auf die sie wenig erfreut angestoßen hatten.

Den Fußweg runter ins Tal nahmen sie gemeinsam. Richter pfiff auf dem letzten Loch, obwohl es abwärts ging, und Steinberg hatte mit seinem rechten Knie Probleme, sodass sie sich bei einer Seilbahnstation trennten. Die Münchner stellten sich in die Schlange, Henk und er liefen weiter.

»Wenn ich eine Frau wäre, würde ich auf Steinberg stehen«, sagte Henk, als sie am Parkplatz angekommen waren und die beiden Kollegen, Richter rauchend, Steinberg mit Telefon am Ohr, an Richters silberfarbenen BMW gelehnt stehen sahen.

»Ach was«, knurrte Bene. »Was hat der denn, was wir nicht haben?«

Er musste an Barbie-Ken denken, obwohl er wusste, dass Steinberg kein Barbie-Ken war, dafür hatte er zu viel Bauchspeck. Außerdem war er viel zu geschmacklos und funktional gekleidet, deutsches Outdoor, Socken und offene Schuhe, ging eigentlich gar nicht.

»Einfluss hat er«, sagte Henk. »Auf so was stehen Frauen.«

Jemand hat ihm übel mitgespielt. Er stürzt in ein Erdloch, freiwillig. Es liegt auf der Hand, er sucht Unterschlupf. Über ihm eine riesige, klaffende Wunde aus Glas, darin gespiegelt Hochhäuser, eine Projektion auf einer Kinoleinwand, eine unbekannte Gegend, marschierende Menschen im Gleichschritt, die nach ihm Ausschau halten. Im Hintergrund Randale, wie er sie von früher kennt, ein Tanz auf Autodächern, mit Schlagstöcken, Vermummte, die sich austoben, kein Gestern, kein Heute und kein Morgen kennen. Daneben ein tanzendes Paar, eng umschlungen, nackt. Er blickt auf seinen Penis, der plötzlich wie eine Rakete auf ihn zuschießt und zu einer Fratze wird, die ihm die Zunge rausstreckt. Er fasst sich zwischen die Beine, erleichtert, dass er sein Geschlecht spürt. Jemand rüttelt an ihm, an seiner Schulter, er schlägt um sich.

»Benedikt, wir wollen frühstücken, kommst du?«

Er öffnet die Augen. Der Digitalwecker auf dem Nachttisch zeigt an: 25:09:2017, 09:15. Seine Mutter sieht ihn zerknirscht an. Was für ein beschissener Morgen.

»Was ist, ich komme schon, der Wecker hat noch gar nicht geklingelt.«

»Wir müssen reden, dein Vater, ich und du.« Sie bleibt stehen, bis er aufrecht sitzt. Er hat auf dem Tagesbett im Musikzimmer geschlafen. Dass er ausgerechnet den Wahlabend bei den Eltern verfolgt hat, ist nicht geplant gewesen, ein unguter Umstand ... die Wanderung mit seinem Vater durch den Auenwald gestern ... der Sturz, gestolpert, über eine verfickte Wurzel, eigentlich kein großes Ding, und doch: Kreuzbandriss, inneres Band.

Als seine Mutter das Zimmer verlässt, blickt er auf sein Smartphone, nach wie vor: die Partei, 12,6 Prozent, drittstärkste Kraft. Eine Flut an Nachrichten und Anrufen von Hunsrück aus Wien, Hamburg, Berlin sind eingegangen, die er bisher nicht gelesen hat. Und heute früh um fünf Uhr, eine Sprachnachricht: London. »Mein lieber Bene, wie geht es dir nun? Das Ergebnis ist schauderhaft. Wenn ich wieder in Wien bin, bitte lass uns sprechen, du darfst nicht so weitermachen. Mitgefangen, mitgehangen, heißt es. Ich schäme mich, dass ich dir nicht zugehört habe. Eigentlich weiß ich gar nicht, was dein Job dir bedeutet und warum du das tust. Du wirst dich fragen, was mit mir los ist, warum ich deine Nähe ausgerechnet jetzt suche, wo ich dich, ja, also, uns verlassen habe. Stell dir vor, Utz hat sich gestern dermaßen über das Wahlergebnis gefreut, obwohl er doch Schweizer ist, oder gerade weil, dass ich mich schon wundere. Es hat mich befremdet, ich vermisse dich.«

Er ist verdammt gut gelaunt, als er an den Frühstückstisch humpelt.

»Willst du uns verraten, warum du so gut gelaunt bist, nach so einem Wahlabend, für den du mitverantwortlich bist?«, fragt seine Mutter. Die hochgezogene Augenbraue seines Vaters will sagen: »Ich warne dich, überleg dir genau, was du sagst.«

»Ab heute bin ich raus aus dem Vertrag, da darf man doch mal gut drauf sein.«

»Oho, oho«, sagt sein Vater. »Zwicker junior macht es sich sehr leicht. Zündelt wie immer herum und verpisst sich dann.«

Die Sachlage wäre einfach zu lösen. Ein paar Sätze mehr, komm schon, jetzt hast du die Gelegenheit, sie sind nicht deine Gegner, du köpfst das Ei, wie immer mit einem Messerschnitt, den du dir von deinem Vater abgeschaut hast, die Stimmung brennt wie ein loderndes Feuer, das auszubrechen droht, du merkst es, du setzt an, sagst: »Ich muss selbst damit klarkommen. Es gibt eine Zeit nach der Wahl, dann werden wir sehen.«

8

Der Staatssekretär im Reichsfinanzministerium, Berlin W 8,
Wilhelmplatz 1/2, Fernruf: 120015, 16. März 1942

Lieber Herr Maurer!
Ich freue mich, wieder von Ihnen zu hören. Es tut mir aber leid, Ihnen mitteilen zu müssen, dass ich wegen der Freigabe Ihres Sohnes Joseph Karl Maurer, geb. 23. 05. 1923 in Herzach, vom Wehrdienst nichts unternehmen kann. Ich würde gegen die Befehle des Führers verstoßen, wenn ich anders handeln würde.

Das Deutsche Volk steht in einem gigantischen Kampf um sein Dasein. In diesem Kampf gehört die wehrfähige Deutsche Jugend, so schwer es für manche Mutter und manchen Vater im Einzelfall auch sein mag, in die Wehrmacht. Die militärischen Anforderungen werden weiterhin so groß sein, dass Anträgen auf UK grundsätzlich nicht stattgegeben werden kann.

Ich wünsche Ihnen, dass Sie, wenn der Frühling kommt, gesund sind und dass Sie zusammen mit Ihrem jungen Mädel und Ihrem Vater die Arbeit doch einigermaßen schaffen.
Mit den besten Wünschen, auch für Ihre Frau, und

Heil Hitler!
Fritz Reichel

Herzach, 25. März 1942
Mittwochabends

Mein lieber Pepi!
In Eile einige Zeilen. Also, Burle, wir haben das Gesuch vergangenen Freitag gemacht, vielleicht wird es genehmigt; freuen uns alle riesig, wenn du kommen darfst. Ich war gestern selber in der Kreisstadt drüben, hab die Jolle angeschaut. Das wird einmal ein Boot für dich zum Reklamefahren. Jetzt schaust du bestimmt prüfend, wenn du diese Zeilen liest. Aber das Boot kommt uns billig, der Besitzer will hie und da bei uns segeln. Die Segel sind kaputt. Hatten früh Betrieb, waren alle Ruderboote draußen. Mama hat heute die Küche gestrichen, dass es schön wird, wenn du kommst. Pepi, diese Worte schreibe ich nicht nur so. Ich bin sicher, dass du bald bei uns sein wirst.
Bis auf Wiedersehen
Herzlichste Grüße und Busserl von deinen Lieben

21. April 1942

Mein lieber Pepi!
Schnell noch einige Zeilen, bevor ich mich niederlege. Habe wieder mit dem Herz zu tun. Habe heute, bis jetzt, von dir nichts bekommen, warten so sehnsüchtig darauf. Nun habt ihr gestern zu Hitlers Geburtstag dienstfrei gehabt.

Denk dir, Pittner Theo kommt zu euch in die Kaserne, er hat's in der Früh bekommen.

Mit den Zandern geht's jetzt zu Ende, heute hat Mama nur mehr fünf gebracht. Peitinger sen. macht uns heute das Boot fertig, er macht uns auch die braune Jolle.

Nun, wie geht es dir, habt ihr strengen Dienst? Wie ging es mit Scharfschießen? Wann dürft ihr ausgehen? Soll ich dir eine

Fleischmarke schicken? Peucker von der Post ist eben bei Mama unten, muss Donnerstag wieder fort.
Nun, Peps, für heute herzlichen Gruß
und Kuss von uns
allen

Lieber Pepi,
nun komm ich dran. Warum schreibst du so wenig? Bitte schreibe dem Großvater bald allein einen Brief, er wartet auch mit Sehnsucht wie wir.

Nun, lass dir keine grauen Haare wachsen, und sei recht herzlich gegrüßt und
Busserl von deiner Mutti
Ada ist brav und spricht nur von dir, abends immer einen extra guten Gruß an dich. Anni singt ihr jeden Tag das Gute-Nacht-Lied.

27. April 1942
Montagmittag 2 Uhr

Weibi ist gut nach Hause gekommen und freut sich schon wieder aufs nächste Mal.

Wir hatten gestern Hochbetrieb mit den Booten, aber ich muss es heute wieder büßen mit den Füßen. Ich gebe an Mutter weiter.

Der Papa machte die Boote sauber, da ich allein nicht fertig wurde. Muss aber heute dafür liegen. Denk dir nur, was wir einnahmen, 197 M, ganz schön was, haben uns auch riesig gefreut darüber. Heut ist wieder diesiges Wetter. Haben Vormittag die Netze ausgelegt.

Streiche die Bootsböden und was eben dazugehört.

Weibi wäscht die Schiffe. Vormittag mussten wir den ~~Reichstag~~ Kreistag ankleben. Vater ist in einem am Schimpfen, weil das Segelboot noch nicht im Wasser ist. Wenn ich nur zaubern könnt. Soll alles so klappen, als wenn du da wärst, könnt ihn oft umbringen. Freund und Kupferstecher Pittner hat alle beide Segelboote draußen, deshalb ist Vater so stürmisch. Wird schon wieder werden.

Nun lb. Peps muss ich schließen und wieder weiter streichen. Sei für heute recht herzlich gegrüßt v. deinen
Lb. zu Hause
Großvater lässt dich auch grüßen u. Busserl v. Ada

6. Mai 1942

Mein lieber Pepi!
Nun, lieber Pepi, denk dir die Überraschung: Wie ich eben ins Zimmer raufkomme, finde ich einen gedeckten Tisch, drauf zwei wunderbare Blumensträuße, zwei Flaschen Wein, ein Tablett Kekse, Zigaretten im Etui, und diese Freude hat Weibi uns gemacht, wir haben heute 20-jähriges Ehejubiläum. Ich hätte es glatt vergessen. Mama und Weibi waren vormittags beim Zanderplatz, aber noch keine Spur. Nachmittag hat Mama das Segelboot gestrichen, morgen will ich mit dem Blechvernageln anfangen, das wird eine schwierige Sache. Großvater war am Westufer, wollten ein neues Ruderboot, aber kein Drandenken; Fische fangen sie drüben auch keine. Pittner hat scheint's das Seegenziehen aufgegeben. Zu wenig Männer.

Vorgestern stürzte ein Flugzeug in der Nähe vom Abwurfplatz ab; zwei Mann sind untergegangen; einzelne Trümmer kamen bis zu uns rüber.

Nun, mein lieber Burle, schreibe bald wieder, und nun gute Nacht,
herzlichen Gruß und B.
Dein Paps

Ich bin auch noch da! Auch Opa und die Kleine lassen grüßen,
Deine Anni

18. Mai 1942

Lieber Pepi!
Anbei (bei Interesse) habe ich dir den letzten Heimatbrief der Gemeinde beigelegt. Auch wenn Papa von der Partei sehr enttäuscht ist – es trennt sich die Spreu vom Weizen, und wie so oft teilt es sich auf in Privilegierte und die, die mal wieder mit dem Ofenrohr ins Gebirge schauen. Er hat sich ein Attest geholt, wer hätte gedacht, dass ihm seine schlechte Gesundheit einmal helfen würde. Nur zum Stammtisch, da zog es ihn doch manchmal noch ins Dora.

Hörte Papa gestern am Bootsverleih sagen, der Friseur trank ein Bier bei uns, wir hätten auf das falsche Pferd gesetzt. Kannst dir also vorstellen, wie weit es gekommen sein muss. Wir haben eine solche Wut mit der Uk-Stellung des Bürgermeistersohns.

Vielleicht interessieren dich also die folgenden Zeilen aus deinem schönen Herzach trotz des Frustes. Papa hat sich dann doch breitschlagen lassen und beim Verfassen geholfen. Und wollen wir alle feste hoffen, dass du nicht zu den Russen kommst, aber dafür werdet ihr ja gar nicht ausgebildet, wie man hört.
Viele Grüße und B. Mama

Der Ortsgruppenleiter der N. S. D. A. P. Herzach
Der Bürgermeister der Gemeinde Herzach
Heimatbrief Nr. 12

Ende April 1942

Liebe Kameraden!
Wenige Stunden, bevor dieser Brief begonnen wurde, hat der Führer vor dem Reichstag gesprochen und seinen großen Bericht über den Winterfeldzug gegeben. Wie immer, wenn der Führer in großen, ernsten Stunden zum Deutschen Volke spricht, haben wir alle, wir in der Heimat, und Ihr draußen in den besetzten Gebieten und an der Front, seinen Worten gelauscht und haben neue Zuversicht und neue Kraft gewonnen. Vielen von uns wird es erst jetzt klar, wie schwer und schicksalhaft die Lage in diesen Wintermonaten gewesen ist und welche übermenschlichen Leistungen von den Männern an der Ostfront gefordert und vollbracht werden mussten.
Ganz vereinzelt sind in den letzten Wochen einige Kameraden, die an den Winterkämpfen teilgenommen haben, bei uns aufgetaucht, um hier bei uns die letzten Folgen einer Verwundung, einer Erfrierung oder einer schweren Erkrankung auszuheilen. Ulrich Lidl hatte einen Sonderurlaub, um nach dem Tode seines Vaters die Dinge zu Hause zu regeln. Wir haben uns um sie geschart und immer wieder gefragt, was sie erlebt haben, um uns ein Bild machen zu können und eine Erklärung zu finden, wie es überhaupt möglich war. Wie es möglich war, durchzuhalten gegen eine so grausame Kälte und gegen einen so sturen, an Zahl und Waffen scheinbar unerschöpflichen Gegner. Wir danken Gott, dass dieser Winter überstanden ist, und wir danken Euch, Ihr Kameraden im Osten, dass Ihr ihn durchgestanden habt.
Wie wir hier durch diesen Winter kommen, das wisst Ihr ja aus

unseren monatlichen Heimatbriefen. Das liegt schon wieder alles weit hinter uns. Der April, der jetzt schon wieder zu Ende geht, war nicht unrecht. Das Wetter war so, dass die Bauern ihrer Arbeit nachgehen, die Frühjahrssaat in den Boden bringen und auch die Schäden an der Wintersaat wieder ausgleichen konnten. Auch zu Ostern war das Wetter nicht schlecht, doch war der Ausflüglerverkehr, dem Wunsche der Reichsbahn entsprechend, nicht sehr groß. Unsere Wirte haben deswegen keine Träne vergossen, denn der Ausflüglerverkehr ist heute doch nicht mehr, so wie in früheren Jahren, die Grundlage für die Existenz der Wirte, Bootsverleiher und anderer Geschäftsleute. Früher mussten doch Himmelfahrt, die Pfingstfeiertage und einige schöne Sonntage die Rücklage schaffen für die an Gästen und Umsatz karge Winterzeit. Jetzt geht in fast allen Gaststätten das Geschäft ruhig, aber sicher, jahraus, jahrein, und einige verregnete Sonntage werden ohne großes Klagen in Kauf genommen. In der Post und im Hotel Seeblick sind noch die Kinderlandlager, und das Dora ist wegen der Einberufung ihres neuen Besitzers geschlossen. Im Übrigen können Euch Eure Wirte bestätigen, dass die Herzacher, die noch zu Hause sind, sehr solide geworden sind und dass richtige Räusche nicht mehr zustande kommen.

Der Brief vom Standesamt: zwei Geburten und zwei Eheschließungen. Gestorben ist gottlob niemand in diesem Monat.

In der Ortsgruppe der NSDAP fand am 13. 4. ein Amtswalterappell und am 18. 4. eine Gedenkstunde zur Feier von Führers Geburtstag statt. Ende März war eine Gemeinderatssitzung, in der der Haushalt für das Rechnungsjahr 1942 besprochen wurde. In der Reichsfinanzschule ist am 24. 4. 42 ein neuer Lehrgang sechzehn- bis siebzehnjähriger Finanzschüler eingetroffen, die nun für ein Jahr am Ort bleiben. Die Jungmänner des Kurses, die Herzach Anfang

April verlassen haben, waren ordentliche Burschen, die ihren Lehrern und uns viel Freude gemacht haben.
Am 18. 4. musste die Feuerwehr wieder einmal ausrücken. Wahrscheinlich durch Funkenflug einer Lokomotive war eine Fichten- und Lärchenschonung am Bahndamm in Brand geraten. Der Kommandant der Feuerwehr entdeckte den Brand als Erster und veranlasste den Einsatz der Feuerwehren Herzach und der Nachbargemeinde. Nach dreistündiger Bekämpfung war der Brand, der sich schon über fünf Tagwerk ausstreckte, gelöscht.
Bei der Stierkörung, die am 13. 4. stattfand, wurde der Gemeindebulle als gut in Form anerkannt. Der Stierhalter bekam eine Prämie von RM 30.– für den guten Futterzustand. Die ordentliche Hundeuntersuchung von Anfang April hat wider Erwarten gezeigt, dass die Zahl der Hunde im Dorf und auch in der Umgebung nicht zurückgegangen ist. Auch der Futterzustand der Tiere war nicht zu beanstanden. Ein wertvoller Farren wurde vor einigen Tagen in der Unruher Flur erschossen, weil er ein Reh gejagt und gerissen hatte.
Alle Sportler unter Euch wird es interessieren, dass Ende April im Bahnhofshotel von Gefolgschaftsmitgliedern der Reichsbahndienststellen aus Herzach und Umgebung die Reichsbahnsportgemeinschaft gegründet wurde. Beabsichtigt ist vor allem die Pflege des Wassersports und des Schießsports.
Das waren so die Neuigkeiten des Monats aus Eurem Heimatort. Auch bei längerem Nachdenken, an dem sich die gesamte Gemeindeverwaltung beteiligt hat, kommt nichts Gescheites mehr zutage. Weder Frl. Mayr noch Frau Kramer noch Frl. Eder wissen etwas zu berichten, trotzdem bei ihnen doch die Quellen, aus denen Neuigkeiten geschöpft werden können, vorüberfließen. Auch Frau Schmidt weiß nichts, und der Herr Theaterdirektor, der hinter den Kulissen der Herzacher Bühne Bescheid weiß, macht nur eine seiner treffen-

den frechen Randbemerkungen. Der Einzige, der noch etwas wissen müsste, Offiziant Maurer, ist seit Wochen krank und elend beinander.
So schließen wir denn diesen Brief. Und der Krieg geht weiter. Der Führer hat in seiner großen Reichstagsrede wieder einen Appell an uns alle gerichtet und uns sehr klar und nachdrücklich auf unsere Pflichten hingewiesen: »Der Verlust dieses Krieges würde unser Ende sein« ist heute wohl in jedem deutschen Bewusstsein verankert und richtungsgebend für unser Verhalten. Der Führer wird sich auf sein Volk verlassen können. Es wird nicht zum zweiten Mal weich werden, sondern so hart bleiben, wie es das Schicksal, wie es der Wille zum Sieg von ihm fordert. Den Beweis dafür haben die Männer an der Ostfront in diesem Winter gebracht.
Es grüßt Euch die Heimat.
Heil Hitler!
Euer Herzach

27. Mai 1942
Freitagabends

Lieber Pepi!
Hocherfreut heute dein Briefchen vom 21. erhalten, und du hast gleich fünf von uns auf einmal bekommen, zum Geburtstag. Nun, Burle, du bist Gott sei Dank schon so weit, dass dich nichts mehr erschüttern kann, in diesem Moment hast du das Ärgste beim Militär überstanden. Bei mir hat es länger gedauert. Nun Kopf hoch, und denken, mich kannste mal.

Und die Hauptsache ist, dass es mit dem Essen geht. Peucker jun. von der Post hat dies auch heimgeschrieben. Die Mittagsruhe wird dir guttun. Wenn's dir einen Tag mal zu dumm ist, melde dich zum Arzt.

Nun, Peps, mit der Fischerei ist es jetzt sehr schlecht. Mama hat heute auf Zander gesetzt. Ich habe im Garten angebaut, Weibi Schiff gestrichen. Denke dir nur, der Fellner junior ist wieder da. Siehst du jetzt, dieser Schwindel, und ich habe heute so eine Wut auf alles.

Pepi, mir wurde empfohlen, wenn du ausgebildet bist, mach ich wieder ein Gesuch. Ja, ja, dann ist der Werner also auch schon zahm geworden, das geht schnell. Seitdem du fort bis, horchen wir nur noch selten Nachrichten. Und nun, mein Peps, gute Nacht. Herzlichen Gruß und B. von deinen Lieben

Weißt du, Mama darf meinen Brief nicht lesen, und ich die ihrigen nicht, so wirst du halt meistens doppelt hören; aber das macht nichts. Schreib doch Großvater mal, er wartet immer wie wir.

Lieber Peps,
Nun ist für uns wieder ein Tag zu Ende. Wenigstens war heute kein Regenwetter wie die ganze Woche, habe schon Angst, der 15er wird nimmer fertig, er steht draußen. Der Großvater und Weibi sind weg, das 18er-Schiff holen bei Peitinger sen. Diese Woche brachten wir keine zwei Schiffe fertig, fürs Wochenende werden's nicht mehr trocken.

Heute war der Fischfang schlecht, bloß vier Zander und eine Renke, haben heute nur am Zanderplatz probiert, bin neugierig, ob schon was los ist. Wenn mit Großvater nur nicht so schlecht zum Setzen wäre. Morgen kommt auf, ob Papa mehr Glück hat als wir. Bin so froh, dass es schöneres Wetter gibt, dass Papa dich besuchen kann. Nächsten Sonntag kommen dann Anni und Erika. Hast du das Packerl schon bekommen, hat's geschmeckt?

Ließen einschreiben, da wir Angst hatten, dass du keine Post von uns bekommst.

Mit Segelschiff kam ich nicht zum Anfangen, da es immer regnete. Denk dir nur, Fellner jun. ist gestern wiedergekommen, saukalt war's. Haben alle eine Mordswut, wir auch.

Nun sei für heute recht herzlich gegrüßt u. a Busserl v. d. Mutti.

Seit du nicht mehr da bist, packt mich niemand mehr a. d. Nase.

29. Juni 1942
Montagvormittag

Mein lieber Peps!
Nun wirst du heute früh Kaffee von Werner erhalten haben. Ich war gestern in Regen, wir müssen sechs Zentner Fisch nach München liefern. Na, wir werden schon sehen. Habe Werner um sieben Uhr auf die Bahn begleitet. Ich ging dann heim, da kam ein Wind auf, und die weiße Jolle fuhr mit Hurra auf die Promenade raus. Gott sei Dank ging alles gut, bloß hatte der Segler seine Brieftasche verloren, mit 50 M und Lebensmittelkarten. Dann kam gestern Abend um neun Uhr ein Sturm auf, der noch heute fortdauert. War aber alles gut versorgt.

Mama hat gestern mit den Booten 130 M eingenommen, mit den Segelbooten 40 M. Sie ist eben auf die Gemeinde gegangen, um das Gesuch zu machen, von Freitag bis Sonntag, andernfalls komme ich zu dir. Nun bist du gestern ausgegangen. Ich bin heute im Schlafzimmer, es geht mir besser.

Großvater fährt morgen nach Aufkirchen, da liegt eine Jolle ohne Segel, die sollen wir bekommen. Hoffen wir, er findet den Weg wieder nach Hause.

Krieger Alois vom Bauernverband ist auch gefallen. Ist Werner pünktlich heimgekommen? Bis auf ein frohes Wiedersehen, für heute herzliche Grüße und B.
Von deinen Lieben

Lieber Pepi, war eben noch auf der Gemeinde oben. Der Gemeindeschreiber sagt, er schreibt schon an der Eingabe, gib du aber bitte auch selbst noch ein. Für heute sei herzlich gegrüßt u. v. Busserl deine Mama

Mich friert es noch so in den Händen, hoffentlich seid ihr heute nicht draußen, es ist saukalt.

29. Juni 1942

Lieber Pepi,
nach einer ziemlich langen Wartezeit kann ich dir endlich wieder schreiben.

Ich schreibe dir jetzt separat. Ich bin jetzt schon fünfzehn!

Vor zwei Wochen wollte ich dich besuchen, aber leider ging es nicht wg. der Arbeit, sagte Papa, aber Werner hat mir erzählt, dass so schlecht geschossen wurde, deshalb und dann am Samstag drauf Strafschießen war. Am Sonntag dann bis Mittag Dienst. Es hätte sich also nicht gelohnt zu kommen. Wann ich nun wieder kommen kann, weiß ich nicht, das Wetter wird gut.

Wie geht es dir? Was hat sich denn sonst alles ereignet? Ist der Dienst sehr anstrengend? Pass mal auf, es dauert gar nicht lange, und du bist Leutnant.

Ada ist lieb, aber will immer was. Mit Cilly verstehe ich mich nicht, beim Verkauf steht sie nur herum. Du behältst es für dich, ja?

Sei nun bitte nicht böse, wenn ich jetzt schon Schluss mache, aber die Pflicht ruft. Du fehlst mir sehr.
Viele liebe Grüße und B. sendet dir deine dich liebende Schwester
Anni

Reisetagebuch
Abfahrt am 8. 7. 1942
Frankreich: Belfort – Mühlhausen – Kolmar – Straßburg
Deutschland: Bruchsal – Bretten – Mühlacker – Cornwest – Stuttgart – Esslingen – Göggingen – Geislingen – Ulm – Augsburg – München – Grafing – Rosenheim – Prien am Chiemsee – Traunstein
Österreich: Salzburg – Salzthal – St. Michael – Leoben – Bruck – Linz
Jugoslawien: 12.–13. 7. Aufenthalt in Marburg (Maribor)

13. 7. 42 Kroatien: Die Gegend mit viel Mais bebaut, das Getreide schon reif und vielfach gemäht, viel Eichenwälder, große Viehherden, die Straßen sehr schlecht, die Bahnstrecke mit Posten bewacht.

14. 7. 42 Kroatien: Grenze erreicht von Belgrad, um 6 Uhr abends abgef., die Kinder sind verwahrlost, die Gegend trostlos, die Häuser meist Lehmbaracken, halb verfallen. An der Bahnstrecke viele Posten, meist Bulgaren, die Gegend bergig, aber baumlos. Alles läuft barfuß. Der Zug fährt langsam, da eingleisig und viele Kurven, da es durch die Berge geht. Wir haben viel Aufenthalt. In einer Nacht 150 km gef.

Nisch am 15. 7. 42 erreicht, auf der Strecke zwei Lokomotiven im Graben, die Zustände auch hier katastrophal. Wir bekommen vom Roten und grüne

Suppe und Kaffee und fahren um 12.15 Uhr gestärkt weiter, Kinder betteln um Zigaretten.
(Weiter durch Jugoslawien ...)
Üsküb in der Nacht vom 15.–16. 7. 42 erreicht, ein paar Stunden Aufenthalt, es gab Kaffee und Suppe, wir fuhren in der Nacht 75 km.
Veles haben wir kurzen Aufenthalt, haben Zigaretten gekauft, auch diese Gegend trostlos.
Grenze erreicht, von Belgrad bis zur Grenze 620 km.
Grenze um 2.15 Uhr überfahren.

Griechenland: 16. 7. 42: Saloniki abends um 7 Uhr erreicht, ein paar Stunden Aufenthalt, die Luft auch hier sehr schlecht, die Dörfer alles Lehmbauten; die Leute bettelten um Brot, die Ration für Zivil 80 Gramm Brot, es sterben 10 Pers. durchschn. täglich.
17. 7. 42: wir sind noch in Saloniki, herrliches Wetter, es ist hier Malariagefahr, sind um 8.45 Uhr wieder abgefahren und sind um 7 Uhr in Larissa eingetroffen, es ist sehr heiß.

3. 9. 1942

Liebe Eltern.
Hatte gestern so vergeblich auf Post gewartet. Nun sind ja die Bilder bei euch eingetroffen, sind ganz gut geworden. Nun habt ihr auch mal wieder schönes Wetter, hoffentlich hält es recht lang. Mit der Bevölkerung sind wir gut ausgekommen, auch mit den Italienern, wenn sie auch stark angeben. Lieber Paps, deine Befürchtung, dass wir nach Afrika kommen, ist umsonst, da hätten wir hier schon längst was gehört.
Fährt Günter Konrad über Athen nach Afrika, wenn, dann kann es

leicht möglich sein, dass er uns trifft, wenn er zu unserem Horst heraufährt, um uns zu besuchen. Mit dem Urlaub wird es vielleicht erst im Oktober etwas, da wir jetzt so wenig Leute sind. Liebe Mama, so viel Geld hast du ja gar, dass du dir ein Paar Schuhe kaufen kannst. Ein Paar kostet 30–60000 Drachmen, das sind 500–1000 M nach unserem Geld, du siehst, das ist entschieden zu teuer. Der Inhalt eurer lieben Packerl schmeckt famos.
Also schreibt gleich wieder.
Für heute grüßt euch alle
euer Peps
Schicke euch morgen wieder 2 Packerl mit Rauchwaren ab, habt ihr die anderen 3 schon erhalten?

6. 9. 42
Liebe Eltern.
Sitze hier in der Kantine bei Bier und Likör. Ich bin um 1 Uhr von Wache gekommen, es ist heute Sonntag, und wir haben nachmittags frei. Ich habe heute schon große Wäsche gemacht, meine zwei Tropenhemden und Hose, damit die Sachen wieder einigermaßen in Ordnung kommen. Und jetzt haben wir uns die Kantine gebaut und genießen auf unsere Art den freien Sonntag. Wir werden uns heute einen antrinken auf den Schrecken. Hebt mir den Daumen fest, damit es mit dem Urlaub klappt. Habe mir alles schon jetzt ausgemalt. Eines schönen Tages wird halt euer Sohn vor der Haustür stehen und für 20 Tage euer Gast sein. Das wird der schönste Moment meines bisherigen Soldatenlebens sein. Sind die Äpfel schon reif für meinen Strudel, bekommen wir heuer viel Obst? Wie war oder ist die Ernte? Freue mich schon heute auf den Tag, wo wir zwei, lieber Paps, mal ins Hotel am Bahnhof raufgehen und ein paar Halbe Bier trinken werden. Und wir zwei, liebe Mama, fahren mal

nach München ins Kino oder gehen in ein schönes Theater. Das habe ich mir heute schon alles vorgenommen. Und dass wir zwei mal wieder zusammen in den See rausfahren und ein paar Renken *fangen werden. Es ist nur schade, dass ich nicht mehr zum Segeln komme, das geht mir schon sehr ab. Wir haben immer noch gutes Wetter, hat bis jetzt noch nicht geregnet. Es geht ein schöner Westwind, nur nachts wird es schon frischer, ist aber nicht so schlimm. Ich hoffe, dass ihr auch schönes Wetter habt und ein gutes Geschäft macht. Ich bin in Gedanken immer bei euch, liebe Eltern, wäre jetzt schon so gerne bei euch, kann es schon gar nicht mehr erwarten, bis es so weit ist. Also, liebe Eltern, lasst auch gleich wieder was hören.*
Für heute grüßt euch alle
euer Peps
Viele Grüße an Großvater, Weibi und an meine Ada viele Busserl, und sie soll recht brav sein, bis ich komme.
Viele Grüße an alle Bekannten.
Fragt mal Weidmann Andreas, warum er auf meine Briefe keine Antwort gibt. Habe gerade 1 kg Korinthen und Rosinen bekommen und werde sie euch bei Gelegenheit schicken.

7. 9. 42
Liebe Eltern.
Heute früh um 7 Uhr hieß es, Maurer, schreiben Sie gleich ein Urlaubsgesuch, Sie können Mittag auf Urlaub fahren. Ich mache mich gleich fertig, und eine halbe Stunde bevor wir weggegangen wären, wurde es wieder abgeblasen. Ihr könnt euch meine Verfassung jetzt vorstellen. Ich war im Geiste schon im Zug und bei euch zu Hause. Habe mich schon zu früh gefreut. Vielleicht kann ich dann später fahren. Es wäre Arbeitsurlaub gewesen, auf euer Gesuch hin.

Hatte mich von den Kameraden schon verabschiedet, und jetzt muss ich mittags immer auf Wache ziehen. Nun, liebe Eltern, wie war bei euch gestern das Geschäft, hoffentlich gut, und dass ihr schönes Wetter gehabt habt. Vielleicht bin ich nächsten Sonntag schon zu Haus. Freue mich schon auf den Apfelstrudel. Also, bis zum Urlaub grüßt
euch alle
euer Peps

Süden, 9. 9. 42
Liebe Eltern.
Ich sitze hier auf Wache, habe um 3 Uhr Ablösung. Heute ist es unheimlich heiß, kein Hauch Wind, wieder kaum zum Aushalten. Zwei Mann von uns gehen gerade runter zur Küche, um für die Wache was zu trinken zu holen. Es gibt Himbeersaft, da schauen sie gleich, ob Post für mich da ist. Der Kraftfahrer, der sie immer holt, hat schon gesagt, dass für mich mehrere Packerl dabei sind. Briefpost ist leider keine. Werden halt morgen wieder ein paar Briefe dabei sein.
Gestern habe ich 3 Briefe und 2 Packerl erhalten, den Inhalt gleich aufgegessen, damit er nicht kaputtgeht. Abends war ein Vortrag über »Radio im Krieg«, sehr interessant. Wir haben alle Tage erhöhte Alarmbereitschaft, in Athen stimmt was nicht. Es sollen ein paar Fabriken gestreikt haben, und auf die Heeresbäckerei sollen sie einen Überfall verübt haben – wurde aber nichts draus, sind jetzt Maschinengewehre aufgestellt worden. Wir bekommen auch alle Abende zwei Handgranaten als Posten, jetzt wird's wenigstens spannend, die Griechen sollen nur kommen, wir helfen ihnen schon rein in die Schuhe.
Aber eine freudige Nachricht habe ich noch für euch, liebe Eltern, ihr

könnt mich im Laufe der nächsten Woche auf Urlaub erwarten, den genauen Zeitpunkt weiß ich schon, aber das ist ja die Überraschung. Eines Abends um halb zehn werd ich vor der Haustür stehen. Kann den Tag kaum mehr erwarten, bis es heißt, Maurer, machen Sie sich fertig, Sie können mit dem Zug um 1 Uhr auf Urlaub fahren. Das wird dann der Augenblick sein, auf den ich schon mit Sehnsucht warte. Das Zimmer kann Weibi schon schön herrichten. Und du, liebe Mama, kannst dann den Apfelstrudel fertigmachen. Aber unter 2 Rainen fang ich gar nicht erst an. Freue mich schon so, wenn ich fast 20 Tage bei euch verweilen kann und endlich zu meinem See komme und dann auch mal wieder segeln. Wie ist das Wetter? Ich hoffe, gut. Ich kann nur schönes Wetter gebrauchen, bin es nicht mehr anders gewohnt, müsst es Petrus gleich sagen. Am Sonntag fährt unser Oberleutnant auf Urlaub und am Montag ich, wenn nichts mehr dazwischenkommt. Also, lasst bald wieder was hören.
Für heute grüßt euch alle
euer Peps

22. Oktober 1943

Mein liebster großer Bruder,
nun ist es schon fast einen Monat her, dass du bei uns warst. Und du hast recht, ich musste die Arme gar nicht mehr so weit strecken, um dir um den Hals fallen zu können. Die Messung letzte Woche am Türrahmen in der Küche ergab: 167 cm. Wenn es so weitergeht, werde ich noch ein Fotomodell, sagt Papa. Ich war recht stolz, dass dir mein Apfelstrudel geschmeckt hat. Soll ich dir verraten, dass es mein erster gewesen ist? Ich werde versuchen, in Mamas Fußstapfen zu treten, aber das ist nicht leicht, kocht sie doch gar so gut.

Ich hoffe, es hat deine Stimmung nicht getrübt, dass Cilly und ich uns mal wieder in die Haare bekommen haben. Schön war es nicht, aber nun weißt du, wovon ich rede. Den ganzen Tag klopft sie Sprüche, wenn es niemand hört, und anpacken tut sie auch nicht wirklich, ist immer nur mit Schöne-Augen-Machen bei der Kundschaft beschäftigt. Dabei kämpft ihr Mann im Osten. Papa meint, sie wäre eine Hilfe für uns, wo du nicht da bist, und außerdem gut, dass sie aus der Stadt raus ist, hier bei uns sicherer. Ich weiß nicht, wer hier wem hilft, ich singe jetzt abends nicht nur unserer kleinen Ada das Heidschibumbeidschi, sondern auch ihrem Wickelkind Johanna, die das Haus vom zweiten Stock herunter die halbe Nacht zusammenplärrt. Sogar der Opa ist davon schon aufgewacht.

Papa ist nun wegen der Gesundheit ganz ins Kommodenzimmer gezogen, um die Mama nicht aufzuwecken. Er hustet, hört viel Radio. Ich höre es nebenan. Kann ihm am Morgen immer schon im Gesicht ansehen, wie es an der Front läuft.

Und du? Hast du schon eine griechische Göttin getroffen? Sind sie groß und elegant? In jedem Fall sollen sie ja sehr schön sein.

Ich habe jetzt einen Verehrer, einen feschen jungen Mann aus Weimar, besucht die Finanzschule. Zuerst kam er allein zum Fischkauf, das Wochenende drauf stand er mit einem Freund am Bootsverleih. Wir nahmen die Betti, und ich habe die beiden bis raus zur Sturmwarnung gerudert. Auf dem Rückweg braute sich was am Horizont zusammen. Die Herren spielten Ruhe vor, aber ich merkte ihre Erleichterung, als wir wieder an Land waren. Beide waren sehr beeindruckt! Das nächste Mal kamen sie mit Blumen und sangen mir Ach, wenn du wüsstest, wie sehr ich dich liebe ... wie dein Anblick so selig mich macht ... Weibi, Weibi, sei doch nicht so hart ... Und das alles vor der Sonntagskundschaft im Bad drüben! Jetzt habe ich wohl zwei Verehrer.

Nun denn, so schließe ich meine Zeilen für heute und sende dir ganz herzliche Grüße. Ich freue mich schon, wenn du wiederkommst, das wird ein schöner erster Advent.
Dein Schwesterherz Anna Anni Weibi Lucia Maurer

P. S. Wie versprochen, anbei noch schriftlich die Zensuren meines Entlassungszeugnisses aus der Berufsschule: Führung – sehr gut, Reichskunde – gut, Landwirtschaftlicher (hauswirtschaftlicher) Unterricht – gut, Deutsch – gut, Rechnen – gut, Schrift – gut. Sei recht stolz auf mich!

28. 10. 43
Liebe Weibi.
Ich freue mich immer so, wenn ich Post von zu Hause bekomme. Bei uns ist das Wetter heute nicht besonders. Gestern Nacht hat es geregnet, haben die Nacht im Wachebunker gearbeitet, war ziemlich müde. Du schreibst auch, dass ich in 4 Wochen bestimmt bei euch bin. Ich wollte, es wäre so, ich wüsste mir nichts Schöneres, als wieder mal, nach langer Zeit, bei euch zu sein. Weibi, wenn du deine zukünftige Schwägerin sehen wirst, da wirst staunen, die ist sehr groß und hat einen Bart. Ich danke dir für deine guten Rätselfragen, ich fall aber bestimmt nicht rein, das darfst du mir glauben. Nun, du hast ja schon wieder Eroberungen gemacht, hoffentlich ist der Richtige dabei. Ich wünsche es dir von Herzen. Also, liebe Schwester, halte die Daumen, dass ich bald heimkomme, und schreib gleich wieder. Für heute sei vielmals gegrüßt und viele Busserl von deinem Peps

29. März 44

Bruderherz, warum schreibst du so selten?
Habe heute Salat, Kartoffeln und Tomaten im Garten gepflanzt.

Abends war Erika da, haben Schallplatten gehört. Das Grammophon gibt es vorzeitig zu Ostern, sagt Papa, bekam es billig von einem Parteigenossen überlassen.
Deine Anni
P. S.: Stell dir vor, Peitinger sen. ist gestorben.

4. 4. 44
Meine liebe Weibi.
Will dir heute wieder einen Blumengruß aus dem sonnigen Süden schicken. Und dann wünsche ich dir ein recht frohes Osterfest. Verbringe es gut.
Mir geht es ganz gut, was ich auch von dir hoffe. Ich war gestern Abend im Soldatenheim, war nett, habe gut gegessen. Heute hatten wir herrliches Wetter, habe mich wieder gefreut, bin schon schön braun. Richte bitte an Erika auch viele Grüße aus. Die ist ja jetzt bei der Partei, hat bestimmt oft Versammlung. Bei mir ist fast alles beim Alten. Das Bild von Ada habe ich erhalten, ist prima.
Also, lass gleich wieder von dir hören. Für heute sei vielmals gegrüßt und viele Busserl von deinem Peps
Recht frohe Ostern!

13. Juni 1944

Lieber Peps,
warum schreibst du nicht? Ich hoffe, es bedeutet nichts Schlimmes.
Nun ist die Bomberei auch bei uns angekommen, nachts meint man, den Himmel leuchten zu sehen, wenn es gegen München geht. Hören tun wir es gewiss, ein fernes Heulen, weit hinter dem Himmel. Vor ein paar Tagen haben sie die Au in Schutt und Asche gelegt, auch den Landtag getroffen. Die halbe Stadt hat kein Dach mehr über dem Kopf, die Bahnlinie, auch die hierher,

unterbrochen. Morgens steh ich auf, erwisch die Mama beim Rauchen, Papa schleicht zum Rasieren, mit gebücktem Rücken und draußen: dein, unser See, das Wasser schleckt am Kies. Heute ist eine Ente losgeflogen, als wenn nichts wäre. Aber es ist was. Und der 18er wartet immer noch, dass du ihm die Segel setzt und deine kleine Schwester mitnimmst, wie früher. Wegen Cilly und dem Baby brauchst du dir keine Sorgen zu machen, sie sind kurz vor Ostern zu Verwandten ihrer Schwiegerleute aufs Land. Oberpfalz, glaube ich, sagt Papa.

Unser lieber Vater hat sich dieses Jahr schon schwer über mich gewundert, ich bin nämlich jetzt auch Parteigenossin (seit dem 20. April). Wenn es einer verstehen müsste, dann doch er, aber stattdessen: hat bis Ende Mai nicht mit mir gesprochen. Dass er mir zum Geburtstag gratuliert hat, war gerade noch alles. Ich habe sehr gelitten unter dem Schweigen, fünf Pfund abgenommen.

Ich habe mich mit dem Moretti Ernesto junior angefreundet (meine Weimaraner sind eingezogen worden, beide, mit Gott, hoffe ich). Er hat wunderschöne, hellgraue Augen, wie der Ortler, sagt er immer, das ist ein Berg. Nicht, was du denkst. Er ist erst 16, holt mich nur manchmal ab, wir setzen uns auf eine Bank, irgendwo, bloß nicht bei uns, fassen uns an der Hand und singen ein bisschen zusammen. Auch er hat einen Bruder weit weg.

Das kennst du bestimmt noch nicht: »Es ist ein Heß entsprungen, mit einer ME Hundertzehn. Er hat das Lied gesungen, ich mache nicht mehr mit. Dagegen brüllt das ganze Land, wir fahren gegen England, wie einst der Rudolf Heß.«

Die zweite und dritte Strophe weiß ich nicht mehr, das würde die Krapp nicht erfreuen.

Schreib bald wieder. Wir sind gottfroh, dass du bei der Luftwaffe bist und nicht bei der Infanterie.

Und wenn uns nur die Arbeit nicht ausgeht, du weißt ja, ich arbeite doch so gern.
Deine Weibi
P. S.: Großvater ist manchmal wie abwesend, es wird schlechter, aber er läuft nicht weg, und zündeln tut er auch nicht mehr. Hoffen wir, dass es so bleibt. Ada hört gern seine Gute-Nacht-Geschichten vom Gruselkönig, da ist er voll in seinem Element. Wenn man ihm so zuhört, dann wimmelt es im Fürstensee nur so von Unterwasserungeheuern. Aber so muss ich abends nicht mehr.

Ich hoffe, ich klinge nicht zu selbstsüchtig.

30. 11. 44
Liebe Eltern!
Nach langer Zeit komme ich dazu, euch ein paar Zeilen zu schreiben. Ihr wart schon in schweren Sorgen um mich hier, aber ihr braucht keine Angst zu haben, mir geht es so weit ganz gut, was ich auch von euch, meine lieben Eltern und Geschwister, hoffe. Wir wissen noch nicht, ob wir zu Weihnachten im Reich sind, darum wünsche ich euch ein recht frohes Fest und ein recht gutes neues Jahr. Feiert es so, als ob ich unter euch sitzen würde. Meine Gedanken werden bei euch sein, wie sie immer bei euch sind. Hoffentlich erreicht euch der Brief auch zur rechten Zeit, damit ihr auch wisst, wie es mir geht. Und hoffentlich bekommen wir im Reich Urlaub, damit ich mal wieder für einen vollen Tag bei euch sein kann. Das wäre das Schönste, was ich mir denken kann: Der Krieg wird ja auch mal zu Ende gehen, dann bin ich wieder für immer bei euch, und dann werden wir uns schöne Tage machen.
Ich sitze hier in einem Bauernhaus, da haben wir uns einquartiert. Wir leben hier nicht schlecht, soweit die Verhältnisse es halt erlauben.

Also, liebe Eltern, in der Hoffnung euch bald in die Arme zu schließen, grüßt und küsst euch alle innigst
euer Peps
An Großvater recht herzliche Grüße
sowie an alle Bekannten

14. 12. 44
Liebe Eltern und Geschwister!
Ihr werdet euch schon schwere Sorgen um mich machen, aber mir geht es so weit ganz gut, was ich auch von euch allen hoffe. Meine schlechte Schrift müsst ihr schon entschuldigen, aber es geht beim besten Willen nicht besser. Ich sitze hier am Fußboden, und da lässt es sich schlecht schreiben. Wir sind hier bei Muselmanen einquartiert, und die haben keine Tische und Stühle, die essen am Boden und schlafen auch dort, und uns geht es hier nicht anders. Sind es schon so gewohnt, es ist ein bisschen hart, aber es geht. Wir sind froh, wenn wir ein Dach über dem Kopf haben, denn wenn wir in Stellung liegen, schlafen wir im Freien, und da ist es ziemlich kalt, mit einer Decke sind wir mit den Tropensachen, die wärmen auch nicht. Ob wir dieses Jahr noch die Reichsgrenze erreichen, glaube ich nicht, für uns wird es ein Weihnachten werden, wie wir es wohl nicht mehr erleben werden, denn der Weihnachtsmann wird uns dieses Jahr wohl nichts bringen. Wir sind aber froh, wenn wir genügend Brot haben, denn da war es eine Zeit lang auch sehr knapp, da gab es für 20 Mann eines, da haben wir feste Kohldampf geschoben, aber auch daran gewöhnt man sich.
Ich werde euch mal einen Tag aufschreiben, wie wir ihn hier verbringen: Um 4 Uhr in der Frühe stehen wir auf, und wenn wir noch was zu essen haben, dann wird gefrühstückt. Auch warten wir auf den Eintopf, den es mittags gibt, sonst sitzen wir am Fußboden

und spielen Skat. Abends gehen wir früh schlafen, da es hier kein Licht gibt außer den Petroleumlampen, und dazu haben sie kein Petroleum, also ist es damit auch nichts. Das ist ein Tag, den wir in Ruhestellung verleben.

Ich glaube, wenn ihr mich hier sehen würdet, ihr würdet mich gar nicht mehr erkennen, denn ich habe jetzt einen Spitzbart, ebenso auch Hans. Ihr werdet es auf den Aufnahmen sehen, die wir vor ein paar Tagen gemacht haben. Ich bin seit längerer Zeit nicht mehr bei der Flak, da unten Geschütze ausgefallen sind, aber mir gefällt es bei den Zügen, denen wir zugeteilt sind, ganz gut. Hans ist auch bei meiner Truppe, und wir zwei halten feste zusammen, wir machen das bisschen schon.

Was ist eigentlich bei euch alles los? Ihr könnt mir nicht schreiben, bis wir wieder einen festen Platz haben. Habt ihr die anderen zwei Briefe erhalten, die ich euch bis jetzt geschrieben habe? Ich hoffe auf Urlaub, wenn wir im Reich sind, das ist unser einziger Trost, den wir haben. Habt ihr das Schwein schon geschlachtet? Ein halbes esse ich gleich zur Brotzeit und einen ganzen Apfelstrudel zum Kaffee, also richtet euch darauf ein, ich bringe einen ziemlichen Hunger mit, wenn ich komme. Das Schönste wäre, wenn ich Weihnachten mit euch feiern könnte, aber das geht ja leider nicht, aber meine Gedanken werden an diesem Abend bei euch sein, wie sie an jedem Tag bei euch sind. Ich wünsche euch allen nochmals ein recht frohes Weihnachtsfest und ein recht gutes neues Jahr. Für heute will ich nun meine Zeilen schließen in der Hoffnung, nächstes Jahr für immer bei euch sein zu können.

Es grüßt euch alle recht innigst und recht viele Busserl
von eurem Peps

An Großvater recht viele Grüße und an Weibi und Ada viele Busserl. Ebenso an alle Bekannten recht viele Grüße

An Cilly schreibt ihr bitte, da wir sehr wenig schreiben können, und diese paar Briefe sollt nur ihr erhalten.

Viele Grüße und ein recht gutes neues Jahr wünscht euch allen
Hans Bosch
Auf ein baldiges Wiedersehen

23. 12. 44
Liebe Eltern und Schwester.
Sind vor 2 Tagen gut in Sarajewo angekommen, und da habe ich von euch 40 Briefe bekommen, von Anfang bis Ende November, habt dafür innigsten Dank. Ich bin so froh, dass ihr alle gesund und munter seid. Mir selbst geht es so weit ganz gut. Seit Wochen haben wir jetzt das erste Mal ein Dach über dem Kopf und eine warme Bude. Sind über 7 Wochen auf den Bergen gelegen und haben uns mit den Partisanen herumgeschlagen. In den nächsten Tagen werden wir wahrscheinlich wieder oben eingesetzt, und ich hatte mich schon so gefreut, ins Reich zu kommen, und dann vielleicht in Urlaub zu kommen, aber damit ist es leider nichts. Aber der Krieg wird ja wohl auch nicht mehr allzu lange dauern, und dann bin ich für ganz bei euch, das wird eine schöne Zeit werden. In Frankreich haben die unseren eine Offensive gestartet und machen die Amerikaner zur Sau. Am meisten machen uns die Läuse und Flöhe zu schaffen, die können uns verrückt machen. In der Frühe sucht man das Hemd ab, und abends sind sie wieder da und peinigen uns, aber auch daran gewöhnt man sich. Heute empfangen wir die Winterbekleidung, dann lässt es sich eher aushalten als mit den Tropensachen. Wir haben damit wüst gefroren die letzten Tage.
Ihr habt die Boote alle aufgeräumt, und mit der Fischerei ist es auch vorbei, und das wär, wenn ich jetzt zu Haus wäre, eine schöne Zeit

für uns. In Gedanken bin ich bei euch zu Haus, auch am morgigen Tag. Das Schwein habt ihr bestimmt schon geschlachtet. Hoffentlich hält es sich so lange, bis ich auf Urlaub kann, nicht dass ihr das Geräucherte schon alles gegessen habt. Ich habe natürlich einen Mordshunger.
Hans sitzt neben mir und ist beim Frühstücken. Gestern haben wir auch den Spitzbart abgenommen und uns bald nicht mehr erkannt. Sonst gibt es eigentlich nichts Neues, das andere vom Rückzug erzähle ich euch dazu mal mündlich.
Wie geht es Großvater und Weibi? Ich grüße sie alle recht innigst. Ich nummeriere alle Briefe, damit ihr seht, ob alle ankommen. Also, seid für heute alle recht innigst gegrüßt und viele Busserl von eurem Peps
Viele Grüße sendet euch allen Hans Bosch
Macht die eine Anschrift ab.

24. Dezember 44

Dein Weihnachtsgeschenk: Wir füttern das Schwein fleißig!
Recht frohes Fest, lieber Pepi! Komm bald wieder!
Der Schnee rieselt heut besonders leise ohne dich.
Herzliche Grüße und B. von deiner Weibi

25. 12. 44/Nr. 5
Liebe Eltern und Geschwister.
Ich hoffe, ihr habt Weihnachten gut verbracht, und das Christkind hat euch auch was gebracht. Bei uns gab es nicht viel, und dann sind wir nicht ausgegangen. Um 6 Uhr war die Feier. Zum Saufen gab es nicht viel, ich war um 8 Uhr schon schlafen, ebenso auch Hans. Heute haben wir die Wintersachen empfangen, passen bestens, lauter neue Sachen, auch Handschuhe, Kopfschützer, Pullover und

Socken, neue Stiefel habe ich auch bekommen und neues Blauzeug. Jetzt brauchen wir nicht mehr zu frieren. In den nächsten Tagen geht es weiter, dann wird weiter oben gesichert, und Mitte Januar geht es ab ins Reich. Ob wir Urlaub bekommen, ich glaube noch nicht daran. Meine Gedanken sind bei euch.
Wir haben heute schönes Wetter, hatten schon Fliegeralarm, habe aber keinen gesehen. Heute sollen wir auch entlaust werden, das wird ein Gefühl, wenn man nicht mehr kratzen muss. Diese Biester haben uns lange genug geärgert.
Wir könnten uns eine schöne Zeit machen, wenn ich da wäre, und das Geräucherte wäre auch schon fertig, da könnten wir anständig Brotzeit machen, das würde hinhauen. Als Weihnachtsstollen gab es hier ein ganzes Brot, habe es gleich gegessen, und heute gibt es wieder neues. Das wäre ziemlich alles, was es bei uns Neues gibt. Lasst gleich wieder was hören.
Für heute seid alle recht herzlichst gegrüßt und an Großvater recht herzliche Grüße, viele Busserl auch an Weibi und Ada von eurem Peps

27. 12. 44/Nr. 6
Liebe Eltern und Geschwister.
Es ist 1 Uhr mittags, haben gerade gegessen, es gab Bohnensuppe. Wir sind gestern Abend noch umgezogen, und zwar in Baracken. Hier ist es unheimlich eng und ziemlich frisch, aber es wird schon gehen. Wir waren gerade im Kino, als es hieß, umziehen.
Bin gespannt, wie es ausgeht. Wir sind jetzt bei einer neuen Kompanie und haben eine neue Feldpostnummer: L 62280. Sagt den anderen auch Bescheid. Wann es weggeht, wissen wir noch nicht.
Also, liebe Eltern, lasst gleich wieder was von euch hören. Für heute seid alle innigst gegrüßt von eurem Peps.

28. 12. 44/Nr. 7
Liebe Eltern und Geschwister.
Heute habe ich wieder mehrere Briefe von euch erhalten, waren von Sept. bis November, habt dafür herzlichsten Dank. Es schneit. Ich sitze oben am Bett, das Licht ist schlecht, da lässt es sich schlecht schreiben, aber zur Not geht es schon. Heute hatten wir Appell in Blauzeug, ist gut vorbeigegangen. Mir selbst geht es ganz gut, was ich auch von euch hoffe. In unserer Bude ist es ziemlich eng, liegen mit 30 Mann da rum. Kann mich kaum umdrehen. Um die Lazarette ist Stacheldraht wie in einem Gefangenenlager. Mit Urlaub, und ob es zu Ostern was wird, glaube ich eher nicht.
Also, liebe Eltern, lasst bald wieder was hören.
Für heute seid alle herzlichst gegrüßt von
eurem Peps

30. 12. 44
Liebe Eltern und Geschwister.
Es ist mittag 11 Uhr, hatten gerade Waffenreinigen. Am Morgen hatten wir Unterricht am MG, und zwar Laufwechsel nach Zeit. War der letzte von unserem Zug, mit 21 Sack. Na, was sagt ihr da, ganz groß!
Habt ihr das Schwein schon geschlachtet? Hebt mir aber auch was auf davon. Wie schaut es mit einem Apfelstrudel aus? Ich wollt, ich hätte ein Rain voll zu essen. Da läuft mir das Wasser im Munde zusammen, wenn ich bloß daran denke.

Seid für heute alle recht herzlichst gegrüßt
von eurem Peps

31. 12. 44/Nr. 8

Liebe Eltern und Geschwister!

Vor allem recht herzlichen Dank für eure lieben Briefe, die ich heute wieder erhalten habe, sie waren bis zum 12. 12. Wir waren heute mit ein paar Mann in Sarajewo und haben uns die Stadt angesehen, ist nett. Wir waren auch im Soldatenheim und haben Bier getrunken. Da war am frühen Abend Silvesterfeuer. Ich wäre gern bei euch, es wäre bestimmt schöner als hier in der Baracke. Nun, wie werdet ihr ins neue Jahr gehen? Ihr werdet sicher bald ins Bett gehen. Ich weiß noch nicht, ob ich so lange aufbleibe. Zum Saufen haben wir nichts, und was soll man so lange sonst machen. Ich verstehe bloß nicht, dass ihr meinen Brief, den ich am 14. 10. geschrieben habe, nicht erhalten habt. Ihr braucht keine Angst haben, wir werden das bisschen schon machen, und auf die Redereien, die da herumgehen, braucht ihr nichts zu geben. Bei uns war es halb so schlimm, es schaut bloß immer so aus. Sonst geht es mir gut, was ich auch von euch allen hoffe.

1. 1. 45

Hoffe, ihr seid alle gut ins neue Jahr gerutscht und habt den Kopf nicht gar so hängen lassen. Bei uns ist es noch nett gewesen, wenn auch der Alkohol knapp war. Hatten für die ganze Kompanie nur 15 l Schnaps und 15 l Wein. Hatten Punsch gemacht und bis 3 Uhr gesoffen, aber für einen Schwips hat es leider nicht gereicht, mussten bloß öfters austrinken, das war alles, aber die Stimmung war nicht schlecht.

Heute hatten wir Waffenappell. Bin beide Mal aufgefallen mit noch mehreren anderen, müssen von 2–3 Uhr mehrmals vorzeigen, aber das kann ja einen Obergefreiten nicht erschüttern, die können uns alle im Mondschein begegnen.

Habt ihr Silvester gut verbracht, und was habt ihr zum Saufen

gehabt? Meine Gedanken waren wieder bei euch, meine lieben Eltern und Geschwister, und auch bei dir, lieber Großvater. Wie ihr mir geschrieben habt, war im April wieder Hochwasser und hat im Bad viel Schaden angerichtet. Das wäre was für mich. Wenn ich zu Hause wäre, ich würde die Sache schon wieder klarmachen.
Heute hat Hans Geburtstag, und wir haben nichts zu feiern, ist Pech, da kann man nichts machen. Also, meine lieben Eltern, lasst gleich wieder was hören. Für heute seid im neuen Jahr alle innigst gegrüßt und viele Busserl von eurem Peps
An Vater viele Grüße und an Weibi und Ada viele Busserl
Viele Grüße erlaubt sich Hans Bosch
Auf ein baldiges Wiedersehen!

5. 1. 45
Sind gerade vom Kino gekommen, es wurde der Film »Münchhausen« gezeigt. Hat mir ganz gut gefallen, ist wenigstens eine Abwechslung. Gestern war ich auch im Kino, da lief der Film »Zirkus Ren«. War auch sehr gut. Heute Morgen hatten wir Geländedienst, es war saumäßig kalt. Im Schnee hat es uns wüst gefroren, es hatte ungefähr 15–20 Grad Kälte, da wäre es zu Hause doch schöner, wenn ich unter euch sitzen könnte und mal anständig essen, nicht immer bloß Kohl und Bohnen. Schön langsam geht auch die Raucherei zu Ende. Hatte gehofft, was mit nach Hause zu bringen, aber die Sach hat zu lange gedauert. Für dich, lieber Paps, habe ich noch ein paar Stumpen, und die hebe ich auf, komme, was will, und wenn ich Nichtraucher werde.

7. 1. 45
Heute ist Sonntag. Wir merken nicht viel davon. Am Morgen hatten wir Gewehrappell, ist gut vorbeigegangen. Gestern waren wir wieder

im Kino, es wurde der Film »Der verkaufte Großvater« gegeben, war ein bayerischer Film, hat uns gut gefallen. Das Wetter ist auch besser, nicht mehr so kalt, es taut, das wieder nun eine ziemlich nasse Angelegenheit. Mir selbst geht es so weit ganz gut, was ich auch von euch allen hoffe. Jetzt möchte ich bei euch sein und einen anständigen Schlag essen, es wäre egal, was, bloß kein Kohl, der hängt mir zum Hals raus. Am liebsten wäre mir jetzt ein Apfelstrudel oder eine Pfanne Bratkartoffeln. Wenn nur der Tag bald kommt, wo es so weit ist, kann es schon nicht mehr erwarten.

9. 1. 45
Ich liege hier oben im Bett und schreibe wie verrückt, im 2. Stock ist es ziemlich heiß. Es ist abends 6 Uhr, haben gerade gegessen. Hatten heute Arbeitsdienst und mussten Holz besorgen, haben eine alte Hütte abgebrochen, und es regnete in Strömen, waren durch und durch nass. Das Wetter ist komisch, einmal regnet es, dann schneit es. Auf den Tag, an dem wir Urlaub bekommen, warten wir mit Schmerzen, hoffentlich nicht umsonst. In einer Stunde muss ich auf Posten ziehen, da kann man sich ein bisschen abkühlen. In den nächsten Tagen werde ich euch ein Packerl mit Bohnen schicken, die müsst ihr aufheben, bis ich komm, und die Brille. Die anderen Sachen stehen zur Verfügung.
Nun seid für heute alle herzlichst gegrüßt von eurem Peps
An Großvater viele Grüße und an Ada und Weibi viele Busserl

9. Januar 1945

Mein lieber Peps!
Es ist 5 Uhr Nachmittag, und der Papa hat sich schon sein Zimmer eingeheizt. Er hat's mit dem Herzen. Mama ist draußen feste am Holzsägen. Es weht wieder ein kalter Wind. Um 2 Uhr

hörten wir von schweren Bandenkämpfen bei euch, und wir glauben immer, ihr kommt schon bald ins Reich, aber am längsten wird es euch werden. Heute kam ein Bekannter aus München, er schaut so traurig aus. Von Cilly haben wir noch keine Nachricht, kommt keine Post, keine Zeitung. Heute hatten wir noch keinen Alarm, das sind wir gar nicht gewohnt. Nun, Bomberei wird's auch geben.

Wenn ihr nur bald aus dem Gebirge heraußen seid. Ich denke immer an dich und an ein baldiges Wiedersehen.

Und nun gute Nacht, deine Anni

10. Januar 1945

Mein lieber Peps!
Nun noch einige Zeilen von mir, Papa hat zwar schon wieder alles geschrieben. Er hat sich in seinem Zimmer Feuer gemacht. Es ist 4 Uhr nachmittags, Mama hat eben die Hühner in die Küche gebracht, denn es wird wieder saukalt. Zudem ist dieses Jahr der See zugefroren, das ging uns noch ab. Papa weiß noch nicht, wie wir dies deichseln. Wenn er nur schon besser beisammen wäre, dann hätte ich keine Angst, aber so. Müssen wir halt schauen, es wird schon gehen. Haben früh wieder keine Post, keine Zeitung. Heute Abend spricht ein Kriegsberichter über euch vom Rückzug. Wissen halt noch gar nichts, wie weit ihr schon seid. Alles Gute und viele herzliche Gr. und B. von deiner Schwester

11. 1. 45

Peps,
ich sitze wie du, wie immer abends auf dem Bett und schreibe dir diese Zeilen. Wirst gerade Abendbrot gegessen haben, zum Sattwerden wird es nicht reichen. Für euch gibt es für 4 Mann ein

Brot, das sind 3 Schnitten, und dass es nicht reicht, kann ich mir denken, ihr würdet ja ein ganzes Schwein aufessen, wenn ihr es bekommen würdet. Wir füttern es brav, bis du heimkommst, dann kannst du uns arm essen, aber so wie ich dich kenne, mein Lieber, würdest du uns trotz allem etwas übrig lassen. Ich habe auch ein paar Äpfel behalten für einen Apfelstrudel, der braucht nur so groß sein wie der Tisch. Ich weiß, das ist deine Leibspeise, und du wartest schon 14 Monate darauf und wirst wohl noch länger warten müssen.

Mussten heute mit dem Auseisen anfangen, der See fror über Nacht zu. Wenn das schon alles gewesen wäre: Der Großvater kommandierte uns durch die Gegend, die Mama und mich, gerade ein Glück ist es, dass keine von uns hineinfiel. Er kann halt nicht mehr und Vatern: im Bett oder vor dem Radio.

Wenn du zu Hause wärst, dann würden wir es schon schaffen. In Gedanken bin ich immer bei dir und stelle mir vor, wie du mit uns in der Küche sitzt, beim Essen. Deinen Platz decken wir jeden Tag mit auf.
Deine Anni

12. Januar 1945

Mein lieber Bruder,
leider kam früh wieder keine Post, seit einer Woche bekommen wir keine Zeitung, ist ja alles kaputt. Gestern Abend um halb acht hörten wir einen Bericht von eurem Rückzug aus Griechenland. Ihr habt Unheimliches geleistet. 1000 km Weg, täglich 30 bis 60 km Marsch, vier Wochen ohne Rasttag, eingeschlossen wart ihr, und dabei die Kämpfe, und ein Teil von euch in Tropenkleidung, und dazu noch das Wetter. Das muss furchtbar gewesen sein. Zum Schluss sagte er, dass ihr wieder einsatzbereit wäret.

Wir warten eben auf deinen Urlaub, von Tag zu Tag. Bin allein zu Haus, bei den Hühnern in der Küche. Habe ein Mordskonzert. Ich war heute zum Verkaufen, und Mama ging endlich zum Zahnarzt. Draußen schneit es ein bisschen. Morgen geht es weiter mit dem Auseisen. Freu mich schon riesig, denn sonst wäre uns die Arbeit ausgegangen, und ich arbeite doch so gern. Hauptsache, es geht dir gut und du bist gesund. Wenn du nur mal daheim wärest, dass du dich mal aufwärmen und satt essen könntest. In der Hoffnung, bald wieder Post zu erhalten, grüßt und küsst dich herzlich deine Weibi

12. 1. 45
Liebe Eltern und Geschwister.
Solange es geht, sollt ihr noch alle Tage Post von mir erhalten. Wenn es losgeht, haben wir keine Gelegenheit mehr. Wenn wir nächste Woche nicht wegkommen, sehe ich schwarz für uns, dann geht es wahrscheinlich zur Infanterie, und da wollen wir doch gar nicht hin. Bis dahin heißt es, abwarten und Tee trinken. Wenn wir nicht wegkommen, ist es mit Urlaub noch schlechter. Mit der Post ist es jetzt auch nichts mehr, die liegt nun schon in Agram (Zagreb), und bis wir dahin kommen, das dauert auch seine Zeit. Es wird eben so sein, dass wir die Wehrmachtspost zu Ostern erhalten. Heute ist es bei uns ziemlich frisch, sonst ist das Wetter annehmbar. Wie ist es denn bei euch, sind schon wieder mal Urlauber gekommen, oder lässt sich da auch keiner sehen?
Habt ihr das Schwein schon geschlachtet? Da hätte ich dabei sein wollen, als es das Kesselfleisch gab, und dann noch der Presssack und die Blut- und Leberwürste. Ich darf gar nicht daran denken, sonst läuft mir das Wasser im Mund zusammen und der Magen fängt zu knurren an. So eine gebratene Kruste, es dürften auch mehr sein,

müssten gar nicht so schlecht schmecken. Ich weiß schon bald gar nicht mehr, wie die aussehen.
Für heute will ich nun schließen. In der Hoffnung, euch bald in die Arme schließen zu können, grüße ich euch alle recht innigst, euer Peps
An Großvater viele Grüße und an Weibi und Ada viele Busserl

16. 1. 45
Liebe Eltern und Geschwister!
Es ist fünf Uhr morgens, habe gerade Tischposten. Hans ist gerade vom Posten gekommen, und ich muss um 6 Uhr raus. Es hat heute ungefähr 20 Grad minus, und da ist es im Bett doch schöner, aber Pflicht ist Pflicht, da hilft alles nichts. Neben mir habe ich eine Flasche Bier stehen, und die wird so nebenbei geleert, das erste Bier seit Monaten. Es ist zwar ziemlich dünn, aber das macht nichts. Gestern Abend sind wir schon früh schlafen gegangen, waren ziemlich müde, hatten Arbeitsdienst. Vormittags holten wir Holz, und nachmittags wurde es gesägt. Heute haben wir vormittags Geländelauf, da graust es mir schon wieder, da gibt es wieder kalte Füße. Aber das vergeht auch wieder. Sonst gibt es eigentlich bei uns nichts Neues, warten alle Tage darauf, dass wir wegkommen, denn dann rückt auch die Zeit heran, wo es Urlaub gibt. Wenn sie uns nur nicht vorher zur Infanterie schicken, dann war alle Hoffnung vergebens. Wenn bei euch Geld ankommt, es werden so 190–200 M sein, gebt es bitte auf meine Karte, es ist nämlich der Wehrsold von Oktober bis Dezember mit Frontübungen.
Wenn ich jetzt zu Hause wäre, könnte ich anständig frühstücken. So muss ich halt mit hungrigem Magen auf Posten ziehen, denn mein Eintel Brot habe ich eben schon gegessen.
Fahrt ihr noch manchmal raus zum Fischen, oder ist es zu kalt? Habt ihr viel Schnee, und was macht der See?

17. 1. 45
Nun ist es ganz aus mit der Aussicht auf Urlaub, denn ab heute haben wir aufgehört als Luftwaffe. Jetzt sind wir bei der Infanterie. Ihr braucht erst wieder zu schreiben, wenn ihr meine neue Feldpostnummer erhalten habt. Jetzt ist es mit der Post für uns auch aus, vor Ostern werde ich wohl keinen Brief mehr von euch erhalten. Es ist alles zum Kotzen. Hatte mich schon so gefreut, euch in den nächsten Wochen zu sehen, aber nun ist es damit auch aus. Wer weiß, ob ich heuer überhaupt noch nach Hause kann. Hoffnungen mach ich mir keine. Jetzt ist es so weit, dass wir bei der Königin aller Waffen sind, bei der Infanterie. Jetzt ist für uns die schöne Zeit vorbei, aber es wird schon werden.

22. 1. 45
Ich sitze wie üblich auf dem Bett, da das der einzige Platz ist, wo man sich rühren kann. Wie ihr schon wisst, bin ich seit dem 20. 1. 9 Uhr früh beim Heer gelandet, ebenso die anderen alle, Hans und ich und noch ein ganzer Haufen sind zur schnellen Abteilung gekommen. Die ist vollmotorisiert, das haut bestens hin, brauchen wenigstens nicht zu laufen. Vorerst liegen wir noch in der Baracke und warten, bis sie uns abholen. Wir halten es schon noch eine Zeit lang hier aus, haben eine warme Bude, und Dienst machen wir vorerst noch keinen. Draußen ist es saukalt, wir sind froh, wenn wir nicht rausmüssen. Meine neue Feldpostnummer ist 28008. Von der alten Feldpn. werden wir die Post nicht erhalten. Ihr braucht keine Angst zu haben, wenn die Briefe zurückkommen.
Was gibt es bei euch sonst Neues, ist es recht kalt und habt ihr viel Schnee? Hier geht es damit ungefähr über 10 cm. Sonst ist alles beim Alten, wir warten bloß, bis sie uns holen. Wo und wie wir eingesetzt werden, wissen wir noch nicht, ist auch egal. Mit Urlaub wird es

dieses Jahr nichts werden, und ich hatte mich schon so gefreut. Von der Sau werde ich auch nichts sehen, im Geiste habe ich schon Presssack und Geräuchertes gegessen. Na, das ist halt Pech, da kann man nichts machen. Es wird auch für uns einmal der Tag kommen, wo wir nach Hause kommen.

27. 1. 45

Liebe Eltern und Geschwister.

Ich sitze hier in einem Haus auf dem Fußboden. Draußen schneit es, was runterkann, vom Himmel. Wir hatten den Vormittag Geländedienst, sind ziemlich nass geworden. Der Schnee ist oben beim Dach rein, aber man gewöhnt sich an alles. Seit dem 24. 1. sind wir bei einer Infanterieeinheit, und zwar bei den Fußtruppen. Am 1. Tag gleich über 20 km marschiert, und zwar mit Gepäck, waren ziemlich fertig. Jetzt haben wir 3 Wochen Infanterieausbildung, und dann geht es los, dann erst sind wir vollwertig. Eine neue Feldpn. haben wir auch. Haben die öfter gewechselt als das Hemd, aber ich glaube, die bleibt jetzt, und zwar: 56457.

Was sagt ihr zum Russen, der ist ja wüst vorgegangen. Es wird Zeit, dass sie ihn zum Stehen bringen oder ihn wieder rausschmeißen. Habt ihr viel Arbeit, und was macht der See? Ich hoffe, er friert nicht zu, sonst kommt ihr nicht klar vor lauter Arbeit. Wie schön wäre es, wenn ich bei euch sein könnte, es ist gar nicht auszudenken. Hoffentlich geht der Krieg dieses Jahr zu Ende, dann bin ich wieder für immer bei euch.

30. 1. 45

Liebe Eltern und Geschwister!

Es ist Nachmittag, 3 Uhr. Ich sitze hier in der Bude am Fußboden. Wir hatten gerade Unterricht durch den Kompanieführer über den

30. 1. 33. In der Frühe hatten wir Schulschießen. Habe meine Bedingung erfüllt. Habe wüst gefroren, aber man gewöhnt sich daran. Jetzt haben wir ziemlich viel Schnee, ungefähr 75 cm. Beim letzten Geländedienst sind wir bis zum Koppelschaft eingesunken, waren ziemlich fertig. Am schönsten ist es in der warmen Bude. Abends wird immer feste Karten gespielt. Zum Saufen gibt es leider nichts, aber damit haben wir uns schon abgefunden. Was sagt ihr zur Lage im Osten? Ist ziemlich beschissen. Die sollen uns lieber rüberschicken, als dass wir uns hier mit den Partisanen rumplagen. Wir werden den Brüdern den Arsch schon aufreißen. Was ist denn sonst alles los? Nun ist es schon fünf Wochen her, dass ich von euch Post erhalten habe, und wer weiß, wie lange es noch dauert, bis ich den ersten Brief bekomme, da jetzt alle Bahnstrecken verschient sind.
Für heute seid alle herzlichst gegrüßt
und viele Busserl von eurem Peps
An Großvater viele Grüße und an Ada und Weibi viele Busserl

15. 2. 1945

Lieber Pepi,
heute lasen wir in der Zeitung, dass ihr den kommunistischen Banden eine vernichtende Niederlage beigebracht habt. Stimmt es, dass die Bevölkerung euch mit offenen Armen entgegenlief? Nieder mit den Partisanen!

Morgen kommt der Metzger, das Schwein wird geschlachtet. Ihm sind seine dummen Sprüche vergangen, also, dem Metzger, das Schwein kann ja nichts dafür.

Ich werde dir Geräuchertes aufheben, und am Sonntag decken wir dir einen Braten auf, mit drei Stück Extrakruste.
Ich habe Zeitlang nach dir,
deine Anni

20. 2. 45
Sehr geehrte Familie,
will mir endlich mal Zeit nehmen, um Euch zu schreiben. Wird Euch wundern, von einem fremden Landser Post zu erhalten. Vielleicht hat Peps Euch auch schon von mir geschrieben, und ich bin nicht mehr ganz unbekannt. Nun ja, die letzten Jahre sind wir zusammen gewesen. Letzte Zeit wird die Post selten gewesen sein, da man durch die Übernahme von der Luftwaffe ins Heer dauernd die Nummer wechselt und die Zeit und Gelegenheit zum Schreiben sehr knapp ist. Mein Peps hat in den letzten Tagen weniger zum Federhalter greifen können. Werdet auf Post warten, aber anders war es nicht möglich. Nun wird die Post ganz ausbleiben, und Ihr werdet vergebens auf einige Zeilen warten. Peps ist nicht mehr.
Schwer wird es für Euch sein, da er doch Eure Hoffnung war. Hat einen leichten Tod gehabt. Ich selbst war die Nacht nicht bei ihm, aber die anderen sagten es mir. Konnte auch noch begraben werden, und zwar in der Nähe der Stadt »Mostar« in Kroatien. Vielleicht ist es mir noch möglich, später Bilder machen zu lassen, die wenige Stunden vor seinem Tod gemacht wurden. Ihr habt Euren einzigen Sohn verloren, aber er hat es gut. Er schläft. Hart ist das Leben der Soldaten und nicht einfach. Seht, ich selbst habe alles verloren, in meiner Heimat ist der Russe, meine Eltern, ich weiß nicht, ob sie noch leben, mein Bauernhof ist dahin und dort bestimmt ein Russe. Jeder hat heute sein Kreuz zu tragen. Nun noch etwas: Wo die Sachen hinkamen, kann ich nicht sagen. Wir sind nämlich dauernd im Einsatz, und ich kann mich nicht darum kümmern. Sonst wäre eigentlich nichts, was er mir vor seinem Tod gesagt hätte, außer, bevor er losmusste an diesem Tag: »Heute habe ich keine Lust loszugehen.«
Es verbleibt mit vielen Grüßen
Alfred Huth

Herzach, den 10. April 1945

Lieber Freund Huth,
schmerzerfüllt erhielten wir Ihren Brief vom 20. 2., dass Pepi nicht mehr am Leben ist. Obwohl wir auf Post von einem lb. Kameraden warteten, hofften wir doch immer noch, es könnte ein Irrtum und Pepi noch am Leben sein, da der Oberstleutnant nur so kurz schrieb, dass er bei schweren Kämpfen um Mostar als Gewehrschütze gefallen ist. Nun ist die Hoffnung dahin, und unser Pepi, unser Alles, kehrt nicht mehr heim. Ich kann Ihnen nur sagen, er war unser Alles. Der einzige Trost ist, dass er einen leichten Tod gehabt hat und auch begraben werden konnte. Hatten solche Angst, da er am 30.1. schrieb, Sie hätten 75 cm Schnee und er wäre lieber bei den Russen, als dass Sie sich mit den Partisanen rumschlagen müssen.

Wir schrieben ihm alle Tage ein liebes Brieflein, auch über die Zeit, wo Ihr auf dem Rückmarsch wart, sodass es lauter Januarbriefe waren. Wir hatten immer Angst um ihn. Briefe bekam Peps bis 12. Dez. Er erfuhr auch nicht mehr, dass wir das Schwein bis 16. Februar fütterten. Da wir doch so auf einen Urlaub hofften und unser Burle immer schrieb, dass er Hunger hat. Konnten wir ihm schon nichts schicken, wollten wir ihm doch eine schöne Zeit bereiten.

Nun schrieben uns auch Hans' Eltern, dass auch er vermisst ist. Wissen Sie, lieber Huth, etwas Näheres? Haben Sie auch Bilder, auf denen Peps mit Spitzbart zu sehen ist? Wäre uns eine so große Freude, wenn wir mal welche bekommen könnten und es Ihnen möglich ist, welche zu schicken. Sollten Sie Urlaub bekommen, so sind Sie herzlich eingeladen, ihn bei uns zu verbringen. Oder sollten Sie verwundet werden, lassen Sie sich nach Herzach verlegen, da Sie doch so Schweres mitgemacht haben und nicht wissen, wo Ihre lb. Eltern sind und Ihre lb. Heimat verloren haben. Wir wissen zwar auch nicht, wie es geht, da die Front immer näher rückt und die Briefe so lange dauern. Ein Brief von Pepi dauerte wenigstens 4 Wochen und der Ihre war 6 Wochen unterwegs.

Nun, lieber Huth, haben Sie recht herzlichen Dank für Ihren Brief. Wie Sie schreiben, geht's Peps gut. Er schläft. Kann schon sein, dass es die Toten gut haben, wenn es so weitergeht, und wir sie mal beneiden. Nun denken Sie an unsere Einladung und eine Bitte: Lassen Sie wieder was hören, wie es Ihnen geht.

Weiterhin wünsche ich Ihnen recht viel Soldatenglück.
Es grüßt Sie recht herzlich bis auf ein Wiedersehn Ihre
Familie Maurer

9

29. April 1945
»Wenn vor Hamburg die rote Flotte im Meer versinkt,
und der Stalin mit seinem Stabe am Galgen hängt.
Und die Kriegsgefang'nen aus Russland, sie kehren heim,
wird in Deutschland die Demokratie zu Ende sein.
Und der Führer, er spricht zum Großdeutschen Volk,
Volksgenossen, wir hab'n den Bolschewismus nicht gewollt.
Deutsche Frauen, erkennt eure gegebene Pflicht,
faltet's hoch, vergesst es nicht –
Hast du den Herrn Bormann nicht geseh'n,
Argentinien, da soll er spazieren geh'n.
Hast du den Herrn Bormann nicht geseh'n,
Er ist so fern« (Erkennst du die Melodie?)

Hier ist jetzt der Amerikaner. Obwohl nicht der Russe, sollen sich die Franzosen am Westufer nicht gut benehmen, sagte Xaver vom Posthof, als er am Gartentor vorbeirannte. Und der Gemeindeschreiber ist ins Holz gegangen. Wir haben alles abgesperrt, verlassen das Grundstück nicht. Mama betet den ganzen Tag.
Wie ich ohne dich weitermachen soll, das weiß ich nicht. Jetzt bleibt wirklich nur noch die Hoffnung auf den Vater im Himmel.

Papa sagt beim Abendessen, ich soll das Geräucherte nicht so in mich hineinstopfen.

30. April 1945
Heute Nacht wurde ich von Geräuschen im Hof geweckt. Ich stieg die Treppe hinunter. Es hämmert gegen die Tür, dann Stille. Ich horche von innen, greife nach dem Gewehr, das Vater neben den Eingang gestellt hat. Ist da jemand, rufe ich, keine Antwort. Ich öffne und lege das Gewehr an, so wie ich es mal beim Vater im Schützenverein gesehen habe. Draußen: nichts, außer einem schwarzen Schlund. Bist du es, fährt es mir in den Sinn. Pepi, rufe ich. Da tritt eine Gestalt in den Türrahmen. Kaltes Entsetzen kriecht mir in den Nacken, ich stemme die Schulter gegen den Kolben, das Gewehr schlingert in meinen Armen. Es knallt. Der Schuss kracht in die finstere Nacht. »Ich bin's«, sagt die Gestalt – jetzt, es ist der Großvater. Stell dir vor, wir haben ihn ausgesperrt, ohne es zu merken, und somit hätte ich ihn fast erschossen.
Nun erzählt er schon den ganzen Vormittag von zaundürren Menschen in Lagerkleidung, die er, in Viererreihen, die Straßen entlanglaufen sieht. Manche haben sich eine Decke über die Köpfe gelegt. Es pisst, was es kann, es pisst auf diese laufenden Skelettzelte, sagt er. Einer Frau, die nicht mehr mitkommt, will ich Kartoffeln bringen, wenigstens eine Kartoffel, eine wenigstens. Ein Mann, der zusammenbricht, wird von einem Uniformierten erschossen, an Ort und Stelle. Der Straßengraben eine Totengrube.
Wo denn, fragt der Vater. Drüben, wo ich her bin, antwortet der Großvater. Halt dir die Ohren zu, sag ich zur Ada, der Opa hat wieder seine schlimmen Visionen.

Tag der Arbeit 1945
Heute in einer Woche werde ich 18, doch es fühlt sich an, als wäre mein Leben zerschnitten. Mein Herz stolpert, will da hinspringen, wo du jetzt bist. Ein Nichts mit dir ist alleweil besser, als was ich jetzt bin. In der Kreisstadt hatten sie den Volkssturm ausgerufen, bei uns hier hat sich der Bürgermeister abgesetzt, der Keck ist verhaftet. Im Morgengrauen hat der Großvater die Schilder abgeschraubt, Mama und ich haben das Kommodenzimmer ausgeräumt, und der Papa – sitzt wie eine Leiche am Küchentisch. Am Nachmittag sagt er: Jetzt könnt's ein Betttuch zum Fenster raushängen. Die Mama geht in die Waschküche und schrubbt es so weiß, wie es geht, sogar gebügelt hat sie's.

Muttertag 1945
Was ich der lieben Mutter heute <u>nicht</u> schreiben kann:
Wenn du auch heute bist allein
Und unser Papa kann nicht mehr wirklich bei dir sein
So sei nicht traurig, sondern denke: Ich hab ja noch Kinder, die sind mein.
Und unser Peps ist auch nicht mehr fern
Bald liegt er in deinen Armen, und du hast ihn doch gern.
In inniger Dankbarkeit, Liebe und ewiger Treue verbleiben dir deine Kinder Pepi, Weibi, Adalein (ebenso Cäcilie).
(Ich habe für dich unterschrieben.)

31. Mai 1945 (Fronleichnam)
Hollers Presse druckt wieder, vor allem Traueranzeigen.
»Hans Bosch, Obergefreiter des Jugoslawienfeldzuges, welcher am 13. 2. 1945 den Heldentod fand, zur frommen Erinnerung im Gebet:
Ich weiß, ihr werdet bitter weinen,

Dass ich so ferne sank ins Grab,
Wo nur die stillen Sterne scheinen
In meine dunkle Gruft hinab.
Doch einmal kommt der Tod zu allen;
Und bricht der Liebe zartes Band,
Wo wär' ich herrlicher gefallen,
Als kämpfend treu fürs Vaterland.
Drum meine Lieben weinet nicht,
Ich lebe noch und liebe Euch
In Gottes schönem Himmelreich.«

Deine, mit dem Portrait in der Luftwaffenuniform, wo du aus dem Bild schaust: »Zum treuen Gedenken an Josef Maurer, Fischermeistersohn in Herzach, Obergefreiter in einem Inf.-Rgt., geboren am 23. Mai 1923, gefallen am 10. Februar 1945.
So wie Du lebtest, so fielst Du, im Glauben an unser Vaterland. Es war Dir nicht mehr vergönnt, Deine Lieben in der Heimat wiederzusehen. Wir werden Dich nie vergessen.«

Oktober 1945
Lange habe ich nichts von mir hören lassen, aber was soll ich auch sagen. Die Mama und ich fahren mehr schlecht als recht auf den See, immer mit den Händen ins kalte Wasser, sogar mir tun schon die Gelenke weh, von Mutter ganz zu schweigen. Hoffen wir, dass der Winter nicht so hart wird.
Pittner Theo ist heimgekehrt. »Blutsweiber, dreckige«, ruft er uns hinterher. Spekuliert wohl schon mit unserem Grundstück. Ich stelle mir einfach vor, was du ihm entgegenschleudern würdest, sonst müsste ich weinen, meinen Tränen ins Wasser hinterherfallen. Aber vorheulen will ich dir wirklich nichts.

Vatern verlässt das Bett gar nicht mehr. Großvater aber kann helfen, hängt die Netze zum Trocknen auf, entwirrt, knüpft, Adalein (sie wird größer und größer) daneben. Gut, dass ihm wenigstens eine von uns zuhört. Er ist jetzt 77. Zäh ist er schon.
Ich bin nicht schlecht mit den Zigaretten, damit kommt man recht weit, wenn man es geschickt anstellt. Fisch gegen Tabak. Bin sogar schon hochgelaufen zur Finanzschule (jetzt Lazarett und Tuberkuloseheim …), mit einer der Wirtschafterinnen lässt es sich gut tauschen. Mama hat es nicht gern gesehen, sie fürchtet, ich könnte mich anstecken oder weggefangen werden. Vor unseren Männern, wenn sie denn zurückkommen, braucht man, was soll ich sagen, keine Angst haben. Und vor den Besatzern fürchte ich mich nicht, ich kann sie mir jeden Tag nebenan im leeren Bauer-Hotel ansehen, da ist der Amerikaner nämlich jetzt eingezogen. Er heißt Frank (Fränk, mit weichem R) und ist ein richtiger Gentleman.

November 1945
Donnerstags zwischen 11 und 12 Uhr gibt es nun Englisch in der Volksschule oben. Ada mag nicht, und so gehe ich. Es stört nicht, es gibt nur eine Klasse, und die ist wild durcheinander, der Lehrer kennt mich freilich noch. Dünn bist du geworden, sagt er. Ja, antworte ich still.
To be (bi) – <u>sein,</u> I am (äm) – ich bin, you are – du bist, we are – wir sind, they are – sie sind. Are you – bist du/Sie? One/1, two/2, three/3, four/4, five/5, six/6, seven/7, eight/8, nine/9, ten/10, eleven/11 (eläven), twelve/12 (twelw), thirteen/13 (thirtín).
Nicht leicht: the first/der erste (först) und the second/der zweite (ssekkend). Nächste Woche schreib ich mein first »Dictation« über

Gemüse: wädjetebel. Cäbädg, räd cäbadg, onien, spinnitsch, kiukömber etc. – alles, was wir im kitchen-garden (Gemüsegarten!) anbauen. Drück mir die Daumen.

23. Mai 1946

Wie gewonnen, so zerronnen. Mein Frank hat mich verlassen (müssen).

»Zu Anna, die Tochter der Wellen
zu du, fischerin seit die morgenröte,
in die grosse und nett und ruhig See
von apfelbaumen blühend geumringen
Heute diesen oder ich hier einweihen.
Die wellenschlag von deine haaren zu wogen du hast genommen;
und zu den linie des horizont
der lieblich zug von deine augenbrauen.
Mit ein wenig blau wasser von diese blau see
waren deine hübschen augen gebilden;
Und der schönen morgenzeiten der Frühling
Deine weiss zahne haben die farbe.
Deine gelenk hende begleiten
Den schwingung der ruder
Und dein leicht boot an den welle ausgleiten
In die letzten strahlen des abend
Dein lächeln hatte die frische der rosen
Und deine stimme ist hell
wie diejenige von ein bach.
Deine lippen atmen die luft des abend
Und dir liebst die licht der sternen beschauen
Ich nicht kannte die lieblichkeiten der Bayern
Und den zauber von seine seen

Ich nun kenne was tut sein schönheit
Und was geben ihr bewegrunden von hoffen.
–
Verwahre dein gütig und reizend lächeln
Und die frische von deine neuzehn jahren.
Du wirst vergessen vielleicht diese reizende das ich bin
Aber du immer für ihn wirst bleibe
Die Klein und nett Furstin der Wasser
Dass bald mit leidwessen Ich werde verlassen.«

Das war sein Abschiedsbrief. Er ging in seine Heimat, es heißt Georgia, zurück. Und das am Tag deines 23. Geburtstags, an einem 23. Da vergeht auch dir das Lachen über meine Eroberungen, lieber Bruder. Mit schwerem Herzen, deine Anni

20. Juli 1946
Die schlimme Post hört nicht auf: Nun ist auch noch der Vater gestorben. In einer Nacht von Sonntag auf Montag im Juni, als hätte er die Aussicht auf die Arbeitswoche einfach nicht mehr ausgehalten. Ich habe an seinem Bett gesessen, wir wussten, jetzt geht's dahin. Um halb drei hat er noch ein letztes Mal die Augen aufgeschlagen. Versprich mir, dass du das hier alles weitermachst, Kind. Was sollte ich sagen. Ja, hab ich gesagt. Seinen bohrenden Blick werde ich mein Lebtag nicht vergessen. Nun bin ich sein »Heir«(Ehr!)/Erbe, statt deiner.
Während ich oben mit dem Großvater Totenwache halte – da liegt unser lieber Papa, noch im Tod neben seinem Radio –, feuert die Kramerin der Mutter über die Promenade hin, er könnte froh sein, spart er sich die Spruchkammer.
Anders als andere, die sich gegenseitig die Persilscheine ausstellen wie

geschnitten Brot. Sagt die Mutter, geht in die Vorratskammer und steckt sich vor lauter Aufregung eine Zigarette an.

»Ich, Leonhard Karl Maurer, setze als Alleinerben meines gesamten Besitzes meine Frau Elisabeth Maurer und ~~meinen Sohn Joseph Karl Maurer~~ meine Tochter Anna Lucia Maurer ein. Sollte eines der beiden sterben, so wird das Überlebende Alleinerbe. Ein Verkauf eines Teils des Besitzes kann nur im beiderseitigen Einverständnis erfolgen. Bis zur Volljährigkeit ~~meines Sohnes Joseph~~ meiner Tochter Anna führt meine Frau die Geschäfte allein, als Verantwortliche. Sollte ~~mein Sohn~~ meine Tochter heiraten, so steht es meiner Frau frei, die Badeanstalt allein zu übernehmen. Gewinn und Verlust müssen aber gemeinsam getragen werden. Sollte sich meine Frau Elisabeth aus dem Geschäft zurückziehen, so ist ~~mein Sohn Joseph~~ meine Tochter Anna verpflichtet, freie Wohnung und angemessenen Lebensunterhalt zu gewähren. Eine nochmalige Verheiratung meiner Frau in das Geschäft kann nicht erfolgen.

~~Meine Erben sind verpflichtet, meiner ehelichen Tochter Anna Lucia Maurer an ihrem 25. (fünfundzwanzigsten) Geburtstag in Worten zweitausend (2000) Mark zu zahlen.~~

Auch meine eheliche Tochter Agathe Dorothea Maurer erhält an ihrem 25. (fünfundzwanzigsten) 2000 (zweitausend) Mark ausbezahlt. Sollte eine der beiden nicht heiraten, sind meine Erben verpflichtet, derselben eine heizbare Wohnung zur Verfügung zu stellen und, wenn sich dieselbe im Betrieb betätigt, Lebensunterhalt und Entschädigung zu geben. Bis zu ihrer Verheiratung sollen sie jederzeit eine Heimat im Haus haben.

Meine uneheliche Tochter Cäcilie Schmidt, jetzt verheiratete Schleich, hat mir in meinem Leben nur Kummer bereitet. Sie erhält hundert (100) Mark, aber nur, wenn sie bei meiner Beerdigung anwesend ist.

Dies sei mein Letzter Wille.
~~Herzach, den 25. August 1940~~
gez. Leonhard Karl Maurer
Herzach, den 1. Januar 1946«
Wir haben dich rausnehmen müssen.
Deine Anni

16. Mai 1947
Die eisige Sophie hat es dieses Jahr gut mit uns gemeint, im Garten ist nichts erfroren.
Adas Weißer Sonntag hingegen wäre beinahe untergegangen (im Tal der Tränen), da Cilly nicht auftauchte. So habe ich kurzerhand die Patenschaft übernommen. Bestimmt in deinem Sinn, so ist unsere kleine Schwester versorgt.
Mama redet immer noch jeden Tag von dir, schreibt an die entsprechenden Stellen. Die Hoffnung stirbt zuletzt, ist, wie immer, ihre Devise. Opa hat einen Jahresfischereischein beantragt und bekommen, so auch Muttern. Die Genossenschaft hat geholfen und Papas Mitgliedschaft auf sie umgeschrieben, auch seine Karte beim Amt, damit sie stempeln gehen kann. Ich habe eine eigene. Dein Sparbuch mit deinem Soldatenlohn konnten wir auch auf uns umschreiben lassen, der Sohn vom Schwarzberger (ja, der vom Studio, der dich bei deinem letzten Urlaub in der Heimat so gut getroffen hat) ist jetzt bei der Bank und drückt auch mal ein Auge zu.
Und: Wir haben ein neues Fischerboot, zugelassen auf unsere Mutter, Fahrzeugnummer: FIA 703 D. Pittner schäumt vor Wut!
Der Großvater ist jetzt Mitglied in einer gewissen Ochsensepp-Partei. Zur Wahrung der bayerischen Interessen, sagt er. Ansonsten geht es ihm gut.
Unser Bürgermeister ist auch bei denen. Wir werden sehen.

P. S.: In Nürnberg machen sie großen Prozess. Wann hat es so was je schon gegeben?

November 1948
»Stein des Anstoßes
Ich erspare dem geneigten Leser die Schilderung der ›Angelegenheit Schwarzbauten‹, die in dieser Zeitung schon zur Genüge erläutert worden ist. Wenn die Gemeinde schon die Promenade verbreitern möchte, bin ich gerne bereit, ein Stück meines Grundes abzutreten, aber nicht, wenn mir zur Straßenseite hin nun auch noch eine selbst errichtete Steinmauer, die nicht ohne Grund die Sicht in meinen Hof- und Arbeitsraum so abschirmt, dass vorbeikommende Personen nicht jedes Mal das Arbeitsgerät etc., das für Erholungssuchende ungünstig wirkt, abgenommen werden soll. Die Renovierung eines ehedem primitiven und baufälligen Schuppens zugunsten einer geweißelten Steinmauer dürfte das Straßenbild wohl eher verschönern bzw. wird dies dem Vorgang eines ›Schwarzbaus‹, wie es auf der Gemeinde heißt, wohl kaum gerecht. Warum ausgerechnet an uns ein Exempel statuiert werden soll, ist mir schleierhaft.
Elisabeth Maurer, Am See 24«
So klingt unsere Mutter, wenn sie einen Leserbrief schreibt, der im Herzacher Boten *erscheint. Uns muss jemand wegen der zur Straßenseite gelegenen Hinterwand des Schuppens, die wir in der dunklen Zeit zum Schutz vor Einbrechern eigenhändig hochgezogen haben, angeschwärzt haben. Ich befürchte, es war Moretti junior als Retourkutsche, dass ich ihn nicht erhört habe (Asche auf mein Haupt!).*
Erinnerst du dich? Die Bauers vom Hotel sind zurück, versuchen, ihren Beitrag zu leisten. Ich bin froh, dass sie das Spukschloss nebenan wiederaufbauen. Nachdem die Amerikaner weg sind, steht

es leer und mit ihm meine Erinnerungen. Erika hat gesagt, dass sie das Lager im Osten überlebt haben. Ich will davon nichts wissen, ich muss meine Moral auch ohne diese Gruselgeschichten oben halten. Und sie nehmen uns Fische in größeren Mengen ab für ihre Hotelküche. Geh weiter, sagt die Frau Bauer bei jeder Gelegenheit.
Wegen Erika: Sie ist mit ihrem Bob nach Texas gegangen. Versuche, es mit Fassung zu tragen. Und sie hat schon geschrieben und von den neuesten schönen Liedern berichtet.

Ich bin jetzt 21, habe mein eigenes Konto und führe das Geschäft zusammen mit unserer Mutter, nicht nur praktisch, sondern auch von Rechts wegen.
Außerdem habe ich nun meinen Bruno. Stell dir vor: Eines Tages bekomme ich einen Brief: Ladung zur Polizei! Wer mich oben auf der Wache (sie ist wieder in »Hauptstraße« umbenannt) empfängt: der fesche Polizist, der mich schon öfter beim Streifelaufen an der Promenade angelächelt hat. Mein Verbrechen: Ich hätte ihm das Herz gebrochen. Seitdem sind wir zusammen. Er kommt aus dem Mühltal, ist 23 und von der Ostfront, wohin er noch auf den letzten Drücker geschickt wurde, nach Hause gelaufen, mit seinen eigenen Füßen, aber ohne Partisanen. Nun hat er die Polizei schon wieder an den Nagel gehängt (schade um die schöne Uniform!) und macht einen Lehrgang zur Fischerei. Wieder hat uns der Kollege von der Genossenschaft geholfen, wir halten zusammen. Es ist wohl nicht nur Währungsreform, sondern auch Reform bei uns, im G'schäft …
Zuallererst hat Bruno Pittner Theo Bescheid gestoßen und dann, als wir zusammen beim Fischen waren, Vaters Gewehr im See versenkt. Die Zeiten sind vorbei, Weibi, hat er gesagt und mir einen Antrag gemacht, mitten auf dem Wasser. Endlich wieder jemand, der mich so nennt.

Da ich mich allerdings auf dem Herbstfest auf der Wiesn sehr gut geschlagen habe, hat er mir ein Luftgewehr gekauft. Mit dem schieße ich nun aus dem Fenster zum Hof auf die Ratten. Du glaubst es nicht, ich habe schon die eine oder andere erwischt.
Dieses Jahr haben wir sogar wieder mit einem Segelboot angefangen. Bruno ist sehr firm im Ämteranschreiben (mit Schreibmaschine!) und konnte die Genehmigung für einen neuen Anlegesteg und die Herabsetzung der Jahresgebühr für die zwei Jollen, den Segler und die drei Bojen herausholen. Insgesamt ist unser Pachtvertrag um 12 Jahre verlängert worden, auf Mama. Es gibt also Grund zur Hoffnung.

August 1950
Lange habe ich nichts von mir hören lassen.
Dieses Jahr wieder eines von Licht und Schatten. Zuerst: Unsere kleine Edith ist da. Als wahrer Sonnenschein versüßt sie mir auch trübe Tage, einzig die Geburt war nicht leicht, hat mich die unverwüstliche Krapp doch etwas grob angefasst. Auch hatte ich nicht genug Milch, aber sie wächst und gedeiht. Nachdem ich schnell wieder schlank war, geht es nun wieder los mit den Pfunden (und das nicht, weil ich zu viel esse). Wenn ich ehrlich bin, hätte es ruhig länger gehen können, aber, wie der Pfarrer so schön gesagt hat, sich regen bringt Segen. Ich finde diese Sprüche greislig, und was die Mama neulich von ihrer Beichte beim Pilgergang ins Kloster NICHT erzählte, habe ich ihrem hochroten Kopf angesehen. Bruno nennt sie nur »Kuttenbrunzer«. In den Gottesdienst gehen wir gar nicht mehr, und ich weiß, der Vater im Himmel sieht es uns nach. Auch der Boandlkramer hat wieder vorbeigeschaut, dieses Mal hat er den Opa mitgenommen. Am Ende hat er seine Rente in den Ofen stecken wollen und die Edith mit Guddis gefüttert. Ich habe sie

gerade noch vor dem Ersticken retten können. Nun ruht er in Frieden bei unserem Vater. Ada hat es sehr mitgenommen, wahrscheinlich auch die Streiterei mit Cilly, die bei der Beerdigung auftauchte und Geld sehen wollte. Bruno musste sie rauswerfen. Ihr Mann verschollen, aber darf man sich deswegen alles erlauben? Wir konnten sie von Opas Sparbuch auszahlen, Gott hab ihn selig.
Letzten Monat bekam Mama unverschämte Post, vom »öffentlichen Kläger« aus der Kreisstadt: »Aufgrund der Angaben in Ihrem Meldebogen sind Sie von dem Gesetz zur Befreiung vom Nationalsozialismus und Militarismus vom 5. März 1946 nicht betroffen.« Weihnachtsamnestie, für unsere Mutter! Sogar der Herr Reichel von der Finanzschule ist schon wieder frei, wie man hört. Und während sich alle die Westen weißwaschen, mussten wir wegen unserem Schuppen fast prozessieren gehen. Da kommt mir die Galle. Wenn ich Bruno nicht hätte.
Er sagt, die machen dort auch nur ihre Arbeit.
P. S.: In der Reichelvilla ist nun eine Herzklinik, Sonnenhof.

Neujahr 1952
»In Beantwortung Ihres Schreibens vom 12. 10. 51 teilen wir Ihnen mit, dass der Gesuchte Maurer, Joseph in der Kriegsgefangenenkartei des Jugoslawischen Roten Kreuzes nicht aufgeführt ist.
Wir bedauern, Ihnen keine andere Auskunft geben zu können. Wir besitzen keine Unterlagen über den Verbleib deutscher Soldaten vor der Kapitulation Deutschlands.«
Sie sucht dich immer noch, betet jeden Tag. An Dreikönig hat sie jemanden ins Haus bestellt, die auspendeln soll, ob du wiederkommst. Deswegen hingen die Feiertage schief, großer Streit zwischen Mutter und Bruno, der sich fragt, wozu er hier eigentlich gebeten ist.

Trotzdem hat sie an Silvester die Kinder genommen (nun Edith UND Brigitte), sodass Bruno und ich ins Hotel Seeblick konnten, das hatte ich mir so gewünscht. War nicht leicht für ihn, Karten für den Ball zu bekommen, aber dann:
»… und von Boot zu Boot das alte Lied erklingt, hör von fern, wie es singt«, ich und mein Bruno auf der Tanzfläche um Mitternacht, alles vergessen.

Dienstag, 20. Juli 1954
Mit einer furchtbaren Katastrophe haben wir es in den Lokalteil der neugegründeten Süddeutschen Nachrichten *geschafft: »Anfang und Ende der Zerstörung des Maurer-Bades – Wie ein Lauffeuer hatte sich am Sonntag das Unglück herumgesprochen, das über die Familie Maurer-Bader in Herzach hereinbrach: Der gewaltige Weststurm hat, wie gemeldet, ihre große Badeanstalt vernichtet. Heute möchten wir der Bitte der betroffenen Familie nachkommen und all den vielen unbekannten Helfern bei den Aufräumarbeiten Dank sagen für die tätige Hilfe, nicht zuletzt der Feuerwehr mit ihrem rührigen Kommandanten.*
Morgen, Mittwoch, 21. Juli, 20 Uhr, ist im Posthof am See Gemeinderatssitzung: Sie befasst sich programmmäßig mit der Aufstellung für Schöffen und Geschworene, doch dürften sicher auch die Hochwasserschäden behandelt werden. ›Zumal der Kreistag versagt hat‹, sagen die Herzacher.«
Lieber Gott, was möchtest du mir noch alles auferlegen?

Mittwoch, 21. Juli 1954
Ich schreibe Tag drei, nachdem ich im Schlaf ergraut bin. Die Zeitung meldet: »Das Bild links zeigt, wie wir das Bad noch am Freitag bei der Kreistagssitzung sahen. Daneben das Ende am

Sonntagfrüh, ein paar Stunden nach dem Beginn des Weststurms. Heute, Mittwoch, tagt der Gemeinderat. Wir wissen, dass er, wie alle Herzacher, ein besserer Freund sein wird, als es der Kreistag für unseren Ort war.«
Während woanders Wunder geschehen, geht es bei uns steil bergab.

Freitag, 3. September 1954
Alle schlafen, aber mir rast das Herz: »Die vom bayerischen Finanzministerium wegen der Hochwasserkatastrophe angeordneten steuerlichen Sofortmaßnahmen sind, nach Mitteilung des Ministeriums, mit dem 30. 4. 54 abgelaufen. Die Erhebungen in den besonders betroffenen Gemeinden sind inzwischen so weit fortgeschritten, dass feststeht, welche Personen besondere Schäden erlitten haben. Bei dieser Sachlage scheint es dem Ministerium nicht mehr vertretbar, allen Steuerpflichtigen in den Katastrophengebieten die Steuer weiter allgemein zu stunden und allgemein von Vollstreckungen Abstand zu nehmen. Da jedoch die jeweilige Höhe der Schäden noch nicht feststeht, hat das Finanzministerium die Oberfinanzdirektionen bzw. Finanzämter angewiesen, den Steuerpflichtigen, die tatsächlich Hochwasserschäden erlitten, die Zahlungen auf die veranlagte Einkommensteuer, Körperschaftssteuer, die Abgabe Notopfer Berlin, die Vermögenssteuer und die Lastenausgleichsabgaben weiterhin bis zum 15. 10. 54 zu stunden und bis zu diesem Zeitpunkt von Vollstreckungsmaßnahmen Abstand zu nehmen.«
Bruno sagt, wenn hier einer auftaucht, knallt er ihn ab.
Wenn wir nur nicht prozessieren müssen.

4. Juni 1956
Soeben stand meine kleine Edith in der Küchentür, hatte den Nachtschreck. Was schreibst du da, Mama, und kam auf meinen Schoß

gekrochen, drehte meinen alten Füller in ihren Erstklässlerfingern. Ich schreibe nicht, Herzilein, ich lese. Manchmal muss man den Kindern die Dinge etwas anders verkaufen, sonst jagt man ihnen nur Angst ein. Nun schläft sie wieder selig, während ich, jung an Jahren, steinalt an Erfahrung, stolz sein soll, bin, werde: »Das neuzeitliche Seebad in Herzach – Das alte Maurerbad, das einst von Zimmermeister Ernst sen. errichtet wurde, fiel nach fast 50 Jahren im Sommer 1954 der Hochwasserkatastrophe zum Opfer und wurde vollständig zerstört. Nach langwierigen und ermüdenden Verhandlungen mit den zuständigen Behörden konnte erst im Herbst 1955 mit dem Wiederaufbau begonnen werden. Nachdem inzwischen rund 50 Jahre vergangen waren, musste der Neubau den gültigen Ansprüchen des Publikums gerecht werden. Diesen modernen Gesichtspunkten entsprachen die Entwürfe des mit der Planung und Durchführung beauftragten Architekten weitestgehend. Das neue Bad wurde im Gegensatz zum alten mehr an die Promenade herangesetzt, um die Harmonie und einmalige Schönheit der Herzacher Bucht noch intensiver zu erschließen. Von alten Kastanienbäumen im Osten flankiert, passt sich der Holzbau mit seinem abgewalmten Zement-Asbestdach der natürlichen Umgebung an. Durch eine große Glastür tritt man in den weiten und hellen Vorraum, von dem links die Kabinen und Garderobenanlagen abzweigen, während sich rechts das gediegene und gemütliche Café mit den dazugehörigen Wirtschaftsräumen befindet. Durch eine Pendeltür geht es nun auf die geräumige sonnenbestrahlte Terrasse, auf der Tische und bequeme Liegestühle zu einem herrlichen Rundblick über den See einladen. Über drei Stufen gelangt man zu den 250 Quadratmeter umfassenden Liegeflächen, die direkt über dem Wasserspiegel liegen. Als Abschluss der Schwimmanlagen, bei denen übrigens auch an Nichtschwimmer gedacht wurde, lädt ein

stählerner Sprungturm zu einem Hinabsegeln in die erfrischenden Wogen des Sees ein.
Im Café Maurer-Bader werden die weltbekannten Leoner Biere ausgeschenkt.«
Das Geld für die Anzeige im überregionalen Teil haben wir dann auch noch aufgenommen:
»Das neuzeitliche SEEBAD HERZACH – Eigentümer Maurer-Bader, eröffnet
Große Liege- und Sonnenfläche
Sprungturm
Gemütliches Terrassen-Café direkt auf dem See mit herrlichem Rundblick
Segel- und Ruderboote
Auch hier kommen die weltbekannten Biere der Leoner-Brauerei München zum Ausschank«

Mit Gott! Diese Wiederauferstehung hat uns auf zehn Jahre verschuldet, und auch das Bier fürs Café ist auf Pump. Und ohne die Verbindungen von Bruno zur Gemeinde wäre alles nichts geworden, aber so etwas steht nicht in der Zeitung.
Und ohne den Salon Christa, die mich immer wieder hinbekommt, könnte ich mich nicht einmal in meinem eigenen Geschäft blicken lassen.
Aber ich bin es dir, Vater, und auch dir, mein Bruder, schuldig. Wenn ihr nur ein wenig mehr die Hand über uns halten könntet, das wäre was. Vielleicht tue ich in Zukunft besser daran, die Erinnerungen ruhen zu lassen, im Schweigen eurer Gräber.

TEIL VIER

Sagte ich

1

Es war etwas spät, als er ankam. Die Villa lag vor ihm in der Dämmerung, und hinter ihm, vom Wasser her, klang der Takt einer abendlichen Rudermannschaft der frühen Saison herauf. Noch bevor er das Grundstück betrat, sah er den Pulk vor der Eingangstür. Er hatte es vermeiden wollen, dieses Schaulaufen vom Tor bis zum Gebäude, etwa dreißig Meter, eine weite Strecke, während deren man nie wusste, wann genau man das Gesicht von den Schritten heben musste, um den perfekten Zeitpunkt abzupassen, in dem man den Blick auf die Gruppe richtete und sie, in einer Mischung aus Lässigkeit und Herzlichkeit, begrüßte. Sein Bein schmerzte zwar nicht mehr, war aber noch immer nicht so beweglich wie früher. Ein Test vor den Schaufenstern in der Fußgängerzone zuvor war beruhigend ausgefallen, von Hinken konnte keine Rede mehr sein. Auf den ersten Blick erkannte er niemanden.

Eine Person, mit der er damals gar nichts zu tun gehabt hatte, hatte ihm die Nachricht weitergeleitet, auf sein altes, fast verwaistes Postfach: die Einladung zur Verabschiedung seines Dozenten. Für den darin angefragten Beitrag war die Zeit nun sowieso zu kurz, hatte er sich selbst suggeriert, die erbetene Frist um Antwort verstreichen lassen und auch keine Mitteilung darüber gemacht, ob er bei der Feier anwesend sein würde. Allerdings war er der Regung, die ihn kurz darauf ereilte – den Dozenten persönlich zu kontaktieren –, nachgegangen und hatte ihm geschrieben, wie um sich in Erinnerung zu rufen, bevor die Hochschuladresse des Lehrers im Ruhestand für immer im Kompost der digitalen Unerreichbarkeit verschwinden würde. Er habe, und das war die Wahrheit, sein Buch aus dem vergangenen Jahr mit großem Interesse gelesen und wolle sich dafür bedanken, und nicht nur dafür. Der Dozent hatte ihm schnell und freundlich geantwortet.

Er hatte die Wörter mehrfach abgetastet. Sie strahlten zwar eine gewisse Wärme aus, versendeten aber nicht die Spur einer Aussicht auf weitere Korrespondenz oder gar die Möglichkeit einer Annäherung. Vor allem das »Ganz herzlich« zum Schluss statuierte eine professionelle Höflichkeit und damit die Beendigung des Kontakts, bevor er aufgenommen werden konnte. Diese Tatsache würde sich auch nach dem zweiten Glas Weißwein nicht anders darstellen, das wusste er, als er die Dachluke geöffnet, auf den Augarten hinuntergeschaut und einen großen Schluck genommen hatte.

»Hey«, rief jemand, und die ganze Gruppe drehte sich zu ihm. »Zwicker«, rief ein anderer, den er als den Ex-Kommilitonen, der es zum *Guardian* geschafft hatte, identifizierte, »so viel Glanz in unserer bescheidenen Hütte.« Er stellte sich dazu und betrieb Small Talk, wobei er sich vorkam wie ein Lügner. Henk war nirgends zu sehen.

Drinnen war der große Saal bestuhlt. Während sich die Plätze füllten, blieb er an der Seite stehen, sah dem Who's who der Hamburger Kulturelite zu, wie sie sich die Ehre gab, sogar die Witwe des Reeders, der über Jahrzehnte im Stiftungsrat der Schule gesessen hatte, war gekommen, und ein Fernsehmoderator, der seit einer Weile seine alte Liebe, die Gitarre, wiederentdeckt hatte und das Publikum gleich zu Beginn mit einem Ständchen auf den Jubilar beglückte.

Er hatte sich auf seinen ehemaligen Stammplatz, der all die Jahre nur auf ihn gewartet zu haben schien, gesetzt, das Geländer an der Treppe, die zur Empore führte. So hatte er alles im Überblick und konnte bei Bedarf unauffällig fliehen, allein, das Gefühl der *Splendid Isolation* von einst wollte sich nicht einstellen. Das Bedürfnis, wirklich Teil von etwas zu sein, und sei es nur für diesen Abend, nagte hartnäckig an ihm, aber würde er sich jetzt unters Publikum mischen, würde er auffliegen. Er war keiner von ihnen, er war ja nur ein stümperhafter Nachahmer ihrer Techniken, ein zwar kultivierter, aber, noch immer, ein Affe, und zwar einer, der beim Lachen ein bisschen zu viel Zähne zeigte.

Die Beiträge zogen an ihm vorüber. Er sah den Dozenten in einem Stuhl auf der Bühne sitzen, diesen großen Lehrer und Liberalen, der ihn den Unterschied zwischen Ideologie und Ethik gelehrt hatte, Begriffe, die der Gefeierte nun auch, ganz zum Schluss, in seiner Abschiedsrede verwendete: »Moral plus Dogmatik ergibt Ideologie. Moral und Integrität ergibt Ethik.« Er war es gewesen, vor dem Bene hatte bestehen wollen, er war es gewesen, von dem er hatte gesehen werden wollen.

Nach dem Applaus machte er sich auf den Weg nach vorne und schaffte es, den Dozenten allein abzupassen, als der sich gerade zu seinem Sakko am Bühnenrand beugte.

»Benjamin …?« Er lächelte freundlich.

Dieser Schlag kam unerwartet. Wie konnte es sein, dass er sich nicht mehr an seinen Namen erinnerte? Er, der seinen Stil zu Studienzeiten mit der Glut eines Hemingway, mit der Unerbittlichkeit eines Raddatz verglichen hatte, und das vor versammelter Mannschaft.

»Benedikt«, antwortete er, so professionell wie möglich.

»Ach, verzeihen Sie, natürlich«, erwiderte der Dozent.

Ihn überkam das starke Bedürfnis, zu rauchen, er kramte in seiner Manteltasche.

»Das ist Benedikt Zwinger, Schatz«, hörte er den Dozenten zu seiner hinzukommenden Frau sagen. »Ein Absolvent des starken Jahrgangs 2010«, fügte er hinzu, als spreche er von einer Rebsorte. »An welcher Station befinden Sie sich gerade?«

Stationen, dachte er. Dass ich nicht lache. Er steckte sich eine an, obwohl das Rauchen verboten war. Was aus dir geworden ist: ein pathetischer Contentverwalter, der die Zeit als Agenturhure verplempert hat. *Stationen*. Über Jahre keine ordentliche Zeile mehr geschrieben, nur Strategien in Endgeräte kommuniziert, dabei die Suchmaschine mit Wörtern gefüttert und einem halbprominenten Auftraggeber geflüstert, was er hören wollte, wie ein dressierter Schimpanse.

»Zwicker, Benedikt. 2008«, hörte er sich sagen. »Abschlussarbeit über die Instrumentalisierung der Hufeisentheorie in der sogenannten bürgerlichen Presse. Und danke für alles. An Ihnen hat es nicht gelegen.«

Er schleppte sich, nüchtern wie ein Fisch im Wasser, zur Schlange am Longdrinktresen. Weiter vorne sah er Judith stehen, mit der er im ersten Jahr ein paar Mal etwas gehabt hatte. Er nutzte die Zeit des Wartens, um sich zu sammeln, und fasste sich, als er sah, dass sie an der Reihe war, ein Herz. »Da kommt noch ein Gin Tonic dazu«, schaltete er sich ein und bezahlte für beide. Die Begrüßung und die folgende Konversation liefen angenehm unaufgeregt. Fast spürte er so etwas wie ein Gefühl der Normalität aufkommen, als ihm jemand, er lehnte mit dem Rücken zum Raum an der Bar, von hinten an die Schulter fasste. »Na, altes Haus, auferstanden aus Ruinen?« Er drehte sich um und sah in Henks vertrautes Gesicht. Nur die übertriebene Eindeutigkeit seiner neuen Bartfrisur, die er sich wahrscheinlich einmal in der Woche in einem Barbershop trimmen lassen musste, lenkte Bene für einen Moment ab.

Es war keine Frage, dass sie zusammen waren, und das machte Henk auch sofort deutlich, indem er Judith auf den Mund küsste und sie »Lady« nannte. Seine aufstrebende berufliche Entwicklung der letzten Monate überraschte Bene zwar nicht, aber gegen die Selbstverständlichkeit des Erfolgs gab es keine Medizin. Er schaffte es noch, die Form zu wahren und Henk zu beglückwünschen.

»Karriereziel: Vorzeige-Alumni auf der Hochschulseite erreicht. Herzlichen Glückwunsch, homo novus«, platzte es dann allerdings beim doppelten Wodka zu zweit aus ihm heraus.

»Siehst du dich eigentlich«, hörte er Henk noch sagen, als er den übernächsten Doppelten stehen ließ, kurz bevor alles um ihn herum endgültig dunkel würde, und das Gebäude verließ, mit unsicherem Tritt auf den Stufen, hinaus aus der Villa, »komm mal klar, Alter.«

Das Wasser lag verschwommen zu seiner Linken. Je mehr Luft er auf dem Fußweg zum Hotel bekam, desto klarer wurde er. Es war zwar noch frisch, der Winter aber vorbei, auch hier im Norden. Am Dammtor angekommen, beschloss er, dass die Nacht noch nicht vorbei sei. Anstatt einzuchecken, holte er seine Reisetasche am Empfang und rief ein Taxi.

Er bat den Fahrer, den Umweg über die Alsterbrücke, das Rathaus, den Baumwall und die Landungsbrücken zu nehmen und von unten auf den Kiez zu fahren. Während die ehrwürdigen Verlagshäuser an ihm vorbeizogen, dachte er an Henk, der nun mit Judith in Eppendorf wohnte. Er hatte sich sogar mit seiner Ex ausgesöhnt und sah seine Tochter, mittlerweile zehn Jahre alt, alle zwei Wochen. Über den Münchner, mit dem sie letztes Jahr um ein Haar die Spendenaffäre 2.0 aufgeführt hätten und der zum Glück heute nicht gekommen war, war er in die Politikredaktion der *Süddeutschen Nachrichten* hineingestolpert – zwei Tage die Woche vor Ort inklusive, aber das machte ihm gar nichts aus, im Gegenteil, er konnte im Bordrestaurant einfach super arbeiten. Nun bereicherte sein alter Komplize eine führende überregionale Tageszeitung um seine Fiction, es war sogar ein Magazin in Planung. Vorbei die Ameisenjahre, die auch, in schlechten Momenten, wieder – mit Joint im Mund vor dem Rechner – in der Einliegerwohnung der Eltern in der Lüneburger Heide hätten enden können. Aber nein, heute hatte Henk einen Maßanzug getragen, ein Geschenk seines Vaters zum Siebenunddreißigsten.

Bene stieg auf Höhe der Brache Esso-Häuser aus. Früher hatte er die Prostituierten manchmal angesehen, von der anderen Straßenseite aus, aber jetzt ekelte er sich vor den Skianzügen aus Plastik, den billigen Moonboots, den blondierten Haaren, den French Nails, dem Make-up, das, am Ende des Winters, wie Putz aus den blassen Gesichtern bröckelte, den riesigen Ohrringen, die er, unter dem Schein einer Laterne, bis zu sich herüberblitzen sah. Er bog um die Ecke, lief bis zu einer Kneipe in einer Seitenstraße, an die er sich noch erinnerte. Er flipperte bis zum Morgengrauen und nahm den ersten Zug.

Seit einiger Zeit wohnte er wieder in Wien, in seiner alten Arbeitswohnung unterm Dach. Er bewegte sich wie ein Gast. Die wenigen Kisten standen, unausgepackt und aufeinandergestapelt, in der Kammer, und in der Küche benutzte er nicht mehr als einen Teller und eine Tasse, die er immer sofort abwusch. Nur im Wohnzimmer, Arbeits- und Schlafzimmer zugleich, hatte er, in der einzigen möglichen Ecke ohne Schräge, eine Bank mit Gewichten aufgebaut, um, solange das Bein noch nicht richtig wollte, wenn schon nicht zu laufen, so doch ein wenig zu pumpen – und sich glauben zu machen, dass sein Leben zwischen Laptop, Aschenbecherleeren, Flaschenrunterbringen und dem Nachmittagsimbiss beim Georgier beabsichtigter war, als die nun schon mehr als drei Monate andauernde Bademantelphase vermuten ließ.

Gerade hatte er eine der Kugelhanteln auf den Boden fallen lassen und sich ein Bier aus dem Kühlschrank geholt, da klingelte es an der Tür.

»Guten Abend, verehrter Herr Zwicker, und entschuldigen Sie die späte Störung.« Die Vermieterin stand in Hausschuhen und einem übergeworfenen Mantel auf der Schwelle. »Aber, was machen Sie da?« Sie reckte den Kopf, lugte über seine Schulter in den Wohnraum. Er lehnte die Tür hinter sich an und trat zu ihr hinaus, wobei er sie mit sich in den Hausflur zog. »Öha«, sagte die Vermieterin, »haben S' sich eine Folterkammer eingerichtet, oder warum so stürmisch, der Herr.«

Er bot ihr eine Zigarette an und öffnete das Stiegenhausfenster.

»Wissen S', ich schlafe schlecht, und seit Sie neuerdings immer mitten in der Nacht poltern, genau dann, wenn ich gerade eingeschlafen bin, ist es eh ganz aus.« Sie blies den Rauch durch das Fenster zum Hof hinunter, der Mund trotz der späten Stunde geschminkt, die Ränder über die Lippen hinaus gezeichnet. »Frönen Sie einem neuen Hobby, seit es mit Ihrem Fräulein Hecht aus ist? Oder, sagen wir besser, Frau Hecht, nicht wahr?« Sie kicherte ausgiebig. »Wenn Männer zu viel allein sind, wird es entweder peinlich – oder gefährlich.«

Sie musterte ihn. »Und Sie, gehen auch langsam auf die vierzig zu, nicht wahr? Kein Grund zur Sorge, es sind die schönsten Jahre, bis fünfzig. Wobei – Männer reifen bekanntlich wie Wein, während unsereins ...«

Von den Mülltonnen knallte das Geräusch einer klirrenden Flasche über den Innenhof. »Wozu habe ich denn ein Schild an den Mistkübeln aufgehängt, wenn der aus dem Erdgeschoss sich eh nicht daran hält? Das würde euch in Deutschland sicherlich nicht passieren.« Sie klopfte die Zigarette auf dem Fenstersims aus. »Dann hoffe ich, dass Sie wenigstens auf der Arbeit so viel Erfolg haben, wie Sie es verdienen. Ich habe von Anfang an an Sie geglaubt. Im Gegensatz zu meinem Mann, Gott hab ihn selig.« Sie übergab ihm die Kippe. »Ein sehr ambitionierter, ehrlicher und vor allem fescher junger Mann, der Herr Benedikt, habe ich immer zu ihm gesagt. Am Ende war's eine Plagerei.«

»Das tut mir leid zu hören«, log er und schloss das Fenster.

»Entschuldigen S' meine Neugier, aber wo ich Sie schon mal erwische: Sie sind recht viel zu Hause. Arbeiten Sie fleißig an einem großen Coup, der uns unsere schöne Republik um die Ohren fliegen lässt? So was kann ja dauern, habe ich mir sagen lassen. Auch mein Vater war, immer wenn er zu Hause war, in seinem Arbeitszimmer. Wir Kinder hatten überhaupt keine –«

»Sehr richtig, gnädige Frau, ich arbeite an etwas ganz Großem. Und das dauert manchmal länger als die deutsche Regierungsbildung.«

Die Lektüre von Henks aktueller Seite Drei war sehr ärgerlich. »Freistaat zwischen Wahl und Wahn – Wie die CSU mit der Novelle des Polizeiaufgabengesetzes an die faschistische Legende von der Ordnungszelle Bayern anknüpft«. Jetzt also keine gescriptete Realität mehr, sondern unverhohlener Themenklau. Was erlaubte sich der Fischkopf, über Bayern zu schreiben?

»Ganz Deutschland ist von der Macht der freiheitlich demokratischen Grundordnung besetzt. Ganz Deutschland? Ein unbeugsames Bundesland im Süden macht sich daran …« Bevor er weiterlas, öffnete er sich ein drittes Bier. Schluck für Schluck sog er sich das Stück ein, das Thema zur richtigen Zeit, das musste er ihm lassen, aber geschrieben in der Parataxe eines Oberstufen-Literaturkurses, wofür der Zeitgeist das Lob »lakonisch« bereithielt, interpunktiert mit pseudo-auktorialem Geraune, wofür man, hatte man es endlich geschafft und mit dieser Buckelei einen Preis ergattert, mit dem Label »journalistische Weitsicht« belohnt wurde. Die in der Onlineversion veranschlagte »Lesezeit: 11 Minuten« verdreifachte er schon beim ersten Durchgang, checkte parallel verschiedene Datenbanken und Lexika, die er für Henks Quellen hielt, und fühlte sich bestätigt: der Text, eine zusammengeschusterte Anhäufung von Allgemeinplätzen, eingebettet in die Geschichte einer »Figur«, um Emotionen zu erzeugen. Wenn auch an der Aktualität der Headline kein Zweifel bestand, so verschenkte der Autor die Schärfe seiner These, indem er, wiederum mit einer Binsenweisheit, endete: »So ist es für die ganze Republik nun eine Befreiung, dass das Geschrei aus Bayern endet und die neue, alte Kanzlerin der CSU das mächtige Innenministerium übergibt, um Ruhe von den Störenfrieden aus dem Süden zu bekommen, aber auch innerhalb der eigenen Partei.«

Nach einem weiteren Bier fühlte er den Text regelrecht persönlich zu sich sprechen: »Federführend dürfte der Mann aus Oberbayern, der neue Bundesminister des Innern, für Bau und Heimat, sein. Groß an Körperlänge, klein im Geiste.« Groß an Körperlänge, klein im Geiste. War das eine verschlüsselte Abrechnung mit ihm?

Beim fünften Bier loggte er sich in seinen alten, privaten Twitter-Account ein, änderte seinen Profilnamen und fing an zu tippen.

Er erwachte am späten Vormittag. Fünf Anrufe in Abwesenheit und drei Textnachrichten: »Hast du den Arsch offen?!! FAKEDAR?!«

»Was für ein erbärmlicher Shit!« »Wenn du weiter meine Wall zuspammst, zeig ich dich an, du Troll.«

In seinem Stammbeisl erzählte er die Version vom viel beschäftigten Schreibenden und wie man immer auf der Hut sein müsse, in der Branche würde mittlerweile abgekupfert, was das Zeug hielt. Die anderen Thekensitzer nickten ihm mit schwerfälligen Mienen, aber nicht ohne Anerkennung über ihre Biergläser hinweg zu.

Mit Marianne war es nicht aus, im Gegenteil, aber sie führten jetzt, nachdem sie sich noch einmal, »ganz bewusst«, wie sie gesagt hatte, füreinander entschieden hatten, eine »erwachsene Beziehung ohne infantile, symbiotische Muster«. Obwohl ihm diese Art, über Gefühle zu sprechen, immer noch auf die Nerven ging – sie waren ja nicht in einem Seminar oder: Workshop, wie es jetzt hieß, wenn Marianne von den kunstvermittelnden Formaten erzählte, ohne die auch eine so renommierte Galerie wie Henriette Prohacek keinen Stich mehr mache –, hatte er einen Weg gefunden, diesen Teil von ihr anzunehmen, war er nun lange genug durch sie und seine Schwester geschult worden. Und, was er zugeben musste: Die wöchentlichen Zwiegespräche, die einzige Bedingung, die Marianne für einen Neustart gestellt hatte, taten nicht nur der Beziehung, sondern auch ihm selbst gut, wenn er den Reflex der Ironisierung immer häufiger stecken lassen konnte – und davon die Welt auch nicht unterging.

Statt eines Zehnjährigen hatten sie Anfang des Jahres »Reunion« gefeiert. Sie hatte den Schweizer glaubhaft verlassen – fast hatte er gemeint, in ihrer gekräuselten Nase einen Anflug von Ekel vor diesem Barbie-Ken erkannt zu haben, was ihm starke Genugtuung verschafft hatte. Eine Woche in einem Wellnesshotel am Bodensee folgte, wofür er einen Teil seiner Abfindung von der Agentur hatte springen lassen. Nach einem Aufguss standen sie dampfend am Wasser, in der kahlen, klaren Winterlandschaft, und er zeigte auf die Insel am gegenüberliegenden Ufer, wo seinen Eltern, siehst du den Kirchturm, in der Straße daneben, eine Wohnung gehörte, ein Gedanke, der ihn, das musste er zugeben, anheimelte und den er sogleich mit einem Referat über die Wichtigkeit des Bewusstseins über die eigenen Privilegien beiseiteschob. »Erben ist reine Glückssache, das größtmögliche Gegenteil zu Verdienst und Gerechtigkeit. Und überhaupt, Eigentum: von Gott begünstigter bin ich dadurch sicher nicht.«

»Oh, so katholisch heute«, witzelte sie und lud sich dabei unter sein Handtuch ein.

»Das hat damit nichts zu tun. Ich meine es ernst. Niemand sollte mehr Immobilien besitzen als die, in der er lebt. Wenn überhaupt.«

Zurück in Wien, sah man sich zweimal die Woche, einen Abend unter der Woche zum Essen außerhalb und am frühen Samstagabend, nach Mariannes Körperpflegetag, die anschließenden Übernachtungen ausnahmslos bei ihr.

Er rechnete es ihr hoch an, dass sie ihn, nunmehr schon fast ein halbes Jahr, mit sogenannten Perspektivgesprächen in Ruhe ließ, aber bei einem Spaziergang über den Prater, es war ein sonniger Tag Ende Mai, fast schon heiß, fragte sie ihn, wie beiläufig: »Möchtest du nicht einmal genauer hinschauen?«

Er wusste nicht, ob es die in den Baumkronen schreienden Spatzen waren oder der Weißwein vom Abend zuvor oder warum ihm der Schädel auf einen Schlag entsetzlich brummte. »Ich mache keine Therapie«, blaffte er und schob sich die Sonnenbrille auf die Nasenwurzel zurück.

Am Abend besorgte er es ihr so, wie sie es immer gemocht hatte, aber als er in dieser Nacht im Flur stand und rauchend auf die schlafende Liebe seines Lebens blickte, wusste er, dass es nichts mehr mit

Liebhaberqualitäten zu tun hatte, sondern dass es Vermeidung war, Vermeidung, in ihr zu sein, wo sie es jetzt war, die ein Kind wollte, so unwahrscheinlich es auch war.

Zu seinem Geburtstag im Frühsommer war sein Erspartes nahezu aufgebraucht. Wenn er sich nichts einfallen ließ, würde die Miete gerade noch bis Oktober reichen. Lieber würde er mit einem Zelt in den Wald ziehen, als wieder bei Chris angekrochen zu kommen oder, schlimmer noch, Marianne zu fragen oder, undenkbar, dachte er, als er beim Blick aufs Telefon vom Bett aus daran erinnert wurde, was für ein Tag heute war, die 16 000 anzurühren – das Erbe, das seit eineinhalb Jahren auf einem Tagesgeldkonto vor sich hin schlief, diese Alimentation für Loser wie ihn.

Gerade noch hatte er es geschafft, Marianne davon abzuhalten, spontan bei ihm zu klingeln, stattdessen fing er sie unten ab und lud sie zum Mittagessen ein. Nach dem Menü nahmen sie einen Sekt, und sie akzeptierte, ohne enttäuscht zu sein, seinen Wunsch, den er nun äußerte, den Rest des Tages am Schreibtisch zu verbringen, unterstützte offenbar alles, was ihm dabei half, sich ihr gegenüber wieder »zu öffnen«, wie sie es beim Nachtisch nannte.

Er wusste nicht, was erbärmlicher war: seine kümmerliche innere Haltung angesichts dieser Frau, die ihm gegenübersaß, »auf deinen 38er, mein Specht« – oder die elende Visage der Angst und, er ahnte es, des Selbstmitleids, in die er sah, als er sich, zurück in seinem Horst, im Badezimmerspiegel erblickte, während er sich die Reste des Tafelspitzes aus dem Gebiss zog.

Auf der Mailbox: Nessies Stimme. Er solle sich doch bitte bei den Eltern melden, bei allem Verständnis sei es langsam kaum mehr auszuhalten, dieses nachgetragene Schweigen, seit einer Ewigkeit. »Und noch dazu drängst du mich in die Vermittlerrolle, kündigst nicht nur die Beziehung zu den Alten, sondern verlässt, ohne dass ich es hätte ahnen können, unser Geschwisterboot, zerschneidest dabei auch unsere Verbindung. Mein Mitgefühl ist bald aufgebraucht. Es macht mich traurig, du machst mich traurig. Tut mir leid, dir das an deinem Geburtstag sagen zu müssen.«

Auch ihm tat es leid, aber er schaffte es nicht. »Danke für deine Nachricht. Aber wenn ich das Baukastenprinzip Psychologie richtig verstanden habe, ist man als erwachsener Mensch dazu in der Lage, seine Rolle nicht nur zu reflektieren, sondern auch sie bewusst anzunehmen beziehungsweise sie ebenso von sich zu weisen. Das ist es, was ich tue. Vielleicht würde dir das auch mal guttun, anstatt in Verantwortung zu ertrinken«, tippte er und drückte auf Senden.

Er setzte sich an den Schreibtisch, öffnete die Datei »2018_Notizen_Anfänge_Skizzen«, hoffte auf so etwas wie Befriedigung. Was er vorfand: einen »Romananfang« mit dem Titel »Memoiren eines Sohnes aus Gutmenschenhausen«, fünf Seiten Stichwörter zum Thema »Scham und Propaganda«, eine abgebrochene »Reportage« über den »reichsten Arbeitslosen mit deutscher Staatsbürgerschaft – warum die Generation der Kriegsenkel trotz Wohlstands nicht auf die Beine kommt (›Muster-Ich‹)« und weitere Skizzen aus der Kategorie »Verschiedenes und Privilegien«, um nicht zu sagen, »Schrott«, wie er sich eingestehen musste.

Mit einem Bier in der Linken prostete er dem Bildschirm zu, bevor er alles löschte. Dann leerte er, um ganz sicherzugehen, den Papierkorb.

Im Beisl fragte er Tresen-Peter nach einer Partie Schach, und aus einer wurden drei. Bene gewann alle, wenigstens das.

Kurz hinter der Grenze hält der Zug außerplanmäßig am Bahnhof eines Kaffs. Im Augenwinkel sieht er zwei Uniformierte der Polizei durch den Gang laufen, bewaffnet bis an die Zähne. Der Zugführer gibt die Information durch, Grenzkontrolle des Landes Bayern. Bei der Abfahrt des Zuges, etwa zwanzig Minuten später, sieht er die Beamten mit einem sehr jungen schwarzen Mann im Schwitzkasten an sich vorbeilaufen, das nächste Bild: die Beamtin mit Hand am Gürtel. Variante eins: illegaler Drogenbesitz. Variante zwei: Aufenthaltsstatus ungeklärt. Vielleicht beides. Heil Schleierfahndung.

Was schon gewesen ist: *Ausgerechnet an meinem 69. Geburtstag sind 69* – was noch kommen wird: *Es gab keine Hetzjagd.*

Morgens hat er sich sehr spontan entschieden, hat die Bim genommen, am Bahnhof ein Ticket gelöst. Das offene Browserfenster auf dem Tisch des Vierersitzes der Deutschen Bahn:

»#noPAG #ausgehetzt Ein Sommer des Widerstands

Bayern erlebt im Vorfeld der Landtagswahl eine Welle des Protests: Auf vielen Demonstrationen und Kundgebungen gegen Rassismus und Nationalismus, gegen den Rechtsruck und gegen das neue bayerische Polizeiaufgabengesetz haben viele Zehntausende friedlich und eindrucksvoll ihre Solidarität gezeigt. Sie fordern ein anderes, ein buntes, demokratisches und offenes Bayern.

Das neue Polizeiaufgabengesetz ist ein weiterer Schritt auf dem Weg, Deutschland zu einem autoritären Staat umzubauen. Das Bündnis ›noPAG – Nein! zum neuen Bayerischen Polizeiaufgabengesetz‹ hat mit der Kundgebung am zehnten Mai in München bewiesen, dass ein großer Teil der bayerischen Bevölkerung den Abbau von Grund- und Freiheitsrechten nicht länger hinnimmt.

Wir sehen den Widerstand gegen das Polizeiaufgabengesetz als Teil einer tief greifenden gesellschaftspolitischen Auseinandersetzung, die Bayern, Deutschland und Europa erfasst hat. Nationalismus, Rassismus, Neoliberalismus und Autoritarismus sind die

Facetten eines rechtsautoritären Gesellschaftsbilds, das nicht zunehmend mehr Realität werden darf.

(…)

Das neue PAG wurde gegen den entschiedenen Widerstand der Bevölkerung beschlossen. Unser Ziel bleibt seine Abschaffung sowie die Rücknahme der Novellierungen aus dem August 2017, des Integrations- und des Gefährdergesetzes! Wir stellen uns zudem entschieden gegen jede weitere Maßnahme, die in Richtung eines autoritären Staates weist. Wir fordern alle Parteien, die jetzt gemeinsam mit uns kämpfen, auf, auch nach der Landtagswahl keine Kompromisse einzugehen. In diesem Sommer werden wir den Druck auf die Staatsregierung weiter erhöhen.

Deshalb kommt nach München und demonstriert mit uns für eine demokratische und gerechte Gesellschaft.

Wir treffen uns am 22. Juli zum Auftakt um 13 Uhr an der südlichen Theresienwiese (Bavariaring/Hans-Fischer-Straße). Ab 13.30 Uhr reihen wir uns in die Züge der anderen Teilnehmer*innen ein und ziehen dann zum Königsplatz zur DEMO: Ausgehetzt – gemeinsam gegen die Politik der Angst.«

Am Hauptbahnhof der Landeshauptstadt schließt er seinen Rucksack ein. Er nimmt die U-Bahn. Er kennt sich nicht besonders gut aus, ist hier immer nur umgestiegen, früher auf dem Weg zu seiner Verwandtschaft mütterlicherseits, später zu deren Todesfällen. Auch das schon ein paar Jahre her. Und ganz früher im Sommer, raus aus der S-Bahn, an der Hand der Mutter, nach Hellabrunn oder, später, ins Haus der Kunst. Oder war das mit dem Auto gewesen, und die Eltern hatten wegen des Verkehrs oder der Parkplatzsuche gestritten, die Stimmung mies, bevor man die schönen Dinge erleben sollte, einmal sogar Tränen der Mutter auf dem Beifahrersitz, danach ihr gezwungenes Lächeln vor dem Affengehege, für immer festgehalten, der Vater ruft, kommt, stellt euch mal zusammen, ihr drei.

Es ist seine erste Demo seit Jahren. Er hat es gelassen mit der Vermummung, mach dich nicht lächerlich. Er hat sich an den Straßenrand gestellt, lehnt an einem Baum, im Hintergrund die engagierte Wortspende einer jungen Klimabewegten. Es schüttet wie aus Eimern.

Die Länge des Zuges beeindruckt ihn. Es dauert über eine Stunde, bis er an ihm vorbei ist, und dann, ganz zum Schluss, ein winziger schwarzer Block, dahinter mehrere Polizeieinheiten, ein laufender Hochsicherheitstrakt, mit Kameras am Einsatzanzug.

Man lässt sich nicht provozieren, man skandiert, in strömendem Regen: »Alerta, Alerta, Antifascista!«

2

»Edith, morgen beginnt der Ernst des Lebens, merke: Wer nämlich mit ›h‹ schreibt, ist dämlich.«

Sie saßen am Küchentisch. Sie vor ihrer Schiefertafel und dem gebrauchten Setzkasten, an dem sie seit über einem Jahr das Schreiben und Lesen übte. Der Vater an der Schreibmaschine – »und schau her, das ist die Hausordnung für unsere Badegäste, auch die brauchen Regeln. Sonst haben wir bald die Anarchie im Haus.«

»Anarchie?«, wiederholte sie.

»Ja, Scheißer, da gibt es keine Regeln, da machen die Leute, was sie wollen.«

»Das merke ich mir, das alles, was du sagst.« Sie strahlte ihn an, überzeugt davon, dass er der klügste Mann weit und breit war.

Um Kosten zu sparen, hatte die Familie entschieden, die Feier zur Einschulung zu Hause auszurichten. In mühsamer Nachtarbeit hatte die Mutter ein mit Blumen besticktes, cremefarbenes Samtkleid genäht. Aus Sorge, sie könnte verschlafen, war Edith schon um fünf Uhr aufgestanden und half in der Küche den Frühstückstisch eindecken.

»Warum müssen wir denn immerzu sparen«, fragte sie, während

ihre Großmutter den Kakao auf dem Herd zubereitete. »Niemand im Dorf muss so viel sparen. Alle haben ein neues Auto.«

»Weißt du doch, das Hochwasser hat alles kaputt gemacht. Wir müssen das wieder in Ordnung bringen, das kostet viel, Liebes.«

»Aber das Bad ist doch lang schon wieder ganz«, sagte Edith und hörte die ungeduldige Stimme ihrer Mutter im ersten Stock, »Husch, husch, Gitti, aufstehen«, dann die Klospülung im Erdgeschoss und wenig später das Knacksen der Treppe, die schweren Schritte ihres Vaters.

Ihre kleine Schwester war auch schön hergerichtet, das Haar mit einer Spange zurechtgemacht. In einer weißen Strumpfhose und knielangem, grün kariertem Rock, darüber eine weiße Bluse, blickte sie drein wie drei Tage Regenwetter.

»Bald darfst du auch in die Schule, musst nicht traurig sein.«

»Ja, recht hat die Edith, nächstes Jahr, Gitti«, sagte die Mutter und reichte dem Vater einen Schuhlöffel, damit er gut in seine alten Festtagsschuhe schlüpfen konnte, die nicht mehr schön aussahen.

»Aber Primitivlinge sind wir nicht?«, fragte sie.

»Primitivlinge? Edithlein, wie kommst du denn darauf?«

Sie sah ihn mit großen Augen an.

Hatte nicht er ein ums andere Mal dieses Wort benutzt? Auch das hatte sie sich sehr genau gemerkt – dass ein Primitivling sich nichts leisten konnte, nicht mal gute Schuhe, dass er dumm war und beim Essen schmatzte. Das konnte sie sich herleiten, aber was meinte Pittner junior, wenn er von der Promenade über den Zaun hinweg auf ihr Grundstück plärrte, »diese Primitivlinge sollen mir mal nur wegbleiben, wir schaffen das auch allein. Bader, gehst und gibst das in die Gemeinde rein. Sauerei. Ich nehm keinen dieser Flüchtlingsgauner bei mir auf, basta.«

Wie sonntags zum Gottesdienst vor der Kirche standen die Familien in einer Traube vor dem Schulgebäude, grüßten und beäugten sich, der fremden Familien wegen, die sich eingewöhnten und deren Kinder in separate, von den Einheimischen getrennte Klassen eingeteilt worden waren; oder der Gewohnheit der zurückliegenden Jahre wegen, die jedem viel abverlangt hatten, wo man nicht gewusst hatte, was hinter den Türen der Nachbarschaft vor sich gegangen war, wer nun entlastet, minderbelastet, ein Nutznießer, Mitläufer oder als umfänglich schuldig befunden worden war. All diese Jahre, in denen man sich bis ins Mark misstrauisch begegnet war, sollten endgültig der Vergangenheit angehören, aber solange das »Nazipack noch dran« sei, wie Ediths Vater die Regierung beschimpfte, wenn sie allein zu Hause waren, werde es »keine Ruh' in Herzach und auch anderswo nicht geben«. Dass die im Osten dem Russen Rede und Antwort hatten stehen müssen, scherte hier niemanden so recht – außer jene, die »drüben«, wie es hieß, Verwandtschaft hatten, oder jene, die mit Sack und Pack und aus Überzeugung in die Westzone geflüchtet waren.

Eine von ihnen war die Grundschullehrerin aus Sachsen, die mit offenen Armen willkommen geheißen worden war, der man alles geboten hatte, was möglich war, eine hübsche Unterkunft auf dem Hang am Ortsausgang, mit Garten und Blick über den See, eine Verbeamtung und den Handschlag, dass ihre Stelle, trotz eventueller Heirat in den nächsten Jahren, gesichert bleiben könne – ohnehin war es nur noch eine Frage der Zeit, bis das Lehrerinnenzölibat gänzlich aufgehoben worden sein würde.

Während die Kinder in die Klassen gingen, wurden die Familien in den Pausenhof geleitet, wo für die Einweihung des neuen Schulgebäudes Bierbänke aufgestellt worden waren. Auf den Tischen standen Körbe frischer Brezeln, Wasser und Limonade. Man wartete. Bald darauf schon strömten die Schüler, mit ihren Stundenplänen in der Hand und gut gelaunt, auf den Hof hinaus. Sie versammelten sich für ein Foto, bevor sie sich an die Tische zu ihren Familien setzten. Der Kirchenchor rahmte das festliche Miteinander, und der Direktor, ein vor wenigen Jahren zugezogener Studienrat aus der Stadt, der sich vorbildlich in der Gemeinde für den Neubau der ersten Herzacher Mittelschule eingesetzt und sich für die Reformpläne der Alliierten und deren demokratische Gleichheitsforderungen starkgemacht hatte, hielt eine kurze, aber bedeutende Begrüßungsrede, in der er den »zurückliegenden Elitemief« in einer Direktheit anprangerte, die in den konservativen Reihen der Anwesenden Entsetzen hervorrief. Ediths Vater hingegen applaudierte.

»Der Bader wieder«, hörten sie es hinter sich. »Das hätte euch mal vor zwanzig Jahren interessieren sollen. Seid froh, dass euer Leo unter der Erde liegt, der hätte nichts mehr zu sagen, so klein mit Hut wäre der.«

Die Mutter hielt den Atem an, legte den Arm um ihre Töchter und sah zum Vater, der sich umdrehte und dem Mayr ins Gesicht sagte: »Kehr lieber vor der eigenen Tür, du Schmarotzer, sonst jage ich dir die Steuer auf den Hals, dann kannst deine Pension schließen.«

Er stand auf und klopfte drei Mal auf den Biertisch. »Wir packen es. Auf geht's, Kinder.«

Als sie nach Hause kamen, war das Mittagessen schon gerichtet. Die Großmutter hatte einen Kartoffelauflauf mit Gemüse aus dem Garten zubereitet. Auf der Eckbank lag aufgeschlagen der Onkel-Ordner.

»Ach, Elisabeth, ich bitte dich, nicht schon wieder«, sagte der Vater seufzend.

»Heute haben sie im Radio gemeldet, dass die Kriegsgefangenen aus Russland heimkommen.«

»Das glaube ich nicht«, sagte der Vater. »Da kommt keiner mehr, das wüsste ich.«

»Aber wenn der Pepi doch nur nicht an dem Tag losgegangen wäre. Er hatte ja gar keine Lust aufs Feld raus.«

Die Mutter klappte den Ordner zu.

»Bitte! Wir müssen nach vorn schauen. Der Pepi kommt nicht mehr. Lass sie doch bitte schön auch ruhen, die Erinnerungen.«

Als Edith in jener Nacht zu Bett ging, kam es ihr vor, als würde ihr kleiner Körper erst schwer in die Matratze, dann, durch den Lattenrost hindurch, auf den Holzboden, tief in die Erde hineinsinken, dort, wo in ihrer Vorstellung die Mutter ihre Erinnerungen vergraben hatte. Gern hätte sie das auch gekonnt, dieses Nicht-mehr-daran-Denken: Wie sie über die Liegefläche gerannt war, im wiederaufgebauten Bad mit den Nachbarskindern fangen gespielt hatte, und wie leicht sie sich erst gefühlt hatte, weil die Eltern zwar müde, aber zuversichtlich die Einweihung für den Neubau geplant hatten und der Vater nicht mehr grimmig Stunde um Stunde an seiner Schreibmaschine sitzen und mit seinen trockenen Fingern Brief um Brief an das Verwaltungsgericht und den Landrat in die Tasten hämmern musste. Wie sie dann allerdings, von jetzt auf gleich, um Luft gerungen hatte, weil sie der Bub vom Holler mit einem heftigen Schubs ins Wasser gestoßen hatte. Wie sie herumgezappelt, die Arme und Beine bewegt hatte, um nicht unterzugehen, wie ihr die Kraft ausgegangen war und, wie ihr erzählt worden war, die Gitti den Vater in der Werkstatt aufgeschreckt hatte, der herbeigeeilt gekommen war. Wie sie sich an seinem starken Arm festgehalten hatte, der sie aus dem Wasser zog. Wie die Gitti geweint hatte.

Wie, bei aller Schönheit in Herzach, an jeder Ecke auch eine

Gefahr lauerte, verloren zu gehen oder dem nächsten Unwetter anheimzufallen, wo alles in Sicherheit gebracht werden musste, die Boote, die Netze im See, wo man sich im Haus an den Händen hielt, wenn der Sturm wütete, der Vater still wurde und wo man den Schnaps für die Erwachsenen auf den Tisch stellte, während die Großmutter einen Zigarettenzug nach dem nächsten in ihre Lunge sog, obwohl ihr der Herr Doktor das Rauchen wegen ihres schlimmen Herzasthmas untersagt hatte.

All diese Erinnerungen hätte Edith auch gerne ruhen lassen, aber es gelang ihr nicht. Sie lief ins Elternschlafzimmer, und wie so oft stieg sie über ihren schnarchenden Vater in die Mitte des Bettes, suchte nach seiner Hand, nachdem sie sich ganz nah an ihre Mutter geschmiegt hatte; deren Herzschlag sie spürte, der sie beruhigte, obwohl sich sein unregelmäßiger Rhythmus auf sie übertrug. Manchmal setzte er sogar für einen Moment aus, um dann wieder einzusetzen: Poch, poch. Poch.

Auch hätte sie gern vieles gar nicht erleben wollen. Wie zum Beispiel im darauffolgenden Winter die Frage ihrer Mutter: »Wo ist deine Schwester?«

Der See war so wunderbar zugefroren. Die Sonne strahlte. Seit Tagen hatten sie sich aufs Eislaufen gefreut, aber Gitti war noch nicht geübt. Sie stürzte unentwegt, verlor die Lust und kroch auf allen vieren zurück ans Ufer. Edith rief ihr zu: »Steh auf, sonst lernst du es doch nicht.«

Dann kamen die anderen Kinder, und Edith vergaß die Zeit, bis die Burschen von der Wasserwacht am Ufer auftauchten und plärrten: »Runter vom Eis! Es taut!«

Das erzählte sie, als sie allein nach Hause kam und in die Augen ihrer verzweifelten Mutter blickte, dann in die ihrer Großmutter und schließlich in die ihres enttäuschten Vaters.

Die Mutter zitterte am ganzen Leib. »Herrgott noch mal, Edith!«

»Alles wird gut, mach dir keine Sorgen, Liebes«, hörte sie, den Eltern an der Haustür nachsehend, ihre Oma hinter sich. »In der Ruhe liegt die Kraft, das weißt du doch.«

»Wirklich? Kommt die Gitti wieder?«

»Ja, sicher, so sicher wie das Amen in der Kirche.«

Die Großmutter griff nach ihrer Hand und führte sie ins Wohnzimmer. »Die Knochen, Edith, sei so nett.« Sie nahm die Flasche Franzbranntwein vom Tisch und schob ihr Hemd nach oben. »Da unten, im Kreuz.«

»Der Franzbrannt riecht sehr schlimm, Oma.«

»Ach, geh, aber er hilft! Du hast Hände wie eine Krankenschwester.«

Das hätte sie sich denken können: Gitti war zur Brefka gelaufen, die in den Sommermonaten im Geschäft aushalf. Sie wohnte in der Siedlung hinter dem Bahnhof, in der die Wohnareale quadratisch angelegt waren und wo je vier Toreinfahrten in einen Hof führten, in dem sich die Anwohner zu jeder Jahreszeit trafen.

Sie sei zum Essen eingeladen worden, wie Gitti aufgeregt erzählte. Man habe zur Feier des Tages ein Feuer gemacht. Eine litauische Familie sei gerade angekommen, mit einer riesigen Holzkiste, die hätte nicht mal der Vater allein heben können, darin sei ein totes Schwein gelegen und in Zeitungspapier eingewickelte Dokumente, Ausweise und Geburtsurkunden. Die Kiste habe das Rote Kreuz in Kaunas abgeholt und nach Herzach gebracht.

»Sauber«, sagte der Vater. »Ein ganzes Schwein mit der Post aus dem Baltikum nach Bayern, glaubt man es.«

Alle lachten.

»Das nächste Mal kommst du mir nicht ohne deine kleine Schwester nach Hause«, unterbrach die Mutter die gute Stimmung.

»Ist doch nichts passiert«, sprang ihr die Oma bei.

Edith sah hilfesuchend zu ihrem Vater. »Ungerecht ist das.«

»Weißt du doch, die Älteren passen auf die Jüngeren auf«, sagte er. »Das war schon immer so.«

Vorbildlich, begabt, hervorstechende mathematische Leistungen, Schönschrift: Eins. »Stell dir vor, die Edith soll aufs Gymnasium, nach München«, rief Bruno Bader im Juli 1961 von Weitem auf der Promenade seiner Frau zu, die auf dem Steg stand und zu den neu erworbenen Bojen blickte.

Der wirtschaftliche Aufschwung war nun auch bei ihnen angekommen. Hatte man noch vor zwei Jahren den Fernseher und die Waschmaschine auf Pump gekauft, konnten der gebrauchte Opel, noch in sehr gutem Zustand, und die Hollywoodschaukel – die Anni Bader, wann immer sie Zeit fand, sich hineinzusetzen, in ihren ganz eigenen amerikanischen Traum versinken ließ – in bar und in voller Höhe beglichen werden.

»Gymnasium? Hat das die Sächsin in der Sprechstunde gesagt?«

»Sehr wohl, da hat sie sich einen Zacken abbrechen müssen. Eine Bader, die ein Abitur macht, wer hätte das gedacht«, sagte er.

Als einer von drei Sozialdemokraten im Gemeinderat, der sich neuerdings für den Ausbau der Kanalisation und die Chancengleichheit engagierte, war Ediths Vater besonders stolz: Seine Älteste würde sie alle in die Tasche stecken, all diese neureichen und arroganten Bildungsbürger, die glaubten, auf einen wie ihn herabschauen zu können. Am liebsten hätte er im Rathaus ein Plakat aufgehängt, »Edith Bader geht aufs Gymnasium«, und am liebsten hätte er jedem der Proleten aufs Maul gehauen, der sagte, »Ach, die Edith, die heiratet ja doch, was braucht die ein Abitur.«

Auch Gitti hatte es gehört. Aufgestört ob der Worte, lief sie aus einer der Umkleidekabinen hinter einer D-Mark-großen Murmel her, die über die Planken des Stegs rollte und in den See fiel. Sie stürzte an ihren Eltern vorbei, huschte über die Promenade, öffnete das Gatter zum Grundstück und lief zum Gemüsegarten, wo Edith gerade Salat pflückte. Gitti sah grimmig zu ihr hinüber, machte auf dem Absatz kehrt und stapfte ins Haus. Mit ihrem Rechenschieber und einem Lesebuch kam sie zurück.

»Blöd bin ich fei nicht«, rief sie.

»Natürlich nicht, wer sagt denn so was?« Und schon sah Edith das Lesebuch auf sich zufliegen.

»Ich verstehe die Geschichte dadrin nicht.«

Den Sommer über, bevor die Badegäste eintrudelten und das Café und der Fischladen geöffnet wurden, sah man die Schwestern nun oft zusammen in der Hollywoodschaukel sitzen, das Lesen und Rechnen üben, wobei Gittis Auffassungsgabe oder vielmehr ihre Konzentrationsfähigkeit wenig ausgeprägt war, worüber Edith sich ärgerte. Vor dem Mittagessen tauchten die Buben auf, um im Bader-Maurer-Bad den Hechtsprung zu üben. Die Mädchen klappten die Bücher zu. Wie eine Herde wild gewordener Äffchen sah man die Kinder schreiend über den Steg laufen, bis ans Ende, wo sie sich gegenseitig ins Wasser stießen.

Es waren, wie immer im August, herrliche Tage, obwohl die Arbeit nicht stillstand. Der Ansturm der Städter auf die Badeanstalt und das Café war schon die ganze Saison über eine große Belastung – die Arbeit im Café, das Saubermachen, das Herrichten der Kuchenvitrine, der Kaffeeausschank und die Kaltgetränke, seit Neuem mit

Eiswürfeln serviert, an sieben Tagen die Woche; aber man war nicht ganz allein.

»Was für ein Engel, die Brefka, die schickt uns der Himmel«, schwärmte die Mutter.

»Und ich und die Gitti und die Oma und der Papa und du?«, fragte Edith, die in der dritten Augustwoche, als der Betrieb seinen Höhepunkt erreichte und sie ständig mithelfen musste, den Winter herbeisehnte – die schöne Weihnachtszeit, in der man so lange schlafen konnte, wie man wollte; in der das Lametta für den Christbaum aus der Kiste geholt und bestaunt wurde, in der das Bücherlesen zum Abenteuer wurde und die gemeinsamen Brettspielabende oder das Kartenspielen, während die Vanillekipferl der Großmutter gefuttert wurden, die Familie wieder näher zueinanderführte; wenn man keinen Platzverweis für das Bad aussprechen musste, weil sich irgendein »Hornochse« danebenbenahm, wie der Vater jene Gäste nannte, denen er seine, eigens für diese Zwecke gedruckte, schilfgrüne »LMA-Karte« vor die Nase hielt. »Mit jedem Tag des Lebens erhöht sich zwangsläufig die Zahl derjenigen, die mich am Arsch lecken können ... und Sie gehören jetzt auch dazu!«

Es waren jene, die glaubten, weit und breit allein auf der Welt zu sein, die ihre Autos parkten wie Idioten, die sich über die spielenden Kinder in der Badeanstalt aufregten und nicht darüber hinwegsehen konnten, wenn diese, aus reiner Freude, Wasserbomben in den See machten. An einen dieser Hornochsen erinnerte sich die Familie gern zurück. Beine wie ein Storch, aber schwerfällig wie ein Elefant, hatte er sich einen der Burschen geschnappt, ihn am Nacken gepackt und ihn so lange unter Wasser gehalten, bis der Schriftsteller Graf, ein in diesem Sommer gern gesehener Gast, einschritt. Wie so oft saß er, mit kariertem Hemd und Bundlederhose, allein an einem Tisch auf der Terrasse des Bader-Maurer-Cafés und schrieb in sein Notizbuch.

»Geben Sie Ruh', das sind Kinder«, rief er über die Liegefläche, als er den Grobian sah. »So benimmt sich heute keiner mehr.«

Herr Graf war ein »ganz großer, ein feiner Mann«, wie die Mutter nach dem Platzverweis, den der Vater erteilt und bei dem er seine LMA-Karte gezückt hatte, zur Brefka sagte, »den Oskar Graf kassierst bitte nicht ab, geht heute alles aufs Haus«.

Eine Woche später kam Herr Graf wieder ins Café. Diesmal mit einem signierten Buch, welches er im Exil zu Ende geschrieben hatte und das in einem amerikanischen Verlag veröffentlicht worden war. Seit Kriegsende lag es nun auch in deutscher Sprache in den Läden und Bibliotheken aus.

Verlegen nahm Anni Bader das Buch an sich, klappte es auf und sah auf die Widmung: »Für die Familie Bader-Maurer, weil alles immer so schön gastfreundlich ist.«

»Sehr schade, dass Sie nicht auch über unseren See haben schreiben können. Wir kommen ursprünglich auch von drüben. Mein Großvater hat für den König gearbeitet und bei Ihrer Mutter die Semmeln gekauft. Er ist beim Metzger Huber aufgewachsen. Vielleicht sind Sie ihm begegnet?«

Edith, die den Herrn Graf, wann immer er in jenem Sommer im Café saß und einen Kaffee bestellte, nicht aus den Augen ließ, spitzte die Ohren und wunderte sich, wie hochgestochen ihre Mutter sich unterhalten konnte.

»Mei, ich bin ja schon sehr früh weg, nach München, dann Wien. Und jetzt bin ich amerikanischer Staatsbürger.«

»Das ist ja schön«, sagte die Mutter. »Sind Sie vielleicht auch mal dem Lex Barker begegnet?«

»Noch nicht«, sagte Herr Graf. »Aber ich hörte, dass er den Old Shatterhand spielen soll.«

Das war mal eine Neuigkeit, eine so freudige, dass die Mutter sich eine Pause in der Hollywoodschaukel gönnte. Sie schmolz dahin, wie verliebt, das Buch mit Widmung auf dem Schoß, die Augen geschlossen.

Edith fieberte ihrem ersten Tag auf dem Gymnasium entgegen. Ihre Aufgaben im Geschäft, das Lernen und die tägliche Fahrt mit dem Zug diskutierte die ganze Familie den Sommer über ausgiebig.

»Genug. Ich mach das schon. Keine Sorge.«

Damit war das Thema vom Tisch. Die Vorfreude hielt bis zum Morgen ihres ersten Schultages an. Vorbei war sie exakt um sechs Uhr zwölf, als ihre Schwester, auf dem Rücken ihren Ranzen, kopfüber die Treppe hinunterstürzte. Sie rührte sich nicht, man glaubte, sie sei mausetot, bis sie bitterlich zu weinen anfing.

Alle waren herbeigeeilt, Edith von der Toilette, die Mutter aus dem Laden, die Großmutter und der Vater aus der Küche.

»Mein Kopf, meine Schulter«, rief Gitti.

»Sieht aus wie gebrochen«, sagte der Vater mit Blick auf das Fußgelenk und entschied, die Kleine mit in die Stadt zu nehmen, heute fuhr er die Große ja ohnehin mit dem Auto.

Die Fahrt über hielt Edith ihre Schwester auf der Rückbank im Arm.

»Papa, ich habe die Treppenstufen nicht gesehen. Ich sehe die Edith nicht und dich nicht, und ich habe die Mama nicht gesehen. Gestern bin ich gegen die Tür gelaufen, die habe ich auch nicht gesehen. Und die Buchstaben im Schreibheft sehe ich auch nicht mehr.«

»Hör auf mit dem Schmarren«, sagte der Vater und überholte einen Laster.

Während Edith ihren ersten Schultag mit Bravour und den Nachhauseweg mit der Bahn allein meisterte und am Bahnhof von ihrer Großmutter abgeholt wurde, der sie, wie ein Wasserfall, ihre Erlebnisse berichtete, wurde ihre Schwester immer noch untersucht. Sie hatte sich keinen Bruch zugezogen, sondern eine starke Prellung. Man hatte sie vorsorglich in die Augenklinik geschickt. Nach Stunden des Wartens und einer langen Untersuchung lag die Diagnose vor: eine leichte Kurzsichtigkeit. Nichts weiter.

»Wissen Sie, unsere Große ist auf einem musischen Gymnasium. Wir brauchen ein gutes Instrument«, hörte Edith den Vater am Telefon sagen. Zwei Wochen später fuhr sie mit ihm Richtung Zugspitze.

Die Geige war eigens für sie angefertigt worden, was ein halbes Vermögen gekostet haben musste, und auf die Blockflöte, die der Vater im Schaufenster beim Geigenbauer in Mittenwald sah, »für unsere Kleine dann noch, bitte schön, einpacken«, bekam er Prozente.

»Schaut sie euch an«, sagte der Vater, als er bemerkte, wie Gitti, ohne Noten lesen zu können, das Instrument spielte.

»Ein Gehör wie Beethoven, schau an«, fügte er hinzu.

»Das nennt man Naturtalent, bravo!« Edith war erleichtert darüber, dass ihre Schwester endlich etwas besser konnte als sie.

»Vielleicht«, antwortete Gitti. »Aber klug muss man nicht sein, beim Flötespielen.«

Dass der Vater so eine Großzügigkeit zeigen konnte, dass er nicht nur die Instrumente kaufen und die Frauen im Haus über Renovierungen im zweiten Stock und eine neue Waschmaschine nachdenken konnten, lag an einem Finanzentwurf, der eines Tages auf dem Küchentisch lag:

Entwurf!

Zum Status der Fa. Bader-Maurer, Badeanstalt, Bootsverleih u. Fischerei, Herzach/a. S.

I.	*Vermögen:*			
	1. Liquide Mittel		*DM*	*2 000*
	2. Anlagevermögen			
	a) Wohnhaus, Verkehrswert		*DM*	*61 000*
	b) Badeanstalt, Neubau im Verkehrswert von		*DM*	*45 000*
	3. Immobilien			
	a) Boote: 17 Ruderboote, 2 Tretboote, 1 Fischerboot, 2 Außenbord-Motore, Werkzeug		*DM*	*12 150*
	b) Fischereigeräte: 150 Netze		*DM*	*4 600*
			DM	*124 750*
II.	*Schulden:*			
	1. Bayrische Vereinsbank	*(1/10)*	*gelöscht*	
	2. H. G. A.	*(9/10)*	*DM*	*3 402*
	3. Vermögensabgabe (LAG.)	*gestundet*		
	Errechneter Zeitwert z. 31.12.60		*DM*	*3 095,52*
	4. Bankschulden	*kurzfristig*	*DM*	*32 840*
		langfristig	*DM*	*21 000*
III.	*Gegenüberstellung*			
	Vermögen		*DM*	*124 750*
	Schulden		*DM*	*60 337,52*

Edith wagte es endlich, sich an ihren Aufsatz zu setzen, ihre erste Deutschaufgabe, die sie auf der neuen Schule schreiben musste. »Meine Sommerferien«. Der Aufbau war klar: Anfang, Mittelteil und Ende. Aber wie immer, wenn es ums Aufsatzschreiben ging, blockierte sie ihre Ungeduld. Seltsam, wo sie doch in allen anderen Fächern, vorneweg in Mathematik, stoisch an der Lösung dranblieb, wo sie die Zeit angenehm vergaß und sich von nichts und niemandem ablenken ließ. Und nun: *Die Sommerferien sind eine schöne Zeit, manchmal auch nicht. Ein Schriftsteller hat uns besucht und hat uns ein Buch geschenkt, das er in Amerika geschrieben hat. Jetzt ist er Amerikaner geworden.*

Vielleicht hätte sie noch zwei oder drei Sätze hinzugefügt, hätte ihre Schwester sie nicht gerufen: »Komm schnell, Papa fährt mit dem Boot raus.«

Edith ließ den Stift liegen.

Als sie gut gelaunt zurückkehrte, hatte die Oma den Aufsatz fertiggeschrieben: Anfang, Mittelteil und Schluss, insgesamt zwei Seiten – perfekt, jetzt musste sie ihn nur noch abschreiben.

Bald darauf brachte Edith eine glatte Eins nach Hause.

»Wusste ich's doch«, sagte der Vater und drückte ihr eine Mark in die Hand. »Kaufst dir was Schönes.«

»Aber …«

Sie sah zu ihrer Großmutter, die ihr ein »Pst« zuflüsterte und die Grießnockerlsuppe auftischte.

»Lasst es euch schmecken, mit Gott.«

Während ihre Schwester die Ausbildung zur Fischerin im Familienbetrieb aufnahm, erörterte Edith im Deutschunterricht das Für und Wider der internationalen Interessen um die Wiedervereinigung Ost- und Westdeutschlands und lauschte den Worten ihres Religionslehrers, der die Entwürfe des Zweiten Vatikanischen Konzils erläuterte und sich für eine Modernisierung der Kirche aussprach und seine Schüler und, explizit, seine Schülerinnen aufforderte, sich gegen den Strom zu bewegen, sich ernst zu nehmen, sich und andere nicht zu schonen, Fragen zu stellen, auch wenn die Antwort schmerzte.

Zu Hause fühlte Edith ihrem Vater auf den Zahn:

»Was machst du im Gemeinderat? Raus dort mit den Altnazis, wie Karl Fellner einer ist, der sich noch traut, für das Amt des Oberbürgermeisters zu kandidieren! Erst informieren, dann wählen!

Was hast du im Krieg gemacht?

Den Geist der Städter tolerieren, München, Weltstadt mit Herz – weil Sprache Wirklichkeit schafft!

Den Hoteliers im Dorf nicht das Schlechteste nachsagen, mehr Schlichtung, weniger Sand ins Getriebe!

Den Wilhelm Busch kritisieren – das darf doch mal gesagt sein, auch, solange ich meine Füße unter deinem Tisch habe – Messer, Feuer, Schere, Licht sind für kleine Kinder nicht –, Kinderrechte stärken, Prügelstrafe in Schulen verbieten. Da sind wir uns einig Papa, danke!

Mehr denken, nicht nur tun, was getan werden muss,

Geschäft Geschäft sein lassen, einen guten Tag wünschen,

vor der eigenen Tür kehren, auch wenn es schwerfällt. Den Dreck von draußen nicht ins Haus tragen.

Das Anti-Atomabkommen als Chance sehen, nie wieder Krieg!

Den Aufstand üben, Demokratie leben.

Dem Arbeiter das Fressen lassen und sonntags den Braten im Ofen nicht als Geschenk Gottes sehen – aber auch darin sind wir uns einig.

Sich nicht schämen, wenn die Kraft nachlässt,

einen Frühlingsstrauß auf dem Tisch willkommen heißen, auch wenn die Blüten abfallen.«

Wenn sie allein, unter sich, in seiner Werkstatt oder samstags auf dem Weg in die Großmarkthalle im Auto saßen, wenn keine Kundschaft an ihm herumzerrte und er nicht gram sein musste, erlebte Edith die leisen Töne ihres Vaters, wie zerrissen er war. Auf der einen Seite seine Familie, Frau, Kinder und Schwiegermutter, der er gerecht werden wollte, und auf der anderen das Bedürfnis, sich treu zu bleiben.

Wie schwierig es mit einer Frau an der Seite sein musste, der alles zu viel war, die aber den Ton angab, die A sagte und B meinte, die ein Motorboot kaufte, um es in derselben Sekunde wieder zu verkaufen, nachdem sie ein noch besseres im Wochenblatt entdeckt hatte, die sich das Private vom Geschäftlichen getrennt wünschte, aber im nächsten Moment Hinz und Kunz darüber informierte, dass der Haussegen wegen der Sturheit ihres Mannes schiefhing, weil dieser mit seinem proletarischen Gerechtigkeitssinn das Geschäft gefährde, indem er im Gemeinderat Steuererhöhungen befürwortete. »Anni Maurer, ich bin nicht im Gemeinderat«, erinnerte er sie, »um deine Interessen zu vertreten, die Mehrwertsteuer wird kommen.«

Die ihren Töchtern das Beste wünschte, sie aber an der kurzen Leine hielt, aus Furcht, ihnen könne etwas Schreckliches widerfahren, die gern lebte, aber ihren Tod schon sehr früh kommen sah, während andere sie für unsterblich hielten, trotz ihrer vielen Krankheiten, das Herz, die Knochen, die andauernden Schmerzen, »das Rheuma«, wie sie sagte, »eine Berufskrankheit«.

»Keine Sorge, Kinder, eure Mutter ist wie eine Katze! Die haben ja, wie ihr wisst, sieben Leben«, hörten die Schwestern es aus der

Nachbarschaft, wenn die Mutter wieder einmal den Sonnenhof aufsuchen musste.

Die Großmutter hatte definitiv keine sieben Leben. Im September 1965 starb sie.

Etwa vier Monate zuvor hatte sie Vorsehungen gehabt. Wie einen Engel sah sie sich durchs Zimmer schweben, während das Glockengeläut, erst die Matthäusglocke, dann die Lukasglocke, am Ende schließlich die Markusglocke einsetzte, in ihren Ohren nachklang – bis das schrille Läuten des Telefons in ihr Schlafzimmer drang und sie die Stimme ihrer Tochter Anni hörte: »Edith, lauf zum Bootsverleih und sag dem Vater, dass der Brandhuber angerufen hat. Zu Pfingsten soll es ein Unwetter geben.«

Die Großmutter stand am Fenster und sah auf das gegenüberliegende Dach des Bauer-Hotels, als Edith ihr gerade das Abendbrot nach oben brachte, eine Karottensuppe und einen frischen Radi.

»Edithlein, diesmal geht alles gut, schau, da«, sie zeigte zum Fenster, »da ist die Gottesmutter, guck.«

»Das ist der Kamin, Oma.«

»Ja, dort steht sie, Herzilein, wir müssen uns keine Sorgen machen.«

Der voralpenländische Wetterfrosch Brandhuber behielt recht. Das Unwetter zog am Pfingstsonntag auf, trat über die Alpenkette und donnerte über den See. Der Wind kam von Westen. Im Nu fegte er in einer Stärke von neun Beaufort über die Bucht, wirbelte auf, was nicht niet- und nagelfest war. Tischtennisballgroße Hagelkörner zerstörten Autodächer. Die Feuerwehr rückte aus. Aber diesmal traf es ein Nachbargrundstück, die Werkstatt vom Pittner.

Ob sie dank des Aberglaubens der Großmutter oder durch die baulichen Verbesserungen an der Badeanstalt verschont worden waren, war einerlei, man war froh, dass der Steg heil geblieben war, die Pfosten standgehalten und die vor zehn Jahren angebrachte Blitzableiteranlage einen Einschlag abgewendet hatte.

In Elisabeth Maurers Hirn gab es keine Blitzableiter. Am Samstagmorgen am Ende der Sommerferien erlitt sie einen Hirnschlag. Ein kurzer Blick in das Zimmer der Großmutter, die halb aus dem Bett hing und zur Tür starrte, reichte aus. Noch bevor Edith die Eltern rief, rannte sie zum Telefon, Gitti ihr hinterher, und ließ den Krankenwagen aus der Kreisstadt kommen. Sie spurtete erst zu ihrem Vater an den Bootsverleih, dann, gemeinsam mit ihm, in den Fischladen, wo ihre Mutter in Tränen ausbrach und auf einen Stuhl niedersank.

Was wäre gewesen, wenn …? Wenn sie doch nur am letzten Ferientag vor dem neuen Schuljahr nicht mit Martin und Bärbel aus der Parallelklasse ins Kino gegangen wäre, zu verführerisch: Martin, der Profisportler mit den kräftigen Armen, der das Schuljahr wiederholen musste, zu verführerisch: der Film *Doktor Schiwago* und der Schauspieler Omar Sharif, der Wunsch: ohne Hetze und Gedanken an die Aufgaben im Geschäft in der Stadt sein, Zeit mit Freunden verbringen. Wenn die Verführung nicht so stark gewesen wäre, hätte ihre Großmutter nicht allein, in einem Gitterbett im Krankenhaus ihren letzten Atemzug getan. Sie wäre ab dem Vormittag bei ihr geblieben, hätte ihre Hand gehalten und in ihr friedliches, faltenfreies Gesicht geblickt, sie hätte die Familie kommen lassen, hätte ihrer Mutter auf die Frage »Wie steht es mit ihr?« geantwortet: »Sie geht von uns, lange dauert es nicht mehr, ihr müsst kommen.«

Stattdessen: »Ihr geht es nicht schlechter als die Tage zuvor, aber auch nicht besser.«

»Gut. Sag ihr, wir kommen morgen.«

Frische Wäsche, Unterhosen, ein neues Nachthemd und drei Waschlappen waren schon für den nächsten Krankenhausbesuch zurechtgelegt gewesen. Nachts, zwölf Minuten nach zwei, waren Edith und auch der Vater vom Telefon wach geworden. Er hatte den Hörer abgehoben. »Ihr Anruf hat nichts Gutes zu bedeuten.« Noch bevor die Nachtschwester ihr Beileid hatte aussprechen können, bedankte er sich.

»Nie wieder werdet ihr mich auf einer Beerdigung sehen« – einen Satz, den die Mutter beim Leichenschmaus im Posthof verkündete, nicht mal bei ihrem Mann wolle sie dabei sein, würde er vor ihr gehen. »Jetzt hat sie mich alleingelassen, mit allem hier«, fügte sie hinzu, »jetzt komm ich nicht mehr aus. Der Ada muss ich ihren Anteil ausbezahlen.« Sie sah zu ihren Mädchen. »Aber ihr werdet zu gleichen Teilen erben, wenn es mit mir einmal zu Ende geht.«

Das Testament der Großmutter bestätigte es, alles war geregelt, ordentlich sortiert im Elisabeth-Maurer-Ordner, den man an ihrem Sterbetag aus dem Schrank geholt hatte:

Herzach, 23. November 1957

1.) Zu meiner Alleinerbin berufe ich meine Tochter Anni Bader, geb. Maurer, in Herzach. Ersatzerben sind ihre Abkömmlinge nach Stämmen zu unter sich gleichen Teilen.

2.) Im Wege des Vermächtnisses erhält meine Tochter Ada Krautbart, geb. Maurer, einen Barbetrag von 5000 DM – fünftausend Deutsche Mark –.

»Wo wohnt die Ada eigentlich jetzt?«, fragte Edith.

»Der Vater hat ihr doch eine Wohnung besorgt, auf der anderen Seeseite.«

»Und warum kommt sie uns nicht besuchen? Warum ist sie heute nicht da?«

Die Mutter schaute über ihren Kopf hinweg, seufzte, und über ihre Wangen flossen Tränen. Noch nie zuvor hatte Edith einen Menschen derart weinen sehen, es kam ihr vor, als würde sich ihre Mutter tief in die Erde weinen und nie wieder an die Oberfläche gelangen. Über Wochen hörte sie sie nachts durch das Haus geistern, die Treppe rauf und wieder runter, als würde sie auf den Morgen warten, auf die Arbeit, die sie ablenkte, bis Edith von der Schule kam; und kaum war sie über die Türschwelle getreten, stand sie am Herd, deckte den Mittagstisch ein, an dem sie dann saßen – ihr Vater, ihre Schwester und sie, während die Mutter im Zimmer der verstorbenen Großmutter, wo die Jalousien seit ihrem Tod nicht mehr hochgezogen worden waren, über Stunden schlief, was heilsam auf sie wirkte. Es ging wieder aufwärts, Ruhe kehrte ein, und die Mutter sah man wieder, zur Freude aller, in ihrer Hollywoodschaukel sitzen, auch wenn es schon Herbst war.

Er war auf Durchreise, der Herr Rechtsanwalt, und saß bereits über eine Stunde in der Küche, über dem Schriftverkehr zu den Erschließungskosten der Simonstraße.

»Da muss doch was zu machen sein«, sagte die Mutter. »Wenn man nicht aufpasst, holen sie sich noch das letzte Hemd, das man am Leib trägt.«

Es war nicht das erste Widerspruchsverfahren gegen die Gemeinde, das Verwaltungsgericht und den Bayerischen Staat, das der Rechtsanwalt für die Familie einleitete. Der Rechtsstreit in den 1950er-Jahren um den Schwarzbau zur Simonstraße hin, die fehlerhafte Rückzahlungspflicht des vom Bayerischen Landesamt für

Aufbaufinanzierung genehmigten Kredits aus Mitteln des ERP-Sondervermögens zur Milderung von Hochwasserschäden, die neu aufgesetzten Bojenpachtverträge mit der Seenverwaltung – alle Verfahren hatte der Rechtsanwalt vertreten. Ediths Mutter bat sie mitzuschreiben, damit ihre Schwester, die mittlerweile in die Geschäfte hineingewachsen war, aber im Laden die Stellung halten musste, alles nachlesen konnte.

»1) Die Simonstraße ist eine der ältesten Straßen Herzachs. Sie verbindet den Bahnhof Herzachs im Zuge der Straße zum Landungssteg mit der weiterführenden Straße zum Kloster. Die an ihr liegenden Häuser wurden zum Teil vor dem Ersten Weltkrieg errichtet. Die Straße war ordnungsgemäß hergestellt zum Zeitpunkt der Erweiterung. Es war ein befestigter Untergrund vorhanden, Strom, Telefon und Wasserleitungen waren in den Straßenkörpern verlegt und im Jahre 1930 eine Teerdecke aufgezogen.

2) Ist eine Straße einmal ordnungsgemäß als Erschließungsanlage ausgebaut, fallen spätere Verbreiterungen, weil sie nicht der erstmaligen Herstellung, sondern der Aufrechterhaltung des bestimmungsmäßigen Zustandes der Straße dienen, nicht mehr den Anliegern zur Last, denn die Unterhaltung einer Ortstraße gehört seit jeher zu den Pflichtaufgaben der Gemeinde.«

»Verstehen Sie das, Frau Bader?«, fragte der Rechtsanwalt. »Im Klartext: Der nunmehr zusätzliche Ausbau ist allein durch das gesteigerte Verkehrsbedürfnis bedingt gewesen, wie wir ja und jeder Anlieger hier – vor allem an den Wochenenden – feststellen kann. Der Ausbau ist nicht beitragsfähig im Sinne des Bundesbaugesetzes. Das gilt es, liebe Frau Bader, zu beweisen.«

»Wir verstehen«, sagte die Mutter. »Hast auch alles gut notiert?«

Edith nickte und legte den Stift zur Seite.

Nachdem sich der Herr Rechtsanwalt mit Händedruck verabschiedet hatte, rissen sie die Fenster auf und ließen die Haustür weit offen.

»Das nächste Mal muss er aber seine Schuhe ausziehen, der ist wohl in einen riesigen Haufen Hundescheiße getreten«, sagte Edith. »Dass ihm das selbst nicht aufgefallen ist?«

»Vielleicht riecht er nichts, dein Urgroßvater hat auch nichts riechen können.«

»Wirklich? Das wusste ich nicht. Hat er von Geburt an nichts riechen können?«

»Nein, nicht von Geburt, er hat sich geprügelt in der Stadt, warum, weiß man nicht.«

»Schade, dass ich ihn nicht kennengelernt habe«, sagte Edith. Sie sah auf das Sterbebild ihrer Großmutter auf der Fensterbank und fragte sich, warum der Tod so grausam sein muss, grausam für die Zurückgebliebenen.

Der junge Mann machte einen guten Eindruck. Es fehlten ihm nur noch wenige Wochen bis zu seinem einundzwanzigsten Geburtstag. Mit drei Blumensträußen war er von seiner Unterkunft in Unruh durch den Schnee den Hügel hinab auf die Hauptstraße Richtung Promenade gestapft. Unter seinem Wintermantel trug er einen dunkelblauen Anzug, um den Hals eine Lederkrawatte. Bruno Bader hatte ihm die Tür geöffnet. Der junge Mann grinste breit. Bruno sah zu ihm auf, in tiefbraune Augen hinein.

»Guten Tag, Herr Bader. Mein Name ist Gregor Zwicker, ich komme aus dem Schwarzwald, mein Vater ist aus dem Vorarlberg, ein Schuhmacher, meine Mutter kommt aus dem Badischen. Ich habe einen älteren Bruder, der ist Flugzeugmechaniker. Wir sind alle gesund. Besondere Erbkrankheiten gibt es nicht. Ich werde meinen

Abschluss an der Finanzschule Herzach im nächsten Jahr in Händen halten.«

Brigitte drängte sich an Bruno vorbei. »Sind Sie Blumenhändler?«

Aus der Küche kam Anni hinzu.

Gregor hatte darauf geachtet, dass die Sträuße gleich aussahen, drei Japanrosen umhüllt von vier Stechpalmen, zwei Eukalypten und einem Kieferngewächs, »winterlich gemütlich«, wie die Floristin bemerkt hatte, »damit können Sie nichts falsch machen. Passt zur Adventszeit in jedes Wohnzimmer.« Er reichte Brigitte einen der Sträuße, trat unaufgefordert einen Schritt über die Türschwelle und überreichte der Mutter des Hauses ebenfalls einen.

»Papa, der ist sicher für Edith«, sagte Brigitte, »nicht für dich.«

»Ja, sehr recht«, sagte Gregor. »Ist sie denn zu Hause. Ich möchte sie gern nächstes Wochenende auf ein Konzert nach München einladen. Es kommen noch ein paar Freunde mit.« Er knöpfte seinen Mantel auf und zog aus der Innentasche seiner Anzugjacke eine Karte.

»Edith ist in die Bibliothek, Bücher abgeben«, machte sich die Mutter bemerkbar. »Aber kommen Sie doch herein. Sie müsste bald wieder da sein.«

Gregor wurde ins Wohnzimmer, nicht in die Küche gebeten, wo, über den Tisch verteilt, die Entwürfe für die neue Speise- und Getränkekarte und die Angebote der Werbefirmen lagen, auf der Eckbank, Kartons über Kartons. Die Mutter bot dem Gast das Sofa an, auf dem gewöhnlich, seit Elisabeth Maurer unter der Erde lag, nur sie saß.

»Da schau her«, sagte der Vater. »Dieses Sofa, Herr Gregor, ist normalerweise heilig.«

Sie waren schnell beim »Du«. Die Mutter kruschtelte in der

Küche herum und kam mit drei Flaschen zurück, die sie auf den Tisch stellte.

»Unser neuer Werbepartner«, sagte sie. »Martini Rosso, Martini Bianco oder einen Extra Dry?«

Gregor entschied sich für einen Rosso. Die Frauen wählten den Bianco, und Bruno öffnete sich ein Bier.

Als Edith nach Hause kam, saß Gregor über einem Taschenrechner und ermittelte die neuen Preise für die Speisen und Getränke, inklusive der zehn Prozent Mehrwertsteuer, die ab Januar ausgewiesen werden musste. Der Vater stellte Schnapsgläser auf den Tisch und schenkte von einem weiteren Werbepartner »den Kümmerling« ein. Gregor war so vertieft, dass er Ediths überraschten Blick auf der Türschwelle nicht mitbekam.

»Was machst du denn hier?«

Er sah auf und lächelte. »Wollte mich mal vorstellen.«

Vor einem halben Jahr waren sie auf dem Parkplatz der Finanzschule, der Ausbildungsstätte für Beamte des gehobenen Dienstes, aufeinandergetroffen. Edith war neugierig, wie nun der Anbau an der Nordostseite der Anlage und das neue Wohnheim für die Auszubildenden aussehen würde. Ihr Vater hatte im Gemeinderat für die Baufirma Gruber gestimmt, die Zäune und Schilder der Firma standen immer noch, obwohl das Gebäude schon abgenommen und eingeweiht worden war. Gregor hatte auf den Hausmeister gewartet. Seit Stunden hatte er sein Portemonnaie gesucht, bis ihm eingefallen war, dass er es womöglich im Unterrichtsraum hatte liegenlassen. Er hatte ein Päckchen Zigaretten aufgerissen. Verärgert darüber, dass sein Sturmfeuerzeug leer war, fluchte er vor sich hin. Edith war gedankenversunken an ihm vorbeigeschlendert. Er fragte sie nach Feuer. Ihr fiel sofort die geschwungene Gravur auf dem

Zippo in seiner Hand auf: »Gregor Z.« Z. würde für Zwicker stehen. Das sei sein Name, hatte er gesagt und nicht nach ihrem gefragt. Sie hatte eine Streichholzschachtel bei sich, was ihn aufatmen ließ. Sein erster Zug war so besonders genussvoll und tief in den letzten Winkel seiner Lunge hineingezogen, dass Edith nicht umhinkam zu sagen: »Wow, die war aber nun richtig nötig. Ich bin noch nie einem Menschen begegnet, der eine erotische Beziehung zu einem Glimmstängel hat, nicht mal meine Oma hatte eine solche Beziehung, und die war Kettenraucherin.«

»Glimmstängel«, wiederholte Gregor.

Edith grinste. »Ja.«

»Rauchen ist wie Saxofon spielen, das eine eine schöne Angewohnheit, das andere nicht.«

Mag sein, dass er den Hausmeister vergessen hatte, sein Portemonnaie und alles andere. Er lud sie zu einem Kaffee ein und borgte sich, sie hatten schon im Wirtshaus am Landungssteg Platz genommen, fünf Mark von ihr.

»Sauber«, sagte sie. »Bist ja ein charmanter Finanzbeamter.«

Worauf er alle Karten auf den Tisch legte, dass er liiert sei, sagte er, worauf sie sagte, sie habe keine Zeit für Liebeleien, obwohl da jemand sei, mit dem sie ins Kino gehe.

»Gut«, sagte er. »Dann haben wir das ja geklärt.«

Und jetzt saß er da, mit ihren Eltern, und gab Ratschläge, erläuterte, warum die Mehrwertsteuer eingeführt werden müsse, dass nur durch sie das Projekt Europa auf den Weg gebracht werden könne, und darüber hinaus könnten gerade sie als Gewerbetreibende gut von ihr profitieren, wenn es beispielsweise um Investitionen ging.

»Hörst du, Weibi, was der Gregor sagt? Für das Geschäft ist sie allemal gut, deine verhasste Mehrwertsteuer«, sagte der Vater.

»Die vergrault uns die Kundschaft, wird ja alles teurer.«

Gegen Mitternacht verabschiedete er sich. Edith begleitete ihn ein Stück die Promenade entlang.

»Da hast du dich ja ins Zeug gelegt«, sagte sie. »So recht weiß ich nicht, wie ich das finden soll.«

»Ich auch nicht«, sagte er. »Aber jetzt wissen sie wenigstens, mit wem du am Wochenende unterwegs bist.«

»Weißt du, solange ich am Morgen aufstehe, ist ihnen das egal.«

Der DJ für diese Nacht war groß angekündigt worden, ein aufsteigender Moderator, der für den Rundfunk arbeitete und, obwohl er ein bekennender Rock 'n' Roller war, den Elektrobeat aufs Feinste mit Blues- und Soul-Rhythmen zu mischen verstand.

Aus dem Club drang der neue Frank-Zappa-Song. Sie warteten geschlagene zwanzig Minuten in der Schlange, bis der kräftige Typ am Eingang sie durchwinkte. Sie und Gitti und Gregor mit seiner Ruth.

An der Garderobe setzte ihre Schwester die Brille ab. »Wer will schon eine Brillenschlange sein«, sagte sie und raste die Treppe in den Saal hinunter.

»Warte, unten ist es sehr voll, wir finden uns nicht mehr«, rief Edith.

»Bin an der Bar.«

Brigitte hatte für alle Erdbeersekt bestellt, wobei sie hätte ahnen können, dass Edith jeden Alkohol trank, aber nicht dieses süße Gesöff. Dann doch lieber ein Bier. Der Kellner schob es über den Tresen. Gregor griff nach ihrem Handgelenk und zog sie Richtung Tanzfläche.

»Spinnst du jetzt«, sagte sie und sah Ruth Richtung Toilette stolzieren.

»Der Kerl mit dem Schnauzer ist ein Bandleader, da, neben deiner Schwester«, rief er ihr ins Ohr. »Er hat mich vor ein paar Monaten zu einem Gig eingeladen, ich bin nicht hin.«

»Und nun? Was ist so schlimm?«

»Ich weiß nicht«, übertönte er die Ankündigung des nächsten Songs.

»Wenn du es nicht weißt, dann begrüß ihn halt.«

»So einfach ist das nicht«, erwiderte er.

»Doch, so einfach ist das, Gregor Zwicker«, sagte sie und entfernte sich.

Sie steuerte zurück an die Bar, drehte sich um und sah ihn eigenartig verunsichert an Ort und Stelle stehen, wie festgewachsen, während der Song *I can't get no Satisfaction* die Menge auf die Tanzfläche trieb. Er winkte ihr zu, deutete zum Ausgang. Sie folgte. »Bin gleich wieder da«, rief sie ihrer Schwester zu, die sich an der Bar amüsierte.

Sie liefen am Türsteher vorbei, der niemanden mehr in den Club ließ, die Schlange wollte nicht enden. Gregor zündete sich eine Zigarette an. Mit jedem Zug fiel die Anspannung mehr und mehr von ihm ab. »Ich bin kein Beamter, ein Musiker bin ich aber auch nicht. Ich übe jeden Tag und sage dann doch jeden Gig ab.«

»Was sagt Ruth dazu?«

»Nichts. Sie hat keine Ahnung.«

Edith empfand aufrichtiges Mitgefühl für Frauen wie Ruth, die ohne Wenn und Aber, möglichst vor dem dreiundzwanzigsten Lebensjahr, ihre Arbeit niederlegten, um Kinder großzuziehen, die wie Vögelchen den Schnabel aufrissen, überzeugt davon, dass sie gefüttert werden würden. Edith war sich sicher, dass Ruth keine Ahnung von Männern wie Gregor hatte. Ein Petticoat, ob weiß, ob schwarz oder rot, und ein knallroter Schmollmund hielten einen wie den Zwicker nicht für immer bei der Stange, da musste schon eine wie Uschi Obermaier, und wenn die nicht, eine Simone de Beauvoir her. Sicherlich kannte Ruth weder die eine noch die andere. Edith kannte beide, die eine aus dem Boulevard, die andere aus Büchern. Und sie erkannte sich in der einen, die alles von der Welt wollte, die allem widerstehen konnte, nur der Versuchung nicht, und gleichermaßen in der anderen, die verstand zu formulieren, dass man nicht als Frau geboren wurde – dass es eine Rolle war, die es galt abzustreifen. Die Verpflichtung, dies zu erkennen und wie auch immer dagegen vorzugehen, war für Edith nicht mal nur eben eine Modeerscheinung, sie war eine tagtägliche Aufgabe, die das Leben zwar freier, aber definitiv nicht einfacher machen würde.

Sie steuerten eine Kneipe in der Innenstadt an, in der es ruhiger zuging, wo sie sich stundenlang über Gott und die Welt unterhielten und die Zeit vergaßen.

Am nächsten Morgen starrte Edith in ihre Teetasse und fragte sich, ob es verwerflich gewesen war, ohne Ruth, ohne ihre Schwester, ohne jemandem Bescheid zu sagen, mit Gregor zu verschwinden.

»Die Ruth war stinksauer«, sagte ihre Schwester, schraubte eine Flasche Wasser auf, überlegte und fügte hinzu, »aber sie wird es verkraften.«

Aus dem Wohnzimmer hörten sie die Eltern: »Das Richtfest ist nächsten Samstag, dass ihr euch da nichts vornehmt.«

Der Vater hatte über Wochen am Neubau der Werkstatt herumgewerkelt. Diesmal hatte er einen offiziellen Bauantrag gestellt, der auch genehmigt worden war. Die Kosten hielten sich im Rahmen. Was er konnte, hatte er selbst erledigt. Zur Unterstützung engagierte er einen Maurer und einen Dachdecker, deren Stundenlöhne er mit vier Mark kalkuliert hatte. Die Materialien: Mauer- und Kaminsteine, Dach- und Windfangbretter, Deckenspanplatten, der Beton und Werkzeug, Winkelrahmen und Kamintüre mit Schlüssel, kosteten ihn 6465,15 Mark. Er heftete die Rechnungen und die Stundenzettel ab. »Und sag dem Gregor recht herzlich Dank«, rief er in die Küche.

Am Nachmittag, ohne dass sie verabredet gewesen waren, stand er auf dem Grundstück. Nichts an ihm ließ darauf schließen, dass er kaum geschlafen hatte. Edith fütterte die Hühner.

»Es ist aus mit Ruth«, überfiel er sie, ohne Begrüßung.

»Das überrascht mich jetzt nicht«, sagte sie.

»Sie hat es sehr gut aufgenommen. Keine Szene. Nichts. Das hat mich fast beleidigt.«

»Oje. Aber tief im Innern wird es sie treffen. Glaub mir. Muss ich mich schlecht fühlen?«

Er nahm sie in den Arm.

»Ich werde nicht am Herd stehen. Und Kinder will ich nicht, bevor ich dreißig bin. Ich werde studieren. Ich will ein Diplom, vielleicht auch eine Doktorarbeit. Und fragen werde ich dich auch nicht, ob ich arbeiten darf. Morgen muss ich zu einer Untersuchung.«

»Jawohl, Capt'n«, sagte er.

Ihr Mathelehrer hatte auf der Abiturfeier gesagt: »Fräulein Bader, Sie verschwenden sich, steuerten Sie nicht in die Informatik. Ihr naturwissenschaftlicher Geist ist scharf. Überlassen Sie die Pädagogik anderen.«

Vielleicht war es Schicksal: Der Amtsarzt stellte ihr keine Eignung für das Fach Pädagogik aus. Warum nur hatte sie sich nicht besser vorbereitet? Hätte sie doch nur ihre Nervosität, die Überlastung durch das Geschäft und die Schule im Gespräch beiseitegelassen und den Tod der Großmutter, über den sie noch nicht hinweggekommen war. Hinzu kam die Sorge um Brigitte, die von einem Liebeskummer in den nächsten verfiel, wie eine Ertrinkende, und die unentwegten Streitigkeiten ihres Vaters mit Gott und der Welt; am Ende die Ausführungen bezüglich ihrer Mutter, der sie zu wenig Stütze sei, wie sie glaubte. Hätte sie doch nur gesagt: »Ich bin überzeugt, dass ich eine gute Pädagogin sein werde. Ich habe starke Nerven und glaube an das Gute im Menschen.«

Nichts half. Auch der Widerspruch nicht, den ihr Vater schrieb und eigenhändig, mit einer positiven Einschätzung der Hausärztin, zum Amtsarzt brachte. Außerdem hatte er zuvor seine Beziehungen bis ganz nach oben, ins Ministerium für Bildung und Soziales, spielen lassen und war sogar bei einem Internisten im Sonnenhof aufgeschlagen. Alle Bemühungen waren vergebens – »Eine Sauerei ist das. Das geht nicht mit rechten Dingen zu, das Mädl ist hochbegabt, das müssten diese Gescheidhaferl von Doktoren doch sehen.«

»Stellen Sie sich vor, nun ist es doch die Informatik. Zum Wintersemester beginne ich das Studium«, schrieb sie nach dem endgültigen Ablehnungsbescheid ihrem Mathematiklehrer. Eine Woche später lag eine Postkarte, darauf die Frauenkirche, auf dem Küchentisch. »Habe ich es doch gewusst. Gratulation! Bleiben Sie so zielstrebig, wie ich Sie in Erinnerung behalten werde«, stand auf der Rückseite in ordentlicher Schrift geschrieben.

Ausufernd hatten sie viele Abende über die Vorteile einer Heirat gesprochen, obwohl sie noch nicht einmal miteinander geschlafen hatten. Zu groß war Ediths Angst, schwanger zu werden. Die Antibabypille-Broschüre, die sie zusammen durchgelesen hatten, klang vielversprechend, jedoch war die Frauenärztin noch vom alten Schlag und weigerte sich, ein Rezept für unverheiratete Frauen auszustellen; außerdem sei Edith noch nicht einmal volljährig. Sie legte ihr nahe, sich noch zwei Jahre zu gedulden, sicher würde die Gesetzeslage dann auch eine andere sein.

Gregor holte sie zu einem Spaziergang ab. Sie liefen am Ufer entlang. Edith liebte den Herbst, das Farbenspiel der Blätter. Sie sammelte Kastanien. Bevor sie den Rückweg einschlugen, bat er um eine Pause auf einer Parkbank. Sie setzte sich. Er blieb stehen, sah auf sie nieder, dann kniete er sich hin, legte seine Hand in ihren Schoß und sagte: »Wenn schon nicht Heirat, dann doch wenigstens eine Verlobung.«

Als sie strahlend, ohne zu zögern, einwilligte, offenbarte Gregor, noch in diesem Jahr nach Freiburg zurückzumüssen. »Die Stelle beim Zoll. Grenze zur Schweiz. Jetzt wollen sie mich da. Gutes Gehalt. Miete gleich eine größere Wohnung. Wenn du dann kommst. Nach deinem Studium.«

»Ich komme sofort«, sagte sie, ohne zu überlegen. »Sofort, wenn du ein einziges Mal auf einer Bühne in einem Club für mich spielst.«

»Dann müsste ich sie ja mieten, vielleicht an einem Montag, da ist Ruhetag.«

»Nein, an einem Freitag oder Samstag, wenn es richtig voll ist.«

Ihr Wegzug glich einer Flucht, und mit ihm änderte sich nicht nur Ediths Leben, sondern auch das der Familie. Wenige Tage später entschied die Mutter, die Badeanstalt zu schließen, endgültig und für immer. Stattdessen würden die Kojen nun an Dauergäste vermietet. Der Vater ließ einen Maler kommen, der den Schriftzug »SONNEN- UND SEEBAD« an der Außenseite des Holzgebäudes überstrich. »Das könnt ihr doch nicht machen«, hörten sie es bis über die Ortsgrenze hinaus.

»Wir müssen«, sagte die Mutter. »Unsere Älteste zieht weg, jünger werden wir nicht, und das Baden ist jetzt ohnehin überall erlaubt.«

3

»… Nachdem ich Ihnen nun den formalen Ablauf unseres gemeinsamen Prozesses dargelegt habe – gibt es bis hierher erst einmal Fragen?« Der Coach wartete nicht lange, ehe er fortfuhr. »Gut, dann schlage ich vor, gehen wir in medias res: Welcher Unternehmertyp sind Sie?«

Bene sah auf den Bildschirm, den entspannten Mann um die fünfzig mit Headset und Gregory-Peck-Brille vor einem Bildausschnitt sitzend, ohne Hintergrundeinstellung. Das Zimmer war formbewusst und lässig, aber nicht zu hipsterig eingerichtet.

»Haben Sie sich diese Frage noch nicht gestellt? Es ist kein Verbrechen, gründen zu wollen und festzustellen, dass man über die wichtigsten Dinge noch nie nachgedacht hat.«

Bene klickte seinen Kuli an und aus, während der Coach weitersprach. »Da ist irgendein Geräusch in der Leitung, ich verstehe Sie gerade schlecht, Herr Zwicker.«

»Entschuldigen Sie. Ich hänge noch an Ihren Ausführungen vom Anfang.«

»Ah, Sie haben Fragen zu unserem ganzheitlichen Ansatz. Ein arg strapazierter Begriff, ich weiß, aber wir haben bisher keine gute Alternative gefunden. Deswegen haben wir beschlossen, ihn weiterhin zu behaupten, im Sinne von Festhalten an Relevanz, anstatt das

Feld den Keywordfischern zu überlassen – da dürften Sie ja ein Experte aus besonderer Erfahrung sein.«

»Ja. Nein, das auch. Ich muss darüber nachdenken, was Sie ganz zu Beginn gesagt haben. Das mit der inneren Haltung. Könnten Sie das bitte noch einmal wiederholen?«

Am Ende dieser ersten Sitzung stand auf dem Zettel neben seiner Tastatur:

07. 11. 2018
1. Innerer Auftrag --
2. Herausforderungen ~~der Festanstellung oder~~ der Selbstständigkeit
----
3. Umgang mit Rückschlägen ----------------------------------
4. Identifikation?

Er hatte sich kurz zuvor Marianne gegenüber offenbart und seine Entscheidung mitgeteilt: sich kurzfristig mit dem ersten Wohnsitz bei Agnes anmelden, sich in Deutschland arbeitssuchend melden, versuchen, einen dieser Vermittlungsgutscheine zu bekommen, und, was soll's, dieses merkwürdig klingende Gründungscoaching machen. Bis zum Frühjahr Kunden generieren. Die Miete und die Krankenversicherung bis dahin, wohl oder übel, vom Erbe nehmen, die Hälfte davon zur Liquiditätsabsicherung verwenden. Und dann schnell wieder raus aus dem System.

»Als freier Publizist, was denn sonst«, nahm er die Antwort auf ihre Frage vorweg, leicht passiv-aggressiv, um jeglichen Zweifel zu zerstreuen.

»Vielleicht davor mal bei deiner Schwester entschuldigen«, fügte sie hinzu.

»Ja, klar«, übte er sich darin, heute nicht hart recht haben zu müssen, aber nun war sie es, die es nicht lassen konnte: »Aufhören, Wasser zu predigen, aber Wein zu trinken.«

Nach einem ersten und letzten, absurd reibungslosen Treffen mit einem Berliner Arbeitsvermittler, der ihm, wider alle Klischees und ohne Umstände, den Gutschein ausstellte und dabei sogar Zusammenhänge auf politischer Ebene durchblicken ließ: »Sie haben Glück, die werfen mit den Dingern gerade nur so um sich«, »Viel Erfolg, vielleicht geht es mir in einem Jahr wie Ihnen«, stand Bene am späten Nachmittag vor dem Haus seiner Schwester.

»Komm mal auf den Balkon«, lachte er ins Telefon, als sie abnahm, »und schau, wer unten steht.«

Ganz so einfach war es nicht. Über das Cuja Mara Split, das er ihr aus einem Späti mitgebracht hatte, lächelte sie zwar, aber als sie in einer Kneipe einkehrten, bestellte Agnes ein Getränk nur für sich und sah schweigend auf die Tischplatte zwischen ihnen. Er hob zu einem Monolog über Scham und Veränderung an, aber als er zum zweiten Mal das Wort Metamorphose in den Mund nahm, unterbrach sie ihn. »Geht es auch etwas weniger hochtrabend.«

»Es tut mir leid«, sagte er sofort.

Er trank schnell.

Sie schwieg.

Er bestellte noch eins. »Hast du gehört?«

Sie winkte dem Kellner.

»Hast du gehört, was ich gesagt habe?«

Sie bezahlte für sich. »Ich versuche, dich zu hören, aber …« Sie zog sich ihre Bomberjacke an und stand auf.

Auch er erhob sich. »Es tut mir wirklich leid.«

Sie konnte ihn kaum ansehen.

»Glaubst du, ich spiele hier die Heimkehr des verlorenen Sohnes mit dir? Besser in Verantwortung ertrinken, wie du es nennst, als ständig abzutauchen.«

Hey, little sister. Nimm ihn nicht so ernst, deinen bekloppten Bruder.

»Ich habe es nicht so gemeint.« Er knuffte ihr in die Seite.

Er sah, wie sich ihre Augen mit Tränen füllten.

»Wofür entschuldigst du dich, und wie lang wird es dir leidtun? Bis zum dritten Bier?«

Sie drückte sich an ihm vorbei und verließ die Kneipe.

Er sah auf seine Hausaufgaben für den Tag:

1. Zusammenfassung
Unternehmensname t. b. f.
Rechtsform soloselbstständig
Gründungstag vorauss. 04. 02. 2019
Standort Berlin oder Wien
Geschäftsidee: Freie Texte, Konzepte und Beratung für Menschen & Systeme wider die reine Apparatur

Mehr als 5 Jahre Führungserfahrung im Kunden- und Projektmanagement
Studium Absolvent der Journalistenschule Hamburg (2008)
Weiterbildungen SEO Management (Agentur MILCH, Inhouse, Wien, 2017)
Storytelling (Writers Academy, London, 2016)
Social-Media-Beratung (ISA-Institut, Wien, 2015)
Kernkompetenzen
– 3 Jahre Erfahrung in der Leitung von Online-Kampagnen für

Großkunden (68,6 Tsd. Follower). Ausgeprägte Fähigkeit in Contenterstellung sowie Kundenberatung.
– 5 Jahre Erfahrung in Konzeptionierung und Betreuung strategischer Kommunikation. Leitung eines Teams im Bereich Redaktion und Social Media.
– 9 Jahre Erfahrung in Textproduktion und -redaktion.
Berufliche Schwerpunkte
– Schreiben/Kreativität vs. Strategie
– professionelle Kommunikation und passgenaue Dramaturgie (Sender und Empfänger)
– Transparenz (offen) vs. Simulation (Macht)
Soft Skills
– Eigeninitiative/Entwicklungspotenziale
– Eigenverantwortung/Selbstständigkeit
– Unkonventionalität/Frustrationstoleranz
Interessen
– Lesen (Fachliteratur und Romane)
– Laufen (Ziel: Wiener Silvesterlauf/nach Verletzungspause)
– Schach (Hobby)
Sprachen
Englisch (sehr gut)
Französisch (Grundkenntnisse)
Graecum
Großes Latinum.

Er öffnete den Link, sah sich selbst vor einem Hintergrund mit Wäscheständer und Trainingsbank, stand auf, räumte den Ständer aus dem Bildausschnitt, wählte die blurry Variante, senkte den Kopf Richtung Bildschirm, als schaue er in einen Spiegel, massierte sich mit dem Ringfinger die Falte zwischen den Augenbrauen, bevor er auf »Teilnehmen« klickte und dem Coach, nicht ohne leise Vorfreude, die ihn selbst erstaunte, einen guten Morgen wünschte.

Das Ergebnis war ernüchternd und hatte nichts, rein gar nichts mit den Stressszenarien oder Einläufen zu tun, wie er sie über die Jahre von MILCH kannte – und auch nichts mit dem Druck, die Erwartungen eines Auftraggebers nicht mehr erfüllen zu können, eine Lage, wie er sie vor nunmehr gut einem Jahr erfahren hatte, als er die vor Enttäuschung bleierne Leitung aushalten musste, nachdem er dem Politiker – »diesen Job übernimmst du persönlich, mein Lieber«, hatte Chris ihm nach seiner selbstgewählten Kündigung entgegengeschleudert – am Telefon eröffnet hatte, dass er ihn mit sofortiger Wirkung nicht mehr betreuen werde.

»Vielen Dank für die Zusendung Ihrer Unterlagen, Bene«, begann der Coach. »Ich schlage vor, ich melde Ihnen zunächst einmal zurück, was bei mir angekommen ist. Und wie gesagt, das ist alles als Input zu verstehen. Ich reflektiere sozusagen laut vor Ihnen. Ich sage schon einmal: außergewöhnlich, und das meine ich im besten Sinn. Aber – dieses ABER ist als UND zu verstehen ...«

Erstens: Deine Geschäftsidee ist also keine Geschäftsidee, sondern ein Kurzprofil deiner bisherigen Tätigkeit, Ausnahme der Header, Stichwort »Freie Texte«. Da kann man erkennen, wenn auch noch vage, wohin die Reise gehen könnte, allerdings: viel zu abstrakt, um nicht zu sagen, intellektuell. Und, nicht falsch verstehen: Der Businessplan muss nicht klingen wie das Klischee eines Businessplans, aber er ist nun einmal, wie der Name schon sagt, der Plan für eine Unternehmung, eine Art Absichtserklärung mit Fakten und Zahlen, die man auf ihre Tragfähigkeit überprüft – aber keine künstlerische Abhandlung, und sei die Dienstleistung noch so kreativ.

»Das kennen Sie vielleicht aus Ihrer Branche: Die Geschäftsidee ist die Logline, der Kürzestschlüssel zu Ihrer Story. Die Story, das ist in Ihrem Fall die Unternehmung, ja?«

Zweitens: Dein Kurzprofil erfüllt also den Zweck einer, wir nutzen das mal weiter: Synopsis, aber du bist hier weder in einer Maßnahme zur Heranführung an den Arbeitsmarkt noch zum Abbau von Vermittlungshemmnissen. Du willst dich gründen, Mann, Zuschuss hin oder her. Bam.

»Das liegt wahrscheinlich daran, dass ich nach dem Studium, ohne es wirklich zu wollen, schon bald in eine Festanstellung geschlittert bin«, *bringst du hervor, ohne genau zu wissen, wie genau dieser Satz im Zusammenhang steht,* »ich habe es zwar jahrelang gemacht, es aber tief in mir drin nie wirklich in Verbindung mit mir bringen können. Ich bin im Grunde meines Herzens völlig unfähig, mich anzupassen. Ich habe den Job in der Agentur zwar immer individuell, sag ich mal, ausfüllen können, und auch an Wertschätzung hat es nicht gefehlt, bilde ich mir ein, aber – und sei der letzte Auftrag auch noch so, wenn auch auf seine eigene Art, sinnstiftend gewesen – ich habe mich, und das ist bitter, nun knappe zehn Jahre krumm gemacht. Das ist die Bilanz.« *Du bist überrascht, was da aus dir herauspurzelt.*

»Individuell wird gern mit kreativ verwechselt«, antwortete der Coach in schlichter, unermesslicher Weisheit.

Drittens: Dein sogenanntes Kurzprofil wäre, würdest du dich um eine Anstellung bemühen, für einen Personaler ein Fall zum Auf-den-Stapel-Legen – sehr qualifiziert, aber für die Position in einem Team tatsächlich zu wenig anpassungsfähig wirkend und für einen Leitungsposten etwas zu unreif, um nicht zu sagen, exzentrisch.

»Da nutzt Ihnen auch der Promifaktor Ihres ehemaligen Arbeitgebers Schrägstrich Auftraggebers nichts – falls der Ihnen überhaupt eine persönliche Referenz schreiben würde, wovon ich Ihnen, obwohl ich ungern in die klassische Beraterrolle gehe, definitiv abraten würde.«

Der Bildausschnitt war kurz eingefroren.

»Es soll nicht nach Besserwisserei klingen, aber Sie machen mir nicht den Anschein, als wollten Sie in Zukunft Kunden aus dieser Art Spektrum anziehen. Es geht um einen Cut, wie es scheint. Apropos Referenzen: Haben Sie Menschen oder ehemalige Auftraggeber, die Ihnen positive Bewertungen schreiben können, Stichwort Akquise?«

Du schaust auf das freundliche Gesicht deines Coaches, du spürst, er ist alles andere als dumm, und er erhält die Verbindung aufrecht zu dir, du hast keine Ahnung, wie er das macht, über Hunderte von Kilometern entfernt, und bevor du etwas anderes merken könntest, spürst du sie: die Wut, diese alte Haut, die brennt. Aber du reißt dich zusammen, hoffst, dass die Pixel des Bildschirms deine zitternde Unterlippe unsichtbar machen, und du schaffst es zu sagen: »Da sagen Sie was. Wenn ich auf Geschäftsdeutsch spreche, klingt es so: Netzwerken in eigener Sache war nie meine Stärke, wobei ich betonen möchte, dass ich für andere immer stark abliefere. Und wenn ich die schnöde Wahrheit ausspreche, klingt es so: Ich bin nicht in der Lage, mich als Teil einer Gemeinschaft zu begreifen, auch wenn ich sehr gut darin bin, zumindest beruflich, das zu performen.

Ich bin im Grunde unfähig, die Werte einer Gemeinschaft gelten zu lassen, Menschen in Gruppen erscheinen mir allgemein zutiefst lächerlich. Ich kämpfe mit Verachtung für die Vielen, nicht für die Einzelnen.

Zugleich beneide ich die Gemeinschaft um ihr Solidaritätsgefühl, verachte mich selbst, tue mir leid. Individualität ist für mich kein Lifestyle, sondern ein Akt des Widerstands.«

Er trank einen Schluck Wasser.

»Ja, nie wieder«, änderte der Coach überraschend den Blickwinkel, »aber dieses ›Nie wieder‹ ist noch kein Geschäftsmodell. Danke für Ihr offenes Wort, Bene, ich lasse das mal so stehen für heute.«

Viertens: Alles, was du unter Soft Skills subsummiert hast, sind maßgebliche Eigenschaften für eine Gründung, das sei nun wirklich interessant.

»Haben Sie eine Idee, wo diese Kategorisierung herrührt?« *Nein, hast du nicht.*

»Wie sieht es mit Zielorientierung und Risikobereitschaft aus?«

Musst du drüber nachdenken.

»Wir lassen den Businessplan erst einmal beiseite, so viel Zeit muss sein. Hausaufgabe fürs nächste Mal: Was verbinden Sie mit dem Begriff Unternehmertum? Wenn Sie gut vorankommen: Was verbinden Sie mit dem Begriff Konflikt?«

Es war das zweite Jahr, in dem er zu Weihnachten nicht hinfuhr. Genauso lange hatte er nichts von sich hören lassen – außer E-Mails zu den Elterngeburtstagen oder, am Anfang noch, Grüße via Agnes. Es war klar gewesen, dass er nach der letzten Auseinandersetzung mit der Mutter nicht ohne Weiteres zur Tagesordnung übergehen konnte: mit einem ersten Anruf kurz nach dem Ereignis, wie es Usus war in der Familie bei Streit, und dann wieder alle drei Wochen, das Hallo, wie geht es dir, und, Wie geht es dem Vater?

Nach seiner Ankündigung, allein klarkommen zu müssen, war ihm gar nichts anderes übriggeblieben, wollte er sich selbst auch nur ansatzweise noch ernst nehmen. Wenn überhaupt einen Rat, dann von jemandem, der ihn nicht ständig zum Handeln, das hieß zu Lösungen drängte. Er wusste selbst, wie das ging, Ergebnisse, er hatte nun eine halbe Ewigkeit abgeliefert. Stattdessen, und zwar jetzt: aufhören, das hieß stumm bleiben, das Ende suchen, und das hieß, wenn es sein musste, mit allem Schluss machen.

An einem Tag, irgendwann in diesem Jahr, war die Lähmung so groß geworden, dass er sich – er war extra dafür an einem Sonntag in den Siebten gefahren – vor die Kirche gestellt und gewartet hatte, aber: Die Säule seines Namenspatrons am Eingang wollte keine Erkenntnis aussenden, glotzte nur vom Geländer, so blind wie der Stein, aus dem sie gemacht war.

Er sah den Geistlichen herauskommen, hörte ein »Grüß Gott« in seine Richtung. Wortlos drehte er sich um und lief davon, wie ein Verrückter lief er die Burggasse hinunter, bis über den Ring, lief bis in den Volksgarten. Kurz vor dem Heldenplatz hielt er an, stützte sich an einen Baum, wartete, bis der Atem aufhörte zu schmerzen. Er stellte fest, dass nun immerhin das Bein wieder heil zu sein schien.

Anfang Dezember meldete er sich in der Stammkneipe für einen Dienst bei der Obdachlosenspeisung. Seine Aufgabe: den Braten auftun, die Soße darüber gießen, den Teller weiterreichen zum Beilagen-Mann, Kartoffelsalat oder Knödel. Der gab weiter zur Frau des Wirtes, die den Teller auf ein Tablett stellte, samt einem Dessert, und es eines nach dem anderen an die Männer, die Schlange standen, reichte. Als alle bedient waren und saßen, hielt der Wirt eine kurze Ansprache, ging durch die Tische und schenkte ein. Aus den Boxen erklang das Heiligabendläuten einer voralpenländischen Kirche, wie der Radiosprecher sagte. Frohe Weihnachten.

Auch er setzte sich und begann zu essen. Der Mann neben ihm hatte auffallend gute Manieren, wie er im Augenwinkel sah, und obwohl Bene nicht nach Konversation zumute war, musste er das Interesse des Herrn geweckt haben, denn der richtete, nachdem er mit dem Essen fertig war und einen Schluck Rotwein genommen hatte, die Rede an ihn. »Eventmanagement, Probleme im Job, Ehekrise, Spielsucht, Kündigung, Scheidung, Gerichtsvollzieher. Ich hoffe, es bleibt mein erster und letzter Winter auf der Donauinsel.«

Bene wandte den Blick zu ihm.

»Und wenn ich Ihnen etwas mit auf den Weg geben darf, Sie melancholisch dreinblickender, junger Mann: Nach Trauer, und sei sie noch so tief, kommt Trost. Nur dürfen S' den Zeitpunkt nicht verpassen.«

Er musste noch darüber nachdenken, als die Engel und Paria die Kneipe schon wieder verlassen hatten und er der Frau in der Küche half, indem er die eigens für den Tag angeworfene Gastronomiespülmaschine ein- und ausräumte, während im Wirtsraum nun, zum späteren Abend, auf normalen Schankbetrieb umgestellt wurde und Frank Sinatra die bis dahin gesegneten Stunden in Kitsch ertränken würde.

Er war gerade mit Marianne unterwegs, wollte nur kurz den Briefkasten leeren, ehe sie zu ihr gingen, als er einen handschriftlich verfassten Brief darin vorfand.

»Schlimme Post«, fragte sie.

»Ich weiß es noch nicht«, antwortete er, riss das Kuvert auf und setzte sich auf die Treppe.

»Lieber Benedikt Zwicker«, las er, auf den Stufen sitzend, vor. »Es ist ein Jammer, wie lange wir nichts voneinander gehört haben, und ich möchte die günstige Gelegenheit nutzen, Sie, hoffentlich, persönlich zu erreichen. Auch Sie werden vermutlich ein paar ruhige Tage verbringen – gehe ich doch davon aus, dass Sie sich mit Ihrer Expertise nun ein für Sie, hoffentlich, gutes Tätigkeitsfeld erschlossen haben.

Um allerdings ehrlich zu sein, bzw. was ich gehört habe (nichts gegen Ihre junge Kollegin, ich habe ihr so hartnäckig zugesetzt, dass sie sich nicht mehr anders zu helfen wusste): Sie, ganz ohne Aufgabe? Das Mädchen nahm sogar das Wort Burn-out in den Mund, aber machen Sie sich keine Sorgen, ich halte nicht viel von Psychologie, diesem Hobby für Neoliberale – einzig dafür gut, die gesamte Verantwortung auf andere abzuwälzen, nur um nicht selbst hinstehen, die Pflicht wahrnehmen zu müssen, nicht den Aufgaben ins Gesicht zu sehen, vor die uns die Gegenwart stellt.

Auch meine Ex-Frau (ja, die Scheidung, es wird Sie nicht verwundern, ist durch) scheint sich, buchstäblich, um den Verstand meditiert zu haben. Sie verlangt nicht weniger als 18 000 € Unterhalt im Monat, wobei ich auch noch die Studiengebühren für die Elite-Unis der Kinder zu bezahlen habe.

Kein Wunder, dass mir dieses Jahr beruflich die Zügel etwas aus der Hand geglitten sind. Zuerst habe ich mich etwas vertwittert, wie Sie gesagt hätten – aber mir ist bei dem ganzen öffentlich-rechtlichen Getröte um die Gelbwesten, d.h. die Antisemitismuskeule gegen alles und jeden, ganz bewusst die Hand ausgerutscht, um im Jargon Ihrer Branche zu bleiben. Ich schäme mich bis heute nicht dafür, aber es hat zu einer handfesten Auseinandersetzung im Vorstand geführt: Ich hätte einen weitaus größeren Flurschaden verursacht, als mir bewusst wäre, das Wort vom PR-Desaster hat die Runde gemacht. Und apropos Katastrophe: An der Schmierenkampagne um unsere Spenden ist nichts dran, glauben Sie mir das bitte!

Nun bin ich, wen wundert es, etwas isoliert. Ich merke es vor allem daran, dass auch meine alten Netzwerke in die Kulturszene, mitunter Leute, die ich noch vom Studium kenne, nicht mehr greifen. Das wäre mir mit Ihnen an meiner Seite nie passiert.

Zu allem Verdruss hat mir dann auch noch die Sache mit der Räumung dieses Irrencamps in meinem Wahlkreis die zarten Bande, die ich gerade dabei war, mit einem Minister der Fli-li-liberalen aus dem Landtag zu knüpfen, gekappt. Aber, ganz ehrlich, der tödlich Verunglückte hat sich Journalist geschimpft, schien aber in Wahrheit einer dieser von den Ökos Verdorbenen, blind vor lauter Ideologie. Bezüglich der Jugend: Da nehme ich lieber den Schierlingsbecher, anstatt mich vor den Karren des Zeitgeists spannen zu lassen.

Oft habe ich mich gefragt, was Sie zu alldem zu sagen (gehabt) hätten, vor allem: was Sie mir geraten hätten. Sie wirkten, neben Ihrer exzellenten strategisch-fachlichen Beratung, auch auf menschlicher Ebene kompetent: jung an Jahren, reich an Erfahrung, könnte man es nennen.

Keine Sorge, ich akzeptiere Ihre Entscheidung, ich werde nicht in Sie dringen. Da Sie in meiner beruflichen wie persönlichen Jahresbilanz allerdings als so schmerzliche Lücke spürbar sind, wollte ich nicht weiter zögern, Sie dies wissen zu lassen.

Und vergessen Sie nicht: Harte Arbeit ist keine Diagnose!

Gerade hat mir meine Vesna einen schönen elsässischen Weißwein (Zum Wohle, Herr Edelzwicker!) gebracht. So lasse ich es mir also gut gehen zwischen den Jahren.

Glück auf aus dem Revier und alles Gute ins schöne Austria und für das neue Jahr,

Ihr Hunsrück

P. S.: Falls Sie es sich noch einmal überlegen – ein mit mir, immer noch, befreundeter Verleger hat neuerdings eine Assistenz der Geschäftsführung zu vergeben, er kann sich vor Arbeit kaum retten. Allerdings müssten Sie dafür in den Osten ziehen …«

»Unglaublich«, stieß er aus und ließ den Brief sinken.

»Gut, dass du diesen Mann hinter dir gelassen hast.«

Kurz nach dem Liebesakt war er eingeschlafen. Träumte er in dieser Nacht nur von sich im Wasser – im See der Kindheit schwimmend, rudernd, angelnd –, sah er in den folgenden Nächten sich selbst den Kopf drehen, am Ufer die Toten: den Großvater, wie er die Ruderboote ausschöpfte, die Großmutter, die ihm, auf eine Krücke gestützt, vom Steg der Badeanstalt aus zuwinkte, hinter ihr die Geranienkästen an der stillgelegten Liegefläche, hinter der sich die Dauergäste, unter großen Sonnenschirmen verborgen, schon vormittags zum ersten Canasta einen Beefeater auf Eis, Campari Orange oder einen Maria Kron gönnten. Nie erschienen ihm die Lebenden, immer die Toten, und während er träumte, war er sich dessen bewusst, dass er träumte, und es jagte ihm keine Angst ein, im Gegenteil: Fast nie nahmen die Toten ihn wahr; aber er sah ihnen in aller Ruhe dabei zu, was sie taten. Angst erschien ihm jetzt, wenn er früh aufwachte, bevor sich der Tag mit seinen Anforderungen über ihn neigte, als eine Regung aus einer fernen Welt.

Das Jahr war ein paar Wochen alt, als die Träume aufhörten, so plötzlich, wie sie gekommen waren.

Aus der Soloselbstständigkeit wurde eine Gemeinschaft des bürgerlichen Rechts: »Hecht & Specht – Kunst und Kommunikation«, eine Entscheidung, die auch der Coach ausdrücklich »begrüßte«, wie er in einer der letzten Sitzungen betonte, »einfach machen«.

»Oder wie Sie einmal ziemlich zu Anfang unseres gemeinsamen Prozesses leicht abfällig gesagt haben: Wo kämen wir hin, wenn sich jeder, der gründen will, vom deutschen Steuerrecht abschrecken ließe.«

Neben dem Rechner lag sein fertiger Businessplan:

1. Zusammenfassung, Unternehmensname, Rechtsform, Gründungstag und Standort inklusive, Geschäftsidee, Markteinschät-

zung, Gründer-Know-how, Kapitalbedarf in Euro und Art der Finanzierung (Eigenkapital vs. Fremdkapital), Eigenkapital: 8000 € (Benedikt Ulrich Zwicker), Kosten der privaten Lebenshaltung in Euro pro Jahr, Gewinn nach Steuern im 1. Geschäftsjahr, Gewinn nach Steuern im 2. Geschäftsjahr, Gewinn nach Steuern im 3. Geschäftsjahr.

»An Gestaltungswillen, Eigenverantwortung, Kreativität und Risikofreude mangelt es Ihnen wirklich nicht.«

2. Geschäftsidee (1 Seite),

3. Alleinstellungsmerkmal (1 Seite),

4. GründerInnenprofil (1 Seite),

5. Markteinschätzung und Wettbewerb (1 Seite), Markt generell, Markt für Ihre Nische, Wettbewerb generell, Wettbewerb in Ihrer Nische,

6. KundInnen und Zielgruppen.

»Nehmen Sie es zum Schluss noch einmal für sich mit: Bleiben Sie flexibel, was die Potenziale von anderen angeht, sonst kommen Sie mit Ihrer Belastbarkeit ganz schnell wieder an eine Grenze.«

7. Preispolitik

»Bitte erläutern Sie, wie Sie auf den Preis kommen (z.B. durch Analyse der Marktpreise).«

8. Marketing und Vertrieb.

»Nicht immer geht es um Perfektion. Und: Behalten Sie die messbaren Ziele im Kopf, sonst wird Ihre Selbstständigkeit, sosehr sie auch Berufung sein mag, sosehr sie auch aus dem Willen zur Unabhängigkeit motiviert ist, zur Selbstausbeutungsmaschine.«

Bei solchen Sätzen hätte dir der Großvater den Vogel gezeigt, mein lieber Coach.

9. Organisation und Standort

Ich werde die (gewerbliche/freiberufliche) Tätigkeit als Gemein-

schaft des bürgerlichen Rechts am 25. 02. 2019 aufnehmen. Die Anmeldung der Tätigkeit beim Finanzamt ist am 11. 02. 2019 erfolgt, Angaben über Personal, Büro- und Kommunikationsstruktur, Standort.

10. Chancen und Risiken, Unternehmensrisiko, Unternehmerrisiko (Versicherungen, Rechtsanwalt etc.), Risiko Krankheit/Unfall (Krankentagegeld, Vertreterregelung), Investitionsrisiko, Forderungsausfallrisiko, Marken-/Domainrechte.

11. Finanzplan

Der Finanzplan setzt sich aus folgenden Teilen zusammen: Annahmen, private Lebenshaltungskosten, Investitionen und Finanzierung, betriebliche Kosten, Umsatzplanung, Rentabilitätsvorschau, Liquiditätsvorschau.

Das würde den Vater interessieren.

Und das die Mutter:

12. Anhang – Der Anhang setzt sich aus folgenden Teilen zusammen: Lebenslauf, Zeugnisse, Anmeldung beim Finanzamt.

»Ich wünsche Ihnen alles Gute.«

4

»Was sagst du dazu, jetzt, wo alles vorbei ist: Ist deine Familie eine anständige?«

Sie hört sich antworten: »Anständig, was soll das sein?«

»Gut, anders gefragt: Gibt es Schuldige?«

»Ich habe mein Bestes gegeben. Anscheinend hat es nicht gereicht.«

Kerzengerade sitzt sie auf der Stuhlkante am Küchentisch, froh darüber, dass wenigstens ihre Tochter Gregors Zweiundsiebzigsten mitgefeiert hat. An die Aufnahme von damals erinnert sie sich nicht. Aber sie erinnert sich an die Reise nach Berlin, an Agnes' dreißigsten Geburtstag und an die anschließenden Tage mit ihrem Mann im Spreewald, »zum Runterkommen«, wie ihre Kinder sagten. Ein Olympusgerät VN-5500, Speicher 512 MB, Gewicht 63 Gramm, Sprachaufnahmezeit 300 Stunden, hatten sie ihrer Tochter, schön verpackt, mit pinkfarbener Schleife, überreicht.

»Wow, das ist ja mal sinnvoll«, hatte ihr Sohn gesagt, als es ausgepackt auf dem Tisch gelegen hatte.

»Ja, zur Dokumentation, für Agnes' Lehranalyse.«

Die Kinder hatten es sofort in Betrieb genommen.

»Ma, du erinnerst dich nicht, weil alles zu viel für dich war und Bene dich provoziert hat«, sagt ihre Tochter. »Ich jedenfalls erinnere mich, du hast gesagt: ›Da bin ich sehr bei mir.‹ Und Bene hat gefragt: ›Wobei?‹ Und du hast geantwortet, ›Ach, schalt das Ding aus.‹ Er hat es ausgemacht, und wir haben die leckere Sahnetorte gegessen, die du mit nach Berlin gebracht hattest.«

Seit ihre Tochter ihre eigene Praxis hat, findet sie keine Verwendung mehr dafür, sie bevorzugt zur Dokumentation ihr iPhone. »Ich stelle es auf eBay, wenn ihr nichts damit anfangen könnt.«

Als Agnes am Nachmittag abreist, testet Edith das Gerät, haucht ein paar Mal ihren Namen ins Mikro und löscht ihn wieder, bis sie schließlich bereit ist: »Ich bin es, deine Mutter. Im Keller stehen noch Kisten von dir. Wir haben sie aus der alten Wohnung in die neue geschleppt, falls du dich erinnerst. Deine Schwester ist überzeugt, dass du sie nicht vermisst, sonst hättest du dich sicher gemeldet.

Ich erinnere mich, dass du damals gesagt hast, du würdest für ein Kunstprojekt die Pressearbeit übernehmen. Ein Job, der dir das Ankommen in Wien erleichtern würde, hast du erklärt und hinzugefügt, ›befristet, für höchstens ein halbes Jahr‹. Dann wolltest du dich um ein Volontariat kümmern und vielleicht wieder nach Hamburg zurückkehren. München kam für dich nicht infrage. Wenn klar sei, wo du dich niederlassen würdest, würdest du die Kisten wieder an dich nehmen. Himmel, Benedikt, das ist jetzt fast zehn Jahre her. Ich habe dich mehrfach darauf aufmerksam gemacht, dass der Keller in der alten Wohnung feucht war, nicht geeignet fürs Unterstellen deiner halben Bibliothek. Die Bücher, darunter die wertvolle Karl-May-Ausgabe von deinem Urgroßvater, sind mittlerweile verschimmelt und können in die Papiertonne.

Du bist mal wieder auf Tauchgang. Deine Schwester sagt, ›Lass ihn. Er wird schon bald zur Vernunft kommen.‹ Aber ich sage, ›Anrufe seiner Eltern zu blockieren, das muss nicht sein‹.

Ich sehe auf das Gelassenheitsgebet in unserer Küche. Es hängt seit deiner Jugend auf einer Magnettafel am Kühlschrank und hat auch den Umzug ins Eigentum überlebt: ›Gib mir die Gelassenheit, Dinge zu akzeptieren, die ich nicht ändern kann, den Mut, Dinge zu ändern, die ich ändern kann, und die Weisheit, das eine vom anderen zu unterscheiden.‹ Der Satz begleitet mich, seit ich denken kann. Nach wie vor übe ich mich darin. Im Alter kann ein Zuviel davon ins Gegenteil umschlagen, in Apathie. Das diskutiere ich mit deinem Vater, wann immer er sich zu schwach fühlt, sich mit mir auseinanderzusetzen. Er ist ein Profi, wenn es ums Ausweichen geht.

Aber die viel wichtigere Frage, die mir die Nächte raubt: Wofür, mein lieber Sohn, machst du mich eigentlich verantwortlich?

Lass die Dinge sich nicht wiederholen, sei nicht wie deine Tante, die ihr Verhalten damit erklärt, dass ich sie, und wie davor die Eltern, in die Enge gedrängt hätte. Sie nicht anders gekonnt hätte. Du bist nun erwachsen, in knapp zwei Jahren wirst du vierzig, aber ich sorge mich immer noch, dass du niemals auf die Beine kommst.

Ich bemühe mich aufs Äußerste, eure Generation zu verstehen, im Speziellen natürlich dich. Dass ihr weit länger braucht, um euer Leben zu gestalten, scheint eine Tatsache. Dein Vater hat weniger Bereitschaft, sich damit zu beschäftigen. In deiner Jugend hast du mit ihm gekämpft. Was ich als eine normale Entwicklung angesehen habe. Mit mir in den Ring zu steigen schien zu gefährlich, nicht wahr?

Seit diesem unmöglichen Auftrag, den du vor uns über lange Zeit verheimlichen musstest, habe ich die Nabelschnur endgültig durchtrennt. Du hast gesagt, du müsstest selbst damit klarkommen. Ja, recht hast du. Du bist im Geist eines sozialdemokratischen Hauses aufgewachsen, uns war immer das Wichtigste: Bildung für dich und deine Schwester. Und dein Großvater hat im Gemeinderat gesessen.

Was ihm immer das Wichtigste war, das weißt du: Gerechtigkeit. Ohne ihn hätte ich, in einer Zeit, in der man den Frauen nicht allzu viel Intelligenz zugesprochen hat, keine höhere Schulbildung erlangt. Ich bin es leid, dies immer wieder darzulegen. Was nur führt dich also in diese unterirdischen Gefilde? Sich für eine Partei starkzumachen, die rechts ist. Weder die Familie deines Vaters noch meine hatte, soweit mir bekannt, einen Hang ins rechte, auch nicht ins konservative Spektrum. Vom Schweigen meiner Mutter und ihrer Nostalgie einmal abgesehen. Nichts habe ich ihr entlocken können, wohingegen mein Vater offen erzählte, dass er wusste, was im Warschauer Ghetto passierte, als er, mit noch nicht einmal 18 Jahren, an die Ostfront geschickt wurde. Und glaube mir, ich weiß, was Konflikt ist, ich habe, besonders ihn, konfrontiert.

Unsere Wurzel ist proletarisch, Benedikt, und in meiner Zeit hieß das: sich klar und eindeutig vom Gedankengut des braunen Morasts und der Springer-Presse abzugrenzen. Unsere Vorfahren, deine und meine, versuchten zu überleben, ganz einfach, und Gregor und ich wollten raus aus dem Mief und atmen. Deine Schwester hat uns zur Genüge den Spiegel vorgehalten. Und ich habe mich gestellt.

Doch wo ist die Henne und wo das Ei? Ich weiß, wie sehr ihr, deine Schwester und du, den Herzacher Sommerferien als Kinder entgegengefiebert habt. Du machst dir keine Vorstellung, wie viel ich aufbringen musste, um euch dies Jahr um Jahr zu ermöglichen, was für eine Anstrengung es war, meinem Leben mit euch und meinen Verpflichtungen als Bader-Tochter gerecht zu werden, trotz der großen räumlichen Distanz. Weißt du eigentlich, wie oft ich zurate gezogen wurde, wie oft ich Feuerwehr spielen musste, wegen eines Scheißdrecks, wie dein Großvater die Streitereien nannte, wegen eines Wehwehchens deiner Tante, eines Rechtsstreits mit irgendeiner Behörde; wie oft ich Feuerlöscher war, wenn meine Mutter wieder einmal krank wurde? Wie oft ich am Telefon hing oder alles stehen und liegen ließ – zwischen all meinen Aufgaben als Mutter, Ehefrau und meinem Beruf, erst an der Uni, dann in der Erziehungsberatungsstelle –, um nach Herzach zu fahren und zu schlichten.

Ist es das, was du mir vorwirfst?

Glaub mir, ich bin nicht immer gesprungen, habe nicht immer entsprochen. Es gab Zeiten, weit vor deiner Geburt, in denen ich mich, dank deines Vaters, der mir immer den Rücken gestärkt hat, wenn es um meine Familie gegangen ist, durchgesetzt habe. Was glaubst du, was ich für eine Enttäuschung verursachte, als ich sagte, ›Vater, hör zu, wir ziehen nach Freiburg. Der Gregor hat eine Stelle.‹ Hatte ich doch, wie du vielleicht nicht weißt, seit meinem Übertritt aufs Gymnasium, seit ich elf Jahre alt war, zwei Dinge zu vereinen: das Mitanpacken im Geschäft und zugleich meine Schule. Ich habe das hinbekommen. Geschadet hat es mir nicht, auch wenn deine Schwester überzeugt ist, dass meine Hautprobleme unmittelbar damit zusammenhängen, wie sie mir immer wieder, wie sie sagt, ›spiegeln‹ muss: ›Der Körper vergisst nicht, er hat ein Gedächtnis wie ein Elefant.‹

Ich weiß es noch wie heute: ›Vater‹, habe ich gesagt. ›Ich kann nicht mehr mit anpacken. Ich ziehe weg.‹ ›Das kommt gar nicht infrage‹, sagt er. ›Doch!‹, sage ich. Daraufhin hat er nicht mehr mit mir gesprochen, tage-, wochen-, monatelang. Ich bettelte nicht, flehte nicht um Verständnis. Stattdessen setzte ich mich, erleichtert, dass ich wegkonnte, mit einem einzigen Koffer in das Auto, das dein Vater damals fuhr, einen hellgrünen Käfer. Ich sah mich nicht um, sah nicht zurück, obwohl ich wusste, dass die Mutter auf der Straße stand, uns hinterherwinkte und dabei Rotz und Wasser heulte.

Als wir in der Wohnung eingerichtet waren, dein Vater sich gut beim Zoll eingefunden hatte und ich mich, das weißt du, zunächst an der Hochschule für Informatik einschrieb, wo man mich ignorierte, ging dein Vater aufs Standesamt und bestellte das Aufgebot. Er plante das Fest ohne viel Aufhebens, ohne Verwandtschaft, nur mit Freunden aus Freiburg. Keine Kirche, keine Brautentführung, nichts dergleichen, was ich mir als kleines Mädchen vorgestellt hatte: den Brautvater an der Seite, der zum Altar führt, ein weißes Kleid mit langem Schleier und Brautjungfern – nichts dergleichen also, nur ein Festmahl im Auer-Hof, am 30. 11. 1969, mit Markklößchensuppe, Schwarzwälder Kirschtorte und Kalter Platte am Abend, dazu der Hauswein, irgendein Spätburgunder, mit Hinweis, dass man auf den Silberplatten nicht schneiden dürfe. Nicht mal meine im vierten Monat schwangere Schwester war anwesend.

Ich habe alles getan, um in dieser Zeit und die ersten Jahre unserer Ehe nicht schwanger zu werden. Das hatte ich zur Bedingung gemacht, bevor ich den Antrag deines Vaters annahm, und auch, dass er in unserer Bar in der Altstadt nur für mich das erste Mal in seinem Leben auf die Bühne trat und Saxofon spielte, ein Miles-Davis-Stück.

Diese Jahre waren großartig, ohne euch Kinder. Ich hatte die Fakultät gewechselt. Zu Erziehungswissenschaften. Das war damals sehr verstaubt, aber politisch gesehen genau das meine. Gefühlt war deine Tante mit deiner Cousine öfter in Freiburg als wir in Bayern. Ich denke gerne daran zurück.

Und dann, der Anruf meines Vaters, es war um Ostern 1972 und schon beinahe sommerliches Wetter in der hochrheinischen Tiefebene: ›Der Mutter geht's schlecht. Das Herz.‹ Das war das erste Vorhofflimmern. Wieder habe ich alles stehen und liegen lassen und fuhr nach Bayern, obwohl ich vor der Abgabe einer Semesterarbeit stand.

Natürlich starb die Mutter nicht, aber im Nu, so schnell konnte ich gar nicht schauen, war ich wieder die Alte. ›Edith dies, Edith das‹, hörte ich es von allen Seiten, ›Es ist halt viel.‹ Das hieß es immer, aber ich weiß nicht, wann es jemals nicht viel gewesen wäre. Ein Anlass für Aufregung: Meine Schwester wollte ausziehen, einen ordentlichen Arbeitsvertrag mit den Eltern schließen, aber stattdessen kam die Mutter ins Krankenhaus, und das Thema blieb liegen, jahrelang. Das war das System dort, und das Wichtigste war mir, das musst du mir glauben, euch vor dieser Dynamik zu schützen.

Oft stelle ich mir vor, was gewesen wäre, hätte meine Schwester Lena nicht bekommen. Ich sehe sie noch vor mir, wie sie in Freiburg aus dem Zug steigt. Erst mir, dann Gregor um den Hals fällt und fragt, ob wir das Kind zu uns nehmen würden, wenn sie es bekäme. Herrgott, schoss es mir durch den Kopf, bei aller Liebe. Ich dachte Nein und sagte: ›Ja.‹ Gregor wagte zu fragen: ›Es gibt doch sicher einen Vater?‹ Sie geriet außer sich, das würde uns einen feuchten Dreck angehen. Wir, in unserer heilen Welt, hätten nicht das Recht, darüber zu urteilen. Und schließlich redete ich mit den Eltern, erst am Telefon, dann fuhr ich mit, um Brigitte beizustehen. Die Mutter sagte, ›Wir haben doch vieles schon großgekriegt. Wir hatten schon viel schlechtere Zeiten. Im Haus ist immer genug Platz für die Familie.‹

Genug Platz im Haus, dass ich nicht lache. Gerede, alles nur Gerede. Für dich hatten sie keinen, jedenfalls nicht außerhalb der Sommerferien.

Obwohl sich die Mutter doch immer einen männlichen Erben gewünscht hat.

Ein Mal hätte ich sie gebraucht, ein Mal.

Ich sehe dich vor mir: Du bist vier Jahre alt. Deine Schwester wird in ein paar Monaten drei. Wir haben für ein Jahr ein Au-pair aus dem britischen Guildford, unserer Partnerstadt, aufgenommen. Sie wohnt oben in der Mansarde, in die viel später Agnes zieht. Ich komme mir vor wie eine Bourgeoise, aber Gregor sagt, es sei schlicht Hilfe, die ich einfach mal annehmen könnte, und für dieses eine Jahr könnten wir uns das leisten. Ich will meine Arbeit nicht gänzlich unterbrechen, ich stecke seit einem halben Jahr in den Endzügen einer wichtigen Untersuchung zum Thema ›Jugendproteste – Aufbruch in eine veränderte Zukunft‹. Lache nicht, mein lieber Sohn.

Dafür habe ich mich gut organisiert: Vormittags von neun Uhr morgens bis ein Uhr mittags führe ich an verschiedenen Schulen in den höheren Klassen Interviews, und jeden zweiten Donnerstagabend nehme ich an einem Antiaggressionstraining für straffällig gewordene Jugendliche teil, um an Datensätze zu gelangen. Noch heute kommt es mir manchmal so vor, als sei meine Arbeit an allem schuld gewesen, als habe sich meine damit verbundene Abwesenheit als Kind in dir festgesetzt – als Vertrauensbruch? Aber nein, das ist ein Hirngespinst, ich war immer für euch und euren Vater da. Doch eines ist gewiss: Meine berufliche Tätigkeit hat mir immer, egal, ob um mich herum alles zusammenzustürzen drohte, Bedeutsamkeit geschenkt.

Und plötzlich hast du diese Welt unterbrochen. Oder wie anders soll ich deinen eher implodierenden, weniger explodierenden Anfall deuten, der deine Schwester beinah das Leben gekostet hätte?

Das Au-pair ruft aufgelöst in der Schule an. Sie bitten einen Schüler aus dem Abiturjahrgang, nach mir zu suchen. Er braucht eine Zeit, bis er mich in der Turnhalle mit der 11a findet. Wir sitzen im Stuhlkreis. Ich stelle Fragen. Der Schüler ist so aufgeregt, dass ich annehme, es brenne irgendwo. Er wisse nichts Genaues, aber dringlich sei es. Ich rase durchs Schulgebäude, in den ersten Stock, ins Sekretariat.

›Benedict put a pillow on Agnes' face and pressed it deeper and deeper with a lot of force. I had hardly been able to pull it away. He lashed out and now he sits in the corner and doesn't talk to me. Please come home.‹

Zu Hause ist deine Schwester wohlauf und spielt im Wohnzimmer mit ihren Bauklötzen. Du sitzt wie ein kleines Paket, die Arme um die Knie geschlungen, auf deinem Bett und starrst auf die aufgebaute Rennbahn. Dein Blick berührt mich so tief, dass ich dich nur in den Arm nehmen kann, obwohl eine Eiseskälte, eine Unnahbarkeit aus dir zu mir spricht. Ich versuche herauszubekommen, was dich verärgert hat, greife zum Kissen, das du deiner Schwester aufs Gesicht gedrückt hast, und erkläre, dass es schwer ist, darunter zu atmen. Ich frage dich immer wieder, ob du verstehst, was ich sage. Du schaust mich nur an, schaust aus deinen dunklen Kinderaugen heraus. Ich habe Angst.

Die Belastung ist umfänglich. Auch unsere Ehe leidet. Dein Vater reagiert mit Strenge oder Teilnahmslosigkeit. Ich bin versucht, mich zu trennen, aber ihr seid klein, zu klein. Ich entscheide, meine Arbeit für ein halbes Jahr zu unterbrechen. Tagein, tagaus suche ich deine Kinderseele, bis ich das Gefühl habe, du hast wieder Sicherheit, hast dir dein Revier wieder erobern können. Irgendwann, Jahre später, lese ich in den Memoiren eines berühmten Filmregisseurs, dass er als kleiner Junge versucht hat, seine kleine Schwester umzubringen – so rasend eifersüchtig sei er auf sie gewesen. Fiktion oder Teil entwicklungspsychologischer Wirklichkeit? Ich glaube nicht, dass du dich überhaupt daran erinnern kannst. Oder ist das wieder, was Agnes meine ›übergriffige Perspektive‹ nennt?

Leicht war das nicht, glaub mir. Jeder Schultag ein Kampf, die vielen Anrufe, da bist du schon auf dem Gymnasium: Ihr Sohn dies, Ihr Sohn das. Ich weiß nicht mehr, wie viele Verweise ich unterschrieben habe. Dazu dein stundenlanges Streunen in der Altstadt, du nanntest es »Abhängen«, mit gerade mal vierzehn Jahren. Vielleicht hätten wir damals einen Therapeuten hinzuziehen sollen, denn, obwohl ich euch, selbst in den Ferien in Bayern, nicht aus den Augen ließ, erschien mir deine manipulative Fähigkeit, ja, ich muss es so sagen, außerordentlich gefährlich. Wann immer du Lust hattest, hast du deine Schwester vorgeführt, wie eine Puppe. Dein Vater sagte: ›Lass sie doch, das sind Kinderspiele, harmlose Rangeleien.‹ Vielleicht hatte er recht, ich weiß es nicht. Heute seid ihr ein Herz und eine Seele, was bin ich froh. Aber wie würde es aussehen, wenn deine Schwester ihren Weg nicht gefunden hätte? Wenn ich auf deinen Vater gehört hätte, der mich aufforderte, euch zu lassen, wenn ich nicht jeden Abend an Agnes' Bett gesessen, sie in den Schlaf gestreichelt hätte, weil sie in einer Phase, kurz vor ihrem Schuleintritt, ihrer Albträume wegen nicht einschlafen konnte. Auch dies, laut deines Vaters, eine normale kindliche Entwicklung. ›Herrgott‹, sagte ich. ›Bist du vom Fach oder ich?‹

Gern würde ich jetzt in dein Gesicht sehen, das so sehr ein Maurer-Gesicht ist, ›ein Maurer-Gesicht mit Franzosenaugen‹, wie deine Großmutter zu sagen pflegte.

Für sie in ihrem Voralpenland lag Baden in Frankreich. Für mich ist Baden Kultur und Revolution, meine bayerische Heimat hingegen Coca-Cola, der Geruch nach Maische und Restauration.

Deine Nase unauffällig zart, der Mund klein und geschwungen, die Haut eben und hell. ›Wenn ich's nicht besser wüsste‹, sagte deine Großmutter, ein paar Monate nach deiner Geburt. ›Dann könnte das Burle auch –‹ ›Nein, Mutter‹, habe ich gesagt, ›das ist und bleibt der Benedikt. Auch wenn du für ihn, nur für ihn, einmal deinen Apfelstrudel zubereiten wirst.‹

Und ob du sie wolltest oder nicht: Die Schweinekruste legte sie später nur dir hin.«

»Was machst du denn da?« Ihr Mann hat sich in ihr Zimmer geschlichen. »Ist Agnes schon gefahren?«

Sie stoppt die Aufnahme. »Musst du mich so erschrecken? Ja, sie ist vor einer Stunde los, ich soll dich schön grüßen.«

Er ist auf dem Markt gewesen. Sicherlich hat er wieder Hinz und Kunz getroffen und die Zeit vergessen. Er ist lange unterwegs gewesen. Im Korb, wie jede Woche: Käse, Schinken, drei Flaschen Wein und frische Kräuter. »Jetzt habe ich zu viel gekauft, dachte, Agnes nimmt noch etwas mit.«

Er strahlt, ungewöhnlich gut gelaunt, stellt sich hinter sie. Sanft lenkt er ihren Kopf an seine Brust und küsst sie auf die Stirn.

»Was ist das?« Er sieht auf das Diktiergerät.

»Das haben wir Agnes vor Jahren geschenkt. Ich teste es. Sie braucht es nicht mehr.«

Er bittet sie aufzustehen, greift nach ihrer Hand und führt sie zur Wohnungstür.

»Herrje«, entfährt es ihr, als sie das Körbchen auf dem Fußabstreifer sieht, darin ein Miauen.

»Zehn Wochen alt, ein Kater.«

»Wo hast du ihn her?«

»Vom Blumenstand. Die wollten den Wurf loswerden. Er hat noch vier Geschwister, die waren alle schon vergeben.«

»Wie süß.«

Am Nachmittag besorgen sie im Baumarkt ein Katzenklo, einen Kletterbaum und Unmengen Futter und Leckerlis. Am Abend rufen sie ihre Tochter an. Sie stellen das Telefon auf laut. »Wir haben jetzt ein Haustier. Dein Vater hat ihm den Namen ›Django‹ gegeben. Mir gefällt der nicht. Ich finde ›Franky‹ gut.«

»Mir gefällt ›Franky‹ auch besser«, befindet Agnes.

Als sie sich verabschieden, bedankt sich Edith für das Aufnahmegerät. »Weißt du, das ist mir lieber, im Reden kann ich gut denken.« Sie lacht. »Das Schreiben liegt mir ja nicht so sehr.«

»Als du für das Studium an der Journalistenschule zugelassen wurdest und du den Brief endlich, nach drei Tagen, in denen er auf der Anrichte im Flur, neben der Schlüsselschale gelegen hatte, abholtest, riefst du in Herzach an, ›die Oma brauch ich‹. Du strahltest über das ganze Gesicht, warst sogar erst mir, dann deinem Vater um den Hals gefallen. So freudig hatte ich dich nur selten gesehen.

Für das Bewerbungsverfahren hattest du dich mit einem Thema beschäftigt, das mir etwas zu nahe ging – ›Das Aufdecken von Täuschungen‹, eine persönliche Abhandlung, mit dem Untertitel: ›Stirb fröhlich, lache finster – gewidmet meiner Mutter‹. Bis heute weiß ich nicht, was auf diesen fünfzehn Seiten steht.

Dass du, ohne Wenn und Aber, deine Freude zuerst mit den Großeltern teilen wolltest, erstaunt mich immer noch, aber es freut mich – obwohl, verdient hatten sie es nicht, denn im Gegensatz zu dir, habe ich sie nicht vergessen, Mutters Worte, im Frühjahr 1995: ›Wird Zeit, dass ihr ihn wieder nach Freiburg holt. Hier ist es gerade etwas viel, und der Bub muss ja auch wieder in die Schule.‹

In diesem Frühjahr warst du tagelang wie auf Trebe. Ich sah dich gar nicht mehr. Du sagtest: ›Hätte es doch nur mich getroffen, dann müsste ich jetzt nicht in eure Fressen sehen.‹ Dein Freund Boris war umgekommen. Was waren wir froh, dass dir nichts passiert war. ›Hast du ihn etwa vom Waggon geschubst‹, fragte ich dich, weil ich ein Gefühl in dir hervorrufen wollte, irgendeine Regung in deinem vom Kiffen versteinerten Gesicht. Und dein Vater: ›Bist du jetzt verrückt geworden, Edith.‹ Ich entschuldigte mich. ›Lass stecken‹, sagtest du und gingst in dein Zimmer und kamst zurück mit gepacktem Rucksack. Niemand konnte dich aufhalten. Dann der Anruf aus Herzach, ›Der Bub ist da. Macht euch keine Sorgen.‹

Ich war so erleichtert. Aber die Scham blieb. Ja, du hörst richtig, ich schämte mich, immer noch ist es so. Ich bin dir nicht gerecht geworden.

Gerade mal fünf Tage haben sie dich aufgenommen. Ich weiß nicht, was vorgefallen ist, wo du doch, jedenfalls in unseren Ferien, immer der Star gewesen bist. Wir holten dich. Wir blieben nicht über Nacht. Wir redeten nicht. Meine Schwester raunte zum Abschied: ›Fischer wird der Benedikt nicht. Wer früh nicht aus dem Bett kommt, versteht nichts vom Geschäft.‹

Ich schwor mir, nie wieder einen Fuß auf das Grundstück zu setzen. Ist mir, wie du weißt, nicht gelungen.

Zurück in Freiburg, kämpftest du dich schwer durch deine Tage. Unsere Mietwohnung war dir zu eng. In deinem Zimmer stank es nach Haschisch. Dein Vater entschied, die Wohnung zu renovieren. Er hatte auch entschieden, keine Moralpredigten zu halten, keinen Hausarrest auszusprechen, weil du dich, im Gegensatz zu deiner Schwester, ohnehin nie daran gehalten hast. Er hatte dich sogar eine Woche von der Schule befreit und bei seinem Vorgesetzten um Familienurlaub gebeten.

Drei Tage habt ihr gemalert, die Türstöcke abgeschliffen und lackiert. Am vierten Tag wart ihr fertig, und dein Vater beschloss, ein neues Regal für dein Zimmer zu bauen, was allerdings nie fertig wurde. Er hatte eine Werkstatt im Industriegebiet gemietet, erinnerst du dich? Aber dann passierte das mit seiner Dienstwaffe.

Ich hatte es nicht für möglich gehalten, dass er sie nicht ordentlich, wie es das Gesetz vorschrieb, in den Tresor im Schlafzimmer gelegt hatte, dass er sie, er muss geistig umnachtet gewesen sein, in die Waschmaschine legte, wo du sie hervorholtest, als du deine ›Klamotten‹, wie du deine Kleidung nanntest, waschen wolltest, die du seit deinem Aufenthalt im Bayerischen selbst zu waschen dir vorgenommen hattest. Du warst plötzlich mit dem Ding vor mir gestanden und hattest auf mich gezielt, wohl nur zum Spaß. Ich schrie, und dein Vater kam aus dem Bad gelaufen. ›Ich warne dich, mein Sohn.‹ Weil du ihn angegrinst hast, stürzte er sich auf dich. Er packte dich am Hals und drückte dich bis an die Haustür. Glaub mir, so hatte ich ihn noch nie erlebt. Ich rief: ›Lass gut sein‹, wagte es aber nicht, mich euch zu nähern. Und dann liefst du davon, ohne die Waffe, die am Boden lag, aber in mir tauchten die schlimmsten Bilder auf: Wie du mit dem Ding ins Schulgebäude läufst, das Sekretariat ansteuerst und deine Lehrer bedrohst.

Wenn ich heute daran denke, wird mir heiß und kalt, heiß, weil ich dir Derartiges zutraute, und kalt, weil ich mich dir nicht mitteilte. Du kamst zwei Tage später nach Hause, gingst unter die Dusche, und ich stand an der Tür, wartete, bis du wieder aus dem Bad kamst, lief dir hinterher, in dein Zimmer und sagte: ›Wir haben uns Sorgen gemacht. Lass mich dich doch verstehen.‹«

Der Kater hat sich in nur wenigen Tagen eingelebt. Frühmorgens hört sie ihn in der Kammer im Flur, wo sie das Katzenklo aufgestellt haben. Ihr Gehör funktioniert noch hervorragend. Sie bedauert es, dass sie keine Wohnung mit Garten gekauft haben. Das Tier tappt über die Diele ins Schlafzimmer. Instinktiv steuert es die Bettseite ihres Mannes an, der ohne Murren aufsteht, wenn auch weit langsamer als in jungen Jahren, als die Kinder noch klein waren. Sie bleibt liegen, döst noch über eine Stunde. »Franky, bitte, noch ein paar Minuten«, hört sie sich sagen, als sie die Zunge des Katers auf ihrer Wange spürt.

In den Wochen der Eingewöhnung ruft ihre Tochter jeden Vormittag an und erkundigt sich nach dem Kater wie nach einem neuen Mitbewohner.

Seit der Rente haben sie Zeit für ein Haustier und Zeit für die Gesundheit. Ihr Mann hat letztes Jahr, nach einer starken Bronchitis, das Rauchen aufgegeben. Bei schönem Wetter steigen sie auf ihre Fahrräder, stolz darauf, dass sie noch immer, ohne Unterstützung eines Elektroantriebs, in die Pedale treten. Nicht wie die anderen Silberköpfe. Sie schmieden Pläne, kleine wie große. Neuerdings schwebt ihnen eine Reise nach Irland vor. Vor einem Jahr wollten sie noch nach Mississippi, ins Land von William Faulkner, dessen Bücher im Musikzimmer stehen und die ihr Mann alle gelesen hat. Ihre Tochter versichert, den Kater zu nehmen, sie müssten sich nicht einschränken, egal wann, wie lang und wohin sie reisen würden. »Mississippi«, sagt sie eines Tages zu ihrer Tochter, »ist von der Liste gestrichen. Zu strapaziös derzeit. Der lange Flug, und in die USA zieht es mich überhaupt nicht mehr.«

»Diese Selbstgespräche ins Leere sind wie Balsam. Selbst dein Vater stellt fest, dass ich ausgeglichener bin. Ich sage, ›Ja, Gregor, es täte auch dir gut, ein wenig zu reflektieren. Erinnerst du dich an seine erste Freundin, Luisa?‹

Ich sehe ihm an, dass er sich nicht erinnern will. ›Kurzhaarig, mit zerfetzten Jeans, viel zu großen Shirts und Armeestiefeln an den

Füßen, die ihr fast bis unter die Knie gingen und die sie nie auszog? Sie hörten stundenlang Musik, die dich sehr aufwühlte.‹

›Oh, ja, natürlich.‹

Dein Vater hat sich sehr bemüht, dem Punk etwas abzugewinnen. Das Gefühl von Missbrauch seines Plattenspielers brachte ihn allerdings an den Rand. Seine Zornesattacken kosteten mich Kraft, dir schienen sie egal zu sein. Er war überzeugt, dass wir alles tun sollten, um dich von diesem Mädchen zu befreien.

›Und dann kommt die Nächste. Und dann, was dann?‹, habe ich gesagt.

Für mich war Luisa harmlos. Ein zutiefst verunsichertes Mädchen, die die Zigaretten, die ihr aus der Küchentischschublade geklaut habt, wann immer euch das Taschengeld ausging, am Monatsanfang wohlerzogen wieder zurücklegte. ›Das verwächst sich, ihre Mutter ist im Kirchenchor, eine ganz liebe Frau‹, sagte ich.

Bei unserem Wiedersehen in Berlin letztes Jahr habe ich noch gesagt: ›Benedikt, du hast alles bekommen, was du für das Leben brauchst, Freiräume, in denen du Erfahrungen sammeln konntest, Nestwärme und Bildung.‹ Heute bin ich mir nicht mehr so sicher, was einem Menschen mitgegeben werden sollte, um stabil durchs Leben zu kommen.

Dein Vater und ich steuern auf die Zielgerade zu. Bald erreichen wir die Schwelle ins hohe Alter. Ich habe keine Ahnung, ob wir diese Etappe gut meistern. Unsere Jugend war geprägt von Aufräum- und Aufbauarbeit, äußerlich wie innerlich. Wir zeigten Dankbarkeit, ohne genau zu wissen, wofür. Man brachte uns das Beten bei, wir waren bescheiden. Wir lernten Mitgefühl und Nächstenliebe. Ich machte daraus später meine eigene Theologie der Befreiung.

Auch dir und deiner Schwester brachte ich das Beten bei. Das

Wort ›Ewigkeit‹ haben wir früh weggelassen, es jagt Kindern Angst ein.

Mir persönlich galt das Beten immer als Wegweiser, als Möglichkeit der Besinnung. Deinem Vater als Heuchelei.

Was mir vielleicht gelungen ist: euch Kinder aus dem Joch des vierten Gebots zu befreien? Sag du es mir.

Erinnerst auch du dich an diese Elternkonferenzen, die man einberief, weil in deiner Jahrgangsstufe auf dem Gymnasium so einiges schiefgelaufen war? Man fragte sich, warum sich einige Schüler dem Tod näher fühlten als dem Leben. Zwei, noch nicht mal Sechzehnjährige, hatten sich kurz hintereinander vom Münster gestürzt.

Dann geschah dieses Unglück mit deinem Freund Boris. Und anstatt dass ihr zusammenhieltet, brachte euch dieser Todesfall auseinander, dich und Luisa. Niemand hatte Schuld, Benedikt, aber du hast dich verhalten, nein, hast dich aufgespielt: ›Der Boris wollte dir imponieren, immer und überall.‹ Ich hatte, verzeih mir, mein Ohr an deine Zimmertür gehalten, sehr oft habe ich das in diesen Jahren getan, um Zugang zu dir zu finden. Luisa hat geweint: ›Ich war doch an diesem Abend gar nicht dabei.‹ Irgendwann kam sie nicht mehr. Auf meine Frage, wo sie denn sei, reagiertest du nicht. Sie hat Soziologie studiert, lebt in Frankfurt, wie ihre Mutter erzählt hat.

Eine der wenigen Kontaktaufnahmen deinerseits zu uns Eltern damals: Wenn dein Vater sonntagvormittags romantische Lieder hörte, hast du dich manchmal zu ihm gesetzt.

›In einem Bächlein helle‹, klang es aus dem Musikzimmer,
›Da schoss in froher Eil'
Die launische Forelle

Vorüber wie ein Pfeil:
Ich stand an dem Gestade
Und sah in süßer Ruh'
Des munter'n Fischleins Bade
Im klaren Bächlein zu.

Ein Fischer mit der Rute
Wohl an dem Ufer stand,
Und sah's mit kaltem Blute,
Wie sich das Fischlein wand'
So lang dem Wasser Helle,
So dacht' ich, nicht gebricht,
So fängt er die Forelle
Mit seiner Angel nicht.

Doch endlich ward dem Diebe
Die Zeit zu lang; er macht'
Das Bächlein tückisch trübe:
Und eh' ich es gedacht,
So zuckte seine Rute;
Das Fischlein zappelt dran;
Und ich, mit regem Blute,
Sah die Betrog'ne an.‹«

5

Den Aufsteller konnte man schon von Weitem sehen, wenn man, vom Bahnhof kommend, auf die Hauptstraße bog. »Wir brauchen keinen ›Kormoran-Managementplan‹, wir brauchen Taten!«, stand auf der einen Seite, in ihrer unverkennbaren Schrift, weiße Kreide auf schwarzer Tafel, in großen Lettern mit Serifen, und auf der Rückseite: »Gegen die Minderheit der Naturschutzlobby, für die Mehrheit der Normalsterblichen!«

Hob man den Blick auf die Ladenfront selbst, sprang einen die nächste Tafel an, von außen am Schaufenster angebracht, mit weiteren Thesen, »Bayern ist Fischerland« und »Die Grüne Partei sägt an den Grundfesten unserer Demokratie und zersetzt unsere Jugend«, »www.buerger-für-herzach.de« – darunter weitere Tafeln, nebeneinander aufgereiht, an der Fassade lehnend: »Frischer Fisch aus heimischen Gewässern«, »Fischsemmeln und weitere Schmankerln«, »Coffee-to-Go 2,90 €«, »Durchgehend geöffnet«. Obwohl ein normaler Wochentag, war die Ladentür verschlossen. Bene legte die Hand über die Augen, senkte den Kopf und linste durch das Glas: der Verkaufsraum dunkel, bis auf das Licht, das unter der Theke auf die Hügellandschaft aus Eiswürfeln fiel, auf denen Renke, Saibling und Forelle appetitlich glitzerten. Er würde im Eiscafé gegenüber warten.

In der Woche nach Peter und Paul hatte das Telefon geklingelt, eine unbekannte deutsche Nummer. Das war seit der Gründung nichts Ungewöhnliches, bemühte er sich doch um eine Art monatlichen Newsletter über seinen E-Mail-Verteiler, der – und da hatte der Coach mit seinem Begriff vom »Netzwerk« recht behalten – doch noch einige nicht ganz uninteressante Adressen aus früheren Lebensabschnitten bereithielt. Außerdem waren sie nun endlich mit einer Homepage sichtbar, was sich an der Zahl der Anfragen durchaus bemerkbar machte.

»Hallo, ich bin's.«

Er erkannte ihre Stimme sofort, sie hätte ihren Namen nicht aussprechen müssen, »es wird dich bestimmt wundern, dass sich deine Cousine nach so langer Zeit bei dir meldet«.

Lena kam schnell zum Punkt, der Anlass ihres Anrufes: der schlechte Gesundheitszustand ihrer Mutter, ein Sturz über die offen stehende Spülmaschine – ein Glück, kein Oberschenkelhalsbruch wie bei der Großmutter, der sie aber zu einem Krankenhausaufenthalt in den Sonnenhof gezwungen habe, wo zwar, Gott sei Dank, sowohl »die Familientradition Herzleiden«, so drückte sie sich aus, als auch Schlaganfall ausgeschlossen worden seien. Leider habe aber ein anschließender neurologischer Check eine Demenz im Anfangsstadium ergeben. »Wenn du sie, trotz allem, noch mal so sehen willst, wie du sie kennst, dann komme lieber heute als morgen. Das ist der eine Grund, warum ich dich anrufe, der andere: Sie redet viel und, so viel Ehrlichkeit muss sein, trotz allem: ganz besonders viel von dir.«

Zum Abschied küsste er Marianne auf den Bauch, »vielleicht hat es ja dieses Mal geklappt«. Die Redaktion eines Katalogs für ein größeres oberösterreichisches Museum über das »Konzept Führerstadt« ließ sich auch unterwegs bewerkstelligen – außerdem spürte man bereits die Sommerpause aufziehen. »Falls du ein, zwei Tage länger brauchst, take your time«, hatte Marianne ihm mit auf den Weg gegeben.

Nun saß er bei einem zweiten Cappuccino und winkte Lena, als er sie von der Promenade kommen sah, zu. Obwohl er schwitzte, nahm er sie in den Arm, und sie griff sich einen der Plastikstühle, hängte ihre Handtasche über die Lehne und setzte sich. »Bringst du mir ein stilles Wasser, Mario«, warf sie dem Kellner wie selbstverständlich hin, »eine ganz schöne Hitze heute, was, Nikki.«

Er war überrascht von ihrer Souveränität – aber natürlich, sie war ohne Zweifel die Ältere – und auch zu hören, wie sie die letzten Jahre, »nach dem Untergang«, wie sie es nannte, verbracht hatte, wo er doch geglaubt hatte, sie sei längst voll ins Geschäft eingestiegen. »Nein, ich habe meiner Mutter zwar bei all der Verwaltung und später, als sie noch einmal prozessieren wollte, bei der Vermittlung eines Anwalts geholfen und bin auch, sooft ich konnte, hier rausgefahren, das heißt im Grunde jedes Wochenende – aber richtig ins Geschäft eingestiegen, das bin ich nie. Auch wenn ich dir alle Abläufe wahrscheinlich noch im Schlaf herunterbeten könnte.«

Sie nahm die Zitrone aus dem Wasserglas und biss hinein. »Aber jetzt bricht, wie es aussieht, eine neue Zeit an. Fischerei ist nun endgültig mehr Handel als Handwerk. Ich bin frisch geschieden, habe meinen Job in der Stadt gekündigt, mir hier eine kleine Wohnung organisiert. Ich gebe mir ein halbes Jahr für die Entscheidung.«

Sie verzog das Gesicht.

Von all den Fragen, die er sich zurechtgelegt hatte, war nichts übrig. Er hatte mit einigem gerechnet, nachgereichten Vorhaltungen, gehorteten Anklagen, stellvertretenden Anwürfen, verschobener Verantwortung – aber nicht mit einer erwachsenen, reflektierten Frau, die wusste die Vergangenheit von der Gegenwart zu unterscheiden. Woher hatte er diese Arroganz genommen?

»Ich habe mich das ganze Jahr darauf gefreut, wenn ihr, die Freiburger, kamt. Du warst so lustig und Nessie so süß. Und deine Eltern – meine großen Vorbilder.«

Nun kramte er nach seinen Zigaretten und zündete sich eine an. »Ich nehme an, du immer noch nicht?«

Sie schüttelte den Kopf.

»Warum hast du sie dann in der Sippenhaft versenkt, wo sie –«, sagte er nach einer Weile.

»Wo ich ihnen doch so viel zu verdanken habe, meinst du«, unterbrach sie ihn.

»Ja«, antwortete er, »das haben sie echt nicht verdient. Und ich sage so was nicht leichtfertig, wie du dir vielleicht denken kannst.«

»Damals, als die Großeltern starben, wollten alle was von mir, wirklich alle. Ich war siebenunddreißig Jahre alt, zu jung für die Verantwortung, dass es den Streit nicht geben sollte, der sich, schon seit ich denken konnte, anbahnte. Und zu alt, um keine Entscheidung zu treffen. Ich weiß nicht, ob du dir vorstellen kannst, was für eine Last das war.«

»Du hättest ihr sagen können, dass es nicht die feine englische Art ist, die eigene Schwester auf so schäbige Art zu hintergehen.«

»Nicht alles konnte mit der Freiburger Superstar-Herangehensweise gelöst werden. Und hier ist nicht alles eine Kugel Stracciatella, eine Kugel Pistazie, bitte, wie für dich und Nessie.«

»Was weißt du denn, wie es für mich und Agnes gewesen ist?«

»Mag sein, aber sie ist meine Mutter«, sagte sie und griff nach ihrem Portemonnaie, »was hätte ich denn machen sollen?

Komm, ich zeige dir den Laden.«

Die alte Waage gab es noch immer, wie auch die Verkaufskasse mit der schnalzenden Lade, als Ausstellungsstücke in einem Teil des Schaufensters, neben regionaler Keramik, die man kaufen konnte, Teller mit Fischmotiven, Fischgrillzangen und anderem Zubehör für Sommerabende. Neben dem Verkauf von frischem Fisch hatte man sich ein weiteres Standbein aufgebaut, den Verkauf von verarbeiteten Produkten, »Fischtatar nach hauseigenem Rezept«, »Fischpflanzerln mit Kräutern aus dem Garten« etc. – das Catering würde unterdessen sehr gut laufen, und das ginge auch noch gut mit der Mutter, die immer noch »wie eine Maschine filetieren« konnte, das »Herrichten« würde sie, Lena, übernehmen, und dann hätten sie noch den Sohn vom Wenz, der die Sachen mit seinem E-Bike für einen kleinen Obolus zur Kundschaft bringe. »Erinnerst du dich, der alte Wenz hat dem Opa immer die Bojenketten abgetaucht und repariert.«

»Klar weiß ich das noch, und immer sechs Stück Würfelzucker in den Kaffee, im wahren Leben auf der Flucht vor seiner Frau und Taxiunternehmer?«

»Genau der, er ist bis kurz vor seinem Tod noch selbst gefahren, konnte einfach nicht aufhören, und dann, bumm, Herzschlag beim 6-Uhr-Schwimmen, im weichen, glatten Morgenwasser, letztes Jahr. Früher hätte ihn der Großvater eigenhändig rausgezogen, so aber musste die Wasserwacht einen Tag lang nach ihm suchen, untergegangen wie ein Stein und weiß wie Schnee, mit aufgerissenen Augen hat er am Seegrund gelegen, hinter der letzten Boje, unserem 13er – die jetzt deiner Mutter gehört.«

Er beschloss, eine Wahl zu haben, ob er aus der letzten Bemerkung eine Spitze hören wollte, und entschied sich dafür. »Na, das wäre ja auch noch schöner, wenn nicht.«

Freundlich grüßte der Großvater von der Wand des Ladens herunter, ein gerahmter Zeitungsartikel aus längst vergangenen

Zeiten, er stand vor dem Fischerkahn, einen riesigen Fisch an den Kiemen. Neben ihm erkannte Bene sich selbst, er wusste plötzlich nicht zwischen dem Bild und seiner Erinnerung zu unterscheiden.

Lena ließ ihm ein Getränk aus der Kaffeemaschine und sprach über ihr Goldstück, das Vakuumiergerät, das neuerdings große Dienste für den Umsatz bringe, auch die Vegetarier holten nun regelmäßig ihre Portion Fisch ab – das Zerlegen beziehungsweise Töten des Tieres unsichtbar geworden. Gesund sei es ja, und danach liefen sich die Leute die Hacken ab, nach der Gesundheit.

»Vergrätzt eure schreiende Werbung vor der Tür aber nicht genau diese Kundschaft?«

»Mag sein, aber das bringe ich nicht mehr aus ihr heraus.«

»Ja, bitte«, klang es aus der Gegensprechanlage.

Er hatte nur rasch das Gepäck im Korfu abgestellt, ehe er zu ihr hinübergegangen war, das Gartentor geöffnet und, mit Blick auf die heruntergelassenen Jalousien, auf die Klingel, Parterre rechts, gedrückt hatte. Gegenüber, zwischen der dichten Bebauung des Hotels und des Neubaus, fanden ein paar Strahlen der frühen Abendsonne ihren Weg auf die Straße bis zu ihrer Hecke herüber, hinter der sich Papier-, Altglas-, Bio- und Restmülltonne verbargen, als gelte es, sie vor Dieben zu schützen.

»Der Benedikt ist es.«

»Wer«, tönte es nach ein paar Sekunden, aber zugleich surrte der Türöffner.

Für einen Moment lugte sie aus dem Spalt hervor, wie eine Figur aus einem Märchen – war es ein in die Jahre gekommenes Allerleirau oder die sich selbst überlebt habende Ilsebill?

»Willst du mich nicht reinlassen«, sagte er.

Sie zog das Gesicht aus der Tür und öffnete. »Nikki«, rief sie jetzt. »Ich glaub, mich trifft der Schlag!«

Er gab ihr die Hand und trat, den Kopf einziehend, ein.

»Wie groß du geworden bist.« Sie stand wie angewurzelt im Flur, die Garderobe im Rücken, und schaute ihn ungläubig an.

»Ich bin seit 21 Jahren keinen Zentimeter gewachsen, aber wir haben uns jetzt, fast auf den Tag genau, zehn Jahre nicht gesehen.«

»Wie die Zeit vergeht«, seufzte sie, die Worte wie ein ungeliebter Refrain. »Und die Eltern schon so lange tot. Es kommt mir vor wie eine Ewigkeit, seit sie von uns –«

»Hast du ein Hefeweizen«, unterbrach er sie.

»Ein Weißbier, meinst du?«

Auf den ersten Blick schien alles unverändert, das Sideboard mit den Familienfotos, viel Herzach, ein wenig Freiburg und, immer noch, das Foto von ihr, mit einem Lederhut, gegen einen Jeep lehnend, im Arm des schwarzhaarigen südamerikanischen Freundes von einst.

»Er ist und bleibt meine große Liebe, ob es mir gefällt oder nicht.«

Daneben ein Silbertablett aus dem Sortiment des stillgelegten Seebads, das er kannte, seit er denken konnte, darauf das Kristall für Festtage, an der Wand darüber der Wappenteller der Gemeinde –

»Frau Brigitte Bader Gemeinderätin von 1989 bis 1997

Sie hat sich in außerordentlichem Maße und stets mit Herz und Verstand für die Gemeinde und deren Bürgerinnen und Bürger eingesetzt.

Mit großem Dank, den besten Wünschen für Deinen weiteren Weg und, frei nach Karl Valentin: Es ist alles gesagt, nur noch nicht von allen.

Vergelt's Gott, Gitti!

Der erste Bürgermeister im Namen der gesamten Gemeinde

Herzach, den 27. März 1997.«

Sie stellte ihm das Bier hin, auf eine zum Untersetzer umgearbeitete, lackierte Astscheibe, und sah ihn an.

»Ich bin die erste weibliche Fischermeisterin von ganz Oberbayern – damit ihr Bescheid wisst.«

Er saß in der Wohnzimmergarnitur, zwischen aufeinandergelegten Tagesdecken und Sofakissen, ihr Blick mit einem Mal so finster, dass er sich nicht traute, die Hand nach dem Bier auszustrecken. »Nur zu, mein Lieber, nur zu!«

Sie ging in die Küche und kehrte mit einem Aschenbecher zurück. Sie setzte sich.

»Lektion eins: Ich soll zwar nicht mehr, aber.« Sie zog eine Packung Stuyvesant aus der Strickjacke, steckte sich eine an, atmete den Rauch durch die Nase aus.

»Lektion zwei: Laut Bundesnaturschutzgesetz gilt, dass nur einheimische, nicht gebietsfremde Fische in natürliche Gewässer ausgesetzt werden dürfen. Das ist gesetzlich geregelt. Die Probleme kommen dann, wenn Arten, die sich nachweislich über mehrere Generationen fortgepflanzt haben, als eingebürgert gelten. Ich habe das nie als großes Thema gesehen, aber als der Vater und ich eines Tages einen Stör aus dem Netz geholt haben, da hab ich mich schon gefragt: ein Stör, bei uns! Kaviar, bei uns im Laden?« Sie lachte in sich hinein.

Er erinnerte sich an die Herzacher Legende, die sich, nach seinen Berechnungen, Anfang der 1990er-Jahre zugetragen haben musste – auf jeden Fall noch vor seiner Pubertät – und seitdem jede Sommerferien, wenn man in der Laube zusammengesessen hatte, zum

Besten gegeben worden war. »Das mit den Neuerungen ist ja so eine Sache«, wagte er sich vor, aber sie fuhr fort, als habe sie ihn nicht gehört.

»Einige Fischarten sind und bleiben Fremdlinge in bestimmten Gewässern oder sogar in ganz Europa, gelten aber als eingebürgert. Typisches Beispiel: die Regenbogenforelle, die eigentlich aus Nordamerika stammt. Was habt ihr Kinder euch immer gefreut, wenn sie, so selten es auch war, ins Netz gegangen ist, aber wir konnten ja nicht jede einzelne präparieren lassen, nur weil euch die Farben so gefallen haben.«

Sie stand auf. »Die Natur ist nicht süß.«

Sie zog die Jalousie hoch. »Und du«, wandte sie sich, ihn nun direkt ansprechend, in seine Richtung. »Du hast immer ganz besonders gern die Aale getötet, die einzige Art, bei der es mit einem Schlag auf den Kopf mit dem Holz nicht getan ist, sondern die ganz langsam und erbärmlich in Salmiak verenden muss. Die Qual des Aals, hast du immer gesagt, als du noch sehr klein warst.«

Er erinnerte sich nicht, wunderte sich nicht, erwiderte nichts.

»Aber, Lektion drei: Im Gegensatz zum Aal hat die Regenbogenforelle keine ungenutzte ökologische Nische besetzt. Ihre Einbürgerung ist daher problematisch, denn sie verdrängt die Bachforelle und die Seeforelle aus ihren Lebensräumen, durch direkte Nahrungskonkurrenz und Konkurrenz auf den Laichplätzen. Ein Besatz mit Regenbogenforellen ist ökologisch wie fischereilich nicht vertretbar, das wusste dein Großvater schon Ende der 1970er, und das hat auch der Bernd, der mit mir in die Grundschule gegangen ist, bestätigt, wenn er zum Fischkauf gekommen ist. Und da war er schon bei Greenpeace! Und damals haben wir dann auch mit dem Räuchern angefangen.«

Er suchte nach einem Anschluss, um ihren Monolog zu unterbrechen. »Anfang der 1980er habt ihr damit angefangen?«

Sie hielt inne. »Anfang der Achtziger«, wiederholte sie, die Wörter plötzlich wie eine Fremdsprache, derer sie nicht mächtig war. Sie öffnete die Terrassentür. »Davon hat deine Mutter keine Ahnung«, fuhr sie, nun zeternd, fort.

»Wovon hat meine Mutter –«, aber sie trat hinaus.

»K-e-i-n-e Ahnung.«

Als sei es noch taghell, setzte sie sich die Sonnenbrille auf, ihr toupiertes Haar leuchtete wie das eines Fischkopfs im Sommer. »Wir Berufsfischer haben allen Grund, sauer zu sein, aber das ist sie nicht, Berufsfischerin, das bin ich. Nimm den Seesaibling – der Bestand fast bei null, und nur durch unsere Besatzmaßnahmen hat er sich erholt. Wir forsten in mühevoller Arbeit den See ja nicht mit Jungtieren auf, um uns die Ergebnisse durch einen übertriebenen Vogelschutz kaputtmachen zu lassen. Und da rede ich noch nicht von den Kite-Surfer-Irren, draußen an der Sturmwarnung, mitten im Zandergebiet.«

Sie sprach über das Geländer wie von einer Kanzel. »Und das hätte uns gereicht, aber dann ging es los mit den Vogelschützern, und dann habe ich gesagt, jetzt lass ich mich aufstellen. Außerdem sind wir Berufsfischer die Einzigen, die den See bewirtschaften, wir entnehmen ihm etwas, geben ihm aber auch etwas zurück. Wir sind die Einzigen, die damit zur Reinhaltung des Wassers beitragen, aber das hat das Umweltministerium nicht interessiert. Wir sind Pächter des Staates und damit voll abhängig von ihm. Selbst der Bauernverband ist uns beigesprungen und hat eine ausgedehntere Abschusszeit gefordert. Wir sind die Einzigen, die die Fische und das Wasser als Lebewesen zum Sprechen bringen. Das interessiert ihn, den Staat, nicht, und deswegen hab ich gesagt: Ich lass mich aufstellen, hab ich gesagt, denn so geht es nicht weiter. Wir forsten die Fischbestände nicht auf, damit der Kormoran den ganzen See leer frisst. Niemand hat es mir zugetraut.«

Obwohl er mit seiner Recherchehaltung – die er, je nach Bedarf, noch immer an- und ausschalten konnte, wie er wollte – in die Begegnung gegangen war, obwohl sie ihn davor schützen sollte, etwas von diesem Wiedersehen zu erwarten, dachte er jetzt darüber nach abzubrechen. Was sollte das Ganze hier? Wozu war er gebeten beziehungsweise wozu hatte er sich hier selbst gebeten, wozu diese Wiederholung der Wiederholung der Wiederholung? Um jetzt, Diagnose hin oder her, nach geschlagenen zehn Jahren, die Rolle des rettenden Zeugen einer fadenscheinigen, selbstmitleidigen Lebensbilanz zu übernehmen?

»Ich weiß noch genau, dass Edith dich bestärkt hat, es zu machen. Ich war es gewesen, der ans Telefon gegangen war. Du warst dran, mal wieder, und ich hab dich an sie weitergereicht, und ich habe gehört, was meine Mutter dir gesagt hat, nämlich: Toll, Gitti, hat sie gesagt, das ist genau das Richtige für dich.«

Als habe er nicht laut und deutlich gesprochen, hielt sie den Kopf in die Terrassentür: »Was sitzt du da im Dunkeln herum. Komm raus und bring den Aschenbecher mit!«

»Auch eine?« Sie goss Cola light ein. Sie saßen sich nun gegenüber, am Terrassentisch, und die Hauswand strahlte noch die Wärme des Tages ab, während auf der anderen Straßenseite der Neubau, hinter dem gerade die Sonne dieses Hochsommertages unterging, die beiden in seinen Schatten hüllte.

Nach einem Toilettengang – wie eh und je lag die blaue Fa-Seife an ihrem Platz am Waschbeckenrand – versuchte er es mit einer indirekten Frage. »Stelle ich mir nicht leicht vor, den Abriss und die monatelangen Bauarbeiten tagtäglich vor der Nase gehabt zu haben.«

»Was erlaubst du dir«, hielt sie sofort dagegen, »bin ich es etwa gewesen, die Geld hat sehen wollen?«

Jetzt kamen sie endlich zur Sache. »Ganz genau. Du bist sogar die Einzige gewesen, die verkaufen wollte.«

»Was bildest du dir eigentlich ein? Bei mir klingeln und –«

»Es geht mir nicht um Vorwürfe. Mich interessiert deine Version, das ja, aber –«

»Version?! Es ist die Wahrheit! Hier vor Ort die Stellung zu halten, immer mit der kranken Mutter, und egal welcher Vorschlag, mit nichts konnte ich es ihr recht machen, und das lange ohne Arbeitsvertrag. Und dann, als wir das Haus umbauen wollten, damit ich und meine Tochter eine Sicherheit hätten … Man stelle sich vor, sie hatte alles unterzeichnet, der Bauantrag war durch, und dann sagt sie von heute auf morgen: Nein.« Ihre Stimme zitterte.

»Das stelle ich mir hart vor.«

»Hart«, rief sie, »das ist nicht hart, sie hat einfach Nein gesagt, das ist Beton! Und ich stand wieder da, allein mit meiner Tochter.« Sie zündete sich eine an.

»Für den Umbau hätten die Großeltern eine Hypothek aufnehmen müssen …«

»Ohne Vision keine Zukunft!«, rief sie.

»Soweit ich weiß, war für Edith und ihre Familie, also für uns, keine Wohnung geplant. Vielleicht fand es die Großmutter dann doch etwas ungerecht, dass –«

»Ach. Ihr wart doch versorgt, dein Vater verdiente doch gut als Beamter.«

So einfach war das also. Was gut lief, sich selbst ins Plus schreiben, was nicht, dafür hatten die anderen zu zahlen, im selben Atemzug von Unternehmertum und Tradition schwafeln. »Ich habe verstanden, Brigitte. Du hast dir nichts zuschulden kommen lassen, immer nur dein Bestes gegeben. Aber nun möchte auch ich etwas sagen: Edith ist nicht die Großmutter, sie ist nicht deine Mutter; und Edith ist nicht der Staat, gegen den du klagen kannst, bis du in die Grube fährst. Kapier das endlich, auch wenn du dich nicht mehr erinnern willst oder kannst.« Er erhob sich und sah in ihr Gesicht, sah die geröteten Wangen, die dunkelgrünen Augen. »Das hier ist sinnlos. Es ist besser, ich gehe jetzt.«

»Erinnerungen«, heulte sie, »ich weiß schon gar nicht mehr, was das ist. Ich bin ein Eisberg, ich treibe im Wasser, eine Spitze im gleißenden Licht, die Spitze eines Eisbergs, die nichts mehr davon weiß, was unter der Oberfläche ist. Nikki!«

Er warf die Tür hinter sich zu.

»Ich bin noch nicht fertig. Komm zurück«, hörte er sie rufen.

Nach einer Runde, bis ans Ende der Südbucht, war er zurückgekehrt. Brigitte hatte ihre Mappe geöffnet und ein paar ihrer »letzten Gefährten« hervorgeholt, wie sie die ausgeschnittenen Zeitungsartikel nannte. »›Ich bin ein Naturmensch. Ich brauche die Luft hier zum Atmen wie der Fisch sein Wasser.‹

Kein schlechter erster Satz, oder, Herr Schreiber?«

Sie lachten, unverhofft, während er sich das zweite Bier selbst einschenkte, wie früher.

Sie hielt die Lupe fest in ihrer Rechten und fuhr fort vorzulesen, ein Portrait seiner Tante, erschienen im Kreisteil der überregionalen Zeitung, vermutlich aus den Neunzigern. »›Das Wunderbare an diesem Beruf ist das auf den Auf-den-See-Hinausfahren, dieses Eingebettetsein in die Natur, über einem See, unter einem Himmel. Es gibt keinen einzigen Tag, an dem dieses Zusammenspiel gleich ist. Etwas Schöneres gibt es nicht.‹«

»Ja, das war wirklich immer das Schönste, hier bei euch.« Er nahm einen tiefen Schluck.

»Die Herzacher Fischermeisterin Brigitte Bader muss bedauerlicherweise seit längerem in Erwägung ziehen, ihren Beruf an den Nagel zu hängen.

Der Fang von Renken, dem hiesigen Brotfisch, wie man die Art nennt, die den Berufsfischern ihren Lebensunterhalt, ihr täglich Brot also, sichert, ist um über 80 Prozent zurückgegangen. ›Wir können unseren Kunden nicht mehr genug Ware aus eigener Fischerei anbieten‹, sagt Brigitte Bader, ›und müssen zukaufen. Aber ich habe diesen Beruf nicht gewählt, um reinen Handel zu betreiben.‹«

»Von wann ist der Artikel?«

»›Es ist schwer vorstellbar‹«, fuhr sie unbeirrt fort, »›das Handwerk und die Tradition der Seefischerei existiert hier seit Jahrhunderten und genügt sogar neusten ökologischen Standards. Damit soll jetzt Schluss sein?‹ Tochter Lena, 25, hat vorausschauend schon einmal das Studium der Betriebswirtschaft in München aufgenommen.«

»Joah.«

»Brigitte Bader konnte kaum laufen, da fühlte sie sich auf dem Fischerkahn schon pudelwohl, und lachend fügt ihre Mutter, Anni Bader, hinzu: ›Sie spielte schon mit Netz und Angel, als es ihrer älteren Schwester Edith noch vor den Würmern grauste.‹«

»Na endlich! Und wenn es in der Zeitung steht, wird es schon stimmen. Nicht, dass sich meine Mutter nicht ihre ganze Kindheit durch, bis zum Abitur, nach der Schule krummgebuckelt hätte.«

»Hat ja niemand gesagt, dass es nicht so gewesen ist.«

»Trotzdem musstest du, nachdem die Großeltern tot waren,

rumerzählen, dass sie diejenige war, die verkaufen wollte. Dabei warst du es.«

»Daran kann ich mich nicht mehr erinnern, Nikki.«

»Würdest du dich denn entschuldigen, wenn du es könntest?«

»Wie soll ich mich für etwas entschuldigen, von dem ich nichts mehr weiß.«

»Ganz schön praktisch, diese Frau Demenz. Prost!«

»Jetzt hör halt zu«, sagte sie ruhig. »Aber irgendwann musste auch sie lernen, die Fische zu töten, anstatt sie ins Wasser zurückzuwerfen. Schnell und ohne Leiden.«

Sie sah zu ihm auf. »Du musstest es nicht wirklich lernen, du konntest es von Anfang an besser als ich.«

»Aha«, antwortete er.

»Später dann ging es auf die Fischereifachschule, und schon mit Anfang zwanzig machte sie den Meister. ›Immer schon bin ich gern zur Schule, war immer schon neugierig‹, erzählt die heute 44-Jährige.«

Sie hielt inne. »Das ist nicht ganz wahr, muss ich zugeben.«

»Dann war das also in dem Jahr, als ich zu euch abgehauen bin?«

»Ja, das weiß ich noch. Das war kein guter Sommer. Kurz nach Saisonende hat mich der Redakteur dann kontaktiert, ein Bekannter eines Bojenmieters.«

Er beugte sich über den Artikel und betrachtete das Foto, das man von ihr gemacht hatte, eine freundlich lächelnde, fast heiter anmutende Frau, mit einer gewissen Entschlossenheit in den verschränkten Armen. »So oder so ähnlich hatte ich dich all die Jahre in Erinnerung, trotz allem –«

»Das ist doch was Schönes, Burle –«

»Oder, vielleicht eher so: hätte ich dich gerne so in Erinnerung behalten? Ich weiß es nicht.«

»Mit deiner Wahrheit hinterm Berg halten, das war noch nie deine Stärke. Aber früher hast du es wenigstens so gemacht, dass es nicht wehtat.«

»Ich bin eben ehrlich und zumutbar.« Sie hörte den Witz nicht.

»Alle freuten sich immer wie die Schneekönige, wenn ihr kamt, und, wenn du dabei warst, ganz besonders die Mutter. Ich weiß, ich sollte so etwas nicht sagen, ich bin deine Patentante, aber für mich war das nicht leicht.

Ich weiß noch, wie es war, als du zur Welt gekommen bist und ich dich zum ersten Mal gesehen habe. Ich habe zu deiner Mutter gesagt: Da habt ihr euch wohl selbst übertroffen, mit diesem Kind. Man konnte es dir gleich ansehen, dass du etwas ganz Besonderes warst. Ich kann dir nicht sagen, warum, so was merkt man einfach. Aber dann, du konntest noch nicht einmal laufen, als die Mutter ihre schwere Operation hatte, du warst Hunderte Kilometer weit entfernt, bei deinen Eltern in Freiburg, und doch war es das Erste, was die Mutter, ich stand an ihrem Krankenbett, als sie wie durch ein Wunder doch aus der Narkose erwachte, man hatte ihr den gesamten Brustkorb aufgeschnitten und wieder zugenäht – sie wachte also auf, schlug die Augen auf, sie wusste nicht genau, wo sie war, und das Erste, was sie sagte, nachdem ihr der Herrgott ein weiteres ihrer sieben Leben geschenkt hatte, war, sie sagte: ›Wo ist der Nikki?‹ Und ich stand da, war da, wie ich immer da war, aber sie nahm mich überhaupt nicht wahr, sie sah auch den Vater nicht, der pfeilgerade am Fußende des Bettes stand, sie drehte den Kopf zur Zimmertür und rief noch einmal: Wo ist der Nikki?!«

Ihm fiel die Herzklappe ein, die man, saß man direkt neben der Großmutter, wie ein mehr oder weniger regelmäßiges Uhrwerk ticken hören konnte. »Das wusste ich nicht.«

»Woher auch. Du weißt so manches nicht.«

Sie schwiegen.

»Was hat der Schreiber von anno dazumal noch zu sagen?«

Sie nahm die Lupe wieder auf. »Nur in der mündlichen Prüfung, da habe Brigitte Bader einen Blackout gehabt, habe in der Wetterkunde plötzlich Hoch- und Tiefdrucklage durcheinandergeworfen – was mir bis heute schleierhaft ist«, fügte sie hinzu und sah auf. »Aber, wozu braucht man's, wenn man sowieso nicht mehr auf den See fährt.«

»Und dafür kann niemand was, nicht einmal die Edith«, merkte er an, in der Hoffnung, Brigittes einsetzende Stimmungstalfahrt, wenn auch etwas rabiat, abfedern zu können, und tatsächlich, »Da hast du auch wieder recht«, bemerkte sie trocken.

»Später habe ich dann noch eine Ausbildung in Elektrofischerei gemacht, was die Mutter besonders stolz gemacht hat, weil wir dann selbst Aal fangen konnten«, sagte sie nach einer Weile. »Wir haben die Fische mit dem aufgeladenen Stab nach oben gelockt und sie dann kurzerhand mit dem Kescher gefangen.«

»Das hast du mir beigebracht, dieses Blitzschnelle. Weißt du noch? Wir waren ein Spitzenteam.«

»Und ob ich das noch weiß. Bist oft mitgekommen, solange wir noch auf Aal gingen. Und: Man ist als Berufsfischer ja auch für das Gleichgewicht der Populationen zuständig. Wir haben uns schon um das sogenannte intakte Ökosystem gekümmert, als es noch gar kein Wort dafür gab. Mit den Netzen fingen wir Renke und Saibling, aber auch Zander. Oder Weißfische, die stark zur Vermehrung neigten, als der Phosphatgehalt des Wassers noch sehr hoch war. Heute kannst du das Seewasser stellenweise so saufen, so sauber ist es. Jahr für Jahr haben wir uns auch mit unserer Arbeit und mit Geld um den Fischnachwuchs gekümmert und später damit angefangen, unsere Fanglisten der Wissenschaft zur Verfügung zu stellen, um das Rätsel des Fischrückgangs zu lösen.«

»Die hat die Oma noch lange selbst geschrieben.«

»Was für ein zäher Kampf das war, sie konnte einfach nicht loslassen, und wenn ich gesagt habe: Mutter, wir müssen es auch ohne dich schaffen, irgendwann, hat sie, und das nicht nur einmal, gesagt: nach mir die Sintflut. Und dann ist mir sogar der Vater beigesprungen, lass das Mädchen doch endlich in die Verantwortung reinwachsen, hat er gesagt. Wenigstens die Buchhaltung hat sie mir dann überlassen.«

Sie schien geendet zu haben, faltete das Papier zusammen und legte es zurück. »Es ist gut, dass du gekommen bist. Ich muss dir nämlich etwas sagen. Über die Jahre habe ich mir viele Gedanken gemacht, habe vieles in mir hin- und hergewälzt, wie einen Barsch in den Semmelbröseln.«

Sie stand auf, ging, etwas unsicher auf den Beinen, in die Küche und kehrte mit einem Campari Orange zurück. »Ich soll nicht mehr, aber heute.«

Obwohl oder gerade weil er ihr in diesem Moment nah war, rechnete er mit einem Ablenkungsmanöver. Was sollten die alten Geschichten, die ja nur den einen Zweck hatten: den eigenen Anteil an den Ereignissen zu verwischen und den Lauf des Lebens als eine unausweichliche Kette von Ereignissen zu begreifen, bewacht, um nicht zu sagen: im Stich gelassen von einem Gott, den man Schicksal nannte, wodurch man, auf die Plätze verwiesen, zum Zuschauer seines eigenen Lebens degradiert war.

›Eingebettet in die Natur‹ – das war das Einzige, womit er noch etwas anfangen konnte.

»Und bei allem ist mir diese eine Last übrig geblieben: dass ich dir nie gesagt habe, warum dich deine Großeltern damals wirklich nach Freiburg zurückgeschickt haben.«

Es geschah, was er befürchtet hatte: Ihre Augen füllten sich mit Tränen.

»Ich wusste, dass es wichtig gewesen wäre, ich wusste, dass ich mich ein Mal, dieses eine Mal bei meiner Schwester hätte revanchieren können, obwohl mir wie immer alles zu viel war. Aber wann, wann war es bei uns hier denn jemals nicht zu viel?«

Sie zog ein Taschentuch aus der Strickjacke. »Und jetzt muss es, bevor mich mein Kopf endgültig verlässt, bevor es dann, irgendwann, wenn vielleicht noch nicht körperlich, so doch ganz sicher geistig auf die letzte Reise geht, es muss raus: Ich habe den Eltern damals ... du warst erst ein paar Tage da und innerhalb kürzester Zeit zu einem langen Lulatsch geworden, und mit wilden Haaren hattest du plötzlich im Hof gestanden, wie aus dem Nichts.«

Was würde nun für eine Geschichte kommen? Ein Rührstück aus den Zeiten seiner Pubertät?

»Ich wollte dich nicht dahaben, ich kämpfte gerade meinen eigenen Kampf, und ich habe den Eltern gesagt, dass du eine Belastung wärst und dich auch noch beim Fischen saublöd angestellt hättest, ich könnte dich in diesem Zustand überhaupt nicht gebrauchen, und das am Anfang der Saison. Die Mutter konnte es kaum glauben, aber ich redete ihr so ins Gewissen, dass sie, und das weiß ich noch wie heute, am nächsten Tag bei deinen Eltern anrief und sie bat, dich abzuholen.

Ich weiß noch, wie verzweifelt deine Mutter war, als sie mich daraufhin postwendend anrief und sagte: ›Ein Mal hätte ich eure Hilfe gebraucht, ein Mal.‹

Und ich: wollte dich weghaben, dabei konntest du gar nichts dafür. Es war einfach –«

Sie schneuzte sich die Nase. »Du warst,

du warst, einfach

–

ein Mann.«

Er sah ihre tränenden Augen und wie sie nun, in sich zusammengesunken, die Ellenbogen auf dem Tisch, mit beiden Händen am Taschentuch zupfte.

»Wie oft habe ich es mir anders gewünscht. Wie oft habe ich mir vorgestellt, du könntest –

bist du vom anderen Ufer?«

Es war, unter all den Schmerzgesängen, unter all den Empörungswellen, unter all den Monologen des 100-jährigen Reiches dieser Familie, etwas wirklich Neues.

»Damit kann ich nicht dienen«, antwortete er, »ich hoffe gerade, mit meiner Partnerin ein Kind zu bekommen.«

Und dann fing Brigitte an zu lachen, während sie herzhaft in das Taschentuch schnaubte, und dann lachte auch er, und dann lachten sie zusammen. Sie lachten, bis sie wieder aufhörten, und dann holte sie das Steinzeug und goss Bärwurz ein, und dann wünschte er sich ›Biscaya‹ und sie holte die CD aus dem Ständer und legte sie ein, und sie hörten das Lied, und er sah sie mit dem Oberkörper hin- und herwiegen, mit geschlossenen Augen zu den Wellen des Akkordeons, und dann stimmte sie pfeifend in die Melodie ein, Gitti, als wäre keine Ewigkeit vergangen – und dann fand er den Absprung.

»Das ist ein Durchbruch«, hörte er seine Schwester am anderen Ende der Leitung sagen, »diese Familie war immer unfähig zu trauern.«

Er lag auf dem Bett, nachdem er sich an der Hotelbar noch einen Absacker eingeholfen hatte.

»Die zwei Pole: Überverantwortung auf der einen Seite, Verweigerung der eigenen Wirksamkeit andererseits, das heißt Einrichten im Opferstatus. Die deutsche Krankheit.«

»Danke, dass du noch rangegangen bist. Ich weiß das zu schätzen.«

»Ist schon okay. Schlaf du jetzt, und vor allem komm morgen gut wieder nach Hause.«

Der Zug war schon hinter Salzburg, als er die Mappe, die sie ihm zum Abschied mitgegeben hatte, aufschlug, darin die Fangbücher der Jahre, in denen er tatsächlich vorkam, in der schönen Handschrift seiner Großmutter. Auch eine Kopie des großen Portraits über die Fischerin vom Herzacher See war beigelegt, erschienen in einer Wochenendausgabe im Herbst 1995:

»Montagmorgens geht es für Tochter und Vater zum Netzsetzen auf den See. Den Rest der Woche fährt Bruno Bader allein, gibt es ohnehin kaum etwas aus den Netzen zu holen. Brigitte Bader ist die Woche über mit der Vorbereitung fürs Räuchern und der weiteren Verarbeitung der Fische beschäftigt, die nicht nur wenig, sondern auch sehr zart geworden sind. Deswegen steigt sie mehrmals in der Woche ins Auto und fährt durchs Voralpenland, manchmal sogar bis an den Bodensee, um die Ware einzukaufen, die sie selbst nicht mehr fängt. Was es mit der Schicht, die das Heimatgewässer der Fischerin über den Sommer hinweg durchzieht, auf sich hat, darüber zerbrechen sich unterdessen viele Fachleute den Kopf. ›Ich versuche, nicht zu verzagen‹, sagt sie.

Trotz der trüben Aussichten macht sie einen entschlossenen Eindruck, sitzt seit sechs Jahren für die Bürgergemeinschaft im Gemeinderat, so wie bereits ihr Vater und Urgroßvater: ›Mit Menschen zusammenzuarbeiten und Verantwortung für unseren Ort zu übernehmen bereitet mir große Freude.‹«

»Schreib das doch alles mal auf«, sagte Marianne beim Abendessen, als er wieder in Wien war.

6

»Du wirst es nicht glauben, dein Vater raucht schon über ein Jahr nicht mehr. Wie mir scheint, hat er seine Sucht verlagert, er macht jeden Morgen Atemübungen. Während ich Bilanz ziehe, verspürt er den Impuls, die Welt zu erobern. Neuerdings unterrichtet er im Keller junge Musiker, die sich für die Aufnahmeprüfung an der Hochschule vorbereiten, und montags trifft er alte Kollegen am Stammtisch, die sich hängenlassen und sich sorgen, dass ihre Frauen vor ihnen sterben. ›Da gehe ich nicht mehr hin‹, höre ich ihn, wenn er zurückkommt. Aber wir kennen ihn, natürlich trifft er sie wieder.

Ich hatte gehofft, du würdest dich wenigstens in diesem Jahr an meinem Geburtstag melden. Ich wundere mich schon sehr, dass du deine Glückwünsche durch deine Schwester hast ausrichten lassen. Sie sagte, du seiest auf einem guten Weg, was auch immer das heißt. Ich habe nicht weiter nachgefragt, schließlich ist es nicht Agnes' Aufgabe, zwischen uns zu vermitteln. Dass du wenigstens ihr nicht aus dem Weg gehst, beruhigt mich.

Ich erwarte von dir, dass du nächstes Jahr zu meinem Siebzigsten auftauchst und mir persönlich gratulierst.

Erinnerst du dich, als Kind hast du Sonnenbilder gemalt. In deinen Augen sollte jeder Mensch an seinem Geburtstag Sonne geschenkt bekommen. Dass es, wenn es so wäre, niemals mehr regnen, die Erde verdursten würde, schien dich aufzuwühlen. Ab diesem Zeitpunkt hast du nur noch Regenbogenbilder verschenkt, was mich sehr gerührt hat. Ohne mir etwas dabei zu denken, zeigte ich die Bilder auch unserer damaligen Nachbarin, was in dir ein kleines Erdbeben auslöste. Woraufhin ich mich bei dir entschuldigte. Ich sagte: ›Ja, Benedikt, du hast recht, ich hätte dich fragen müssen.‹ Dein Vater hat deine Reaktion übertrieben gefunden, als außerordentlich empfindsam bewertet, ich hingegen habe sie als Prüfung empfunden, als Aufforderung, achtsamer zu sein.

Neulich hat sich eine ehemalige Kollegin über ihren fünfunddreißigjährigen Sohn gewundert, der, nachdem ihr Mann sie verlassen hat, wieder bei ihr eingezogen ist. Ich fragte mich, wie ich es finden würde, wenn ich sie wäre. Mir wäre es nicht recht, nicht auf Dauer. Was bin ich froh, dass für meinen Sohn ein Einzug nicht infrage kommt, er würde sicherlich, das sagte ich der Kollegin, davon ausgehen, dass ich sehr gut allein zurechtkomme. Wenn ich etwas als Mutter gut gemacht habe, dann ist es wohl diese Tatsache: Ja, ich würde allein zurechtkommen. Das weißt du, nicht wahr?

Der Sommer, als deine Tante sich emanzipieren wollte, war ein Kraftakt. Dein Vater verzog sich in den Schlosspark zum Schach, und ich saß und hielt deiner Tante und Lena die Stange. Pachtvertrag oder Arbeitszeugnis, wie oft diese zwei Worte fielen. ›Mutter, wenn du schon keine Regelung findest, dann will ich ein Zeugnis! Dann bewerbe ich mich weg. Die Konkurrenz nimmt mich mit Handkuss.‹ ›Das ist Erpressung‹, sagte der Vater und ich, ›Schluss jetzt. Brigitte braucht eine Zukunft. Oder ihr verpachtet ihr endlich das Geschäft, damit sie ihre Entscheidungen fällen kann. Ihr werdet nicht jünger.‹

Und dann: Zwei Tage bevor wir abreisten, legte der Vater ein

Arbeitszeugnis auf den Tisch, und die Mutter sagte: ›Verpachten tun wir noch nicht. Und jetzt ist eine Ruh.‹

Die Eltern saßen nebeneinander am Tisch, eine eiserne Bastion, wie immer, wenn sie sich einig waren.

Brigitte kämpfte mit den Tränen. Wortlos verließ sie die Küche. Dein Vater folgte ihr. Ich blieb. ›Gut‹, sagte ich. ›Wenigstens habt ihr euch jetzt entschieden. Richtig finde ich es nicht.‹

›Deine Schwester muss auf ihre eigenen Beine kommen. Und erpressen lassen wir uns nicht.‹

Brigitte zog im Herbst aus. Ich bin mir sicher, dass es 91 war, obwohl dein Vater auch heute noch behauptet, es sei 1992 gewesen, ›aber 92‹, sage ich, ›war die Mutter schon operiert, das zweite Mal an der Hüfte. Da wohnte meine Schwester schon nicht mehr im Elternhaus.‹

Neulich habe ich ihm den Bericht vorgelegt, den ich ein paar Jahre später für die Mutter aufgeschrieben habe; wir hatten eine Kur organisiert, Einzelzimmer inklusive.

›Die Jahreszahlen stimmen doch hinten und vorne nicht.‹

›Doch, doch‹, sage ich, ›den Bericht habe ich damals eingesteckt, weil ich mit den Ärzten reden sollte.‹

Dein Vater bleibt bei seiner Meinung, obwohl er der Ansicht ist, dass es recht egal sei, denn die Mutter hat ja, jedenfalls, seit er sie kenne, schon immer Krankenberichte verfasst, in denen sie die Jahreszahlen durchgestrichen und mit anderen ersetzt habe. ›Warum also sollten wir uns nun exakt an die Krankengeschichte erinnern?‹

›Weil unser Sohn es sehr genau nimmt und er mich vielleicht irgendwann einmal danach fragen wird. Und unserer Tochter ist es auch wichtig. Sie ist Therapeutin.‹

Fürs Protokoll also, Benedikt – falls du mich einmal danach fragen solltest:

›1958: OP Gebärmutter + Blasenplastik, Blinddarmentfernung

1963: OP Gallenblase

1981: Schwerer Fahrradunfall, schwere Gehirnerschütterung, Hämatome in der linken Gesichtshälfte, Prellungen

1982: OP Aorten- und Mitralklappenersatz im Dt. Herzzentrum, Lothstraße

1987: Durch Sturz Oberschenkelhals gesplittert: OP, Schaft erneuert im Krankenhaus, Kreisstadt

1987: Gürtelrose

1991: OP Schaft und Pfanne implantiert im Klinikum Großhadern

1994: Gerinnsel an der Mitralklappe behandelt im Dt. Herzzentrum, Lothstraße

Später hinzugefügt: 1985: 12 Stufen runtergestürzt, Gehirnerschütterung, Prellungen, Blutergüsse etc.‹

Ich frage dich: Wie, glaubst du, ist es mir ergangen, mit einer Mutter, die unentwegt krank war? Wo man über Jahrzehnte immer mit dem Schlimmsten rechnen musste, sobald das Telefon klingelte? War ich deswegen aus dem Dorf weggegangen?

Ich will nicht klagen. Die Jahre mit deinem Vater nach meinem Wegzug haben mich erfüllt. Sobald ich in Freiburg in der Altstadt die Tür unserer schönen Mietwohnung hinter mir zuzog, wir uns, bei schönem Wetter, auf den kleinen Balkon setzten, die Stimmen der Kneipenbesucher und die Musik zu uns drangen, wir unseren Urlaub woanders als in Herzach planten, spürte ich den Druck in der Brustgegend nicht.

In den Siebzigern, als es dich und Agnes noch nicht gab, rief uns oft die kleine Lena an. ›Ich bin es, die Lena‹, sagte sie eines Tages in den Hörer, ›die Mama sagt, ich darf euch besuchen kommen.‹

Im Geschäft ging es mal wieder drunter und drüber. Ich erinnere mich nicht mehr, welche Katastrophe beziehungsweise welchen Grund Brigitte nannte. Dein Vater sagte – das weiß ich noch wie heute –: ›Sie ist auf Männersuche. Wo soll sie denn einen kennenlernen, wenn sie immerzu nur das Geschäft, die Kleine und deine Eltern um sich hat. Stell dir vor, du hättest mit neunzehn ein Kind bekommen. Mach dir keine Sorgen, ich freue mich auf deine Nichte.‹

Es lief überraschend gut, als wir sie dann für ganze drei Monate bei uns hatten, war ich mir doch etwas unsicher gewesen, ob die ganze Erziehungsarbeit an mir hängenbleiben würde. Schließlich war die Gesetzesgrundlage für verheiratete Frauen eine Katastrophe. Der Mann durfte anschaffen, war der Herr im Haus, und die Frauen hatten sich per Gesetz unterzuordnen, so ganz offiziell, glaubt man es. Aber gut, wir haben uns nicht in diese Rollen gefügt, weder er noch ich. Wir liefen herum wie Eltern auf Probe, aber schon nach einer Woche fasste ich Vertrauen. Die Aufgaben waren gerecht aufgeteilt, ohne dass wir darüber sprechen mussten. Deinem Vater fiel es sogar weniger schwer als mir, den Tagesrhythmus zu ändern. Er stand morgens auf, spielte mit einer Engelsgeduld mit dem Kind, bis er sich für seinen Dienst fertig machte, während ich den Frühstückstisch deckte. Auch hatte er seinen Dienstplan für dieses Quartal umgestellt, sodass er gegen achtzehn Uhr nach Hause kommen konnte. Ich fieberte ihm entgegen, denn ich war in den Endzügen meiner Diplomarbeit und konnte nur abends ungestört arbeiten. Es waren intensive Monate. Ich übte mit Lena das Lesen und Schreiben, was ihr viel Freude bereitete. Ich kaufte Kinder- und Malbücher, und mittwochs gingen wir ins Schwimmbad.

Einmal nahmen wir sie sogar auf eine Demo nach Wyhl am Kaiserstuhl mit. Lena hielt ein Transparent und rief, so laut sie konnte:

›Atomkraft? Nein, danke!‹ Über Nacht blieben wir bei Freunden, die ganz und gar nicht auf Kinder eingestellt waren, auch das war eine Erprobung für deinen Vater und mich. Die Bude war ein Matratzenlager, und niemand war mit dem Auto gekommen außer uns, was man uns zu vorgerückter Stunde vorhielt, selbst die Berliner seien mit dem Zug angereist und einige Kilometer zu Fuß gelaufen. Kind hin oder her, hieß es, die würde man, wenn man sie schon mitnehme, auf den Rücken packen, wir hätten, *verflucht hoch drei*, eine Vorbildfunktion.

Viel haben wir nicht erreicht, wir waren zu wenig radikal.

Dein Vater jedenfalls wollte gegen Mitternacht fahren, obwohl wir getrunken hatten. Ich konnte ihn nur schwer abhalten. Er lenkte ein, und wir fuhren sehr früh am Morgen, während die Alkoholleichen um uns herum ihren Rausch ausschliefen. Als wir auf der Autobahn der aufgehenden Sonne entgegenfuhren, waren wir uns einig: Egal, was es für unsere Freiheit bedeuten würde, ob wir je wieder Nächte durchmachen könnten, ob ich meinen Beruf ausüben würde oder dein Vater seine Beamtenlaufbahn beenden würde, so, wie wir es uns an manchen Tagen vorstellten, egal, was das Leben noch für uns bereithalten würde, eines war so sicher wie das Amen in der Kirche: Wir würden Kinder bekommen, und wir würden glücklich sein.

Damals kam es mir vor, als seien wir über die Schwelle von der Jugend zum Erwachsenwerden getreten – genau in jenem Moment, als wir nach diesem Kurztrip unsere Wohnungstür öffneten und Lena zum Telefon lief, Brigitte anrief und begeistert berichtete, was sie erlebt hatte.

Heute sage ich, wir hatten, obwohl wir uns sehr bewusst für Familie entschieden hatten, keine Ahnung, was auf uns zukommen würde, keine Idee davon, was es heißt, sich jeden Tag aufs Neue zu hinterfragen, sich hinterfragen zu lassen, von seinen eigenen Kindern.

Lena brachten wir kurz vor ihrer Einschulung wieder zurück. Ob Brigitte auf Männersuche war, ich habe es nie erfahren. Aber jetzt hatte sie endlich einen offiziellen Arbeitsvertrag.

›Das ist ein Standard, mit Urlaubstagen und einem dreizehnten Monatsgehalt‹, sagte der Vater. ›Sei so gut und gib ihn deiner Schwester.‹

Wie eine Botin lief ich über die Straße und überbrachte ihr die frohe Botschaft. Was für ein Hin und Her. Nachdem Gregor den Vertrag mit ihr durchgegangen war, unterschrieb sie.

Im darauffolgenden Herbst, ich hatte jetzt mein Diplom in der Tasche, flog Brigitte für drei Wochen nach Südamerika. Sie kam beschwingt zurück, sie war verliebt.

Und, stell dir vor, Benedikt – mit einem Mal, wo ich doch, wie du weißt, einen so guten Schlaf habe, wälzte ich mich im Bett. Was hatte ich für Sorge, dass sie ein neues Leben anfangen und wegziehen würde, weit weg, ohne Rückfahrschein, so wie ich wenige Jahre zuvor. Jeden Abend nahm ich Johanniskraut ein, für die Nerven, und kurz darauf bekam ich einen Bandscheibenvorfall. Dabei war ich gerade mal Mitte zwanzig. Unser Hausarzt bescheinigte mir, was für damalige Verhältnisse revolutionär war, aufgrund sämtlicher zugrunde liegender Symptome eine ›Familienneurose‹.

Dein Vater plante derweil unsere eigene Familie und interessierte sich für meinen Zyklus. Es dauerte eine ganze Weile, bis ich schwanger wurde. ›Wird schon‹, sagte ich. Dein Vater schlug eine medizinische Untersuchung vor, die ich immerzu verschob, bis er ohne mich einen Termin wahrnahm. Was war er froh, als er zurückkehrte. ›Alles paletti bei mir.‹

Ich entspannte mich erst etwa ein Jahr später, als Brigitte tränenüberströmt vor unserer Tür stand. Das mag paradox klingen, ist aber eine wenn auch ungeliebte Wahrheit. Der Südamerikaner war für ein paar Wochen in Deutschland gewesen und hatte ihr eröffnet, dass er verheiratet war. ›Mit mir nicht‹, sagte sie, ›dass ich aber auch immer so ein Pech haben muss.‹

Ich betete für sie, und ja, jetzt wirst du mir vorhalten, wie heuchlerisch das doch von mir war. Das kannst du.

Glaub mir, ich habe ihr alles Glück der Welt gewünscht, und gleichzeitig habe ich mich geängstigt, dass sie es außerhalb des Geschäfts und ohne die Eltern findet.

Ist das nicht menschlich, überfordert zu sein?

Für mich ist es ein Meilenstein, dass ich mir dieses Gefühl, wenn auch vielleicht Jahrzehnte zu spät, erlaube. Besser spät als nie.«

Drei Monate vor ihrem Siebzigsten bucht sie für Ende März ein Lokal mit Blick über den Fluss. »22 Personen, ja, eine Schwarzwälder Kirschtorte, Kaffee, Tee, ja, auch Kräuter- und Früchtetee, Pfefferminze, ein Buffet abends, Frühlingssuppe, sehr gut, ein Salat der Saison, die Hauptspeise vegetarisch und Fisch, sehr, sehr gut.« Sie legt den Hörer auf und ist froh, dass ihr die Gastwirtin noch einen Termin im März anbieten konnte. Als sie über der Gästeliste sitzt, spürt sie ihren Puls an der Schläfe, ein Zeichen der Aufregung. Es ist lange her, dass sie ein Fest ausgerichtet hat. »Schade, dass sie im Februar schon ausgebucht sind. Und was tue ich an meinem Geburtstag selbst?«, fragt sie ihren Mann, der in der Küche steht und den Kater füttert. »Da werden wir es uns schon schön machen«, flötet er.

Gegen zehn beginnt sie mit ihrer Morgengymnastik. Seit sie regelmäßig den »Baum« übt, den ihr Agnes empfohlen hat, um ihr Gleichgewicht zu trainieren, steht sie sicherer auf ihren Beinen. Insgesamt fühlt sie sich seit dem Herbst fitter. Sie ist guter Dinge, obwohl sie nicht davon überzeugt ist, dass ihr Selbstgespräch je ein Ende nehmen wird. Wenn sie zu Bett geht, fordert sogar der Tag seine Bilanz. Gestern hat sie auf das Gerät gemurmelt, »Gregor kauft keine Butter mehr, obwohl er sie doch gern isst. Stattdessen schmiert er jetzt Frischkäse auf seine Wecken.«

»Neujahr 2020:

Seit du letztes Jahr an deinem Geburtstag ans Telefon gegangen bist und ich dir von ganzem Herzen alles Gute wünschen konnte, ist etwas von mir abgefallen. Meine Haut ist besser geworden. Von einem Tag auf den anderen hat das Brennen und Jucken aufgehört. Es hat mich überrascht, wie offen deine Stimme klang. Umso mehr wundere ich mich, dass du Weihnachten nicht gekommen bist, aber wenigstens hast du dich gemeldet. So werden wir uns zu meinem Siebzigsten sehen, ich habe alles organisiert. Die Einladungskarte ist noch nicht fertig, aber bald. Ich bin sehr zuversichtlich, dass sich alles zum Guten wendet. Deine Schwester brachte zu Weihnachten ein Buch aus ihrer Praxis. Die vier Phasen des Abschiednehmens. Ich habe es an einem Nachmittag ausgelesen. Erstaunlich, wie es sich mit meinem Erleben deckt: der Schock, ausgelöst durch den Tod der Eltern, der, wenn ich zurückdenke, über zwei Jahre anhielt. Der in rasender Geschwindigkeit einsetzende Rechtsstreit ums Erbe, dann die Aggression und die Ohnmacht, dann das Schuldgefühl, nun in einer Eigentumswohnung zu sitzen – bis ich die Ereignisse jetzt, zehn Jahre später, endlich als gegeben annehmen kann. Trotzdem habe ich den Eindruck, dass ich mehr als ein Leben brauchen werde, um zu begreifen, wie es dazu kommen konnte.

›Edith, deine Schwester hat sich aufgeführt wie die Axt im Walde, sie hat dich lebendig unter sich begraben. Das ist bitter, aber da führt kein Weg zurück‹, sagt dein Vater. Er hat recht. Ich frage mich mittlerweile, ob deine Tauchgänge, die ich immer deinem Temperament zugeordnet habe, in Wahrheit ein stiller Weckruf an mich sind. Vielleicht ein Familiensymptom, das vor allem du zu ertragen hast. Ich habe Lust, zu rauchen.

Ich war so stolz, voller Liebe, als ich dich in mir heranwachsen spürte, ich bildete mir ein, dass deine Entwicklung nichts weiter von mir fordern, dass alles, was nötig sein würde, schon in mir sein würde.

Die Projektionsfläche, die du mit deinem ersten Atemzug für meine Familie, vorneweg für meine Mutter, geboten hast, bekämpfte ich selbstsicher und mit bestem Wissen und Gewissen. Ohne Zutun wurdest du für dein Geschlecht auf den Thron gehoben, was weder mir noch deiner Tante schmeckte, darin jedenfalls waren sie und ich uns einig, ohne dass wir je darüber gesprochen hätten. Vielleicht erinnerst du dich an deinen sechzehnten Geburtstag. Gegen Mittag riefen deine Großeltern an, wie jedes Jahr, um dir zu gratulieren. Du warst gerade aufgestanden, hattest mit Freunden bis in die frühen Morgenstunden gefeiert. Ich überreichte dir den Hörer. ›Sie glaubt, dass wir uns nicht mehr wiedersehen‹, sagtest du, als du auflegtest. ›Ich soll meine Schule zu Ende bringen, sonst steigt sie aus dem Grab und zieht mir die Ohren lang.‹ Du lachtest herzhaft.

›Sie wird uns alle überleben‹, sagte ich.

Am nächsten Tag fuhr ich nach Herzach und die Mutter zur Kur. Sie atmete schwer, deshalb besorgte ich am Eingang einen Rollstuhl. Sie drückte mir ihren Medikamentenplan in die Hand.

Ich kann ihn immer noch beinahe auswendig heruntersagen. Über die Jahre, seit jenem Kuraufenthalt, bis zu ihrem Tod im Jahr 2009 habe ich ihn so oft gehört oder mit Ärzten besprochen, dass er mir sogar nachts im Traum auf einer Schultafel begegnete:

›Korodin früh 1 Tablette
Aquaphor 40 früh 1 Tablette
Luret 80 mittags ½ Tablette
Zyloric 300 mittags ½ Tablette
Dystologes 3 x tgl. 10 Tropfen
Marcumar lt. Quickwert
Tramal nach Bedarf 1 Kapsel
Valoron nach Bedarf 5 Tropfen
Carduus (Leber) 3 x 20 Tropfen.
Seit 17. Mai 1996 bei sehr starken Magenschmerzen:
Sostril früh + abends 1 Tablette – sowie
mc p ratiopharm 3 x täglich 10–15 Tropfen.
Seit 1968 wegen des Glaukoms:
Timbilo früh + abends Tropfen (beide Augen)
Isoglaukom-Ipto Carbachol 3 x tgl. Tropfen (linkes Auge)
Dispatenol 3 x tgl. Tropfen (rechtes Auge).‹

Gemeinsam besuchten du und ich sie nach der Kur. Deine Schwester war an jenem Wochenende auf einem Geburtstag eingeladen, und dein Vater hatte Dienst. Wir blieben über Nacht, weil du mit meinem Vater am nächsten Morgen auf den See rauswolltest. Ich half Brigitte im Laden und kümmerte mich um die Kojenbesitzer, die fürs Wochenende aus München angereist kamen. Sie parkten neben der Werkstatt und versperrten den Zugang zum Grundstück. Als ihr vom See zurückkamt, regte sich der Vater darüber auf. Du sagtest: ›Knall sie doch ab.‹ Deine Großmutter war von ihrem Aufenthalt so entspannt zurückgekehrt, dass sie darüber herzhaft lachte.

Fürs Protokoll: Das Pachtverhältnis war auf acht Jahre ausgestellt und endete 2004. Ab da würde es sich jährlich verlängern. Ich dachte, endlich hört dieser Kampf auf, endlich kann Brigitte frei entscheiden. Tausend Mark Pachtzins und achtzigtausend Investition für Renovierungsarbeiten, für die sie einen Kredit aufnahm. Dass auch Lena mit im Vertrag stand, überraschte mich. Ich rief sie an und fragte, ob sie sich das gut überlegt habe, ob sie ihren Job in der Wirtschaftskanzlei wirklich aufgeben wolle. Sie war über die Jahre nur samstags im Laden gestanden und hatte die Buchhaltung erledigt. Es würde mich nichts angehen, sagte sie, es sei eine Sache zwischen den Großeltern, ihr und ihrer Mutter. Ich sagte, sehr wohl gehe es mich etwas an, schließlich sei das eine Familienangelegenheit. Sie entschuldigte sich. ›Ich habe es meiner Mutter gesagt, dieser Pachtvertrag wird die Familie zerbrechen. Ich mache es nur ihr zuliebe.‹

›Wegen so was zerbricht die Familie nicht. Es gibt immer eine Lösung.‹

Dein Vater und ich ließen uns durch einen befreundeten Steuerberater beraten. Er fragte, ob ein Testament vorliege. Sollte keines vorliegen, würden alle Verträge auf Brigitte und mich übergehen, sollten irgendwann beide Elternteile sterben.

Ich rief den Vater an: ›Ihr wisst schon, dass ihr mit dem Pachtvertrag auch das Erbe regeln müsst.‹

›Da sprichst du am besten mit deiner Mutter. Ich bin schon lang für Anzünden‹, sagte er.

Der Pachtvertrag wurde unterzeichnet. ›Und später einmal, wenn wir nicht mehr sind: zu gleichen Teilen‹, sagte die Mutter, als betreffe das eine weit entfernte Zukunft. ›So steht es schon im Testament meiner Mutter Elisabeth.‹ Sie sagte den Namen, als hätte ich meine Großmutter nie kennengelernt. Ich sagte: ›Und ich soll dann einmal die Verpächterin meiner eigenen Schwester sein?‹

Sie sah mich an, mit diesem Nach-mir-die-Sintflut-Blick, und griff zu ihren Medikamenten.

Zu deiner Abiturfeier kam sie. Alle kamen. Auch blieben alle über Nacht. Weil wir in der Mietwohnung nicht so viel Platz hatten, buchte dein Vater ein Hotelzimmer für deine Tante und Lena. Deine Großeltern schliefen bei uns. Sie hatten das Geschäft einen Tag lang geschlossen. ›Geschlossen wegen einer Familienfeier‹, habe sie auf die Tafel geschrieben, erzählte Brigitte. Das müsse schon mal drin sein, sagte sie, schließlich würde ihr Patenkind nur einmal Abitur machen. Zur Feier deiner Schwester, zwei Jahre später, konnte keiner, da ging es allen wieder mal sehr schlecht, deiner Oma, deiner Tante und auch der Fischerei. Ich sage nur: ›der Kormoran‹.

›Nikki‹, sagte die Mutter, als sie sich dein Zeugnis ansah, ›wir hätten nicht gedacht, dass du die Schule schaffst. Was wirst jetzt machen?‹ Du antwortetest nicht. Ich dachte, ja, das würde mich auch interessieren.

In den kommenden Jahren verbrachtet ihr Kinder nicht mehr alle Sommerferien in Herzach. Manchmal wart ihr auch ohne uns dort, für ein verlängertes Wochenende oder, vor allem du, auf Durchreise, für eine Nacht. Auch dein Vater und ich planten unseren Urlaub wieder anderswo. Anfang der 2000er-Jahre bereisten wir Skandinavien und Cornwall. Zu Weihnachten, Ostern, Pfingsten oder an den Geburtstagen der Eltern schickte ich Päckchen und Karten, und wenn es passte, fuhren wir für ein paar Tage hin, aber dann wurden meine Besuche wieder länger. Wir machten uns nicht nur Sorgen um die Mutter, auch die Gesundheit des Vaters verschlechterte sich stark. Er musste an die Dialyse. Er jammerte nie. Wenn man ihn fragte, ›Wie geht's dir, Vater?‹, antwortete er: ›Einem geschenkten

Gaul schaut man nicht ins Maul, weißt du doch.‹ Damit meinte er wohl das Leben als solches, ein Geschenk, das alle ungefragt erhalten.

Ich bin überzeugt, wäre die Mutter nicht gewesen, er wäre nicht mal zur ›Blutwäsche‹, wie er sagte, gegangen. Ich sagte: ›Wir brauchen dich noch.‹

›Freilich‹, sagte er und stellte sich, bis zum Schluss, dienstags und freitags zum Fischräuchern in die Räucherkammer.

Im Nachklang wundere ich mich, warum keiner mitbekommen hatte, dass es ihm die letzten Jahre viel schlechter gegangen war als der Mutter. Er schaffte es, egal, wie es um ihn stand, immer die Treppe hoch in den ersten Stock, wohingegen wir der Mutter ein Krankenbett ins Wohnzimmer stellen mussten.

Als das Bett kam, wusste ich, dass sie die Kraft verließ, dass sie diesmal nicht wiederauferstehen würde, dass kein Medikament mehr etwas ausrichten konnte, kein Krankenhaus und kein Halbgott in Weiß. Die Organe waren zu sehr belastet, und das Laufen würde auch nicht mehr besser werden.

Ich war über vierzehn Tage in Herzach, als ich euch anrief, erst dich, dann Agnes. Ich hatte einen mobilen Palliativpflegedienst organisiert, der einmal am Tag kam und uns unterstützte. Man konnte zusehen, wie sie von Tag zu Tag schwächer wurde, wo sie doch immer so viele Kilos auf den Rippen getragen hatte. Seit Längerem schon verweigerte sie das Essen. Nur der Vater schaffte es noch, dass sie wenigstens eine Banane zu sich nahm.

Ihr wart erschrocken, als ihr an ihrem Bett standet. Was war ich froh, dass du alles hattest stehen und liegen lassen und von Wien angereist kamst. Ich höre ihr schweres Atmen manchmal noch heute.

›Komm, Mutter, das schaffst du schon noch‹, sagte Brigitte, wann immer sie mit einer Fischsemmel an ihrem Bett stand.

Du hattest noch nicht einmal dein Gepäck abgestellt, da griff ich nach deinem Handgelenk und zog dich vor die Tür, wo der Vater auf der Bank saß. ›Schnauft sie noch?‹

›Ja, aber nicht mehr lange‹, sagte ich, ›wir sollten den Pfarrer kommen lassen.‹

Wir entschieden uns für eine Sedierung. Du gingst aus dem Haus, bist spät zurückgekommen, hast nicht mehr in das Zimmer gesehen, auch am nächsten Tag nicht, als sie ihren letzten Atemzug tat. Sie sah sehr friedlich aus, der Vater stützte ihre Hand, von unten, nicht von oben, so wie es uns die Schwestern vom mobilen Dienst nahegelegt hatten. Du warst auf dem See, als sie starb. Als du zurückkamst, sagte ich, ›sie hat es geschafft‹.

Wir hatten sie schön zurechtgemacht, das Nachthemd ausgezogen, sie gewaschen, ihr gelbes Sommerkleid mit den grünen Kleeblättern angezogen, das Haar gekämmt und die Kerzen angezündet. Wir tranken ein Leoner. Du bist nicht noch einmal zu ihr gegangen. Dein Vater kam nachmittags, das halbe Dorf kondolierte.

›Opa, mach's gut‹, verabschiedetest du dich am nächsten Tag. Du umarmtest deine Schwester, dann mich und am Ende deinen Vater. Wir sahen dir nach, wie du die Promenade Richtung Dampfersteg liefst – und weg warst du.

Zur Beerdigung kamst du mit Marianne. Dein Vater und ich wunderten uns, dass du sie uns ausgerechnet an diesem Tag hast vorstellen müssen, auch dass sie um so viele Jahre älter war, beschäftigte uns. ›Kann bei unserem Sohn nicht ein Mal etwas ganz normal laufen‹, sagte dein Vater. Und ich: ›Gregor, bitte, es ist, wie es ist, lass uns froh sein, dass es ihm in Wien gut geht.‹

Ob ich meinen Eltern gerecht geworden bin? Ich hoffe, ich werde es zumindest meinen Kindern. Das ist mir wichtiger als alles andere.

Ich empfinde diese Zeit immer noch wie hinter einem Nebel, kein klares Bild will sich herstellen. Zuerst die Mutter, dann Vaters Tod, den wir nicht hatten kommen sehen, der mich mehr aus dem Gleichgewicht brachte, als ich es für möglich gehalten hätte. Inständig hatte ich ihm noch ein paar Jahre, ganz ohne eine kranke Frau gewünscht.

Er hinterließ eine Lücke, die mir Angst machte. Es lagen nicht einmal zwei Monate zwischen seinem und Mutters Tod, aber es gab keine Zeit, zu trauern, und das über Jahre.

Ich weiß, dass er noch alles regeln wollte. ›Wir kriegen das schon hin‹, sagte ich.

Einen Scheißdreck haben wir hinbekommen, Benedikt, gerade mal einen Scheißhaufen haben wir hinterlassen.

Der Vater war noch nicht mal unter der Erde, da kam Brigitte schon mit ihrem Vorschlag: sie die Seeseite, den Fischladen, die Bootshalle, die Werkstatt, die Hälfte vom Haus und ich das Hinterhaus, Parkplatz und den Schuppen. Im Nu, so schnell konnte ich gar nicht schauen, hatte sie Dinge und wichtige Ordner entwendet, sogar das Geschäftskonto geräumt.

Ich sagte: ›Lass uns das doch gemeinsam durchsehen. Und gemeinsam entscheiden.‹ Nichts da, alles musste ich durch den Rechtsanwalt einklagen, die Bojeneinkünfte, das Gutachten über den Gesamtwert des Geschäfts. Wir hatten einen Schlichtungstermin nach dem nächsten.

›Willst du denn ins Haus ziehen?‹ Sie verneinte.

›Will denn Lena ins Haus ziehen?‹ Sie verneinte.

›Willst du es vermieten? Wenn ja, dann würden wir gern ein Zimmer für die Kinder behalten, damit wir im Sommer kommen können.‹

Sie war nicht in der Lage, auf auch nur einen Vorschlag zu reagieren. ›Dann wird mir nichts anderes übrigbleiben‹, sagte ich, ›als einen Anwalt einzuschalten.‹

›Tu das‹, sagte sie.

Und dann flatterten die Briefe ihres Anwalts ins Haus. Nicht noch einmal muss ich dir die Vorgänge schildern, ich habe es so oft getan, um sie mir zu vergegenwärtigen, nicht noch ein einziges Mal.

Nach dieser langen Zeit nun ist das Entsetzen gewichen, aber das Bedauern bleibt, das Bedauern, dass unsere Mutter uns hat hängenlassen, obwohl sie es hätte besser wissen müssen. Bedauerlich auch, dass wir ihre Trümmer wegräumen mussten, weil sie es zu Lebzeiten selbst nicht geschafft hat. Weil sie ihr Leben wohl nur in ihrer Hollywoodschaukel fand; beim Schwelgen in ihren Träumen.«

7

Christi Himmelfahrt kam mittags aus heiterem Himmel ein furchtbarer Sturm. Die Segelboote wurden rausgeschmissen, die ganze Promenade war voll. Viele gekentert – merde.
In den Wochen darauf stieg der See »unheimlich« an. Heute steht er schon bis zur Seilwinde, mit der Bruno die Tretboote hochzieht. Beim Bauer die Promenade unter Wasser. Nur kein Westwind!
Es dauerte mindestens sechs Wochen, bis der See wieder normal war. Der Sommer lässt insgesamt zu wünschen übrig, aber seit gestern sind Edith und die Kinder da. Nikki ist so ein lieber und hübscher Junge. Fährt morgen gleich mit Vati raus.
Mit Ködern hapert's schwer.

Die Nachmittagssonne glitzerte auf der Wasseroberfläche. Auf der Liegefläche lagen einige Kojenmieter unter ihren Sonnenschirmen. Frau Brandt nicht, Frau Brandt lag oben ohne in der prallen Sonne.

Wir standen nebeneinander auf der Treppe, die ins Wasser führte, machten Köpfer, meine Schwester von der dritten, ich von der fünften Stufe. Wir versuchten, dabei so wenig zu spritzen wie möglich. Der jeweils andere prüfte das mit strengem Blick, aber das eigentliche Problem war nicht das Spritzen oder Klatschen des Wassers, sondern die Schreie, die sie ausstieß, bevor sie sich kopfüber von der Badetreppe ins Wasser stürzte, nach dem Auftauchen japste wie ein Heuler und zu mir schaute, ob ich den Daumen nach oben oder unten halten würde.

»Geht's auch ein bisschen leiser«, rief Herr Lamm. Sie sah mich an, und ich legte den Zeigefinger auf meinen Mund.

Bald wollte sie den Sprung vom Steg wagen, der, fast doppelt so hoch wie sie selbst, über der Wasseroberfläche lag. Zu dieser Höhe tastete sie sich über die Treppe vor, die wir tagein, tagaus den ganzen Nachmittag über besetzt hielten. Wollte jemand der Dauergäste am Geländer duschen, verzogen wir uns kurz und lauerten wie die Krokodile im Wasser, bis die Bahn wieder frei war.

Sie tauchte für ihr Leben gern, war aber in diesen Ferien dabei, die Kaulquappenphase, wie ich das nannte, hinter sich zu lassen. Sie fürchtete noch immer den Einfallwinkel, den Körper und Wasser während des Flugs bildeten. Oft genug hatte sie mich auf den Bauch platschen sehen, aber ich war nun schon das zweite Jahr darüber hinweg, konnte mit Anlauf vom Steg abspringen und sogar eine Weile fliegen, ehe ich, mit Spannung in den Beinen bis zuletzt, untertauchte, ein astreiner Hecht. Nicht wie Frau Jakob, die zwar, trotz ihres hohen Alters, immer noch vom Steg sprang, beim Anlauf aber wie ein watschelnder Vogel aussah – weswegen sie der Großvater, wenn wir allein waren, auch Frau Albatros nannte. Außerdem wusste ich, im Gegensatz zu Agnes, wie der Boden am Seegrund beschaffen war, weil ich die Augen unter Wasser aufmachte.

Ich öffnete die Holztür zum tiefer gelegenen Velosteg, wo den ganzen Sommer über die Boote anlegten, grüßte den Großvater am Bootsverleih, ging über die Promenade hinüber in die offen stehende Werkstatt und nahm ein Paar Flossen und die Taucherbrille aus dem Regal. Zurück am Badesteg, hielt ich sie Agnes hin, »schau dir den Boden genau an, da sind weder tote, mit dem Bauch nach oben treibende Riesenfische noch Leichen, die nach dir greifen.« Sie nahm sie dankbar an und drehte stundenlang zwischen den Stegpfosten ihre Runden, bis ihre Lippen lila waren. Ich stellte mich derweil auf den Steg und fing Lauben, ich wollte morgen auf Barsch gehen, auf Höhe Segelclub, weiter würde mich die Großmutter nicht lassen. Die Kojenmieter dankten es mir, und vor allem Frau Brandt, indem sie sich aufsetzte und sich die Brust eincremte und dabei keine Eile hatte, wie es schien. Ich hatte schon gelernt, dass Hinschauen nicht das Richtige war, aber es ging auch im Augenwinkel. Das hatte mir Andreas von der Wasserwacht, der an den Wochenenden regelmäßig bei uns anlegte – weil mein Großvater viel besser war als der Pittner –, gesagt, und der musste es wissen, der war achtzehn und steuerte das Boot ganz allein und konnte auch rückwärts seitlich.

Es wurde Abend. Ich bedeutete meiner kleinen Schwester, aus dem Wasser zu kommen und sich umziehen zu gehen. Auch ich nahm meinen Eimer und ging Richtung Holztür, aber Frau Brandt winkte mir, steckte mir zwei Mark zu. »Kannst ruhig durch den Gang gehen, ich halte dir die Tür auf.« Das war etwas, was wir nicht sollten – die Abkürzung durch das Steghaus nehmen, wo die Dauergäste für ihre Zimmer ihre Miete zahlten, und die Tür zur Promenade auch nicht, aber wenn sie so freundlich war. Ich nahm meinen Kescher und den Wassereimer mit circa zwanzig Ködern darin, ging durch die Tür und stellte alles in der Werkstatt ab, um dann dem Großvater beim Booteaufräumen zu helfen, das hieß, die Tretboote vom Velosteg ans Ufer zu fahren, so sanft wie möglich am Kies zu landen, wo der Großvater sie mit einem Karabiner an ein dickes Drahtseil hängte und mit seinen braunen, starken Armen an der Winde drehte, bis sie – rätsch, rätsch, rätsch – eines nach dem anderen an Land zu liegen kamen. Danach zog er die Ruderboote hoch, und das ganz ohne die Winde, mit seinen bloßen Händen. Großvater war unheimlich stark. Man sah die Anstrengung nur daran, dass er sich zum Schluss das Hemd aufknöpfte und die letzten Handgriffe nur mehr in seinem weißen Unterhemd machte, während das karierte, kurzärmelige Hemd über der Bierbank neben dem Heft mit den Einnahmen des Tages lag. Als er fertig war, fragte Agnes, was das für ein Tier auf seinem goldenen Anhänger, der auf seiner Brust lag, sei. »Das ist ein Krebs, Scheißer, das ist mein Sternzeichen.« Sie fragte das immer wieder, und der Großvater antwortete immer wieder und freundlich.

Wir waren zwar nur zwei Jahre auseinander, aber es war dieses Jahr, in dem ich viel weiter war als sie. Und es war der erste Sommer, in dem die Großmutter am Stock ging. Sie saß auf der hohen Bank, mit dem Rücken zur Promenade, sah uns beim Aufräumen zu und baumelte mit ihren Beinen hin und her. Das sei gut für die neue Hüfte, habe der Doktor gesagt.

Zum Grillen war die Lichterkette mit den bunten Glühbirnen am Wellblechdach angestellt worden. Hinter der Mauer zum Hotel drangen die Stimmen der Gäste herüber. Meine Mutter brachte die Salate aus dem Haus, polsterte die Eckbank und die Gartenstühle auf und strich mit den Füßen den grünen Kunstrasen glatt, damit die Großmutter nicht hängen blieb. Agnes lag auf der Hollywoodschaukel, die, wie ein Paravent, die Sicht der Passanten auf der Promenade in die Gartenlaube versperrte, und wartete auf das Essen. Ich stand am Grill und wendete die Nürnberger Bratwürstchen, während meine Tante auf einem Beistelltisch Zitronen und Knoblauchzehen in die Fischbäuche steckte, ehe sie sie in die Zangen klemmte und auf das Gitter legte. Das Wasser, das von den Tieren auf die Kohle tropfte, zischte. Der Großvater hatte sich auf einem der Stühle niedergelassen und goss sich ein Weißbier ein. Über ihm an der Wand hingen Wappenteller, gravierte Bierkrüge, mit einer Jahreszahl vom Eisstockschießen oder dem Oktoberfest, dazwischen ein Emailleschild mit der Aufschrift: »In der Ruhe liegt die Kraft.« Meine Mutter ging ins Haus, um die Großmutter zu holen, und kehrte allein zurück. »Wir sollen schon mal ohne sie anfangen.«

Als alle saßen, sich aufgetan hatten und das Grillgut auf den Tellern verteilt war, erschien sie. Meine Mutter stand auf, um ihr beim Hinsetzen behilflich zu sein. Sie tat ihr eine Portion auf. Der Großvater sagte: »Das Essen wird kalt.«

Die Großmutter saß neben mir. Ich roch den Veilchenduft, den sie sich morgens und abends tröpfchenweise und vor dem Badezimmerspiegel stehend hinter die Ohrläppchen strich. Sie aß, im Gegensatz zu den anderen, sehr leise. Ich sah ihr zu, wie sie den gegrillten Fisch aufklappte und das glasige, weiße Fleisch mühelos von den Gräten hob. Ich tat es ihr gleich, und so schmeckte es gleich noch einmal besser. Sie ließ die Haut liegen, »wegen meiner Galle, Herzilein«, aber ich hob sie mir bis zum Schluss auf, für mich war es der Leckerbissen, und bekam dann auch noch ihre.

Nach dem Essen sagte der Großvater etwas über die Kojenmieter, auch über Frau Brandt. Es gefalle ihm nicht, dass sie sich barbusig sonne. Ich kannte dieses Wort nicht, aber seine Bedeutung war nicht schwer. Er wies mit dem Zeigefinger in die Richtung. »Drüben, im Bad«, meinte er mit dieser Geste heute wohl – manchmal bezeichnete er damit auch die andere Seeseite –, und an der Art, wie er die Hand wieder zu einer losen Faust schloss und sie neben den Teller fallen ließ, merkte ich, dass er sich aufregte.

»Recht hast du«, sagte meine Tante und nahm sich noch einen Nachschlag vom Kartoffelsalat.

»Ist doch nicht so wild«, sagte meine Mutter.

Ich spürte meinen Kopf heiß werden. Ich wusste nicht, ob es wegen der schreienden Ungerechtigkeit war oder ob ich ertappt worden war, erwischt bei etwas, von dem ich selbst nicht recht wusste. Angestrengt, mit dem Blick auf den Teller vor mir, dachte ich darüber nach, wie ich Frau Brandt verteidigen konnte. Bevor ich allerdings ein hörbares Aber hervorbrachte, sagte der Großvater: »Vorhin hat sie sich dann auch noch über die Kinder beschwert, die den ganzen Nachmittag Krach im Wasser geschlagen hätten. Diese Schnepfe.« Er nahm einen Schluck.

Auf der Stelle wich meine ritterliche Regung dem Gefühl herber Enttäuschung.

Oder war es vielleicht so, dass sie mich genau deswegen verpetzen musste – wegen des ›Barbusigen‹?

Ich hörte das gleichmäßige Ticken der Herzklappe der Großmutter neben mir, die sich gerade noch, während die anderen schon rauchten, den letzten Happen zum Mund führte. Tick, tick. »Mach dir nichts draus, Nikki. Macht's morgen einfach ein bissel leiser.«

Dann hörten wir das Geräusch von Autoreifen auf den Kies im Hof rollen. Agnes und ich sprangen auf, rannten ums Haus und warfen uns in Lenas Arme, die extra wegen uns noch nach ihrer Ausbildung aus der Stadt herausgefahren war.

SO WIRD DAS NEUE JAHR

Sie wollen bestimmt wissen, was das neue Jahr an Überraschungen bereithält. Wir haben deswegen unter den vielen angebotenen Horoskopen das interessanteste für Sie ausgewählt: das indianische. Es ist ein besonders zeitgemäßes Orakel, denn die Indianer haben eine tief verwurzelte Verbundenheit zur Natur. Medizinmann Sun

Bear vom Stamme der Bärenindianer hat in seinem Horoskop die Visionen weiser Häuptlinge mit den Erfahrungen naturheilkundiger Medizinmänner verwoben. Auch in Sun Bears Horoskop gibt es zwölf Tierzeichen. Sie stimmen fast auf den Tag genau mit den astrologischen Tierkreiszeichen überein. Diese Tiere – sowie die dazugehörende Pflanze und das Mineral – haben direkten Bezug zum Menschen, seinem Charakter und seiner Gesundheit. Howgh, Sun Bear hat gesprochen!
Ich, der Biber: überschüttet das Objekt seiner Zuneigung geradezu mit Liebe. Das kann allerdings – vor allem von seinen Kindern – als unangenehm besitzergreifend empfunden werden.
Der Biber hat eine starke körperliche Widerstandskraft – das sagt der Doktor auch, so oft, wie ich dem Tod schon von der Schippe gesprungen bin.
Unser Benedikt: ein Specht, im Mond der »Kraftvollen Sonne« Geborener!

Das Zimmer, in dem Agnes und ich schliefen, hieß Hobbyzimmer. Immer wieder versuchte ich mir herzuleiten, warum. Das Einzige, was auf ein Hobby hinwies, war eine hohe Kommode, darauf ein Stapel Zeitschriften, ein Fernseher, Fernbedienung inklusive. Dabei stand schon einer unten, in der Stube. Das wäre bei uns zu Hause undenkbar gewesen, hatten wir gerade erst im Jahr zuvor das Schwarz-Weiß-Gerät, bei dem wir die Programmknöpfe mit Streichhölzern befestigten, gegen einen Farbfernseher eingetauscht, nun auch mit Fernbedienung, aber ohne Privatsender. Kabelanschluss kam für meine Mutter nicht infrage, lesen und draußen spielen sei sowieso wichtiger. Machte nichts, ging ich eben zu Boris, meinem neuen Freund, seit ich in der Sexta war.

Was es auch gab: Kondensmilch aus der Dose, die wir in Freiburg nie benutzten, weil es dort zum Frühstück Tee und nicht Kaffee gab. Und wenn Milch, dann normale aus der Verpackung oder aus der Flasche vom Markt, Markenprodukte ausgeschlossen. Bei den Großeltern schmierte ich mir morgens die Nuss-Nougat-Creme, auch eine Marke, auf den halben Wecken oder auf die Semmel, wie man hier sagte, obwohl es mir gar nicht besonders schmeckte, aber die Konsistenz war schon besser als das, was meine Mutter mitbrachte. Sie sagte, es wäre nicht so schlimm, ein paar Abstriche zu machen, wenn es dadurch anderen Menschen etwas besser ginge – unsere Schokocreme kam aus dem Reformhaus und schmeckte grässlich –, aber das könne man lernen, wie man auch Olivenessen oder Alkoholtrinken lerne.

Zum Thema Hobbyzimmer sagte mir Mutter, als ich sie in diesen Sommerferien fragte, dass es so heiße, weil sich dort die Großmutter nachmittags hinlegte. Das erklärte also, warum die Jalousien dort den ganzen Tag heruntergelassen waren, eine Gewohnheit, die beibehalten wurde, auch wenn wir zu Besuch waren und Agnes und ich dort schliefen. Und dass dort früher ihre Großmutter, also die meiner Mutter, gewohnt habe, als sie noch gelebt habe. »Wie lange ist das her«, fragte ich, und meine Mutter antwortete, »sehr, sehr lange. Ich habe sie sehr gemocht.«

Es hieß also Hobbyzimmer, seitdem meine Großmutter es tagsüber zum Ausruhen nutzte, und »das kam kurz nach ihrer großen Herzoperation«, wie meine Mutter hinzufügte. ›Kurz nach der großen Operation‹ – das klang wie ein längst vergangenes, böses Märchen.

»Da warst du gerade frisch auf der Welt.«

»Aber wieso wechselt sie dann zum Schlafen noch das Zimmer, wenn sie im Hobbyzimmer zwei Betten zur Auswahl hat, von denen aus sie dazu noch fernsehen kann?«

»Weil sich Oma und Opa liebhaben. Und jetzt lass mich den Abwasch machen.« Sie räumte täglich die Küche auf, während meine Tante Mittagspause im ebenfalls abgedunkelten Wohnzimmer machte, der Großvater den Bootsverleih öffnete und die Großmutter die Toilette für eine Stunde besetzt hielt, obwohl sie täglich ihren Leinsamentrunk nahm.

»Und warum tut mir die Großmutter immer vor Agnes das Essen auf?« Nur weil Mutter etwas zu verbergen hatte, musste sie mich ja nicht gleich wie ein Baby behandeln.

»Das fragst du sie am besten selbst«, blaffte sie und pfefferte das Besteck in den Korb der Spülmaschine – dieser Übeltäterin, über deren offenes Maul die Großmutter gestürzt war, als ich in der Grundschule gewesen war, und sich irgendeinen Hals gebrochen hatte.

Manchmal ging ich nachmittags, wenn alle im Geschäft zu tun hatten, meine Mutter mit einem Buch im Liegestuhl lag – sie stellte ihn sich meistens direkt ans Ufer und ging nicht, wie wir, zu den Mietern hinüber – und Agnes mit Geld aus der Eiskasse zum Kiosk Richtung Dampfersteg gepest war, hinauf ins Hobbyzimmer. Ich nahm mir eine Zeitschrift und blätterte bis zu der Seite mit der nackten Frau.

Was es im Hobbyzimmer auch gab: Wegwerftaschentücher. Nicht wie zu Hause, in Freiburg, gebügelte Hosensacktücher.

In dieser Nacht wurde es Agnes mulmig. Ich sah es gleich, als ich zu ihr hinüberblickte, an ihrem bangen Gesicht. Zuerst dachte ich, es sei der Film, und warf ihr die Fernbedienung zu, aber sie schaltete den Ton aus. Eine ganze Weile schauten wir auf die bewegten, stummen Bilder, bis sie sagte: »Was bedeutet pervers?«

»Wie kommst du denn darauf?«

Sie berichtete, dass sie das den Herrn Lamm heute habe sagen hören.

Das wunderte mich nicht, hatte ich den Herrn Lamm schon öfter dabei beobachtet, wie er hinter der Balustrade des Steghauses, von seiner Liegefläche aus, mit einem Fernglas den Gästen am Bootsverleih hinterhersah, vor allem jungen Paaren, wenn sie auf den See hinausfuhren. Einmal hatte er mich abgefangen, mir mit einem merkwürdigen Lächeln das Fernglas hingehalten und auf ein Ruderboot am Ende der Bucht gedeutet.

»Und sind die riesigen Ohren von Herrn Macke, der immer seinen Zimmerschlüssel vergisst, pervers? Ich finde sie eklig.«

»So ungefähr«, antwortete ich, »komm, wir machen einen kleinen Ausflug.« Die Erwachsenen saßen unten in der Küche und spielten Karten, das wusste ich.

»Aaahhhh«, rief sie erschaudernd, als ich die Türklinke des Gruselzimmers drückte, lachte aber wieder.

Im Dunkeln glotzten uns ein Paar Augen von einem Wandteppich entgegen. Agnes schluckte, und auch mir war es dort nicht geheuer. Ich machte eine Lampe an, die auf einem Sekretär, wie die Großmutter den Tisch mit der überfüllten Schublade nannte, stand. Wir zogen daran, aber sie klemmte. Auf dem Boden lagen mehrere Schichten Teppich, sodass auch der Schreibtischstuhl, ein schweres Monster, unverrückbar am Boden zu kleben schien. In einer Ecke entdeckte ich den in der Mitte zerbrochenen, zusammengefügten Gehstock, von dem ich einmal gehört hatte, als ich, auf den Treppenstufen ins Erdgeschoss sitzend, ein Erwachsenengespräch belauscht hatte. Der Großvater musste ihn, bevor er die Großmutter kennengelernt hatte, für eine andere Frau geschnitzt haben, im Krieg, und irgendwann, er war schon längst mit der Großmutter verheiratet, hatte sie ihn im Streit auf dem Küchentisch zerbrochen. Nun fristete er also, zwar repariert, aber ins Gruselzimmer verbannt, sein Dasein.

»Ich muss ganz dringend«, sagte Agnes. »Aber ich trau mich nicht runter.«

Ich sah mich nach etwas Geeignetem um, öffnete den Schrank und fand an dessen Boden, unter langen, schweren Filzmänteln, die ich noch nie an einem meiner Verwandten gesehen hatte, ein großes Behältnis aus Metall. Ich nahm es heraus und schraubte den Verschluss ab. »Komm, das schaffst du. Du musst nur zielen.«

Während ich wegschaute, hörte ich das Plätschern auf den Teppich, aber es war egal – sollte es in den Schichten versinken, sollte der Boden das Wasser in sich aufnehmen, alles aufsaugen wie ein Schwamm, der nichts mehr hergeben würde, nie wieder.

Wir waren ruhig, als wir zurück ins Bett schlüpften, wahrscheinlich, weil wir beide ahnten, dass das hier nicht alles war; dass auch wir, waren wir zwar noch Kinder, einst dorthin zurückkehren würden, wo es uns nicht gegeben hatte – nur gingen wir jetzt, solange wir existent waren, in eine andere Richtung. Wir würden uns fortbewegen, aber doch, ohne Zweifel, wieder eingehen an jenen Ort, wo es uns nicht gab. Und sei er auch noch so weit weg.

Aus Lindau 60 Pfund erhalten, konnten's gut gebrauchen.
Das Wetter war schön. Oh Wunder!

25. Juli Kapitalen Barsch (21/2 Pfund) gefangen! Ich hab dich lieb.
Dein Nikki

Frühmorgens holte mich Pull-Hans, der Sohn einer Familie aus dem Schwäbischen, die oft zeitgleich wie wir Sommerferien in Herzach machten, zum Angeln ab. »Pull-Hans«, weil er die Aufgabe hatte zu rudern, während ich den Kurs vorgab, und dann, wenn wir den Platz erreicht hatten, das Boot auf der Stelle halten sollte, damit wir nicht abtrieben. Noch bevor der Großvater und die Tante vom Fischen zurück waren, ließen wir ein Ruderboot zu Wasser. Ich glaubte uns unentdeckt, aber als ich achtern und Pull-Hans auf der Querducht Platz genommen hatte, hörte ich es vom Ufer rufen: »Petri Heil!«

Der Großmutter entging nichts.

Gut war, dass Agnes noch schlief. Sie weinte immer, weil ich ohne sie angeln ging, und konnte richtig laut werden, wenn Pull-Hans mitfuhr. Sie verstand nicht, dass sie noch zu klein war.

Auf Höhe Campingplatz spießte ich den Köder auf und warf die Rute aus, in Stegnähe, wusste ich doch, dass der Barsch dort morgens gerne raubte. Pull-Hans machte seine Sache gut, beinahe lautlos steuerte er die Ruder, hielt uns stumm am Platz. Die Sonne hatte sich noch nicht hinter dem Dorfpanorama erhoben, sodass wir, er sitzend und ich nun stehend, kaum einen Schatten warfen. Das einzige Geräusch war die Angelrolle, an der ich hin und wieder drehte. Wir wussten, entweder biss er schnell oder gar nicht. War die erste Stunde vorbei, würde es wohl nichts mehr werden. Nach zwei Stunden wäre es ganz vorbei, und wir würden zurückkehren, bevor der Tag endgültig begann.

Es dauerte nur wenige Augenblicke, bis die Rute zuckte. Ich spürte die langsamen Bewegungen des Fisches. Ich lehnte mich mit meinem Körpergewicht hinter die sich immer mehr biegende Angel, drehte und zog, drehte und zog – bis er ins Boot fiel: der Barsch, fast so lang wie mein Arm. Er zappelte auf dem Schiffsboden. Ich sah die dunklen Querbinden des Fisches, neun an der Zahl, seine rötlich schimmernden Brust- und Bauchflossen, seinen kurzen, stumpfen Kopf, die sich auf und ab senkenden Kiemen, sein oberständiges Maul mit kleinen, spitzen Zähnen darin, die große, hartstrahlige Rückenflosse, die er abspreizte, als könne er dadurch seinem Schicksal entgehen.

Perca fluviatilis – der Großvater sagte immer, dass der erste Griff der wichtigste sei, aber der ging daneben, und ich stach mich an der Rückenflosse, während der Fisch nicht müde wurde, mit der Schwanzflosse gegen das Holz des Bootes zu schlagen. Pull-Hans ließ die Ruder los, um mir Platz zu machen, ich stieg über die Ducht, um dem Fisch, der sich auf der Flucht vor mir immer weiter fortbewegte, beizukommen.

Nur keine Angst vor dem Zupacken, hörte ich den Großvater sagen, und jetzt drückte ich ihn mit der Linken auf die Planken, und Pull-Hans, der immer auf den Punkt mitdachte, reichte mir wortlos den Töter. Ich hieb ganze sechs Mal auf das Tier ein, und dann war es vollbracht. Es war ein großes Hallo, den ganzen Tag, und die Großmutter tat mir beim Mittagessen vor allen anderen auf, nur nicht vor dem Großvater, und nach dem Essen kam Pull-Hans noch einmal vorbei, und wir posierten für die Kamera, die mein Vater, der endlich aus Freiburg nachgekommen war, auf uns hielt, ich den Fisch an den Kiemen, und die Freude meines Vaters war überhaupt das Schönste.

Abends durfte ich mit dem Füller der Großmutter am Küchentisch sitzen und den Eintrag ins Fangbuch an ihrer Stelle machen. Ich hörte das unregelmäßige Ticken ihres aufgeregten Herzens und sah ihre feuchten Augen. Ich verstand nicht, warum sie weinte, aber sie tat es oft, und weil sich niemand darum kümmerte, außer Agnes natürlich, hatte ich beschlossen, es für normal zu halten.

»Der Junge muss jetzt ins Bett«, sagte meine Mutter, als sie die Küche betrat und uns gemeinsam vor dem Heft sitzen sah.

»Aber warum denn, Mama.«

»Keine Widerrede.«

Ich stand auf, und meine Mutter gab mir einen Kuss auf den Scheitel, der warm und energisch zugleich war.

Am Ende der Ferien wurde das neue Badeboot geliefert und auf meinen Namen getauft. Auf unserer Jungfernfahrt zu zweit machte Nessie, das kleine Seeungeheuer, einen sauberen Köpfer vom offenen Heck, tauchte auf, kletterte die Leiter hinauf, um sogleich wieder zu springen. Sie hatte keine Angst mehr, obwohl wir weit draußen waren und das Wasser unter uns dunkel.

Vor der Legangel ein Netz am Bad ausgelegt, weil eine Forelle raubte. Als wir von der Legangel zurückkamen, war sie schon drin.
Dieser Sommer noch schlimmer als der vergangene, was Fischumsatz betrifft, kaum Renken, aber Brachsen, Brachsen, Brachsen.
Bruno so schlecht gelaunt, dass er die Kunden am Bootsverleih zusammenstaucht. Himmel, hilf.
Edith fährt mit Gregor, Nikki und Nesserl den Umweg über den Bodensee und lädt Fische. Unsere Rettung. Sie blieben bis in die dritte Augustwoche, waren wunderschöne Tage.
Barschnetze am Wasserwachts- und Velosteg ganz gut gefüllt, zum Teil sehr schöne und gut genährte Exemplare. Nikki freut's besonders.

Ich fuhr fast jeden Tag mit dem Großvater hinaus. Ich beobachtete jeden seiner Handgriffe und wie er den Außenborder des Fischerkahns anließ, dessen Lärm mir peinlich war, schallte das Geräusch ja die volle, stille Bucht entlang, aber dann schlängelten wir uns leise knatternd durch die an den Bojen liegenden Segelboote hindurch, die von den Wellen, die der Kahn aussandte, ins Schaukeln gerieten, wie aus dem Schlaf erwachend. Erst hinter der Bojenlinie gab der Großvater richtig Stoff. Ich saß in der Spitze des Kahns, die sich immer wieder vom Wasser abhob, wieder auf die Oberfläche knallte, mit dem Rücken zur Fahrtrichtung, und lachte dem Großvater entgegen.

Mittlerweile fuhren wir öfter nur zu zweit hinaus, während Tante Brigitte an Land blieb. Wenn der Großvater abbremste und, bevor wir endlich an die Netze kamen, den Motor abstellte, wechselte ich auf die Ducht, fädelte die Ruder auf und hielt das Boot ruhig, während der Großvater die Netze absuchte und die Fische mit einem quietschenden Geräusch aus den Maschen drückte.

Eines Tages, die frühe Sonne schien uns vom Ufer aus allmählich in den Rücken, grüßte jemand in das Schweigen hinein, das auf dem See Gesetz war. Ich sah ihn nicht gleich, bemerkte aber am Gesicht des Großvaters, dass es jemand sein musste, den er nicht mochte. Ich erkannte einen anderen Mann, ein paar Meter entfernt in seinem Kahn stehen. Großvater sagte etwas, und der andere zog Leine.

»Ausgerechnet dieses Arschloch haben wir treffen müssen.« Er nahm die Netze wieder auf. »Was hat der überhaupt an unserem Fangplatz zu suchen, der See ist doch groß genug.«

Am Ufer standen schon die Tante und Lena und trugen, während ich versuchte, dem Großvater beim Hochziehen des Bootes zu helfen, den Fang zur Verarbeitung in die Fischküche. Nachdem ich mir die Hände gewaschen und mit Zitronenscheiben eingerieben hatte, ging ich zum Frühstück ins Haus und setzte mich neben den Großvater. Die Großmutter goss ihm Kaffee ein, und ich probierte auch eine Tasse. Oft saß auch mein Vater schon mit am Tisch, der still seine Presseschau vollzog. In Herzach gab es täglich das Lokalblatt und die *Bildzeitung*, und mein Vater hatte schon die *Süddeutschen Nachrichten* vom Vortag geholt, die uns einer der Kojenmieter immer in der Früh ans Gatter steckte.

»Nicht einmal was auf drei Klafter«, knurrte der Großvater und schlürfte. Dann fragte er nach der Wassertemperatur, wie sie für den Herzacher See in der Zeitung stand, und der Vater sagte, »22 Grad«, und dann musste ich raus an den Velosteg laufen und unser Thermometer prüfen, das an einem der Pfosten die Temperatur auf 1,50 Meter maß, und es zeigte 23 Grad.

»Es ist immer dasselbe«, sagte der Großvater. »Erstens schreiben sie für uns immer ein Grad weniger auf, und zweitens melden sie für den Fürstensee prinzipiell ein Grad mehr, als er hat. Und so bleibt alles beim Alten.«

»Reg dich nicht so auf, Vati«, sagte die Großmutter. »Heute Mittag gibt's Wiener und Baguettesemmeln.«

Irgendwann im Frühling – wir waren ein seltenes Mal außerhalb der Saison zu Besuch – fuhren wir mit der S-Bahn in die Stadt. In der Zeitung hatte gestanden, dass das Haus der Kunst nicht abgerissen würde, und das interessierte meine Eltern. Auf der Fahrt spielte ich mit Agnes Bahnsurfen – einer der Jungen aus der Mittelstufe hatte Boris und mir davon in der großen Pause erzählt. Ich klappte das Zugfenster auf und hängte mich, so lässig es ging, mit den Händen an die Kante, während ich versuchte, die Füße gegen die Wand zu stützen.

Als wir am Marienplatz von der Rolltreppe auf den Vorplatz des Rathauses gespuckt wurden, gerieten wir in eine Menschenmenge. Wir kamen kaum vorwärts. »Was ist da los«, sagte mein Vater, und meine Mutter nahm Agnes und mich an die Hand. Als es im Sog der Menge ein paar Meter vorwärts ging, hörte ich meinen Vater sagen: »Seht hin, Kinder, wer da auf dem Balkon steht.«

An diesem Tag gingen wir nicht mehr ins Museum, sondern winkten dem Mann zu, dessen Feuermal ich sogar aus der Entfernung zu erkennen glaubte. Ich wusste, er hieß Mister Gorbatschow.

September nichts
Oktober nichts
15. Oktober Fritz' Beerdigung
Es ist trostlos.
In den Herbstferien kommt Edith mit den Kindern, ein kleiner Lichtblick.

Ich wusste auch, dass der Anruf, »Fritz ist tot«, der uns aus Herzach erreichte, etwas mit diesem Mister zu tun hatte, aber das Einzige, was ich erfuhr, war, dass Fritz der beste Freund des Großvaters gewesen war, dass er zuerst Fischkunde und dann »wichtiger Gesprächspartner«, wie Mutter sagte, gewesen war.

»Großvater ist ein sehr engagierter Mensch, bis heute«, sagte meine Mutter, als ich sie fragte, und Fritz habe ihm immer den Rücken gestärkt, vor allem in der Zeit, als der Großvater, allein auf weiter Flur und als roter Hund beschimpft, im Gemeinderat gesessen habe, »aber das ist lange her«. Er habe kurz vor dem Mauerbau rübergemacht.

Was ich wusste: Fritz hatte mir das Watten beigebracht, und das Zwiebelmuster, auf dem wir an Feiertagen Kaffee und Kuchen zu uns nahmen, musste ein Geschenk von einer seiner regelmäßigen Reisen nach »drüben«, wie es hieß, gewesen sein und war deswegen ganz besonders schön.

Was ich noch wusste, während ich an einem klammen Herbsttag auf seiner Beerdigung in Herzach stand und die bleiernen Mienen der Erwachsenen sah: Onkel Fritz hatte sich im Arbeitszimmer seines Hauses erschossen.

Es war merkwürdig, dass die Großmutter nicht mit auf den Friedhof gekommen war und der Großvater nun Heike, der Witwe von Onkel Fritz, den Arm hielt. Großvater weinte. Das hatte ich noch nie gesehen. Und würde es danach auch nie wieder.

Noch am selben Abend fuhren wir zurück, mein Vater hatte nicht freibekommen.

Vati und ich wollten zu Ediths Geburtstagsfeier nach Freiburg fahren. Nach dem Neubau vom Posthof kam uns ein Auto führerlos – durchs Glatteis – entgegen und prallte wie ein Katapultgeschoss in uns hinein. Dass wir noch leben, haben wir tatsächlich dem lieben Gott und unseren Schutzengeln zu verdanken. Man kann ruhig sagen: dem Tode entronnen!
Die Woche darauf gefror dann aber der See zu 90 Prozent zu. Hunderte fuhren Schlittschuh! Wir aber mussten auseisen.
Die Bucht ist weit raus zugefroren. Nachts 10–14 Grad minus.
Am Samstag war der Weitsee noch offen. Und am Sonntag um 9 Uhr früh fing es wieder zu schneien an. Ganz dicke Flocken. Wo man hinsieht – Schnee. Wenz hat uns zwei Laster voll aus dem Hof gefahren. Im Ganzen hatten wir 70 cm.
Bruno ist mit dem Kahn durchs Eis gefahren, damit wir rauskonnten. Der Ostwind hat's auch zum Teil mitgenommen.
Dann hat er auch noch den Mittelfinger in die Säge gebracht, haben eine Woche nicht mehr gefischt.

Das Schweigen war eisig. Ich saß auf der Rückbank des Autos wie ein kleines Kind, starrte aus dem Fenster, während ich den Blick meines am Steuer sitzenden Vaters im Rückspiegel auf mir ruhen spürte. Meine Mutter saß unansprechbar auf dem Beifahrersitz.

Ich war abgehauen, hatte mich mit einem Pappschild an die Bundesstraße gestellt und Glück gehabt. Ein Typ um die 25, lange Haare und Kreator-Jeansweste, hatte angehalten, er sei auf dem Weg zu einem Konzert nach München, ich könne mitfahren.

Es war nicht mehr auszuhalten gewesen, die Stimmung zu Hause, die Mutter, die mir fast täglich mit ihrem verständnisvollen Pädagogenkram auf die Pelle rückte. War das wirklich Verständnis für mich oder nicht vielmehr der Versuch, sich selbst zu retten? Auch wenn es mir leidtat, sie so zu sehen, führte ihr permanentes Predigen dazu – sie redete ohne Unterlass in mich hinein –, dass ich nur noch draußen war und nur mehr zum Schlafen in die Wohnung kam – wo die Mutter mir hinter der Tür auflauerte wie ein hilfloses Gespenst. Dabei hätte ich sie leicht erlösen können, allein: Kümmerte es eigentlich jemanden, was ich wirklich nötig hatte? Warum sollte ich liefern, was andere brauchten? Ich brauchte selbst etwas. Warum sollte ich die Version von etwas mittragen, wo sie doch so weit entfernt von dem war, was ich meine Wirklichkeit nannte. Und der Vater: versuchte, der Sache auf Beamtisch beizukommen, aber die Dinge, die passiert waren, waren eben kein Vorgang, der sich wie von selbst steuerte, sobald er nur in die Spur von Gesetzmäßigkeiten gelenkt war.

Und auch die Elternkonferenzen, die nun beinahe wöchentlich abgehalten wurden, waren lächerlich. Von nun an sollte es einen »Heroinbeauftragten« geben – was für ein Schwachsinn, keiner von uns war so dumm und nahm das Zeug, bis auf vielleicht Mike, der ständig nach Basel fuhr und gar nichts mehr auf die Reihe kriegte; neuerdings gab es auch eine Sozialarbeiterin, eine Frau mit asymmetrischer Frisur und großem Ohrring auf der ausrasierten Seite – wofür sollte die gut sein außer vielleicht für die Mädchen, die viel weinten? Wieso fragte keiner, warum uns der Kopf und das Herz zugingen, seitdem wir keine Kinder mehr waren? Warum unternahm niemand was dagegen, dass mittlerweile fast jedes Wochenende die Schwarzwälder Glatzen in ihren Springerstiefeln in den Kulturtreff kamen und den ganzen Abend den Kicker besetzten? Und warum gingen sogar Uniprofessoren noch sonntags in die Kirche? Warum begriff niemand, dass wir uns sträubten, die Pfade, die man uns bereitete, auszutrampeln?

Es war kein Wunder, dass wir anfingen zu sterben wie die Fliegen, drei innerhalb eines halben Jahres, aber, und das sagte ich auch in einem »Acht-Augen-Gespräch« mit dem Klassenlehrer und meinen Eltern: »Die Sache mit Boris war ein Unfall.« Und das war die Wahrheit.

Zum Halbjahr warf ich den Eltern das Zeugnis mit den in den Keller gegangenen Noten auf den Tisch und ging an den Fluss kiffen.

Mit meinen bayerischen Großeltern und meiner Tante hingegen hatte mich immer bedingungslose Zuneigung verbunden, aber als ich allein, an Körperlänge in die Höhe geschossen, mit Problemen beladen und ohne Vorankündigung im Fischladen stand, war das Gesicht der Tante verschlossen, und die Großmutter redete, am Küchentisch sitzend, von Wasser in der Lunge, einer erst überstandenen Erkältung, dass der Großvater nur knapp einer Blutvergiftung entgangen war und die letzten Weihnachten wieder nicht weiß gewesen waren.

An einem Abend in dieser Woche saß ich mit meinem Großvater vor dem Fernseher im Wohnzimmer, wir sahen Fußball.

»Der ist im wahren Leben ja ein Bullenschwein«, sagte ich, mit Blick auf einen Spieler seines Lieblingsvereins.

»Das heißt Polizist«, antwortete der Großvater gereizt, »das war ich früher auch, das ist ein ehrbarer Beruf – ist das klar?« Zwei Tage später standen meine Eltern auf der Matte.

Zum Abschied steckte mir die Großmutter drei Fünf-Mark-Scheine, die sie für uns sammelte, zu und sagte: »Die Schule ist wichtig, Bubu.«

Zum Geburtstag des Großvaters im darauffolgenden Sommer fuhren meine Mutter und Schwester allein.

»Meistens belehrt erst der Verlust uns über den Wert der Dinge.« (Schopenhauer)

Meine Mutter rief an. »Jetzt geht's bald dahin«, sagte sie in tiefem Bayerisch. Ich war gerade kurz nach meinem Studium nach Wien gezogen.

Man hatte sie im Erdgeschoss, gegenüber der Küche, bei offener Wohnzimmertür einquartiert. Der Pflegedienst kam zweimal am Tag. Meine Mutter setzte sie mehrmals am Tag auf und schüttelte das Bett auf, kochte mittags für den Großvater. Nach Ladenschluss aß Brigitte noch mit zu Abend, bevor sie dann schnell zu sich ging.

Großmutter sah aus wie ein frisch geschlüpfter Vogel. Ich glaubte, dass sie mich erkannte, als ich im Türrahmen stand, streckte sie doch den Arm in meine Richtung aus. Ich setzte mich zu ihr, sie griff meine Hand. Ich wusste nicht, was sie meinte, als sie den Blick hob und auf das Regal deutete. Ich stand auf, ließ mich von ihren Handbewegungen über die Bücher, der *Duden*, *Und Jimmy ging zum Regenbogen*, die *Buddenbrooks*, der *Große Diercke*, *Das Leben meiner*

Mutter, bis zu den Schubladen navigieren. Sie nickte. Ich zog die oberste auf, darin die Schokoladenkugeln mit Füllung, in Goldpapier, mit denen sie uns als Kinder verwöhnt hatte.

Ich hatte ihr ein Foto mitgebracht, eine Aufnahme von ihr, die ich im Jahr zuvor mit meiner alten Spiegelreflex gemacht hatte, sie auf dem Steg stehend, im Rock und in einem blauen Anorak, vor der Abendsonne, eine Silhouette an zwei Krücken, die Mühen der Dauerwelle von ihr abgefallen. Ich beschrieb ihr laut, was ich auf dem Bild sah. Immer hatte sie sich dafür bedankt, wenn sie fotografiert worden war.

In der Stunde, als sie starb, war der Großvater gerade in der Räucherkammer, Brigitte im Fischladen und Lena beim Einkaufen im Dorf. Mutter saß an ihrem Bett. Meine Schwester schlief noch, wir hatten bis weit in die Nacht in der Küche gesessen.

Ich war früh zum Angeln rausgefahren. Ich wollte nicht dabei sein. Ich ruderte bis kurz vor das Naturschutzgebiet, dorthin, wo der Fluss in den See mündete, und wartete auf Saiblinge, mehrere Stunden wartete ich vergeblich. Dann spürte ich es am Köder zupfen, aber der Fisch konnte sich nicht dazu entschließen, anzubeißen. Das Wasser war so klar, dass ich ihn sehen konnte, als er bis knapp unter die Oberfläche schwamm, ein großer Zander. Er hielt inne, als würde er mir etwas sagen wollen. Dann tauchte er ab, unter dem Boot hindurch und verschwand, zurück in die Tiefe des Sees. Bis heute bin ich mir sicher, dass es meine Großmutter war, die auf diese Weise Abschied von mir nahm.

Nur zwei Monate später starb der Großvater. Lena hatte ihn, auf der Seite liegend, tot in seinem Bett gefunden. Er sei viel kränker gewesen, als er die Familie habe wissen lassen, sagte der hinzugeholte Doktor.

Meine Mutter sagte am Telefon, ich bräuchte nicht zu kommen, und schilderte mir, wie er in der Bootshalle aufgebahrt worden war, der Opel hatte für ihn Platz machen müssen. In den 24 Stunden, in denen er dort gelegen hatte, hatten viele Menschen Abschied genommen, »und eine der Ersten, die mir ihr Beileid bekundet hat, vielleicht interessiert es dich, war Frau Brandt, ich solle es ausdrücklich auch dir sagen«.

Schon bald nach den Todesfällen wurden Baupläne aus den Schubladen geholt, und nicht einmal ein Jahr danach war die Abrissbirne da. Jemand musste das Go gegeben haben, aber es spielte keine Rolle mehr, die Geschichte war geschrieben. Ein letztes Mal ging ich das Grundstück ab, das dalag wie ein geplündertes Wrack, die Fischküche und Werkstatt ohne Dach, in der Mitte der Bagger. Im Hof waren Zettel, Steuererklärungen, Verträge und andere Papiere herumgeflogen, behördliche Kleinkriege, wer wusste es schon.

Das Haus war unabgeschlossen, eine verkaufte Schatzkiste. Ich ging hinein, rechts die Küche, links die ehemalige gute Stube, neben deren Tür tatsächlich noch das Barometer hing; in den ersten Stock hinauf, wo der entfernte Fleckerlteppich die morschen Flurdielen entblößte. Ich warf nur noch einen kurzen Blick in die Räume – es war uns gelungen, halbwegs Ordnung zu schaffen –, bevor ich schließlich in den zweiten Stock ging, ein Fenster zum See öffnete und mir eine Zigarette ansteckte.

»Gibst du mir auch eine«, hörte ich die Stimme meiner Mutter hinter mir.

(...)

TEIL FÜNF

Das wird wohl nichts mehr werden

ES WAR EIN KALTER WINTERTAG, auf Wiens Straßen lag Schnee. Seit über einer Woche fühlte sich Marianne körperlich so erschöpft wie noch nie, dazu kamen starker, trockener Husten und Atemnot. Am Morgen war sie ohne Stimme aufgewacht, und als er ihr eine Gemüsebrühe ans Bett brachte, damit sie überhaupt etwas zu sich nahm, schrieb sie auf einen Zettel: »Ich habe berstende Kopfschmerzen.« Es war an der Zeit, sie ins Krankenhaus zu schaffen.

Im Spital legte man sie, als das Fieber auf über 40 stieg, auf die Intensivstation. Er wartete zwischen Cafeteria und Flur und war, trotz der durchwachten Nacht, nicht dazu zu bewegen, nach Hause zu gehen. Etwas im Blick des Arztes sagte ihm, dass die Lage beunruhigender war als zunächst angenommen. Es war nicht nur die Diagnose »Hirnhautentzündung«, sondern vor allem der Satz einer Ärztin, dass das »Bild insgesamt diffus« sei, sicher aber könne von einer Virusinfektion ausgegangen werden, man sei kurz davor, sie an die Beatmung anzuschließen.

Er blieb hartnäckig, bis er, in klinischer Schutzkleidung, zu ihr vorgelassen wurde. Er rückte sich einen Stuhl an ihr Bett, legte eine Hand auf ihr Bein. Einen Tag und eine weitere Nacht blieb er sitzen, schlief ein, mit dem Kopf auf dem Fußende der Matratze, wachte auf, schlief ein, wachte auf, bis die Temperatur sank, Marianne die Augen aufschlug und flüsterte: »Es geht mir besser.«

Sie erholte sich verhältnismäßig schnell, nur das Treppensteigen blieb für mehrere Wochen eine Herausforderung. Die Hausärztin meinte, man solle Geduld haben, es werde sich geben mit der Zeit. Marianne war hoffnungsfroh, während er skeptisch blieb, wie solle man Prognosen stellen, wenn man nicht einmal genau wisse, was sie gehabt habe. Seine Konsequenz war, sein Testament und, gemeinsam mit ihr, eine Patientenverfügung zu schreiben. »Das ist wichtiger als heiraten«, befand er. Und: An Heiligabend riefen sie gemeinsam bei seinen Eltern an, stellten auf laut und hörten den Weihnachtsliedern zu, die seine Mutter, sein Vater und seine Schwester sangen.

AUCH WENN SICH EDITH nichts anmerken ließ, er wusste, dass sie es zutiefst bedauerte, dass sie ihre Geburtstagsfeier absagen musste, dass sie noch nicht einmal einen Ersatztermin nennen konnte. »Ma, mach dir keine Sorgen, wir kommen. Dann feiern wir in kleiner Runde.«

Sie hatten Glück gehabt und einen der Züge erwischt, die noch fuhren. Diese seltsamen Wochen, in denen kein öffentliches Leben stattfand, kein Kinobesuch, kein Theater, Restaurants geschlossen waren, würden sich, darin waren sie sich einig, noch länger hinziehen.

Eigentlich hatte er auf der Fahrt an einem erfreulichen Auftrag arbeiten wollen – eine Anfrage eines Redaktionsnetzwerks, das sich in seinem Blog mit staatlicher Überwachung und digitalen Freiheitsrechten befasste –, aber stattdessen lief er den Zug auf und ab und drehte minutenlange Handyvideos von den menschenleeren Waggons. »Außer uns reist sage und schreibe noch eine Person mit dieser Bahn, und das ist, ob du es glaubst oder nicht, ein TV-Moderator vom Südwestrundfunk. Das Bordrestaurant zu, keine Zugbegleitung weit und breit.«

Die Ankunftszeit hatte er mit seiner Schwester abgesprochen, er kam mit Marianne auf Gleis zwei an, der Zug aus Berlin wenige Minuten später. »Bist du aufgeregt«, fragte Agnes, als sie auf dem Bahnhofsplatz Richtung Taxistand liefen. Er schüttelte den Kopf. »Bin ja ganz bei mir«, sagte er und grinste.

»Sie ist auch ganz bei sich. Auch der Vater. Sie sind so sehr bei sich, dass es schon unheimlich ist.«

Das Pfeifen, das über den Platz schrillte, kannten sie. Hinter der Bushaltestelle stand der Passat mit heruntergekurbelter Scheibe, und der Vater am Steuer winkte. »Ich dachte, ich fahr mal rum, hol euch, dann müsst ihr das Taxi, das nicht fährt, nicht zahlen.«

Agnes rückte seine Maske zurecht. »So schützt sie nicht, Papa, du musst sie über die Nase ziehen.« Sie stiegen ein.

Er bog nach links ab.

»Das ist die falsche Richtung«, sagte Agnes.

»Ich weiß, ich will Benedikt was zeigen.«

Er parkte am Einkaufszentrum. Sie stiegen aus und liefen ihm hinterher, Richtung Europaplatz. »Nicht stehen bleiben, wir müssen laufen, als würden wir Frischluft tanken, nicht dass uns noch jemand anschwärzt, weil wir als Gruppe unterwegs sind.«

Bene ahnte, dass er sie zum Siegesdenkmal führen würde. Seit sie sich wieder regelmäßig zum Onlineschach verabredeten, beschäftigte sich sein Vater damit.

Nie wieder Krieg hatten er und Boris damals über die ganze Front gesprayt. Was das für einen Ärger ausgelöst hatte, als Gregor die Angelegenheit im *Kurier* gelesen hatte, »Täter unbekannt«.

»Eure Mutter und Bene haben recht, das Ding gehört weg. Da nützt es auch nichts, dass man den Platz umbenannt hat.«

»Hast du schon eine Antwort bekommen?«

Vor Wochen hatte Gregor ihm eine E-Mail weitergeleitet, ohne Kommentar:

Sehr geehrter Herr Stadtrat,
derzeit machen wir viele Spaziergänge. Dabei ist mir nach langer Zeit wieder das Siegesdenkmal aufgefallen, das 2018 umbenannt worden ist. Es hat mich schon als Kind in den 1950er-Jahren das Fürchten gelehrt.
Der Alliierte Kontrollrat hat mit Gesetz Nr. 46 vom 25. 02. 1947 den Staat Preußen aufgelöst. Es wurde darin erklärt, dass dieser Staat seit jeher Träger des Militarismus und der Reaktion in Deutschland gewesen sei.
Weshalb ist dann dieses Denkmal nicht längst entfernt worden? Für die Beantwortung dieser Frage wäre ich dankbar. Bitte verstehen Sie meine E-Mail auch als Anregung.
Mit freundlichen Grüßen,
Gregor Zwicker

»Selbstverständlich nicht«, sagte sein Vater. »Wir wissen es doch, wenn sie Stellung beziehen müssen, sitzen die Vertreter einer jeden Regierung die Sache aus. Ich kenne die starren Verwaltungsstrukturen nur zu gut.«

»Was für eine Antwort?«, fragte Agnes, während Marianne die Erläuterungstexte auf den Tafeln las. »Das ist nicht gut ins Französische übersetzt«, stellte Marianne fest.

»Wenn es nur das wäre«, sagte der Vater.

Sie nahmen das Thema mit in die Wohnung, mit einer Unterbrechung zu Beginn – das Willkommen an der Tür, eine lange Umarmung. »Was bin ich froh, endlich bist du da.«

DER VORSCHLAG, EINE MUSIKANLAGE über den Tontechnikverleih zu mieten, kommt von ihm. Auch hat er seinem Vater bei der Auswahl der Songs zur Seite gestanden. Edith hat im Mai die Gästeliste aufgesetzt. Im Bekanntenkreis der Eltern hat es einen Todesfall gegeben. Sie hat es nicht erwischt. Sie stehen, das betonen sie immer wieder, absolut hinter den Maßnahmen. Als er erfährt, dass sie ein Fest organisieren, nimmt er an, es geht um die ins Wasser gefallene Geburtstagsparty, die nachgeholt wird. Edith aber will nicht im Mittelpunkt stehen. Sie haben sich für den Stadtgarten entschieden, dort gebe es Schattenplätze, eine Liegewiese, aber auch Parkbänke, falls jemand zu ungelenk sei, am Boden zu sitzen. Um des lieben Friedens willen sagt er zu. Er werde sich um die Technik kümmern. Er werde allein anreisen, Marianne habe zu tun.

Das Wetter an diesem Junitag kann nicht besser sein. Womöglich hätten sie nicht mal eine Anlage für die etwa dreißig Gäste, die gegen siebzehn Uhr kommen werden, benötigt, die Akustik ist auch ohne Mikro bestens. Aber der Vater wünscht sich eine gute Aufnahme. Nach der ersten Pause im Programm hat er eine Improvisation mit seinen beiden Schülern geplant. Um Essen und Getränke, so haben sie es abgesprochen, müssen sie sich nicht kümmern, auf den Einladungskarten hat Edith vermerkt: »Bringt Bierkrüge mit und was euer Herz begehrt, wir kümmern uns um den Rest.« Was der Rest sei, hat er gefragt. »Gute Stimmung«, hat sie geantwortet.

Und nun doch: acht kleine Fässer Bier, zwei Kisten Weißwein, sechs Kästen Wasser, vier Kuchensorten, drei große Thermoskannen Kaffee, zwei Körbe Brezeln, ein Dixi-Klo, das sie angemietet haben, obwohl sie die Feier nicht angemeldet haben, Pappbecher, Teller, Milch, Zucker und Besteck. Und Lampions, die er zwischen zwei Bäumen anbringt, dazu Fackeln und vorsorglich zwei Stirnlampen, falls sie zu späterer Stunde benötigt werden.

Als alles aufgebaut ist, schießt er ein paar Fotos. Er zoomt auf den Weiher, dort, wo inmitten des Wassers bis vor Kurzem eine Erpel-Skulptur auf einem Sockel gestanden und mit Richtung Himmel gestrecktem Hals und geöffnetem Schnabel an den Weltfrieden erinnert hat. Er sendet die Aufnahme Marianne, mit dem Hinweis: »Auf der Einladungskarte noch mit Mahnmal, in echt ohne.«

Ein Hauch von Damals weht die Eltern an, als sie die Gäste, so, wie man es sich angewöhnt hat, mit rechter Faust begrüßen. Sie sind immer noch ein cooles Paar. Der Vater hat noch alle Haare auf dem Kopf, immer noch dichtes und wenig ergrautes, die Mutter ist noch kraftvoll und aufrecht im Gang.

Sie bittet ihn nachzusehen, ob in der Toilette genug Klopapier liegt. Breitschlagen lässt er sich nicht, als es ums Ankündigen des ersten Songs geht. *Summertime*, danach folgt Wayne Shorter, Colman Hawkins, drei, vier Stücke zum Ankommen vor der offiziellen Begrüßung, die seine Mutter übernimmt: »Wie schön, dass ihr alle gekommen seid, alle gesund und hoffentlich durstig. Wir haben in den letzten Monaten nichts zu lachen gehabt, aber unser Bestes gegeben. Von oberster Stelle wurde gesagt, dass wir uns im Nachklang so einiges zu verzeihen haben werden. Wir versuchen, milde in unserem Urteil zu sein, aber es will uns nicht so recht gelingen. Was auch immer die Politik in Krisensituationen vorgibt, wir müssen kritisch bleiben, unsere Aufgabe ist, genau hinzusehen. Wir müssen Widersprüche aushalten und Meinungen akzeptieren, die vielleicht nicht unsere sind.

Aber lasst uns weiter Solidarität zeigen mit denen, die täglich für uns hinstehen, die Menschen in der Pflege, die das System bis an den Rand der Erschöpfung am Laufen halten, lasst uns Abstand nehmen von den eigenen Ängsten, auch wenn es schwerfällt. Lasst uns aufhören zu meckern, wenn auch das schwerfällt. Der Spuk ist noch nicht vorüber, die Krise noch nicht bewältigt. Eine Verschnaufpause ist uns jetzt gegeben, lasst sie uns, an diesem wunderbaren Sonnentag, gemeinsam genießen.«

Die Anlage funktioniert perfekt, die Boxen sind gut eingestellt, aber aus Versehen dreht er das Mikro leise, genau in dem Moment, als seine Mutter einen erneuten Anlauf nimmt. Sie blickt zu ihm, hebt ihre Stimme, wird lauter. »Mein lieber Sohn dreht mir den Saft ab, weil ich wieder einmal nicht zum Punkt komme. Danke, Benedikt.«

Einige lachen und er auch.

»Ach ja: Wir lassen dann den Hut herumgehen – die eine Hälfte geht an die Arbeitsgemeinschaft zur Restaurierung unseres Erpels, die andere an Die Tafel e. V. – die es gerade jetzt besonders schwer hat.«

Der Vater zapft Bier. Man steht und schwatzt ein wenig: hier Rainer, ein alter Kollege vom Zoll, dort Iris, Ediths Sitznachbarin aus dem Kirchenchorsopran, die zwischen den Schlucken immer wieder die Maske aufsetzt, daneben Manfred, der Kontrabassist aus der Jazzcombo mit seinem schelmischen Lächeln, und Wolfgang, der pensionierte Lehrer, der froh ist, dass er sich nicht mehr mit modernen Unterrichtsmethoden auseinandersetzen muss; aber auch ein paar Leute der jüngeren Generation, darunter eine Yogakollegin der Mutter und die Jungs aus der Musikschule, die nun schon seit Monaten auf die Tonleiterstunden mit Gregor verzichten müssen, aber heute mit ihm auftreten.

Bene fängt ein paar Szenen mit dem Smartphone ein, holt sich ein Bier und setzt sich wieder hinter das Mischpult.

Am Ende der Getränkepause spricht der Vater: »Auch wenn es ihr nicht gefallen wird, möchte ich in aller Bescheidenheit doch noch etwas loswerden: Die großartige Frau, die ihr hier in eleganter Distanz neben mir stehen seht, hat, wie ihr alle wahrscheinlich wisst, dieses Jahr etwas zu feiern gehabt. Auf dich, liebe Edith!«

Der Himmel ist wolkenlos, als die nächsten Nummern erklingen. Er gibt acht, dass die Lautstärke gedämpft bleibt, das Wasser des Teiches ohnehin ein Verstärker, aber wen soll es stören, sie sind fast unter sich, und die paar Skater auf den Stufen des Musikpavillons gegenüber sind mit ihren Grabs, Flips und Grinds beschäftigt.

»Wer mich noch nicht kennt: Ich bin Christine.« Die Frau hat sich vor die Musiker gestellt. »Zuerst einmal möchte ich Edith meinen Dank aussprechen, dass sie, natürlich zusammen mit ihrem Mann, diese Zusammenkunft organisiert hat, dieses Fest oder, wie soll ich es nennen, dieses Happening?«

Er kennt sie nicht, diese Frau um die fünfzig, mit einem traurigen Zug um den Mund, auch nicht aus Erzählungen, aber es scheint alles nach Plan zu laufen, seine Mutter zumindest sieht entspannt aus.

»Ich schneide Edith seit zehn Jahren die Haare. Und selten habe ich eine Kundin gehabt, der ich alles von mir erzählen konnte, auch dann, wenn es mir einmal nicht gut ging.« Sie hält inne. »Dabei sollte es beim Friseur ja eigentlich umgekehrt sein, nicht wahr?«

Sie sieht in die erheiterte Runde.

»Aber du hast dir gewünscht, dass du heute keine Rolle spielen sollst, dass es dir heute ausdrücklich nur ums Zusammensein geht – und um den guten Zweck.«

Seine Mutter bedeutet ihm mit dem Daumen, die Lautstärke nach oben zu drehen.

»Aber ich möchte dir danken. Danke, Edith, für deinen Einsatz. Und wer es noch nicht bemerkt hat, nach diesen Monaten der Isolation«, sie wendet den Kopf und deutet auf den leeren Sockel, »ja, er ist nicht mehr da. Ihr könnt euch vorstellen, wie kostspielig die Restaurierung ist, deshalb sammelt die Gemeinschaft Denkmalschutz, der auch ich angehöre, dafür. Er wird nun, mit viel Liebe, von einem Bildhauer nachgebildet. Wir wissen nicht, wie lange es dauern wird. Wie wir auch nicht wissen, wie lange die Maßnahmen dauern werden.«

Sie macht eine Pause.

»Dieses Nichtwissen ist sehr schwer auszuhalten. Manchmal glaube ich, nicht mehr atmen zu können. I can't breathe – ein Satz, mit dem ich mich derzeit stark identifizieren kann.«

Ihn überkommt der Impuls, den Regler nach unten zu ziehen. Stattdessen schaut er in die Gästerunde, darunter betretene Gesichter, das einfühlsame von Iris, das nun leicht überraschte seiner Mutter. Manfred, der Kontrabassist, wirft einen Blick zu Gregor.

»Aber ich schweife ab. Vielleicht wissen es nicht alle, es sind ja auch ein paar Jüngere da: Ende des Zweiten Weltkriegs wurden große Teile der Stadt von Bombern der britischen Royal Air Force zerstört. Der Luftangriff forderte 2797 Opfer. Eine wundersame Rettungsgeschichte rankt sich um einen Enterich, der schnatternd viele Innenstadtbewohnerinnen dazu brachte, die Luftschutzkeller aufzusuchen. 1953 wurde ihm ein Denkmal gesetzt. Das wachsame Tier sollte von nun an als Mahnmal dienen. Das Original ist mittlerweile im Stadtmuseum, eine Kopie aus verschiedenen Sandsteinen stand lange nach wie vor hier im Stadtgarten.

Sie weist nun starke Beschädigungen auf. Wir sind dankbar für jede Spende.«

Gerade, als er erleichtert ist, dass Christine fertig ist, fügt sie hinzu: »Wer genau hinschaut, der wird auf dem Sockel noch die Inschrift erkennen: ›Die Kreatur Gottes klagt an und mahnt‹ – wen, das bleibt nun eurer eigenen Interpretation überlassen.«

So schnell es geht, gibt Gregor einen Takt vor, und die Band drückt mit etwas Lebhaftem auf die Tube. Einige öffnen ihre Geldbörsen, andere swingen vor sich hin.

Seine Mutter kommt herüber und beugt sich zu ihm, fragt, ob er einen Kuchen möchte. Er nickt.

»Ich hole dir einen.«

Für einen Moment ist er abgelenkt. Die Jungs im Pavillon gegenüber sind talentiert. Er erkennt alle Tricks, die sie draufhaben.

»Dass die sich mal nicht alle Knochen brechen.« Wolfgang hat sich neben ihn gestellt und reicht den Kuchen. »Käsesahne gibt's nicht mehr, nur noch Marmor oder Zitrone, lässt deine Mutter ausrichten. Sie meint, du magst sicher beide.«

Er bedankt sich.

»Und aus dir ist also ein Journalist geworden? Ich finde die Spendenaktion ja etwas daneben. Als ob wir keine anderen Probleme hätten, nicht wahr? Darüber solltest du mal schreiben. Was da alles nun ans Licht kommt. Alles marod, Schulen, Krankenhäuser. Dafür sollte man sich einsetzen und nicht für so ein Mahnmal. Die Tafel e.V. geht mir ja noch ein, aber dieses Vieh, ob es nun dasteht oder nicht, wen kümmert es? Vor allem, wenn man bedenkt, dass unsere Regierung jetzt Milliarden im Gießkannenprinzip unters Volk bringt. Ich weiß nicht.« Der Lehrer im Ruhestand schüttelt den Kopf, dreht ab und lässt sich mit seinem Bier in seinem mitgebrachten Anglerstuhl nieder.

Im Pavillon ist einer der Skater übel gestürzt, aber der Junge schüttelt sich nur kurz und springt, als sei nichts gewesen, mit einem Satz wieder auf das Brett.

Sein Vater kündigt die Schüler an. Danach soll es eine Pause geben. Gregor scheint im Flow und steigt von Wasser auf Wein um. »Läuft gut, oder«, fragt er über das Mischpult hinweg.

Bene hält den Daumen nach oben und erhebt sich. »Komme gleich wieder.«

»Was geht?«, begrüßt er die Skater, sich wohl bewusst darüber, dass er keine zwanzig mehr ist. »Kann ich mir mal kurz eins ausleihen, nur kurz, eine Runde?«

»Ja, klar, hau rein.«

Er nimmt schnell Fahrt auf. Er stellt sofort fest, dass die Dinger weit besser gearbeitet sind als früher. Ein Ass ist er nie gewesen, nie über ein gutes Anfängerlevel hinausgelangt, aber schämen hat er sich nicht müssen. Er fährt aus dem Park hinaus und beschleunigt kurz, bis er das Tempo wieder drosselt. Sein Smartphone in der Hosentasche vibriert.

»He, Sister, fahr gerade Skateboard, herrlich, werde gleich ein bisschen sentimental.«

»Okay, wollte nur fragen, wie es läuft. Sind alle gekommen?«

»Alles perfekt. Bin schon erleichtert, dass die Eltern immer noch so gut drauf sind. Allerdings kenne ich einige Gäste nicht, zum Beispiel Christine. Du?«

»Glaube ja, die Friseurin?«

»Ja, die gute Frau kommt auch vom Hölzchen aufs Stöckchen.«

»Geht es ihr denn wieder besser? Sie musste in Kurzarbeit, darunter hat sie wohl noch bis vor ein paar Wochen gelitten. Ihren

Mann hat es ganz heftig erwischt, die gleichen Symptome wie Marianne im Dezember. Er hatte Glück.«

»Oh, verflucht …« Am Südeingang des Stadtgartens sieht er zwei Reiter in Polizeiuniform. »Da sind Bullen.«

»Haben sie das Event denn noch angemeldet? Ich habe es ihnen extra noch gesagt, schon allein wegen des Dixi-Klos.«

»Du kennst sie doch.«

Er beendet das Gespräch, wendet und legt einen Zahn zu. Linker Hand traben die Pferde, die Sonne steht nun schon weit im Westen. Als er in den Stadtgarten einbiegt, sieht er die Lampions leuchten.

Die Skater rennen auf ihn zu. »Wir haben es eilig«, sagt einer – es fehlt noch, dass er ihn vom Skateboard herunterstößt.

»Da kommen unsere Freunde und Helfer«, sagt ein anderer.

»War cool, danke schön«, ruft Bene ihnen hinterher.

Die Ordnungshüter halten Ausschau nach den Verantwortlichen. Seine Mutter hebt den Arm. »Gregor«, ruft sie.

»Wir sind hier absolut privat«, hört er seinen Vater sagen, als er nach einer Genehmigung gefragt wird. »Ich weiß, Sie machen hier auch nur Ihren Job.«

»Kümmert euch lieber um die Verrückten in der Innenstadt«, ruft jemand. »Hier sind nur harmlose Leute.«

Die Beamten steigen von ihren Pferden. »Sie gehören aber sicherlich nicht nur zwei Haushalten an?«

»Wissen Sie, die Regeln verändern sich ja täglich«, springt Edith Gregor bei. »Soweit ich weiß, dürfen hundert Menschen demonstrieren.«

»Ja, aber das ist keine Demo, oder?«

»Nein, eher ein Konzert, wenn Sie so wollen«, sagt Gregor.

»Da brauchen Sie auch eine Genehmigung. Auch für das Dixi-Klo da hinten.«

»Der Weg zur Öffentlichen ist sehr weit, unsere Gäste sind nicht mehr die Jüngsten.«

Die Eltern werden nach ihren Ausweisen gefragt.

»Geht's noch«, hören sie es aus einem Anglerstuhl.

Der Aufwiegler wird ermahnt.

»Könnte auch ein Picknick sein«, sagt ein Beamter. »Na, wenigstens halten Sie den Abstand ein. Wir müssen Sie verwarnen. Ihre Daten aufnehmen. Und Sie bitten zusammenzupacken.«

»Wenn Sie meinen«, sagt Gregor und reicht seine Papiere.

Dann ziehen die Reiter auf ihren Wallachen ab.

»Wenn ihr zu dumm seid, um zu hören ...!«

Wolfgang hat sich aus seinem Stuhl erhoben. Er schwankt schon etwas. Sein Appell geht im allgemeinen Aufräumen unter. Edith trägt das Kuchenblech und die Getränke zu ihrem Fahrradanhänger, Gregor und die Band legen ihre Instrumente in die Koffer, die einen falten Picknickdecken zusammen, andere ihre Gartenstühle. Gerade will Bene mit seiner Mutter die Lampions abhängen, als es erneut über die Wiese klingt: »Wenn ihr zu dumm seid, um zu hören!«

Wolfgang hat sich das Mikrofon geschnappt: »Es ergeht der Hinweis an alle anwesenden Beamten, dass sie sich, ab sofort, einer Straftat schuldig machen, wenn sie diesen nicht grundgesetzkonformen Notverordnungen Folge leisten und weiterhin die Bevölkerung drangsalieren.«

»Wolfgang, bitte, nicht hier«, hört Bene eine Frau sagen. Er eilt zum Mischpult.

»Seit über einer Dekade findet in diesem Land eine Entwicklung statt, die dabei ist, alles zu verspielen: Tausende Leistungsträger dieser Gesellschaft ächzen unter einem aufgeblähten bürokratischen Apparat und seiner scheinbaren Unreformierbarkeit. Ist es nur der Wille, der fehlt? Das System aus Altparteien, grün-sozialistischer

Leitkultur, gelenkten Medien und technokratischen Staatsdienern erweist sich als handlungsunfähig. Was nun?«

»Ist gut jetzt, alter Knabe.« Bene sieht seinen Vater, wie er versucht, seinen Kompagnon zu beschwichtigen, zuerst mit Worten, wie er ihm dann auf die Schulter klopft; wie Iris den Kopf schüttelt, wie Christine sich interessiert aufstellt, wie die, die nicht schon sofort nach dem Auftauchen der Ordnungsmacht gegangen sind, nun zusehen, dass sie wegkommen, und Edith zum Abschied auf Abstand zuwinken. Auch Gregors Schüler sind gegangen.

Bene lässt Wolfgang zunächst noch reden – »Die Regierung und ihre Medienvertreter haben sich in ein Netz aus Lügen verstrickt. Eine ganze Klasse kontrollfanatischer Eliten ist am Ende und will unsere Demokratie in den Abgrund« –, bevor er den Regler nach unten zieht, um ihn dann wieder nach oben zu schieben, alle paar Sekunden im Wechsel.

»Corona markiert

(...)

neoliberalen Epoche. Was tun?

(...)

Menschen in der Bundesrepublik

(...)

Basis des Grundgesetzes, überall in Deutschland.

(...)

Echte Demokratie und Befreiung von undemokratischer Kontrolle und Überwachung

(...)

Einrichtung einer verfassungsgebenden

(...)

des Grundgesetzes

(...)

Freiheit, Gleichheit
(...)
Einigkeit und Recht und (...)
Und du Bürschchen da hinten«, ruft der Redner nun zu ihm herüber, »auch schon gehirngewaschen von deinen Mainstreammedien, oder warum drehst du einer freien Meinungsäußerung den Ton ab?!«

»Wolfgang, schau«, macht sich Edith, am Weiher stehend, bemerkbar. »Wie herrlich, die Sonne geht unter. Das Licht. Schau doch.«

Der außer sich Geratene dreht sich zu ihr. Gregor nutzt die Gelegenheit und versucht, ihm das Mikro aus der Hand zu nehmen, was ihm nicht gelingt. »Komm schon, du kannst dich ja kaum mehr auf den Beinen halten.«

Wolfgang hebt den rechten Arm, das Mikro senkrecht in die Höhe streckend.

Es ist genug. Bene schaltet die Anlage endgültig aus und steht auf.

»Komm du mir bloß, du Wahrheitsverdreher!«

Benedikt Zwicker bittet seinen Vater, zur Seite zu treten. Er ballt die Hand zu einer Faust. Er wendet den Blick, sieht an seiner Mutter vorbei, in den kühlen Rosaton über den Bäumen, und mit einem Mal prustet er los, aus dem letzten Winkel seines Inneren.

Danksagung

Wir bedanken uns bei der Agentur Kossack und Julia Dösch, unserer Agentin, für ihre Leidenschaft und ihren Mut, bei Wiebke Bolliger für ihre umsichtige Betreuung sowie beim ganzen Team des Ullstein Verlags, bei Astrid Roth für das sehr bereichernde Lektorat, bei Anna Szilit für ihren klugen Rat in allen Lebenslagen und bei jenen, die uns, während und nach dem Schreibprozess, mit wertvollem Wissen und warmem Menschenverstand begleitet haben: Friederike Beckert, Luise Boege, Ariane Grundies, Helga Jahnel (†), Kat Pohlmann, Patricia Rigg, Johanna Schwedes, Susanne Szemerédy und Thomas Wendrich.